Haji Baba-ye Isfahani

مغرب،
کشور
سُلطان
گرجستان
باکو
ایروان
اچمیادزین
آرارات
رود کُر
رود ارس
تبریز
کردستان
انزلی
رشت
قزوین
سلطانیه
سُلیمانیه
شاه‌عبدالعظیم
همدان
الوند
کرمانشاه
گرند
قُم
بغداد
کربلا
بین النهرین
رود فرات
بصره
عربستان
جُلفا
بُوشهر
خلیج فارس
میل
۱۰۰
۲۰۰

نقشهٔ ممالک محروسهٔ
ایران
تُرکستان
دشت قبچاق
محلّ تاخت و تاز قبایل ترکمن از دشت
قوچان
استرآباد
مشهد
سمنان
خراسان
کویر نمک
مشرق،
کشور امیران
افغانستان
بیابان لُوت
برای روشن شدن فکر خوانندگان
اینها شهرهائی هستند که
حاجی بابا پسر کربلایی حسن، دلّاک
مشهور اصفهانی از آنها دیدن کرده است.

Persian Language Publications Series

No. 1
Tup-e Morvari
[The Pearl Cannon]
Sadeq Hedayat

No. 2
Divan-e Parvin-e E`tesami
[The *Divan* of Parvin E`tesami]
Edited by Heshmat Moayyad

No. 3
Az Khafa-ye Khod
[From the Recesses of the Self]
M. Razin

No. 4
Zendegi-ye Toufani
Khaterat-e Seyyed Hassan Taghizadeh
[An Adventurous Life: Memoris of S.H. Taghizadeh]
Edited by Iraj Afshar

No. 5
Ay Koutah Astinan
Critical Essays by
Ali Akbar Saidi-Sirjani

No. 6
Afsaneh-ha
[The Fables}
Ali Akbar Saidi-Sirjani

No. 7
Sargozasht-e Habib Sabet
[Memoris of Habib Sabet]

No. 8
Dar Astin-e Moraqqa`
[Under the Cloak of Hypocrisy]
Ali Akbar Saidi-Sirjani

Bibliotheca Iranica
Persian Language Publications Series
No. 9

Haji Baba-ye Isfahani

Persian Translation By
Mirza Habib Isfahani

Introduction By
Mohammad Ali Jamalzadeh

Based On James Morier's Book
The Adventures of Hajji Baba of Ispahan

Mazda Publishers
Costa Mesa, California U.S.A.
1996

Mazda Publishers
Since 1980

Hardcover edition was first published in Persian in 1969 by Amir Kabir Publishing Company, Tehran. For information about this title, write to: Mazda Publishers, P.O. Box 2603, Costa Mesa, California 92626 U.S.A.
A complete list of new and backlist titles are now available on the internet. Please browse http://www.MazdaPub.com

Library of Congress Cataloging-in-Publication Data
Morier, James Justinian, 1780?-1849.
[Adventures of Hajji Baba of Ispahan. Persian]
Sargozasht-e Haji Baba-ye Isfahani / Persian translation by Mirza Habib Isfahani; introduction in Persian by Mohammad Ali Jamalzadeh.
p. cm. —(Bibliotheca Iranica: Persian Language Publications Series No. 9
"Based on James Morier's book the Adventures of Haji Baba of Ispahan."
Summary: The many adventures of a nineteenth-century Persian rogue, none of which involve honest labor.
ISBN:1-56859-042-3 (pbk: alk. paper)
1. Iran—Fiction. I. Isfahani, Mirza Habib, 19th cent. II. Title
PZ3
[.M82517Ad 1996PR5059.M4]
823'.7—dc20 96-22663
CIP

انتشارات مزدا

Preface

Sargozasht-e Haji Baba-ye Isfahani is a translation of James Morier's novel, *The Adventures of Hajji Baba of Ispahan,* by Mirza Habib Isfahani. Morier's work, first published in England in 1824, is a picaresque novel rumored to have been based on the life and character of a prominent figure during the Qajar period, Abolhasan Khan Ilchi, who served as the Special Iranian Ambassador to England from about 1910 to 1913 and wrote *Heyratnameh* [The Book of Wonders], the accounts of his travels to England, which was recently published in Iran. In fact, Morier traveled with Ilchi to England and then accompanied him back to Iran. Because in this novel Morier displays an astonishing knowledge of certain Iranian customs and beliefs, and is often cognizant of aspects of Iranian life which would have been inaccessible to non-Iranians, it was also surmised that an Iranian had actually helped Morier to write the book. These assumptions were strengthened among Iranians when the translation of this novel appeared in Persian, given that the Persian version includes many other critical observations of Iranian life which would not have been known to a non-Iranian author. Initially, it was thought that the translation was the work of Haji Sheykh Ahmad Ruhi, an outspoken opponent of the dictatorial regime of the Qajars in Iran. Later, however, this error was rectified when a letter was discovered that was written by Ruhi to the British Orientalist scholar, E. G. Browne, in which he states that the translation is the work of Mirza Habib Isfahani and asks Browne to help publish it.

The significance of Mirza Habib's work is partly due to his unprecedented prose style, which in some respects is unique in the history of Persian literature and in some ways paved the way and set an example, not only for other translations, but also modern Persian fiction writing, which flourished a few decades later.

Mirza Habib who translated other works, such as Moliere's *Le Misanthorpe* [Gozaresh-e Mardomgoriz], was a staunch advocate of political and social reform in Iran. His critical views of the religious establishment resulted in his being accused of heresy and atheism by the clerics. He, therefore, fled to Turkey in the early 1860s, were he made a living as a teacher and died in the last years of the 19th century.

The importance of Mirza Habib's translation and its significance as a literary and social document have been noted by many scholars, including the late poet-Laureate Bahar, who considered this work one of the masterpieces of the 19th-century Persian literature. Even though *Sargozasht-e Haji Baba-ye Isfahani* is a translation, most Iranians consider it as an original work. This is one of those rare cases in which a translation far surpasses the original and, indeed, becomes an original work of art.

M.R. Ghanoonparvar
The University of Texas at Austin

سرگذشت

حاجی بابای

اصفهانی

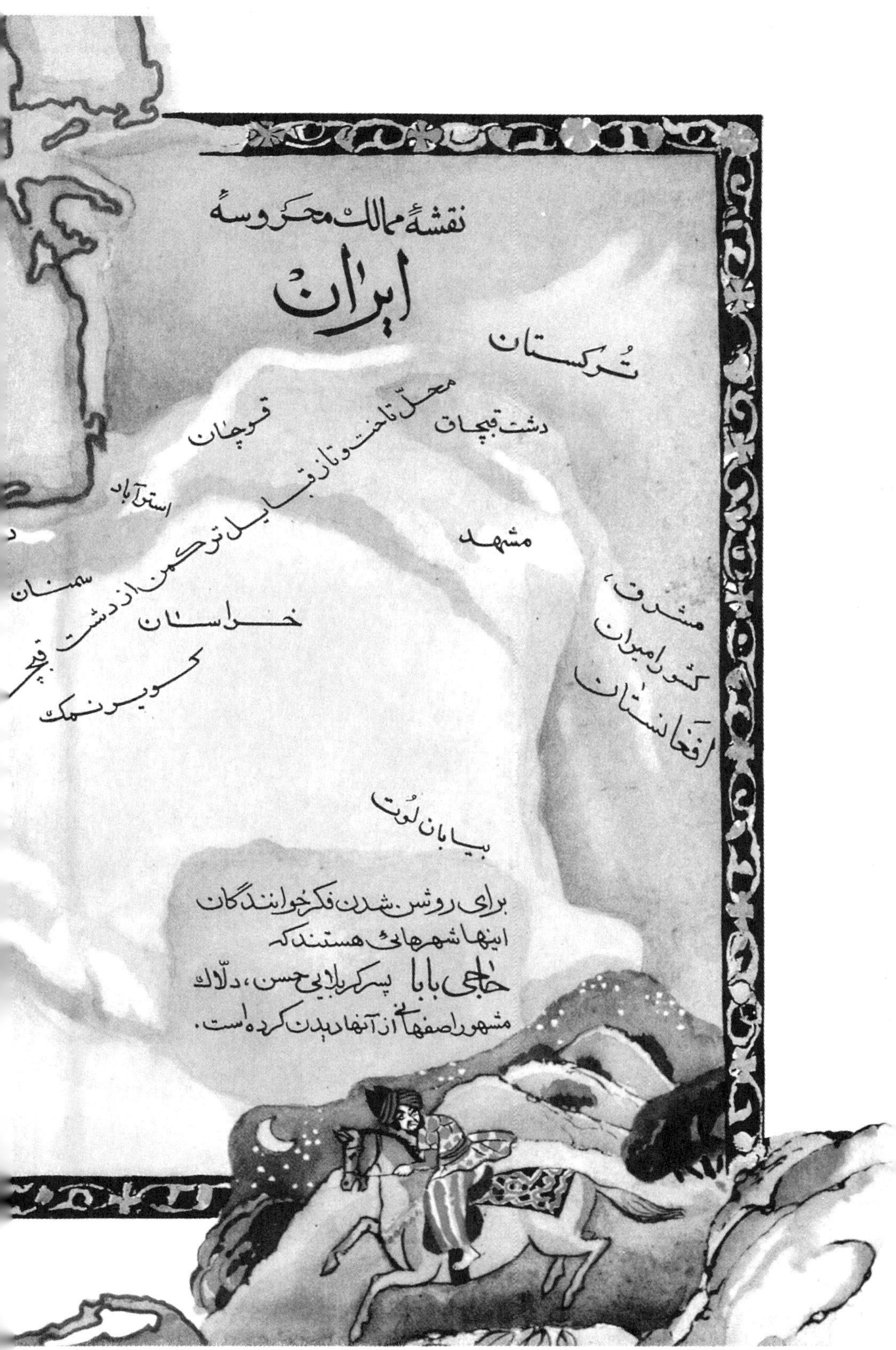

نقشهٔ ممالک محروسهٔ
ایران
ترکستان
دشت قبچاق
محلّ تاخت و تاز قبایل ترکمن از دشت قبچ
قوچان
استرآباد
مشهد
سمنان
خراسان
کویر نمک
مشرق،
کشور امیران
افغانستان
بیابان لوت
برای روشن شدن فکر خوانندگان
اینها شهرهائی هستند که
حاجی بابا پسر کربلایی حسن، دلاک
مشهور اصفهانی از آنها دیدن کرده است.

مغرب،
کشور
سُلطان
گرجستان
باکو
رود کُر
ایروان
اچمیادزین
آرارات
رود ارس
تبریز
انزلی
قزوین
سلطانیه
سُلیمانیه
شاه عبدالعظیم
همدان
الوند
کرمانشاه
گرند
بغداد
کربلا
رود فرات
بصره
عربستان
بختیاریها
قُم
جُلفا
بُوشهر
خلیج فارس
میل
۱۰۰
۲۰۰

برگزیدهٔ متون پارسی مزدا

(شماره ۹)

آنچه که تاکنون منتشر شده است

۱

صادق هدایت

توپ مرواری

۲

دیوان پروین اعتصامی

بکوشش حشمت مویّد

۳

م. رازین

از خفای خود(شعر)

۴

زندگی طوفانی:خاطرات سیّد حسن تقی زاده

بکوشش ایرج افشار

۵

علی اکبر سعیدی سیرجانی

ای کوته آستینان

۶

علی اکبر سعیدی سیرجانی

افسانه ها

۷

سرگذشت حبیب ثابت

بکوشش ایرج و هرمز ثابت

۸

علی اکبر سعیدی سیرجانی

در آستین مرقع

سرگذشت

حاجی بابای اصفهانی

نوشتهٔ جیمز موریه

به تصحیح سیّد محمّدعلی جمالزاده

انتشارت مزدا

۱۹۹۶

چاپ نخست، ۱۳۴۸ توسط انتشارات امیرکبیر، تهران.

چاپ دوم، ۱۹۹٦ توسط انتشارات مزدا، ایالات متحده آمریکا.

شابک: ۳ ۰۴۲ ۵٦۸۵۹ ۱

مقدمهٔ ناشر

شیرینی بیان و نثر روان و پختهٔ ترجمه حاجی بابا بیش از هرچیز مورد پسند کسانی بوده‌است که مارا به چاپ این اثر تشویق کرده‌اند.

این ترجمه نه تنها می‌تواند سرمشق مترجمانی باشد که اینك سرگرم برگردانیدن کتابهای خارجی به زبان فارسی هستند بلکه برای نویسندگان فارسی نیز نمونه با ارزشی از ساده نویسی است.

گذشته از این کتاب حاجی‌بابا وضع اجتماعی ایران را در یکقرن و نیم پیش چنان توصیف می کند که نه‌تنها برای جوانان بلکه برای بزرگترها نیز بسیار آموزنده است و نشان می‌دهد که پس از انقلاب صنعتی دراروپا که مرحله‌تاریخی وقاطعی در سیر تکامل بشری بود ایرانیان در چه حال‌بسر می‌بردند، و ما چه‌راه پرنشیب وفرازی را به پشت سر گذاشته‌ایم تا اینك در راه ایران صنعتی و آباد و ترقی اجتماعی گام نهاده‌ایم.

این مقدمه ای است که انتشارات امیر کبیر در سال ۱۳۴۸ بر متن کتاب افزوده است. دگرگونی های سالهای اخیر ایران نشان میدهد که داستان این کتاب هنوز نیز بیانگر اوضاع اجتماعی ایران میباشد.

واین است سرگذشت حاجی بابای اصفهانی در هشتاد فصل به شرح زیر :

دیباچه

شش‌سال پیش‌ازاین به‌من‌پیشنهاد شدکه ترجمهٔ فارسی کتاب «حاجی‌بابای‌اصفهانی» را برای طبع جدیدی مورد تجدید نظرقرار بدهم . من ترجمهٔ فارسی کتاب نامبرده را از شاهکارهـای نثر فارسی(بلکه شاهکار آن شاهکارها) تشخیص داده بودم. من متعهد شدم‌که «عمل تصحیح و تنقیح را» تا بهار سال ۱۳۳۹ انجام بدهم.

با شوق تمام شروع به کار نمودم و چاپ‌کلکتهٔ سال ۱۹۲۴ میلادی را اساس کار قرار دادم وضمناً معلوم‌گردیدکه ترجمه‌های‌دیگرکتاب تقریباً بالتمام براساس‌همان ترجمه‌ای است‌که به‌وسیلهٔ کلنل د. ث. فلات * قونسول سابق انگلیس در کرمـان اولین بار در سال ۱۹۰۵ میلادی درکلکته ودومین‌بار چنانکه درفوق اشاره شده است درسال ۱۹۲۴ به چاپ رسیده است.†

چنانکه میدانیدکلنل فلات زبان فارسی می‌دانسته ومؤلف کتاب لغتی ازانگلیسی به فارسی‌و کتاب دیگری درصرف ونحو زبان فارسی برای تدریس دانشگاه‌کلکته وکتابهای دیگری‌بوده است.

وی‌کتاب «سرگذشت حاجی بابای اصفهانی» را مانندکتابهای فرنگی از چپ به راست بـه چاپ رسانیده است وهرصفحه دارای حـاشیه‌های بسیار درمعنی‌کلمات وتفسیرعبارات واصطلاحـات به زبان انگلیسی می‌باشد که قرائت‌کتاب را برای خوانندگان ایرانی دشوار می‌سازد بخصوص که حروف چاپخانه‌کلکته هم ریزاست وزیاد خوانا نیست.

درطی کار برمـن معلوم‌گردیدکه بهتر است تمام‌کتاب را از نو به‌خط خودم بنویسم وهمین کار را هم‌کردم. ترجمهٔ فارسی‌کتاب عالی است وزیاد احتیاجی به تهذیب وتصحیح وتنقیح نـداشت ولی بازهرچه باشد پاره‌ای عبارات‌کهنه به‌نظرمی‌آمد وبعضی جمله‌ها ازلحـاظ صرف و نحو محتاج تغییرمختصری بود اما استخوانبندی ترجمه به همان صورت اصلی باقی ماند.

خود ناشردرانگلستان نسخه‌های مصور چندی را به دست آورده بود تابلکه در مورد لـزوم ازتصاویرآن درترجمهٔ فارسی چاپ جدید استفاده به‌عمل‌آید. خود من هم نسخه‌ای‌ازچاپ انگلیسی بسیارممتازومصورکتاب داشتم‌که درسال ۱۹۳۷ درامریکا به‌وسیلهٔ ادارهٔ انتشارات هادون‌گریفتزمن و در انگلستان (لندن) به وسیلهٔ ادارهٔ انتشارات همیش همیلتن ✿✿ با تصاویر رنگی نقاش زبردستی موسوم به سایروس لوروا بالدریج† * به چاپ رسیده‌است.

چاپ و انتشار این‌کتاب که ازلحـاظ اصل وتـرجمه شایـد بتوان آنرا از آثارگرانبهای ادبیات دنیائی ونمونهٔ اعلای نثرفارسی†† به شمارآورد به تأخیرافتاد و من همواره از این پیش‌آمد

---

*Leut. Colonel D. C. Phillott, M. A. Ph. D. F. A. S. B.

† در ترجمهٔ فارسی‌تاریخ۱۹۲۳ عیسوی دارد ولی روی جلد به خط فرنگی ۱۹۲۴ دیده‌میشود.

✿✿ Haddon Craftsmen – Hamish Hamilton

*† Cyrus L – Roy Baldridge

†† نویسنده «سرگذشت حاجی‌بابای اصفهانی» مقداری ازاخلاق ایرانیان‌را از بدو خوب ومخصوصاً←

که خدا می‌داند اسباب و علل اصلی آن از چه قرار بوده است افسوس می‌خوردم تا اینکه ازیك نفرازدوستان ایرانی‌که به‌ژنوآمده بود خواهش‌کردم‌که درتهران تحقیق نماید که آیا کار چاپ‌کتاب «حاجی بابا» به‌کجاکشیده ودرچه حال است. ایشان ازتهران برایم نوشتندکه درتهران درنظردارندکتاب را بزودی بچاپ برسانند. نوشتم که من به این‌کتاب علاقهٔ وافری داشته ودارم ودربارهٔ مؤلف ومترجم تحقیقات بسیاربه عمل آورده‌ام و یادداشتهای زیادی دارم و همیشه آرزویم این بوده‌که نتیجه وچکیدهٔ این مطالعات وکاوشهارا در مقدمهٔ چاپ‌کتاب بیاورم. شرحی به تاریخ ۱۹ بهمن ۱۳۴۴ ازتهران رسیدکه دربارهٔ «حاجی بابا» صحبت‌کردم وناشرخواهشمند است هرچه زودتر مقدمه‌ای راکه اشاره‌کرده بودید بفرستیدکه درکارچاپ وقفه‌ای پیش نیاید.

تهیهٔ مقدمه با آن همه یادداشتهائی‌که درظرف سالهای زیادگردآورده بودم کاریك روز و دو روز نبود ومحتاج اقلا یك‌ماه باچند ساعت‌کار در روزبود اما به‌هیچ وجه‌نتوانستم خود رااقناع نمایم‌که‌کتاب بدون مقدمه به چاپ برسد وازینرو بادستپاچگی به تهیهٔ مقدمه پرداختم وآنچه‌اکنون ازنظرخوانندگان محترم می‌گذرد حداقل آن‌مطالبی است‌که‌گفتنی وشنیدنی‌است وامیدوارم بازتوفیق یارباشد و بتوانم در آینده مطالب را با تفصیل بیشتری به رشتهٔ تحریر درآورده در جائی و یا در مقدمهٔ چاپ دوم‌این‌کتاب(تجدید نظرشده) به‌چاپ برسانم. وآنچه دراینجا نگفته گذاشته‌ام‌بگویم.

دانشمند ومحقق بنام امروزی ما‌استاد مجتبی مینوی درکتاب «پانزده‌گفتار» خود (درگفتار هشتم) دربارهٔ‌کتاب «حاجی بابا» چنین اظهارنظر نموده‌است:

«بعد ازترجمهٔ رباعیات خیام شاید هیچ‌کتاب انگلیسی به‌اندازهٔ «سرگذشت حاجی بابای اصفهانی» ایران وایرانی را برسرزبان اروپائیان نینداخته باشد... اگرآن را نخوانده‌اید حتماً بخوانید واگرهم خوانده باشید بیك‌باردیگرخواندن می‌ارزد...... خواه شما ترجمهٔ فارسی را بخوانید وخواه اصل انگلیسی‌کتاب را درهرفصل وگفتاری از هشتاد گفتار کتاب غرق حیرت و تحسین می‌شوید که عجب مرد مطلعی بوده وچگونه از اخلاق وعادات والفاظ وتعبیرات ایران خبر داشته است.»

پس ازاین مقدمه‌که درحقیقت مقدمه برمقدمه‌است می‌گوئیم‌که:

در کار کتاب «حاجی بابا» دو موضوع اهمیت بسزائی دارد:

اول اینکه آیا نویسندهٔ‌کتاب واقعاً جیمز موریه انگلیسی است و یا چنانکه بسیاری از هموطنان معتقدند این‌کتاب را دراصل یك نفرایرانی نوشته بوده است وبه مناسباتی به دست موریه افتاده است واوآنرا به زبان انگلیسی ترجمه‌کرده (وشاید شاخ وبرگی برآن افزوده است) و در انگلستان به چاپ رسانیده است.

دوم آنکه آیا مترجم این‌کتاب به زبان فارسی، همان شادروان شیخ احمد روحی‌کرمانی شهید است ویاشخص دیگری بوده است.

←از آنچه به نظر فرنگیها ناپسندیده است آورده است ولی رویهمرفته گویا ایرانیان را با آنهمه خوبی و بدی که دارند دوست هم می‌داشته است و بیان رفتار و کردار و گفتار آنها برایش بی لذت هم نبوده است.

اکنون با اختصارهرچه تمامتر دربارهٔ هریك از این دو موضوع مطالبی بعرض می‌رساند.

۱. مؤلف کتاب

جیمز موریه مقدمهٔ نسبةً مفصلی برکتاب «حاجی بابا» نوشته است و درآن مقدمه از یك نفر ایرانی حاجی بابا نام اسم می‌بردکه دریکی ازمنازل خاك ترکیه اتفاقاً اورا ملاقات می‌نماید و در حقش چنین نوشته است:

«همینکه نام حاجی‌بابا را شنیدم دانستم کیست. اگرچه مدتی بودکه ندیده بودم اما می‌شناختم. ازهمه چیزش خوشم میآمد * ومیدانستم که بااول سفیری که از ایران به‌لندن فرستاده بودند به‌سمت منشیگری به همراه رفته است و بعد ازآن‌گاه درپایگاه عالی وگاه درمنصبی عادی مانند اکثر ایرانیان پست و بلند دنیا را خیلی دیده است و سرد وگرم زمانه را خیلی چشیده و عاقبت به نام کارپردازی ازجانب شاه به‌دربارعثمانی فرستاده بودند».

این شخص (راست یا دروغ) مریض بوده و چون موریه از عهدهٔ معالجهٔ او بر می‌آید حاجی بابا در صدد برمی‌آیدکه قدرشناسی نماید و هدیه‌ای به‌طبیب اجباری خود بدهد ومی‌گوید:

«... ازمال دنیا چیزی ندارم. مدتی است که یك پول ازمواجب دولت ایران بمن نرسیده است وقلیل وجهی‌که دارم اگربه منزلم برساند خیلی است. وانگهی من شما انگلیسیها را می‌شناسم که چشمتان به پول نیست وحرف پول نزد شما زدن بیهوده است. اما چیزی دارم‌که شاید درنظر شما وقعی داشته باشد. من ازوقتی‌که باشما انگلیسیها معاشرت‌کرده‌ام دیده‌ام که شما بسیارکنجکاو وخردپژوه‌هستید وهرگاه باشما سفری می‌کردم می‌دیدم که‌کلی وجزئی ازحالات وکیفیات ممالك واقوام یادداشت برمی‌دارید ودرمراجعت به وطنتان برای همشهریهای خودتان منتشرمی‌سازید. آیا هیچ باورمی‌کنیدکه من باهمهٔ ایرانیگری تقلید ازشماکرده باشم ودراین مدت‌که دراستانبول بودم سرگذشت خودم را ازاول عمرتاآخربه طرزشما نوشته باشم؟ اگرچه سرگذشت من سرگذشت مردی گمنام وکم مایه است اما منافاتی ندارد شامل چندان وقایع وقضایاست‌که اگر در فرنگستان منتشر شود البته تأثیری بزرگ می‌بخشد. آنرا به شما می‌دهم».

آنگاه موریه می‌افزایدکه «خیلی‌کوشیده‌ام تاآن سرگذشت به طرزاروپائیان مطابق باشد» و ضمناً تذکر می‌دهدکه «درمیان ریش‌درازان آسیا وریش تراشیده‌های فرنگستان... هریك‌سرگذشت دیگری‌را تکذیب می‌کند وچیزی‌که در نزد این‌یك‌عیب وخطاست درنزدآن یك‌هنر وصواب‌است.»

مطلب دیگرآنکه ازپاره‌ای مندرجات‌کتابهای موریه چنان استنباط می‌شود که روی‌هم‌رفته ایران وایرانیان را دوست هم می‌داشته است. درمقدمهٔ همین «حاجی بابا» می‌خوانیم:

«ایران چه ایرانی ـ پایگاه افسانه‌ای جاه و جلال خاور زمین جایگاه شعرای گل و بلبل گهوارهٔ مردی و مردمی سرچشمهٔ پاك رسوم وکیش اهالی مشرق زمین». وباز درجای دیگرهمان

---

* ملاحظه فرمائید که دربارهٔ حاجی بابا که مظهراخلاق ایرانیان است بالصراحه میگوید «از همه چیزش خوشم می‌آید».

مقدمه می گوید:

ایران مرز و بومی‌است که خواه ازلحاظ بدایع آثارطبیعت و خواه از حیث جاه وجلال و مال ودولت اهالی آن مانند سایر کشورها تصور راستینی نتوان‌کرد ولی در باب اخلاق و عادات ورسوم‌وآداب ایرانیان می‌توانم گفت که در دنیامردمی مانند مردم‌ایران بامهراخلاق دیرینه مختوم وبافطرت آداب قدیمه مفطور نیست وحتی این صفت در صورت وسیمای ایشان نیز مشاهده می‌شود چنانکه ازمعاینه ومقایسهٔ صورت اهالی امروز باصورتهای متعدد در و دیوار تخت جمشید که گوئی امروز کنده‌اند مدلل ومبرهن است:

موریه درسفرنامهٔ خود هم دربارهٔ ایرانیان چنین اظهارنظرکرده است:

«ایرانیان تمام صفات لازم را برای اینکه سپاهیان خوبی باشند دارا هستند. فعالند و از خستگی نمی‌ترسند و کارکشته‌اند وبرای جانفشانی حاضرند و از رشادت و شجاعت خوششان می‌آید وستایش آنرا می‌کنند وبزرگترین آرزویشان این است که درحق آنها بگویندکه رشیدند».

وباز درجای دیگر درمقایسهٔ بین ایرانیان وترکها چنین گفته است:

«من یقین دارم‌که اگر ایرانیان بقدر ترکها که مدتهاست با فرنگیها سروکار پیدا نموده‌اند بافرنگیها سروکار پیدا کرده بودند نه تنها مقداری ازعادات ورسوم مارا اخذ کرده بودند بلکه بازیرکی وهوشیاری که درطبیعت آنها موجود است درعلوم وفنون و صنایع وهنرها هم چنان ترقی کرده بودندکه می‌توانستند باخود ما لاف همسری بزنند».

ما منکر نیستیم‌که موریه معایب اخلاقی مارا نشان نداده است، ولی شاید بتوان گفت که در ته قلب نسبت به‌ما بی‌مهر وعلاقه هم نبوده است ومثلاً علی قاطرچی در کتاب او بالتمام آدم دوست داشتنی ومحبوب ودلپسند است و این خود می رساندکه خشك وتر را باهم نمی سوزانیده‌است.

خلاصه آنکه جمعی ازهموطنان ما به استناد پاره‌ای ازاظهارات خود موریه معتقدندکه‌کتاب حاجی بابا به دست یك نفر ایرانی نوشته شده است و موریه تنها آنرا ترجمه وتنظیم نموده است و بس. اما من بااین نظر موافق نیستم ومعتقدم‌که موریه نویسنده آنست. موریه یهودی بود و در ترکیه بزرگ شده بود وزباندان (حتی یونانی وشاید عبری) ونکته سنج و چیز نویس و داستانسرا بود واگر داستانهای دیگری‌که درباب ایران نوشته درمیزان‌کمال به‌پای کتاب «حاجی‌بابا» نمی‌رسد * دلیل نمی‌شودکه او را نویسنده وداستانسرای قابلی به‌شمار نیاوریم.

بعضی ازایرانیان می گویند یك‌نفر فرنگی واجنبی‌چگونه می‌تواند به این اندازه به اخلاق ورفتار وکردار ما ایرانیان پی‌برده باشد ومارا به این خوبی شناخته باشد. هموطنان ما بایدبدانند (وبسیاری ازآنها خوب می‌دانند)که فرنگیها دراین میدان یکه تازهای زبردست و ماهری هستند و

---

* هرچند جلد دوم همین‌کتاب یعنی «حاجی بابا درانگلستان» هم در مذاق انگلیسها نهایت لطف را دارد. چیزی که هست برای ما ایرانیان که ازاوضاع‌واحول انگلستان (آن‌هم درآن زمان) زیاداطلاعی نداریم ملاحت و لذت جلد اول را نمی تواند داشته باشد بخصوص که ترجمهٔ فارسی آن باترجمهٔ جلد اول ابداً طرف مقایسه نیست.

همچنانکه دربسیاری از رشته‌های علم وفن‌ترقیات حیرت‌انگیز بدست آورده‌اند درکار رمان نویسی ومعرفت به احوال اشخاص واقوام ودرعلم «روانشناسی» و «فولکلور» و«مردم شناسی» هم‌گاهی‌واقعاً معجزه می‌کنند . خود موریه درمقدمه بر «حاجی‌بابا»می‌گوید «**ازشدت آمیزش باایرانیان‌باآنها خیلی خودمانی شده بودم** » وچون شخص کنجکاو واهـل کاوش وپژوهش بوده وبـاهموطنان ما از هرطبقه و صنفی زیـاد حشرونشر و معاشرت داشته است به خیلی نکات دست یافته بوده است و باز می‌گوید: «هرگاه درایران حکایتی می‌شنیدم یا یادداشتی برمی‌داشتم کـه تعلق واختصاص به عادت مشرقیان داشت یانقشه‌ای به جل‌بندی خـود می‌افزودم که رسم وآداب آنها را نشان می‌داد ... به هوای کتاب موهومی که شخصی بومی موهوم بایستی نوشته باشد وسرگذشت کامل یك ایرانـی برای من باشد گاه وبیگاه آه می‌کشیدم».

مگر خودش باز درهمان مقدمه درباب یادداشتهائی که درایران برمی‌داشته است نمی‌گوید: «عاقبت دفترم ازتحقیقات واقعی مشهون وجل‌بندی ازنقشهای حقیقی‌پرگردید و وقت رحلت ازایران رسید» . وباز می‌افزاید که پس ازعزیمت ازایران ودر راه ایران به انگلستان : « درعرض راه‌همه راه را به نیت ایام آینده مستغرق بودم و شاید مانند همهٔ سیاحان دیگر درباطن بدین خوشدل بودم که البته دیده وشنیده‌های مرا بجز من‌کسی ندیده ونشنیده است و هرآینه چون خبایای اطلاعات و استحضارات من رونما شود به قدرکشف سیارهٔ تازه‌ای درنظر مردم نمود خواهدکرد».

موریه درکتاب سفرنامه‌اش نیز گفته است:

«من روز به روز یادداشتها دردفتر خـود برمی‌داشتم ولی این یادداشتها جنبهٔ شخصی‌دارد و مناسب نیست‌که دراینجا انتشار بیابد» . ودربارهٔ مذاکرات سیاسی‌که بین سفارت انگلستان ورجال سیاسی ایران به عمل‌آمده بوده است می‌گوید: «علت‌دیگری‌که متأسفانه‌مانع است‌که این یادداشتها را منتشر سازم این است‌که معتقدم این یادداشتهاکه درنهایت امانت آینهٔ عادات ورسوم وطرزفکر یك نفر رجل سیاسی ایرانی است می‌تواند در مجموعه‌هـای سیاسی * متضمن اسناد ومآخذ طرفه‌ای باشد» .

آیا چنین آدم فهمیده ودنیا دیده وتیزهوش ونکته سنجی‌پس از مدت نسبتاً درازی اقامت در مملکت ما ونشست وبرخاست وگفت وشنود بامردم ایران نمی‌تواند در بارهٔ ماکتابی تألیف نماید؟ مگر مدتی پس ازاوگوبینوی فرانسوی‌که او نیز مأموریت‌سیاسی داشت ومدتی درایران اقامت‌نمود «داستانهای‌آسیائی» را ننوشت‌که مقداری ازآن بازکاملاً به صورت داستان ازاخلاق و اطوار مـا حکایت می کند ومن شخصاً داستانهای «جنگ ترکمن» و «قنبرعلی» او را کمتر از داستان «حاجی بابا» نمی‌دانم.

نکته دیگر اینکه‌کسانی‌که باطرز و سبك رمـان‌نویسی وداستانسرائـی فرنگیها آشنا باشند خوب می‌دانندکه یکی ازفوت وفنهای این فن همین‌کاری است‌که‌موریه نموده‌است یعنی‌برای‌خود-شیرینی وبه منظور اینکه خواننده بهتر وبیشتر قضایای‌کتاب‌را باور نماید ویابه جهات وعلل‌دیگری

---

*Annales diplomatiques

کتاب خودشان را به شخص دیگری منسوب می‌سازند ویامی‌گویندواوراق پاره وپوسیده‌ای به‌دستشان افتاده است وکتاب‌را از روی آن اوراق نوشته‌انـد و حتی خـود من نیز در کتاب «دارالمجانین» به همین شیوه تأسی جسته‌ام ودرمقدمه نوشته‌ام‌که دربازار حلبی سازهای تهران از پیرزن چادر به سری چندکتاب خریدم و یادداشتهائی‌که اساس‌کتاب «دارالمجانین» گردیده است در میان آنها به دست افتاد. امثال ونظایر این‌کار درنزد رمان نویسها به قدری زیاد است‌که می توان صدها نمونه به‌دست‌آورد ولهذا اگر شخصی فرنگی مقدمهٔ «حاجی‌بابا» را بخواند به‌آسانی ملتفت خواهدگردید که نویسنده خواسته به فوت وفن رمان‌نویسی عمل نموده باشد ولی ایرانیان که عموماً کمتررمان می‌خوانند ومتوجه چنین نکاتی نیستند تصور می‌نمایندکه واقعاً موریه درشهر توقات درترکیه اتفاقاً طبیب اجباری گردیده بوده استَ وبه‌جای حق‌المعالجه چنین‌کتابی را به دست‌آورده است.

نکتهٔ سوم‌که دلالت دارد براینکه این‌کتاب به موجب یادداشتها ومحفوظات و مسموعات خود موریه‌تألیف یافته این است‌که همین‌موریه‌کتابی هم دربارهٔ مسافرت خود به ایران نوشته است * که گرچه‌به زبان‌فرانسه هم مدتها است‌که به ترجمه رسیده است هنوزبه فارسی ترجمه نشده است و در آن‌کتاب سیاحت‌نامه مقداری مطالب موجود است که‌گاهی طابق‌النعل بالنعل درکتاب «حاجی‌بابا» نقل‌شده است یعنی قضایائی است‌که موریه شخصاً شاهد وناظر آن بوده‌است وبعدهابااندکی تغییر در «حاجی‌بابا» هم آورده است.

چنانکه خوانندگان‌کتاب«حاجی‌بابا»می‌دانند فتحعلی‌خان ملك‌الشعراصبای‌کاشی‌درآن‌کتاب نقش مخصوصی دارد که ازین پس باتفصیل بیشتری بدان خواهیم پرداخت ولی در سفرنـامهٔ موریه می‌خوانیم روزی‌که حاجی محمد حسین‌خـان خزینه‌دارکل بـه دیدن سفیر انگلیس مـی‌آمد (پس از ناز وافادهٔ بسیار) شـاعر بزرگ دربار را هم همراه خود می آورد. موریه ملك‌الشعرا را «نوباوهٔ خدایان ذوق وهنر»خوانده است ومی‌گویدکه درحق او به اغراق ومبـالغه سخن راندند و «اورا به عرش رسانیدند» وهمه‌گفتندکه یگانهٔ عصر است وحتی چند نفر ازهمراهان خزینه‌دارکل گفتندکه ازفردوسی هم بالاتر است. شاعر تمام این سخنان را شنید وبه روی بزرگواری خود نیاورد وچند قطعه اراشعارش را هم برایمان خواند.

«فتحعلی شـاه درصحبتهائی‌که باژنرال‌کاردان فرانسوی داشته مطالبی در بارهٔ کشور فرانسه به دست آورده است ولی دربارهٔ ممالك دیگر بکلی نـادان وبی‌خبر است. روزی اظهار داشت که

---

* عنوان این کتاب درترجمهٔ فرانسوی که دردسترس من بوده ازاین قرار است (در۳ جلد):

«Voyage en Perse, en Arménie, en Asie - Mineure et a Constantinople, fait dans les annees 1808 et 1809 Par M. Jaques Morier secretaire d, Ambassade a la cour de Perse» traduit de l' Anglais Par M. Exxx 3 Tomes, Paris' 1813. Nepveu.

یعنی «مسافرت درایران وارمنستان وآسیای صغیر واستانبول که در سالهای ۱۸۰۸ و۱۸۰۹ ژاك (ژاك همان جیمس است) موریه نایب سفارت کبرای انگلستان در دربار ایران نموده استودرسال ۱۸۱۳ درپاریس به چاپ رسیده.

میرزا رضا (آخرین سفیر ایران درپاریس که درآن مجلس شخصاً هم حضور داشت) برای ما نقل کرده که درشهر وینه خری دیده است که بدنش خط خط بوده است. من هرگز باور نکرده‌ام مگرآنکه اکنون شماگفتهٔ او را تصدیق نمائید . سفیر هم تصدیق نمود».

این قبیل مطالب در دوکتاب سفرنامهٔ موریه * بسیار است و دلالت دارد براینکه این شخص که در ازمیر به‌دنیا آمده بود و زبان ترکی‌را هم می‌دانسته وقسمتی ازعمرش را باترکهاگذرانیده بوده است مرد صاحب‌نظری بوده است وچشم بینا وخاطرگیرا داشته است و چون اهل قلم و طبعاً داستانسرا نیز بوده است توانسته است آن‌همه وقایع دیده وداستانهای شنیده و یادداشتهای مکتوب خودش را به صورت رمانی درآورد وچون بامیرزا بابا نام هم ازجوانانی‌که عباس میرزا برای تحصیل علم وفنون به انگلستان فرستاد وازقضا جوان زباندار و زرنگ و تودل بروی هم بوده است آشنائی مفصل پیدا نموده بوده است اسم اورا به‌کتاب خود داده است.†

خمیرهٔ مقداری ازداستانهائی که درکتاب «حاجی بابا» آمده است درسفرنامه‌های موریه موجود است ومعلوم است که اساس آن داستانها همان یادداشتهائی بوده است‌که درسفرنامه‌ها هم مندرج است ازقبیل :

وقایع مربوط به نسقچی باشی ونسقچیها
» » » فتحعلی‌خان ملک‌الشعرا صبا
» » » طبیب وحکیمباشی وطبابت درایران
» » » حرم شاهی
» » » عزاداری وکارهای سقاها در روز عاشورا
» » » زندگی درویشها
» » » رفتار مأمورین دولت وشاهزادگان بادهاتیها وفرار روستائیان
» » » احوال تراکمه وکارهای آنها و اسیر بردن مردم و آراد ساختن آنها درمقابل غرامت
» » » جنگ ایران وروس
» » » داستان یوسف ارمنی ونامزدش
» » » بست وبست نشستن درقم وزیارت رفتن شاه به قم
» » » فتحنامه نوشتن ایرانیان دربارهٔ غلبه برسپاه روس واسیر گرفتن آنها از از روسها .

---

* یکی سفرنامهٔ از ۱۸۰۸ تا ۱۸۰۹ ودوم سفر نامهٔ از ۱۸۱۰ تا ۱۸۱۶ که معلوم می دارد که موریه رویهمرفته شش سالی درخاک ایران ودرمیان مردم ایران زندگی‌کرده است.

† دربارهٔ این شخص تحقیقات بسیاری به عمل آمده است و مخصوصاً اساتید محترم آقایان مجتبی مینوی ومحیط طباطبائی مطالب بسیاری درخصوص او جمع‌آوری نموده‌اند وخود بنده هم درنظر دارم که انشاءالله یادداشتهای خودم را درآینده به‌چاپ برسانم.

وقایع مربوط به آبله‌کوبی
» » مذاکرات سیاسی بین رجال ایران ونمایندگان‌سیاسی دولت انگلیس‌برای عقد معاهده.
» » اطلاعات محدود ایرانیان ودرباریان ایران دربارهٔ اوضاع دنیا. وبازمطالب بسیار دیگری که‌گاهی‌نهایت شباهت را درکتاب «حاجی‌بابا» ودوکتاب سیاحت‌نامه باهم دارند واگر آنها را مقابل هم بگذاریم تردیدی باقی نمی‌ماندکه پایه ومایه قضایا و وقایعی‌که در «حاجی‌بابا» آمده همان مشاهدات و ملاحظات و مسموعات و یادداشتهای خود موریه بوده است. از طرف دیگر ما ایرانیان باید اقرارنمائیم‌که امروزکه متجاوز از صدو پنجاه سال از زمان موریه میگذرد هنوز نویسندگان و داستانسرایانی درمیان ما پیدا نشده‌اندکه بتواند برطبق قواعد و اصول رمان‌نویسی وقایع را این طور به هم مربوط بسازد و با غایب ساختن موقتی اشخاصی‌که قهرمانان‌کتاب هستند و دوباره وسه‌باره وچهارباره آنهارا به طورغیرمترقب به روی صحنه‌آوردن و ایجاد تعجب وحیرت درخواننده نمودن‌که امروزبه اصطلاح سینما وفیلمسازی‌آنرا «سوسپنس» می‌خوانند، کتاب را جاذب وگیرا و دلپسند بسازند. من خودم به حساب هموطنانم داستان نویس هستم وچهل سال است‌که درین طریق مدام‌کارکرده وقلمفرسائی نموده‌ام ولی تصدیق دارم‌که به قوزك پای نویسندهٔ «حاجی‌بابا» نمی‌رسم. بعضی از رجال ما وقایع زندگانی خود را نوشته‌اند و بعضی ازآنها به چاپ رسیده وموجود است و باهمه سودمندی‌آنها به هیچ وجه من‌الوجوه از لحاظ چرخاندن قضایا وسوارساختن وقایع ونشان دادن پشت و روی حوادث به پای «حاجی‌بابا» نمی‌رسد.

وانگهی اگر«حاجی‌بابا» از روی یادداشتهای یك نفر ایرانی نوشته شده بود باید وقایعی را حکایت نمایدکه پیش‌آمده بوده است وآن ایرانی دیده و یا شنیده بوده است درصورتی‌که مقداری از وقایعی‌که درکتاب «حاجی‌بابا» آمده است حقیقت ندارد و صرفاً ساخته و پرداخته طبع خلاق نویسندهٔ آن کتاب است. مثلاً در «حاجی‌بابا» می‌خوانیم‌که ترکمنها شبی تاشهر اصفهان تاخته کاروانسرای بزرگ ومرکزی‌آن شهررا تاراج‌کردند و درمراجعت کاروانی راهم اسیر نمودندکه از جمله فتحعلی‌خان صبا ملك‌الشعرای دربارفتحعلی‌شاه بوده است. در صورتی‌که باهمه تحقیق و استفساری‌که به عمل‌آمد معلوم شدکه ترکمنها هیچگاه تا به اصفهان نرانده‌اندو ملك‌الشعرا هرگز به اسارت ترکمنها نیفتاده بوده است وهکذا داستانهای دیگری ازکتاب از قبیل خشکسالی وهجوم مردم تهران به اغوای ملای شهر به محلهٔ یهود و ارامنه و غضب شاه و بیرون انداختن ملارا با محررش باآن وضع افتضاح ازشهرتهران * وهکذا وقایع دیگری‌که در«حاجی‌بابا» به رشتهٔ تحریر درآمده است وتنها مخلوق ذهن موریه است و اساس تاریخی ندارد.

بله، درست است‌که درسال ۱۲۲۰ هجری قمری ملامحمد زنجانی درتهران خانه‌ها و معابد عیسویان را خراب نمود وخمهای شراب را شکست و اورا بیرون‌کردند وشحنهٔ شاعرگفت:

---

* در«حاجی‌بابا» می‌خوانیم به مجرد اینکه ملا ومحررش را با ریش بریده ازشهر بیرون انداختند باران رحمت الهی باریدن گرفت.

زاهد بشکست از سر خامی خم می　　　　کرد اسب نشاط میگساران را پی
«گر بهر خدا شکست، ای وای بما　　　　ور بهر ریا شکست، پس وای بوی»

ولی در زمان فتحعلی‌شاه با تفصیلی که موریه در «حاجی‌بابا» نوشته و از بهترین گفتارهای آن‌کتاب به‌شمار می‌آید چنین واقعه‌ای را درتواریخ نیافتم (ویا بوده وازمن روسیاه فوت شده‌است).

داستان یوسف ارمنی ونامزدش در «حاجی‌بابا» مفصل است وخود در واقع رمانی کوچك‌است که درطی رمان اصلی بزرگ‌آمده است وتفصیل واقعی‌آنرا درسفرنامه‌های موریه پیدا می‌کنیم وخود موریه درسفرنامه‌اش درحق‌آن گفته است «واقعه‌ای رخ دادکه می‌تواند موضوع رمانی بشود» و سپس تفصیل‌آنرا حکایت می‌کندکه سردارقشون ایران در یکی از مهاجماتش به خاك گرجستان و امید غارت دختری‌گرجی را اسیر کردکه نامزد جوان زیبائی بود وبنابود همان ایام عروسی‌کند. جوان عاشق به دنبال معشوقه‌اش روان گردید و در ایروان خودرا به او رسانید ومی‌خواست اورا فرار بدهد ولی هردو دستگیرشدند وسردارحکم اکید صادرنمود که جوان باید از ایروان بیرون برود و او خودرا درمقابل چشم معشوقه‌اش در رودخانه انداخت ولی به شاخهٔ درختی گیرکرد و توانستند او را نجات بدهند و درینجا موریه می‌نویسدکه «سردارهم مردانگی نشان داد ونخواست قساوت را به حد اعلا برساند و اسباب عروسی‌آن دوجوان را فراهم ساخت وآنهاراآزادی بخشید و اجازه داد که به وطن خود مراجعت نمایند».

دوست‌گرامی من دانشمندمعظم‌آقای مجتبی مینوی در تهران از سمساری‌کتابی به زبان انگلیسی خریده بوده است‌که در پشت‌آن موریه آن کتاب را به «حاجی‌بابا» نامی هدیه داده بوده است. این پیش‌آمد اتفاقی مایهٔ تعجب بود تاآنکه در ژنو درکتابخانهٔ سازمان ملل متحدکتابی به زبان انگلیسی به دست نگارنده افتادکه تاریخ دودمان موریه‌ها بود * و درآنجا خواندم‌که یکی از برادران جیمس‌موریه بنام داود موریه‌که اونیز در ازمیر تولد یافته بوده است پس ازآنکه دارای چهار دخترشده بود از قضا فرزند پنجمش پسر گردید و به‌آن پسرنام «حاجی‌بابا» دادند. پس از آن هم به وسیلهٔ‌پروفسور استلینگ میشو† با خانمی‌آشنا شدم‌که اصلا انگلیسی و از خانوادهٔ موریه بود و با یك نفر فرانسوی ازدواج نموده بود بنام کوناك ✿ و درجنوب فرانسه درقصبهٔ‌آری‌یژ ❁ زندگانی می‌کرد . این خانم که دارای یك صندوق مملو از مراسلات جیمس موریه است او را خوب می‌شناسد و به من قول داده است‌که همینقدر که‌کتاب تاریخی راکه در دست تألیف دارد به پایان برساند مشغول رسیدگی به‌آن مراسلات می‌گردد وشاید محتاج‌کمك من باشد و البته ازو

---

*Memoirs and letters of the Right Hon _Sir Robert Morier, G.C.B. from 1826 to 1876. by His daughter Mrs. Rosslyn wenyss 2 vol. London, Edward Arnold' 1611.

† Stelling(Maichud) مدیرمدرسهٔ مترجمی در دانشگاه ژنو

✿ Alice Cunnack.

❁ Ardiege (Le Masdi Azil)این خانم بعداً ساکن ایالات نرماندی در شمال غربی فرانسه‌گردیده است.

خواهش کردم که هر نامه و نوشته‌ای که ارتباطی با کتاب «حاجی‌بابا» داشته باشد به اطلاع من برساند. این خانم به من می‌گفت که خود جیمس موریه هم دارای پسری بوده است به نام حاجی که خوب از آب درنیامده است *. با این مقدمات آیا نمیتوان احتمال داد که موریه آن کتاب انگلیسی را که به دست حضرت آقای مینوی افتاده است به یکی ازین دو حاجی هدیه نموده بوده است.

خانم مشارالیها به عنوان علی‌العجاله سواد نامه‌ای را که موریه در تاریخ ۹ جانواری ۱۸۲۴ از لندن به برادرش داود موریه نوشته است برایم ارسال داشته‌اند و در آن نامه چنین می‌خوانیم.

«من اشتیاق دارم نظر و عقیدهٔ ترا دربارهٔ کتاب «حاجی‌بابا» بدانم و چون تو یکی از چندتن کسان معدودی هستی که با ایرانیان و ترکها هردو زندگی کرده‌ای و انتقادهای تو برای من ارزش فراوانی خواهد داشت و من بسیار خوشوقتم که این کتاب محبوبیت یافته است و من در انتشار آن کار احمقانه‌ای نکرده‌ام. من نمی‌خواهم به تو بگویم چه اندازه درتمجید از این کتاب به من مراسلات رسیده است چون ممکن است خیال کُنی که من آدم خودستائی هستم.»

نکته دیگر هم اینکه اگر درمیان اصفهانیان وجودی مانند حاجی‌بابا قد علم کرده و از دلاکی به مقامهای بلند رسیده بود حاشا که همشهریهایش ساکت می‌ماندند و همچنانکه به «منارجنبون» فخر و مباهات می‌کنند حاجی را از مفاخر خود نمی‌شمردند و درهمان کاروانسرائی که پدرش در نزدیکی آن دکان دلاکی داشت برایش مجسمه برپا نمی‌ساختند و البته راضی نمی‌شدند که بکلی مجهول و گمنام بماند.

عده‌ای از هموطنان می‌گویند که موریه چون بعضی ازکلمات و اصطلاحات و یا تعبیرات فارسی را درکتاب به ترجمهٔ تحت‌اللفظی آورده است چنانکه مثلا «داد و بیداد» را به «عدالت و ستم» (البته در زبان انگلیسی) تعبیرنموده است این خود دلیل می‌شود که کتاب را از فارسی به انگلیسی‌ترجمه نموده است. اما من این رادلیل نمی‌دانم چون اصولا این نوع ترجمه درکتاب بسیار بسیار اندکست و ثانیاً نویسندگان (و بخصوص نویسندگانی که مانند موریه طبع مزاح ولطیفه‌پرور وفکاهی دارند) درمقام مطایبت ازین کارها زیاد می‌کنند وکسانیکه داستان «فارسی شکر است» را درکتاب «یکی بود و یکی نبود» خوانده‌اند خوب به خاطر دارند که جوان ایرانی فرنگی‌مآب چگونه تعبیرات فرانسوی را به زبان فارسی تحت‌اللفظی ترجمه می‌کند ونباید فراموش نمود که موریه زبان فارسی را از شکم مادرنمی‌دانسته است وکم کم درنزد استاد (درسفرنامه‌اش نام استادش را در ابتدای‌کار داده است وملاحسن معلم بوده است) می‌آموخته است وآیا نمی‌توان احتمال داد که وقتی معنی «داد و بیداد» را از ملاحسن پرسیده و یا در فرهنگ فارسی به انگلیسی این دوکلمهٔ داد و بیداد را پیداکرده به همان «عدالت وستم» جواب گرفته بوده است. وانگهی درکتاب عبارات دیگری‌هم دیده می‌شود که دلالت دارد براینکه موریه فارسی‌را درست نمی‌دانسته‌است ومثلا لااله‌الاالله را «االله الاالله» آورده است واگر ازفارسی‌ترجمه‌کرده بود به‌همان صورت درست اصلی آورده بود.

مخلص کلام آنکه به عقیدهٔ قاصر بنده هیچ نمی‌توان تردیدی برخود راه داد که کتاب

---

* Il a tourné mal

«سرگذشت حاجی‌بابای اصفهانی» به دست و قلم جیمس موریه انگلیسی نوشته شده است و به عقیدهٔ صاحب‌نظران اروپائی درمقام داستانسرائی وتوصیف اخلاق و اطوارملت وقومی در ردیف «هزار و یکشب» و «ژیل ـ بلاس» از شاهکارهای ادبی دنیا به شمارمی‌رود.

۲. مترجم «حاجی‌بابا»

مبحث دوم این دیباچه مربوطست به اینکه‌آیا مترجم‌کتاب «حاجی‌بابا» کیست. درمقدمهٔ چاپ اول‌که بتوسط‌کلنل فیلات درکلکته به چاپ رسیده است‌مترجم را شیخ احمد روحی‌کرمانی شهید معروف معرفی نموده است ولی راقم این سطور از همان وقتی‌که اولین‌بار این ترجمهٔ فارسی را خواند با سابقهٔ‌آشنائی‌که به طرز نگارش وسبك ترجمهٔ میرزا حبیب اصفهانی معروف داشت بدون آنکه دلیل قاطع وموجهی دردست داشته باشد درمترجم بودن روحی‌که هرچند مرد فاضل وکاملی بود ولی‌آثارقلمی زیادی ازو در دست مردم نیست که معرف قدرت قلم او باشد تردید پیدا نمود علی‌الخصوص که‌کتاب دراستانبول به ترجمه رسیده بود یعنی درهمانجائی‌که محل‌سکونت میرزاحبیب بود. چنانکه درمقدمهٔ «فرهنگ لغات عامیانه» هم تذکر داده شده است میرزا حبیب ادیب با ذوق و معرفتی بوده وکتابهای دیگری راهم از زبان فرانسوی به فارسی ترجمه نموده است‌که ازآن جمله است «مردم‌گریز» نمایشنامهٔ نویسندهٔ معروف فرانسوی مولی‌یر.

سالها‌گذشت و مدام درین عقیده راسختر می‌گردیدم بدون آنکه دلیل دندان شکنی‌که به‌قول آخوندها ضرس‌قاطع باشد در دست داشته‌باشم ولی‌بالاخره روزی درمیان مراسلات مرحوم‌پروفسور براون درکتابخانهٔ‌کمبریج نامه‌ای به دست آمدکه امکان هر شك و تردیدی را از میان برداشت.

شادروان شیخ احمد روحی نامه‌ای به زبان و خط فارسی‌بدون تاریخ از استانبول به پروفسور براون نوشته است‌که پروفسوربراون بخط و زبان انگلیسی تاریخ آنرااول‌جولای۱۸۹۲ در حاشیه نوشته است و در تاریخ ۲۹ همان ماه جواب آنرا (بادولیرهٔ انگلیسی برای تأدیهٔ بدهی خود از بابت خریدکتاب در استانبول) برای روحی فرستاده است و ما عین آن نامه را در اینجا به وسیلهٔ عکس می‌آوریم و چنانکه ملاحظه می‌فرمائید روحی درین نامه صریحا چنین نوشته‌است:

«ادیب فاضل آقا میرزا حبیب اصفهانی‌کتاب حاجی‌بابا را از لغت فرانسوی ترجمه کرده است به فارسی و خیلی تحت‌اللفظ و اصطلاحات مردم بازاری اصفهان و سایر شهرهای ایران رادر آن ذکرکرده و عادات ایرانیان را مجسم ساخته، خواست‌در اسلامبول‌آن‌کتاب را طبع‌کندسانسور اذن و رخصت نداد، هرگاه طالب باشید نسخه‌ای از آن‌را برای سرکار بفرستم و اگردرلندن چاپ بفرمائید در ایران طالب و خریدار بسیار بهم میرساند و حبیب افندی هم حق خود را به آنجناب مصالحه میکند بهمان طبع‌کردن‌کتابش با کمال ممنونیت از سرکار».

(این نامه درکتابخانهٔ دانشگاه کمبریج در ضمن اسناد خطی‌براون به علامت .Brown MS-F 352 ضبط است) * نکته‌ای راکه در باب نامهٔ‌شیخ احمد روحی به پروفسور براون لازمست‌خاطر-

---

* این کشف از جانب‌ایرانشناس امریکایی‌بلند همت و با پشت‌کار خانم‌نیکی کدی(Nikki Keddi)←

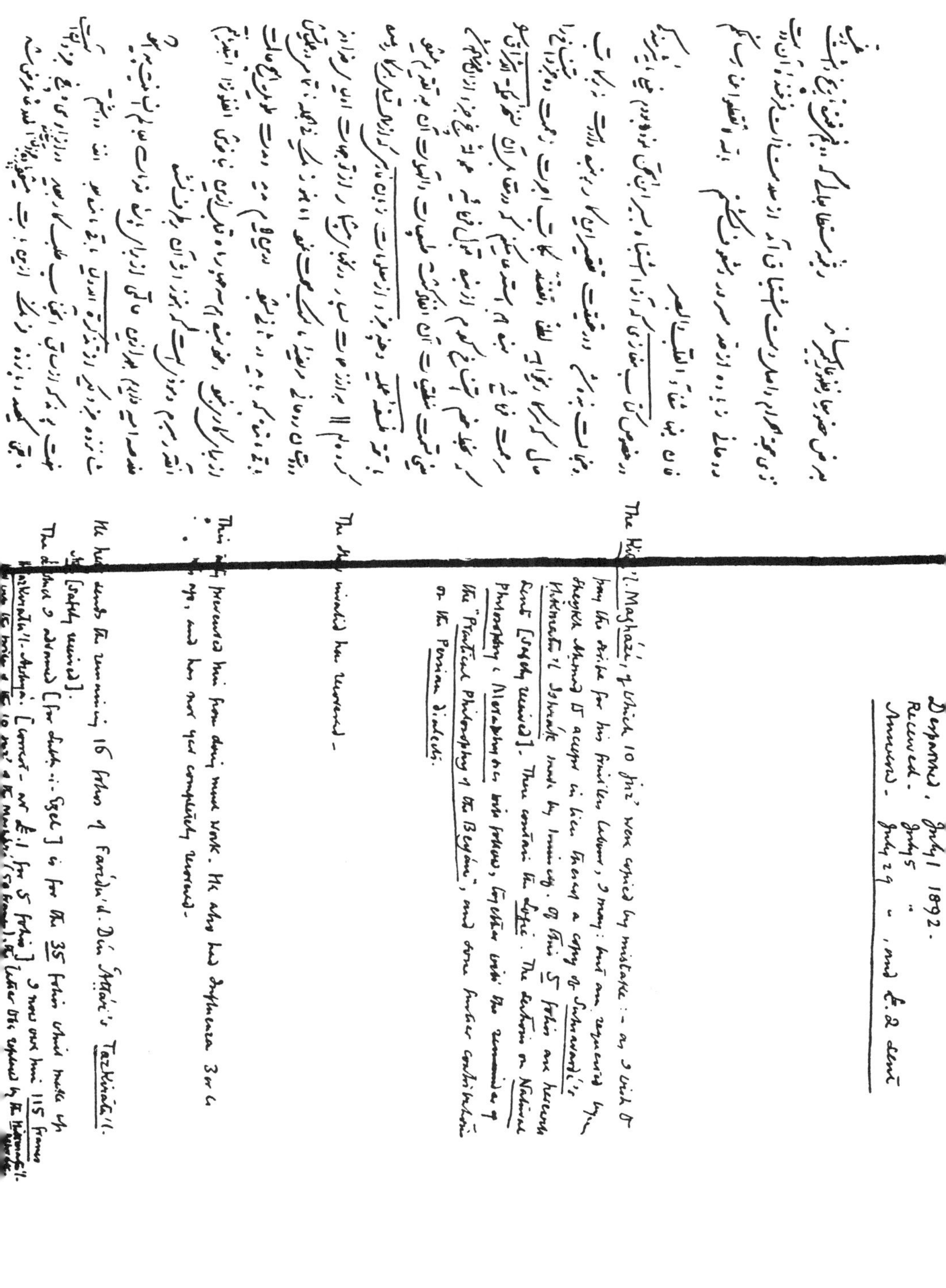

Despatched. July 1 1892.
Received. July 5 "
Answered. July 29 " , and £.2 sent

بعرض حضور معارف ظهور عالی کمبریج میرساند رقیمه مستطابه عالی که در دویم فوریه تاریخ داشت در غره
ذی حجة الحرام واصل و باعث اشتیاق آمد از سلامت ذات فرخنده آن دوست
روحانی زیاده از حد مسرور و مشعوف گشتم البته لاتقطعوا عنا رسائلکم
فان فیها شفاء القلب والبصر

در خصوص کتاب مغازی که از اشتباه بسیار این حق نموده بودم خیلی باعث شرمندگی
و خجالت بنده شد در حقیقت تقصیر این کار بر بنده وارد است نه بر کاتب
حال که سرکار میخواهید لطف بفرمایند بکاتب اجرت زحمت ده جزو استنساخ را
مرحمت فرمائید بنده هم استدعا میکنم که در مقابل آن نسخهٔ حکمة الاشراق سهروردی
که بخط خودم استنساخ کردم از بنده قبول فرمائید جمله پنج جزو از آن فرستادم که
مبنی قسمت منطقیات آن انشاءالله طبیعیات و الهیات آن به تقدیم میشود
با تتمه فلسفهٔ عملیه و چند جزو از معلومات زبان فارسی که از السنهٔ قدیمه برکار رسیده
کرده‌ام || بر از زحمات بسیار در کتابت بسیار از توجهات اولیای خداوند
دوستان روحانی مریضهٔ ما یک صحت نمود اما هنوز زمستان فی الجمله تمامی در علیلیش
باقیمانده که باید در ثانی بشود درین ایام مدتی مدید طولانی این حالت
از برای کاری نمود و خود بنده هم سه چهار ماه قبل ازین ناخوش انفلوئنزا ابتدائی
اتفاق رسیدم و موذی است که هنوز اثر آن برطرف نشده
مقدمه امید داریم بهر از این حالتی از برای باشد مذهبات لطف انشاءالله
شانزده جزو دیگر از تذکرة الاولیا باقیمانده بود انفاذ داشتم
هفت پوند که از سابق آنجناب طلب کار بودید در ازای سی و پنج جزو تذکرة
باقی یکصد و یازده فرانک ازین بابت میشود [illegible] عرض شد

The Kit[illegible]'l-Maghází, of which 10 juz' were copied by mistake:– as I wish to pay the scribe for his fruitless labour, I may: but am requested by Sheykh Ahmad to accept in lieu thereof a copy of Suhrawardí's Hikmatu'l Ishráq made by himself. Of this 5 folios are herewith sent [safely received]. These contain the Logic. The sections on Natural Philosophy & Metaphysics will follow, together with the remainder of the "Practical Philosophy of the Beyán", and some further contributions on the Persian dialects.

The [illegible] invalid has recovered.

This [illegible] prevented him from doing much work. He also had Influenza 3 or 4 [illegible] ago, and has not yet completely recovered.

He he[illegible] sends the remaining 16 folios of Farídu'd-Dín 'Attár's Tazkiratu'l-[illegible] [safely received].

The £[illegible] which I advanced [for Subh-i-Ezel] is for the 35 folios which make up [illegible]Tazkiratu'l-Awliyá. [correct – at £.1 for 5 folios] I now owe him 115 francs
[illegible] was the price of the 10 juz' of the Maghází (50 francs), the latter being replaced by the Hikmatu'l-[illegible]

1. Letter, on business
2. Separate confidential memorandum } from Sheykh Ah[illegible]
3. Letter (p. 50) from Mehdi, called —— [illegible] الحامی

به صورت پنج پوند ارسال فرمائید پنجاه فرنک اجرت کتابت مغازی ابن هشام

در توی [illegible] است چون بعد در کار تا نیز در آن دو سه جزو را هم پس بفرستید در ازای آن

بیست جزو از جزوهای حکمة الاشراق تقدیم شده میشود حکمة الاشراق کتاب نفیسی است

فلسفه فن الهیات آن که با اصول حکمت اشراقیون قدیم است

ادیب فاضل آقا میرزا حبیب اصفهانی کتاب حاجی بابا را از لغت فرانسوی ترجمه کرده است

به عبارتی خیلی تحت اللفظ و اصطلاحات عموم بازاری اصفهان و سایر شهرهای ایران هم در آن ذکر

کرده و عادات ایرانیان را هم بسیار گفته خوب است در اسلامبول آن کتاب را طبع کنم

سانسور اذن رخصت نداد هرگاه طالب باشید نسخهٔ از آن کتاب را برای سرکار

بفرستم و اگر در لندن چاپ بفرمائید در ایران طالب و خریدار بسیار بهم میرساند

و حبیب اینک [illegible] حق خود را بجناب مصالحه میکند هان طبع کردن کتابش

با کمال ممنونیت از سرکار

اخبار جدیده در این صفحات غیر از مردن فدای عکه چیزی نیست میان دو پسر یعنی عباس افندی

و میرزا محمد علی در باب خلافت از نزاع حادث شد میرزا محمد علی که او را [illegible] حاضر [illegible]

[illegible] سند از میرزا جمیع بردن آورده که میرزا محمد علی وصی است عباس افندی هم

که خود را [illegible] میرزا جمیع [illegible] به جای میرزا محمد علی زیرا [illegible]

کوچک این کار را فقط برای این نمود که میرزا محمد علی [illegible] باشد زیرا که عباس افندی

هیچ اعتنائی بارو نداشت و اوقاتی که من در عکا بسیار [illegible] همه مقربات

این کار را فراهم آورده بود در [illegible] داشت از اینکه [illegible] جمال مبارک [illegible] لفظ حق

فرمودند که عاقبت کمال مجهول است حتی آقا یعنی عباس افندی و میرزا [illegible] تقریب [illegible]

[illegible] I am to send £.5.

This includes the 10 juz' of the Maghází.

[illegible] and return the few [illegible], as they are of no use to me.

20 juz' of the حکمة الاشراق will be sent as specimen.

Habib of Isfahan has translated Hajji Bábá into Persian, but they will not print it in C'ple. I'd like to [illegible] get me a copy, & M. Habib will make over to me all his rights of printing.

DEATH OF BEHÁ AT ACRE. Dissensions and the succession.

نشان بسازم این است که درضمن کار وتحقیق برمن مسلم گردید (اولین کسی که نظر مرا متوجه ساخت آقای صنعتی زادهٔ کرمانی بود وازایشان نهایت امتنان را دارم) که این نامه به خط روحی نیست وبه خط میرزا آقاخان کرمانی دوست ورفیق سفروحضرمرحوم روحی است وحتی درنامهٔ دیگری هم که در آغاز کتاب «هشت بهشت» بهوسیلهٔ عکسبرداری به چاپ رسیده است (پس ازمقدمه بلافاصله) وپروفسور براون آنرا هم به خط خود وبهزبان انگلیسی به شادروان روحی منسوب ساخته‌است خط میرزا آقاخان است و هنوز حل این معما برای بنده میسر نگردیده است .

پس دیگر جای شك نبود که مترجم همانا میرزا حبیب اصفهانی (متخلص به دستان) است . چیزی که هست در نامه‌ای که درهمان اوقات ازآنقره ازاستاد معظم آقای مینوی گرفتم ومورخ به ۱۴ آذر ۱۳۳۹ بود ، چنین مرقوم فرموده بودند که «افشار* می گفت کار شما درباب سرگذشت حاجی‌بابا مداومت دارد واصرار دارید که ترجمهٔ میرزا حبیب است، بنده نه کرمانیم نه اصفهانی وبرای من فرق نمی کند که کدام یك نوشته است اما مسلم اینست که میرزاحبیب انگلیسی نمی‌دانسته . ازشیخ احمد روحی کتب متعدد درکتابخانهٔ پروفسور براون درکمبریج هست که درفهرست چاپی آن نسخ وصف آنها آمده است واسم میرزا حبیب هم به مناسبت نسخهٔ کتابچهٔ لهجهٔ سیوندی درهمین فهرست نسخ ادوارد براون برده شده‌است والبته باطبع شوخ ومزاح پسند میرزا حبیب بهتر می‌سازد که مترجم این کتاب بوده باشد چه او به مطایبات عبید زاکانی ودیوان اطعمهٔ بسحاق ودیوان البسهٔ قاری توجه کرده و در چاپ آنها هم اهتمام نموده است ولی چه مانع دارد که این یکی را روحی ترجمه کرده باشد ...»

مطلبی که آقای مینوی تذکر داده بودند درست بود. باین معنی که میرزا حبیب زبان فرانسوی می دانست وکتابهائی را هم که ترجمه کرده بود همه اززبان فرانسوی بود ولهذا حل این مشکل نیز برای کسی که مدعی بود حاجی‌بابا را هم اوترجمه کرده است لازم می‌آمد. ازینرو بازدنبالهٔ کار وتحقیق را گرفتم وسرانجام بوسیلهٔ دوست دانشمندم آقای استاد مهدی هندسی معلم زبان و ادبیات فارسی در مدرسهٔ ملی السنهٔ شرقیهٔ پاریس معلوم گردید که کتاب حاجی بابا به زبان فرانسوی هم ترجمه و **در سال ۱۸۲۴ در پاریس به چاپ رسیده بوده است یعنی در همان سالی که اولین بار متن انگلیسی آن در انگلستان به طبع رسید.** اسم مترجم فوکونپره است† و همان کسی است که آثار نویسندهٔ مشهورانگلیسی والتراسکوت را هم به فرانسوی ترجمه کرده بوده است. پس این مشکل هم حل شد .

→ به عمل آمد و ایشان برای بنده فرستادند و درینجا تشکرات بسیار صمیمانهٔ خود را به حضور محترمشان تقدیم می‌دارم و توفیق کامل ایشان را در کارهای تحقیقی مربوط به انقلاب مشروطیت در ایران از خداوند خواستارم .

* مقصود دانشمند کتاب پرور آقای ایرج افشار است که خود ایشان هم در بارهٔ کتاب حاجی بابا تحقیقاتی دارند وبچاپ رسانده‌اند .

† Haji Baba (Par J. Morier) traduit de l'Anglais par le traducteur des Oeuvres de Sir W. Scott August Jean - Baptiste De Fauconpret, Paris, Haut - Coeur et Gayet Jeune, 1824, 4 Vol in 12 pl.

بقیه پاورقی در صفحهٔ بعد

اما آنچه ازتمام این کشفیات مهم مهمتر بود مژده‌ای بودکه حضرت استادی آقای مینوی در تاریخ جمعهٔ پنجم ماه مه ۱۹۶۱ ازاستانبول به ارادتمند خود مرقوم داشتند ومادراینجا قسمتهائی از آنرا نظر باهمیت امرعیناً نقل می‌نمائیم :

«پس‌ازعنوان. پنج روزاست که دراین شهرم وبه‌آخرین جستجوهای قبل ازحرکت به ایران مشغولم وامروز چند چیز یافتم که به درد شما می‌خورد، مخصوصاً یکی‌ازآنها.... کتاب دومی که یافتم «سرگذشت حاجی بابای اصفهانی» اززبان فرانسوی باهتمام بندهٔ کمینه حبیب اصفهانی ـ خط خود مترجم ـ در ۲۲۸ ورق است که تمام زحمات وسخنان را ازمیان می‌برد چون می‌توان ازروی آن عیناً چاپ‌کرد، بدون یك ذره تصرف، حتی می‌شودآن را « فاکسیمیله» کرد مثل‌کتابی‌که از روی خط بنده در ویسبادن چاپ شد.... نمرهٔ آن درکتابخانهٔ مزبور (یعنی‌کتابخانهٔ اونیورسیته در استانبول) ۲۶۶ ف است ... هرسه‌کتاب را* دستور دادم عکس برداری‌کنند و ازآن فیلم بگیرند وهمینکه فیلم حاضر شد میتوانیم بگوئیم بزرگ‌کرده روی کاغذ بیاورند وخدمت شما بفرستم و عرض کنم خیرش را ببینی».

حق آنست که من باید به ایشان با یك دنیا خلوص و صفای واقعی عرض کنم « خیرش را ببینی » که حلال مشکلات ما گردیدی و این معمای ادبی به دست مشکل‌گشای توحل‌گردید. خیرش را ببینی .

بعدها درمسافرتی‌که ایشان به انگلستان نمودند درعبور ازژنو فیلمها را هم برایم برسم ره‌آورد بسیار گرانبهائی‌آوردندکه آن نیزمایهٔ سپاسگزاری جداگانه‌گردید.

خود خواننده می‌تواند حدس بزندکه باچه بیصبری وولعی فیلمها را برای خواندن بزرگ کردم ودرمقدمه ودرصفحه اول ترجمه «حاجی‌بابا» شرح ذیل را خواندم :

علامت این کتاب در کتابخانهٔ ملی پاریس « Y2. ۷۵۹۵۷-۷۵۹۶۰» است. وعجب‌آنکه هنگامی که درسال ۱۹۳۳ ترجمهٔ فرانسوی دیگری ازکتاب حاجی بابا در ۲ جلد به وسیلهٔ ادارهٔ انتشارات ویکتور آتن ژر (V. Attinger) درپاریس به چاپ رسید مترجم که فن بر (Funbert) نام دارد ابداً اشاره‌ای به ترجمهٔ نخستین این کتاب به زبان فرانسوی نکرده است و روی کتاب نوشته‌اند که ترجمه ازمتن‌انگلیسی به عمل آمده است و البته مقابلهٔ دوترجمه می‌رساند که حقیقت از چه قرار است . من دراینجا وظیفهٔ خود می‌شمارم که از زحمتی که دوست ارجمندم آقای استاد هندسی در روشن ساختن این مشکل متحمل شده‌اند قلباً سپاسگزاری نمایم و سلامتی و سعادتمندی آن وجود وارسته را از خداوند درخواست نمایم . عنوان ترجمهٔ دوم حاجی بابا به زبان فرانسوی ازین قرار است ؛

James Moerier,; Les Aventures de Hadji Baba d'Ispahan, Traduit de L'anglais Par Elian - J Fuinbert, 2 , Vol 1933 Editions Victor Attinger, Paris, Neuchatel.

* مقصود ترجمه «ژیل بلاس» و «دیوان حبیب اصفهانی» و «سرگذشت حاجی بابای اصفهانی» است که‌آقای مینوی درنامه خود درباب دوکتاب‌دیگریعنی «ژیل‌بلاس» و«دیوان حبیب اصفهانی» هم شرحی مرقوم داشته اند که هرچند به غایت سودمند است ولی چون خارج از موضوع ماست از ذکر آن دراینجا صرف نظر می نمائیم .

« سرگذشت حاجی بابای اسپاهانی »

کتاب حاجی بابا در اصفهان که اززبان انگلیسی به فرانسوی واز زبان فرانسوی به فارسی به اهتمام بندهٔ کمینه حبیب اصفهانی بازبانی‌عام فهم وخاص پسند بااصطلاحاتی معروف ومشهورترجمه شده است وحسن وقبح و فایده‌مندی وضرر رسانیش حواله به مؤلف اصلی شده و نسخهٔ حاجی بابا در لندن نسخهٔ دیگریست که درآن‌توصیف انگلیسیانست چنانچه دراین توصیف ایرانیانست بلکه توصیف مسلمانان عموماً وانشاءالله آنهم ترجمه خواهد شد ومترجم موردمؤاخذه ازجانب شرع وعرف‌نخواهد گردید .

« من نه این از جیب و انبان گفته‌ام »
« آنچه را گوینده گفت آن گفته‌ام »

این بود شرحی که مترجم واقعی‌کتاب یعنی شادروان میرزا حبیب اصفهانی نوشته است.

این نسخهٔ خطی صفحه شماری‌ندارد وبامتنی‌که درکلکته اولین بار به‌چاپ رسیده است‌پاره‌ای اختلافهای غیرمهم دارد.

فیلم ترجمهٔ فارسی «سرگذشت حاجی بابای اسپاهانی» به‌اهتمام میرزا حبیب اصفهانی‌اکنون درتهران درکتابخانهٔ دانشگاه محفوظ است ، این مقدمه درظرف سه روز در نهایت عجله و دست پاچگی تنظیم وتحریر گردید وازخوانندگان‌استدعا دارم از زلل وخطایای ظاهری وباطنی‌آن چشم بپوشند .

خداوند به‌کسانی‌که هواخواه روشنی ونور هستند توفیق عطا فرماید تا دنیا و مردم دنیا را از تاریکی و بدبختی‌که درآن بسر می‌برند خلاصی بخشند.

سید محمدعلی جمالزاده

ژنو، ۲۵ بهمن ۱۳۴۴ ش.

دیباچهٔ مؤلف

دیباچهٔ مؤلّف

لندن، اوّل دسمبر ۱۸۲۳ میلادی

بحضور محترم دکتر فونزگروِن مقتدای روحانی سفارت کبرای سوئد در باب عالی (استانبول) بحضور دانشمند محترم و کلامی معروض میدارد

از وصول معروضهٔ کسی در شاید وجودش هم از صفحهٔ خاطر عالی و نامش از ضمیر منیر حضرتتان محو گردیده است البتّه تعجب نخواهید فرمود. امّا اگر لطف فرموده بلوح خاطر مهر مظاهر مراجعتی شود شاید بخاطر بیاورید سرگذشتهای پیش سیّاحی انگلیسی گاهگاه در مجلس افادات سرکار استفادهٔ میمون و بلکه تا حدّی منظور نظر کیمیا اثرتان گردیده بود و در اینصورت امیدوارم که از راه بنده نوازی تحمّل زحمت مطالعهٔ این کتاب که دیباچه‌اش را بجسارة بنام نامی سرکار مطرّز و مزیّن ساخته‌ام برای حضرتتان مقدور و میسّر گردد.

در آن دوره‌ای که بدان اشاره رفت اوقات شریف بتحقیق و تدقیق در باب خطّ هیروگلیفی مصریان

مصروف بود و یاد دارم که خاطر شریف به ترتیب و تنظیم دُرر شاهواری مشغول بود که غواصی فکرت از پی ارمغانی دامن دامن در کنار گرفته بود و اکنون بنام «ترجمهٔ احوال موسیقیهای مشهور» مرهم شکستگی خاطر و دل باستانشناسان گردیده است.

بارها بخود گفته‌ام «گردنم زیر بار منّت اوست»، و بسیار اوقات عزیزی که باعث تضییع آن شده بودم و با وجود مشاغل مهمّی که همواره داشتید با عشقی تطویلات بی‌طائل مشغولتان میداشتم در صدد اظهار سپاسگزاری برمی‌آمدم و بسیار آن اوقات خود را دلخوش میداشتم مخصوصاً در آن شب مهتاب دلپذیری که در سرای سفارت سوئد بروی صفّهٔ ایوان ولمیده بودیم و دیده بمنظرهٔ وسیع و باشکوه شهر استانبول و لنگرانداز آن دوخته درباره زندگانی و آداب و رسوم سکنهٔ خارق‌العادهٔ آنجا گفتگوهائی بمیان آمد که هرگز فراموشم نشده و نخواهد شد.

اگر بتکرار مذاکرات آن شب جسارت میرود معذورم دارید چه بحکم اهمّیت موضوع همه را در خاطر دارم. میفرمودید «هنوز هیچ سیّاحی درباب عادات و رسوم اهل مشرق چنین حسابی ننوشته و کیفیّت اخلاق آنها را بطوریکه مفید فایده بحال ما باشد شرح نداده است». یا در حقیقت سیّاحان عموماً در سفرنامه‌های خود مطالبی بیهوده بیّنه ذکر کرده‌اند بطوریکه سر و بن هیچ مطلبی و معنائی را با هم پیوستگی و ارتباطی نیست. بلکه اکثر آنها بشرح حال شخصی خودشان پرداخته‌اند. رأی حضرتعالی و ارادتمند این بود که در میان کتابهای داستانی و افسانه‌ای که در این باب نوشته شده است

از همه بهتر همان کتاب «الف لیل» است که عادات و رسوم اهالی مشرق را چنانکه شاید و باید برشتهٔ تحریر درآورده است

واین نیز خود بدان سبب است که مؤلف خود از اهالی مشرق بوده است. میفرمودید «هرچند این کتاب را بزبانهای

فرنگی ترجمه کرده‌اند و حشو و زواید آنرا بقدر امکان حذف کرده‌اند و آنرا با نظر و خیالات ما مطابق ساخته‌اند

باز با اینهمه کم کسی است که آنرا خوب بفهمد مگر اینکه سالها در مشرق زمین مانده و با اهالی آن سرزمین آمیزش کرده باشد».

آنگاه همان کتاب «الف لیل» را برداشته و علی العمیا آنرا گشودید. حکایت «سه قلندر» آمد و فرمودید

در این حکایت میگوید «امینه بحمالی برخورد و او را اشاره کرد و حمال زنبیل خود بهمراه او افتاد تا بدر خانهٔ بسته‌ای

رسیدند. امینه در بزد. مردی ترسا با ریش سفید بلند در را باز کرد. امینه بدون آنکه لب بسخن گشاید نقدی بمشت وی

نهاد. ترسا برگشت و پس از دقیقه‌ای چند شیشهٔ بزرگی از شراب زیتی بیاورد». آنگاه فرمودید «چون ما

مدتها در خاک عثمانی بسر برده‌ایم میدانیم که در اکثر شهرهای این مملکت آشکارا شراب فروختن ممنوع است و اگر

شرابی باشد در نزد ترسایان است و آنان هم بمسلمانان پنهانی میفروشند. اما اگر یک فرنگی بی‌سابقه این حکایت را

بخواند چیزی از آن دستگیرش نمیشود و بلکه منتظر خواهد بود ببیند از زیر کاسه چه نیم کاسه‌ای بیرون می‌آید و امینه چرا

با اینهمه احتیاط باید شراب بخرد و این در صورتی است که درین حکایت بجز گزارش چیز دیگری نیست».

بنده نیز جسارت ورزیده بعرض رسانده‌ام که «باعتقاد من اگر یک فرنگی بخواهد از حقیقت آداب

مشرقیان تصوری راستین بدست آورد که مبتنی باشد بر عقاید و تصاریف ایام زندگانی یکی از اهالی مشرق زمین و اعتقادات آنها درباره حکومت و سیاست مدن و تدبیر منزل و زندگانی خانوادگی و بیم و امیدها و توکل و تفویض و قضا و قدر و همچنین همچشمیها و رقابتهای آنها و بالجمله در باب آنچه با رفتار و کردار صوری و معنوی آنها ارتباط دارد و شاید بهترین وسیله این باشد که وقایع و حوادث و حکایات بسیار در خصوص طرز زندگانی ایشان که حاکی بر اختلاف احوال و تفاوت روحیات جماعتی از ایشان باشد جمع آوری نماید و پس از مجموع آنها سرگذشتی بسازد که فصول و ابواب آن با یکدیگر مربوط باشد و پیوستگی داشته باشد مانند کتاب «ژیل بلاس» تألیف حکیم لوساژ فرانسوی که آئینه تمام‌نمای احوال حقیقی فرنگیان است.»

جناب عالی منکر این اعتقاد و نظریه بوده و فرموده‌اید «این امری است محال چون هرگز یکنفر فرنگی ولو تبدیل دین هم بدهد مانند دوبونوال که در دستگاه حکومتی عثمانی بمقامات عالیه رسید (و همچنین آقایان فلان و فلان در همین زمانهای اخیر که اوّلی توپچی باشی و سردار توپخانه و دومی آدجودان کاپیتان پاشا گردید) نمیتواند مانند یک مشرق‌زمینی واقعی خالص بدقائق و نکات رسوم و اخلاق و عادات آنها چنانکه مطلوب است مستحضر و واقف گردد» و برای اثبات نظر خود میفرموده‌اید که «نه تربیت انسان و نه مرور زمان و نه فضل و دانش هرگز هیچ آدم بیگانه‌ای را هر که باشد در هیچ کجای دنیا نمیتواند چنان در دانستن زبان استاد و ماهر سازد که بتواند خود را چون یک نفر بومی جا بزند و هر قدر

هرچند بسیار بار در لغتی از لغات و یا تعبیر و اصطلاحی و نکته ای از نکات صرف و نحو آن زبان مرتکب خطاهای فاحشی میگردد. بلی اگر یکنفر از اهالی مشرق زمین در کار نوشتن و سخن گفتن و ترسّل و تکلّم بطرز و سبک و سلیقهٔ فرنگیها کاملاً مألوف و مأنوس گردد و در صدد برآید که شرح حال و سرگذشت زندگانی خود را از جزئی و کلّی از آغاز عمر تا پایان آن بطرز فرنگیها برشتهٔ تحریر درآورد آنوقت امیدی هست که منظور مطلبی برآید و دامن مقصود را بچنگ آوریم».

بزرگوارا، من این فرمایشات حضرت عالی را همواره در گنجینهٔ خاطر نهفته و در مقابل ذهن حاضر داشتم و چون مدّتی در ممالک مشرق زمین زیسته و مشاهدات و ملاحظات خود را ثبت و ضبط کرده بودم، هیچ نوید بودم که روزی بیک نفر از اهالی مشرق زمین برخورم که سرگذشت خود را چنانکه شاید و باید نوشته باشد و یا آنکه بطرز مضبوطی نقل و حکایت کند تا سررشته بدستم آید و این اطلاعات و فراهم آورده ها را بکمک آنچه قوّهٔ وهم و تصوّر حاضر ساخته است بصورت کتابی درآورم.

من پاره ای از رسوم و عادات اهالی مشرق زمین را که آنهمه در نظر عامّهٔ فرنگیها ناپسند مینماید هرگز مکروه نمیداشتم و بلکه همواره محترم شمرده ام چونکه در نظر من این عادات و رسوم بقایای عادات و رسوم دیرینهٔ خودمان و در واقع نسخهٔ ثانی آن است و حقیقةً کدام فرنگی است که این عبارت انجیل مسیح را بخواند آنجائی که میگوید: «کسی که با من در یک وقت دست بکاسه میبرد» و عادت غذا خوردن امروزی اهالی مشرق را با دست و با رسم

همکاسگی آنها را بخاطرم بیاورد و بتواند آن عادت را مکروه بشمارد . همه میدانند که من چندان دشمن غذا خوردن با

کارد و چنگال نیستم امّا هر وقت با یکی از دوستان شرقی غذا میخوردم و این عادت با دست خوردن و همکاسه شدن را

که بسیار طبیعی است مُراعات میکردم ، نمونه‌های زنده و حیّ و حاضر عادات دیرینه و مدلول کلمات کتاب مقدّس

انجیل که بهروزی ما همه بدان بسته است میدیدم . و همچنین هر وقت در ایران ستمدیده ای را میدیدم که آه و ناله کنان

میگفت « چه خاکی بر سر کنم » نه تنها این اصطلاح بسیار متداول آنها را مضحک نمیشمردم بلکه بی اختیار

عبارت کتاب تورات بخاطرم میآمد و میدیدم که این دو تعبیر کاملاً باهم مطابقت دارد .

آری عجب ، عادات اهل مشرق تغییر پذیر نیست و این کلامی است که از سر کاربهن یادگار است .

امّا هر قدر هم تغییر ناپذیر باشد همانی نیست که در گذشته بوده است و برای حقّ ادای مطلب معروض میدارد که حکم

نقوش سینه آلات را دارد که هر قدر هم خوب نگاه دارند باز از کثرت استعمال در جائی از آن فرسودگی

و سائیدگی بوجود خواهد آمد .

شاید بتوان برای ادای مقصود گفت که مردم مشرق زمین دارای یک نوع صفت چاره اندیشی و از

دام گریزی مطبوعی هستند که در نزد فرنگیها دیده نمیشود و بهمین جهت من کار و کردار ایشان را خیلی شنیدنی و دیدنی

یافتم و از تأثیر همین کیفیت شوقی در من پدید آمد که این معنی را بدیگران هم بفهمانم همچنانکه وقتی سیاحی منظرهٔ

زیبا و بدیع ببیند، خواه نفت شی باشد یا نباشد، تصویر آن را، نیک یابد، برمیدارد که بتواند به دیگران بنماید. من نیز از آنجائی که

دریغ آمدم از چنین بوستان   تهی دست رفتن بر دوستان

با این هدیهٔ ناچیز که ترجمه ای بیش نیست در نزد یاران گرام جسارت می‌نمایم

وَالْعُذْرُ عِنْدَ كِرَامِ النَّاسِ مَقْبُولُ

هنگامی که وجودم از سودای این شوق چنانکه قیاس نتوان کرد مالامال بود شاید بتوانید درجهٔ شادی و شعف مرا قیاس فرمائید وقتیکه اندک زمانی پس از گفتگوی با سرکار با انگلستان برگشتم و معلوم شد دولت انگلستان بفرستادن سفیری به دربار ایران مجبور گردیده است و مرا به همراهی او نامزد نموده اند. دلم آنچه را در طلبش می شتافت بیافت. ایران، چه ایرانی، پایگاه رؤیای جاه و جلال خاورزمین. سرزمین شعرای گلی و بلبلی، گهوارهٔ مردی و مردمی، سرچشمهٔ تابناک رسوم و عوائد دلکش مشرق زمین. چنین مسافرتی در پیش بود و چون که آرزوئی که سالیان دراز سودایش را در دیگ دماغ می پختم در چنین وضعی چنان شادمان کردم که بوصف نیاید. تا بدانجا از آن همه ممالک و مسالک خیالی خواب مانند بیشتر نداشتم و اکنون در شرف مسافرت به سرزمینهائی بودم که آنهمه اندیشه ام را مشغول داشته بود و آرزوی دیدنش را داشتم.

« میبرد گرچه نگوئی تو هوای سفرم   خبر از پای ندارم که زمین میسپرم »

« ره کوی تو ندانم ز کجی تا بکجی است   اینقدر هست که بازیچهٔ دست قدرم »

در واقع خود را مانند زنی فرانسوی از دوستانم دیدم که از مشرق‌زمین خیالی مبهم و درهم و برهم داشت که در وقت وداع با من خواهش کرد که سلام او را بیکنفر از دوستانش که مسکنش در طرفهای هندوستان است برسانم و عجب آنکه من دوست خانم را در دماغهٔ امید نیک در جنوب افریقا دیدم.

نمیگویم خوابهائی که دیده بودم همه بحقیقت تعبیر شد چرا که ایران مرز و بومی است که خواه در باب بدایع آثار طبیعت و خواه در باب جاه و جلال و شکوه دولت و ملت آن، تصوری راستین، چنانکه برای سایر امکنه امکان پذیر است، نتوان کرد ولی همینقدر هست که در باب اخلاق و عادات و رسوم و آداب آن امروز میتوانم بگویم که در تمام دنیا مردمی که مانند مردم ایران نسخهٔ اخلاق دیرینه خود را باشند و با فطرت آداب و روایات باستانی مفطور باشد وجود ندارد و حتی کار بجائی کشیده که این صفت در صورت و سیمای آنها نیز مشاهده میشود چنانکه این حقیقت با معاینه و مقایسه صورت ایرانیان امروز با صورتهای فراوانی که بر در و دیوار تخت جمشید نقش است (و گوئی امروز کنده‌اند) مدلل و مبرهن میگردد.

در آنهمه مدت اقامت در ایران صحبت شب مهتاب را در ایوان سرای سفارت سوئد فراموش

مگردم و هرگاه حکایتی می‌شنیدم و یا داستانی بر میداشتم که ارتباط با عادات و رسوم اهالی مشرق زمین داشت و یا چیز تازه و نقشه‌ای بجُنگ بندی خود می‌افزودم که حاکی بر آداب و رسوم آنها بود بیاد سرکار فتح اسلام و بهوای آن کتابی که در عالم خیال بدست یکنفر ایرانی نوشته می‌پنداشتم و برای سرگذشت حقیقی ایرانیان می‌شد گاه و بیگاه آه حسرت می‌کشیدم.

بزرگوارا، نمیتوانم بگویم که مدّت اقامت من در ایران برایم زمان سعادت قرینی بود و هرگز بخاطرم نگذشت که مثلاً در میان انبیاء بنی اسرائیلی روز میگذرانم و یا در میان ایرانیان باستانی که پادشاهان با نام و نشان حکمفرمای سرتاسر فارس زمین بودند و حتّی در تمام آن مدّت هرگز زنخدان نوره کشیده فرنگی؟ و لبهای دم پرستوئی آنها از پیش چشمم دور نمیشد و هرچند روی سخن با شخصیت دیرینه حرمت و کهنه پژوه امّا برای اینکه حقیقت را بعرض رسانده باشم باید بگویم که ترجیح میدادم در میان ازدحام خیابانهای وینه و یا در شهر خودمان لندن باشم تا اینکه بآزادی و سکون خاطر در انزوا و سکوت کاخ و قصور ویران بهمن و داریوش.

عاقبت روز حرکت از ایران فرا رسید و با جعبه‌ای مملّو از یادداشتها و جُنگ بندی پر از گرده‌هائی از نقشه و ریز دقیقی عادات و رسوم ایرانیان، ایران را وداع گفتم.

در عرض راه مُدام در فکر نقشه‌های آینده بودم و مانند همه سیّاحان خوشدل بودم که البتّه

دیده ؟ و شنیده ؟ مرا بجز من کسی ندیده و نشنیده است و هر آینه روزی که نتیجهٔ کشفیات و اطلاعات خود را منتشر سازم باز از نو کشف سیارهٔ تازه ای در نظر عالمیان جلوه خواهد کرد .

در زمانی موافق دستور از دامنهٔ جبال مبارک آغری تاغ و سرزمین سرد ارمنستان و از حدود خطرناک ایران و روم گذشتم بدون آنکه واقعه ای که قابل عرض باشد رخ بدهد ولی خواهشمندم شرح قضیه ای که برایم در شهر «توقات» پیش آمد و سبب تحریر این معروضه و داشتن این کتاب که بمصحوب آن تقدیم میدارم گردد از راه بنده نوازی بدقت مطالعه فرمائید .

شبی خسته و کوفته با دو نفر نوکر و دو تن چاپار و شکوه چاپارچی به توقات رسیدیم . در نزدیک چاپارخانه شاگرد چاپارچیها برای تدارک جای آرام و تهیهٔ شام که میدانستند برای مسافرینی مانند ما خسته و وارفته چه نعمتی است بنای داد و فریاد را گذاشتند و مخصوصا بنا بر طرز داد و فریاد را بحدودی خارج از حد معتاد رسانیدند چنین در نظر میخواستند بگماشتگان چاپارخانه بفهمانند که لقمهٔ چربی که عبارت از من فرنگی بود بچنگشان افتاده است .

ماه از تیغهٔ کوه ها بعظمت تمام جلوه گر بود و میتابید و در آن مهتاب دلپذیر سر و صدای چاپارچیان در خیابانهای شهر میپیچید . بمحض فرود آمدن از اسب بالاخانه ام بردند و پس از گشودن سلاح و کندن بالاپوش و در آوردن چکمه های

یک خروار کفش سرپائی پیدا کردم و رخت شب پوشیدم و قهوه کافی نوشیدم و چپوق معطلا چاق کردم و پس

پلوئی که برنجش وارفته و گوشت مرغ پخته بود با ماستی ترش نوش جان کردم .

خود را برای رفتن به رختخوابی که برایم بر روی پشت بام انداخته بودند حاضر ساختم که ناگهان بیگانه‌ئی در حال

آشنائی در مقابلم سبز شد و با ادب در جلویم ایستاد . از وضع و حرکاتش فهمیدم که ایرانی است و از لباسش دانستم که از

طبقهٔ نوکران است . اگر جای دیگر و موقع مناسب‌تری بود از صحبت با او خوشوقت میشدم چونکه از شدت

آمیزش با ایرانیان تا قدری خود را از آنها میدانستم مخصوصا در دهات عثمانی ما و ایرانیان هر دو را مردود و منفور

میشمارند و مرا رغبت بیشتری بمصاحبت ایرانیان بود که « حال سوته دل دل سوته دونو » .

از هم و غمی که در قیافه‌اش دیده میشد و از روی مصلحت ساخته بود فهمیدم که مطلبی مهم فوری دارد و بد نفهمیده بودم .

گفت « صاحب ، اربابی دارم بنام میرزا حاجی بابا که از جانب دولت ایران در استانبول مامور انجام

امور پادشاه بود و از آنجا برگشته است و باید به ایران برود و در راه ناخوش و بستری افتاده و یک هفته است که در این

کاروانسرائی که دنبش چاپارخانه است منزل دارد . یک حکیم فرنگی مشغول معالجه اوست اما عوض علاج هر دم مرگش پیداتر است

وقتی شنید یک نفر از ایران وارد شده است بسیار خوشحال شد و خواهش دارد که هر چه زودتر با او ملاقات

بفرمائید و میگوید « دوای درد من دیدار کسی است که از ایران آمده باشد و بوی ایران را با خود همراه آورده باشد »

و آخر چنانکه در این صفحات رسم نوکرهاست گفت «صاحب، دیگر کار او از اول بند آب بسته است و بعد شما».

همینکه نام حاجی بابا را شنیدم فوراً فهمیدم کیست. گرچه مدتی بود که او را ندیده بودم اما می‌شناختمش. از همه چیز بیشتر خوشم می‌آمد و می‌دانستم که با اولین سفیری که از ایران بلندن فرستاده بودند بصفت منشیگری همراه رفته بوده است و پس از آن گاهی در مقامی عالی و زمانی در مرتبه و منصبی عادی مانند عموم ایرانیان نشیبها و بلندیهای دنیا را زیاد دیده و سرد و گرم زمانه را بسیار چشیده است و عاقبت او را بعنوان کارپردازی از جانب پادشاه بدربار عثمانی فرستاده بودند.

با همه خستگی بدون فوت دقیقه‌ای، با همان لباس، بالاپوشی بر دوش انداخته باطاقش رفتم. میرزای بیمار را دیدم نیم مرده و بلکه تمام مرده در حجرهٔ تنگ و تاریکی در رختخواب افتاده است و نوکرانش دورش را گرفته‌اند. در اول آشنائیم با او جوانی بود خوشخو، خوشرو، خوش‌اندام، خوش‌ترکیب، شاهین‌بینی، گرد رخسار. اما امروز ایام عمرش از سر حد نیم روز گذشته بود و با اینهمه باز تازه روی و تیز نظر بنظر می‌آمد. بمحض اینکه چشمش بمن افتاد مرا شناخت و از سیمایش دانستم که خیلی از دیدارم خرم و خرسند گردیده است. با اصطلاحات و سخنانی که خاص ایرانیان است برای تعارف و خوش‌آمدگوئی را گذاشت و با احترام و اعزاز گفت «زهی طالع، من چشم براه ملک‌الموت بودم که بقبض روحم بیاید و روح‌القدس آمد که جان در بدنم بدمد». گوئی این ابیات را

شاعر در حق من گفته است که :

« تو از دریافتی ما را وگرنه — چنان بودم چنان دور از سعادت »

« که جام غوطهٔ تسلیم میخورد — میان لجّهٔ غیب و شهادت »

« کسی برکام من ننهاد چیزی — ز نومیدی بجز لفظ شهادت »

« طبیب از کار من عاجز شد ارچه — بکار آورد انواع جلادت »

« ز تشریف تو بر من گشت معلوم — که روز حشر چنین باشد اعادت »

همینکه با بابات و شارها و نهای بی اختیاری فروکش کرد پرسیدم « حالت چطور است؟ طبیبت کیست؟ »، از زردی رخسارش معلوم بود که مرضش صفرا است و چون این مرض را در ایران بسیار دیده بودم و سررشتهٔ کاملی از معالجه‌اش داشتم گفتم « غم مخور که دوای تو در نزد من است ».

گفت « صاحب، چه بگویم. اوّل گمان کردم وَبا گرفته‌ام. سرم درد میکرد. چشمهایم سیاهی میرفت، پهلویم تیر میکشید. دهانم تلخ و بی مزه بود. یقین کردم که ۳ روز نمیکشد عمرم را بشما میدهم، امّا هنوز آن علائم و آثار باقیست و خودم فانی نشده‌ام. در موقع ورود باین محل گفتند در اینجا دو حکیم داریم، یکی یهودی و دیگری فرنگی. فرنگی را ترجیح دادم، اگر شما هم بودید، همین کار را میکردید.

باز خدا را شکر کردم که این را ترجیح دادم. حکیم فرنگی آمد. گفتم «حکیم باشی، حالم خیلی خراب است.» با کمال وقار گفت «ماشاءالله». متحیر شدم و با اوقات تلخی گفتم «کم مانده بمیرم.» گفت «ان شاءالله». نوکرهایم خواستند بیندازندش بیرون ولی معلوم شد دردمند از زبان مسلمانان همین دو کلمه را میداند و سوراخ استعمال آنها را هم گم کرده است. بملاحظهٔ اینکه شاید با این خری در کار خود حاذق باشد خودم را بدست او سپردم. خاصیتی که از معالجه‌اش می‌بینم این است که روز بروز بدتر میشوم و بپای مرگ رسیده‌ام.»

میرزا را گذاشتم تا آرام گیرد که خیلی لازم داشت و خودم بمنزل برگشتم و از جعبهٔ دواجاتم که در خورجین بود مسهل رقیقی ترتیب دادم و همان شبانه با آداب تمام باو دادم و رفتم خفتم.

بامدادان به دیدنش رفتم. دیدم دوا معجز کرده است. چشمان مریض باز شده است و درد سرش فروکش کرده است. خود و آدمهایش بچشم بقراط ثانی نگریستند و گفتند «هرگز از عهدهٔ شکرانهٔ این همه حذاقت و استادی بر نخواهیم آمد.»

در همان اثنا هیئتی بس مضحک وارد شد که از تعریف و توصیف آن نباید دریغ داشت. مردی بود با عرض و طول یکسان و با ابروانی سیاه و انبوه و ریش نتراشیده و تنهٔ نخراشیده. از پا تا شانه ترک با موزهٔ زرد در پا و قبائی دراز در بر و شالی بزرگ بکمر و عصائی بلند در دست. اما از شانه

ببالا فرنگی یعنی با بقیهٔ فرنگی و گوشه‌ای پیراهن تا بدوش و کلاهی سه گوشه قارچ مانند بر سر. سلام داد و با زبان ایطالیائی با من بنای گفتگو را گذاشت. حدسی که زده بودم درست درآمد. معلوم شد سیاحی است که زمانی در ایطالیا یا در استانبول آبی بدست دواسازی ریخته است و آنگاه در گوشهٔ آسیای صغیر افتاده، مردم را می‌فریبد و می‌طبیبد و میدوشد یعنی هرکس بدستش بیفتد میکشد.

چنین عموماً سرگذشت این تماشائیهای عجیب و بامزه شنیدنی میشود. با او گرم گرفتم تا محرم رازش شوم. اسم و رسمش را برایم گفت. اسمش چندان دراز بود که در یک سطر نمیگنجید و مسمّایش مصداق این بیت معروف که :

«یک سال اگر حکیم باشی باشی　　أَنْتَ الْباقی وَکُلُّ شَیْءٍ هالِکْ»

ادّعا داشت که از دار الطّب ایطالیا دیپلم گرفته‌ام و باستانبول آمده‌ام و چون در استانبول آنقدر طبیب زیاد بود که تو سر سگ میزدی طبیب قی میکرد با والی توقات و برسم حکیم باشی او بدینجا آمده‌ام.

ادّعایش بنظرم بی‌پایه و ساختگی آمد. از اعتقاد و نظرش در باب بیمار حاضر استفسار کردم. دست‌پاچه شد. سرانجام از جفنگ گفتن و سخنان بی‌سر و بن زدن خسته و عاجز مانده و اقرار کرد که در ایطالیا در خدمت حکیمی بوده است و سررشته‌اش عبارت است از پاره‌ای الفاظ بی‌معنی که از استادش شنیده است. میگفت:

«چنین بیمارانم غمگین کرد؟ و ترکها می‌ستانند، بدون هیچ دغدغه‌ای جواز نامهٔ مسافرت به دیار آخرت را به دستشان می‌دهیم».

گفتم «حکیم، چه کردی که در این مدت ریشت به گیر نیامد؟ و مشتت باز نشد؟ چنین ترکها هیچ‌قدرها هم نفهم و زودباور و متحمل نیستند».

گفت «عجب آدمی هستی. این ترکها چیزهائی را باور می‌کنند در طبابت من در پیش آن به یقین است و بارهائی میسر شد که آدم کشتن نسبت به آن از حسنات ابرار است. و انگهی من هم به آنها دوائی نمی‌دهم که زیان‌بخش باشد».

گفتم «آخر حکیم باید دوا و درمان داشته باشد. دواهای تو چیست و از چه نوع است؟».

گفت «صاحب، من چند شیشه مایع دارم که خاصیت و صفتشان واحد و تنها رنگشان مختلف است و از برکت مغز نان و آب حوضی در ساختن حب هیچ‌وقت در مضیقه نیستم. این است دواجات من و گفت و شنودم نیز با مریض منحصر است به کلمات «ماشاءالله» و «ان‌شاءالله»».

گفتم «رفیق، مگر از نان و آب هم می‌شود حب ساخت؟».

گفت «من ساخته‌ام و شده است. چیزی که هست حب‌هائی که اختصاص به مردم عوام و خرده‌پا دارد با

آرد می‌سائیدیم و آنچه تعلّق بخواص داشت یعنی پاشاها و آقاها، در ورقهٔ نقره می‌پیچیدیم و چه خواص و چه عوام همه بدون ترشروئی و تلخ خوئی و بدون آنکه چین بابرو بیاورند می‌بلعند و صدایشان درنمی‌آید».

از شگفتی چنین طبیبی و چنین دواهائی بسیار خندیدم و بجای اینکه داد دلی از خنده گرفته باشم مهمانش کردم. اگر نمی‌ترسیدم که این معروضه زیاد مفصّل شود از ذکر سخنان این مرد مضایقه نمیکردم تا حضرت عالی نیز از لذّت ارادتمند نصیبی داشته باشید.

قدری دواجات از دوافانهٔ سفری خود باو تعارف کردم. گفت «اینهمه دوا برای مداوای همهٔ اهل آسیا کافیست».

امّا میرزا را در دست او نگذاشتم. چند روزی در توقّفات ماندم. پس از آن مُسهلی زیبق که در روی میرزا بی وجود بکار آمد چنانکه ظاهراً دیگر ترس و بیمی باقی نماند و بلند شد و براه افتاد.

گفتم «میرزا، الحمدلله حالتان خوب است و من هم دیگر مرخّص میشوم و ترا بخدا میسپارم».

بیچاره میرزا برای سپاسگزاری از زحمات من نمیدانست چه بکند. گذشته از اظهارات دور و دراز در باب شیرمردگی خود دست در میکرد تا با عطای هدیه‌ای که قابل باشد دست خالی روانه‌ام نکند.

دم رفتن و وداع حجره را خلوت کرد و اینک آنچه گفت :

«صاحب، تو دوست قدیم من هستی، باعث حیات تازهٔ من شدی. بشکرانهٔ لطف و مرحمتی که در حقّ من کردی، من چه کنم که حقّ احسان را بجا آورده باشم. از مال دنیا چیزی ندارم. مدّتی است که یک قاز از دولت از بابت مواجبم نرسیده است و قلیل وجهی که دارم اگر مرا بمنزل برساند خیلی است. و انگهی من شما انگلیسیها را می‌شناسم، چشمتان بپول نیست و حرف پول نزد شما زدن بیهوده است. امّا چیزی دارم که شاید در نظر شما وقعی داشته باشد. از وقتی که با شما انگلیسیها معاشرت کرده‌ام، می‌بینم که شما بسیار کنجکاو و خرده‌بین هستید؛ هرگاه با شما سفری می‌کردم می‌دیدم که حالات و کیفیّات ممالک و اقوام را از کلّ و جزئی یادداشت می‌کردید و در مراجعت بوطن برای اطلاع هموطنان خود منتشر می‌ساختید. آیا هیچ باور می‌کنید که من با همه ایرانیگری بشما تأسّی جسته باشم و در این مدّتی که در استانبول بودم سرگذشت خود را از اوّل عمر تا بآخر بطرز شما نوشته باشم. سرگذشت من هر چند سرگذشت آدمی گمنام و کم مایه است امّا منافاتی ندارد با مشتمل بر چندان وقایع و قضایائی است که اگر در فرنگستان منتشر شود احتمال می‌رود که مورد توجّه قرار بگیرد. من آنرا بشما می‌دهم و یقین بدانید که این خودبینی بر اعتمادی است که بشما دارم و گرنه بغیر از شما بکسی نمی‌دادم. امیدوارم قبول فرمائید.»

بزرگوارا، تصوّر بفرمائید که از شنیدن این سخنان بچه درجه خوشحال و سعادتمند گردیدم. مالک گنجی شدم که باعتقاد من کتابی مفیدتر از آن برای وقوف باحوال جامعهٔ انسانی چیزی وجود ندارد و سالیان دراز

در اشتیاق بدست آوردن آن بودم. زهی سعادت! از شما چه پنهان که وقتی اظهار استغنا میکردم چشمم از فرط شادی جائی را نمیدید. هرچه من (بمناسبت حالی در رسوم و عادات) در گرفتن ناز کردم، او (بمناسبت حال در رسوم و عادات) نیاز کرد، و عاقبت برای اینکه مرا ملزم بقبول نماید گفت «من دارم بایران بر میگردم. از التفات شاه زیاد خاطر جمع نیستم. اگر معزول و مغضوب بشوم و این کتاب در میان نوشتجات من بدست ایشان بیفتد، ممکن است بمناسبت راستی و درستی و حقایقی که در مضامین و مطالب آن است خاصه در آنچه مربوط به انگلیسهاست، موجب خانه خرابی من گردد.»

بالاخره تاب آن همه اصرار و ابرام نیاوردم و قبول کردم و خود را صاحب و مالک کتاب حاجی بابا دیدم و به آرزوی قلبی خود رسیدم. اکنون همین سرگذشت حاجی بابا موضوع کتابی است که بمصحوب این عریضه تقدیم میدارم و از آنجائیکه بنا بتشویق و تحریص سرکار عالی این کار را انجام داده‌ام اگر دیباچهٔ آن بنام نامی حضرتت مطرز نباشد بنام که باشد؟

اگر از روی بنده نوازی لطف مبالی برای مطالعهٔ آن داشته باشید ملاحظه خواهید فرمود که سعی کوشیده‌ام تا مراعات ذوق و طریقهٔ اروپائیان باشد و با طرز و سبک و مذاق آنها مطابق و موافق افتد. حشو و زوائد و مکررات و مبالغه‌هائی را که مرسوم اهالی مشرق زمین است حذف کرده‌ام. اما از جانب دیگر چنین

تواریخ قضایا و حوادث گاهی مقرون بحقیقت و صواب نیست لهذا باز از رائحه شرق عاری نخواهد بود. چنین چیزی هست چنین بنده در موقع پیش آید مطالب این کتاب مدّت درازی در ایران بوده ام میتوانم با طمینان بگویم که اکثر مطالب این کتاب مطابق با واقع و حقیقت است و هرچند برعکس تألیفات فرنگستان طابق النّعل بالنّعل با حقیقت مطابقت نداشته باشد امّا برای وقوف و اطّلاع با حوال و عادات ایرانیان و اهالی مشرق زمین کافی خواهد بود.

ممکن است پاره ای از وقایع کتاب در نظر اشخاصی که هرگز در محّل وقوع نبوده اند راست و صحیح و باور کردنی نیاید و این خود طبیعی است ولی همچنان طبیعی است که چنین واقعه ای نمیتواند اتّفاق بیفتد مگر در ممالک مشرق زمین.

مادامی که در میان «ریش و سبیل داران آسیائی در شرق و سبیل تراشیده های مغرب زمین» خطّ فاصل وجود دارد بدیهی است که هر دسته سرگذشت دستهٔ دیگر را باور نمیکند و تکذیب مینماید و آنچه در نزد گروهی عیب و خطا است در نزد گروه دیگر هنر و صواب مینماید. آنچه مقبول ترسایان نیست مردود مسلمانان خواهد بود. این اختلاف در عقاید گاهی فی الحقیقه خنده آور و مایهٔ تفریح تواند شد و شنیده است که آدم مسیحی میگوید «زهی شرافت که امّت محمّد و تابع ملّت او نیستم»، و همچنین آدم مسلمان بجز خود

و همکیشان خود همه را نجس و ناپاک میدانند و هر دو گروه در همین قسم عقاید استوار خواهند بود تا روزی که ان شاء الله « دستی از غیب برون آید و کاری بکند » و روزی بیدار شوند که بگویند « ما همه شکرگذاریم که سنّی و خر شیعه نیم » یعنی پردهٔ ظلمت صوری و معنوی را از مقابل چشم عدهٔ بسیاری از اهالی مشرق بر دارد.

چون میترسیدم که حجم این کتاب زیاد شود از افزودن شرح مشاهدات و مسموعات خود احتراز نمودم و فقط در مواقع ضرورت و برای تسهیل فهم مطالب گاهی از یادداشتهای خود چیزی بر متن افزوده‌ام و در این مجلّد ذکر وقایعی اتفاق رفته است که در مملکت خود حاجی اتفاق افتاده است و حاجی را از سرزمین خود بیرون نبرده‌ام. امّا آنچه حاجی بابا در سفر خود بانگلستان دربارهٔ اخلاق و عادات انگلیسیها نوشته است و مشتمل بر نکات و دقایقی بس شنیدنی و خواندنی است، گر دستوری باشد آنرا نیز بعداً بصورت کتابی جداگانه درخواهم آورد.

مخدوم معظّم، اینک دردسر را کم میکنم. افسوس که در مراجعت از ایران حضرت عالی را در استانبول ندیدم تا در سایهٔ افادات و افاضات سرکار این کتاب را مفیدتر و ارزنده‌تر سازم. معلوم گردید که باز در بیابانهای خشک و خالی در پی کشف حقیقت دربارهٔ مومیائیهای مصر و کشف خطّ هیروگلیفی مصریان قدیم مشغول پرسه زدن هستید. از درگاه پروردگار خواستارم که آن وجود محترم معظّم را

کامیاب بدارد و به بنده نیز توفیق عطا فرماید که از عُهدهٔ لطف عمیم سرکار عالی برآیم.

خادم صادق و جان‌ودل ممنون حضرت عالی

سیّاح ایران

لندن، اول ماه دسمبر ۱۸۲۳ میلادی

حاجی بابای اصفهانی

گفتار اول

درولادت و پرورش حاجی بابا

پدرم کربلائی حسن یکی از مشهورترین دلاکهای شهر اصفهان بود. تازه هفده ساله بود که با دختر شخصی از همسایگان دکان خود عروسی کرد. اما این زناشوئی مبارک نگردید چونکه زنش نازا درآمد و پدرم نیز قید چنین زنی را زد واز برکت مهارت و شهرت خود در تیغ اندازی بقدری مشتری خاصه از بازرگانان پیدا کرد که پس از بیست سال کار و کاسبی توانست بدم ودستگاه خود وسعت بیشتری بدهد یعنی زن دیگری وارد حرمسرای خود سازد. دختر صراف توانگری را خواستگاری کرد و چون سالیان دراز سر پدر را با چیره دستی تمام تراشیده بود بدون اشکال بمطلوب خود و بوصال دختر رسید. آنگاه بقصد آنکه چند صباحی از دردسر زحمت و حسادت زن اول فارغ باشد وضمناً درنزد پدرزن تازه نیز که هرچند از بریدن کنار درهم و دینار و جازدن نقد ناسره بجای سره مضایقه نداشت در رعایت سنن شرع و آداب دین دعوی پایداری مینمود جانمازی آب کشیده تقدسی بفروشد عازم کربلای معلا گردید. زن تازه اش را نیز همراه برد ومن درآن راه از تنگنای عدم بفراخنای وجود قدم نهادم.

پیش‌ازین سفر پدرم حسن دلاك بیش نبود اما پس‌از سفر لقب کربلائی حسن گردید و از برای خوش‌آمد مادرم که مرا لوس‌و ننر بارمی‌آورد مرا نیزطرداًللباب حاجی خواندند. این عنوان بااینکه اختصاص به حجاج بیت‌الله دارد درتمام عمراز من‌جدا نشد ودرهمه جا چندان مایهٔ عزت و احترامم گردید که الحق هیچ سزاوار آن نبودم.

پدرم پیش از سفر کار دکان را بشاگردی که زیر دستش بود باز گذاشت و پس از مراجعت با رواج و بازار گرمی بیشتری تحویل گرفت و درسایهٔ عنوان کربلائی وتقدس فـروشی گذشته از مشتریان تاجر واهل بازار پای ملاها واهل‌عبا و عمامه را نیز بدکان خود باز نمود.

تربیت من قاعدتاً بایستی منحصر بمهارت درکار تیغ و نشتر و محدود بخوانـدن حمد و سوره و نماز باشد اما از مدد بخت آخوندی از مشتریان پدرم که در مسجدی که مجاور دکان پدرم بود مکتبداری میکرد و پدرم بمنظور تأکید در اظهار دینداری خویش بقول خودش سرش را قربةً الی‌الله میتراشید مرا دید و بپاداش نیکی پدرم زحمت درس و مشق مرا رایگان بگردن گرفت. از همت آخوند در سر دو سال کوره سوادی پیدا کردم چنانکه از عهدهٔ خواندن قرآن برمیآمدم و خطی مینوشتم که خوانا بود. اما در ضمن اوقات تعطیل را نیز بی‌کار نمیماندم بلکه در دکان پدر مبادی و اصول هنر خود را بضرب چوب می‌آموختم و هنگامی که مشتری در دکان زیاد جمع میشد تراشیدن سر چاروادار و شتربان به‌تیغ من‌حواله میگردید هرچند چه‌بسا سرتراشی‌من درحقیقت‌نوعی از سرخراشی بودوارزان تمام نمیشد.

همینکه پا بسن شانزده نهادم تشخیص اینکه آیا در تیغ‌رانی استادترم یا در کار درس ومشق کار دشواری بود. نه تنها درعالم تیغ‌رانی و موی پیرائی گذشته از نرم‌تراشی وکاکل‌آرائی‌وموزون نهادن خط و برداشتن پشت لب ویکسان زدن مورچه پی و برداشتن زیرابرو و پاك کردن موی گوش و بینی وآراستن زلف و سایرآرایش و تکالیف خارج از حمام بچیره‌دستی شهرتی بسزا داشتم بلکه در صحن حمام نیز درکار مشتمال و کیسه زدن وقولنج شکنی و لیف و صابون و کارهائی که در ممالك مشرقزمین هند و کشمیر و ترکیه متداول‌است احدی بپای من نمیرسید. وقتی دست وپای مشتری‌را درحمام شتربند میکردم واورا وارونه میانداختم وپشت وپهلویش را بابادسیلی وشپاشاپ مشت میگرفتم آوازبندبندش

شنیدنی و حرکات دست و پنجهٔ من دیدنی بود.

از برکت نفس و تربیت آخوند از اشعار شعرای نامدار آنقدرها میدانستم که کلام خود را بمناسبت حال و مقام از ابیات آنان خاصه ازسخنان شیخ سعدی و خواجه حافظ چاشنی بخشیده رنگین و نمکین سازم. چون ته صدائی هم داشتم گاهگاه زمزمهٔ همواری نیز میکردم که بسایر هنرهایم می‌افزود و خلاصه آنکه بدون لاف و گزاف برای مشتریان نکته‌دانی که فرقشان با تیغ آبدار من سروکار داشت حریفی ظریف و نادره‌دان ورفیق ومحرم‌حجره‌و گرمابه و گلستان بودم.

چون دکان پدرم در بغل کاروانسرای شاهی واقع بود که محل ازدحام و آمد و رفت خلق بود پاطاق ملاقات خاص‌وعام و وعده گاه مردم غریب و بومی گردیده بود وچه بسا اتفاق میافتاد که مشتریان نظر بخوشمزگی و متلك و حاضر جوابی من از مزد مرسوم هم انعامی بیشتر مایه میرفتند. در میان مشتریان بازرگانی بود عثمان‌آغا نام از اهالی بغداد که مصاحبت مرا خوش میداشت بخصوص که اندکی ترکی هم بلغور میکردم و میتوانستم چند کلمه‌ای با او بترکی سخن‌رانم وازینرو سرتراشی مرا بسرتراشی‌پدرم هم‌باهمهٔ شهرتی که داشت ترجیح میداد.

این‌آدم از جاها و سرزمینهائی که دیده و گردیده بود چنان با آب و تاب تعریف میکرد و چندان توصیف می‌نمود که آرزوی مسافرت با شدت تمام در من قوت گرفت. در همان روزها نیز او را مسافرتی پیش‌آمد و برای‌سیاهه برداشتن ودستك نوشتن منشی ومحرری لازم داشت و از آنجائی که من جامع هنر تیغ و قلم هردو بودم تکلیف نمود که در این مسافرت با او همراه باشم. چندان وعده‌های چرب و شیرین داد که استقامت نتوانستم وتن دردادم. همینکه مطلب را با پدرم در میان نهادم چون وجودم را برای خود مفید میدانست بدین‌معنی راضی نمیشد و میگفت: «بامید سوری موهوم و بامخاطرات‌معلوم ترك شغل پدری با درآمد حتمی کار عقل نیست.» اما عاقبت در مقابل مواجب خوبی که عثمان‌آغا میداد و بملاحظه حسن عواقب و امید ترقیات آینده با دعای فراوان يك دست تیغ تازه یادگارم داد ودل بجدائیم نهاد.

امامادرم برعکس‌سودی دراین سودا نمیدید و دلش بجدائی ودوری از من گواهی نمیداد خاصه آنکه چون من‌شیعهٔ پاکی‌را در خدمت یکنفرسنی ناپاك بفال‌خیر نمیگرفت.

چیزی که بود وقتی عزم‌مرا جزم دید واحتمال داد که خیر وصلاح آینده‌ام در میان است خواهی نخواهی رضایت داد و برای اثبات مهر مادری یك کیسه نان خشك با یك بسته

مومیائی داد و گفت « این دارو برای شکستگیها و بستگیهای بدن و برای رفع سایرعلل وامراض ظاهری‌و باطنی‌نافع و آزموده است» وضمناً سخت سفارش کرد که فراموش مکن که در وقت بیرون رفتن از خانه‌واپس واپس بروی تا ان‌شاءالله درموقع برگشتن بخیر و سلامتی رو بخانه بر گردی.

گفتار دوم

اولین سفر حاجی‌بابا وافتادن او به‌اسیری بدست ترکمانان

عثمان‌آغا بسودای اینکه از مشهد پوست بخارا خریده باسلامبول ببرد عازم خراسان بود . آدمی را مجسم سازید چارگوشه، کوتاه بالا ، با کله‌ای بزرگ‌و گردنی که بمیان دوشانه فرو رفته باشد، باریش انبوه و موهای‌سیاه وآبله‌رو و بینی‌بزرگی که مدام آب ازآن روان باشد، چنین بود صورت اربابم.اما دوکلمه هم درمعنی او : مسلمانی بود پاك ، مراقب طاعت ، مواظب عبادت با رفتاری مرتب و کرداری منظم . در بحبوحهٔ زمستان هم صبح سحر درموقع وضو محـال بود جوراب را ازپا بدر نیاورد و هردو پا را نشوید. اگرچه در مدت اقامت در ایران پنهان میداشت اما در باطن دشمن شیعیان علی

بود. درعالم هیچ چیزرا بیشترازمداخل دوست نمیداشت وهرشب تانقدینهٔ خودرا در جای امنی نمی‌نهفت نمی‌خفت. هرچندپنهان شراب میخورد ولی آشکارا شرابخوارگان را لعن و نفرین میگفت . با اینهمه دلقش بپا و حلقش بجا ، دیگش همواره درجوش و قلیانش مدام در خروش بود .

کاروان دراول بهارحرکت میکرد. ماهم بتدارك سفر پرداختیم. عثمان آغا برای خود قاطری‌خرید تنومند ویورغه وبرای بنده یابوئی که علاوه برمن‌قبل منقل و آبداری و خرت وپرت من‌هم درترك‌بندیش بود. غلامی‌هم داشت که هم فراش بود و هم آشپز وهم مأمور بارکردن و پائین‌آوردن بنه. استری‌هم برای او کرایه کرد که علاوه براومفرش لحاف و دوشك و بالی وقالی وآشپزخانه راهم براوحمل کردیم. بر استر دیگری‌نیزیك جفت یخدان بار کردیم که هست و نیست ارباب همه درآن بود. این‌بود تفصیل دستهٔ ما.

در شبی که فردای آن باید حرکت کنیم عثمان‌آغای پیش‌بین بحکم پیش‌بینی و احتیاط کلاه لته‌ای را که در زیر عمامه داشت بدست خود شکافت وبرای روزمبادا ودست تنگی پنجاه عدد اشرفی‌درمیان پنبه‌های‌آن جابجا دوخت. این‌راز را بجزمن و او احدی نمیدانست و نباید بداند . مابقی تنخواه خود را هم درکیسه‌های چرمین سفید در لابلای رختها در صندوق پنهان ساخت .

همینکه کاروان حاضر شد سرشماری کردند و معلوم گـردید که عبارت است از دویست نفر شتر و پانصدرأس اسب و استر که همه حامل امتعهٔ گرانبهای عراق بودند . اعضای کاروان از بازرگانان و نوکرها و گماشتگانشان و چارپاداران و یتیم وچاروادار کم وبیش‌بصدوپنجاه نفرمیرسید. در حدود پنجاه نفرهم زوار امام رضا همراه قافله شدند و در حقیقت کاروان ما از برکت رنگ و روی اهل زیارت رنگ و بوی تبرك و طاعت و طهارت پیدا کرد بطوریکه همه بلااستثناء چنین سفری را نعمتی‌بزرگ شمردند .

دراین قبیل مواقع یراق واسلحه از واجبات است . حتی عثمان‌آغا که از صدای تفنگ زهره‌اش آب میشد واز برق تیغ خواب بچشمش نمیرفت یراق کرد . تفنگی بلند از چپ براست بشانه ، بغلطاقی ساغری در زیر بغل، کیسهٔ کمری با دبّه‌های ساچمه و باروت و کیفهای چـرمین و شاخ دهنه و وزنه و گلوله‌دان همـه در میـان دو پیشتو با شمشیری سر کج در کمر، غرق سلاح شد. من‌نیز به ارباب اقتدا کردم و علاوه برآنهمه

سلاح و آلات جنگ نیزهٔ بلندی هم بدست گرفتم تا در میان ارباب و بنده فرقی باشد. غلام سیاه نیز شمشیر نیم شکسته‌ای و تفنگ بی‌چخماقی دست و پا کرده سیاهی لشگر گردید .

در روز فیروز و ساعتی سعدا ندوز چاوشان از هر گوشه و کنار بآهنگ کوس و نقاره آوازهٔ الرحیل الرحیل در انداختند و بامدادی پگاه از دروازهٔ طاوقچی بیرون شدیم. گرچه همه با سلاح بودیم اما از اهل صلح وصلاح مینمودیم ، من چون تازه سفر بودم از مشاهده آن احوال هرگز ندیده سخت خرسند بودم وازفرط خوشحالی مهمیز بربغل یابو آشنا ساخته مرکب را برانگیختم . عثمان آغا را حرکت من خوش نیامد وبرمن تاخت که حاجی اگر بخواهی در این راه با این یابو این نوع خر دوانی کنی هیچکدام سر سلامت بمنزل نخواهید رسید . الفت را با رفیقان سفر چنان گرم گرفتم که در همان منزل اول سرعده‌ای از آنها را تراشیدم. نسبت به‌ارباب خود هم اگر بگویم خدمتی بسزا انجام دادم راست گفته‌ام چون وقتی از زحمت سواری خسته و کوفته بمنزل رسید ، بحکم مهارتی که در کار دلاکی داشتم چنان مشتمال مطبوعی باو دادم که گفتی مرده بود وزنده شد .

بدون هیچ چشم زخمی به تهران رسیدیم. برای استراحت خود و چارپایان و هم بمنظور اینکه برهمراهان حتی‌المقدور بیفزائیم ده روز درآنجا لنگ کردیم. میدانستیم که منازل خطرناك پردور نیست و قبیله‌ای ازترکمانان یاغی راه مشهدرا بریده‌اند ودر همان ایام برسرکاروانی ریخته دار وندارشان را به یغما ومردم را به‌اسیری برده‌اند.این خبر وحشت اثر بیم و هراس هنگفتی در میان کاروانیان انداخت . همه سراسیمه شدند

علی‌الخصوص که عثمان آغا با آن رستم صولتی از بیم جـان آب در دهانش خشکید و کم مانده بود از خیرسودای پوست بخارا در گذرد اما بمفاد «چون راه حرم باشد سهل است بیابانها » طرف امیدش بر بیم غالب آمد بخصوص که از اسلامبول هم خبر رسیده بود که بازار پوست بره بسیارشیرین‌است.

چاوشی بازچند روز بقصد جمع‌آوری زوار درتهران واطراف و نواحی مشغول کار بود و بزودی جمع کثیری بعدهٔ قافله افزایش‌یافت. باتبختر میگفت «باید خدا را شکر کنید که جزو دستهٔ من هستید چون مسافرت شما باچون من کسی نور علی نور است». با این عده واین گفتار دیگرجای ترس‌نبود، معروف بود که این‌چاوش(گناهش بگردن راوی) روزی در راه مشهد سرتر کمانی را بدست خود بریده بود. در پرتو این خبر به شجاعت و پردلی و کم‌ترسی معروف شده بود . هیئتی داشت‌مهیب و کسوتی غریب. مرد مردانه‌ای بود بلند بالا ، فراخ شانه، با صورتی از حرارت آفتاب سوخته و رخسارهای برآمده وآرواره‌های فرو رفته. بجای ریش مانند بزدرچانه‌اش دوسه موئی بیش نبود و این شباهت بترکمنها خود بر مهابت او میافزود . برای اینکه همـه کس بدانند که او از هیچ نمیترسد زره برتن کرده و کلاه خود پردار برسر نهاده و گوش پوش آهنین تـا بدوش کشیده بود و شمشیری‌مقوس باجفتی پیشتو بر کمربسته، سپری ازپوست کرگدن بر کتف انداخته، نیزهٔ پرچم‌دار در دست همانا با قضا و بلا بمبارزه بر میخاست و رجز خوانان میگفت .

« پیل کوتا کتف و بازوی گردان بیند ‌‌‌ شیر کوتا کف وسرپنجهٔ مردان بیند »

« از قضاهای فلك گرچه گزیری نبود ‌‌‌ هر قضائی که کند برسرمرد آن بیند»

اسبش هم پـر بد نبود. یال پوشی از چیت بروجردی بر گـردن داشت بطوریکه بجـز گوشهایش چیزی بیرون نمیماند. سینه‌بند وپاردمش پربود از زنگوله و منگوله و بایال ودم حنابسته درست و حسابی ذوالجناح تعزیه بود. چاوش معهود با چنین یابوئی آنقدر خودستائی و شاه اندازی کـرد و از ترکمنها بتحقیر سخن رانـد کـه عثمان آغا او را حرزسیفی و جوشن کبیرشمرد وباتوکل‌تمام‌دل بهمراهیش سپرد و گفت :

« چه باك ازموج بحرآنرا که باشد نوح کشتیبان »

« چه بیم از ترکمن با چاوشی چون رستم دستان »

دو هفته‌ای از نوروز فیروز گذشته بود که بقول خدا بیامرز میرزا مهدی‌خان نادری نسیم عنبر شمیم بهار از فرّ فروردین مـژدهٔ رنگین آورد و بقیةالسیف بهمن و شتا گرسنه و ناشتا روی‌بهزیمت نهاد و توران زمین‌چمن بتر کتـازی جنودنامیه بتصـرف قزلباش گـل درآمد و غارتگران چمن و یغمائیان دارالمرز گلشن سرپوستین کشیدند و ترکان تنگ چشم شکوفه فوج‌فوج و صحرانشینان ریاحین دسته دسته فرمانبری سلطان بهار را اختیار کردند و ترکمانان کلاغ پیسه مانند باد ریسه بفراز دشت قبچاق حاضر یـراق گشتند و بردالعجوزدی ردالعجزعلی‌الظهر کرده بدانجانب تاخت که عرب نیزه‌میانداز و چاوشان چکاوك و هزار در راسته بازار باغ و گلزار بآواز بلند صلای خوشباش درانداختند کـه :

«همگانیم زایـران صفا هر که اهل‌صفاست خوش‌باشد»

ما واهل قافله نیز پس از ادای نمازآدینه‌در مسجد جامع در حضرت شاه عبدالعظیم جمع شدیم و فردای آن روز با نعره و فریاد چاوشان و بآهنگ

«زایـر مشهد رضـا هستیم»
«هر که‌اهل‌رضاست‌خوش باشد»

روبخراسان براه افتادیم.

اول‌بیابانی نمکزار و از آب و گیاه بی‌آثار نمودار گردید که نه دیده را از آن نوری بود ونه‌خاطر را ازآن‌سروری . چنین بیابان خشك و سوزانی را با منازل کوتاه کوتاه پیمودیم . هـر وقت بآبادی نزدیك میشدیم و یا بقافله‌ای بر میخوردیم چاوشان پیشاپیش میتاختند و باگلبانگهای جانگزا دوالها را بر نقارهائی کـه از قربوسهای زین اسبان آویخته بودندمی‌نواختند و غلغله برپا میساختند. در میان کاروانیان روز همه روز تنها صحبتی که دربین بود همانا حدیث ترکمانان بود و شب همه‌شب فکر ایشان. هرچند در پر دلی‌آنان همه همزبان و در بزدلی خود و ترس از ایشان جمله یکدل بودیم اما بدلگرمی عدت یاران و کثرت کاروانیان و با امیدی که بمبارکی و میمنت نیت زوار رضا داشتیم مدام دم ازمردی ولاف مردانگی میزدیم و بزبان حال میگفتیم :

«کجا ترکمان تایلی بنگرد جوانمـردی و پردلی بنگرد»
«گراومرد ماجمله‌مردافکنیم وراو شیر، ماجمله شیراوژنیم»
«بکامش‌چنان آب سازیم تلخ که یکسردود تا بخارا و بلخ»

میگفتیم بگذار تا بیایند ، بخدا اگر هزاران هزار باشند بیاری امام رضا یکی از آنها سر زنده بگور نخواهد برد . حتی عثمان آغای خودمان که چنانکه میدانید خودرا باخته و پیشاپیش لرزه براستخوانش افتاده بود چنان مانند دیگران لاف و گزاف میفروخت و اظهار مردی و مردانگی میکرد که هر کس‌می‌شنید می‌پنداشت که لابد در تمام عمرقصاب ترکان وجلاد آل‌عثمان بوده است. همینکه چاوش خودستائیهای او را دید بداعیهٔ اینکه چرا باید کسی غیراز او حق خودستائی داشته باشد بروت خودرا تا بناگوش بتابید و گفت سخن از ترکمانان بمیان آوردن بادم شیربازی کردن است و همانطور که شاعر گفته:

« نیازموده دلیری خود بخویش مبال — ندیده دشمن خود را کمر بکینه مبند »

در مقابل ترکمن اهرمنی چون من میباید که الخبیثات للخبیثین».

« شغال بیشه مازندران را — نگیردجز سگ مازندرانی»

اما باید دانست که راز امیدواری و حبل‌المتین پنهانی اطمینان خاطر عثمان‌آغا همانا سنی گری و هم مذهبی با ترکمانان بود و یقین داشت که با توسل و شفاعت بنام ابوبکر و عمر از چنگ ترکمانان خواهد رست و بهمین ملاحظه برای تشبه بقوم دستاری سبز بطریق امیران و شرفای اهل سنت دست وپا کرده برسر پیچید وسرو وضع خود را مانند اهل تسنن بیاراست و میخواست خود را سید وشریف قلمداد کند اما خواننده خوب میداند که نسبت اوبه پیغمبر بیشتر از نسبت قاطرش بشخص شخیص خود او نبود.

روزی چند بدین منوال قطع مسافت کردیم . روزی چاوش شیردل در کمال ادب و وقار پیش آمد که یاران ، محل ایلغار ترکمنها غالب اوقات همین منزل است . باید چشمها راگشود و دست وپا را جمع کرد و ملتفت خود بود و پراکنده نرفت واگر خدای نخواسته قضائی روی نمود باید دست از جان شسته مردانه پایداری کرد ، مبادا خوف وهراسی برخود راه دهید که و الا کار تمام است.

بشنیدن این سخنان باد وبروت عثمان آغای شیرافکن بیکبار فرو نشست. اول کاری که کرد آنهمه اسلحه و آلات کارزار را از برخود بگشود و بتنگ در پشت قاطر بست . سپس ببهانه قولنج آغاز آه و ناله نهاد و همینکه مردم قافله چون او را بدانحال دیدند از امید شجاعت او و مقاومت با دشمن درگذشته و ازو یکباره دل

کندند ، خود را در عبای فراخی پیچید و با چهره‌ای عبوس ، استغفرالله ولاحول گویان ، تسبیح را بحر کت درآورد و به نزول قضا و بلا تسلیم شد در حالیکه معلوم بود که دلگرمی وامیدش بآن چاوش پهلوان بود که ازجمله اسبابی کـه برای رفع‌خطر و روئین تن بودن در مقابل حوادث بگردن و بازو بسته بود حرز و تعویذی چند بود که میگفت اینها طلسم تیغ بندی و تیربندی است و بقید سوگند اصرار داشت که هر کس ازین قبیل طلسمها با خود داشته باشد روئین‌تن میشود و نه تنها هیچ تیر و تبری بـه‌او کارگر نمیشود بلکه بزننده و اندازنده بر میگردد مگر آنکه نظیر همین طلسمات را بر دم تیر وتیغ بسته باشند.

چاوش روئین‌تن با دو سه تن از دلاوران دیگـر چند نیزه پیشاپیش کاروان یزك‌وار روان بودند و گاه گاه برای بروز رشادت و شجاعت اسب میتاختند و نیزه‌ها را بر هوا میانداختند و گرد وغبار برانگیخته هایهوی میکردند . افسوس که عاقبت آنچه آنهمه از آن میترسیدیم بر سرمان آمد . اولا صدای تفنگـی چند بلند شد و بلافاصله پس از آن گرد وغبار زمین و زمان را تیره و تارساخت و هلهله و ولولهٔ غریبی از هرسو برخاست که‌چیزی نمانده بود گوشها را کر کند. از هول و هراس همه برجا خشك شدیم . رنگها پرید و زهره‌ها درید . عجب آنکه حیوانات هم مثل خودمان واهمه را دریافتند . کاروانیان مانند گنجشکان باز دیده اول در دور هم‌حلقه زدند اما بمحض اینکه سر و کله ایلغاریان نمایان شد اوضاع بکلی دگرگون گـردید . بی‌آنکه تفنگی خالی شود ویا تیغی از غلاف بیرون آید، سلاحداران مانند جوجـکان کبك بدین سوی و آن سوی بنـای دویدن را گذاشته پراکنده شدند. پاره‌ای گریختند و جمعی از پا درآمده بزمین افتادند ، گـروهی بی‌صدا گریه میکردند و دسته‌ای فغان و فریاد بلند ساختند که یا امام غریب بفریاد غریبان برس . یا ضامن بیکسان ، دستگیر بیکسان باش، چاوشی که میگفت شغال بیشهٔ مازندران را سگ مازندران میگیرد و بس در همـان اول کار چنان ناپدید گشت کـه گوئی آب شده و بزمین فرورفته است . دیگر احدی را از او خبر نشد که نشد . چاروادارها تنگ حیوانات را پاره کردند و بارها را بزمین ریختندوسوار حیوانات شده پا بفرار گذاشتند . مانیز بیك تیرباران ترکمنها کارمان تمام شد وصیغهٔ تسلیم را جاری ساختیم . پس همانطور سواره بکاروان تاختند . کاروانیان

را دست بستند و بارها را گشودند و بنـای تاراج را گـذاشتند و چند دقیقه بعد خود را مالك اموال و نفوس بسیار دیدند.

اما دو کلمه از عثمان آغا بشنوید. در آن گیرودار در میان لنگه‌های بار بروی شکم افتاده در انتظار بود که چه برسرش خواهد آمد. ناگاه ترکمانی غول هیئت و عفریت صورت بخیال اینکه او هم لنگه باری است دمش را گرفته به روی بغلطانید وهمینکه از لای عبا بیرون افتاد لگدی سخت بپهلویش نواخت که «بی‌دولت قزلباش قالق قول اول کیل»* . بیچاره عثمان آغا از هول جان ترسان و لرزان شروع کردلعن برشیعیان علی و رحمت بر پیروان عمر تا بلکه بدین وسیله دل ترکمانها را نرم سازد اما ترکمانهای ملعون نه بنام علی رحمتی راندند و نه باحترام عمر فاتحه‌ای خواندند و آنهمه لعنت و رحمت ارباب بهدر رفت. و تنها چیزی که برایش باقی گذاشتند دستار سبزی بود که باحترام بر سرش باقی گذاشتند و پیراهن وزیر جامه‌ای که برای سترعورت بدو بخشیدند والاّ هر چه داشت بردند حتی آن عبای امیرانه‌اش را هم در همان حیص و بیص ترکمانی دیو سیرت و عفریت صورت بمعیت شلوارش در برابر رویش دربر کرد. ارباب را بدینصورت رها ساخته بسراغ بنده او یعنی دعاگو آمدند. لباسم بکندنش نمیارزید. زحمتم ندادند ود ر سایهٔ این بی‌اعتنائی تیغ دلاکی‌هم بجا ماند وچه بجا شد. چیزی که هست من بی‌دولت قزلباش رافضی «قول» افتادم یعنی‌اسیر شدم.

ترکمانان پس از تاراج و ترکتازی بنای تقسیم غنایم و اسرا را گذاشتند و آنگاه اسرا راکت بسته بر ترك اسبان نشاندند و روز همه‌روز براندند و بتاختند شبانگاه برای استراحت در میان درهٔ خلوتی فرود آمدند.

روز دیگر وقتی اجازه دادند که چشمها را بگشائیم خود را در جائی دیدیم که بغیر از چشمهای تنگ وریز ترکمنها احدی آنجاها را ندیده است. آنگاه پس از عبور از پستی‌ها و بلندیهای بسیار و بی‌آبادانی بدشت پهناوری رسیدیم که آن سرش بدیار آخرت می‌پیوست. تاچشم‌کار میکرد سیاه چادر در پشت سیاه چادر بود. چادر و خیمه‌و گله و رمه پایان نداشت. آنوقت فهمیدیم که بدشت ترکمانان رسیده‌ایم و

«همین‌وادی است آن بیابان‌دور   که گم شد درو لشکر سلم وتور»

---

* گویا مقصود همان الفاظ ترکی‌آذربایجانی «کول کلله» باشد بمعنی خاك برسر.ـ م.

گفتار سوم

حاجی‌بابا بدست که افتاد و تیغ دلاکیش به‌چه دردخورد

تقسیم اسرا دربین ترکمانان از یك جهت بخیر وصلاح ما واقع گردید چون من و عثمان آغا هردو سهم همان ترکمن دیو پیکر شدیم کـه ذکر خیر او در سابق گذشت. نام نامی این شخص ارسلان سلطان و سرکرده اولین قبیله‌ای بود که در فرود آمدن از کوه با آن مواجه شدیم . چادرهای این قبیله در سایهٔ دره‌ای عمیق بر کنار آبی روان که از کوههای اطراف جاری بود زده شده بود و سرتاسر چراگاهها از گـاو و گوسفند و سایر مواشی پوشیده شده بود. مارا در همانجا نگاهداشتند ولی سایرهمدردان و همراهان را درمیان قبایل دور دست پراکنده ساختند.

همینکه چشم چادر نشینهای قبیله از دور بما افتاد غلغلهٔ شادی وخرمی را بآسمان رسانده به خوش‌آمد و خیرباد قدم آورندگان اسرا و برای تماشای اسیران از خیمه‌ها بیرون تاختند. سگان پرپشم وپیله نیز از دیدن ما مردم بیگانه وناآشنا بنای پارس کردن و هجوم را گذاشتند و چیزی نمانده بود که ما را پاره پاره کنند. زن سرکردهٔ قبیله که ویرا کدبانو میخواندند بمحض اینکه چشمش بدستار سبز عثمان آغا افتاد ، دستاری که تا آنجا معقول مایهٔ احترام و اعتبار صاحبش شده بود، فریفتهٔ رنگ آن گردید و بی‌پروا و بیدرنگ دست دراز کرده به اشتیاق تمام از سرش برداشت ولی خوشبختانه کلاه لته‌ای او را (کلاهی که اصفهانیان آنرا کلاه بیکی میخوانند) که نهانگاه گنجینه معهود یعنی آن پنجاه مسکوك طلا بود برجا گذاشت. از شومی بخت زن دیگر ارسلان سلطان باسم اینکه تکلتوی شترش پشتش را آزار میدهد وزخم میکند و باید لته و کهنهٔ نرمی در زیر قلتاق گذاشت بطمع کلاه عثمان‌آغا افتاد و دست جلو آورد کـه آنرا بردارد . عثمان‌آغا برای حفظ و ابقای بقیه دولت برباد رفتهٔ خویش دو دستی چسبید ولی سعی و کوشش او بجائی نرسید و زنك کلاهی را کـه من میدانستم و اربابم که در میانش چیست بربود و بگوشهٔ چادر در میان مقداری پارچه‌های کهنه و پوسیده انداخت وبجای آن کلاه پاخپاخی کهنه واز هم دررفته‌ای برسراو نهاد. بایددانست که این کلاه قلپاقی هم ارث ومرده ریگ یکنفراسیری بود که مانندما بدست ترکمنها به‌اسارت افتاده

واز فرط اندوه وتیمارجان بجان آفرین تسلیم نموده بود.

چنین کلاهی را بر سر عثمان آغا گذاشتند و بحکم آنکه او را آدمی پهن و کلفت و چلمن و بی‌دست وپا یافتند کار و منصب صاحب همان کلاه صاحب مرده را باو دادند یعنی بشغل شترچرانی برگزیده شد. اما من، بمن قدغن اکید کردند که قدمی از چادرها دور نشوم و نقداً بشغل جنباندن مشگهای شیر و کره گرفتن مفتخر و مباهی گردیدم.

ارسلان سلطان باهل اوبهٔ خود که بیشتر آنها رفقای سفر او بودند بوسیلهٔ شیلان اعلان نمود که بمبارکباد و مظفریت ولیمه خواهد داد. دیگی بزرگ پلو پخته شد و گوسفندی درست بریان کردند. مردان دریك خیمه و زنان در خیمهٔ دیگر، اول طعام را مردان خوردند و سپس باقی مانده سهم زنان گردید و بقیةالسیف (یا بقیةالبنش) نصیب چوپانان شد و فضله و باقی ماندهٔ خائیدن و جاویدن و لیسیدن چوپانان را بما و سگان قبیله دادند. من بیچاره که از ابتدای اسارت تا آنگاه غذای صحیحی نخورده بودم از دوربو میکشیدم و از زور گرسنگی چیزی نمانده بود که ازحال بروم. ناگاه‌دیدم زنی با دست بمن اشاره میکند که جلو بیا. مرا در پشت خیمه‌ای نشانید و یك دوری برنج با پارچه بزرگی از دنبهٔ کباب در پیشم نهاد و گفت انعام کدبانوست. میگوید دلم بحال تو جوان خیلی میسوزد، غم‌مخور، خدا بزرگ است. زنك این بگفت و بدون آنکه بشکر گزاری من گوش بدهد ناپدید شد.

آن روز را مردها بشرح و تفصیل شجاعتها و وقایع ایلغار و کشیدن توتون و زنان بساز و آواز و نواختن دف و سرائیدن ترانه‌های گوناگون بسر بردند. من و بینوا عثمان آغا در آن گوشه اسارت سر بزانوی فکرت از دور تماشاچی عیش و سرور قبیله بودیم. من از نشانهٔ لطف کدبانو متعجب و امیدوار برای خود سورهائی خام می‌پختم و عثمان آغا از همه جا و همه چیز نا امید مدام آه سرد از جگر پردرد میکشید. بقصد تسلیت و دلداری او میگفتم آقای عزیز، توکل و تفویض از شعار اسلام و علامت ایمان است. غصه نخور، خدا کریم است و پس از نا امیدی بسی امیدها است. اما نفس گرم من در تنور سرد او تأثیری نداشت. با آه و نالهٔ فراوان، از بخت ناهموار خود در شکایت بود و میگفت ترا بخدا دست از سرم بردار. راست است که

خدا کریم است اما برای چون تو آدمی کریم است که در هفت آسمان یك ستاره نداری و نه مالك دیناری و نه صاحب حبّه ، نه برای من که خانه‌ام چنان خراب شده که دیگر آبادی پذیر نیست . در ضمن معلوم شد که همه اندوه او از این است که منفعت معاملهٔ پوست بره بخارا از دستش رفته‌است. مدام تا دینار آخررا حساب میکرد ودر عالم خیال چرتکه میانداخت و آه بی‌حساب میکشید.

روزگار چشم نداشت ما دو رفیق را با هم ببیند وفردای همان روز وصال بفراق مبدل گردید . عثمان آغا را باپنجاه رأس شتر بچراگاه فرستادند و با تهدیدهای شدید و اکید به او حالی کردند که اگر از بینی یکی از آن شترها خون بیاید گوش و بینی شتربان را خواهند برید و قیمت شتر را بر قیمت سر بهای او خواهند افزود . برسم رفاقت و همدردی آخرین نشانه دوستی و یکرنگی پیش از آنکه قافله براه‌افتد او را درمقابل چادرها برجهاز شتری نشاندم وباآب وتاب تمام سرش را بنرمی واستادی هرچه تمامتر تراشیدم. این سرتراشی و هنرنمائی سخت مقبول قبیله واقع گردید وبرای تدبیر آینده‌ام خیلی بکار آمد . فی‌الفور هر کس سری داشت برداشت و دوان دوان برای تراشیدن آورد.

آوازهٔ چیره دستی دلاك بگوش ارسلان سلطان رسید . مرا بخواست و سرش را که از زخم تیغ و ضرب چماق و تبر سراسر دره و تپه شده بود عرضه داشت . کله‌ای دیدم که در تمام عمر بجز مقراض پشم چینی گوسفند و شتر و تیغ جلادی روستائیان شتربان تیغ دیگری ندیده بود . در زیر دست دلاك چالاکی چون من و تیغ نرم و ملایمی چون تیغی که یادگار پدرم بود خود را در بهشت برین پنداشت . دستی بسر مالید و با آن همه گودالها و مغاکها و چاله‌ها وچوله‌ها بدان تراش و ساخت و پرداخت ببالید و گفت حاجی راستی در این دو روزه راه پوست برسرم نشسته بود . بخدا هرگز دست از سر تو برنمیدارم . ترا خاصه تراش خود کردم و بهر سر بهائی هم که باشد آزادت نمیکنم. خودتان قیاس کنید که ازین اظهار لطف چه برمن گذشت. به‌روی خود نیاوردم ولی پیش خود گفتم اگردر اولین فرصت ازین‌منصب عالی استعفا نکنم‌نامرد ابد وازلم . اما در ظاهر از او سپاسگزاری کردم و خم شده دامنش را بوسیدم و از آن پس انیس وجلیس شبانه روزی او شدم وهرچه در دلش بیشترجا میکردم و در خاطرش عزیز

میشدم برهائی خود از آن خدمت دوزخی استوار تر میشدم و با همه یأسی که داشتم رشتهٔ امید را از دست رها نمیکردم و بهمین ملاحظه درد و اندوه اسارت بمن کمتر از دیگران کارگر بود و کمتر احساس رنج ومحنت میکردم .

گفتار چهارم

تدبیر حاجی برای بدست‌آوردن پنجاه اشرفی وقصد نگاهداشتن آنها

برای اینکه نیت گریز را جامهٔ عمل بپوشانم اولین اقدامی را که لازم شمردم به دست‌آوردن پنجاه اشرفی عثمان‌آغا بود. اما دریغ که آنها را دربطن آن کلاه کذائی آن زن کلاه‌بردار در زاویهٔ چادر خود خوابانیده بود . فکر میکردم که نزدیك شدن بدانجا بدون آنکه تولید سوءظن و شبهه نماید از محالات است. گرچه در نزد مردان درسایهٔ شهرت دردلاکی آبرو واعتباری پیدا کرده بودم اما بازنان سروکاری نداشتم، البته پس‌ازآن دوری پلووآن دنبهٔ کباب جای امیدواری بود که بانو اظهار لطفی نموده گرمتر بگیرد و قدمی جلوترآید اما چون‌نه به خیمهٔ او و نه بخیمهٔ سایر زنان راه رفت وآمدی داشتم‌پیوند دوستی وعلاقه منحصر بود از جانب او بناز خشك وخالی‌و ازجانب من به‌نیازبی حرکت و بی‌برکت وآن هم ازدور، با اینحال معلوم است که نتیجهٔ کار چندان روشن نمینمود . اما تفضلات غیبی شامل حالم گردید ومعلوم شد که ترکمانان را از رسوم شهریها آنقدر سررشته هست که بدانند که دلاکان ایرانی نوعی جراح هم هستند و گذشته از کار حمام خون گرفتن وحجامت ودندان کشیدن، شکسته‌بندی هم از دستشان برمیآید . این‌بود که روزی بانو درخود احساس زیادتی خون کرد وکس نزد من فرستاد که آیا میتوانی‌خون بگیری. فرصت را برای ربودن کلاه والاجاه که شب وروز فکر وخیالم ازآن منفك نمیشد دست آویزخوبی شمردم و جواب دادم که اگر چاقوی مناسبی پیدا شود در تمام خاك ایران احدی بمهارتم نیست. یکی از ریش‌سفیدان قبیله که دم ازمنجمی میزد حکم کرد که درفلان روز وفلان ساعت سکّزیلدیز در تحت‌الارض است و قران مریخ وزهره در برج سنبله واقع میگردد و خون گرفتن را نیك شاید.

در آن ساعت مرا بچادر زنان بردند . بانو آستین را بالا زده چشم براه من با

بی‌صبری برروی خرسکی نشسته بود . حاشا که از آن آهو چشمان خالدار و سرو ـ قدان باریك‌اندام و نازك میان و نارپستانی که در ایران عنبرنشان چشم ما بدیدارشان روشن و دل ببوسه‌های آبدارشان گلشن میگردید نبود . فیل جثه‌ای بود تنگ چشم و کمر کلفت وشکم‌هنگفت وشش‌پستان و سطبرساق که بمحض اینکه چشمم بدوافتاد دلم راستی‌راستی بهم خورد علی‌الخصوص که هول و هراس از شوهرش ارسلان سلطان چنان بروجودم استیلا داشت کـه چشمم جائی را نمیدید و دلم چیزی را نمیتوانست بخواهد . مدام خواب بریده شدن گوش‌وبینی میدیدم و بخیال بلای محتمل میلرزیدم.

باخونسردی وخویشتن‌داری بحضور بانوشرفیاب شدم وبانو مورد التفاتم قرار داد. سایر زنان هم که مرا استادکامل و آدمی‌خارق‌العاده می‌پنداشتند همه نبض خود نمودند ومن نیز بفراخورشان و وضع هریك تجویز عمل وداروئی کردم و در ضمن درحالی که درتهیهٔ تسمه ودستمال و چاقوو پنبه بودم از طرف دیگر باچهار چشم جویای دفینهٔ معهود بودم و ای برادر بد ندیده چه دیدم. هرآینه بچشم خود دیدم که کلاه آشنائی که پنجاه دانه اشرفی در لابلای پنبه و سجافش خفته بود در گوشهٔ چادر بخاك سیاه افتاده است . ببرکت تأثیرخاك پاك تدبیری بخاطرم رسید که پنداشتم برای حصول بمراد بسیار موافق است . بـار دیگر تفکرکنان نبض بانو را در میان دو انگشت گـرفتم و در حالی که سر را بطرزی اسرارآمیزمی‌جنبا ندم گفتم «خستگی بانوسخت سنگین وپیچاپیچ مینماید. باید خون گرفت ولی‌ریختن خون بزمین هیچ نشاید بلکه بایدآنرا در ظرفی نگاهدارم و بفرصت و باسر فارغ درست امتحان و تجربه نمایم و اساس معالجه و مداوا را برآن قرار دهم . »

این نظر در میان‌زنان موجب قیل وقال شده حمام زنانه شد ولی‌بانو این‌تکلیف را نیز دلیل و نشانهٔ علم من دانسته حمل بر مهارت من نمود . پیدا کردن ظرفی برای خون سر گاوی بود که در خمره گیر کرده باشد . درخانهٔ تـرکمانان ظروف و اوانی کمیاب و پربها است وعادت ندارند ظرفی را که نجس وناپاك شده باز بکار ببرند. تمام ظرف و ظروفشان را یکی بیکی نام بردند ولی حاضر نشدند کـه هیچکدام را آلوده سازند. من نیز در تردید وتزلزل بودم که آیا جایز است که اصرار وابرام بورزم یانه. ناگهان بانو بسخن آمده گفت یادم آمد، دلوچه‌ای از پوست در فلانجاست که بدردی

نمیخورد بروید آنرا بیاورید. آوردند. در برابر آفتاب نگاهداشتم و بتردستی با نوك چاقو یکی دو جای آنرا سوراخ کردم و گفتم پاره است ظرف دیگری لازم است واگر ظرفی از مس و چوب نباشد ممکن است کلاه پاره‌ای یا چیزی از این نوع داشته باشید بیاورید. کدبانو گفت آهان یادم آمد آن کلاه پیرامیر کجاست، زنی که آنرا برای قلتاق شترش تصاحب کرده بود فریاد برآورد که مال من است و نمیدهم. بانو برآشفت که سبحان‌الله، چه فضولیها، مگرمن بانوی این‌خانه نیستم‌و مگر اختیار این‌خانه بامن نیست. کلاه‌را میخواهم والبته همین‌حالامیخواهم و د زود بروید بیاورید. زنك هم گفت نمیدهم و البته نمیدهم. هنگامه نزاع ویك ودو گرم گردید وچادر ارسلان‌سلطان حمام زنان شد. من‌ترسان ولرزان که مبادا ارسلان‌سلطان فرا رسد و استخوان دعوا را از میان بربايد. خدا پدرش را بیامرزد منجم در میان افتاد و او بحرمت ریش و من بعزت لنگ دعوا را خوابانديم و بحضار فهمانديم که اگر خدای نخواسته قضائی روی دهد گناهش البته بگردن کسی خواهد بود که چنان کلاه پاره‌ای را دریغ داشته است. باری اصلاح ذات‌البین بعمل آمدو کلاه را آوردند. پس‌مهیای خون گرفتن شدم. همینکه بانو چاقورا در دست من و کلاه را لگن مانند در زیر دست خود دید رنگش پرید وخواست از خون گرفتن صرف‌نظر کند. اما مگرمن ول کن معامله بودم. نبضش را بقوت گرفتم و بدقت سنجیدم و گفتم نکول ابداً صلاح ومعقول نیست. بعلم‌الهی گذشته که خون توامروز باید ریخته شود واگر ریخته نشود لازم میآید که علم‌خدا مبدل بجهل گردد وچنین معصیتی‌را چگونه میتوان بگردن گرفت. این حکمت و منطق موافق طبع همه افتاد وبانو تن‌بقضا داد. پس‌بیك ضرب نیش چاقو خونش را بمیان کلاه کذائی ریختم و از چادر بیرون‌آمده خون و کلاه را بزیر درختی بردم که زنهار دست کسی نباید براین بخورد که تدبیر من باطل خواهد شد وتمام زحمات بهدر خواهد رفت.

شبانه هنگام چون همه بخواب رفتند با پا نه بلکه با سر بسروقت کلاه رفتم و بادل پرطپش و دست لرزان آنرا درهم شکافتم و همینکه خود را صاحب پنجاه عدد اشرفی خون‌آلود دیدم آسمان راسیر کردم و خود را مالك گنج بادآور پنداشتم. اول کاری که کردم اشرفی‌ها را درآن نزدیکی در جائی نهفتم و آنگاه کلاه دریدهٔ پرخون را در زیر خاك کرده گفتم برو خانه‌ات آبادان که مرا خوب ازخاك برداشتی.

روز دیگر ببانو پیغام فرستادم که آنچه باید از کلاه دستگیر من بشود شد. عاقبت مرض بانو بخیر است و پرهیز مختصری کافی است اما چون دیشب چند گرگ در حوالی کلاه دیدم و ترسیدم دهان بخون بانو بیالایند و خرابی بار آید کلاه را زیر خاک کردم. بانو اظهار امتنان بسیار کرد و علاوه بر وعده نوازش و التفات بدست خود برهٔ پرواری پر کرد و بریان ساخت و باپلو و کشمش و سرشیر وماست برایم مزد دست فرستاد.

همینکه اشرفیها بدستم رسید بیاد آوارهٔ کوه و بیابان عثمان آغا افتادم که با شتران سودا می‌پخت. دیدم در قیاس با او برای خود پادشاهی هستم. بخود گفتم چطور است که پولش را پس بدهم و نزدیك بود که قراری ویا نیم قراری دراین باب با خود بدهم. اما طولی نکشید که بزور تراشیدن ادله و یافتن راههای شرعی کلاه شرعی بر سر کار نهادم و خود را ازدغدغهٔ وجدان خلاص ساختم. اندیشیدم که بحکم شرع هر کس شیء گم‌شده‌ای بیابد که از آن دست شسته باشند شرعاً باو تعلق دارد. من گم شده‌ای یافته‌ام که صاحبش از آن دست شسته پس شرعاً تعلق بمن دارد و بدلیل عقل اگر تدبیر و تمهید من نبود این پول ازمیان میرفت پس بدلیل عقلی و نقلی حق من است ومال من است وانگهی اگر این مبلغ را بصاحبش بدهم بااین وضع فعلی خود باآن چه میتواند بکند. از کجا که از بی‌دستی وپائی باز از دست ندهد وغم وغصه‌اش مضاعف گردد درصورتیکه الان که در دست من است درست مثل اینست که دردست خود اوست. از کجا که بااین پول اسباب خلاصی او وخودم را فراهم نسازم. پس هم در خیر وصلاح اوو هم درخیر وصلاح خودم است که در دست من باشد. وانگهی با آن عقل کج و معوج از کجا میتواند بوسواس و دغدغهٔ من پی ببرد.

«رموز سرتراش اصفهان را چه داند آنکه اشتر میچراند»

عاقبت بدین نتیجه رسیدم که اگر خدا میخواست این پول در دست او باشد چرا اسبابی فراهم ساخت که بدست من افتد. الله یقدر من‌یشاء و هو بکل شیءقدیر. بعد از تلاوت این آیه که رفع همهٔ مشکلات را کرد اشرفی‌ها را بر خود از شیر مادر حلالتر شمردم وفکرم یکسره راحت‌شد. چیزی که هست با خودم حتم کردم که برسم رد مظالم نیمی از آن بره بریان بانو را برای عثمان‌آغا بفرستم. خبردار شدم که بچه چوپانی

بنزد او میرود ، سرشیر را باو خوراندم و قول داد که نیمهٔ بره را دست نخورده به عثمان‌آغا برساند . قسم خورد که نخورد و من فریب او را خوردم. بمفاد «چو با حبیب نشینی و باده پیمائی بیاد آر حریفان بادپیما را» خیلی دلم میخواست که این دوست بادپیمای شترچران را لااقل از دولت خدا رساندهٔ خود نصیبی‌رسانده باشم ولی دریغ که بچه چوپان که گفتی‌زادهٔ شیطان است همینکه بدان سوی دره رسید در برابر چشم من بره را بزمین نهاد و بخوردن آن مشغول گردید ومعلوم بود که تا استخوانهایش راهم نلیسد ول کن معامله نخواهد بود وحتی خبرش را هم به عثمان‌آغا نخواهد برد .چون از دره و رودخانه گذشته بود در تعاقب او فایده‌ای ندیدم. سنگی چند بدنبالش‌انداختم بقوزک پایش‌هم نخورد. مبلغی دشنام‌های اصفهانی بدرقهٔ راهش کردم بگوشش‌هم نرسید . آتش درون را بدینسان فرونشاندم که بالهجه‌تمام عیار اصفهانی گفتم. بچه‌ام بروالهی‌جوانمرگ شوی وزهر مار بخوری و داغت بدل مادرت بماند .

گفتار پنجم

دزد شدن حاجی بابا وایلغار زدنش بزادوبوم خود

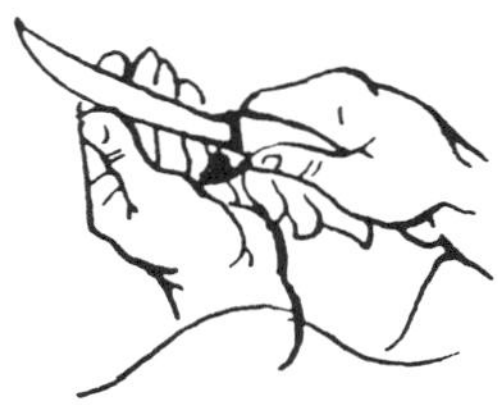

زیاده بریك سال بود که اسیر ترکمانان بودم. دراین مدت رفته رفته رازدار و مستشار ارباب خود گردیده بودم. چه درامور شخصی خود و چه در کارهای دیگران مرا طرف مشورت خود قرار میداد وامین وکاردان میدانست. بامید خلاصی گریبان خود، بارها ازاو خواهش‌وتمنا نمودم که مرا نیزیکبار باخود به‌الامان و دستبرد ببرند. عاقبت چون اطمینان کامل بمن پیدا کرده بود مسؤلم را اجابت نمود.

از آنجائی که رخصت نداشتم که قدمی از چادرهای یورت دورتر بگذارم و یا آنکه بچراگاهها بروم بکلی ازراه وچاه‌آن بیابان نمکزار که در میان ایران وسرزمین ترکمنها افتاده بود بی‌خبربودم و از پیچ‌وخم این کوههائی که سر بثریا کشیده بود هیچ نمیدانستم وواضح بود که اگرتنها بگریزم مانند بسیاری از دیگران ازسرنو گرفتار و عذابم یك‌برهزار خواهد شد. این بود که فکرچنین گریزی را برخود راه ندادم. مقصودم ازهمرکاب شدن با خواجه‌ام این بود که اگربنقد هم راه خلاص مسدود است کم کم راه وچاه‌آن صحرا را یادبگیرم تا اگروقتی خداوند فرصتی فراهم ساخت غنیمت بشمارم و

محظوری درمیان نباشد.

ترکمنها بیشتراوقات ایلغار رابفصل بهار می‌اندازند چون در آن فصل در کوهها علف از برای حیوانات ودرصحراها آذوقه برای انسان فراوان است و کاروانها نیز در رفت وآمدند.

ازاینرو همینکه اسیران کند برپای بهار ازغل وپالهنگ افراسیاب بهمن واسفندیار رهائی‌یافتند وشهرنشینان ربیع راکه از رنج بساق‌دی در کوهها ودره‌های دور دست در قشلاق بودند ایام خلاصی فرا رسید و بهار چیره دست چنار مهیای الامان و یورش گشته بجانب دارالسلطنهٔ گلشن‌روی‌آورد وافواج خنك رو شتا وسپاه سرد زمستان که بادپیمایان عرصهٔ جهانند شاخ و شاخهٔ اشجار را بمشاجره درهم می‌شکنند واز چهار راه چمن دست تطاول برافراشته سینهٔ گلزار بزخمهای کاری چاك چاك و گلگون قبایان چمنزار را از لباس بار و برگ عریان و هلاك میساختند ، یلان با شوکت گلستان و دلاوران صنوبر لوای بوستان پرند غارت درعرصهٔ گلشن افراخته باساز وبرگ تمام بلشگرگاه خدیر وبهار درآمدند . گلبن عمود غنچه بردست گرفت و ترکش بندان شاخسار تیر و کمان برداشتند و نیزه‌داران درختان برهمزن هنگامهٔ بهمن وغارتگر شهردی گشتند ، ارسلان سلطان نیز بهادران و کارآزمودگان قبیله را از دهه و صده با ده باشیان و یوزباشیان بخواست وتکلیف ایلغاری تابناف خاك ایران نمود و گفت باید خود را باصفهان برسانیم و در تاریکی شب که همه خوابیده‌اند وارد کاروانسرای شاهی که منزل بازرگانان توانگر و سرمایه داران معتبر است بشویم و دست بغارت بگشائیم .

ارسلان سلطان درمیان قبیله راه وچاه‌دشت قبچاق‌را ازهرکس بهترمیدانست ونه‌تنها یگانهٔ ترکمانان بلکه یگانهٔ آفاق بود وبحق رهبر جماعت گردید اما کسی که کوچه و پس کوچه و بازار اصفهان را نیك بداند ودرشب تاریك ازعهده راهنمائی برآید جزمن کسی‌را نداشتند و از اینرو در خصوص برگزیدن من بانجام این کار و همراه شدن با ایلغاریان باآنها بمشورت پرداخت. پاره‌ای بمخالفت برخاستند که زاده و بزرگ شدهٔ جائی را برهمونی غارت همانجا برگزیدن کارعقل‌نیست چون چنین‌آدمی قادر است که با اشارهٔ چشم وابرو خیانت ورزد وبدلخواه خود عمل‌نماید. پس‌از آری ونه و گفتگوی بسیار قرار براین گذاشتند که من راهبر باشم‌ولی دو نفر بر من موکل گمارند که

بکوچکترین حرکت خلاف کارم را یکسره نمایند.

پس از این قرار و مدار، یکدل و یکجهت بسوقان گـرفتن اسبان و تدارك راه پرداختند. اسب راهواری را که دوبار در میدان قشه (یعنی مسابقهٔ اسب دوانی) ازدیگر اسبان جلو افتاده بود بسواری من برگزیدند. کلاه پاخپاخی قلباقی در غایت بزرگی برسر، کلیجه پوستین دربر، تیروکمان برشانه، نیزه‌ای که سنان پرچمدار آن نهادنی و برداشتنی بود بر دست مانند ترکمان تمام عیاری یراق پوشیدم. مایلزم را از جو ومیخ‍ طویله و رسنی برای بستن اسبم در توبره وخرجین ترکی نهادم. عرقگیر بزرگی برفتراك بستم وبرسم احتیاط مشتی نواله با شش دانه تخم آب‌پز وچنددانه پیاز در همیانی نهفته بردوش انداختم وذخیرهٔ سایر اوقات را بقناعت بقسمت و تقدیر حوالت نمودم. در ایام اسیری ومحرومی از تنعم وناز محـروم با هرچه بدست میافتاد دفع گرسنگی و برهنگی میکردم وبجای بستر برروی هرچه نصیب میگردید ولوخاروخاشاك میخفتم بطوریکه در آن‌اوقات شاگردی که بایستی هرچیزی را ازنو فراگیرم در رختخواب خفتن‌را یکسره فراموش کرده‌بودم واز اینرو از نداشتن رختخواب رنجی نمیبردم بخصوص که همراهان نیزچنان سختی دیده و رنج‌آزموده بودند که دراین طریق کسی بگرد ایشان نمیرسید.

اشرفیهای عثمان آغا رابدقت در کمربند خود دوختم وبدان بیچارهٔ آواره که از بس خونابه میخورد واندوه ذخیره میکرد و حساب پوست میکرد بجز پوست واستخوان چیزی برجای نمانده بود وعده ونوید دادم که بموقع دررهائی او تا حد قدرت وامکان کوتاهی روا ندارم و در نزد یاران و خانواده‌اش بتحصیل سربهای او بکوشم. بینوای فلکزده آهی‌سرد از جگر برکشید که ای فرزند، هیهات ثمّ هیهات، کی بفکرتیمار من بیچاره‌است. من کیستم که در شمار کسی‌آیم وغمخواری داشته باشم، یقین دارم که پسرم بشادمانی دارد اندوختهٔ عمرم را تلف میسازد و زنم ببهانه مرگم با شوهر دیگری دست درکمر است. پروبالم ازهر جهت ریخته است ودست وپایم ازهمه جاگسیخته. تنها یك خواهش‌والتماس ازتو دارم وبس وآن اینکه درست تحقیق نما و بپرس و وارسی کن که دراسلامبول بازار داد وستد پوست بخارا ازچه قراراست وخبرصحیحی برایم بیاور.

دلم بحال‌اوخیلی‌سوخت وبازدر دلم گذشت که نقودش راباوپس بدهم اماباز باهمان ملاحظات حکیمانه وقیاس وبراهین‌شرعی و عقلی ومنطقی بنا را برآن نهادم که‌البته بهتر

است که پول درنزد خودم باشد تابلکه بتوانم بمددآن بگـریزم و گریزخود را نردبان خلاصی او بسازم و ترتیب‌کار را بدین‌سان دادم که رهـائی عثمان‌آغا بدون پول‌ممکن نیست و اگر این مبلغ راباو واپس دهم استخلاصش غیرممکن میگردد و بناءِ علی‌هذا خیر وصلاح او دراین است که پول درنزد من بماند تارهائی او امکان‌پذیر گردد وانگهی طریقهٔ مصرف رسانیدن این وجه رامن میدانم نه چون او آدمی کـه پول برشتهٔ عمرش بسته‌است. پس‌از این‌قضیه بدیهی‌الانتاج اشرفیهای زرد را تصرف شرعی کردم و با دعای فراوان صاحبش را بخدا سپردم .

منجم سکزیلدیز را به‌پشت سر و رجال‌الغیب را بجلو انداخت و اسعد ساعات را برای تاخت وتاز معین نمود . شب هنگام بر گردهٔ اسبها جستیم و بسر کردگی ارسلان سلطان براه افتادیم . دستهٔ ایلغاریان عبارت بود از بیست تن ترکمان ورزیده وکاردیده که بیشترشان دلاوران وبهادران نامی بودند وجمله بر اسبانی سواربودند از اسبهای تکه که درتاب وتوان وسرعت مشهورند. وقتی در روشنی مهتاب باآنهمه سلاح و آلت کارزار اسبها را از جـا برمی‌انگیختند براستی کـه آنها را رستم دستان دزدان و سام نریمان حرامیان می‌پنداشتم. دوکلمه هم از من روسیاه بشنوید. بندهٔ مستمند خود خوب‌میدانستم که‌چندمرده حلاج ودرقمار رشادت تابکجا لیلاجم ولی همینقدر خوشدل بودم که اگر یار شاطر نیستم لامحاله بار خاطر هم نیستم. با اینهمه از شجاعت هم دمی میزدم تامبادا همراهان پندارندکه پشك از مویز کمتر است اما افسوس که در باطن دلم می‌طپید کـه خداوندا درهنگام کار وکارزار جل خـود را چگونه ازآب بیرون‌آرم و بی ادبی میشود بتمام معنی خود را مصداق «رستم صولت وافندی پیزی» میدیدم.

راهبر ما را ازمیان جنگلهای انبوه دامنهٔ کوههای طبرستان بی‌آنکه قدمی بخطا رود رهنمائی میکرد ومن هرلحظه تعجب برتعجبم میافزود. دیدن آن ورطه های هولناك وآن همه فراز و نشیبهای سهم‌انگیز درچشم آدمی چون من‌ناشی مایهٔ وحشت و دهشت بود. با اطمینانی که بزور وسرعت چهارپایان خود داشتیم، بهنگام و نابهنگام ، بی‌باك و بی‌پروا از جوی ورود وجرده ودره وتپه و ماهور میگذشتیم تا اینکه سرانجام به‌نمکزار بی‌آب وآبادانی خاك عراق رسیدیم. آنوقت بود که آشکار گردیدکه اطلاعات ارسلان **سلطان تا به چه پایه است و چگونه ازهمه جا و همه چیز باخبر و مطلع است. خرد و**

کلان، هر کوه وتپه ودره و گردنه ووادی و آبادی را باسم ورسم، وجب بوجب میشناخت ودر پی‌زدن وازجای پای آدم وحیوان بکیفیت و ماهیت آینده وروند‌ه واقف شدن براستی اعجاز میکرد. از اثر پا بروی خاك بزودی استنباط میکرد که راهرو از چه قبیل آدمی است واز کجا بکجا میرود، باردار است یا بی‌بار، سلاحدار است یا بی‌سلاح، من‌از دنیا بی‌خبراز مشاهدهٔ اینهمه وقوف و اطـلاع مات ومتحیر ، لاحول کنان هاج وواج میماندم .

چون بآبادانی نزدیك میشدیم حزم و احتیاط را کار بسته شب میراندیم و روزها درجاهای خلوت، دور ازعبور ومرور مردم، بسر میبردیم . از آخرین آبادانی یعنی از خیمه‌نشینان صحرا، توشه و آذوقه‌ای بقدر کفاف گرفتیم و بی‌پروا داخل کویر دراندشت وبی‌سر وبن خاك عراق شدیم. اسبان را تا تاب وتوشه داشتند بجـلو راندیم و پس ازطی صد وبیست فرسنگ راه عاقبت روزی بحومهٔ اصفهان رسیدیم. اکنون دیگرهنگام دلیری وخودنمائی است. همراهان نقشهٔ کار را چیدند، چنان باجرئت وبی‌باکی آمیخته بود که ازشنیدن آن گوشت بدنم آب شد.

نقشه ازاینقرار بود که بدلالت من‌از راه وخیابانی خلوت وارد شهرشوند ونیمهٔ‌شب وقتیکه مردم درخوابند بکاروانسرای شاه که درآن موسم از بازرگانان مملو و از مسافر و جنس و نقد مالامال است رخنه نمایند وآنچه از نقدینه گرانبها بدست آورند بانضمام چندتن‌از بازرگانان و مسافرینی که به‌سربهای هنگفت ارزش داشته باشند چاپیده پیش‌از آنکه آوازهٔ ایلغار در شهر بپیچد و مردم به امداد فرا رسند از همان راهی که رفته اند بر گردند. من این نقشه را چنان خطرناك و غیرممکن دیدم که بی‌محابا درصدد برآمدم که شایدآنرا بتوانم برهم بزنم. اما ارسلان سلطان با چهرهٔ افروخته و چشمهای آتش فشان بمن‌پرید که حاجی، اینجا درست نگاه کن ، این‌کار بازیچه نیست ، شغل همیشگی ماست، چراهمیشه میشد وحالا نباید بشود. بحق خـدا و پیغمبر اگر سر سوزنی تخلف نمائی و هرچه میگویم همان نکنی آنچه باید بمغز استخوان پدرت بکنم میکنم. آنگاه حکم کرد تا در بغل دست او بدلالت روان گردم و خبیث دیوسیرتی را هم موکل‌ساخت که ازپهلویم جدا نشود تابمحض‌اینکه درمن‌آثار ضعف ولغزشی مشاهده کرد دود از نهادم برآورد و حسابم را کف دستم بگذارد. هر دو در این باب سوگند یاد کردند و حقا که باور کردنی بود .

پس درپیش‌افتادم ویاران از عقب ، از کوچه وپس کوچه‌هائی که بخوبی میشناختم گذشتیم و رفته رفته بناف شهر رسیدیم وراه بر گشت را رفقا خوب نشان کردند . دیر وقت بود وصدا وندائی بگوش نمیرسید، در یکی ازین خرابه‌هائی که در شهرهای ایران درمیان‌ابنیه وعمارات‌آباد فراوان است اسبهایمان راپاسداری یکنفر ازهمراهان سپردیم وضمناً برسم احتیاط از پنج فرسنگی شهر دره خلوت ودور افتاده‌ای را میعاد قرار دادیم تا درصورت لزوم همه درآنجا یکدیگر را بیابیم. همینکه قرار ومدارها داده شد بی‌سرو صدا ازراهی که ازچارسو وبازار که محل تردد شبگردان وداروغه وشاگرد داروغه‌هاست دورافتاده‌بود خودرا بدرکاروانسرا رساندیم .

چون کاروانسرا در همسایگی دکان پدرم واقع شده بود آن و حوالی آنرا وجب بوجب میشناختم. در کاروانسرا بسته بود . با سنگ بکوبیدم و فریاد برآوردم که علی محمد بیا دررا بازکن که قافله آمده است. علی‌محمد باچشم نیمخواب به پشت درآمد که چه قافله‌ای ، کدام قافله ازکجا میآید. گفتم قافله بغداد . گفت بروپی‌کارت، توهم دراین نیمه شب ما را مسخره کرده‌ای . قافلهٔ بغداد دیروز آمد. دیدم بدگیر افتاده‌ام . سخن‌را بر گردانده گفتم من‌نگفتم که قافله از بغداد میآید ، گفتم قافله‌ایست که ببغداد میرود. حاجی‌بابا پسرحسن دلاك هم که با عثمان‌آغا رفته بود همراه قافله است . برای پدرش مژده آورده‌ام. دربان که چنین شنید گفت‌آه ، حاجی‌بابای خودمان، گل گلاب ، خوش‌آمد ، صفا آورد ، پس نرولاس در را باطرق وطروق‌فراوان بگشود.

در کاروانسرا آهسته آهسته باز میشد . علی‌محمد چراغ موشی بر دست، یکتا پیراهن پدیدار گردید. فی‌الفور در دهانش را بگرفتند و بدرون خزیدند وبا چستی و چالاکی هرچه تمامتر مشغول کارخود شدند. بقدری دراین‌کار با تجربه وآزموده بودند که در آن‌تاریکی جایگاه اموال را بهتر از صاحبانش پیدامیکردند

و ازینرو در مدتی که از ده دقیقه تجاوز نمیکرد جنس و تنخواه بسیار بدست آوردند اما چون مقصود اصلی آنها اسیرساختن اشخاص معتبر و توانگری بود که بعداً با سربهای سنگین مبادله کنند از میان اهالی کاروانسرا سه‌نفررا بر گزیدند و بعجله دست‌و بازویشان را بستند و بر ترك اسبان‌انداخته بجانب خرابهٔ معهود بتاخت روانه گردیدند.

من چون راه وچاه‌کاروانسرا را نیك میدانستم و حجرهٔ توانگرترین بازرگانان را میشناختم خود را بحجره‌ای که سابقاً منزلگاه عثمان آغا بود رساندم و در مجری کوچکی که بازرگانان عموماً نقدینهٔ خودرا در آن میگذارند کیسهٔ سنگینی یافتم وبدون آنکه به تفحص وتجسس مایحتوی آن بپردازم سر بسته دربغل نهفتم.

هنگامی که مابتاراج وتطاول سر گرم بودیم غلغله وهیاهو ازاطراف شهر برخاست. کاروانسرائیان و پاسبانان و چاروادارها و مهترها همه بر بام دویدند و همسایگان و ساکنین ناحیه فوج بفوج فرا رسیدند، دیری نگذشت که داروغه شاگردها هم رسیدند و بجای گرفتن و بستن بانگ بگیر وببند برپا گردید. تیری چند نیز بتاریکی انداخته شد ومعلوم است که بجائی وبکسی نخورد و من و یاران بی‌هیچ قضا وبلائی جان از میان بدر بردیم.

در بحبوحهٔ آن گیرودار خیلی دلم میخواست آن راه شوم و منحوسی را که با یاران سپرده بودیم بگذارم و از راه دیگری خود را رها ساخته بگریزم اما ترسیدم که مبادا حرکت مذبوحی بکنم واز خراجات شاه گریزان بارکش غول بیابان‌بشوم ومردم مرا با آن سر و وضع نا مبارك ببینند و تا ثابت سازم که آن نیستم که می‌پندارند و از خودشانم تسمه از گرده‌ام برآورند بخصوص که بارها بچشم خود دیده بودم که مردم و رجاله و عوام کالانعام بیچارهٔ فلکزده‌ای را ندیده و نشناخته بباد مشت وسیلی و لگد میگرفتند و پس‌ازآنکه اورا خرد و خمیر کرده بودند از همدیگر میپرسیدند که یارو کیست و گناهش چیست. در آن حیص وبیص بجلودکان پدرم رسیدم. روزگاری که در آنجا بخوشی و کامرانی گذرانده بودم دربرابر چشمم جلوه گر شد و بیادم آمد که در زیر آن قبه وآن بارگاه وبر روی آن مسند و آن‌تکیه‌گاه چه‌ها که نکرده و چه‌ها که نشنیده بودم. در امواج فکرغوطه‌ور شده بودم که ناگاه دستی سخت ببازویم چسبید. ارسلان سلطان بود وبا مهابت تمام گفت حاجی کجائی خوابت برده است . اگر امشب

دیر بجنبی پدرت را پیش چشمت‌میآورم .

من نیز برای ابراز شجاعت و اثبات مردانگی چشمم در آن تاریکی بمردك بیچاره‌ای افتاد . بیدرنگ بریشش چسبیدم که پدر پدر سوخته د زود با من راه بیفت والا هر چه نه بدترت را پاره میکنم. بیچاره اصفهانی مظلوم چنانکه عادت ایشان است شروع بالتماس و زاری کرد که ترا بخدا و پیغمبر اگر میشناسی و ترا بروح ابوبکر وعمر اگر سنی مذهب هستی وبروح حسن و حسین اگر شیعهٔ مرتضی علی‌هستی و اگر هیچکدام اینها نیستی پس‌بجان پدر و مادرت اگر حلال‌زادهٔ شیر پاك خورده هستی بیا

ودست از من بردار ومرا بخدا بسپار . صدایش بگوشم آشنا آمد و همینکه درست نگاه کردم، چه دیدم، دیدم پدرم کربلائی حسن است. گویا بهوای‌هیاهو ، یکتا پیراهن و فانوس بدست بیرون شتافته بود که شش‌دانه لنگ وده دانه تیغ دلاکی و شاخ حجامت خود را در آن هنگامه نجات بدهد. ریشش رارها نمودم وهر چند بحکم پدری وفرزندی جای آن داشت که بدست وپایش بیفتم وپوزش وحلالی بطلبم اما از ترس جان بدون دادن آشنائی وبدون آنکه در ظاهر ازکشمکش دست کشیده باشم ضربتی چند بکفل اسبم زدم چنانکه گفتی بپدرم میزنم و همینکه صدایش بگوشم رسید که میگفت ای وای دارم میمیرم بدون آنکه فرزندم را دیده باشم و محروم میمیرم ، چنان این سخن در من کارگر افتاد که اورا رها نمودم و بیاران گفتم این مردك را شناختم دلاك است وبدو قاز سیاه نمی‌ارزد وآنگاه رکاب کش‌براه افتادم.

گفتار ششم

در میان اسرا و غنایمی که بدست ترکمانان افتاد

پس بی‌درنگ از یغما صرف نظر کرده بجانب خرابه روان شدیم و از آنجا سوار بر اسبان چهار نعل بطرف دره‌ای که میعادگاه بود شتافتیم.

چون بمیعادگاه رسیدیم ازاسبان فرودآمدیم وبقصد استراحت خود ورفع خستگی اسبها وتلافی بی‌خوابی شب ساعتی در آنجا درنگ کردیم. یکنفر از ایلغاریان در ضمن تاخت وتاز چشمش بگوسفندی افتاده بود. دیدن همان و ربودن همان، بمحض ورود سرش‌را بریدند و گوشتش را بر سیخهائی از چوب و ترکه باخار و خاشاك پر کین کباب کردند. چنین کبابی را بااشتهائی هرچه تمامتر پخته ونپخته بـه‌نیش کشیدیم و آنگاه بغنایم پرداختیم.

مقصود اصلی تعیین قیمت و بهای اسیران بود. یکنفـر از آنها مردی بود پنجاه ساله با قد باریك ونگاه تیز وتند ورخساری سرخ وریش انبوه. با زیر جامه‌ای ازقصب درپا وکلیجهٔ کشمیری برتن به‌اهل درخانه شباهت داشت ونوکرباب ودیوانی‌بنظر میآمد. دیگری مردی بود میانه سال، کوتاه بالا، خنده‌رو، عمامه بسر، قبای بغلی هزار دکمه دربر، با عبای سیاه، سومی آدمی بود تنومند وفربه، زمخت وبدترکیب که چون بشدت بمقاومت پرداخته بود او را از سایر اسیران جدا نموده‌استوار بسته بودند.

بتحقیق چگونگی حال‌واحوال وپیشه وحرفت ایشان پرداختند. ازآنجائیکه مرد باریك قد از همه متشخص‌تر بنظرمیآمد وامید بود که برای استخلاصش سربهای معتنابهی دریافت دارند اول او را بپیش کشیدند. چون ترکی‌نمیدانست من‌مأمور ترجمه گردیدم.

ارسلان سلطان پرسید بگو ببینم توچه‌کاره‌ای.

اسیر با آوازی نرم ومحزون گفت، کمترین بندهٔ بیچارهٔ شما، هیچ‌کاره.

ارسلان سلطان تعجب کنان، اینکه حرف‌نشد، آخرهنر وشغلت چیست.

اسیر باهمان صدای حزین، غلام‌شما چاکرم و شاعرم، میخواهید چه باشم.

یکی از ترکمـانان نتراشیده و نخراشیده پرسید شاعر یعنی چه، شاعر بچه کار میخورد.

ارسلان سلطان جواب او را بدینقرار داد : شاعر یعنی هیچ ، آدمی بی‌خانه ولانه وهزار چانه ، یاوه‌سرا و نره گدا، خانه بدوش ودروغ فروش، لوس و بی‌مزه ، چاپلوس وتمام غمزه که همه را میفریبد وهمه کس مرگش را از خدا میطلبد ، نمیدانم کی شر این بلا را از سرما واخواهد کرد. آنگاه خطاب بشاعر ، خوب اگر شاعری و بیچاره پس این زیرجامهٔ قصب وکلیجهٔ ترمه را از کجا آورده‌ای.

شاعر : اینها بقیهٔ یکدست خلعتی است که حاکم شیراز بصلهٔ قصیده‌ای که برایش ساخته بودم داد.

در یك لحظه او را از بقیةالسیف خلعت شاهزاده برهنه ساختند و کلیجهٔ پاره و منحوسی از پوست براو پوشانیدند وسرش دادند.

اکنون نوبت بمرد کوتاه قدرسیده است.

ارسلان سلطان نگاهی باوانداخته پرسید مرد که تو دیگر کیستی وکارت‌چیست.

اسیر خاضعانه جواب‌داد، الاحقر دعاگوی سرکار ملایم.

ارسلان سلطان: بروی لای دست پدرت. ملانباش وهرچه میخواهی باش. من‌پدرت را میسوزانم، سرت رامیبرم، بگوتاجرم ومالدار. ملائی‌همکار شد. خوب، ملا هم باشی، عیبی ندارد، ملاها مال مردم خوار وتوانگرند. مال همهٔ مردم در شکم آنها میرود.

معلوم گردید که این آقا ملای کالادان ازقصبات اصفهانند و کدخدای قصبه ایشان را برای تخفیف مالیات بدهکدهٔ ماربین بشفاعت نزد بیگلربیگی اصفهان فرستاده بوده است.

ارسلان سلطان : خوب ملا نادان، مداخل تودر کالادان چند است.

ملا : مداخلی‌ندارم، مخارجم خیلی‌زیاد است.

ارسلان سلطان : کسی که مداخل ندارد و مخارجش‌زیاد است با حکومت و در- خانه چه سروکاری دارد.

ملا : هیچ، سال گذشته سن حاصل‌ماربین راخورد وعامل ماربین مرا فرستاد تا از طرف همه دادخواهی کنم .

ارسلان سلطان : آری تو بمیری ، حاصل ماربین را سن نخورده ، تو و عامل خورده‌اید . حالا که تو اینقدر دادخواه خوبی هستی برو در دشت قبچاق از جانب همه

آنقدر دادخواهی بکن تاجانت ازهر جا نه بدترت درآید.

یکنفر از ترکمانان بسخن آمده گفت خوب، باید ببینیم این مرد ملاچه قیمت و ارزشی دارد.

ارسلان سلطان : اگرقیمت وارزشی داشت که ملا نمیشد. ملا یعنی مفسد وبی‌دین و بیحیا. اگر وجودش برای مردم ثمری داشته‌باشد شاید درپی‌اش بالابیایندوالا خواهند گفت برود بجهنم، دیگر روی نحسش را نبینیم. بنظرم شکارگراز کرده باشیم، بیك پول سیاه نمی‌ارزد. دریغ از آنهمه زحمتی. ولی عیبی ندارد، نگاهش میداریم تا ببینیم بچه درد میخورد.

آنگاه اسیرسوم را پیش آوردند.

ارسلان‌سلطان پرسید خوب‌فلانی تو دیگر کیستی وچیستی.

اسیر : چاکرمخلص وجان‌نثار شمافراشم.

ترکمانان همه یکصدا گفتند دروغ میگوید. جان نثار مافراش نیست. اگرفراش بود پس‌چرا دررختخواب خوابیده بود.

اسیر : رختخواب خودم نبود مال اربابم بود .

ترکمنها : آری بمرگ خودت ، این نمیشود. باید راستش را بگوئی، بایداقرار کنی که تاجری وگرنه میکشیم. پس آنقدر مشت و سیلی ولگد بسر و صورت ودنده و آبگاهش‌زدند که بیچاره گفت حالاکه میخواهید تاجر باشم بسیار خوب‌تاجرم، تاجرم.

من از سیما ووجنات حالش دانستم که براستی فراش است. خواستم وساطت کنم. همه‌برآشفتند که خفه شو وطرفداری نکن والا تراهم از نواسیر میکنیم. من‌هم خفه شدم تا از نو اسیر نشوم .

همینکه ترکمانان آدم دزدی خود را بی‌برکت وبی‌شگون دیدند دربارهٔ قسمت اسیرها در میانشان اختلاف عظیمی برخاست. جمعی گفتند که ملا را باین مفتیها نباید ازدست داد اما شاعر وفراش را باید همانجا کشت. جمعی دیگر گفتند ملا را باید برای سربها نگاهداشت وفراش را باید غلام کرد واما شاعر فضله‌وزاید است و باید ازاله‌اش کرد. باری همه بقتل شاعرمتفق شدند و کم‌مانده بود که قافیهٔ عمرشاعربینوا بریده شود.

اینجا بود که رگ شفقت و انسانیت من جنبید بخصوص که از قیافه و سیمای او

دانستم که مرد صاحب کمالی است . پس گفتم رفقا دیوانگی نکنید . از قتل این آدم بگذرید. توانگری وتهیدستی شعرا همه لفظی است و کشتن شاعر در حقیقت حکم کشتن مرغ زرین‌تخم را دارد. مگر حکایت آن پادشاه را نشنیده‌اید که بهر بیت شعر یك مثقال طلا میداد. از کجا معلوم که این شاعر هم از آن شاعرها نباشد وشعرش بطلا نیرزد .

یکی از ترکمنها فریاد بر آورد که اگر اینطور است همین حالا یك‌بیت بگوید اگریك مثقال طلا ارزید، بسیار خوب‌والا دهانش‌را چاك میدهم. ولی‌دیگران بامید چنین گنج شایگانی شادمان رایگان گفتند که ای‌شاعر اگر چنین شعری گفتی ریشت‌خلاص است و گرنه خونت حلال. گفتگو بدرازا کشید و سرانجام بناشد که هر سه اسیر را نگاه دارند واز همان راهی که آمده بودند به بنگاه خود بر گردند.

آنگاه ارسلان سلطان غازیان ترکتاز را آواز داد که بیائید ببینم چه‌آورده‌اید. هر کس غنایم خودرا عرضه داشت:

یکی‌زجیب برآورد ساغری سیمین | بگرد او بخطی نغز شعرهای زرین
یکی دگر سر قلیان سیم مینائی | براو نوشته فلان حاجی فلان جائی
یکی‌دیگرلگن و شمعدانی از زرناب | کنار هردو مرصع بدر و لعل خوشاب
یکی‌دیگرخزوسنجاب‌وشال کشمیری | که گر بدانی مال تو بوده میمیری

یکی دیگر از ایشان درتاریکی بگمان اینکه نقره‌است یك کیسهٔ بزرگ پول‌سیاه آورده بود، همه خندیدند ودور ریختند. غنائم منحصر بنقدینه نبود بلکه از قلیان و آفتابه ولگن مفضض ومطلا واز پوستین وکلیجه وخرقهٔ خز وسنجاب و شالهای کشمیری اعلی از هرجنس وهرنوع ، هرمتاعی که بدستشان افتاده بود فروگذار نکرده بودند . همینکه نوبت بمن رسید کیسه‌ای را که‌در بغل پنهان ساخته بودم درمیان نهادم و گفتم بجان شما تنها همین این دستگیر من‌شد، چون با ارزش‌تر از مال دیگران بود بیشتر از دیگران مورد ستایش قرار گرفتم و آفرین ومرحبای فراوان شنیدم. همه‌باتفاق گفتند که اگریك سال دیگر باما بمانی قطب دزدان خواهی شد. ببینید وقتی اصفهانی ترکمن میشود چه اعجوبه‌ای از آب بیرون میآید.

ارسلان سلطان گفت فرزند رویت سفید که روی مرا سفید کردی، ازین ببعد بامن جمع‌المال خواهی‌بود. یکی‌از کنیزانم را بزنی‌بتو خواهم داد. باما هم‌منزل خواهی‌شد.

یك چادر و بیست گوسفند بتومی‌بخشم. درعروسیت همهٔ قبیله را شیلان میکشم.

این سخنان چنان درمن‌مؤثر واقع گردید که نیت گریز رادر من استوارتر ساخت. هرچند درتقسیم غنائم مستحق بهره‌ای بزرگ بودم دیناری بمن ندادند و بزورچشم‌زهره بمن‌حالی کردند که اگر نفسم درآید سرم را مثل‌سر گنجشگ از تن جدا خواهند کرد. کدام‌مردی است که بااینوصف جرئت دهان گشودن داشته‌باشد. ناچار بهمان پنجاه‌اشرفی که در کمر داشتم وچند ریالی که در آن بحبوحه درلای کلاه نهفته بودم قانع شدم. آنگاه درباب تقسیم غنایم درمیان آنها آتش اختلاف شعله‌ور گردید و مجادله وستیز بجائی کشید که کم مانده‌بود خونی واقع شود. ناگاه یکنفر از جماعت رابخاطر رسید که با وجود داشتن‌ملا وقاضی چرا نباید بحکم‌شرع مراجعه نمایند. پس‌بقاضی امردادند که برطبق قواعد شرع‌انور غنایم را درمیان مجاهدین تقسیم نماید. هرچند مقداری‌از آن اموال‌تعلق بخود قاضی داشت وشرعاً نیز بیت المال بقاضی تعلق میگرفت بازبجز مشتی ریشخند و استهزا ومتلك‌چیزی بکیسهٔ قاضی نرفت.

گفتار هفتم

رفتار مهر آمیز حاجی‌بابا وسر گذشت دلسوز ملك‌الشعراء

ازهمان راهی که‌آمده بودیم‌بر گشتیم اماچون حالا اسرائی بهمراه داشتیم و نوبت به‌نوبت‌بایستی‌آنها راهم سوار اسبان خود نمائیم طرز و ترتیب حرکت به‌صورت دیگری درآمد.

من‌از همان اول‌علاقهٔ عجیبی بشاعر درخود احساس کردم ورفتار و گفتارش تأثیر زیادی در وجودم نمود. وانگهی درچنان عالمی به‌چنین مردفاضل و عالمی برخوردن نه تنها برای‌من نوعی ازدلداری بلکه نوعی از افتخار هم‌بودچه همین علاقه وارتباط معنوی میرسانید که بله ماهم‌از افاضلیم، رفته‌رفته بدون‌آنکه محبت باطنی خودرا باونشان بدهم مرا پاسبان‌او ساختند بشرطیکه اشعاری بسازد که هر بیتش بیك مثقال‌طلا بیرزد . من و او بی‌هیچ بیم و واهمه‌ای باهم‌بزبان فارسی درهر باب گفتگومیکردیم. گفتم رفیق دل قوی دارکه من‌هم مانند تواسیرم وخیال فراردارم ودراولین فرصت بخلاصی توخواهم کوشید.

بیچاره که بجز دشنام و ناسزا نشنیده و نمی‌شنید چون سخنان مهرآمیز مرا شنید سخت شادمان گردید و باصمیمیت و یکجهتی شرح حال خودرا باجمال برایم حکایت نمود.

معلوم‌شد که ازاعاظم رجال و بلقب ملك‌الشعرائی ملقب است. درموقع مراجعت از شیراز بطهران درهمان‌شب ورود باصفهان بدست ترکمانان‌افتاده‌بود.

روزی در میان‌آن صحرای نمکزار پس از آنکه من سرگذشت خود را برای او حکایت کردم او نیز سرگذشت خودرا بدینگونه برایم نقل نمود و داستانش نقل محفل آشنائی ودوستداری گردید.

من‌درشهر کاشان بدنیا آمده‌ام. نامم عسکرخان است* . پدرم‌در ایام سلطنت آغا ـ محمد خان خواجه مدتها حاکم کرمان بود. خیلی‌درصدد عزل وایذاء و خانه خرابی او برآمدندولی‌از برکت عزت ورشوت بمقصود نرسیدند. بارها دو چشمش در معرض خطر میل کشیدن افتاد ولی کنده نشد و سرانجام در ایام این‌شاه سرزنده بگور بردو ده‌هزار تومان ترکهٔ اوبی تعرض وادعا ودست‌اندازی بمن‌رسید. درکودکی بسیار مواظب‌درس ومشق بودم‌چنانکه‌درشانزده‌سالگی بخوشنویسی مشهور گردیدم. دیوان‌حافظ را سرتاسر از برداشتم‌وطبعم چنان روان‌بود که بجای نثر بانظم گفتگو میکردم وحتی چنان‌پیش‌آمد که‌درزیر چوب‌وفلك وقتی خواستم زنهار بطلبم مطلب خودرا بانظم‌بیان کردم. موضوعی نماندکه بهم نبافته ومضمونی که نگفته‌باشم. لیلی ومجنونی بنظم آوردم‌بهتر و شیواتر از آن‌مکتبی ودرآنجا درتعریف وتوصیف چیزهای‌هرگز ندیده‌و نشنیده مانند عشقبازی گل وبلبل وتعلق شمع و پروانه دادسخن دادم وبمفاد اعذبها اکذبها مبالغه و اغراق راازحد گذراندم. درهر مجلس ومحفلی که حاضر میشدم بخواندن اشعار خود میپرداختم و بهر چه‌خود میگفتم ویا دیگران میگفتند از اشعارخود استشهاد مینمودم.

درآن ایام پادشاه‌باصادق خان شقاقی که بنای‌سرکشی وطاغیگری نهاده بود زد و خوردی کرد وغالب آمد. فتحنامه‌ای ساختم ورستم رادرآن توصیف نمودم که درمیان ابرهای آسمان ناظر میدان‌کارزار است وشقاقی بالتماس ازوطلب یاری میکند ورستم در

* مترجم‌کتاب در حاشیه تذکر داده است‌که هرچند در متن اصلی مؤلف این ملك‌الشعرا را عسکرخان نام داده است اما از سیاق‌کلام واضح میگرددکه مقصود فتحعلی‌خان صبای‌کاشی است و سرگذشت او دراین‌کتاب قریب بحقیقت است. ـ م.

جواب میگوید که صلاح من در آنست که درهمین بالا بمانم چه اگر فرود آیم بلا تردید ازضرب گرز وسرپاش پادشاه خرد وخشخاش میشوم ولاجرم پائین افتادن را بدشمنان پادشاه وامی گذارم، ازین قبیل مضامین ودقایق درطی آن قصیده بیداد کردم و در آخر گفتم درهر حال صادق خان ولشکریانش را جای شکایت و گله ازروزگار نیست چون هرچند بدست پادشاه پایمال گردیدند سر به آسمان افراشتند یعنی پادشاه جمجاه سرشان را بالای نیزه کرد. وقتی این قصیده بسمع همایونی رسیدسخت موردپسند واقع گردید ومرا درمیان طایفهٔ شعرا مقامی بلند بخشید و دهانم رادرحضور اعیان واشراف با طلا انباشت. همین احترام مایهٔ پیشرفتم گردید وبزمرهٔ ندما و بار یافتگان درآمدم . مرتجلا و بالبداهه و یا بغیر مرتجل همواره قصاید

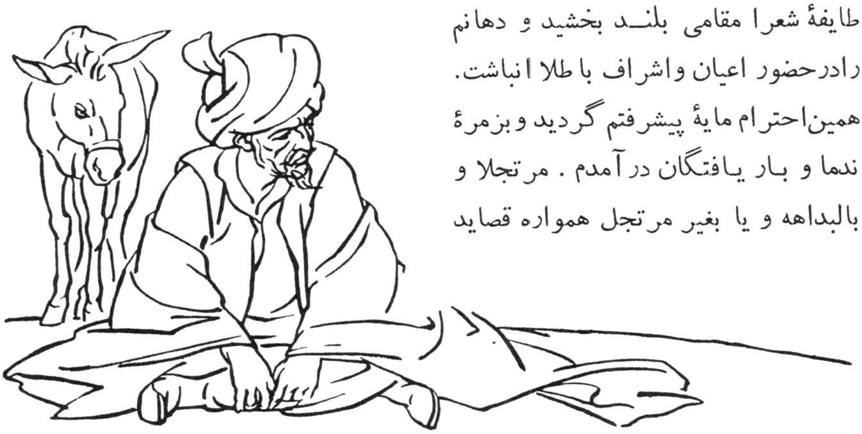

و غزلیاتی میساختم . چنان اتفاق افتاد که برای اظهار چاکری وخدمتگزاری بعرض خاکپای شهریاری رساندم که درقدیم الایّام فردوسی طوسی بنام سلطان محمود غزنوی «بنظم شاهنامه» پرداخت و باآن نامهٔ فرخنده سلطان را در صفحهٔ روزگار نامبردار ساخت چه میشود که پادشاهی مانند شهریار نامدار امروزهٔ ایران که در هیچ عهد وعصری مانند او هرگز پادشاهی نیامده وهرگز نخواهدآمد وسلطان محمود غزنوی بندگی او را نشاید باساخته شدن شاهنشا نامه‌ای بنام نامی او درآفاق از سلطان محمود غزنوی مشهورتر گردد. ازجانب‌سنی‌الجوانب دستوری شرف صدور یافت ومن دست بکار ساختن «شهنشاه نامه» گردیدم. اگر کسی طمطراق لفظ و طنطنه معنی راخواستار است بایدآن کتاب را ببیند. چون این بیت را ساختم که

گو کو رل کو سر کو نهاد گو آئین کو کیش کو کو نژاد

همه گفتند که فصاحت وبلاغت بحد اقصی رسید وهمینکه این بیت دیگر را سرودم که

«خراشید و پوشید شبرنگ شاه»
«ز سم پشت ماهی زدم روی ماه»

همه‌تصدیق کردند که ریشهٔ معنی ومضمون یکسره خشك شد.

امین‌الدّوله صدر اصفهانی را بامن شکرآبی درمیان بود* و ببهانه‌ای دوازده هزار تومان جریمه‌ام کرد اما پادشاه بعنوان اینکه اشعر شعرایم بخشید و نگرفت. روزی در مجلس عام ازسلطان محمود غزنوی وفردوسی سخن‌میرفت و میگفتند که در ازای هر بیتی از ابیات «شاهنامه» سلطان باویك مثقال زرداده است. من باآنکه نمیدانستم سخنم بگوش پادشاه میرسد یانه گفتم سخاوت وجود سلطان‌محمود درمقابل سخاوت و کرم‌پادشاه نسبت قطره است بدریا زیرا سلطان محمودآن مبلغ را بگرانمایه‌ترین شعراداد وپادشاه‌ما بیشتر ازآنرا بمن‌داد که کمین پایه‌ترین شعرا هستم وحقا که تفاوت از زمین تاآسمان است. حاضرین مجلس متحیر ماندند که من‌چگونه و کی‌و کجا موردچنین احسان بیکرانی شده‌ام وبیکدیگر نگریستند وبزبان حال پرسیدند که مطلب از کجا آب‌میخورد ومن‌به‌زبان قال جوابشان را دادم که‌آری هرچند کـه پادشاه چنین مبلغی را نقداً و دستی‌بمن نداده است اما درمعنی رسانده است‌چنانکه ترکهٔ پدرم را بفحوای العبد و ما فی یده‌کان لمولاه حق داشت که تمام راضبط کند و نکرد. این خود ده‌هزار تومان. از طرف دیگر امین‌الدوله دوازده هزارتومان جریمه‌ام کرد، پادشاه نگرفت این میشود بیست‌ودوهزار تومان. بلفظ مبارك خود مقررفرمود که هرساله پنج‌هزار تومان ازارکان دولت واعیان‌و اشراف درایام متبر که واعیاد صله‌بگیرم وسالیان دراز است که میگیرم و بازسالیان‌دراز خواهم گرفت ، حال اگر اینها همه‌را باهم‌حساب کنیم مجموعاً از احسان سلطان محمود بفردوسی‌بیشتر میشود. پس‌این بیت را بمناسبت مقام‌آوردم که«ادرار ابر باشدیك‌قطره‌پیش جودش ـ هر کس که این بگوید لله درّقائل» وآنگاه دعای بلیغی درحقش کردم و گفتم خداوند سایهٔ بلند پایـه‌اش را از مفارق جهانیان تاآخرالزمان کـم‌و کوتاه نگرداند و دشمنانش را قلیل‌و کثیر و صغیر و کبیر همه را ذلیل و حقیر و عبید و اسیر گرداند و چون‌میدانستم که بگوش پادشاه خواهدرسید مبالغه‌و افراط را بجائی رساندم که بالاتر ازآن تصورپذیر نیست. روزی چند ازآن نگذشته‌بود که بدریافت یك‌دست خلعت خاص

* امین‌الدوله سمت وزیرمالیه را میداشته‌است. ـم.

ازقبای پولکدار وشال کرمانی سرو کمر وخرقهٔ ابره‌عنبرسرسنجاب آستر ممتاز ومفتخر گردیدم و بلقب ملك‌الشعرائی سرافراز گردیدم. من نیز برسم معتاد سه‌روز تمام فرمان را بپر کلاه خود زده درخانه نشستم واز دوستان و آشنایانی که دسته بدسته بمبارکباد و شیرینی خوران میآمدند پذیرائی بسزا کردم.

دمبدم برخود میبالیدم و بزرگی واعتبار خودراهرلحظه افزون میدیدم. سپس نیمی بقصد انتقام و نیمی بامیدجلب صله وانعام قصیده‌غرّائی برای امین‌الدوله ساختم که‌الفاظش همه ذومعنین بود وذووجهین یعنی‌دومعنی را میرسانید ودومضمون متضاد را می‌پرورانید و اکثرش هم چون عربی بود یاروازفرط بی‌سوادی همه‌را بمدح خود حمل کرد و بریش گرفت درصورتیکه همه‌ذم وهجو بلکه دشنام حسابی‌بـود. آری وقتی بمعانی رکیك از الفاظ عربی لباسی بپوشانیم‌رکاکت آنها ازبین میرود وممدوح اگر نادان باشد (وچه‌بسا نادان هم‌هست)همه‌را درستایش خود می‌پندارد . خلاصه‌قصیده چنان مغلق ومعقد بود که احدی ازعهدهٔ فهمیدن‌آن برنمی‌آمد مگرآنکه خودم معنی نمایم. مثلاً ازروی این‌چند بیت میتوان باقی آنرا قیاس کرد

«ای بـعـره‌وش بـعـیر زاده چون بعرهٔ تازه بر و ساده»
«پیـوسته بـذکر مـایلستی اما بدو فتحـه قـایـلستی»
«ای خورده ز اُست و اُست زاده استـاده هـزار اُست داده
«این اُست نه‌کان که‌زرناب‌است دریدگی اش از آفتاب است»

مردك هیچ نفهمید وچیزی هم ازادعایش نکاست وجا دارد در حقش بگویم:

«یك شعیراین بی‌شعور اندیشه ازشاعرنکرد ـ مستحق آخور وافسار وپالان است‌این»

باید بدانی که هنرم منحصر بنظم اشعار نبود بلکه ازعلم هندسه و جرّ اثقال هـم سررشته‌وافر داشتم. بزرگان ودرباریان همه ازاختراعاتم مات و متحیر بودنـد. چرخی ساختم که اگر یك‌آلت دیگر داشت تاقیامت ازحرکت نمایستاد وقضیه علمیه «حرکت دائمی» رامحقق‌میساخت .شکلی باشکال هندسه فزودم که‌احدی‌ازعهدهٔ حل‌آن‌برنخواهد آمد. در رنگ کردن‌کاغذ ید طولائی وحتی یدبیضا داشتم.قلم ودواتی بطرز نو اختراع کردم که هیچ‌سابقه نداشت. خواستم علم‌و مهارت خودرا درفن قماش بافی باثبات برسانم پادشاه‌مانع گردیدوفرمود تولازم نیست‌قماش ببافی‌همان شعرببافو بگذار تافرنگیهاقماش

بیافند و سوداگران از فرنگستان بیاورند. درروز نوروز بعادت بزرگان خواستم پیشکشی تقدیم پیشگاه همایونی نموده باشم. قطعهٔ شیوائی ساختم و آنرا تماماً برخلالی از دندان گاو نقر کردم و تقدیم داشتم. سخت مقبول طبع همایون افتاد وهمهٔ اعیان را ببوسیدن دهانم فرمان داد. درآن قصیده دندان پادشاه را بلؤلؤ و خلال را بمته‌ای که با آن درّ سایند و گوشت بن دندان‌را بشاخهای مرجان که دراطراف لؤلؤ روئیده باشد و ریش بلند عنبر-آکندشهریاررا باامواج دریای عمان تشبیه کرده بودم. کسی نماند که بجودت قریحه من آفرین نخواند وهمه یکزبان در مقام مدح وستایش من گفتند که با بودن تو فردوسی خر کیست و خاقانی را کجا میبرند. پادشاه خواست بصلهٔ چنین قصیده‌ای مبلغی خطیر بمن برساند وازاینرو خلعت امسالهٔ فرزند خودرا که حکومت فارس دارد بامن بشیرازفرستاد. درعرض راه هدیه‌های فراوان گرفتم ودرشیراز مورد احترام تام و احسان فراوان گشتم وواقعاً مبلغی خطیر بجیب و کیسه‌ام وارد شد ولی افسوس که در واقعه پریشب و یا بقول فصحای شعرا پرندوشین تمام آن مبلغ خطیر یکجا بدست این حرامیان حرامزاده واین ترکمنهای خطرناك افتاد وچون من آدمی کـه بریش فلك میخندیدم ریشخند این گروه ریش بزی‌شدم. اگر توبخلاصی من‌نکوشی وای برمن. شاید پادشاه بدش نیاید کـه من رهائی بیابم اما آن مردی که سربها بدهد کیست. امین‌الدوله رااز خود رنجانده‌ام چرا که‌پشت سرش گفتم کسی که کوك کردن ساعت راندانند ادارهٔ مملکت راچگونه تواند. بهمین جهت‌بامن بداست و میترسم بدش نیاید که از اندوه ورنج هلاك شوم. نقدینه‌ای که میتوانست مایهٔ نجاتم بشود بباد رفت. ازیار ودیار دور و ازوطن و کس و کارجدا، سربها ازکجا. امااز آنجائی که البته‌اسارت‌من بتقدیر ایزدی وباراده ومشیت خدائی است‌شکایت بیجاست. ماشاءالله‌کان ومالم یشاء لم‌یکن. ولی ازآنجائی که تومحب علی ودشمن عمری وعدّو این ترکمنهای عمرپرست لالحب علی بـل لبغض عمر هم باشد التماس دارم کـه تا میتوانی وازدستت ساخته استدرخلاصی من که شیعهٔ‌پاك‌مرتضی علی‌هستم ازدست این‌سگ سنیان کوشش‌نما ومطمئن باش که اجرت درنزد ائمهٔ طاهرین ضایع نخواهد ماند.

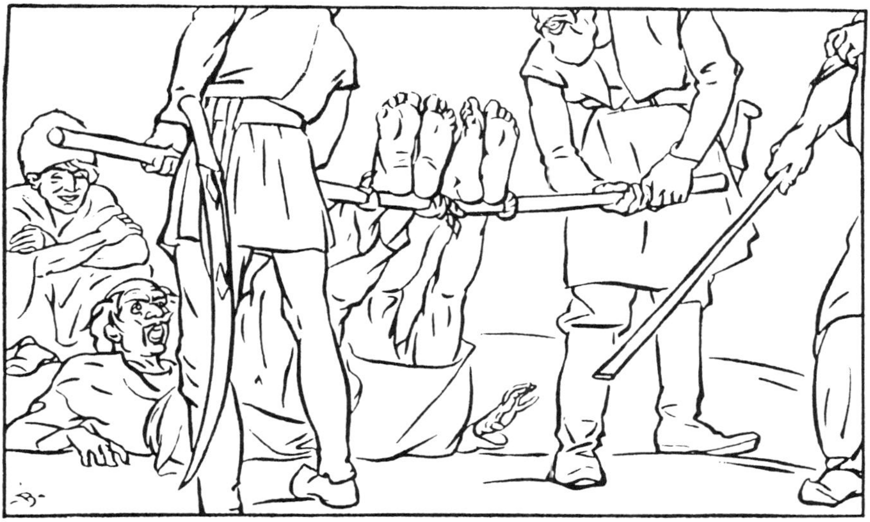

گفتار هشتم

خلاصی حاجی بابا از دست ترکمانان وبدست ایرانیان افتادن بمصداق ازخاك برخاستن و بخاکسترنشستن

وقتی ملك‌الشعرا سر گذشت خود را بپایان رسانید باو وعده‌دادم که حتی‌المقدور درخلاصی او خواهم کوشیداما درهرحال صبرو حوصله لازم است چه‌خودم نیز هنوز در بندم .وتا در بندم کوشش دررهائی دیگری بدیوانگی محض ماند . گفتم با این بیابان و با این ترکمانان واین ماو این اینان ، رهائی چگونه امکان پذیر است، پس‌فعلا بجز صبرو بردباری چاره‌ای نیست. جز آنکه صبرتحمل کنم چه‌چاره کنم.

پس ازعبور ازخاك عراق ورسیدن بحدود دامغان، درجانب شرقی آنها، در کنار راهی که از طهران بمشهد میرود، ارسلان سلطان روی بیاران کرده گفت «اینجا باید لنگ کنیم‌چه احتمال میرود که قافله‌ای بچنگمان‌افتد» واز ینرو درسرراه وبربالای‌تپه‌ای دیده بانی گماشتند. سحر گاهان دوان‌دوان بیامد که درمیان جاده گردو غبار زیادی بر پاست گویاکاروانی میرسد.

دردم بجمع کردن‌دست وپای خود بقصد یغما وببستن دست‌وپای اسیران پرداختیم

تاپس ازاتمام کار یغما آنهارا باخود ببریم‌و همه‌حاضر یراق براسبها جستیم.

ارسلان سلطان شخصاً طلایـه داری میکرد. مرا بخواست کـه حاجی امروز روز مردانگی است بهمراهی من بیاودرست ملتفت حرکاتم باش که روزی بکارت خواهدخورد وانگهی شاید محتاج گفتگو با کاروان باشیم ودر اینصورت باید مترجم باشی.

همینکه گردوخاك نزدیك شدارسلان سلطان راحال‌دگر گون گردید گفت میترسم این گرد توتیای چشم مانباشد. زیادتند میرانند وپراکنده نمیروند وصدای زنگ‌و جرس بگوش‌نمیرسد و برق تفنگ بچشم میخورد واسبهای یدکی زیاددارند . گمان نمیبرم که باب‌دندان‌ما باشد ودستمان بجائی‌بند شود.پس‌از ادای‌این‌سخنان چون نیك‌نظر کرد گفت «یقین است که‌کاروان نیست. باید یکی‌از اعیان دولت و یا حاکـم ایالتی باشد که بمحل حکمرانی خود میرود. از کثرت خدم وحشم وملتزمین رکابش معلوم است.»

من‌این‌پیش‌آمد را درمخیلهٔ خـود برای گریز فرصت مناسبی شمردم. دلم بنای طپیدن را گذاشت. باخود اندیشیدم بدون‌آنکه‌بگذارم ارسلان سلطان بفهمد گریبان‌خود رابدین تدبیر ازچنگ اومیرهانم یعنی همینکه برهگذران نزدیکترشدیم به‌وسیله‌ای خود را بدانها برسانم‌و بدست‌آنها اسیر شوم . باخود میگفتم کـه البته در اول خوش نخواهد گذشت ولی زبان‌دارم ومسئله را بآنها حالی خواهم کرد و نجات خواهم یافت.

پس‌بارسلان‌سلطان گفتم‌خوب است جلوتر برویم‌تا کیفیت روشن‌تر گردد و بدون آنکه منتظر اجازه او بشوم ازپشت تپه اسب راندم. او نیز بقصد اینکه مرا ازین کارباز دارد بدنبالم تاخت.چون بسرتپه رسیدیم من ازجلو واز عقب، خود را بفاصلهٔ یك پرتاب تیر با رهگذران روبرو دیدم. تاچشم سوارها بما افتاد شش هفت از ایشان جداشدند و روی بما بنای تاختن را گذاشتند. ما نیز بیدرنگ عنان اسبهایمان را بر گرداندیم ولـی هر چه ارسلان سلطان تندتر میراند من سست‌تر وآهسته‌تر میراندم تااینکه سوارها فرارسیدند ودستگیرم کردند.

از اسبم فرود آوردند تاراج اسلحه وکمربند واشرفیها و حتی تیغ و اسبابی که یادگار پدر بود یك‌دقیقه بیشتر طول‌نکشید. هرچه فریاد کردم که خاطرجمع باشید که نخواهم گریخت . من‌از شما هستم و عمداً خواستم بـدست شما بیفتم بخرجشان نرفت . دستهایم رابا شال خودم ازشانه محکم بستند وبضرب سیلی ومشت بحضور بزرگ وارباب

خود بردند که با وقار تمام واعتبار مالا کلام بتماشا ایستاده بود.

وقتی تعظیم وتکریم واحترام زیر دستانش رادیدم گفتم «شاید شاهزاده باشد» ولی وقتی بزور پشت گردنی گفتند که د زودباش تعظیم کن گفتم «باید شاهزاده باشد». خدم و حشم بر دور اوحلقه زدند. امر فرمود تادستهایم رابگشایند. برجستم ودامنش‌راچسبیدم که پناه بشاهزاده، دخیل، دخیل، بفریادم برس که فریاد رس ندارم. فراشی درصدد جلوگیری برآمد. شاهزاده مانع گردید و گفت آسوده‌اش بگذار، پناه بما آورده است.

پس‌زمین‌خدمت بوسیدم و امرش را اطاعت نموده ماجرای خودرا باختصار بعرضش رساندم و گفتم اگر عرایض مرا باور ندارید برایشان حمله بیاورید وملك‌الشعراء و دو تن اسیر دیگر را از چنگشان بیرون بیاوریدو تابر شما معلوم گردد که حرف بی اساس نزده‌ام.

در همان حال سوارانی که بدنبال ارسلان تاخته بودند بر گشتند وبا هزار ترس و لرز باامام غریب قسم‌های شدید خوردند که دست کم یك هزار نفر ترکمن مهیای هجوم بر ما هستند. هرقدر قسم خوردم که از بیست نفر بیشتر نیستند کسی گوش نداد و تهمت جاسوسی برمن بستند و گفتند دروغ میگوئی و همینقدر بدان کـه اگر ترکمانها هجوم

بیاورند اولین‌کاری که خواهیم کرد سرترا خواهیم برید. آنگاه بعادت همهٔ اهل‌ایران ازترس‌ترکمنها درحالی که بدین‌سو وبدان‌سو سراسیمه مینگریستند ماستهارا بکیسه انداختند ورنگها را باختند و اسبها را تاختند.

چون‌اسبم را گرفته بودند برقاطری بارکش سوارم کردند. همینکه نفسی گرفتم بسرصبر بحالت فلاکت بار خود اندیشیدم. نه درجیبم دیناری بود و نه بر سرم دستاری و نه در تمام عالم هوادار و غمخواری. اشرفیهای عثمان‌آغا را که قوه کمرم و نور بصرم بود از دستم ربوده بودند و اکنون بجز گرسنگی‌و برهنگی‌سرمایهٔ دیگری نداشتم. راستش‌این‌است که‌در عقایداسلامی هم چندان

استوار نبودم که کار خود را بقضا و تقدیر حواله و از خوان نصیب و قسمت نواله کنم. بی‌اختیار اشکم فرو ریخت و گریه در گلویم گره شد. با خود گفتم چشمت کور شود، بکش که سزای تست از شغال گریختی بدست گرگ افتادی.

چون از برکت گریه تسلیت خاطری و افاقهٔ حالی یافتم ازاینکه اهل یك خاك و وطن و یك کیش و آئین هستیم چشم بستم ودهان بدشنام و نفرین گشودم و دق دل‌را بیرون ریخته و گفتم «لعنت خدا برمثل چون‌شما مسلمانی، سگ ترسا ویهود برشما شرف دارد، ترکمنهای عمری درنزد شما اولیاءالله هستند. نه دین دارید ، نه‌ایمان ، نه‌خدا میشناسید ونه پیغمبر ، ازایرانی بودن همانا جز اسم اثری‌درشما نیست ، حیف اسم آدمی که‌بروی خود گذاشته‌اید از سگ کمترید. »

بجز اینکه‌قاه‌قاه خندیده وخنده تحویلم دادند جوابی نشنیدم. دستگیرم شد که درشتی‌و بدزبانی پیش نمیرود. نرمی پیش گرفتم وباالتماس وعجز ولابه گفتم «مگر من هم مثل شما مسلمان واهل این‌آب وخاك نیستم. مگر غیرت وحمیت از اسلام‌نیست. آیا کم آورده‌ام، دیرآمده‌ام، چه تقصیری کرده‌ام که مستحق چنین عذاب وعقابی شده‌ام. آخرمن شمارا هم مذهب وهم‌خاك می‌پنداشتم و ازشما چشم‌یاری داشتم حقا که خودغلط بود آنچه‌من پنداشتم. آخر اینهمه بی رحمی و ناجوانمردی در حق چون من بیکس و بی‌یاری چرا .

همچنانکه از درشتی متأثر نشدند از نرمی‌هم کیکشان نگزید. تنها کسی که بحالم رحمت‌آورد چارواداری بود قوی‌یال و کوپال علی قاطرچی نام. قلیانی چاق کرده بمن تعارف کرد که رفتق بیا، قلیان بکش و اینهمه اندوه مکش. دل خوش دار، غم مدار، هرچه بانسان می‌آید بخواست خداست و چاره هم بـه دست خداست. اگر این قاطر سیاهی را که من سوارم خداوند سفیدآفریده بود من میتوانستم سیاه بکنم . اگـر این حیوان دیروز جو خورده و امروز کـاه میخورد و فردا خـدا میداند که چه خار و خاشاکی‌خواهد خوردحق چون وچرا دارد . باقسمت آری و نه معنی‌ندارد وباطالع‌ستیزه کردن بیفایده است . توحالا قلیانت رابکش وبیهوده اوقاتت راتلخ نکن. دم را غنیمت شمار مگر حافظ نگفته «هروقت خوش که دست دهد مغتنم شمار» دیروز گذشت و امروز هم میگذرد وفردا هم‌خدا بزرگ است. «این‌نیز بگذرد» را فراموش نکن.

ازدلداریهای علی قاطرچی اندکی آرام یافتم.صحبت واختلاط را باهم گرم گرفتیم. چون دید که من هم از اشعار حافظ بی‌نصیب و بی خبر نیستم بیشتر خوشش آمد و بیشتر جوشید واز همان روز مرا همکاسهٔ خود ساخت و گفت «بزرگ‌ما پنجمین پسر پادشاه‌است. چند روز پیش بحکومت خراسان منصوب شده است و اکنون دارد بمقـر حکومت خود بمشهد میرود. چون راه مغشوش است بیشتر از آنچه مرسوم است سوار وتفنگچی باخود برداشته‌است. فرمانی ازپادشاه دردست‌دارد که درقلع‌وقمع ترکمنها بکوشدو بآنها هجوم بیاورد وتابتوانداز غارت واسارت کوتاهی ننماید و بایدآنقدر سر ترکمن بپایتخت بفرستد که درمیدان ارك ازآن کله‌ها مناری‌بسازند. بروشکر خدا بجابیاور که قیافهٔ ترکمانان نداری. اگر چشمت ریز وسرت بزرگ وبینی‌ات پهن بود امروز سرت درآب نمك آب‌شور می‌خورد وفردا پرازکاه بطهران میرفت.

شامگاهان دروسط بیابان درکاروانسرائی نیم ویران‌فرودآمدیم. فکر کردم خوب است خودم رابشاهزاده برسـانم واحقاق حق بطلبم ونقود و اسب و اسلحهٔ خودرا واپس ستانم . هر چند صدائی بگوش عقلم میگفت کـه رفیق نـه مستحق آنچه میکشی هستی همچنانکه مستحق آنچه داشتی واز تو گرفتند نبودی ولی چشم طمع و حرص کور شود که بحرف عقل گوش ندادم وچشمم نخواست حقیقت راببیند وپیش از نماز شام هنگامی که شاهزاده بر بالای بام کاروانسرا تکیه بمتکا زده و برجـا نمازی نشسته بود فرصتی جستم واز دور فریاد برآوردم که قربانت شوم ، عرضی دارم اذن پیش رفتنم داده پس از شکایت ازدست همراهان التماس استرداد اموال خودرا کردم. اشخاصی را که مالم برده‌و آزارم داده بودند احضار فرمود . ازدونفرآنها سخت تظلم نمودم. گفت‌ای پدرسوخته‌ها، پدرتان رامیسوزانم، زودبروز بدهید که پنجاه اشرفی این آدم کجاست.قسم خوردند که بسرشاهزاده‌هرگز ندیده‌ایم. شاهزاده روی بیکنفر ازحضار که صاحب اعتباربود نمود و گفت «حالامی‌بینید که دیده‌اند یاندیده‌اند . بچه‌ها، چوب وفلك».

چوب وفلك حاضر شد وپاها بفلك رفت و شپاشپ ترکه وشلاق بلند شد . طولی نکشید که چوب خواران از زور بی‌تابی باقرارآمدند وتعهد کردند که پس خواهندداد. فریاد میزدند که سرشاهزاده سلامت، بگشائید ، فوراً‌پس میدهیم.

همینکه اشرفی‌ها را آوردند شاهزاده با تمکین بزیر بالین نهاد و آورندگان را

مرخص فرمود وخطاب بمن گفت «باتو هم دیگر کاری ندارم بروپی کارت» . من ازحیرت دهانم بازماند ودر انتظار پول همانجا ایستاده بودم که فراشباشی گریبانم را گرفت وبیك حرکت بیرون انداخت که «باز برای چه‌ایستاده‌ای ، گورت را گم کن .»فریاد برآوردم که«پولم». شاهزاده شنید وبآواز مهیب گفت «بازفضولی میکند، با لنگه کفش بکوب تو دهانش تا بجهنم برود. »

فراشباشی کفشش را درآورد وبانعل آن بردهانم کوفت و گفت شرم نداری ، حیا نداری که درحضور شاهزاده‌اینطور بی‌ادبی میکنی، برو ، گم‌شو و گرنه گوش و بینی‌ات بریده میشود. این بگفت و از حضور براند.

نومید ونامراد نزد علی‌قاطرچی برگشتم و تفصیل را برایش حکایت کردم. بدون آنکه‌حیرت ویا تعجبی نشان بدهد گفت «پس توقع‌داشتی غیرازین‌بشود، مرد که شاهزاده است‌نه بازیچه.خواه این‌وخواه هربزرگ دیگری در این خاك هرچه بدستشان بیفتدپس دادن نمی‌شناسند . از دست نوّاب اشرف والا اشرفی زرد بیرون آوردن حکم دسته قصیل سبز ازدهان قاطر بیرون‌آوردن رادارد.اگر دهان داری فریاد برآور و گرنه چشم‌بپوش وبصبر بکوش.

گفتار نهم
درسقا شدن حاجی بابا بحکم‌اجبار

در رکاب حضرت والا در ساعت معین با دبدبه وطنطنهٔ تمام داخل شهر مشهد شدیم. درآن دیار غربت بکلی از دوست وآشنا وحتی بیگانه محروم واز دست افراد بی‌نصیب خواستم‌بدار وندار ومایملك خود وارسی کرده باشم. نقدینه‌ام عبارت‌بود تنهاازپنج‌تومان که درشب دزدی وچپاول کاروانسرا بتأسی ازعثمان آغا در آستر کلاه خود پنهان ساخته بودم. لباسم‌مرکب بود از قبائی وشالی اماچه‌قبائی وچگونه شالی وعلاوه‌برآن کلیجه‌ای از پوست بی‌آستر وپیراهن پاره‌ای وشلوار چرك و کهنه‌ای مادامی که علی قاطرچی از آشپزخانه شاهزاده راتبه‌خوار بود من نیز ریزه‌چین خوانش بودم ولی همینکه شاهزاده بمقصد رسید راتبهٔ او را بریدند وراتبهٔ من نیز بالتبع بریده شد.

با خود اندیشیدم که باز چون گفته‌اند که هر چیزی در عالم، باصل خود رجوع میکند چه عیبی دارد که همان پیشهٔ دلاکی خود را پیش بگیرم. دیدم در نزد مردم متهم بجاسوسی ترکمانان شده‌ام وهیچکس سر خودرا به‌تیغ من نخواهد سپرد. وانگهی با آن تنخواه اندکی که داشتم اگر اسباب‌کار میخریدم‌کار دکان لنگ میماند واگر دکان‌راه میانداختم کرایه زمین میماند واگر کرایه‌را میپرداختم شکم گرسنه میماند. مزدوری‌هم نه‌دلخواهم‌بود و نه‌ازدستم برمیآمد وپس‌ازعمری نه‌رغبت بشاگردی‌داشتم و نه‌قدرت آنرا.

قاطرچی از راه نصیحت گفت«فرزند جوانی هستی با استعداد، تنومند، زبان باز و خوش آواز، خنده‌رو وبذله گو بآواز خوش مردم را میتوانی بنوشیدن آب خنك مشتاق سازی وباریشخند وشوخی وخوشمزگی میتوانی بدلها راه بیابی وجیبها را خالی کنی. زوار حضرت رضا برای اجر وثواب بدینجا میآیند وبرای نجات از جهنم ووصول ببهشت ازهیچ چیزمضایفه ندارند. اگر کسی باایشان دم از خیرات ومبرات بزند از عطا وصدقهٔ ایشان محروم نمیماند. بیا وبیاد لب‌تشنه کربلا سقاشو وآب فروش. امابدان که در ظاهر باید عملت در راه خدا وفی‌سبیل‌الله باشد با اینهمه باید ملتفت‌کار خود باشی وتا پولی در مچت ننهند یك‌قطره آب‌نباید بکسی بدهی. هر وقت کسی آب خواست ومشغول نوشیدن است بایدبزبان چابلوسی وبا مضامین آبدار بگوئی‌نوش جان، عافیت وجود، هنیئاً ومریاً، گوارا باشد، لب تشنگان کربلا از جام شفاعت سیرآبت کنند، از دست بریده حضرت عباس آب‌آمرزش بنوشی، سقای دشت کربلاکامت راشیرین کند، آب کوثر نصیبت باشد، ساغر وجودت از آب زمزم لبریز باشد. خلاصه آنکه با اینگونه سخنان باید مردم را ریشخند کنی که ریشخند دردمندان خیلی‌دردها رادواست وچه‌کارها که نمیکند. اما زنهار باید آوازت را چنان بلند کنی که همه جا برود وهمه کس بشنود ولطیفه‌ها ونکته‌هائی چنان‌نادر وبامزه بقالب بزنی که همه کس را بخنداندواشعار مناسبی بخوانی که همه کس را خوش‌آید. این مردم زوار ساده‌لوح‌تر وصاف وصادق‌تر ازآنند که تومی‌پنداری. ببین با آنهمه ترس وتشویشی که از ترکمنها دارند، ازدیارهای دور دست با خرجهای گزاف ومرارت بیشمار بزیارت میآیند. باچنین مردمی چه‌کار نمیتوان کرد. بآسانی میتوان‌همه را فریفت وجیبشان را خالی کرد. عقلشان در چشمشان است وچشمشان را پرده نفهمی تنگ پوشانده‌است. بیچاره‌ها چه‌می‌بینند تابفهمند. هرچه‌میگوئی باسم خدا وپیغمبر بگو

دیگر کار نداشته‌باش. من‌خودم نیز چندی پیش‌درهمین شهر همین کاررا وهمین حقه‌راسوار کردم وسقا شدم وازدر آمد سقائی یك‌قطار قاطر خریدم وا کنون اینم که‌می‌بینی».

بگفتهٔ قاطرچی عمل کردم. مشکی خریدم و بند زنجیری و شیری از برنج و کمربندی‌ازچرم وچند عدد قلاب خطائی بکمر دوختم وطاس چهل قل‌هوالله‌ی‌دست وپا کردم وزنگوله ومنگولهٔ بسیار برآن آویختم واول دوسه روز مشك را در آب جفت خوابانم و پس از آن از آب پر کــردم و بسم‌الله گفته داخل حرم مطهر حضرت‌رضا شدم. حالادیگر نوبت‌هنرنمائی رسیده بود. سخن را بدین‌نمط آغاز کردم که سلام‌الله علی‌الحسین ولعنة‌الله علی‌قاتل‌الحسین و «آبی بنوش و لعنت حق‌بریزید کن ــ جانرا فدای مرقد شاه شهید کن» عجب آب خوشگواری دارم. از اشك چشم پاك‌تر است، جگررا خنك‌میکند و دل‌را جلا میدهد، دندان را از زور سردی میریزد وتشنه را سیراب وسیراب را عطشان میسازد. باغ بهشت را با این‌آب آبیاری میکنند وآتش دوزخ را با این‌آب‌خاموش مینمایند. گاهی نیز بصدای بلند بنای‌آوازخوانی را گذاشته اشعاری ازین قبیل میخواندم.

«مشکی‌از اشك‌بدوش‌مژه‌دارم شب‌وروز   داده عشق تو بمـن منصب سقائی را»

معلوم‌است که دراین نوع کارها علم‌بعدازعمل میآید. همینکه دوروز بدستورالعمل قاطرچی‌عمل کردم استادشدم وهرروز وبلکه هر ساعت برمهارتم میافزود.

وقتی‌چشم سقاهای مشهد برقیب‌تازه وارد افتاد آب‌در دهانشان خشك شد. همدست شدند وبهم‌چشمی وکارشکنی برخاستند وببهانهٔ اینکه بیگانه‌ام وحق‌سقائی در آنجا ندارم خواستند سرچشمه هنرمندیم‌را مسدود نمایند یعنی دیگر از آب انبار بمن آب‌ندهند اما دیدند که حریف آب دندان آنها نیست وپالـوده‌ایست که دندان میشکند واز آن کسانی

است که قابل‌است بزند ومشك همه را پاره کند ولهذا منصرف شدند. راستی هم که گویا خداوند مرا برای سقائی آفریده‌بود. آب آلوده و بدبوی آب انبارها وسقاخانه‌ها را بنام آب‌زلال چشمه تسنیم و کوثرمیفروختم و نمیدانید از پهلوی مردم تشنه‌لب چه‌مبالغ خوبی میاندوختم، پول یك‌مشك آب را ازده کس بیرون میآوردم و باز آب را درازاء پول سبیل میکردم، مدام‌چشمم درعقب‌دستهٔ زواری بود که تازه وارد میشدند. هنوز نرسیده وغبار از چهره نشسته‌جام آب‌را بدستشان میدادم که بسم‌الله، فی‌سبیل‌الله، بشکرانه رسیدن بی‌آفت‌و بلاو بیاد لب تشنهٔ دشت کربلاوصحرای نینوا جرعه‌ای بنوشید، با گلاب مشهد مطهرسرو رو را معطر ودل وجان‌را منور سازید ویك‌مشك آب هم در راه خدا سبیل کنید. گاه گاه نیز اشعاری ازمیرزا احمد* با آهنگ خوش‌میسرودم.

«بکن‌ای‌تشنهٔ رحمت گلوتر — بیاد آبروی حوض کوثر»

« بآب آئینهٔ دل صیقلی کن — پس‌ازدل‌یاد عباس علی کن»

«نه‌آب‌است این که‌از کوثرنم است‌این — نه‌مشك‌است‌این که‌چاه‌زمزم‌است‌این»

«بودعین وی عینا سلسبیلا — مزاج اومزاجا زنجبیلا»

اینگونه اشعار و گفتار راباآب وتاب برخ زوار میکشیدم ومیگفتم بهترین ثواب نوشیدن‌آب پاك‌مشهد است و بزرگترین ثواب نوشیدن آب مشك من‌است. انعام و احسان زوار هم‌بیشمار بود خلاصه آنکه قطره‌ای از آبم بهدر نمیرفت و نکته‌ای‌از گفتار واشعارم بی‌ثمر نمیماند.

چون دههٔ عاشورا رسید که ایرانیان را یکباره دیوانهٔ مصیبت و عزا و بجنون بدعتهای بیجا گرفتار میسازد خواستم من‌هم در هنر مشك گردانی هنر تازه‌ای نشان‌داده باشم و ازینرو روزی که تعزیهٔ روز عاشورا در میدان ارك که تماشاخانهٔ ایام عزاست در حضور شاهزاده والی خراسان برپا بود و در سال قبل سقائی گاومیش نام در آنجا در مسابقهٔ مشك گردانی برهمگنان مقدم شده بود در صدد هنرنمائی برآمدم. گفتند از

---

* این قسمت واین‌ابیات واسم‌صاحب ابیات در متن انگلیسی اصلی‌که مناط این ترجمه است وجود ندارد و برنگارندهٔ این‌سطور معلوم نگردید‌که مقصود ازمیرزا احمدکیست وکدام شاعراست‌و آیا مقصود همان میرزا احمد روحی است‌که ترجمهٔ فارسی‌کتاب را بدو نسبت میدهند و یا شخص دیگری است و این همه محتاج تحقیق است. ـم.

گاومیش باید در حذر باشی که آلت جارحه دارد و حس منفعله ندارد ، گوش نکردم.

موقع فرا رسید. شاهزاده برسردر ارك برغرفهٔ مخصوص بنشست. اکابر و اعیان در برابرش ایستاده صف کشیدند ، من قدم بمیان نهادم ، سرا پایم را از زخم تیغ دلاکی خون آلود ساخته بودم. تا کمر برهنه ، مشکی درغایت بزرگی پراز آب بردوش، درزیر چنین بار گرانی نفس زنان ، آهسته آهسته خود را بزیر غرفهٔ حکومتی رساندم و بآواز بلند شروع کردم بمدح شاهزاده و خواندن مرثیه. شاهزاده را خوش آمد و یك اشرفی انعام داد. تماشاچیان ازحالت من متحیر واز احسان وبخشش او متعجب ماندند. برای اینکه بهنرمندی افزوده باشم طفلی چند خواستم و برمشک خود سوارساختم. آوازهٔ آفرین و مرحبا بلندشد. از شنیدن اینهمه آفرین ومرحبا رگ خودنمائی وغرابیم بحرکت آمد. طفلی دیگر خواستم که باز برمشك بنشانم. رقیبم گاومیش فرصت یافت وخود ازجاجسته برمشك سوارشد. هرچند خم بابرو نیاوردم و بروی بزرگواری خود نیاوردم اما ازمهرهٔ پشتم صدائی برخاست و کمرم خم وشانه‌ام درزیر زور زنجیر کبود گردید و تاب و توان از سرا پایم برفت. مشك را برزمین نهادم. تا عارضه گرم بود احساس درد نکردم ولی همینکه چند دقیقه گذشت معلوم‌شد که گاومیش کار خود را کرده ودرمن دیگر قدرت مشك برداشتن نگذاشته است .

پس ازاین واقعه اسباب سقائی را فروختم ودیدم باتنخواهی که از آب فروشی اندوخته‌ام روزگارم بهتر از روزی شده است که بمشهد وارد شدم.

علی قاطرچی بابار بطهران رفته بود ودستم براهنمائی و نصایحش نمیرسید. خواستم گاومیش‌را بمرافعه بکشم ودیت بخواهم. گفتند ای‌بابا بیفایده است. میگویند چه کشکی چه مشکی برو خدا پدر بی‌کارت را بیامرزد. وانگهی عارضهٔ توجرح نیست و خدشه‌ای بیش نیست ودر شرع مقدس اسلام درباب دیت‌خدشه نص‌صریحی نداریم . خواستم وکیل مرافعه بگیرم . گفتند زنهار که هم دعویت باطل‌میشود و هم آنچه داری ازدست میرود. دعوا خران که از پهلوی دعوای دیگران نان میخورند خواستند دعوایم را برایگان بخرند راضی نشدم. باری کمرم شکست و پدرم درآمد وصدایم درنیامد.

گفتار دهم
قلیان فروش شدن حاجی‌بابا

پس بفکر فرورفتم وعقل ناطرف مشورت قــرار دادم که پس‌از شکستن کمر حالا تکلیف چیست. چند پیشه در نظر داشتم ودر اختیار پیشه‌ای که مناسب‌تر باشد مردد بودم. گدائی درمشهد رواج بسیاری داشت و چون سقائی شعبه‌ای از آن بودراه وچاه آنراخوب آموخته‌بودم ونیك میدانستم که اگر آنــرا اختیار کنم در اندك مدتی داماد عباس دوس میشوم اما از دریوزه عارم آمد. خواستم بوزینه‌ای یا خرسی بخرم و لوطی بشوم ولی‌دیدم تعلیم خرس و میمون خیلی زحمت و دردسر دارد و لوطیگری هم هنر بسیار و بی حیائی و بی‌چشم و روئی فراوان لازم دارد. خواستم روضه‌خوان یا تعزیه گردان شرم ، دیدم در این‌کار بی‌حیائی و بــی‌چشم و روئی بیشتری لازم است. خواستم واعــظ شوم دیــدم باید احادیث و اخبار جعل کنم و عربی لازم است و عربی نمیدانستم . خواستم فالگیر شوم ، دیدم در مشهد توسر سگ بزنید فالگیر و رمال بالا میآورد و فالگیر و رمال همان‌چیزی را میخورند که مرغ خانگی میخورد*. خواستم باز دلاك شوم دیدم کــه پابند میشوم و مشهد جای ماندن نیست . فکر کردم که چرسی و بنگی در مشهد فراوان است و من هم ازین جرگه بدم نمی‌آید و بهمین ملاحظه عاقبت قرار کار را بقلیان‌فروشی نهادم .

تدارك این کار دیدم . قلابهائی چند بر کمر و قلیانی چند بر آن قلابها آویختم وبرای جادادن سرقلیانها قوطی بزرگی در جلو ومطهره‌ای پرازآب درپهلو وقپلی برای تنباکو بردوش وآتشدانی بدست و انبرهای متعددی از هرسو براین دستگاه افزودم . با اینهمه اسباب وابزار ونی‌و میانه وانبرخارپشتی حسابی ازآب بدرآمدم.

چهار قسم تنباکوخریدم، طبسی وشیرازی وشوشتری وکاشی**. درترکیب و ترتیب واختلاط وامتزاج‌تنباکوبا خس وخاشاك وآراستن وپیراستن با برگ وافزایش وآمیزش باگیاه بزودی مهارت‌کافی پیدا کردم بدون آنکه از خالق ومخلوق‌شرمی داشته‌باشم.

* اصطلاح فارسی از اینقرار است که «شاعر و رمال و مرغ خانگی‌گه میخورند».م.

** معلوم میشود در زمان فتحعلی‌شاه‌هنوز تنباکوی حکوم یا وجود نداشته است ویا دارای شهرت نشده بوده است.ــم.

چهار قسم مشتری پیدا کردم، اعالی، اواسط، اسافل ، اراذل . اعالی را تنباکوی خالص و اواسط را نیم‌مخلوط واسافل را تمام مخلوط واراذل را خس و خاشاك صرف در حلق و گلو میکردم و از هریك بفراخور حال بهای مختلف میگرفتم. اگر احیاناً کسی ایرادی میگرفت وباعتراض صدا بلند میکرد میگفتم آیامیخواهی که فی‌الحال کشاورز وکشت‌کار وسوداگر ودلال تنباکو را بشهادت حاضر سازم.

دیری نپائید که اول‌قلیان فروش شهر مشهد شدم . درکار تنباکوی معطر فروختن وبا سلیقه قلیان چاق کردن وورق گل‌در کوزه‌انداختن وباستادی‌ته‌بندی کردن سرقلیان وبازغال اخته آتش برتنباکو نهادن شهرتی نیك پیدا کردم.

ازجمله مشتریان‌معتبرم قلندری بود بنام درویش صفر. درتمیز وتشخیص تنباکوی خوب از بد چنان استاد وبا سررشته بود که جرئت نمیکردم تنباکوی بد بخوردش بدهم. عادتش براین جاری بود که‌قلیان را به‌نسیه بکشد وادای قرض را ابداً قرض نمیشمرد. چیزی که هست مشتری کش بود یعنی مشتری زیاد بدنبال خود میکشید و من‌نیز بطیب خاطر برضای خاطرش میکوشیدم و دوستیش را نعمتی عظیم میشمردم.

درویش صفر قلندری بود عجیب هیأت، غریب صفت ،قوی‌هیکل، بلندبالا، عقاب‌بینی، سیاه چشم ، شاهین نگاه و تیز نظر، باریشی‌انبوه وگیسوانی که تا بشانه میریخت. تاجی هشت ترك منقوش با بیات و آیات بر تارك داشت و پوست تختی از مرغز بر پشت و من‌تشائی بر دوش و کشکولی منبت با زنجیر برنجین بردست وخرقه و جلبندی مضبوط برتن ودوش و رشمه‌ای‌ازپشم با مهره‌ای ازسنگ سلیمانی درمیان و تسبیح هزار دانه بر گرد دست.

چنین قلندری در کوچه وبازار چنان باهیبت و سطوت قدم‌میزد و ذکر و شعرمی‌خواند وشیئ الله میطلبید که زهرهٔ آینده و رونده از دیدنش آب میشد . بااین هیأت و

جبروت ، پس از آنکه رشتهٔ انس و الفت درمیان محکمتر گردید واز محارم شدم فهمیدم که آنهمه آرایش و پیرایش تنها برای فریفتن مردمان سست مایه است و بس.

بااینهمه چون رویهمرفته مردی بود درباطن خوشخو وخوشگو وظریف و همه‌فن‌حریف در اندك زمانی سلسلهٔ دوستی درمیان سخت استوار گردید. مرا باخود بسر دم درویشان برد. گرچه ازایشان سودی نمیبردم چون تنبا کوی مخلوط نمیتوانستم بایشان بدهم و قلیان هم هرگز از نوکشان نمیافتاد اما از گفتار وصحبت و کیف و حالشان چنان خوشم میآمد که هرخسارتی تلافی میشد.

شبی که درویش صفر بیشتر ازمعتاد از دودقلیان نشئه و کیفور شده بود روی بمن نمود که حاجی، آیا واقعاً حیف نیست که تو بااینهمه عقل و شعور وخط وربط دیدهٔ باطنت کور باشد واینقدر پست‌پایه باشی که قلیان فروشی‌را مایهٔ گذران سازی. آیا میل‌نداری که‌درسلك رندان درآئی و بحلقهٔ خاصان داخل گردی یعنی بیك‌کلمه‌آدم بشوی. راست است که لباس درویشی در ظاهر چرکین و کم بهاست و روزی درویشان از راه دریوزه و ریزه‌خواری خوان دیگران میرسد اما بدان که لقمه ایست بس رنگین که تحصیل آن احتیاجی بکدّ یمین وعرق‌جبین ندارد. زندگی‌ماطایفه‌تنبلی و بی‌کاری و بیعاری و تن‌آسائی است یعنی درحقیقت سلطنت بی‌درد سر وحکمرانی بی‌دغدغه. ببین شاعر چه‌خوب گفته.

«روضهٔ‌خلد برین خلوت درویشان است مایهٔ محتشمی خدمت درویشان است »
«آنچه زر میشود از پرتو آن‌قلب سیاه کیمیائی‌است که درصحبت‌درویشان‌است»
« دولتی را که نباشد غم‌ازآسیب زوال بی تکلف بشنو ، دولت درویشان است »
« قصرفردوس که‌رضوانش بدربانی‌رفت نظری از چمن نزهت درویشان است »

خلاصه‌آنکه مردم زمانه بازیچه دست درویشانند و ما در سایهٔ ضعف نفس و سستی اعتقاد و نادانی وساده لوحی آنها زندگی‌میکنیم و نانشان رامیخوریم و بریششان میخندیم. همانا تو بااین استعداد خداداد واین‌مایه و پایه نه تنها فخرطایفهٔ درویشان بلکه شبلی و جنید ایشان خواهی شد.

حضار یکصدا این سخنان‌راتصدیق کردند و بالاتفاق به‌تشویق و ترغیبم‌پرداختند من‌نیز درباطن زیاد بدم نیامد واین دعوت راغنیمت وموهبتی شمردم. اما برسم‌خاکساری وفروتنی گفتم من کجا ومقام درویشی کجا. پوشیدن خرقهٔ درویشی کار هربی سر و پائی

نیست. راست است که‌من سواد خواندن و نوشتن دارم وحتی ازعهدهٔ قرائت‌قرآن برمیآیم واشعار حافظ وسعدی را از بردارم واز «شاهنامهٔ»فردوسی‌هم‌بی خبر و بی نصیب نیستم اما گمان نمیکنم که این اندك‌معرفت درطریقت‌کافی باشد وفضولی است اگر کسی بخواهد بااین هنرهای محدود قدم بدایرهٔ اولیاء ومقامات ایشان بنهد .

درویش صفر گفت ای‌رفیق اعتقاد تودر حق درویشان بیش از آنست که‌شایدو باید. آنقدر ها هم که خیال میکنی درویشی رامایه لازم نیست . مایهٔ‌اصلی درویشی که‌مابدان دست یافته‌ایم گستاخی و بی‌شرمی ووقاحت است. باپنجاه یك این هنری که توداری‌اگر اندکی گستاخی و وقاحت هم بیفزائی، بگردن من، که مرشد کل و مالك مال ومنال این مخلوق گردی. خود من با گستاخی و بی‌شرمی چها که نکردم. نبوت کردم، معجزه کردم، مرده‌زنده کردم، ازلذاید دنیوی‌چیزی باقی‌نگذاشتم. کسانی که مانندتوازحقیقت وباطن من‌بی‌خبرند مرا به‌چیزی میشمرند وازمن‌میهراسند وحساب میبرند. واز قلندران بزرگ

واز ابدال و اوتادم می‌پندارند و براستی که اگرمخاطرات ورنج وآزاری را که پیغمبر ما تحمل‌نمود من‌هم تحمل میکردم بلاشك پیغمبری اولوالعزم میشدم وازو آسانتر شق‌القمر میکردم وهمینقدرکافی بود که چهار پنج نفر بمن بگروند تامن‌بزور همان گستاخی و بی شرمی و بی‌چشم‌وروئی شارع اعظم و نبی اکرم‌بشوم.

سخنان درویش‌صفر را سایرین تصدیق کردند وبمن هجوم‌آوردند کـه البته باید ازقلیان فروشی دست‌برداری و داخل سلك وطریقت ما که صدبار ازآن بلندتر ومعتبرتر است بشوی. آنگاه برای انتباه وعبرت من‌وعده دادنـد که در نشست‌دیگر هریك بنوبت سرگذشت خودرا که مایهٔ حیرت وعبرت من‌خواهد گردید حکایت‌نمایند وراستش این‌است که‌من نیز بااین مقدمات رفته‌رفته خود را بیش ازپیش بمصاحبت ایشان مشتاق و راغب میبافتم .

گفتار یازدهم

سرگذشت درویش‌صفر ودونفر دیگر از درویشان

روز دیگر باز بعادت معهود همــه در یکجا جمع آمده در حجره‌ای که مشرف بباغچه بود هریك قلیان بدست و پشت بدیوار دورهم نشسته بودیم . درویش صفر بحکم ریاست بر همقطاران پیشی جسته سرگذشت خود را بدین نوع شروع کرد .

پدرم لوطی باشی شهر شیراز و مادرم جنده‌ای بودطاوس نام. ازچنین پدرو مادری خوب میتوان حدس زدکــه فرزندشان ازچــه قماشی بوده است. این نان فطیر از آن خمیر است. همدم‌و همبازی ایام کودکی من‌بوزینه‌ها و خرسهای پدرم وسایر همکارانش بودند. درمصاحبت و نشست وبرخاست بـا لوطیان فوت وفنهای این‌کار وحیله‌های آنرا که‌در طی عمر تا بامروز بکارم خورده است خوب‌آموختم. درپانزده سالگی نوچه لوطی کاملی ازآب درآمده بودم باچشم همه‌بین وعقل همه‌دان. درآتش خوردن وآب از دهان برون ریختن و کارد بلعیدن و از چنبر جستن و بندبـازی و سایر تردستیها وحقه‌بازیها سرآمد اقران گردیــدم و از همان وقت‌آثـار ترقی و پیشرفت و کامیابی در ناصیه‌ام

پدیدار بود.

در روز نوروز درموقع بند بازی گلوی دختر زنبور کچی باشی درپیشم گیر کردو پاسوز و خاطرخواهم گردید. رازو شور عشقش بوسیلهٔ ساربانی که خواهرش در اندرون زنبور کچی باشی راه داشت بگوشم رسید. بنزد میرزای‌کاغذ نویسی که درمیان بازار بر سکوئی بساط عریضه‌نگاری داشت دویدم‌و با مرکب سرخ و کاغذزرد وسطرهای بند رومی محبت نامه‌ای نویساندم ودر آخر آن این عبارت را گنجاندم که «هرچند هنوز جمالت را ندیده‌ام اما ندیده‌عشقم‌درحد کمال است‌و چنانکه گفته‌اندچه‌بسا گوش‌زودتر ازدیده عاشق میشود».زردی کاغذ علامت زردی چهره و سرخی مرکب‌نشانهٔ اشك خونین‌و کج‌و معوجی سطوراشارت برپیچ‌وتاب خاطرخاطرخواه‌بود.از اینها گذشته‌موئی چنداز کاکلم‌باقدری‌مغز قلم درمیان‌نامه نهادم یعنی «ازمویه چوموئی شدم از ناله چونائی» کبابه و هلی نیزافزودم که‌بزبان حال برساندکه « از فراقت هم کبابم وهم هلاك» عنابی اضافه کردم که برساند «عناب لب لعل ترا قند توان گفت - چیزی که بجائی نرسد چندتوان گفت». یك‌حبه‌زغال نیز علاوه‌شد یعنی «روی دشمن سیاه باد». بادام سفیدی نیزدر پاکت نهاده شدکه بگوید «بادام سفید سربرآورده زپوست ـ عالـم خبر است من ترا دارم‌دوست» . نامه‌را بـا این جمله بپایان رساندم کــه « امیدوارم دوستدارت را از دیدارت محروم نسازی، ای وای زمحرومی دیدار ودگر هیچ»وباکلمهٔ «والسلام» نامه را ختم کردم.

از ذوق‌نامه‌ای باچنین‌آب وتاب واشارات‌و کنایات‌نایاب‌چنان‌ازخود بی‌خبرشدم که عنان اختیار از کفم رها شدبی‌پروا اسم ورسم معشوقه را بشرط رازداری بمیرزا بروزدادم واو نیزبهوای اینکه انعام ومزد پائی بگیرد بیدرنگ جبه‌را بر دوش کشیده یکسر بخانهٔ زنبور کچی‌باشی شتافت که دخترت خاطرخواه پسر لوطی‌باشی شده است . زنبور کچی‌ـ باشی راعشقبازی من با دخترش سخت گران آمـد وفوراً در همان ساعت فرمانی مبنی بر اخراج من ازشیراز صادر کرد. پدرم‌هم که ازخشم شاهزاده میترسید برفتنم تعجیل‌نمـود علی‌الخصوص که غافل از اینکــه پیری با معرکــه گیری سازگار نیست مرا کم کم درکار لوطیگری رقیب وهمچشم خطرناك‌خود میدید.

روز دیگر وقتی بوداع باباران یعنی جانوران پدر رفتم پدرم گفت «فرزند، دوری ازتو برمن ناگوار است اما چه‌چاره. در کف‌شیر نر خونخواره‌ای ـ غیرتسلیم ورضا کـو

چـاره‌ای . حکم‌حاکم ومرگ مفاجات چاره‌ای ندارد. خدا را شکر کن که از برکت تربیتهای من درهیچ کجا گرسنه نخواهی ماند . چیزی هم برسم اغورراهی بتو میدهم که بجز پدر به‌پسر احدی بکسی نمیدهد و آن میمون بزرگ است که سرآمد میمونهاست. اورا دست مایه بساز ودست‌آموز خود کن و بدان که نانت درروغن خواهد بود .اما جان من‌قول بده که بقدر من دوستش خواهی داشت. بهمان پایه‌ای که من رسیده‌ام تو هم ان‌شاءالله خواهی رسید . باچنین میمونـی طالعت همایون و بختت میمون خواهـدبود. پس میمون را بر شانه‌ام برجهانید وپیشانی‌ام را بوسید و بـاچنین زادو توشه‌ای از زاد و بوم خویش بیرون رفتم.

بدون‌آنکه بدانم که ازسفر وحضر کدام یك بحال من مناسب تر و سودمندتراست غمگین واندوهناك راه‌اصفهان را پیش گرفتم . صاحب میمونی چنان ومطلق العنان بودن نعمت بیکرانی است . اما مفارقت باآنهمه جانوران مألوف ومأنوس وترك‌شیراز محبوب خاصه محرومی ودوری ازیار نادیده که بیقین درعالم حسن وجمال ازلیلی وشیرین جهانی بهتر بود چنان برمن دشوار وتنگ‌آمد که‌وقتی درتنگ الله‌اکبر به‌تکیهٔ ابدال خارعذابم در دل نشست و پای رفتارم بگل فرو نشست و دیگر قدم بجلو نرفت. با میمونم بر سر سنگی نشستیم و با چشم اشکبار شروع کردم بهای هـای گریستن و این ابیات را مناسب حال ترنم کردن.

«گرم باز آمدی محبوب سیم اندام سنگین دل
گل از خارم برآوردی و خار از پا و پا از گل»
«ملامت گوی عاشق را چه گوید مردم دانا
که حال غرقه در دریا نداند خفته برساحل»

آواز بر گریه‌ام افزود . درویشی از تکیه بیرون آمدو نزدیك شد و سبب گریه‌ام را پرسید. درد دل باو باز نمودم. مرا با خود بدرون تکیه بحضور درویشی موقرتـر از خود برد . سر و وضع این درویش درست مانند سرو وضع حاضر من بود حتی این تاجی کـه الان بـر سر دارم یادگاری ازوست . اما چشمهایش چنان هولناك و وحشت انگیز بود که زهرهٔ انسان از دیدنش آب میشد .

از دیـدار من چشمانش چار شد . اول قـدری با هم سر گوشی کردنـد و آنگاه

درویشی که معلوم بود بردیگری ریاست دارد رو بمن آورد و گفت من نیز عازم اصفهانم اگر بخواهی با هم میرویم واگر طالعت یار باشد ترا از خاك برخواهم داشت .

بی‌تکلف تکلیفش را پذیرفتم و بی گفتگو قلیانی کشیدیم وهی‌بقدم زده براه افتادیم. درویش که نامش درویش بیدین بود در راه با من از در یگانگی و دلسوزی و دلداری برآمد وهمینکه برکار و روزگارم وقوف بیشتری یافت خرم وخندان گردید وآنگاه در صدد برآمد که بر من مسلم دارد که درویشی بر لوطیگری ترجیح و گدائی برتقلید و مسخره‌بازی فضیلت دارد ولاجرم مرا بترك این طریقه و پیشه و بسلوك بدان سلك دعوت نمود و گفت اگرمرا بمرشدی قبول‌نمائی و کوچك ابدال‌من بشوی ترا از اوتاد خواهم کرد همچنانکه خودم از اقطابم . پس از آن از علم نجوم و سحر و زیجات و طلسمات و تعویذ سخن بمیان آورد و نسخه‌ای چند بمن داد و گفت اینها در تمام عمر ترا کافی خواهد بود و هرگز گرسنه نخواهی ماند و حتی ترا توانگر خواهد ساخت . سپرد که اگر دم خرگوش را در زیر بالین کودك بگذاری بخواب میرود و اگر خون خرگوش را باسب بنوشانی باریك قوایم ولاغرمیان وتند رو میگردد و اگرچشم گرگ و استخوان کپل او را ببازوی طفل ببندی با جرئت و رشادت خواهد گردید و اگر روغن گرگ بلباس زنی بمالی شوهرش از او دلسرد میشود و اگر زهرهٔ گرگ بزن بخورانی دفع نازائی میکند واگرخون خروس بکسی بخورانی قوهٔ باهش تهییج میشود . ناخن هدهد برای زبان بندی و چشم خفاش خواب بندی را شاید . اما بدان که بهترین و مؤثرترین داروی مهر و محبت هماناکس کفتار است که در حرمسراها و بخصوص در اندرون شاهی مشتری و خریدار بسیار دارد و حتی یبرج‌الصنم در مقابل آن هیچ است و مهر گیاه در مقایسهٔ باآن خاشاك بیفایده‌ای بیش نیست .

ازین سخنان بسیار گفت و چنان با اینگونه چرند و پرندها چم مرا بدست آورد که وقتی دید رام شده‌ام تکلیفی بس ناگوار نمود یعنی گفت فرزندم صفر ، تو با این میمون مالك گنج قارونی و خود خبر نداری و چون تعجب مرا دید دنبالهٔ سخن را چنین آورد که این گنج قارون میمون زنده نیست بلکه میمون مرده است . اگر این میمون را بکشیم با اعضا و اجزای او میتوانیم داروهائی بسازیم که خاصیت‌های عجیب دارد و ببهای طلا میتوانیم باندرونیان پادشاه بفروشیم مگر تو نمیدانی که جگر میمون

(علی‌الخصوص میمونی ازین جنس که تو داری) اکسیر محبت است . پوست بینی او پاد زهری است که تریاق همهٔ سموم است . هر کس خاکسترش را بخورد دارای تمام اوصاف میمونی از قبیل قدرت در تقلید و تردستی و چابکی وشهوت و حیله و زیرکی میگردد . بیا تا او را بکشیم و خودمان احیاء شویم .

شهادت میمونی بدان همایونی که در تنگی و فراخی یار و غمگسار من بود برایم سخت‌ناگوار بود. خواستم تکلیف درویش را رد کنم، چشمانش چنان برافروخت و شراره کشید و پره‌های دماغش چنان پر باد گردیده و بحرکت در آمد و رگهای گردنش باندازه‌ای از خون پر گردید که ترسیدم بترکد و چنان خیره خیره بمن نگاه کرد که دست و پایم را گم کردم و ماستها را کیسه کردم و فهمیدم که اگر تسلیم نشوم پای زور و زجر بمیان خواهد آمد و از کجا سرم در سر میمون بباد نرود لهذا ناچار با هلاك میمون عزیز روی موافقت نشان دادم همانسان که ابراهیم کشتن اسمعیل را روا دید .

درویش دور از راه عبور ومرور در درهٔ دور افتاده‌ای آتشی برافروخت و بیچاره میمون زبان بسته را بی هیچ دغدغه و وسوسه‌ای سر برید وجگر و پوست دماغش را در آورد و باقی اندامش را در آتش سوزانیده خاکستر کرد و آن خاکستر را چون زر ناب در دستمالی بسته در جوزبندی خود نهاد و براه افتادیم .

چون باصفهان رسیدیم من لباس لوطیگری را بیاری دوستان بلباس درویشی مبدل ساختم و راه طهران را پیش گرفتیم . بمحض اینکه خبر ورودمان بپایتخت برزبان‌مردم افتاد طالبین دوا و دعا از هر سوی روی بما آوردند . مادرها برای فرزندان خود دعای چشم زخم میخواستند ، زنها از برای شوهران دعای عقداللسان در خواست میکردند ، پهلوانان حرز تیغ بندی و دختران دعای گشادگی بخت و میراث خواهان دعای مرگ برای ارث گذاران میخواستند. جوانان نامراد شرمزده دوائی میطلبیدند که برقوهٔ مردی و نیروی کمر بیفزاید . اما مشتریان پایدار و با اعتبار و لقمه‌های چرب و شیرین همانا اندرونیان پادشاهی بودند که فوج فوج میآمدند و همه به نیروی سحر و جادو محبت و علاقهٔ پادشاه را منحصراً برای خود میخواستند .

داروخانهٔ درویش مرکب بود از کس کفتار و موی گرگ و پیه خرس واستخوان بوم و پروبال هدهد و علی‌الخصوص خاکستر و جگر میمون وپوست بینی بوزینه که اثر

اکسیر و بهای کیمیا داشت.

پیرزنی از حرمسرای شاهی که آرزو داشت در رتبه ومقام از جمله بانوان حرم برتر باشد بزور زر جگر میمون را صاحب شد. بانوی دیگری که با همه جد و جهد و حیله وتزویر مورد نظرشاهانه واقع نگردیده و حتی پادشاه او را به‌نگاهی دلشاد ومفتخر نفرموده بود با پرداخت بهای بیشتری یك پخت از خاکستر میمون را درربود تا در شب جمعه در زیر سایهٔ درخت نارون با قهوه آمیخته بنوشد. زن دیگری از اندرون همایونی علاجی میخواست که چین و چروك صورتش را برطرف سازد. درویش پیه خرس باو داد و سپرد بصورت بمال اما زنهار که در شادی بخندی و یا در اندوه روی در هم کشی که اثر دوا باطل میگردد. خلاصه آنکه درویش با فوت و فن فراوان لوله‌های بسیار بگردن و بازو و بلکه بسینه‌و ناف زنان بست و حب و قرصهای رنگارنگ هنگفت در حلق مردان از پیر و جوان چپانید و کیسه‌ها را خالی و جیب خود را بهمت مولا پر کرد.

من در تمام این افسونگریها و افسانه سرائیها همیشه و همه جا حاضر و ناظر بودم و اگر احیاناً کار استاد گیر میافتاد ببرکت تدبیر شاگرد گره گشوده میشد. افسوس که دیناری بکیسه‌ام داخل نشد و میمون نامیمون بخت برایگان از دستم رفت و دست و پائی نتوانستم.

بهمراهی درویش بیدین ممالك و اقالیم بسیاری را پیمودیم و از زیرپا درآوردیم. در هر جا عرض هنر نمودیم و در بعضی جاها ما را بچشم اقطاب و اوتاد و در پاره‌ای امکنهٔ دیگر بدیدهٔ قلندران شیاد و بی باك نگریستند. چون پیاده سفر میکردیم از هر جا و هر چیز از بد و نیك، نیك با خبر و واقف میشدیم.

از طهران باسلامبول و از آنجا بحلب و شام و پس از زیارت مدینه و مکه معظمه بمصر رفتیم. از آنجا خود را به بندر جده رساندیم و از آنجا با کشتی رهسپار بندر سورات هند و از آنجا بجانب لاهور و کشمیر روان شدیم. بدبختانه در این منازل اخیر نقش درویش نگرفت چون مردم آنجاها مارها خورده افعی شده بودند و مرد رند بودند و چون ما قلندر قلاش و کلاش زیاد دیده بودند.

عاقبت رخت بهرات کشیدیم. در سایهٔ ابلهی افغانان تلافی مافات لاهوریان و

کشمیریـان را نمودیم . درویش در هـرات زمینه را مناسب دید و ادعـای نبوت کرد و اصحاب و تابعینی بهمزد ولی افسوس کـه هنوزکارخانه معجزاتش بکار نیفتاده و بوعده جوانی ابدی کـه بهزاران نفر داده بود وفـا نکرده بسرای آخرت شتافت و من تنها ماندم .

منزل ما در صومعه‌ای بر سر کوه بلندی واقع بود . درویش بمردم فهمانـده بود کـه با مائده آسمانی بسر میبرد ولی از بخت بد شبی که یك بره بریـان تمام با یك من پشمك خورد بمرض هیضه دچار گردید و بمرد . من برای حفظ آبرویش گفتم که ملایکه بوجود موجودی بدین کمال رشك بردند و امر را برروحانیان مشتبه ساخته معدهٔ درویش را چنان از مائدهٔ روحانی انباشتند و آکندند کـه راه نفس کشیدن بـاقی نماند . روح راهی میجست و از راهی جست و رفت و بمصاحبت بـاد شمالی تند بآسمان پنجم رسید و بالا دست حضرت عیسی جای گرفت (چه نمیخواست پهلو دست او بنشیند) .

این باد در سراسر تـابستان در شهر هرات میوزد و بدون آن زندگی هراتیان بس دشوار میگردد. من چنـان تفسیر و تعبیر کـردم کـه درویش در ازای محبت و اخلاصمندی هراتیـان این بـاد را برای اعقاب و اخلاف آنها بیادگار گذاشته و رفته است. پیران آزموده و جهاندیده که کیفیت این باد را میشناختند بانکار بـرخاستند اما از بـرکت رسوخ وجود درویش کسی بحرفشان گوش نداد و مردم شهر جنازهٔ درویش را با دبدبه و کوکبهٔ بسیار بخاك سپردند و ایشك میرزا که حاکم هرات بود بشخصه تابوت را بر دوش تا بگورستان برد و بخرج اصحاب درویش و اولیاء پرستان گنبدی برسر مقبره‌اش بنا نهادند که تا قیامتگاه زیارتگاه ابلهان خواهد بود .

پس از وفـات درویش من بـاز مدتی بـاسم کوچك ابدال او بقیة السیف را بـا طلسمات و نیز نجات او تاراج کردم و از بـرکت موها و پشمها و استخوانهائی کـه از مزبله‌ها جمع میکردم و بعنوان موی مقدس درویش و استخوان مبارك او قالب میزدم بیشتر از کشیشانی که استخوان خر عیسی را بمؤمنین میفروشند مبالغ هنگفتی اندوختم و عـاقبت پس از آنکه بقدر یك جوال موی محاسن مبارك و یك توبـره نـاخن اقدس بفروش رساندم از تـرس اینکه اگر بیشتر در این سوداگری اصرار بـورزم خسارت و اضرار جانی ببرم و شاید اهل بخیه پته‌ام را بروی آب اندازند و مچم گیر آید و مشتم

باز شود صلاح را در جیم شدن دیدم و سر دم را از آنجا کندم و بسیاحت نواحی بسیاری از ایران پرداختم و سرانجام شتر را در میان قبایل هزاره خواباندم.

در آنجا کارم بهتر از آنچه پنداشته بودم گل کرد و مانعی در میان نبود و به‌ادعای پیغمبری یعنی به‌اتمام کاری که درویش نیمه کاره گذاشته بود برخاستم.

وقتی سخن درویش صفر بدینجا رسید دستی بشانهٔ درویشی که بغل دستش نشسته بود زد و گفت این گل مولا هم در آن کلک با من همدست و همراز بود. خوب میداند که با چه استادی ومهارتی پلوئی پختم که با خوردن تمامی نداشت. تمام قبایل هزاره بخصوص آنهائی که از آن دیگ پلو میخوردند بمن گرویدند و خلاصه چه درد سر دهم آن حضرت ایشانی که شنیده‌اید و واقعهٔ او در خراسان آنهمه شهرت دارد بندهٔ پرستنده شما خودم هستم. هر چند با لشکری که دولت بکرات و مرات بر سرم‌فرستاد نتوانستم مقاومت بخرج بدهم اما آنقدر از ابلهان فریفتم و از احمقان بدام انداختم که از مایهٔ کیسهٔ آنان تا آخر عمر میتوانم براحتی و آسایش بگذرانم. اکنون چندی است که مقیم مشهد گردیده‌ام. در همین ایام اخیر خواستم نقشی سوار کنم و کور مادرزادی را بینا سازم اما نگرفت و راه اعتقاد مردم و اعتبارم مسدود گردید و فعلا نمیدانم عاقبت امر بکجا انجامد. تا یار کرا خواهد و میلش بکه باشد. رضا بقضاءالله. این بود سر گذشت من.

پس از درویش صفر نوبت بدرویش دیگری که در هزاره از اصحاب پیغمبر بود رسید و سر گذشت خود را بدینگونه شروع کرد.

پدر من ملائی بود از ملا های مشهور شهر قم. در زهد و ورع چنان معروف و

بمواظبت طاعت و عبادت چنان موصوف بود که آب وضویش را برای شفا میبردند و غساله‌اش را بجای دوا میخوردند . ما چند برادر بودیم و پدرمان سعی داشت که ما همه مانند او بشویم . بقدری بر ما سخت گرفت که بفریب و ریا و پوشیده کاری معتاد شدیم و این صفات در ما حکم طبیعت ثانوی را پیدا کرد و کار بجایی کشید که درمیان مردم چنان به کذابی و دو روئی و نفاق مشهور شدیم که هیچ کجا راهمان نمیدادند و در هیچ جا نمیتوانستیم سر در آوریم . من بنده بخصوص چنان گاو پیشانی سفید از کار درآمده بودم که برای خلاصی از آن از ناچاری بکسوت درویشان درآمدم واز قم بیرون جستم . آنچه موجب شهرت و نامبرداریم گردید قضیه ایست که گوش بدهید تا برایتان حکایت کنم .

اولین جائی که رفتم طهران بود و در طهران اولین منزلم در برابر خانهٔ عطاری بود . تازه در آنجا جابجا شده بودم که روزی پیر زنی در را بشدت کوبید و فریاد برآورد که استاد عطار همسایهٔ شما سدّه کرده و در کار مردن است . دوائی نیست که بحلقش نکرده باشیم اما هیچ ثمری نبخشیده است . آمده‌ام تا از تو دعائی بگیرم تا بلکه از برکت نفس تو فتوحی بیابد . چون در منزل خود قلمدان و کاغذ نداشتم قرار شد دعا را در بالین مریض بنویسم . پیر زن مرا از حیاطی کوچك باطاق تنگ وتاریکی برد که بیمار در میان آن در بستری افتاده و ناله میکرد . ازدحام از زن و مرد بقدری بود که اگر سوزن میانداختی بزمین نمیافتاد . فریاد بیمار بلند بود که ای وای مردم ، بفریادم برسید . در اطراف بسترش مبلغی شیشه‌ها و کاسه های دوا و درمان دیده میشد و معلوم بود که برای نجات او از هیچ کاری مضایقه نکرده بودند . حکیم با

شیشهٔ اماله و لگن قی در گوشهٔ اطاق ، قلیان بنوك نشسته بود و میگفت کار این مریض از دوای من و معالجهٔ من گذشته است تا حالا دوای درویش چه کند . دعای درویش تازه را تأثیری تازه است. چون چشم تیمار داران بر من افتاد بر جنب و جوش افزودند و دیده‌ها همه بر من دوخته شد . من نیز با هیأت کسی که مستجاب‌الدعوه باشد و صاحب قوت نفس و دم مسیحا باشد کاغذ و قلمدان خواستم هر چند در تمام عمر دستم رنگ قلم را ندیده بود .

قلمدانی آوردند با ورقی بزرگ از کاغذ که معلوم بود کاغذ عطاری است و دوا در آن پیچیده بوده‌اند . با وقار و سکون اسرار آمیزی سر تا پای کاغذ را با خطوط کج و معوج عمودی و افقی و مورب شطرنجی ساختم و میان خانه‌ها را باتصاویر و نقوش و علاماتی که از مصنوعات و مجعولات خودم بود پر کردم . آنگاه گفتم قدحی پر از آب آوردند و آن کاغذ را در آب حل کردم و بمریض بلعانیدم . حضار در انتظار تأثیر دعا ، چشمها دریده و گردنها کشیده بودند تا چه کند قوت بازوی من . حکیم بصدا درآمد و گفت « اگر عمر مریض باقی باشد و اجلش نرسیده باشد از تأثیر این ادعیه و این اسماء حسنی و این طلسمات مقدس خواهد بود و الا اگر بوعلی هم از گور در آید کاری از دستش ساخته نیست . »

بیمار دقیقه‌ای چند بیهوش و مرده وار افتاد . سپس با حالتی که باعث حیرت همه بلکه خود من و حکیم هم گردید ، آروغی چند زد و چشمها را باز کرد و سر از بالین برداشت و لگن خواست . گلاب بروی خوانندگان ، چندان قی کرد که اگر ابوسینا تمام کتاب «قانون» خود را در حلقش کرده بود آنقدر قی نمیکرد . باری خلط و ماده‌ای دیگر در شکم باقی نماند که بیماری بماند .

من خوب دریافتم که البته در آن کاغذی که دعا بروی آن نوشتم دوای قی پیچیده بودند و این حالت تهوع و اینهمه قی از اثر آن دوا بوده است ولی در ظاهر این معجز و کرامت را بریش خود بستم و همه را بتأثیر دعای مجرب خود حمل نمودم و گفتم اگر من نبودم مرده بود . اما حکیم هم بدست و پا افتاد و نمیخواست عقب مانده باشد . بصدا درآمد که تأثیر دوای خودم بود . تنها دوای من است که میتواند اینهمه قی بیاورد . اگر دوای من نبود این مرد هم دیگر نبود .

من : حکیم نادان ، اگر تو حکیم خوبی بودی چرا دوای تو پیش از دعای من تأثیر نکرد، این آل و آشغال و خنزر و پنزر را بردار و برو پی کارت و مردم را بحال خود بگذار .

حکیم : درویش بی‌معرفت ، در اینکه دعای خوب میتوان نوشت و حق‌القلم خوب میتوان گرفت حرفی نیست اما هر کس در این خاك میداند که درویشان کیستند و چیستند و اگر احیاناً دعائی تأثیر داشته باشد از برکت انفاس درویشان و یمن قدم ایشان نیست .

من : تو سگ کیستی که در مقابل چون منی دهان بگشائی و هرزه درائی بکنی . من غلام شاه مردان و مداح آن خاندانم و از برکت مولا سینه‌ام گنجینهٔ علوم اولین و آخرین است در صورتیکه جهالت حکیمان ضرب‌المثل است . هر وقت عاجز میمانند و تدبیرشان باطل در میآید پای تقدیر را در میان میکشند . اگر بیماری بخواست پروردگار شفا یابد بخود نسبت میدهند و اگر بمیرد تقدیر خواسته بوده است و هر وقت تیرشان در طریق معالجه بسنگ میخورد میگویند اجل علاج پذیر نیست . دواهای تو باین دعواها نمیارزد و خودت خوب میدانی که با این داروها کم مانده بود یارو را بچنگ عزرائیل بسپاری . هر وقت مریضی دیگر بحال نزع افتاد بیا پای مرا ببوس تا با دعا بفریاد دوایت برسم و بفهمی تا بچه اندازه نادانی .

حکیم : بدان که بمرگ تو نباشد بمرگ خودم، من از آن کسانی نیستم که مرشد تو هم بتواند این جفنگیات را برای من بقالب بزند تا چه برسد بتو قلندر بی‌سروپای خر گدائی که بندهٔ حلقه بگوش سؤال و دریوزه و دشمن نماز و روزه است .

پس برخاست و پس از هزار سخنان نامربوط و چرند وپرند بی‌معنی بمن هجوم آورد. من نیز با جوابهای آب ندیده بمقابله پرداختم. جنگ مغلوبه شد. کار از آب و تاب سخنان درشت به شپاشاپ سیلی و مشت کشید . گیسوانم را گرفت، ریشش را چسبیدم . گریبانم را درید ، آستینش را درهم شکافتم . دستم را گزید ، صورتش را خراشیدم . هی بر سر و مغز هم زدیم و هی گیس و ریش یکدیگر را کندیم و بر باد دادیم . هر چه بیمار نعره زد و هر قدر بیمار داران فریاد کردند بجائی نرسید . کم

مانده بود خونی در میان واقع شود . عاقبت زنی خود را بمیان انداخت که بحق‌القلم تو و حق‌القدم او هر دو لعنت . کوتاه کنید ، شرم و حیا خوب چیزی است. شاگرد داروغه در خانه را میزند که این غوغا و هیاهو چیست و سبب این ولوله و هروله کدام است .

از یکدیگر جدا شدیم . از یاری بخت چقدر خوشحال شدم وقتی دیدم تقصیر را از او و حق را بجانب من میدانند . حکیم را بچشم آدمی میدیدند که برای کار نکرده مزد میطلبد و مرا بچشم کسی که بزور دعا بتواند کوه ابو قبیس را از جا بکند .

چون حکیم کار را برخلاف مراد خود دید سپر انداخت . جبه و کلاهش را برداشت که برود . اما پیش از رفتن موهای ریش خود را با قدری از گیسوان من که برزمین ریخته بود جمع نموده گندله کرد و در جلو چشم من نگاه داشت و گفت ای نره خر ، جوز علی آیا هیچ میدانی که دیت هر یك تار موی ریش در طهران یك قران است . ببینم فردا در حضور آقای امام جمعه و محضر شرع با این هو حق‌ها و کیهج و کهیج‌ها و آهیاها و شراهیاها چطور از عهدهٔ دیت و غرامت برخواهی آمد .

خوب میدانستم که با وجود این عر و تیزها هیچ غلطی نخواهد کرد و هر که با شات و شوت است چیزی بارش نیست و باصطلاح سگ خوابیده پارس میکند بااینهمه خیلی دلم میخواست که نزد امام جمعه عارض بشود و مرا احضار نمایند و همین بزنگاه را مایهٔ شهرت خود قرار بدهم . بزودی آوازهٔ شفایابی عطار که از معتبران بود در اثر دعای درویش تازه وارد در تمام شهر پیچیده نقل من نقل مجالس و محافل گردید. دورم را گرفتند و دستگاه دعا نویسیم بکار افتاد . از صبح تا شام بنوشتن عزایم وادعیه مشغول بودم و کیسه و جیب هر کسی را بفراخور اعتبار و مالداریش خالی میکردم . در اندك مدت مالك درهم و دینار بسیار گردیدم اما از شومی بخت همهٔ بیمارانم مبتلا به سدّه و تمام کاغذها لفافهٔ دوای قی نبود . اعجازم از شفای همان عطار تجاوز نکرد . شهرتم بنای واترقیدن را گذاشت . ناچار شدم از طهران دور شوم و بسیر و سیاحت سایر نقاط ایران بپردازم و گاهی اتفاق میافتاد که شهرتم زودتر از خودم به محلی میرسید . ضمناً از عطار هم شهادتنامهٔ عمل در دست داشتم و از ارائه و آینه

ساختن آن در جا و بیجا کوتاهی نمیکردم . تا بامروز نیز از برکت همان کرامت نامکرر زندگی میکنم و با آنکه دعـایم در بی‌تأثیری مجرب است باز از حـق‌القلم ناراضی نیستم . بمحض اینکه در جائی رواج بازارم رو بکساد برود پیش از آنکه در نظر مردم خوار بشوم بار سفر را سبك می‌بندم و سبکپای بجای دیگر میروم.

حالا نوبت بدرویش سوم رسیده است . گفت اگر چه نقالان را عادت بر آنست که رشته سخن را حتی‌المقدور بدرازا بکشند اما بمفاد «افسانهٔ عمر سخت غم‌افزاست ـ آن‌به که‌حدیث مختصر آرم» افسانهٔ عمر را مختصر میسازم .

بدانید که پسر مکتبداری هستم . چون قوت حافظه و قـدرت لافظه‌ام را دید از افسانه و امثال و قصه‌هائی که در زبان فارسی بیش از هرزبان دیگری است تا حد مقدور مقداری هنگفت بمن آموخت و از بر گردانید . چون گنجینهٔ مغز و سینه‌ام ازین متاع گرانبها مالامال گردید و در خود استعداد خرج و صرف آنرا کافی یافتم لباس درویشی و سخنوری برتن نمودم و در میان مردمان بلکه بجان آنان افتادم و حرفهٔ معرکه گیری و سخنوری و نقالی را پیش گرفتم . در اوایل مدتی چون مرا تازه کار و ناشی تشخیص دادند نقلهایم را گوش میدادند ولی همینکه پای شیءالله بمیان میآمد از تلـه بچابکی می‌جستند اما وقتی رفته رفته کارکشته و چکیدهٔ کار شدم تلافی مافات را با نفع و ربـح مرکب درآوردم.در بزنگاه قصه و آنجائی که جای گریز بود ناگهان خاموش می‌ایستادم وسپس میگفتم‌حضرات‌هرکه را مهرعلی دردل است دست بجیب کند.دستها بجیب میرفت. آنگاه میگفتم هرکس‌سقای دشت کربلا حضرت عباس را دوست میدارد بولای دست بریده او چیزی از جیب بیرون آورد، دستها بیرون میآمد. آنوقت میگفتم هرکس حرامزاده‌و ولدالزنا نیست‌آنچه را از جیب درآورده بمیان معرکه اندازد تا خدا او را بخاك گرم نیندازد . کمتر کسی بود که چیزی نیندازد. بدینمنوال هر روز مبالغی می‌اندوختم .

بزنگاه قصه را خوب میدانستم و درست دستگیرم شده بود کـه مردم تشنه‌کجای داستانند. بهمانجا که میرسیدیم ریششان را بچنگ میآوردم . مثلا در افسانهٔ عاشق‌شدن شاهزادهٔ ختا بدختر پادشاه ختن همینکه بدانجائی میرسیدم که بصدای هراهر تکاوران‌و هزاهز دلاوران وخشخشه بادپایان وهمهمهٔ پهلوانان وجمجمهٔ جیاد وغمغمهٔ اجناد و قعقعه سلاح‌وصعصعهٔ رماح دیو هزار فن با هزار شاخ هزار گز دهن باز کرده است وشهزاده را از

زمین بلند کرده بر دهان در میان دندان گرفته است و شهزاده خانم زانو بر زمین و دست بر هوا اشك از دیده روان دارد و خاك برسر بیزان وخدم و حشم سلاح و یراق را برخاك انداختهاند و مانند برگ بید لرزان و هراسان پا بفرار نهادهاند و برق و رعد میغرد و میدرخشد و باد وزوز کنان میوزد و دیو کورو و کورو کنان میخروشد، همانجا میایستادم و میگفتم اکنون شیء الله درویش باید برسد تا دنبالهٔ داستان را بیاورم و بگویم‌شاهزاده چگونه از کام دیو رهائی یافت و چگونه دیو را بایك ضربت گرز مغز پاش چون گنبد خشخاش خرد و خمیر کرده از پا در آورد. رجالهٔ بیکار و تنبلان بیعار که بحد جنون شیفتهٔ قصه و افسانه هستند از آن پوست کلفتهائی نبودند که قصه را پایان نشنیده بروند. من نیز از آن پاشنه سائیده‌ها و نادرستانی نبودم که برایگان روانشان سازم. این بود که اکثر اوقات آوردن دنبالهٔ داستان را بفردا میانداختم و راضی نمیشدم که چنتهٔ قصه‌سرائی که سرمایهٔ معاشم بود بی‌پاداش بسزا تهی گردد .

اکنون هم‌بهمین منوال، اسباب گذرانی را ازپهلوی بیکاران‌تدارك مینمایم وهمینکه احساس نمایم که جیب و بغل بیعاران شهر خالی شده است بار سفر را بسته بجانب شهر دیگری روان میگردم و خوب دستگیرم شده که« بود تا ابله اندر دهر مفلس وا نمیماند»

گفتار دوازدهم

آنجایی که حاجی بتجربه درمییابد که دنیا دار مکافات است و باندیشهٔ حرفهٔ دیگرمیافتد

پس ازآنکه سر گذشت درویشان بپایان رسید خود را از حکایات شنیدنی بسیار بهره‌مند و سپاسگزار یافتم. بدین خیال افتادم که بقدر امکان فوت وفنهای کار و حیله‌ها و دسیسه‌های آنها را بیاموزم و بحلقهٔ ایشان درآیم. درویش صفر بی مضایقه از افسانه و افسون و کرامت فروشی و دعانویسی وطلسم و عزایم سازی اطلاعات کاملم داد. درویش نقال نیزمبلغی از نقلها و داستانهای خود را با طرز وطریقهٔ معرکه گیری و سخنوری و جیب و بغل تهی سازی استادانه بمن بیاموخت وحتی چند جلد از کتابهای خود را بمن عاریت داد تا بخوانم ونصیب بر گیرم. بااینهمه دلم گواهی نمیداد که قلیان فروشی را

ترك گویم ولی اینقدر بود که در اثر دوستی و آشنائی با یار ازرق پوش برطایفهٔ زنان انگشت نیل کشیده بودم * . آنچه ازهای میاندوختم درراه هوی بهوا میرفت . درویشان تنباکوی خالصم را مفت ومسلم دود کرده بهوا میدادند ومن هم بجبران این زیان، دود سرگین و کاه و برگ خشك درختان بخورد مشتریان میدادم .

شبی دروقت برچیدن دکانها و بسته شدن بازار پیرزنـی بخلاف عموم پیرزنان کم گوو پوشیده رو و گوژپشت وخاموش و ژنده پوش که چنان در لابلای چادر فرو رفته بود که آوازش بزور بگوش میرسید گریبانم گـرفت وقلیانی خواست. از مخلوط ترین تنباکوو معمول و مستعمل‌ترین قلیانهای خود قلیانی بشتاب ساخته بدستش دادم . پف بقلیان همان و فـریاد واخ وتف همان. ناگاه پنج شش تن غول قلچماق بی‌شاخ ودم با چوبهای تر دررسیدند و بی‌محابا مرا بباد کوتك گرفتند. پیره‌زن ازچادر درآمد، داروغه بود. روی بمن آورد که ای کهنه اصفهانی دجال، عاقبت خوب دمت بتله افتاد. تاکـی مـردم مشهد را زهر میچشانی، حالا بعدد شاهیهائی کـه گرفته‌ای چوب بخور تا دنده‌ات نرم شود. بچها، چوب وفلك بیاورید وناخنهای این پدر سوخته را بریزید .

فی‌الفور پایم درفلکه رفت وتگرگ چوب برساق و پایم باریدن گرفت. گفتی ده هزار زبانیه جهنم بصورت داروغه و پیره‌زن در برابرچشمم، با آهنگ چوب ونوای ناله، بشکن زنان میرقصیدند. هـرچه داروغه را بریش خودش وبه تربت پـدرو مادر وبجان اولاد و فرزندانش قسم دادم و هرقدر خدا ورسول وائمه اطهاررا شفیع آوردم بخرجش نـرفت. از حضارو تماشاچیان استرحام کـردم گوئی از چوب خشکند. از رفقای خود درویشان استمداد نمودم لب نـجنباندند. عاقبت از ضرب چوب بی‌تاب وتوش مـدهوش افتادم. وقتیکـه بهوش آمدم سرخود را بدیوار دیدم در حالیکه تماشاچیان بـدورم حلقه بسته بودند، اما نه از سر ترحم و شفقت بلکه برای تماشا وغارت. قلیانها وچنته وسایر اسبابم را بتاراج بردند و مرا تنها گذاشتند کـه بهر گوری میخواهم بروم. خدا رحم کرد که

---

* این مضمون در متن انگلیسی نیست و در طبع «حبل‌المتین» هم ظاهراً معنی و مقصود ازین عبارت درست فهمیده نشده است و ظاهراً مقصود این است که حاجی باکشیدن حشیش و بنگ آشنا شده و دیگراز معاشرت زنان محروم مانده است. درمتن فارسی بجای کلمهٔ «زنان» لفظ «خانمان» آمده است. مگرآنکه معنی برما نیزمجهول مانده باشد . ـ م.

منزلم نزدیك بود، لنگان لنگان خودم را بزمین کشیدم وبا هزار آه وناله خود را بمنزل رساندم .

یك روز تمام با زخم پا ودل پردرد درخانه افتادم. روز دیگریکی از درویشان جسارت جسته بسراغم آمد. گفت اگر زودتر میآمدم ممکن بود مرا نیز شریك کار تو پندارند و بروز تو بنشانند. چون خود او نیز روزی دچار چنین تکلتوئی شده و از آنچه برسرش آمده بود حکیم شده بود مرا نیزمعالجه کرد وچندی نگذشت که پرو پایم وصله و پینه یافت وتوانستم براه بیفتم .

در آن ایام زمین گیری با سر صبرو فراغت درست بحال خویش اندیشیدم وچنان بعقلم رسید که ورودم بشهر مشهد در ساعتی نحس بوده است و خدا میداند که مثلا قمر در کدام برج بوده است . اول کمرم شکست و حالا ناخنم ریخت و از کجا که اگر باز قدم سست نمایم و بمانم خونم نریزد. پس گفتم چه به از آن که تا پا دارم از این ویران شده بگریزم .

پس قصد سفرطهران کردم و نیت خود را با درویشان در میان نهادم. پسندیدند و درویش صفرهم اظهار داشت که همسفرم خواهد بود و گفت علمای شهر ازهوای کار من بد هوا شده‌اند و خمیر مایهٔ بدی دارند برایم بآب میگیرند و حالا میفهمم که باملا بجوال رفتن کار حضرت خرس است و حرفی نیست که باید برون کشید ازین ورطه رخت خویش .

پس قرار دادند که بکسوت درویشان درآیم و خرقه و کشکول و تاج و پوست‌تختی خریدم و با درویش صفر مهیای سفر بطهران شدیم .

هردو چنان شوق سفر داشتیم که خواستیم بی رفیق عزم طریق کنیم ولی باز از سر احتیاط گفتیم باید تفألی از شیخ سعدی بزنیم. درویش صفر وضو گرفت و پس از

خواندن دعای فال امام جعفرصادق کلیات شیخ را با صفای باطن بگشود و این کلام را خواند «خلاف رأی خردمندان است بامید تریاق زهر خوردن و راه ندیده بی کاروان زفتن». این فال معجز مثال مانع اجرای خیال ما گردید و در صدد برآمدیم که همراه کاروانی شویم .

هنگامی که در پی کاروانی میگشتیم، از قضا به علی قاطرچی برخوردم. تازه بمشهد رسیده بود و برای طهران ببارگیری پوست بخارا مشغول بود. از دیدار یکدیگر خرم و خندان شدیم. قلیانی چاق کرده بدستم داد و از این مدتی که از هم جدا افتاده بودیم پرسش نمود. شرح حال خود را برایش نقل کردم و او نیز تفصیل احوال خود را بدینطریق برایم حکایت نمود که با پوست بخارائی و بی ترس ترکمن از مشهد باصفهان رفتم. در اصفهان هنوز گفتگوی شبیخون کاروانسرای شاهی در دهانها بود. میگفتند که غارتیان هزار سوار بوده‌اند و اصفهانیان با مردانگی عجیبی مقاومت کرده‌اند. بخصوص شهرت داشت که شخصی بنام کربلائی حسن دلاك سرکردهٔ ترکمنها را زخمدار کرده است و سرکردهٔ مزبور بهزار زحمت از چنگش گریخته است .

چون من هر وقت سرگذشت خود را نقل میکردم قضیه پدرم را زیر سبیلی در نموده از همه کس پنهان میداشتم نخواستم که به علی قاطرچی بروز بدهم اما از شدت دردی که در دل داشتم پك پرزوری بقلیان زدم و دهان را از دود پر ساخته پف پرزوری بصورت قاطرچی زدم چنانکه ریش و پشمش پر از دود شد و بدینوسیله توانستم آتش درون خود را قدری فرو نشانم .

علی قاطرچی در آخر گفت که از اصفهان قدك و تنباکو و تنکه تخته‌و برنج به‌یزد بردم و از آنجا مال بمشهد آوردم و حالا همانطور که گفتم ازینجا بطهران میروم و بگردن من که تو و رفیقت را صحیح و سالم بطهران برسانم و در راه هر وقت خسته شدید پشت قاطرهای خود سوارتان خواهم کرد .

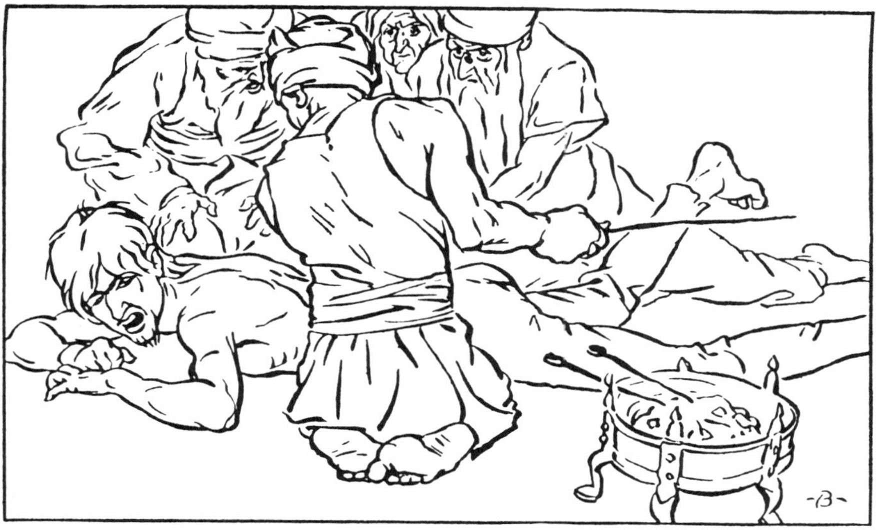

گفتار سیزدهم

بیرون رفتن حاجی بابا از مشهد و کیفیت مداوای درد کمر و معرکه گیری او

همینکه پا از دروازه بیرون گذاشتم خطاب بمشهد رضا گفتم برو ای مشهد، ای کوفهٔ ثانی، الهی مثل شهر قوم لوط زیر و زبر شوی. اما از ترس اینکه مبادا یکی از مقدسین این سخنان کفر آمیز را بشنوند مدام بدین‌سو و بدان‌سو نگران بودم. میترسیدم که بسزای بی ادبی و بی‌احترامی بمشهد مقدس سنگسار شوم. درویش صفرهم با من‌همزبان و هم لعنت بود. من از درد چوب و فلك و او از درد کوك و کلك همزبان شده بمشهدیان دعای خیر تحویل میدادیم.

میگفت رفیق تو هنوز جوانی و نا پخته، خیلی نان باید بخوری و پیراهن کهنه کنی تا پخته و بیدار شوی. ازین صدمه‌ای که دیدی نباید شاکی و گله‌مند باشی. درس عبرتی بود ان شاءالله ازین صدمه‌ها خیلی‌خواهی دید و ازین آشها فراوان خواهی چشید. اما چشمت را باز کن تا از روزگار تجربه حاصل کنی. مثلا ازین بلای داروغه این تجربه نصیبت شد که داروغه را بلباس دروغه بشناسی. آنگاه دست بریش خویش برد و گفت «حقا که مسافرت‌اجباری برای چون منی در این سن‌وسال کاری بس دشوار است.»

گفتم رفیق اگر تو میخواستی در مشهد بمانی اختیار در دست خودت بود. اگر مواظب نماز و روزه‌ات باشی و جلوزبانت را بگیری کسی با تو کاری ندارد.

گفت راست است اما می‌بینی که ماه مبارك رمضان در پیش است و ملاها و عمامه بسرها در این ماه هار میشوند. من هم مرد روزه نیستم و خدا نخواهد که بشوم. قلیان ممد حیات و شراب مفرح ذات است. بی این دو نفس کشیدن برمن حرام است. اگر میخواستم مثل سابق روزه را پنهانی در خانه بخورم شاید کار مشکلی نبود اما با آن دعوی ولایت و کرامت منافات داشت. وانگهی آدمی مثل من همیشه منظور نظرهاست و چشمها باو دوخته است در صورتیکه در سفر ببهانهٔ فعدة من ایام اخر با صفای باطن و اطمینان خاطر پدر روزه را هم میتوان خورد و احدی حق ایراد و اعتراض ندارد.

مخلص کلام آنکه بی درد سرو بدون آنکه واقعه‌ای رخ دهد که قابل تکرار باشد به سمنان رسیدیم. تنها پیش آمد قابل عرض آنکه یکی دو روز قبل از ورود به سمنان در موقعی که میخواستم به علی قاطرچی در باربرداری کمك کنم از همان جای کمرم که آن سقای پدر سوخته شکسته بود صدای طراقی برخاست و درد غریبی احساس کردم بطوریکه وقتی به سمنان رسیدیم ناچار شدم ازکاروان جدا شوم و همانجا بمانم تا درد تسکین یابد بخصوص که دیگراز ترکمان هم ترس و هراسی در میان نبود. درویش صفر نتوانست دل ازکیف و لذت طهران بکند و لهذا مرا گذاشت و حرکت کرد.

در مقبره‌ای که در بیرون شهر بود تخت پوستم را انداختم و بعادت درویشان نفیر کشان و یا هو، یا من هو یا من لیس الاّ هو گویان و با قالب زدن نادعلیا مظهرالعجایب بنای نعره کشیدن و نفیرزدن راگذاشتم وآنقدر نعریدم و نفیریدم تا مردم خبردارشدند و بدورم جمع گردیدند. هیأت خود را چون قلندران کامل‌العیار عجیب و غریب آراسته بودم و فکر کردم که موقعی است که فسون و مکرهائی را که آموخته بودم کما هو حقه بخرج بدهم.

دو سه نفرزن بیش برای دعا گرفتن و تعویذ نویساندن نیامدند و هدیه وانعامشان ماست و عسل و میوه بود و بس. درد کمرم بحدی شدت کرد که یکسره زمین گیر شدم و بجستجوی طبیب برآمدم. گفتند کسی که‌در سمنان سررشته‌ای از طبابت دارد دو تن بیش نیستند یکی دلاکی و دیگر نعلبندی. دلاك در کار خون گرفتن و رگ زدن و دندان

کشیدن و شکسته بندی و ختنه مشهور بود. نعلبند بحکم سررشته‌ای که در بیطاری پیدا کرده بود بمعالجه آدمیزاد نیز میپرداخت. گیس سفید فرتوت و پر گوی و کم شنوی هم بود که مردم شهر بعد از قطع امید از دلاك و پس از تجربهٔ بی حاصل از دست و پنجهٔ نعلبند بدو مراجعت میکردند و معجزاتی بدو نسبت میدادند که معجزات انبیای بنی‌اسرائیل در قبال‌آن بازی کودکان مینمود. این سه تن هر سه بسراغ من مادر مرده آمدند و هرسه بالاتفاق اظهار عقیده نمودند که این درد کمر از سردی است و چون گرمی ضد سردی است علاج در داغ کردن است و بس .

نعلبند را بملاحظهٔ آشنائی با آهن و کوره آهنگری جراح قرار دادند و او نیز زنبیلی زغال با دمی و سیخی چند حاضر کرد و در همان گوشهٔ مقبره سیخها را در آتش سرخ کرد و مرا وارونه خوابانید و باآداب هر چه تمامتر بعشق چهارده معصوم چهارده جای کمرم را داغ کرد. وقتی سیخهای سرخ شده را بگردهٔ من می‌چسبانید و من از ته دل نعره و فریاد بر میآوردم حضار دهانم را میگرفتند که صدا در میاور که خاصیتش باطل میشود .

خلاصه تك و تنها در آن گوشه افتادم و از ترس اینکه بی پرستار بمانم از جا نجنبیدم. مبالغی طول کشید تا جای داغها التیام یافت و بهبودی یافتم. همه معتقد بودند که معالجهٔ من از برکت عدد سیخ‌ها بود که با عدد چهارده معصوم موافقت داشت واحدی را شك و تردید باقی نماند که‌آهن سرخ هم از آلات کرامت و معجزه است. اما خودم خوب میدانستم که طبیب دردم استراحت و آسایشی بود که بتوفیق جبری در آن گوشهٔ مقبره نصیبم گردید. از ترس نفسم در نیامد که مبادا خاصیتش باطل شود .

پس از آن باز راه خود در پیش گرفتم اما پیش از راه افتادن بصرافت افتادم که از هنر آزمائی چیزی باهالی نشان بدهم. تدارك معرکه دیدم و دم دروازهٔ بازار درمیان جاده، در میدانی که در وقت ظهر سردم تنبلان و وعده گاه بی‌کاران بود شال و جل را گستردم و باد ببوق انداخته هنگامه را گرم کردم. جمعیت با گردنهای کشیده وچشمهای دریده و دهانهای باز دور و ورم را گرفت. من درمیانه قدم زنان، تعلیمی در دست، حکایتی را که در اوقات دلاکی آموخته بودم بدین گونه برای سمنانیان نقل کردم .

گفتم راویان اخبار و ناقلان آثار چنین روایت کرده‌اند که در ایام خلافت هارون‌

الرشید در بغداد دلاکی بود علی صقال نام. استادی بود چنان ماهر و چیره دست که با چشم بسته سر تراشیدی و بدون آنکه نگاه کند مورچه پی زدی. هر چند شاعری که بااو سابقهٔ عداوت داشت در حقش گفته بود .

« در حق سر تراش این بازار — سخن راست بنده میگویم »
« میکند پوست از سر مردم — سخن پوست کنده میگویم »

احدی نماند که استاد سرش را نتراشیده باشد . از کثرت مشتری و ازدحام دکان اسب سرکش غرور او را برداشت و بجز بزرگان و توانگران بسایر مردم اعتنائی نداشت و بغیر از سر سرشناسان و خرپولها سر کسی را نمیتراشید . از آنجائیکه در شهر بغداد هیزم قیمت بسیار دارد هیزم فروشان در جوار دکان دلاك که محل ازدحام خلق بود جمع میشدند تاجنس خود را بقیمت شیرین بفروش برسانند. از قضای روزگار روزی هیزم فروشی ناشی و از دنیا بی خبر و از شهرت و مهارت استاد علی صقال غافل با بار هیزمی که بر کول خری داشت از راه دور بیامد و باستاد علی گفت بیا و این چوبها را بخر. علی صقال‌را از شنیدن لفظ چوب شیطنتی بخاطر آمد و گفت حاضرم میخرم و فلان مبلغ میدهم و هرچوبی که بر گردهٔ خر است میخرم . هیزم فروش قبول کرد و صیغهٔ بیع جاری شد ولی همینکه هیزم فروش بار خر را بر زمین نهاد و بها خواست علی صقال گفت نه‌بجان خودت تو همهٔ چوبها را تحویل نداده‌ای. پالان خر هم از چوب است و داخل در معامله است و تعلق بمن میگیرد. هیزم فروش سراسیمه شد که ای مسلمانان چوب هیزم کجا و پالان خر کجا . کشمکش بدرازا کشید. مرافعهٔ عظیمی بر پا گردید . آخرالامر علی صقال بار خر و پالان خر را بزور گرفت و هیزم فروش بینوا را دست خالی روانه کرد که هر کجا دلت میخواهد برولای دست پدرت. هیزم‌فروش یکراست خود را بخانهٔ قاضی رسانید و ما وقع را حکایت نمود. قاضی هم که ازعلی صقال حساب میبرد رو نشان نداد. هیزم فروش بنزد مفتی شهر رفت. مفتی از مشتریان علی صقال بود وحواله بشیخ‌الاسلام کرد. هیزم‌فروش دست بدامان‌شیخ‌الاسلام زد. شیخ‌الاسلام گفت در آیات کتاب و روایات و اخبار سنت در این مسئله نص صریحی نیست تا بتوان بشرح و نقل حکم قطعی در این باب کرد. هیزم فروش از میدان در نرفت. عریضهٔ بالا بلندی نوشت و در روز جمعه در وقت رفتن خلیفه بمسجد بدست خود بدست خلیفه داد .

البته داستان عدالت و داد خواهی و دادرسی خلیفه را شنیده‌اید . هیزم فروش را بحضور طلبید . هیزم فروش پس از آنکه جبهه بر خاك مالید دست بسینه منتظر حکم خلیفه بایستاد . خلیفه گفت ای مرد عزیز ، در این دعوا لفظاً حق با علی صقال و معناً با تست اما چون احکام شریعت بلفظ قایم است و عقد بیع و شری بکمك لفظ جاری میشود پس همانا لفظ مناط اعتبار است و اگر نه چنین باشد احکام شرع بی قوام و امور عامه بی نظام میگردد و حتی معاملات مردم مهمل و معطل خواهد ماند و اعتماد افراد و آحاد خلق بیکدیگر از میان برخواهد خاست . در عقد بیع هیزم تولفظ همهٔ چوبها ذکر شده است و لهذا باید همه چوبها تعلق بدلاك بگیرد و چون پالان خر تو هم چوب است بنا بر این صغری و کبری نتیجه چنین میشود که پالان هم مال دلاك میشود . آنگاه خلیفه هیزم فروش را پیش خواند و سخنی چند آهسته در گوش او گفت بطوریکه احدی نشنید و هیزم فروش را خرم وخرسند با الاغ بی پالان بخدا سپرد .

چون داستان بدینجا رسید از نقل مابقی حکایت باز ایستادم و کشکول را پیش تماشاچیان یکان یکان بداشتم که اکنون وقت آن رسیده که شیءالله فقیر مولا برسد و تا نرسد دنبالهٔ قصه را نخواهم گفت . چون معرکه نشینان را سخت تشنهٔ تتمهٔ حکایت کرده بودم بزور قسمهای غلیظ و دعاهای شدید و بمدد نفرینهای آبدار و بلکه دشنامهای نیشدار بر آن داشتم که جیبها را در کشکول خالی کنند و کمتر کسی ماند که چیزی نداده باشد .

پس دنبالهٔ داستان را بدینگونه آوردم. آری، خلیفه در باب تقاص در گوش هیزم فروش بنجوا سخنی چند بگفت . هیزم فروش زمین خدمت بوسیده افسار خر بی پالان خود را بگرفت و براه افتاد و پس از مدتی مانند آدمی که بهیچ وجه نقار و کدورتی با دلاك نداشته باشد بدکان او آمد و پس از خوش و بش معمول گفت خوب استاد ، گذشته گذشت و امروز نظر بشهرت و نامداری تو من و یکنفر از بستگانم میخواهیم بنوبت خود مزهٔ استادی و چیره دستی ترا درکار دلاکی بچشیم . آیا سرما دو نفر را بچند میتراشی . علی صقال با هیزم فروش قیمت را طی کرد و بتراشیدن سر او مشغول گردید و همینکه سر هیزم فروش پاك و پاکیزه تراشیده شد دلاك گفت حالا نوبت رفیق تست . بگو بیاید ، هیزم فروش گفت اینك اینجاست و فوراً خواهد آمد . پس ،

از دکان بیرون رفت و افسار خررا که در همان نزدیکی بسته بود بدست گرفته بدکان کشید که اینك رفیقم . بیا سرش را بتراش . علی صقال بر آشفت که تراشیدن سرچون تو حماری برای من کم بود که حالا باید سرخرت را هم بتراشم ، گویا شوخیت گرفته و یا مرا دست انداخته‌ای، هرچه زودتر برو گم شو و کلکت را از اینجا بکن والا ترا با همین خر گرت بدرك اسفل میفرستم . این بگفت و هیزم فروش را بزور با خرش از دکان بیرون انداخت . هیزم فروش یکراست شکایت بخلیفه برد . خلیفه سرهنگی بفرستاد و علی صقال را با اسباب سر تراشی فی‌الفور بحضور ب.ردند . خلیفه روی بدو نمودو گفت چرا سر رفیق این مرد را نمیتراشی . مگر قرار شما بتراشیدن دو سر نبوده است. علی زمین خدمت ببوسید که یا امیرالمؤمنین صحیح است اما تا بامروز هیچگاه خر رفیق انسان نبوده است ، رفاقت انسان (وانگهی اهل ایمان) با خر باور کردنی و قابل تصور نیست . خلیفه بخندید که راست است اما تاکنون پالان خر کی و در کجا جزو هیزم بوده است . اگر پالان خر من حیث اینکه از جنس چوب است مشمول چوب میشود چرا نباید سر خر از حیث اینکه سر است داخل در مقاوله نباشد و چون غرض این مرد از سر رفیق سر خرش بوده باید آنرا بتراشی و گرنه بسزای خود خواهی رسید . پس علی صقال با مبالغی صابون سر خر را در حضور خلیفه و سایر حضار صابون زد و از بالا تا بپائین تراشید در حالیکه همه بریشش میخندیدند و بطعنه و طنز در حقش متلکهای آبدار کوك میکردند . سر انجام خلیفه هیزم فروش را با انعامی فرا خور حال وی روانه داشت و آوازهٔ عدالت و داد خلیفه در شهر بغداد پیچید .

گفتار چهاردهم

برخورد غیر منتظر حاجی بابا و عواقب آن

از سمنان شادان بیرون آمدم . از بیماری جسته ، جوانی و جمال بجا ، بیست تومان پس‌انداز مشهد در جیب ، با هنرهای اندوختهٔ بسیار ، آهنگ آن داشتم که چون بطهران رسم کسوت درویشی را بدور اندازم و با لباسی بهتر از آن بکاری بهتر ازین پردازم .

در یك منزلی طهران بآواز بلند اشعار لیلی و مجنون میخواندم و راه می‌پیمودم ناگاه چاپاری از پشت سر در رسید . در صحبت گشودیم . تکلیف نمود که اندکی استراحت کنیم و غذائی بخوریم . هوا گرم بود و غنیمت شمردم . در کنار کشتزار برلب آبی نشستیم . اسبش را بکشتزار مردم سر داد و از قاش زین کیسه‌ای ماست چکیده بیرون آورد و از یك جیب شلوار دستمالی پر از کته با دو سه قرص نان و از جیب دیگر کفش سر پائی و جام آبخوری و کیسهٔ توتون و مقداری چیزهای گوناگون دیگر با شش هفت کله پیاز خام بیرون کشیده در میان نهاد . با اشتهای تمام همه را خوردیم و از آب جوی هم مشتی چند آب نوشیدیم . حالا دیگر نوبت بسؤال و جواب از کیفیت احوال رسیده است .

حالت من‌از سر و وضعم معلوم بود. سر گذشتم زود بپایان رسید . چون نوبت باو رسید معلوم شد که چاپار حاکم استراباد است و خبر خلاصی ملك‌الشعرا را از اسارت ترکمانان بطهران میبرد. از شنیدن چنین خبری سخت شادمان و متعجب گردیدم ولی‌چون بتجربه‌دریافته بودم که راز دل را بکسی نباید آشکار ساخت ازمسرت خود چیزی بچاپار نگفتم و حتی بتجاهل چنان نمودم که اصلا نمیدانم چنین آدمی در دنیا وجود دارد یا نه .

چاپار گفت ملك‌الشعرا تا باستراباد صحیح و سالم رسید ولی چون سر و وضع درستی نداشت خبر بخانواده‌اش میبرم تا برایش آنچه لازم است بفرستند . آنگاه دستمال کاغذی از بغل خود در آورد و چون سواد نداشت از روی کنجکاوی بمن داد تا بخوانم و از مضامین آن با خبر گردد .

کاغذ اول عریضه‌ای بود بپادشاه. منشیانه تحریر یافته بود و متضمن شرح و تفصیل گرفتاری و ایام اسارت او بود. مضمون این قسمت اخیر بدینگونه بود.

« تشنگی و گرسنگی بی‌حد و بی‌پایان و رفتار وحشت آثار و دهشت دثار ترکمانان با این بنده نابود و ناچیز و ناتوان نه چندان صعب التحمل و دشوار بود که محرومی از فیض حضور ساطع النور و ظلم و جور آن گروه نسناس خداناشناس نه چندان مؤثر که مهجوری و دوری از کریاس کرّوبی پاس عرش اساس درّ دریای سلطنت و شهریاری، گوهر کان عظمت و تاجداری، شمساُلسلطنه والدوله و المعرفة ولجلاله و العظمة و الاقبال، شاهنشاه معظم، قبلهٔ اعظم عالمیان و عالم که آفتاب معدلتش کران تا کران جهان برمفارق جهانیان گسترده و صیت شهریاریش قاف تا قاف با کناف و اطراف گیتی رسیده است. عریضه: از خاکپای توتیا آسا و عیون آرای شهنشاهی که کحل الابصار ذوی الانظار است متوقع و امیدوار است که بحکم والسابقون السابقون اولئك المقربون، مانند سوابق ایام در سلك مقربان و خدام حضرت قدر قدرت منخرط و منسلك گردد و عندلیب خوش طبع سخندان و سخنورش باز از سر نو در شاخسار مدیحت و ستایش و گلزار ثنا و نیایش ذات همایون میمنت مقرون با نغمه‌های موزون و آهنگهای گوناگون تا انجام دهر بوقلمون بترانه و ترنم درآید.

شکر نعمتهای شه چندانکه نعمتهای شه

عذر تقصیرات من چندانکه تقصیرات من

نامهٔ دوم خطاب بصدر اعظم بود که با کثافت بشره و عنق منکسره شاعر او را ستارهٔ تابانی در میان ثوابت شگرف و بی‌پایان سپهر عظمت و جلالت و لنگر گرانی در میان دریای ژرف و بیکران رتق و فتق امور دولت نامیده بود و التماس حمایت و جانبداری داشت.

کاغذ سوم بمعیّرالممالك قریب بهمین مضمون بود. کاغذ دیگر بزنش و دیگر به للهٔ پسرش و دیگری بناظرش بود. مضمون کاغذ بزنش پس از پاره‌ای تفاصیل اندرونی از اینقرار بود.

« امیدوارم که در مصارف رخت و پخت مانند ایام پیش افراط و اسراف ننموده باشی و کنیزان و غلامان را پرستاری نیکو کرده باشی. برای من رخت و لباس

حاضر کن که سر تا پا برهنه‌ام » .

مضمون کاغذ به لله باشی اینکه :

« ان شاءالله در تربیت فرزندی نورچشمی دقت و بتعلیم نشست و برخاست با مردم مواظبت نموده‌ای . البته نماز و روزه را ترك نکرده است و تا کنون درسواری و تیراندازی ، خاصه در روی اسب ، ماهر شده است » .

مضمون کاغذ بناظر اینکه :

« در ترتیب و تنسیق امور خانه و خانه‌داری بیش از پیش بکوش . هر روز بخدمت صدر اعظم برو و از جانب من در دامن بوسی و چاپلوسی کوتاهی منما . بزنان و کنیزان متوجه باش بسیار بحمام نروند . در گردش و تعزیه همراهشان باش و پیره زنان خاصه یهودیان را باندرون راه مده . در و دیوار اندرون را از شکاف سوراخ محکم و معمور بدار . زنهار تا از پشت بام با همسایگان گفتگو و مراوده نکنند . لاسیما جوهرسیاه باندرون رفت و آمد بسیار نکند . اگر دیدی با کنیزی محرمانه سخن میگوید پدر هر دو را با شلاق درآر . مژدگانی درستی بچاپار بده » .

کاغذها را خواندم و بازپیچیدم وبچاپار دادم. بدستمال خود نهاده در بغل نهفت.از ذوق رساندن خبر رهائی و سلامت ملك‌الشعراء و گرفتن مژدگانی بروی زمین بند نمیشد. میگفت از ترس اینکه مبادا دیگری پیشدستی کند و پیش ازین خبر را برساند روز و شب اسب تاخته‌ام . اسبم لنگ شد . این اسب را که سوارم از برزگری بزور گرفتم و اسب خود باو دادم تا از عقب بیاورد .

پس ازین صحبتها از شدت خستگی و کوفتگی بر روی چمن نرم بخواب گران فرو رفت . بفکر افتادم که پیشدستی باین چاپار چندان دشوار نیست و چون از کار و بار و حال و روزگار ملك الشعراء کاملا مطلعم چه شود اگر این مژده را من ببرم و مژدگانی را من دریافت دارم . اگر اسبش را میگوئی همانقدر که این چاپار حق دارد برآن سوار شود من هم حق دارم وانگهی مگر اسبش را از عقب نمیآورند .

پس بلاتأمل دستمال کاغذ را گشوده کاغذ بناظر را برداشتم و بر اسب برزگر جستم و رکاب زنان راه طهران را پیش گرفتم و گفتم رفیق تا تو بیدار شوی من خیلی راه پیموده‌ام .

حساب کار را با خود بدینگونه سر راست کردم که از چاپار یك روز پیشم. وقتی بیدار شود مجبور است مدتی پیاده راه برود تا اسب پیدا کند، آن هم بکند یا نکند. آمدیم و پیدا کرد تازه بدهند یا ندهند و چون پیاده است کسی حرفهایش را باور کند یا نکند. پس بهتر این است که بمحض ورود بطهران اول بهر قیمتی شده اسب را بفروشم و لباس خود را عوض کرده لباس متعارف بپوشم و ببهانهٔ اینکه از سفر میآیم یکراست بدر خانهٔ ملك‌الشعراء بروم و کار خود را هر طور از پیش برود ببینم. چون برابطه‌ای که با ملك‌الشعراء پیدا کرده بودم اعتماد داشتم و باحوال و روزگارش واقف بودم هیچ اشکالی در انجام منظور ندیدم.

گفتار پانزدهم

ورود حاجی‌بابا بطهران و رفتنش بخانهٔ ملك‌الشعراء

صبح زودی از دروازهٔ شاه‌عبدالعظیم وارد شهر شدم. یکراست بمیدان مالفروشان رفته اسب خود را بدلال دادم. از تندی و تیزی او در راه فهمیده بودم که‌مال بدی نیست اما بعقیده دلال آنقدر عیب و نقص داشت که اگر مفت میدادم باز برد بامن بود. میگفت.

« در آب خسب و دگر تنگ ران و تابوغزن
سکندری خور و کج کول و کاهل گمراه »

وچپ است و لکه ابلق هم دارد و دندانهایش را داغ کرده‌اند و خلاصه آنکه هر صفت بدی را که اسب نباید داشته باشد داشت و بر عکس از صفات و محسنات اسب

خوب بکلی محروم بود. اما چون او را با زین و یراق رویهمرفته همه را پنج تومان قیمت نهاد مات و متحیرماندم ولی او از من هم بیشترمتحیر گردید وقتی دید که بی‌چون‌و چرا و چانه‌زدن قبول کردم و گفتم خیرش را ببینی. نصف قیمت را نقد پرداخت و درازاء نیمهٔ دیگر خواست‌خری نیم مرده بمن‌بدهد. قبول نکردم و او قبول کرد که باقی‌قیمت نسیه بماند. چون فرصت چك‌وچانه و آری و نه نداشتم هرچه زودتر سروته معامله را بهم آوردم و راه بازار را پیش گرفتم. کلاهی پاپاخی خریدم و تاج درویشی را در بغل نهفته بصورت مسافران بسراغ خانهٔ ملك‌الشعراء براه افتادم.

خانهٔ ملك‌الشعرا در یکی از محله‌های مرغوب و پاکیزهٔ طهران بود. اطرافش باغچه و باغچه‌ها پر از درخت سفید و انار و روبرویش خیابانی بود باآب روان ودرختان چنار تنومند. اما زبان حال خانه حاکی بر غیبت صاحب خانه بود. در خانه نیم باز و جلوخانی آب وجارو ندیده و آثار خرابی و ویرانی مشهود بود. این احوال میرسانید که نبایستی منتظر مژدگانی کلانی باشم و ازین معنی، آزرده خاطر گردیدم. ببالاخانهٔ سردر رفتم. مردی پنجاه‌ساله روی نمدی نشسته و قلیان میکشید. فکر کردم همان ناظری هست که باید با او صحبت بدارم.

بآواز بلند گفتم: «مژده، مژده، خان میآید.»

گفت: «چه می گوئی، یعنی چه، چه خانی، کدام خان، کی، از کجا، چه‌وقت، کو، کجا».

چون تفصیل را برایش حکایت کردم وکاغذ را نشان دادم با شادی ساختگی در اندوهی واقعی فرو رفت و گفت: «ترا بخدا راست میگوئی. آیا راست است که خان زنده است».

گفتم: «البته، کاملا زنده است همین فردا چاپار دیگری خواهد رسید وتفصیلاتی بیشتر از من خواهد آورد و حتی عریضه‌ای بپادشاه و نامه‌های دیگری برای اعیان دولت».

بیچاره ناظر دیوانه‌وار بنا کرد بحرفهای بی‌پروپازدن. میگفت: «عجیب، غریب، خداوندا چه خاکی بر سرم کنم، کجا بروم، چه کنم».

همینکه تشویش خاطرش اندکی تخفیف یافت خیلی کوشیدم که بفهمم این خبر

شادی چرا سبب اندوه او شد. همینقدر گفت: «همه کس خیال میکرد که خان مرده است. حتی زنش در خواب دیده بود که دندان آسیایش، همان دندانی که مدام درد میکرد، افتاده است و پس معلوم بود که بایستی مرده باشد، پادشاه هم همین را گفته بود. حالا اینکه نمرده است، واقعاً نمیدانم چرا نمرده است.»

گفتم: «خوب حالا که میگوئی حکماً باید مرده باشد و پادشاه هم گفته است که حکماً مرده است بجای خود ولی آنچه من میتوانم بگویم این است که شش روز پیش ازین در استراباد زنده بوده است. انشاءاله هفتهٔ دیگر با پای خود خواهد رسید و ثابت خواهد کرد که زنده است».

پس متحیر و متفکر آهی از دل کشید و گفت: «اگر از اوضاع و احوال اینجا که مرگ اورا یقین میدانستند با خبرشوی خواهی فهمید چرا این‌همه نگران شده‌ام. بدان که اولا پادشاه اموال او را ازخانه و اسباب و ساز و برگ وحتی اموال جاندار او را از قبیل کنیزان گرجی بشاهزاده علی میرزای نره خربخشید، ثانیاً دهش مصادره شد و باعتمادالدوله رسید، ثالثاً منصبش را بمیرزای فضولی وعده داده‌اند و از همه بدتر آنچه قوز بالا قوز شده است اینکه پس ازآن خوابی که خانم دید باللهٔ پسرش‌عروسی کرد. حالا ببین آیا حق دارم که ناراحت و سراسیمه باشم یانه.

گفتم: «البته که حق داری اما مژدگانی من کجا میرود».

گفت: «من که مژدگانی بده نیستم وپیش من دستت بجائی بند نمیشود چونکه این خبر زندگی که تو ماشاءاله برای من آوردی برای من بدتر از خبر مرگ است، وقتیکه آمد بیا از خودش بگیر».

پس بامید اینکه وقتیکه آمد بیایم ازخودش بگیرم ناظر را با فکر و بیچارگی خودگذاشتم و از خانه بیرون جستم.

گفتار شانزدهم

مآل اندیشی و ملال خری

با خود قرارگذاشتم که چشم براه شاعر باشم تا بلکه بیاری او کاری پیدا کنم و

بدرستی و پاکی لقمه نانی بکف آرم و بی آنکه لازم باشد فوت و فنها و حیله و تدبیرهائی را که آموخته بودم بکار ببرم به پیشرفت کار و بار خود بپردازم چون از معاشرت اشخاص بی سرو پا و زندگی بی معنی و بی‌حاصل ملول بودم. کسانی را از امثال و اقران خود در درجات و مقامات عالی و مناصب بزرگ میدیدم که من در نزد آنان مردی بودم. هنوز بهیچ منصبی نرسیده خواب صدراعظمی میدیدم و مدارجی را که برای وصول بآن پایه و آن مقام باید طی نمایم همه را در خاطر می‌پیمودم.

با خود میگفتم «خوب، مگر پیشخدمت باشی اسمعیل بك طلائی با آن گذشته گدائی اول چه بود. مگر بجز یك فراش شلخته‌ای بود. نه از من برازنده‌تر است و نه از من کار آمدتر و زبان آورتر، اگر بسواریش مینازد که کجا میتواند با چون من آدمی که در زیر دست تر کمنها بار آمده‌ام برابری کند. مگر این معیرالممالك که صندوق پادشاه را از طلا پر میکند و مال خودش را هم خالی نمیگذارد کیست. چرا نباید پسر دلاك بپای پسر بقال برسد. من که از او بهتر هم هستم چونکه من سواد خواندن و نوشتن دارم در صورتیکه سرکار تقلب مدار ایشان (العهده علی‌الراوی) هرّ را از برّ تشخیص نمیدهد و با وجود این هرچه دلش میخواهد میخورد و مینوشد و هر روز لباسی دیگر میپوشد و بعد از شاه احدی بقدر او زن جوان و خوشگل ندارد. نصف نقدهنر و نیمهٔ‌جنس عقل و خرد مرا ندارد و حتی اگر حرف مردم را باور کنیم نه تنها خر است بلکه اَخرّ بالتشدید است.»

پشت بردیوار ارگ چنان در این افکارمستغرق بودم و خاطرم چنان باین بزرگی-

فروشیهای موهوم و تصوری مشغول بود که هیچ ملتفت نشدم کـه بـراه افتاده‌ام و مردم را بلااختیار تنه میزنم و دور باش، کور باش راه انداخته‌ام و خیال میکنم که مردم بی‌خبر از جنون من باید مراعات مقام مرا بنمایند. بحیرت بمن مینگریستند و از فحش و دشنام دریغ نمی‌داشتند و دیوانه‌ام می‌پنداشتند. وقتی از آن بیخودی بخود آمدم رختهای خود را پاره پاره دیدم و بحال خود خنده‌ام گرفت.

رو ببازار کهنه فروشان براه افتادم تا مگر سرو وضعم را نو نوار کنم. گفتی دارم قدم اول را در عمر برمیدارم. ناگـاه در میان ازدحام آینده و رونده با سه نفر مواجه شدم که با شدت هرچه تمامتر بیکدیگر آویخته و بهم دشنام میدادند. صف تماشاچیان را دریدم و بمیانشان خزیدم. چه دیدم، ای‌کاش کور شده بودم و ندیده بودم، دیدم چاپاری که رفیق راهم بود و بچاه شیطنتم گرفتار آمد با بـرزگر و دلال بر سر اسب و زین و یراقش نزاع دارند.

برزگر میگفت « این اسب مال من است ».

دلال جواب داد « برو پی‌کارت همهٔ اینها مال من است و بکسی دخلی ندارد ».

چاپار با صدائی از همه بلندتر فریاد میکشید «مال من است و مال احدی نیست».

دیدم ببلای سختی گرفتار شده‌ام. خواستم بی سر و صدا جیم شوم ولی وای بـر من کـه ناگاه چشم دلال بمن افتاد. پرشالم را چسبید کـه « اینك فروشنده اسب » بمحض اینکه چشم چاپار بمن افتاد همهٔ برق و رعد و رگبار مرافعه و منازعه بر سرم ریختن گرفت و کم مانده بود که بزرگترین تکه‌ای که از حاجی باقی ماند گوشش باشد. راهزن و دزد و بردار و ورمال و ناکس پردهٔ گوشم را در هم درید.

این میگفت « اسبم را بده »

آن فریاد میکشید « زین و یراقم کو ».

دیگری میگفت « پولم را پس بده ».

مردم هم دورمان حلقه زده بودند و میگفتند « این پدر سوخته‌را باید برد بمحکمهٔ شرع یا نزد داروغه ».

هرچه فریاد کردم و سوگند خوردم و انکار نمودم ثمری نبخشید، هرقدر التماس کردم و ملایمت بخرج دادم فایده نکرد. در ده دقیقه اول محال بود کسی گوش بحرفم

بدهد، از هر سری صدائی برمیخاست چنانکه گفتی دجال راه افتاده باشد. چاپار که خیلی داغ دل داشت و حالا که خود مایم حق هم داشت. برزگر میگفت « ظلمی که بمن شده

بهیچ کس نشده است » و او هم راست میگفت. دلال با هزار زبان دشنام میداد که « مرا گول زدی، کلاه بسرم گذاشتی » اما چندان حق نداشت. با اولی بنرمی و مدارا برخاستم دومی را دلداری دادم و بـا سومی درست و حسابی مدعی شدم. بچاپار گفتم « آقـا جان دعوای تو سر چیست زین و یراقت را میخواهی این زین و یراقت، صحیح و سالم، نه کسی خورده و نه کسی برده. بردار و برو » بـه برزگر گفتم « باباجان اسبت را زنده جستهای و باز شکر خدا را نمیکنی. برو کلاهت را بهوا بینداز که دستت بدمش رسیده است. این اسب تو، بگیر و برو صدایت در نیاید ». چون نوبت بدلال رسید بنای دعوا و نزاع را گذاشتم. گفتم « عمو جان تو چرا میخواستی مرا گول بزنی و خر نیم مرده بجای نیمهٔ قیمت یك اسب زنده جا بزنی. باز اگر همهٔ پول را داده بودی چیزی، حق دعوا داشتی، اما حالا حق دعوا نداری. »

خواستم پولش را پس بدهم، حاضر نشد گفت « از دیروز تا این ساعت خرج کاه و جو اسب را دادهام، باید بدهی ». بنا براین دعوا رنگ دیگری گرفت و از ما دو نفر دلیل بارز و برهـان قاطع هیچیك را دیگری قبول نداشت و عاقبت قرار شد مرافعه را بداروغه ببریم تا بر طبق قاعده دعوا را طی کند.

داروغه سر چهار سو بر سکوئی نشسته بود و چوبك دارها بقصد جـان مجرمین با ترکه‌های بلند در دست و مهیای چوب کاری، در دور و برش ایستاده بودند. بتظلم طرح دعوا افکندم و صورت واقعه را بیان نمودم و اصرار ورزیدم که «این دلال میخواست مرا فریب بدهد و چشم تو چشم من میخواست بجای یك رأس اسب یك رأس خر بمن بدهد. نیمهٔ پول را نداده است و باز میگوید اسب دزدیست و بی چشم و رو مخارج آنرا از من مطالبه میکند» . دلال گفت « در صورتیکه اسب دزدی در آمده است و لو نیمهٔ پـولش را هم نداده باشم ، اما معامله باطل است و در اینصورت من چرا خرج اسب دزدی را بکشم » .

چون مسئله بغرنج و زیاد پیچیده و شاخ اندر شاخ بود آخر سر اوقـات داروغه تلخ شد و گفت « این گره را فقط شرع میتواند بگشایـد » . نـاگاه پیر مردی سر از گوشه بر آورده آواز داد « گرهی را که انگشت میتواند بگشاید چرا باید بدندان حواله کرد، هروقت دلال نصف پول اسب‌را داد حاجی هم مخارج اسب‌را میدهد». حضار نسنجیده پسندیدند و صدای بارك‌اله، بارك‌اله بلند شد . داروغه هم بشادمانی طی چنین دعوای در هم و برهمی گفت « د بروید صلح کنید و با هم کنار بیائید ».

بچستی و چالاکی هر چه تمامتر پول دلال را پس دادم و قبض رسید گرفتم و تازه یارو سر حساب آمد که چه خبر است . فکری کرد و خوشبختانه از من کشیده بداروغه بند کرد که « من ازین حساب سر در نمیاورم. چطور باید نصف دیگر پول اسب را بدهم تا او مخارجش را بدهد . گور پدر این داروغه سگ بنشیند . اینقدر کار را این ور و آن ور میکند کـه آدم نمیفهمد چه میگوید و چه میشنود . خیلی مرد کهٔ احمقی است . ای کاش همـانقدر کـه من راستی و درستی سرم میشود او هم از عدل و احقاق حق چیزی سرش میشد ».

گفتار هفدهم

« هرلحظه بشکلی بت عیار در آمد »

حاجی با رخت نو از حمام بیرون میآید

همینکه گریبان خود را از دست دلال خلاص کردم و از بلائی که بدست خود تراشیده بودم رهائی یافتم شکر خدا را بجا آوردم و از نو بجانب بازار کهنه فروشان روان گردیدم . در اولین دکان جبه‌ای سرخ دیدم. فکر کردم که با چنین جبه‌ای چون جبه‌پوشان صاحب احترام و اعتبار میگردم و پرسیدم «این جبه بچند ».

دکاندار سراپایم را برانداز کرد و گفت « این جبهٔ سرخ را میگوئی ».

گفتم « بله ».

گفت « برای که ».

گفتم « برای خودم ».

گفت «چند میخری. اما ترا با این سرو وضع جلنبار، با این جبه چه کار. این جبه مخصوص خوانین است. »

کم مانده بود بلا اختیار بر سرو مغز مردك بکوبم که ناگاه دلالی با بقچه‌ای از لباس مستعمل و نیمدار در زیر بغل از آنجا بگذشت . علی رغم کهنه فروش او را صدا کردم. پیش آمد. دکاندار از جسارت خود پشیمان هر چه صدا زد جواب ندادم.

دلال مرا بدالان مسجدی برد و بقچه را بگشود. کلچه کمرچین سنجاب کشمیری با دکمه‌های طلائی دیدم. خوشم آمد و قیمت پرسیدم. دلال اول مدتی سلیقه مرا ستود و پس از آن بستایش آن لباس فاخر مشغول گردید و قسم خورد که تعلق بیکی از فراشهای خاصه شاهی دارد و بیش از یکی دو بار نپوشیده است.

چون در بر کردم، بدورم چرخیدن گرفت و فریاد برآورد که «ماشاءاله، بشما می‌برازد، به تن و بدنت میآید، گوئی برای تو دوخته‌اند. بتو ای شاخ گل این رنگ قبا میافتد». نخواستم جلوهٔ چنین خلعتی را ناقص گذاشته‌باشم، پس‌شال کشمیری هم خواستم. شالی بیرون‌آورد. با همه رفو و وارفو، هزار سوراخ داشت و دلال به هزار و یك نام خدا قسم خورد که مال «یکی از بانوان حرم شاه است و از گرانی بخت ارزان میفروشد». بوی شال حرم شاه چنان مستم کرد که دامنم از دست رفت و با پولی که ممکن بود با آن یك طاقه شال کرمانی بخرم شال را خریدم. خنجری باقی مانده بود. آنرا هم برایم پیدا کرد .

وقتی از خمرهٔ چاپلوسی دلال چون طاوس علیین نو نوار و مجلل بیرون آمدم او را با اظهار رضایت خرسند ساختم و او هم قسم خورد که «امروزه در پایتخت ببرازندگی تو کسی نیست» .

وقتی پای پرداخت قیمت بمیان‌آمد معامله رنگ دیگری گرفت، دلال باز بنای قسم خوردن را نهاد که «من‌آدم درستی هستم و خدا ترس هستم و ازآن کسانی نیستم که صد بگویم و به پنجاه راضی شوم. خدا یکی و حرف یکی. برای‌کلچه پنج تومان، برای شال پانزده تومان و برای خنجر چهار تومان رویهمرفته میشود بیست و چهار تومان .

از شنیدن‌کلمهٔ بیست و چهار تومان آنهمه حرارت و مسرت من فروکش کرد . بخود گفتم مگر دیوانه شده‌ای و خواستم از خیر لباس‌بگذرم و شروع کردم‌بکندن‌لباسها. دلال دستم را گرفت که چه میکنی. مگر بنظرت گران آمد. خیر یك قازش را نبینم که این قیمت سرمایه‌اش است. خوب، بگو ببینم، چند میخواهی بدهی. گفتم با این قسم و

آیه‌های تو چه بگویم که خدا را خوش‌آید. خوب، پنج تومان میدهم. دلال با تشدد رد کرد و من هم با بی اعتنائی لباسها را بیرون‌آوردم .

چون بقچه خود را قهر کنان بست وچنان وانمود کرد که بکلی از خیر این معامله گذشته است، بازروی بمن‌آورد که «رفیق من از تو خیلی خوشم‌آمده است. دلم میخواهد خدمتی بتو کرده باشم خدمتی که به برادرم نکرده‌ام. هر چه باداباد، ده تومان بده و دیگر صحبتش را هم نکن». قبول نکردم. عاقبت با چانه زدن بسیار به شش تومان معامله سر گرفت و بنا شد یك تومانش را برای خود قبائی بخرد. گفتار با کردار بیك بار پایان یافت .

او رفت و من خریدها را در پارچه‌ای بسته برای عوض کردن لباس بحمام رفتم. در سر راه کفش ساغری پاشنه بلندی هم با شلوار و پیراهن قصب آبی خریدم .

چون داخل حمام شدم کسی اعتنائی بمن نکرد. گفتم ای پدر سوخته‌ها، بگذارید من باآن رختهای نو از حمام بیرون بیایم آنوقت چنان بتملق دست و پایم را ببوسید که کمتر بوسیده‌اید. وارد گرمخانه شدم. کسی بکسی نبود و چنان هیاهوئی برپا بود که صدا بصدا نمیرسید. نگاهی به پهنای سینه و باریکی کمر خود انداختم و بخود بالیدم که بازآفرین بخودم که همه چیزم بجاست و برای خود مردی هستم .

دلاکی خواستم و نوره و حنا و رنگ هم‌آورد دست و پا را حنا و زلف و ریش و سبیل را رنگ بستم، مشت مال کاملی هم کرد و کیسهٔ مکملی کشید. هر ریشخندی که کرد بهوای رخت نلوی که در سر بینه خواهم پوشید و برخش خواهم کشید زیر سبیلی در کردم .

گفت «عجب ساعت مبارکی بحمام آمدی. یك نفر از اصفهان خربزهٔ گرگاب برای شاه‌آورده بود و شاه خلعتی باو داد و منجم باشی این ساعت را برای پوشیدن خلعت اختیار کرده است، خودم خدمتش را کردم و انعام شیرینی داد» .

وقتی لنگ خشك‌آورد و بسر بینه‌ام برد نمیدانید با چه غرور و لذتی لباسهای خود را تماشا میکردم.هرپارچه‌ای را که می‌پوشیدم خود را باز یك بار از سر نوجوان میدیدم. هرگز در عمرم لباس حریر نپوشیده بودم. شلوار قصب را با تشخصی پوشیدم که آن سرش پیدا نبود. باطراف نگاه میکردم که ببینم کسی متوجه صدای خش خش‌آن هست

یا نه. کلاه قجری را شکسته بر روی گوش نهادم. شال را جوزه گره بستم و سرش را از پیش بروی دامن آویختم. وقتی خنجر را بکمر زدم دیدم راستی سر و وضعی از سر و وضع من برازنده تر وجود ندارد. چون دلاك آینه بدستم داد یعنی که «پول بده» پس از آنکه یك ساعت تمام خود را در آینه ورانداز کردم و بریش و زلف ور رفتم مزدش را بدك ندادم. آنگاه لباسهای کهنه‌ام را بدلاك سپردم و از حمام بیرون آمدم.

«خود ز حمام آمدم بیرون بطریقی که از خم افلاطون»

گفتار هیجدهم

ورود ملك‌الشعرا بطهران و چگونگی رفتارش با حاجی بابا

پس بدر خانهٔ ملك‌الشعرا رفتم تا ببینم دنیا چه خبر است. جمعی انبوه بر در خانه جمع بودند و میگفتند ملك‌الشعرا با نردبان از پشت بام بخانه وارد شده است چونکه خبر مرگش رسیده بود و در اینصورت مشهور است که نباید از در خانه وارد شد.

وارد شدم و سلام دادم و مبارك باد قدومش گفتم. اول مرا بجا نیاورد ولی چون خود را شناساندم باور نکرد که کهنه مرقعی مثل من شیرازهٔ نو پذیرفته باشد.

خانه شاعر از متملقین و چاپلوسان و خوش‌آیند گویان مملو بود و از آن جمله همان میرزا فضولی را دیدم که لقب ملك‌الشعرا را باو وعده داده بودند. میگفت «جناب ملك‌الشعرا جای حضرتت خالی بود، چشم ما روشن». ناگاه در باز شد و فراشی از جانب سنی‌الجوانب پادشاه بیامد که بحضور باید رفت. شاعر با همان لباس سفر، چکمه بر پا و گردآلود بحضور رفت.

حضار هم از هم پاشیدند، من نیز بقصد اینکه فردا باز برمیگردم بیرون‌آمدم. در آن حال بهمان ناظر معهود برخوردم. زیاد خرم و شادمان بنظر نیامد، گفتم «ترا بخدا، دیدی که خان الحمدلله نمرده است».

آهی کشید و گفت «بله راست میگفتی، خدا عمرش بدهد. برای ما هم خدا بزرگ است». این بگفت و با دل پر درد راه خود گرفت.

من نیز باقی روز را به پرسه گذراندم و درازی و پهنای کوچه‌ها را گز کردم و

بدیدن و تماشای بازارها و مسجدها پرداختم و سرانجام بدر دیوانخانه که دکّ تنبلان و وعده گاه بیعاران است رفتم. در آنجا گفتگوها همه از مراجعت شاعر و التفات شاه در حق او بود. بنا بروایتی پادشاه باز باور نکرده بود که او زنده است و بلفظ مبارك خود فرموده بود که باید مرده باشد. بروایتی دیگر از ورود او خشنود شده و ده تومان هم بقاصدمژدگانی داده بود. اما حقیقت و نفس‌الامر آنکه چون مراجعت نابهنگام شاعر با رفتاری که شاه در غیاب او کرده بود مانعةالجمع بود ازین قضیه دل خوشی نداشت اما از آنجائی که بشعر و شاعری علاقه‌ای داشت و شاعر هم در ایام اسارت در میان ترکمنها فرصت را مغتنم شمرده قصیدهٔ بدیهه‌ای در مدح و ثنای شاه ساخته و بمحض تشرف بحضور شاهانه آنرا خوانده بود قضیه‌ای که مانعةالجمع بود به صورت مانعةالخلوّ درآمده بود یعنی آنچه گسسته و دریده و پاره شده بود در دم وصله خورد ورفو یافت و امواج فیوضات نامتناهی حضرت پادشاهی بار دیگر بتلاطم و تهاجم درآمده دهان شاعر را از زر و گوهر آکنده و دو شش را با یکدست خلعت فاخر آراسته التفات همایونی بمزرع خاطر عاطرش پرتو افکند و باز بمسند سابقش تکیه زد و مال و منال و اهل و عیالش را هم مسترد ساختند.

من نیز در ادای خدمت کوتاهی نورزیدم و هر روز پیش از آفتاب بخانه‌اش رفتم. چون خود را مورد التفاتش دیدم بر گستاخی افزودم و اورا از روزگار خود آگاه ساختم و عاجزانه استدعا کردم که از ره چاکر نوازی و بنده پروری غلام خود را در سلك خدام خود درآورد و یا آنکه بیکی از دوستان خود بسپارد و چون دستگیرم شده بود که موجب نا امیدی و یأس ناظر از ادامهٔ خدمت در نزد شاعر پاره‌ای خیانتها بوده است خواستم جانشین او بشوم و دراین راه بسیار کوشیدم و از گوشه و کنار هر رشته‌ای بدستم افتاد بحرکت آوردم و از سخن چینی و دوز و کلك دریغ نداشتم. افسوس که سودی نبخشید. نمیدانم بچه ملاحظه شاعر نمیتوانست ازین ناظر صرف نظر کند. یا سری در میان بود و یا عادت بزرگان ایران براین است که خودشان مردم را آتش بزنند و یکی در خانه آنها ایشان را آتش بزند. ناظر بر سرکار خود باقی ماند و چون بمن بی‌التفات بود بچاپلوسی ناچار آمدم. تا اینکه روزی ملك‌الشعراء مرا پیش خواند و گفت «حاجی، رفیق، میدانی که من رهین جوانمردی تو هستم و دلم میخواهد شکرانهٔ آنرا بجای آرم و

لهذا درباره‌ٔ تو سفارش مفصلی به حکیم باشی میرزا احمق که آدمی لازم داشت کردم. اگر از تو رضایت داشته باشد هنر خود را کـه طبابت باشد بتو خواهد آمـوخت و راه دخلی حسابی برایت خواهد بود، برو و همینقدر بگو که از جانب فلانی آمده‌ام و دیگر کارت نباشد» .

من پس از قصه‌ای که درباره‌ٔ اطبـا از درویش شنیده بودم عقیده‌ای باین جمـاعت نداشتم و بنظر تحقیر بآنها می‌نگریستم، اما در آن حال رد این تکلیف را صلاح ندانستم. کیسه ته کشیده بود و دیناری در بساط نبود. بنابرین روز دیـگر سر آفتاب بخانهٔ حکیم-باشی رفتم .

خانه‌اش در نزدیکی ارگ بود با دالانی تاریك و دراز و نروفته، در میان حیاطش بیماران بسیار پراکنده بودند. بعضی تکیه بدیوار نشسته بودند، عده‌ای سر بدوش تیمار دار سر پا ایستاده بودند. پاره‌ای هم روی آجـر فرش چون مردگـان بدرازا خوابیده بودند. نسخه و قاروره بدست منتظر جمال حکیم باشی بودند تا جناب ایشان از اندرون کی بدر آید. بالاخره بیرون آمد و دم ارسی که تنها محارم بدانجاراه داشتند جلوس نمود.

پیش رفتم و کرنش کردم. بدرونم خواند. در اطاق حـکیم باشی عده‌ای حاشیه-نشین دیدم، چون در ایران هـر کس در سرکاری است بفرا خور مقام چاپلوسهائی دارد. از گفتار و رفتارشان فهمیدم کـه برای پیشرفت کار و مقصود بهر چیز و هـر کس ارباب مناصب حتی بسگان و گربـگان ایشان چقدر باید تملق گفت و سبزی خرد کـرد. نزد خودحساب کردم که«تا من بدان پایه برسم و دنیا داری بیاموزم ریشم بنافم خواهد رسید.» از نگاه و تعظیم و تکریم این جماعت حکیم باشی را بشناختم .

مردی بود گوژپشت با رخساره‌ٔ برآمده و چشمان گود رفته و ریش کـوسه و چانهٔ پیش آمده و سر بقفا افتاده و دستهایش را از دو طرف بر کمر زده و درست دو مثلث ترسیم نموده بود که زاویهٔ قائمه آنها را آرنجش تشکیل میداد .

سؤالهایش مختصر و ترش و جوابهایش با تنحنح و آهسته بود و چنان مینمود که ذهنش بهمه چیز مشغول است جز بحضور و وجود حضار « خبر نداشت کز ایشان که در جهان هستند».

بعد ازآنکه قدری از حال مریضان جویا شد و اندکی با اطـرافیان خود گفت و

شنود کـرد نوبت بمن رسید . همینکـه فهمید فرستادهٔ ملک‌الشعرا هستم یکـی دو مرتبه با آن چشمهای ریز با نگاهی تیزم بنواخت و همینقدر گفت «باش، با توحرفی دارم» وپس از لحظـه‌ای چند برخاست و مرا بخلوت کـوچکی که از سه طرف دیوار داشت و تنها درش بسوی اندرون باز میشد احضار نمود .

گفتار نوزدهم

آمدن حاجی بابا در خدمت حکیمباشی و اولین مأموریت او

وقتی حکیم مرا دید بدرون خانه برد و گفت بنشین. با تواضع تمام نشستم. توصیهٔ شاعر را درحق من بمیان آورد و دربارهٔ تمجید و ستایشی که درخصوص تدبیر و هوشیاری و دنیادیدگی و رازداری و کاردانی وکارگـذاری من نموده بود صحبت داشت. من هم دست بسینه دو زانو نشسته و دیده براو دوخته بودم. عاقبت سخن را بـدینجا کشانید که بنا بسفارش ملک‌الشعرا ترا بخدمت خود می‌پذیرم. اگر آنطوری که انتظار دارم از عهده خدمت برآئـی از خاك برداشته میشوی و تـرقی میکنی و اگر حق خدمت ترا بجـا نیاورم نمك نشناس خواهم بود .

آنـگاه گفت پیش بیا و مانند کسی کـه میترسد دیوار موش داشته باشد و حرفش بگوش کسی برسد نگاهی بدین سوی و بدان سوی انداخته با صدای آهسته و محرمانه گفت «حاجی، میدانی کـه این روزها یکنفر ایلچی از فرنگستان بایـران آمده است و حکیمی هم همراه او است. این کافر.... نشسته در شهردارای شهرتی شده است ومیگویند

آدمهای مریض را بطرز خاصی معالجه میکند و خوب میشوند. یك صندوق دوا و درمان که هرگز اسمشان بگوشمان نرسیده با خودآورده است و در امر طبابت ادعاهائی دارد که تاکنون احدی در ایران ندیده و نشنیده است. بر خلاف رأی و مذهب جالینوس و بوعلی حرارت و برودت و رطوبت و یبوست را نه در امزجه قبول دارد و نه در ادویه. جیوه را بعنوان مبرد بکار میبرد. در استسقای طبلی و زقی شکم را میدرد واخراج ریاح و میاه میکند. از همه بدتر با غده‌ای که از شکم گاو میگیرندآبله میکوبد و میگوید این از کشفیات یکنفر از حکمای آنهاست، حاجی، میدانی که آبله یعنی پیوند اما آیا هیچ ممکن است آدم با گاو پیوند بشود. ما سالها از صدقهٔ سرآبله نان خورده‌ایم. این مردکهٔکافر باسم اینکه فرنگی است ما را خر می‌پندارد و میخواهد نان را از حلق ما ببرد. اینها همه بر کنار، خدمت اساسی که تو میتوانی در راه من انجام بدهی این است که الان برایت میگویم. چند روز پیش ازین معتمدالدوله خیار و سکنجبین هنگفت و خیار و سرکه شیرهٔ زیادی خورده و ناخوشی غریبی گرفته بود. ایلچی در وقت خوردن این چیزهاآنجا حاضر و ناظر بوده است و گفته بوده که مبادا ناخوش بشوید و لهذا بمحض اینکه میشنود که معتمدالدوله ناخوش شده و بستری است حکیمش را بمعالجه میفرستد. باید بدانی که این روزها بین ایلچی و معتمدالدوله شکرآبی است چونکه ایلچی اصرار دارد که تجارت باید رواج بگیرد و در ایران باید مدارس و مکاتب زیاد بشود در صورتیکه معتمدالدوله معتقد است که این قبیل کارها در مصلحت دولت نیست. معتمدالدوله بامید اینکه پذیرفتن طبیب وسیله‌ای خواهد گردید که بایلچی نزدیك گردد و در حل مشکل کمکی بشود حکیم را پذیرفت. اگر بموقع متوجه شده بودم دوز و کلکی می‌چیدم که رأی معتمدالدوله را بزنم اما حکیم فرصت نداد و بعجله بمعالجه پرداخت و از قراری که شنیدم دوایش عبارت بوده است از حب سفیدرنگ بی مزه‌ای که میگویند تأثیرش معجزه‌آسا بوده است. در مزاج معتمدالدوله طوفان کرده است و این مردی که قولنج و سده کم مانده بودکارش را بسازد از تأثیر این حب دوباره زنده شده است. بنوعی که حالا دیگر شب و روز تعریف از این حب از دهنش نمیافتد. گفته بوده است که این حب گوئی از مغز سر تا بنوك پا در عروق و اعصاب و احشاء و امعایم هر چه اخلاط و فضلات بود همه را یکدست بیرون ریخت و اکنون چنان نیروی جوانی

در خود می‌بینم که بفکر تجدید فراش افتاده‌ام و کم مانده بعدد زوجات بیفزایم. اما حاجی، بدبختی منحصر بتأثیر این حب نیست، حرف سر این است که شهرت این حکیم خدا ناشناس بدربار شاهی هم رسیده و در همه جا پیچیده است و حدیث تأثیر این حب نقل تمام مجالس و محافل بزرگان و اعیان گردیده است و امروز که در دربار در حضور بودم مدام سخن از این حب در میان بود. قبلهٔ عالم به معتمدالدوله امر فرمودند که آنچه را از آن حب دیده و فهمیده، بود حکایت کند و بمصداق «هوالمسك ما کررته یتضوع» معتمدالدوله مطالب را کراراً بعرض همایونی میرسانید و بلند بلند تعریف این حب را میکرد و حضار هم آهسته آهسته بر چنین طبیبی آفرین میگفتند و من در دل بهمه دشنام میدادم و نفرین حواله میکردم. پس قبلهٔ عالم روی بمن آوردند و فرمودند «حکیم باشی، چگونه ممکن است که چیزی بدین خردی اینهمه اثر داشته باشد و علتی بدین کوچکی معلولی بدان بزرگی را سبب شود». من سر فرود آوردم وعرض کردم «قبلهٔ عالم بسلامت، من هنوز دوای این کافر را ندیده‌ام و همینکه ببینم بعرض خواهم رسانید که عبارت از چیست ولی ندیده هم میتوانم بشرف عرض همایونی برسانم که تأثیر آن باید از اعمال ارواح خبیثه باشد چون چنانکه بر ضمیر منیر اعلیحضرت شهریاری معلوم و مشهود است ارواح خبیثه دشمن حق و عبادالله هستند و اغلب آلت دست اشخاص نا حق و بی ایمان میشوند و ظاهراً یکی از آنها در فرمان این کافر است که پیغمبر ما را صلی‌اله علیه و آله مزور و افسونکار میداند و قضا و قدر را انکار میکند.» از همان دقیقه بفکر افتادم که هر طور شده باید اوضاع شهرت این حکیم را برهم بزنم و حالا سر گاو در خمره گیر کرده است و نمیدانم بچه وسیله باسرار این کافر نابکار و علی‌الخصوص به نسخهٔ این حب معجزه آسا میتوانم دست بیابم. تو درست سر بزنگاه و سخت بجا بچنگم افتاده‌ای. موقعی است که قابلیت خود را نشان بدهی. روز مردانگی است و باید بی فوت وقت با این حکیم طرح آشنائی بریزی تا بمقصود برسیم. بنازم سرت را، میخواهم هر چه زودتر چمش را بدست بیاوری و قاپش را بدزدی و ببینی هنرش از کجا آب میخورد. پیش از همه چیز دلم میخواهد عین حبی را که به معتمدالدوله داده است بدست بیاورم تا بتوانم همین فردا صبح در آن باب شرح لازم بخاکپای شهریاری عرضه دارم . تو باید از همین حالا دست بکار شوی، ابتدای کار را با خیار و کاهو شروع میکنی یعنی مقدار هنگفتی

خیار و کاهومیخوری و آنوقت خودت‌را بناخوشی معتمدالدوله ناخوش میسازی و یکراست میروی نزد حکیم فرنگی و میگوئی من هم بهمان مرض‌معتمدالدوله مبتلا شده‌ام. حکیم هم لابد همان حب معتمدالدوله را بتو خواهد داد و تو بجای‌آنکه آنرا ببلعی میآوری و بمن میدهی و من هم بشاه میدهم.»

چنین تکلیفی مرا هراسان ساخت و گفتم «آقای حکیم باشی، من چطور میتوانم نادیده و ناآشنا خودم را باین‌ترتیبی که فرمودید باین‌آدم برسانم. وانگهی ازین فرنگیها چیزهای غریب و عجیب نقل میکنند و بدبختانه از کار و بار و حرکات و سکنات آنها بی خبر و بی سررشته‌ام. پس شما را بخدا اول دستورالعملی‌بدهید تا قدری سررشته پیدا کنم وحقیقت حال‌آنها دستگیرم شود و لااقل بدانم که با این حکیم چگونه باید رفتار کرد.»

میرزا احمق گفت «رویهمرفته قاعدهٔ‌کلی در این باب چنین است که رفتار و کردار فرنگیها طابق‌النعل بالنعل با رفتار و کردار ما مخالف و ضد و نقیض است، من بعضی از آنرا برایت میگویم و تو خودت ما بقی را برآن حمل و قیاس کن. فرنگیها بجای اینکه موی سر را بتراشند و ریش را ول کنند، ریش را میتراشند و موی سر را میگذارند چنانکه در چانه مو ندارند ولی سرشان چنان از مو انبوه است که بزنان میمانند و گوئی نذر کرده‌اند دست بآن نزنند. فرنگیها روی چوب و تخته می‌نشینند در صورتیکه ما روی زمین می‌نشینیم. فرنگیها باکارد وچنگال غذا میخورند، ما با دست و پنجه میخوریم، آنها همیشه متحرکند ما همیشه ساکنیم. آنها لباس تنگ می‌پوشند و ما لباس گشاد می‌پوشیم. آنها نماز نمیکنند، ما روزی پنج وقت نماز میکنیم. در نزد آنها اختیار با زن است، در نزد ما اختیار با مرد است. زنهای‌آنها یک وری بر اسب می‌نشینند، زنهای ما راست سوار میشوند. آنها ایستاده قضای حاجت میکنند، ما نشسته. آنها شراب را حلال میدانند و کم میخورند، ما حرام میدانیم و زیاد میخوریم. اینها پاره‌ای از تفاوتها بود اما آنچه مسلم و محقق است و هیچ جای انکار نیست این است که فرنگیها نجس‌ترین و کثیف‌ترین مخلوق روی زمینند چرا که همه چیزرا حلال میدانند و همه جور جانور و حیوانی را میخورند حتی خوك و سنگ‌پشت وقورباغه، بی‌آنکه دلشان بهم بخورد وحال قی و تهوع بآنها دست بدهد. مرده را بادست تشریح میکنند بدون‌آنکه بعد ازآن غسل میت بجاآورند. نه غسل جنابت سرشان میشود و نه‌تیمم بدل ازغسل. لعنةاللهعلیهم‌اجمعین.»

من‌هم لعنت فرستادم و گفتم آقای حکیم‌باشی، آیا راست‌است که اگر کسی بحرفشان اعتماد نکند و آنهارا دروغگو بخوانند تا بپای مرگ‌می‌ایستند و با آدم جنگ تن‌بتن‌میکنند.

« بله، چنین شنیده‌ام ولی « گویند مردمان و مرا استوار نیست» چرا که ندیده‌ام. اما از یك چیز آنها باید بر حذر بود. اگر احیاناً دیدی که فرنگی از چیزی که تعلق بتو دارد خوشش آمد مبادا از دهانت بجهد «پیشکش» یا «بسر کار تعلق دارد» که باخته‌ای، گفتن تو همان و بردن فرنگی همان و با آنکه قول تو بیجاست اما فعل او کاملا بجا خواهد بود. چیزی که هست باید قول و فعل شخص با آنها مطابق باشد. چه میتوان کرد آنها اینطور خوش دارند.»

« با اینوصف چگونه ممکن است که این حکیم مرا با چنین دروغ آشکاری بپذیرد چطور ممکن است من آدم چاق و سلامت خودم را بیمار جا بزنم و دوائی را که مال بیماران است برای خود ازو بگیرم .»

« نه جانم، تعبیر و تفسیرش درست خواهد بود . تو کاهو و خیار بافراط بخور و کارت‌نباشد. اگر ناخوش نشدی بپای من. در اینصورت دروغت عین حقیقت خواهد بود.»

پس حکیم باشی دست بگردنم انداخت که حاجی جان، قربانتم، برو، خیار و کاهو را فوراً هرچه توانستی‌بخور و تا میتوانی بخور و منتظرت هستم که همین امشب حب را بیاوری. زینهار مبادا نادانی یا خلافی از تو سربزند یا آنکه کم بخوری و یا دیر بخوری که اثرش باطل خواهدشد و حب را نخواهی‌آورد .

پس از این سخنان با نزاکت تمام مرا از اطاق بیرون انداخت. من نیز بدون آنکه بدانم باین‌کار تازه باید خندید یا گریید راه را پیش گرفتم و بخود گفتم برای کاری که هنوز مزدش طی نشده خودرا ناخوش کردن‌کار عقل نیست و لهذا باز بمنزل حکیم باشی برگشتم تا قرار و مدار لازم را بگذارم باندرون رفته بود .

گفتار بیستم

در فریفتن حاجی‌بابا دو حکیم را و از یکی حبی واز دیگری نقدینه درآوردن

ناچار بدون قرار و مداری برگشتم . بمنظور دلخوشی حکیم باشی سراغ خانهٔ

ایلچی را گرفتم و قصدم این بود که تا بدانجا برسم خود را ناخوش ساخته باشم لکن پس از اندیشهٔ بسیار دیدم که شکم درد خریدن کار چندان آسانی نیست. بخود گفتم اگر معدهٔ وزیر کاهو و خیار هضم نمیکند از کجا که معدهٔ من هم هضم نکند. از صد احتمال تنها یك احتمال هست که هضم نکنم واز اینرو دیدم بهتر است که بنادرستی حیلهٔ درستی بکار ببرم بخصوص که اگر خودم را بناخوشی بزنم ممکن است حکیم فرنگی دریابد و مرا بنام چاپزن و حقه باز از خانهٔ خود براند. پس تصمیم گرفتم که خود را باسم عملهٔ خلوت شاهی جا بزنم و بدین حیله بکام دل برسم. نخست ببازار کهنه فروشان رفتم وجبه و قبائی که زی" میرزاهاست کرایه کرده در بر نمودم.

آنگاه بموجب دستور العملهای حکیم‌باشی با ترس و بیم‌و دلهرهٔ بسیار در خانهٔ ایلچی بمنزل حکیم رفتم. کوچه و نیم کوچه‌های اطراف از زنان فقیر که بچه ببغل برای آبله‌کوبی بمنزل حکیم میرفتند پر بود. بیماران فقیر و نداری که بادست خالی نزد حکیمهای ایرانی راهشان نمیدادند در خانهٔ حکیم فرنگی را گرفته بودند.

حکیم بر کرسی چهار پایه‌ای در پشت چهار پایه مسطحی از چوب نشسته بود و درپیش او قوطیها وکاسه‌ها وکوزه‌ها وکتابها و انواع آلات و ادوات که هیچ معلوم نبود بچه کار میخورد چیده شده بود. لباسش غریب ترین و مضحك‌ترین لباسی بود که درعمر خود دیده بودم. زنخدانش را نفهمیدم از بیخ تراشیده یا نوره زده بودند چنانکه به خواجگان میماند. از زور بی‌اعتنائی سرش برهنه و بی کلاه بود و دستمالی با جوزه گره‌های چم اندز خم «بانداژ» وار بدور گردنش بسته بود. گوشهٔ گریبان پیراهنش‌از دو طرف صورتش بالا آمده بود چنانکه گفتی زخمی یا لکه‌ای را پنهان میدارد. لباسش بقدری تنگ بود که بنظر میآمد با

سریشم ببدنش چسبانده باشند . دامان کلیجه‌اش مانند دم پرستو تیز و باریك بود . شلوارش چنان بی معنی و بدنما بود که نه تنها ساتر عورت نه بلکه کاشف عورت بود و بقدری تنگ دوخته بودند که حدس زدم ماهوت درولایت آنها باید خیلی گران باشد. از فرط بی مبالاتی حتی در اطاق با چکمه راه میرفت و از آلودن و سائیدن و فرسودن فرشها کیکش نمیگزید چنانکه این عادت بنظرم خیلی گستاخی و نامردمی آمد .

نمیدانم زبان ما را کجا آموخته بود که بخوبی بدان حرف میزد . هنوز احوالم را نپرسیده گفت امروز هوا بسیارخوب است و چون براستی هوا بسیار خوب بود ندانستم باید چه جواب بدهم و جرئت اعتراض هم نداشتم. پس فکر کردم که باید با او حرفهای خوش آیند گفت. با کمال چاپلوسی گفتم «حکیم‌صاحب، ماشاءالله در ایران شهرت و شأن عظیمی پیدا کرده‌ای. در قبال تو کسی لقمان را بچیزی نمیگیرد و بقراط را به پشیزی نمیخرد. حکیمهای این عهد شایستهٔ برداشتن دسته هاون دوا کوبی و پاك کردن شیشه امالهات نیستند». جوابی نداد و نمیدانم چرا نداد. آنگاه گفتم که اعلیحضرت شهریاری همینکه خبر تأثیر دوایت را در مزاج معتمدالدوله شنید بوقایع نویسان امر فرمود تا در صحایف تواریخ و اوراق وقایع مهم مملکتی درج سازند و حتی در حرمسرای پادشاهی این امر موجب حیرت و هیجان گردیده است بطوریکه جمعی از بانوان حرم باشتیاق دیدار حکیم صاحب بیمار شده‌اند و یکی از کنیزان خاصه اکنون در بستر بیماری افتاده است. آغامبارك، بزرگ خواجه سرایان، مرا با حکم شهریاری فرستاده است تا دوائی بعینه همان دوائی که به معتمدالدوله داده بودید بگیرم و بزودی ببرم» .

حکیم پس از اندکی تأمل گفت عادت من نیست که بیمار را ندیده دارو بدهم چرا که ممکن است ضررش بیشتر از فایده‌اش بشود. اگر بدانم که کنیزك احتیاجی بدارو دارد حاضرم بیایم او را ببینم.»

گفتم از دیدن کنیز بگذرید که کاری بس دشوار است. در ایران ما دیدن زنها اختصاص بشوهرانشان دارد. مگر آنکه کار بجاهای نازك بکشد. تازه آنوقت هم طبیب فقط اجازه دارد نبض آنها را بگیرد. آن هم از روی چادر .

گفت برای تشخیص مرض نبض تنها کافی نیست، باید زبان بیمار را هم دید .

گفتم دیدن زبان در اینجا خیلی تازگی دارد و کار نوظهوری است. معده ناخوش

است بزبان چه. البته این عمل برای شما در حرمسرای شاهی هرگز میسر نخواهد گردید وحتی اگر بیمار زن نباشد وخواجه‌سرائی هم باشد بریدن زبان را بنشان دادن آن بشما ترجیح میدهد.

گفت بسیار خوب، اما در نظر داشته باش که اگر من دوا را هم بدهم بعد از آن بر من حرجی نیست هر چند شاید بجای علاج مریض را بکشد.

بزحمت بسیار متقاعدش ساختم که در آن باب ایرادی و مسئولیتی بر او وارد نخواهدآمد. پس صندوقی بزرگ به بزرگی یك دکان عطاری بگشود. پر از ادویه بود و مقدار بسیار قلیلی از گردی سفید برداشت و با مغز نان خمیر ساخت و در کاغذ نازکی پیچیده با دستور طریقهٔ استعمال آن بمن داد. چون دیدم که در هنرش سری پنهان نیست و معمائی نخفته است گفتم «حکیم صاحب، ترا بخدا این چه نوع دوائی است و طبیعت و خاصیت آن چیست».

با سادگی تمام که ابداً شباهتی بطرز بیان حکیمهای خودمانی که مدام با عبارات غلیظ اصطلاحات اساتید فن را از قبیل بقراط و جالینوس و بوعلی سینا برخ انسان میکشند بی مضایقه جواب سؤالم را داد.

همینکه آنچه مطلوب حکیم باشی بود، بچنگم آمد برخاستم و با دل شاد بیرون جستم تا خود را باو برسانم و بیش ازین در انتظارش نگذارم. نخست لباس عاریتی را بدور انداختم و لباس خود را پوشیدم و بمشق قولنج و بازی بیماری در آوردن مشغول گردیدم تا خدمت خود را چنانکه شاید و باید برخ حکیم باشی بکشم و درست بفهمانم که خیار وکاهو درست عمل کرده و اثر بخشیده است.

وقتی بمنزلش رسیدم بکمك پیچ و تاب و خم و شکنی که در هر کلمه بچشم و ابرو می‌انداختم چنان نیك تقلیدآدم قولنجی را درآوردم که میرزا احمق بدان سنگدلی دلش سوخت و گفت ترا بخدا اندکی استراحت کن، شاید درد دلت تخفیف بیابد.

من در حالیکه بر خود می‌پیچیدم باآه و ناله گفتم «آقای حکیم باشی، همچنانکه بفرمایشتان گوش دادم، بالتفاتتان چشم دارم». حکیم باشی جدو جهد داشت که هرچه زودتر حب را بدست‌آورده دامن مقصود را بچنگ‌آورد و من سعی و کوشش داشتم که برایگان از دست ندهم. عاقبت باو فهماندم که زور و زاری بیهوده است و زر میباید.

دیدم باز سخت گیری میکند. بصراحت گفتم که اگر دلخواهم بعمل نیاید حب‌ها را می‌بلعم. بتصور گفتگوی با شاه و باشتیاق نیل بمقصود یك سکه طلا در مشتم نهاد. هیچ عاشقی بمنظور وصال بمعشوق آنقدر نیاز وزاری نکرده است که حکیم باشی برای رسیدن به حب‌ها. هیچ معشوقی هم آنقدر ناز و بی اعتنائی نشان نداده است که من نشان دادم. خواستم بتدبیر و تزویر بیفزایم و اشرفی دیگری از او بربایم اما دیدم که برای علاج شکم‌دردم خاکشی و تاج ریزی و شیشهٔ دستور خواست و لهذا درد دل را کوتاه آوردم و فرصت را غنیمت شمرده حب‌ها را تحویلش دادم.

بدقت در آنها نگریست و در کف دست غلطانید و واغلطانید و معلوم بود که معلومی برمجهولش نیفزود. خواست از طریق حدس و قیاس و براهین و ادله علمی و فنی مشکل را حل نماید، دستش بجائی بند نشد. گفتم آقای حکیم باشی زحمت بیجا مکشید. حکیم فرنگی حقیقت این حب‌ها را از من پنهان نداشت. این دوا مرکب است از جیوه.

میرزا احمق گفت به به چشمم روشن، مثل اینکه خودم نمیدانستم که مرکب است از جیوه. این مردك فرنگی ترسا مذهب میخواهد با همین جیوه تخم ما را از روی زمین براندازد و با همین قبیل جوهریات کم مانده است شهرت مرا از میان ببرد و طریقهٔ معالجهٔ مرا که پدرش هم در خواب ندیده است اسباب طعنه و مسخره بسازد. خوب، آخر هیچ شنیده‌ای که جیوه هم دوا باشد. وانگهی جیوه سرد، خیار سرد، کاهو سرد. آیا هیچ میتوان یخ را با یخ آب کرد. جیوهٔ سرد چطور میخواهی رفع تأثیر برودت خیار وکاهو بکند. این الاغ هنوز از مبادی طب بقدر خر خبر ندارد. حاجی، خیر، این نشدنی است. ما حاضر نیستیم تو چشم و همچشم اسباب ریشخند مردم بشویم.

آنگاه از فرط خشم و غیظ بنا کرد بکندن پشم ریش و بباد دادن آن در حالیکه یك ریز بحرف خود دشنام و ناسزا نثار میکرد و گویا خیال داشت این کار را تا قیام‌قیامت ادامه بدهد که ناگهان خبر رسید که اعلیحضرت احضار فرموده‌اند. پس شب کلاه را از سر برداشت و خرقه را کند و با شال و کلاه حب را برداشته با بیم و امید بهم‌آمیخته بشتاب روان گردید.

گفتار بیست و یکم

در بیان آداب و تشریفات دوا خوردن پادشاه ایران

عصر تنگی بود که حکیم بخانه برگشت و با پریشانی‌حواس و اضطراب مرا بخواست. بمحض اینکه وارد شدم باشارت دیگران را امر بخروج داد. مرا پیش خواند و بگوشم گفت «حاجی، باید تدبیری کرد و شراین حکیم را هر طور شده از اینجا کند. هیچ میدانی چه‌اتفاقی افتاده است. امروز بی‌اطلاع من پادشاه او را خواسته و بقدر یك ساعت تمام با او گفتگو کرده است. بعد مرا احضار کرده بود تا حاصل گفت و شنودشان را برایم حکایت کند. معلوم میشود که لولهنگ حکیم خیلی‌آب میگیرد. از قرار معلوم پادشاه با او درباب ضعف قوه باه و قوت ضعف و تنگی نفس و سوء هاضمه با او صحبت داشته است. با خشنودی تمام تعریف فهم و حذاقت آن حرامزاده را میکرد. گویا بمحض نگاه کردن بزبان آنچه‌را باید از حال مریض بداند دستگیرش شده و گفته است که گویا اعلیحضرت زیاد بحمام تشریف میبرند و در وقت قلیان کشیدن زیاد سرفه میکنند و در موقع غذا ترشی و شیرینی وچربی زیاد میل میفرمایند. پادشاه هم سه روز باو مهلت داده است که درست در باب امراض او دقت بعمل

آورد و بکتب و اقوال و آراء اطبای فرنگ مراجعه نماید و معجونی چنان قوی بسازد که پادشاه را از سر نو جوانی ببخشد. قبلهٔ عالم از من درخصوص طبایع و اخلاق و عادات فرنگیها سؤالاتی کرد و جواب صریح خواست. من نخواستم موقع و بزنگاهی بدان خوبی را از دست بدهم و بی دریغ کاری را که باید بکنم کردم و پس از ادای خدمت بعرض خاکپای همایونی رساندم که « اعلیحضرتا ، اما در باب طبایع و اخلاق فرنگ بررأی منیر مهر تنویر پادشاهی واضح و آشکار است که این قوم مستحق اللوم نجس و خبیث کافرند ، چراکه تکذیب وانکار پیغمبر ما را میکنند و دین و آئین ما را مسخره مینمایند . علی رؤس الاشهاد خمرمینوشند و لحم خنزیر میخورند و صورت زنان دارند و باطن خرس. لهذا باید ازین طایفه مطلقاً در حذر بود که غرض اصلی ایشان چنانکه در هندوستان باثبات رسیده است تصرف ممالك و استیصال ملوك و اسارت ابناء ملوك است. آمدیم بر سر معالجت و مداوات آنها. حضرت شافی الامراض ، دافع الاعراض ، وجود مبارك پادشاه عالمیان را از شر دواهای این بی دینها محفوظ بدارد . دواهای ایشان در طبایع و امزجه بهمان اندازه که خودشان در تدبیر سیاست خاین و بد خواهند فاسد و زیان بخش است . آنگاه حب‌ها را از جیب در آوردم و نشان دادم که ملاحظه بفرمائید، آنچه را ما برای هلاك بكار میبریم این فرنگیهای خدانشناس برای شفا بکار میبرند. جزو اعظم ادویه‌شان زیبق است. در باب سوء ترکیب و مضرات حب چنان داد فصاحت و تقریر دادم که پادشاه فی المجلس تعهد نمود که هرگز بدون استخاره واستشاره دوای فرنگی نخورد و همینکه حکیم فرنگی دوائی را که بناست تهیه و حاضر سازد فرستاد مرا برای مشورت و صلاحدید احضار فرماید. اکنون حاجی، بایدکاری کرد که پادشاه دست بدوای این نسناس نزند چون اگر احیاناً از دوای او خاصیتی ببیند کار من تمام است و حسابم با کرام الکاتبین و دیگر احدی در این شهر بریش میرزا احمق نخواهد خندید، والله و بالله و تالله، بمرگ خودت، حاجی اگر بنا شودتمام دواهای او را خودم بخورم میخورم و نمیگذارم از حلق پادشاه پائین برود .

سرانجام قرار شد بهرتدبیری هست نباید گذاشت که دوای حکیم خاصیتی ببخشد. سه روز بعد از آن پادشاه میرزا احمق را احضار کرد تا دوای حکیم را باو نشان دهد. دوا عبارت بود از یك قوطی پر از حب. حکیم‌باشی انواع و اقسام اعتراضات واشکالات

بمیان آورد و دلایل و براهین بی سر و بن لاتعد ولاتحصی در باب مضرت استعمال ادویه بیگانگان برشمرد و چنان داد افادات بداد که پادشاه امر فرمود تا در آن بابت مجلس مشورتی برپا کنند.

روز دیگر در بار عام انعقاد یافت و پادشاه بر تخت جلوس فرمود و معتمدالدوله و وزیر دول خارجه و معیرالممالك و دبیرالملك و مستوفی‌الممالك و حاجب‌الدوله و سرداران و میرآخور و ایشك‌آغاسی باشی و حکیم باشی و سایر سران و ارکان و اعیان* حضور یافتند. پادشاه خطاب بصدر اعظم لب بسخن گشوده فرمود «با حکیم فرنگی در باب اصلاح مزاج و تدبیر علاج انجمن منعقد فرمودیم. در نشست اول، پس از تحقیق تام وتدقیق با ترتیب ونظام رأی حکیم بر این قرار گرفت که مزاج مبارك کثیرالابتهاج ما را ضعف و کسالتی عارض شده و از جادهٔ استقامت انحراف ورزیده است. در نشست دوم عرضه داشت که سه روز تمام کتب و دفاتر و یاد داشتهای خود را تصفح و بتفصیل مطالعه و دقت نموده و بآراء و عقاید سایر حکمای فرنگستان مراجعه کرده است و بغور مطلب و کنه مقصد کاملا رسیدگی و وارسی نموده است و در نتیجه معجونی از صنوف ادویه مختلفة الطبایع و اجناس عقاقیر متفاوةالتأثیر موافق دستور قرابادیات ترکیب و ترتیب ساخته که داخلا و خارجاً و ظاهراً و باطناً در مزاج همایون چنان تأثیر و فایدهٔ عاجل و آجل ببخشد که هیچ طلسم و تعویذی بگرد پای آن نرسد.» پادشاه اندکی مکث فرموده و سپس دنبالهٔ فرمایشات را چنین آورد «ذات اقدس ما حل عقود این مسائل غامضه را بعهدهٔ ناخن تدبیرمقرب‌الخاقان حکیم باشی محول ساخت و حکیم باشی نیز از روی خیرخواهی دولت و دولتخواهی ملت با رأی زرین و نظر ژرف بین اختلافات و اعتراضاتی بعرض رسانید مبنی بر اینکه اولا باید دانست آیا صلاح هست که تدبیر دستگاه داخلهٔ شخص سلطنت یعنی اعضاء و جوارح وجود ما را بکف کفایت اجانب و رتق و فتق اصلاح آنرا باوامر و نواهی بیگانگان سپرد یا نه و ثانیاً بفحوای مضمون حکمت مشحون لیس فی‌الحرام شفاء والنجس لیس بدواء آیا در دوای این حکیم که بحکم آلودگی با دست خود بدان البته نجس و پلید است شایبهٔ شفا ممکن است ملحوظ باشد یا نه و ثالثاً از

---

* باید دانست که در متن انگلیسی تنها سمت و منصب اشخاص مذکور گردیده است نه‌عنوان و القاب آنها وآوردن القاب کار مترجم است. ـ م.

کجا کــه در این داروی مجوز و مختار تأثیرات خـفیه مضره و مفسده نباشد کــه خدای نخواسته بجای عمارت و آبادانی بنیاد پادشاهی در بنیان مزاج شهریاری اندك اندك رخنه نماید و رفته رفته رسوخ روز افزون یافته سرانجام بالمره اسباب قلع و قمع مادهٔ حیات گردد و سایهٔ بلند پایهٔ ظل‌الله فی‌الارضین را از سر جهانیان کوتاه گرداند».

آواز العیاذ بالله از هر سو بلند گردید و پادشاه باز پس از لحظه‌ای سکوت فرمود «رأی مبارك ما چنان مناسب دید که قبل از مباشرت بعمل دوا خوردن مجلس کنگاشی بر پا سازیم تا ارکان سلطنت و اعیان دولت با اتفاق و اجمـاع جوابی در خور مقام پادشاهی بدهند و برای اینکه از حقیقت این دوا و معجون تجربه و سررشتهٔ بیشتری حاصل نمائید رأی همایون ما بر آن قرار گـرفته است که هریك از بندگان درگاه و ملازمان خیر- خواه بلا استثنا در استعمـال این دوا با ذات اقـدس ما اشتراك نمایند تا اگر خیر است همگان از خیر آن بهره‌مند باشند و چنانچه شر و زیان بخش است بـحکم البلیة اذا عمت طابت از شر و زیان آن زیاد متأثر و متألم نباشیم و این معنی در هر صـورت و بهر نوعی باشد مایهٔ تسلیت خاطر همایون گردد».

حضار مجلس متفق‌الکلمه و یك صدا، کلام‌الملوك ملوك‌الکلام گویان، سخنان پادشاه را چون وحی آسمانی ستودند و مرحبا گفتند کـه خداوند ظل جلیل پادشاه را بر مفارق بندگان ذلیل طویل سازد. اطاعت ما بندگان بامر پادشاه جهان منحصر ببلعیدن یك حب نه، بلکه اگر پادشاه جمجاه امر بنوشیدن سم قاتل و زهر هلاهل فرماید حـکمش مطاع و امرش واجب‌الاتباع است. صدور این گونه اوامر و احکام از منشأ و مصدر حقیقی یعنی پادشاه جهان بافتخار ما و بحال عبودیت اشتمال بندگان هرچه زیادتر باز کم است. بهر چه حکم کند بر وجود ما حکم است. دولتخواهان و چاکران استان را مال و جان صدقهٔ سر و فدای راه پادشاه است. خداوند حکیم پادشاه را حیات جاوید بـخشاد و دشمنانش را مخذول و منکوب گرداناد».

پس از آن پادشاه به پیشخدمت باشی امر فرمود تا قوطی حب را از اندرون بیاورد و همینکه آورد بحکیم باشی امر فرمود که از آن حبوب بردار و از صدراعظم گرفته همگی را یکان یکان از آن حبوب ببلعان و در حلقوم بچپان.

همینکه حب‌ها را بلعیدند شربتی بمیان آوردند و پس از آن مـوقع استراحت فرا

رسید. حضار حب بلعیده در استراحت بودند وپادشاه بصورت و سیمای یکایك آنها نگران تا تأثیر دوا را ببیند. در ابتدا همه ترشروی و بهت زده ماندند ولی بمحض اینکه چینهای جبین اندکی بگشود پادشاه قدری ازآسمان و ریسمان سؤالاتی کـرد و آنـان بفراخور عقل و فهم جوابی دست و پا کرده بعرض رسانیدند. آنگاه آهسته آهسته دوا شروع کرد بعمل کردن و تأثیر هویدا ساختن. معیرالممالك کـه مردی تنومند و گنده و ستبر بود پی در پی در عوض جـواب دادن بسؤالها به «بلی، بلی قربانت شوم» قناعت مینمود و چون مزاجش مستعد و اخـلاطش مجتمع بود زودتر از دیگران با اثرات دوا دست بگریبـان گردید. معلوم بود که مـزاجش برهم خورده است و همـگنان دیده برو دوختند و همین خود نیز بر شورش مزاجش افزود. بر خود پیچیدن گرفت و تکلیف خود را نمیدانست. مستوفی‌الممالك بر عکس بلند قد و ضعیف و نحیف وزرد روی بود و پس از معیرالممالك او بنا کرد بعرق ریختن و با نگاه نیازآمیز بزبان حال گفتن که

«دست من و دامنت ای پادشاه   تنگ دلم زحمت جانم مخواه».

خلاصه دوا در مزاج هر یك بنوعی تأثیر کرد و هریك بنوعی آلت مسخره گردیدند باستثنای صدراعظم پیر و کوتاه قدو زمخت طبیعت که از دست پاچگی و اضطرار دیگران شادان بهمه میخندید و زیر لب مضامین آبدار بناف آنها می‌بست.

همینقدر کـه پادشاه تأثیر و خاصیت دوا را برأی‌العین دید مجلس را ختم کرد و بمیرزا احمق فرمان داد تا درین باب شرح مفصلی بنویسد و خود باندرون رفت.

حکیم باشی حیله ساز را فرصت خوبی برای درهم شکستن کار فرنگی بدست افتاد و لهذا در خصوص‌آن دواآنقدر تفصیلات واهی نوشت کـه پادشاه بدون‌آنکه تـجربه و آزمایشی بنماید از استعمال‌آن منصرف گردید و نسخهٔ آنرا بطاق نسیان نهاد.

حکیم باشی که در بیان شادمانی خود عجله داشت و بی اختیـار شده بود مرا بدید و از واقعه مطلع گردانید که «حاجی، ما که‌کار خـود‌را دیدیم. ایـن مردك کافر خیال میکرد کـه ما بی دست و پا و ریش گـاویم. باو حالی خواهم کرد کـه ما ایرانیان چه جانورهای نادری هستیم. فرنگی سگ کیست که دوا بپادشاه ایران بدهد. نی، نی، این افتخار مرا می‌شاید که اطب طبیبانم. این اختراعات مردك فرنگی بچه درد میخورد. پدران ما برای خود مردمانی بودند وما هم پسران آن پدرانیم و از همان جاده‌ای کـه آنـها

رفته‌اند ما هم خواهیم رفت. شفائی که به نیاکان ما شفا می‌بخشید بما هم خواهد بخشید. مگذر از حکمت لقمان و بوعلی سینا، تا میرزا احمق زنده است بقانون و قانونچه او عمل خواهد شد.

پس از ادای این سخنان مرا مرخص نمود تا بتواند در باب قلع و قمع حکیم فرنگی و در خصوص استقرار و اعتبار خود تدبیر تازه‌ای اندیشد.

گفتار بیست و دوم

سؤال و جواب حاجی بابا با حکیم باشی دربارهٔ حقوق و مواجب

تا آن‌موقع رفتار ما با حکیم‌باشی رفتار نوکر و ارباب وخادم و مخدوم نه، بلکه رفتار دو نفر دوست و رفیق بود و من حتی مأذون بودم که با او هم‌نشین و هم کاسه و حتی هم قلیان باشم. چیزی که هست رفتارم با سایر نوکرها و خدمه هم بهمین منوال بود. دیدم که در این حرکت برکتی و در این رفتار و گفتار شام و نهاری نیست و این معامله نه جواب خیالات مرا میدهد و نه جواب امیدواریهایم را و نفع و فایده‌ام منحصر مانده بود بهمان اولین اشرفی که بنظر میآمد آخرین هم باشد و آن هم تازه از برکت درد شکم حاصل گردیده بود. ازینرو بر خود مخمر کردم که هر چه باداباد باید کار را یك سره کنم، غلبه و ظفر حکیم باشی را برحکیم فرنگی دست آویز قرار دادم سر شکایت و گله را با حکیم باشی باز کردم و مطلب را پوست کنده در میان نهادم.

آن روز در درخانه باو خوش گذشته بود. چون بخانه برگشت مرا بخواست که « امروز مورد عنایات بی‌غایات جهانداری گشتم. بجای اینکه بعادت مرسوم شش ساعت با پای برهنه در پهلوی حوض مرمر بر سر پا بایستم دو ساعت بیشتر وا نداشت. راستی که عجب پادشاهی داریم. چقدر مهربان و زیر دست پرور و خاطر شناس است، نمیدانم با چه زبان شکر انعام و احسان او را بجا بیاورم. حکیم فرنگی را دشنام داد و تعریف فضل و حذاقت مرا نمود و گفت: فرنگی قابل جفت کردن کفش تو نیست. بفراش خلوت حکم فرمود دوتا از کبکهائی را که باز همایون شکار کرده بود بمن انعام بیاورد. راستی که معنی پادشاهی این است ».

گفتم «پادشاه راست فرموده‌اند که امروز نظیر و مانند تو در ایران پیدا نمیشود. تو یکتای بی‌همتائی. زهی سعادت پادشاهی که مانند تو گنج بادآوری دارد. حکیم‌فرنگی سگ کیست که در پیش تو جرئت ژاژخائی داشته باشد. دانش میخواهند، اینك میرزا احمق، بینش میطلبند، اینك میرزا احمق، تجربه و آزمایش میجویند، اینك میرزا احمق».

حکیم باشی از شنیدن این سخنان بادی کرد و بروتی تابید و دستی بریش کشید و قلیان را از دهان خود باز گرفته بمن تعارف کرد. گفتم «امیدوارم که ان‌شاءالله بنده را نیز ازین فیض بی‌نصیب نگذارید و ما را هم ازین نمد کلاهی برسد. اما خیر، من سگ کی هستم، مرا کجا میبرند. من همانا از گلی هم که از هم‌نشینی گل خوشبو شود کمترم».

حکیم باشی: چه میگوئی. مگر دیوانه شده‌ای اینها چه حرفی است. این اصرار برای چه.

من: اگر اجازه بفرمائید حکایتی در این باب بیادم آمده است برایتان حکایت کنم و آنوقت شما خودتان حکم بفرمائید.

حکیم باشی: بگو ببینم.

من: سگی را حکایت کنند که در رفتار و کردار و حرکات و سکنات بقدری بگرگ شباهت داشت که گرگها او را گرگ پنداشته در حلقهٔ محبت و سلك جمعیت خود پذیرفته بودند. در خور وخواب با آنها هم نشست و در گرفتن و دریدن گوسفندان با آنان همدست بود. همهٔ وظایف گرگی را بجای میآورد و بتمام سنن و آداب آنها رفتار مینمود. چیزی که هست در عین حال ضمناً با همجنسان خود یعنی سگها هم همین میکرد و در زمرهٔ آنها سگ‌کامل‌العیار میشد و نقیر و قطمیری از ایشان باز نمیماند. رفته رفته سگها را از کار او شبهه عارض شد و دریافتند که وی با گرگها نه تنها سروکار دارد بلکه دستیار آنان هم هست. از آنطرف گرگها نیز کم کم بشك افتادند که یارو نه تنها سگ است بلکه کلب بن کلب است و تلبیس میکند و از اینرو مصمم شدند که او را دیگر در حلقهٔ خود راه ندهند و خارج‌النسب و لعنةالله علیه بشمار آورند. از این پس کار بجائی رسید که سگ بینوا از دیر رانده و از حرم مانده «نه درمسجد گذارندم که رندی ــ نه در میخانه کین خمار خام است» در میان آن دو گروه مذبذب و آواره ماند و چون از فرط تردید

و دو دلی طاقتش طاق شد فهمید که بهتر است با سگان سگ بود و با گرگان گرگ تا از آن برزخ بدتر از دوزخ رستگاری یافت. آقای حکیم باشی اینك من نیز حالت این سگ را پیدا کرده‌ام . شما بمن اجازه داده‌اید که با سرکار عالی که ارباب و مخدوم من هستید هم‌کاسه و هم قلیان باشم و در امور خود مرا طرف شور و استشاره قرار میدهید و چه بسا با دوستان شما جلیس و هم نشینم اما چه سود که با نوکر و زیر دستان هم همینم. چنین لطف و التفاتی برای من چه سود و ثمری دارد . نوکری هستم بی جیره و مواجب و مانند گدایان ارمنی در دو دنیا روسیاهم. بنابراین التماس آن دارم که ترتیبی بدهید که در خدمت سرکار کارم معین و مواجبم مشخص و مقطوع باشد».

حکیم باشی صدا را بلند ساخته گفت «مواجب مقطوع یعنی چه. من هرگز بآدمهایم مواجب نداده‌ام. گذران خدمتگزاران از پهلوی بیمارهاست. تو هم هرچه میتوانی بستان. مفت چنگت. باقی ماندهٔ سفره‌ام را میخورند، تو هم هر قدر میخواهی بخور. این نوروز خلعت ، آن نوروز خلعت میگیرند، تو هم بگیر. از این بیشتر چه توقع داری مرگ میخواهی برو گیلان».

درهمان اثنا فراشی سینی و سفره‌ای در دست همان دو کبکی را که باز پادشاه شکار کرده بود بیاورد و باعزاز تمام در پیش روی حکیم باشی‌بزمین‌نهاد. حکیم‌باشی از جای برخاست و سینی را برسم تعظیم و احترام بر سر نهاد و گفت «خانهٔ احسان پادشاه آباد. خدا بر عمرو دولتش بیفزاید». پس موقع انعام دادن بفراش رسید. اول پنج صاحبقران با نیاز برایش فرستاد. فراش با ناز رد کرد. بعد از آن یك تومان با کج خلقی فراوان فرستاد. فراش نیز با کج خلقی بسیار پس فرستاد و پیغام داد که انعام متعارف پنج تومان است. آخر الامر خواهی نخواهی تا پنج تومان را نگرفت نرفت.

این قضیه پرملال تمام لذت احسان پادشاه را هباءً منثورا کرد و دعاهای خیر حکیم باشی بهدر رفت، از شدت اوقات تلخی و خشم چشم پوشید و دهان بگشاد و چنان دشنامهای آب نکشیده بپادشاه داد که اگر باد بگوشش میرسانید البته جثه حکیم باشی بالای دار میرفت. میگفت «احسان، میخواهم هزار سال این‌نوع احسانها هرگز به‌هفتاد سال نباشد . این التفاتها بدرك اسفل برود . ما بیچارگان چقدر باید شکم این گرسنه چشمهای لقمه ربای بی چشم و رو را سیر کنیم و تملقشان را بگوئیم و جیبشانرا پر کنیم.

مواجب نوکران شاهی را ما باید بدهیم. درد بی درمان آنکه اگر ندهی و یك روز بزیر چوبشان بیفتی (و از کجا که من نیفتم) تسمه از گردهٔ آدم میکشند و پدر آدم را زیر چشمش میآورند . این مردم بی پدر و مادر هر که جیبشان را پر نکند کلاهش را پر میکنند. برای ده شاهی احسان، پنج تومان انعام میخواهند. از همه گذشته این احسانها از کجا که پایدار باشد. مگر سعدی دروغ گفته که

« بر آواز خوش کودکان و بر دوستی پادشاهان اعتماد نشاید که آن بخوابی متغیر گردد و این بخیالی متبدل شود. »

سپس بعد از حدت و شدت بسیار قدری بخود آمد و غیظش فروکش کرد و خیال تلخی چوب و فلك فراشان از ترشی پنج تومان مقداری بکاست.

دیدم با آن حال جای مقال نیست. دیگر در باب مواجب سخنی بر لب نیاوردم و آنچه باید بفهمم فهمیدم و آنچه لازم بود دریابم دستگیرم شد و دانستم که باید هرچه زودتر از صرافت لقمان عصر شدن بیفتم و نقداً با همین شغال بازیها بهمان حالت معهود یعنی نه گرگی و نه سگی بسازم.

گفتار بیست و سوم

شکوهٔ حاجی بابا از روزگار و از بلای تنگدلی به مصیبت عشق مبتلا شدن

از امروز خود ملول و از فردا بی خبر و مکدر، روز همه روز ببطالت و بی‌تکلیفی و شب همه شب به ملالت و کسالت میگذراندم . دلم برای طب و طبابت غنجی نمیزد و هرچند میدانستم که‌کاری است بی مایه و چه بسا کسانی که با سرمایه و مایه‌ای کمتر از آن من ازین راه نان میخورند اصرار و ابرام میرزا احمق بگوشم فرو نمیرفت و زیر بار طبابت نمیرفتم و آرزویم این بود که وسیله‌ای بدست بیاورم و عطای حکیم باشی را بلقایش ببخشم. اما ناگاه پیش آمدی رخ داد که در تمام ذرات وجود و در رگ و ریشه‌ام آتش افروخت و با آنکه بسر بردن در خانهٔ حکیم را برای خود بی فایده و بی ثمر میدانستم مرا در آنجا زمین گیر ساخت. این پیش آمد چنان دنیا و مافیها را از لوح خاطرم محو نمود و شرارهٔ آنهمه آرزوهائی را که در دیگ مخیله می‌پختم فرو نشاند که

حتی خودم را نیز یکباره فراموش کردم . سلسلهٔ جنونم چنان بجنبید که گفتی مجنون عامری کوچکترین شاگرد من بوده است. بعد از این تفصیلات گویا لازم نباشد بگویم عاشق شده بودم.

موسم بهار گذشته و حرارت تابستان طهران مردم را ناچار ساخته بود که به پشت بامها پناه ببرند . من که از همخوابی و هممنزلی با فراشان و آشپز در اطاق پستو بستوه آمده بودم رختخواب خود را به پشت بامی که مشرف باندرون حکیم باشی بود کشیدم . باغچهٔ اندرون با گل و لاله آراسته و با درختان چنار و اسفیدار پیراسته بود وارسیها و پنجره‌های متعدد رو بباغچه داشت. در میان باغچه بر روی حوض تختی زده بودند و زنها در قهر گرما فرشی بر آن انداخته آنجا می‌نشستند . در سراچهٔ حکیم باشی زنهائی میدیدم ولی هیچ یك از آنها چنگی بدلم نمیزد و من هم از یکطرف نه جرئت داشتم و از طرف دیگر بخاطرم هم خطور نمیکرد که بآنها نگاه کنم و اگر احیاناً نگاهم بآنها میافتاد با صدای بلند هرچه بدهانشان میآمد بنافم می‌بستند.

ازقضا روزی پس ازغروب آفتاب درموقعی که مشغول گستردن رختخوابم بودم از درز دیواری که مشرف بمهتابی اندرون بود دزدیده نگاه کردم وروی مهتابی چشمم بدختری افتاد که داشت برگ تنباکو پهن میکرد. چارقد کبودی با ناز و کرشمه بر سرداشت و چون سر بلند کرد دو زلفش از دو سو بر روی افتاد اما چندان از صورتش باقی ماند که دل مرا ببرد. مزه‌ای که از همین اندك چشیدم مرا مشتاق تماشای مابقی اندامش ساخت و چه دیدم. دیدم .

«بدست قدرت از آن خوبتر نشاید دوخت قبای لطف ببالای صورت بشری»

اندام همه متناسب، اعضا تمام موزون، دست وپای حنا بسته‌اش کوچك و ظریف، لب و دندانش نازك و لطیف، چشمانش آهوانه، نگاهش جادوانه، آنقدر نگریستم که

« نه توشی ماند اندر تن نه هوشی ماند اندر سر »

« نه آبی ماند بر عارض نه تابی ماند در پیکر »

بی‌اختیار سرفه کردم. رو بمن نمود و تا خواست بخود آید و رو بپوشاند چهر مهرآسایش را نیك تماشا کردم و حاصل تماشا آنکه

« از کمان ابرویش تیری بجست راست آمد بر دلم تا پر نشست »

صورت را با چادر نماز بپوشید ولی گوشهٔ چشم سیاه را باز گذاشت و چنان دانستم که سر تماشای سوزش دل مرا دارد. چون دید که دیده از دیدارش بر نمیدارم در همان حالی که بکار خود مشغول بود زبان بگفتار بگشود که « بزن نامحرم اینهمه نگاه گناه است ». گفتم حاشا و کلا

« که گفته بررخ خوبان نظر خطا باشد

خطا بود که نبینند روی زیبا را »

ترا بحق امام‌حسین و بجان پدرومادرت « نظر لطف زحال دل‌من باز مگیر » امان از آن چشمها، امان از آن کرشمه‌ها « که بود بر دل و جان کارگر از خنجر و تیر ».

بآوازی نرم گفت مگر تو محرم و نا محرم نمیشناسی ، تو که پدر و مادر من نیستی ، برادرم نیستی، شوهرم نیستی، چرا بتورو بنمایم. مگرحرام نیست. پس بعمد ولی درظاهر بعنوان سهو واتفاق چارقد ازسر بینداخت ومن توانستم سر تا پایش را چنانکه شاید و باید بدلخواه تماشا کنم.

« حیران شدم که تا بچه‌عضوش کنم نگاه   زیرا که بود این‌یك از آن یك بدیع‌تر »

« مانا که حسن هردوجهان آفریده بود   در جزو جزو صورت او واهب الصور »

« معلوم من نشد که تنش بود یا حریر   مفهوم من نشد که لبش بود یا شکر »

مژ گانش دراز ، ابروانش تیرانداز و بی حاجت مشاطه بهم پیوسته و بازوی کمانداران شکسته . خلاصه سرا پایش تفسیر کامل اشعار شاعران ایران یعنی گل و لاله و ریحان، سرو وصنوبر، شیر وآهو و مار و کژدم، طوطی و طاووس وصد چیز دیگر، یکی از دیگری بهتر، همه در وی جمع بود. اگر تا بقیامت می‌نگریستم سیر نمیشدم. چیزی نمانده بود که حجاب از میان بردارم و از دیوار بگذرم که ناگاه آوازی جانگزا بلند شد که زینب، زینب . نگارینم از عقب آن آواز از بام پرواز کرد و من از حیرت دهان

باز ماندم که شاید دو باره بر گردد، اما برنگشت . هرچه ایستادم بجز آوازی که با در و دیوار در جنگ بود صدائی بگوشم نرسید. معلوم بود که صاحب آواز زن حکیم باشی است که العهدة علی‌الراوی میگفتند نرمخوترین زنان نه ، بلکه بدخوترین زنان جهان است و فرمانش در حق شوهرش که در حقیقت غلام حلقه بگوش وشوهر شماعی او بودو بس جاری وساری است و شوهری است که محلی نه‌تنها از اعراب بلکه ازحرکت ندارد.

همانجا ایستادم تا شب فرا رسید . با نـومیدی مشغول گستردن رختخوابم شدم ، نـاگاه بـاز همـان آواز بلند شد کـه زینب ، جوان مرگ شده، کجائی، چرا نمیروی بخوابی .

درست تشخیص ندادم که زینب چه جوابی داد اما چون چند لحظه بعد کسی را که باید جواب بدهد در پشت بام دیدم معنی جواب دستگیرم شد. دلم بنای طپیدن را گذاشت و باز مهیای جستن از دیوار بودم که سبد تنباکو برسر از نظر ناپدید گردید و در وقت رفتن صدایش بگوشم رسید که‌آهسته گفت«وعده بفرداشب در همین جا». هرگز به‌از آن سخن در عمرم بگوشم نرسیده بود. طنین آن آواز در تمام سرا پایم پیچید. تمام شب در تـاب و تب تا صبح مدهوش بـودم و سخن او را تکرار میکردم و دیده بـر هم ننهادم و فهمیدم که « عاشقی کار سری نیست که بر بالین است ».

گفتار بیست و چهارم

حدیث وصل حاجی بابا و زینب وشرح حال زینب در اندرون حکیم باشی

چون چشم خود را نیك مالیدم دیدم عـاشقم . بخود گفتم ببینم این عشق بکجاهـا میکشد. امشب معلوم میشود که معشوقه کیست و چیست. اگراز کنیزان این حکیم خانه خراب باشد باو حالی خواهم کرد که ترتیب کنیز نگاهداشتن چیست و گرنه هیچ چیزم درست نیست. اما اگر کنیز نباشد و پای گرفتن وعروسی بمیان بیاوردآنوقت‌آن مسئله دیگری است . ولی من کجا وزن گرفتن کجا. من جیبم خالی است و برای خریدن یك شلوار زنانه وسیله ندارم دیگر تاچه رسد بخرج عروسی. ان شاءالله آن‌هم بوقت خودش درست خواهد شد ولی نقداً باید حاجی با پول حکیم خوش بگذراند و بخـرج حکیم

عشقبازی کند.

پس بهمین نیت برخاستم و لباسم را با تکلفی بیشتر از سایر اوقات پوشیدم. زلف را با دقت تمام شانه زدم. کمررا جوزگره بستم. کلاه را کج نهادم و سپس رختخواب خود را جمع کرده باطاق خدمتکاران بردم و برای گذراندن وقت بپاره‌ای مقدمات کار مشغول شدم. اولا برای شست و شو و پاکیزگی شب موعود بحمام رفتم و در آنجا با آواز چه اشعار مناسبی که نخواندم. باقی روز را بدون غرض و مقصدی در کوچه و بازار پرسه زدم. بهزار زحمت و خون دل روز را بشب رساندم در حالیکه طاقتم طاق شده و ساغر شکیبم لبریز شده بود و معنی «وعدهٔ وصل چون شود نزدیک آتش شوق تیزتر گردد» درست دستگیرم شد. گوش بزنگ اذان مغرب بودم تا ببهانهٔ دردسرزودتر بخوابگاه بروم. از شومی بخت آن شب حکیم باشی از هرشب دیرتر از درخانه برگشت و چون بر طبق معمول ما باید باقی ماندهٔ شام او را بخوریم شام خیلی دیر کشید.

حمرهٔ مغربی بر طرف گردید و ماه تابان از جانب مشرق نمایان گردید. رختخواب بزیربغل بربام شدم و بطرف دیوار معهود شتافتم اما با نومیدی و تلخکامی بجز برگهای پریشان تنباکو که دلیل بر ناتمامی‌کار بود چیز دیگری در آنجا نیافتم. پشت سر هم چند سرفه کردم، جوابی نشنیدم بجز لند لند و قرقر تند وتیز زن حکیمباشی که از زور تندی وتیزی در ودیوار را سوراخ میکرد صدائی بگوشم نرسید. چنین صدائی باز هم بلندتر گردید و شنیدم که میگفت «ای تخم شیطان، ای پدر سوخته زینب، کار توحالا بجائی رسیده که با من یك و دو می کنی، تو روی من مبایستی، کی بتو گفته که سر خود بحمام بروی. سر قبرستان کارت چه بود. آیا من خانم هستم تو کنیز یا تو خانمی و من کنیز. هر چه دلت میخواهد میکنی و حیا نداری. چراکارهایت را ناتمام گذاشته‌ای. تا تمام نکنی خواب بر تو حرام است. زود باش، بروکارهایت را تمام کن اگر نیم کاره گذاشتی وای‌بحالت. والله و باالله آنقدر توکله‌ات بزنم که چشمهایت ازچاله درآید...

پس‌آواز مشت وسیلی بلند شد و چیزی نگذشت که نگارینم با چهر ترش و عبوس پدیدار گردید. ماه روئی که هجرش جانم را سوخته بود ببام برآمد. بخود گفتم ای عشق عجیب نسخه‌ای وغریب اکسیری هستی، در تدبیرچه قدرتی و درتزویرچه نیروئی داری، چقدر چیره دست و حیله گری. ببین معشوقه با چه مهارتی اسبابی را که جامع یار

و مانع اغیار است فراهم ساخته است .
زینب‌مرا ندیده‌انگاشت تا رفته‌رفته جوش و خروش طوفان بلای خانم فرو نشست و آرامشی برقرار گردید. آنگاه روی بجانب من گردانید وخودتان خوب میتوانید حدس بزنید که چگونه خود را باو رساندم . آری کسانی که ذوق عشق چشیده‌اند خوب میدانند که کار عشق به بیان نگنجد. مگر یکی از شعرا نفرمود که آبهای هستی ماهرچند ازسرچشمه‌های جدا گانه‌است ولی چون بهم پیوندد سیلی چنان قهار برمیانگیزد که هیچ سدوبندی در مقابل آن مقاومت نتواند و از هیچ مانعی نمیترسد.

بلفظ مبارك گفت « من دختر شیخ کردی هستم . در کوچکی با مال و منال خود بدست ایرانیـان افتادم و تفصیل آنرا در سر فرصت بـرایت حکایت خواهم کرد . سپس بچنگ حکیم باشی افتادم و اکنون در این خانه کنیزم ».

پس از اطفای نائرهٔ اولین دیدار، معشوقه با دلی پرخون ازرفتار و گفتار زن‌حکیم باشی با غصه و اندوهی از حد افزون آه سردی از سینه برآورد و گفت :« داد و بیداد از دست این زن . گفتارش را شنیدی و دیدی که مرا بیدین و لامذهب میخواند . روز و شب همین آش است و همین‌کاسه . دشنام میدهد، ناسزا میگوید. از سگ کمترم میگوید . همه اهل خانه مرا مسخره میکنند. هیچکس با من الفت نمیگیرد. جگرم میسوزد . کم مانده بترکم. چون کردم مرا بچهٔ شیطان میگویند، یزیدی میگویند ، با آنکه ایزدیم ، راست است که ازشیطان خیلی میترسم ولی کیست که از او نترسد اما تخم شیطان نیستم. اگر این سلیطه در کوههای کردستان بدستم میافتاد نشانش میدادم کـه دختر کرد یعنی چه و چه‌کارها از دست تخم شیطان برمیآید. »

بقدر امکان بدلداریش پرداختم و از روی دلسوزی و رأفت گفتم « باید صبر داشت

وقت انتقام خواهد رسید».

دل پری داشت و گفت «ای بابا، چه انتقامی. ملتفت تمام حرکات و سکناتم از کلی وجزئی‌هست. بدون اذن واطلاع او حتی ازاین اطاق بآن اطاق نمی‌توانم بروم. حکیم باشی مرد پست پایه و گدا طبیعتی است. این زن را که از کنیزان شاهی بوده است و بسبب بدکاری از حرمسرا بیرون کرده است بامر پادشاه گرفته است. این زن بجز بد رفتاری و باد و افاده جهیزی ندارد وبیاد ایامی که در حرمسرای شاهی بوده مدام تکبر میفروشد وشوهر را خاك پای خودمیشمارد و به طوری بااو به‌بی‌اعتنائی وتحقیرحرکت میکند که همه باو ترحم دارند. جرئت نمیکند بی اذن و اجازه در پیش خانم بنشیند و خانم هم کمتر اذن میدهد. بدتر از همه بقدری حسود است که در اندرون هیچ کنیزی از تهمت او دراامان نیست. حکیم باشی هم با همه حرص و جاه و ترس از پادشاه از کنیزان بدش‌نمی‌آید و سرو گوشش می‌جنبد واز توجه پنهان نسبت بمن توجه مخصوصی دارد وبهمین جهت خانم چشم ندارد مرا ببیند. شوهرش از ترس او جرئت نمیکند نگاه بمن بکند و یا دوکلمه حرف با من بزند. در اندرون سخن چینی و توطئه و پشت سر همدگر بدگفتن و نسبتهای ناسزا بهم بستن تا دلت بخواهد زیاد است. وقتی خانم میخواهد بمسجد و یا بحمام برود از روی احتیاط و پیش بینی و با ملاحظهٔ زمان و مکان و وضع و موقع، چنان هریك از کنیزان را بکار وامیدارد که گویا تدارك عروسی بزرگی درپیش است.»

وقتی این سخنان را اززینب شنیدم چون تاآنگاه بجز اندرون خانهٔ پدرم کربلائی حسن اندرون دیگری ندیده بودم ازین اوضاع سخت متحیر ماندم وتعجب نمودم که این دختر چگونه در خانهٔ حکیم باشی بسر میبرد.

زینب دنبالهٔ سخن راگرفته گفت «ما در اندرون پنج کنیزیم، شیرین گرجی، نور جهان بمباسی، فاطمهٔ آش پز، لیلا گیس سفید و من. کار من خدمت خاصهٔ خانم است. قلیان و قهوه و غذا وهمراهی خانم بحمام و دوخت و دوز، پوشاندن و کندن لباس، پهن کردن و برچیدن رختخواب و گستردن و خشك کردن و کوفتن و بیختن تنباکو، او همه با من است. باید مدام دست بسینه رو برویش بایستم. شیرین گرجی وکیل خرج و صندوقدار است و اسباب حمام شوهر و زن و لباس تمام اهل خانه بدست اوست. تمام

مصرف‌خانه ومطبخ از قبیل آرد و برنج و روغن با اوست وهمچنین تمام اسباب ولوازمات خانه و آنچه قیمت و بهائی دارد همه باوسپرده شده است. نورجهان بمباسی بمنزلهٔ فراش است، شست‌وشو و رفت ورو وچیدن‌وبرچیدن و آب‌پاشی و پادوی همه‌بگردن اوست.این سو و آن سو میدود، کاغذهــای حکیم باشی و خانم را بدینجا و بدانجا میبرد و خلاصه آنکه بی‌کار نمیماند وبسیاری از حکم‌ها را باید انجام بدهد. اما لیلای پیر گیس سفید. سر پــرست پــرستاران جــوان است و خدمت بیرون با اوست . امور مخصوص خانم را عهده دار است و (گناه بگردن کسانی کــه میگویند) از قرار معلوم جاسوس حرکات و رفت و آمد شوهر خانم هم هست. خلاصه آنکه شب و روز گرفتار تلخکامی و کشمکش و درد سریم. چیزی که هست ما هم بی‌کار نمی‌مانیم، دو سه تن با هم دست یکی میشویم و بجان دیگران میافتیم. این‌روزها با شیرین گرجی در افتاده‌ام چون چندی پیش‌ازین بخیال‌اینکه بختش را بسته‌اند بچشم وهمچشمی با ما ازدرویشی طلسم باطل السحر گرفت و فردای همان روز خانم نیم تنه‌ای باو داد. غیرت من بجنبید و من هم از همان درویش دعائی گرفتم تا خدا خودش شوهر خوبی نصیبم کند واز قضا شام همان روز ترا در پشت بام دیدم. حالا خودت قیاس خوش بختی مرا بکن. این‌کار دعا رقابت شدیدی بین من و شیرین انداخته است . چشم نداریم یکدیگر را ببینیم . همچشمی بکینه کشیده و اکنون دشمن جانی یکدیگریم . اما هیچ بعید نیست کــه بــاز یك روز خود بخود آشتی کنیم و دوست و خواهر خوانده بشویم . حــالا من با نــور جهان با هم روی هم ریخته‌ایم . او بتحریك من در پیش خانم زیرآب شیرین را می‌زند . چند روز پیش یکی از بانوان شاهی خوانچهٔ شیرینی برای خانم تعارف فرستاده بود. قدری از آنرا موش خورد. ما گفتیم شیرین خورده است و گرجی از دست نور جهان کتك معقولی خورد . بخت بد را ببین که شیرینی را موش میخورد و کتك را شیرین. کاسهٔ آبخوری خانم را من شکسته بودم و باز بگردن شیرین انداختم. هم فحش شنید و هم مجبور شد تاوان بدهد. البته او هم برای من مایه میگیرد و می‌بینم کــه مدام با لیلا کــه نقداً لــولهنگش پیش خــانم خیلی آب میگیرد تنگ‌گوشی با هم حرف میزنند. من هم از ترس اینکه مبادا زهرم بخوراند چیزی از دستش نمیگیرم و چیزی راکه دستش بآن خورده باشد نمیخورم . او هم با من همینطور رفتــار میکند . نمیخواهم بگویم کــه راستی راستی‌کار بــزهردادن

کشیده‌است، میخواهم بگویم که در اندرونها این قبیل کارها خیلی مرسوم‌است، بلی، یك بار کارمان از فحش و حرفهای درشت به هشت و مشت * و کتك کاری کشید. تف بزمین انداخت و گفت «لعنت بشیطان». میدانی که این کار پیش یزیدیها دشنام بزرگی است. پریدم باو و هرچه از دهانم درآمد باو گفتم و موهایش را دسته دسته کندم و تن و بدنش را با دندان خونین و مالین کردم. لیلا میانجیگری کرد و ما را از هم جدا نمود ولی باز هم تا نفس داشتیم و صدا از حلقوممان بیرون میآمد بهمدگر فحش دادیم. بعد از آن ستیزه کینه از دو طرف قدری فروکش کرد، اما باز هم باقی است و هر چه از دستش بر آید در حق من خرابکاری میکند و لم و شیوه بکار میبرد ومن هم بهمچنین، کوتاهی نمیکنم.

بدینمنوال تا بصبح در گفتگو و راز و نیاز بودیم و وقتی صدای الله اکبر اذان که بانگ مفارقت است بشنیدیم یکدیگر را وداع کردیم و با هم قرار گذاشتیم که هر وقت خوش که دست دهد مغتنم بشماریم و بنا شد هر وقت که زینب چارقدش را برشاخ درختی که‌از پشت بام دیده میشد بیندازد بفهم که دیدار ممکن است و بیهوده دیده‌ام براه‌نماند.

گفتار بیست و پنجم

حدیث وصل جانان و نغمه سازی حاجی بابا

شب دیگر بامید اشارهٔ وصال به پشت بام رفتم. افسوس که چارقد بر شاخ نبود. همانجا نومید نشستم. نه تنباکوئی دیدم و نه اسباب پاك کردن تنباکو. در زیر پایم سکوت و خاموشی حکمفرما و بانك ناهنجار پی درپی خانم که درآن ایام بگوش من از سرود باربد دلپذیرتر مینمود بریده بود. تنها صدائی که گاه گاهی بگوش میرسید صدای کفش کهنه‌ای بودو میرسانید که در دار دیاری است. آن هم همانا لیلای پیر بود. آنجائی که نشسته بودم بنوبت صداهای گوناگون شنیدم. اول صدای نقاره‌خانه بلند شد، بعد صدای اذان شام آنگاه صدای طبل اول و سپس صدای طبل برچین و پس ازآن صدای طبل بگیر و ببند و سر انجام آواز حاذق باش و بیدار باش کشیکچیان و سردمداران

* اصطلاح «هشت و مشت» در طهران مستعمل نیست. باید دید ازگدام قسمت ایران است.-م.

بازار و پاسبانان برج و باروی ارگ . خلاصه آنکه شب تیره و تار بر جهان استیلا یافت و بازاز خانهٔ حکیم باشی سر و صدائی بلند نشد .

بخود گفتم خدا میداند که علت این سکوت اندرون چیست. حمام که تا اینوقت طول نمیکشد وانگهی حمام زنان اکثرصبحگاهان است. باید بعیادت مریضی یا بعروسی و یا بسراغ زن زائویی رفته باشند. شاید هم حکیم باشی چوب خورده است. کم مانده بود که از زور فکر و خیال بتر کم که ناگاه طرق سندان در خانه برخاست، در گشوده شد و حیاط اندرون از صدای نعل کفشهای زنانه پر شد. اما صدائی که بر تمام صداها غالب بود همانا صدای خانم بود که باصطلاح گویا با میخ سوراخ کرده بودند. روشنائی چراغهای متعدد ازین سو و ازآن سو سایه افکن گردید. از گوشه بام دزدیده بتماشا مشغول گشتم، چون زنها روبندها برافکندند چشمم به جمال بی مثال زینب روشن گردید. و بانتظار و امید وصال کمر بستم و حقاً که زمان انتظار دیر نپائید. با احتیاط هرچه تمامتر خود را بمن رسانید و آهسته گفت «امشب دیدار میسر نیست چونکه نمیتوانم ببالا بیایم‌اما مطمئن باش که بزودی تلافی خواهد شد». پرسیدم کجا رفته بودید. گفت «خواهر خانم که درحرمسرای شاهی است امروز فجاتاً مرده بود. گویا یکی از رقیبهایش زهرش داده بود. خانم ما همه را همراه برد تا بر شورو غوغا بیفزائیم. از صبح تا بحال دراندرون شاهی آواز گریه و زاری و نوحه و ماتم گوش فلك را کر میکرد. خانم بجای گریبان دریدن یقهٔ لباس نوش را و باسم گیسو بریدن سرزلفش را قیچی کرد. بجای خاك كاه بر سر پاشید و فردا هم روز کفن و دفن است باید صبح زود همه آنجا حاضر باشیم . خیال میکنم بازاء عزاداری يك چارقد سیاه و يك دستمال شیرینی بمن بدهند».

این را گفت و بشرط آنکه مانعی پیش نیاید وعده داد که فردا شب بهم خواهیم رسید و رفت و در حال رفتن سپرد که مواظب علامت و نشانه باش .

بامدادان چون سر از بالین برداشتم مات و متحیر ماندم چون دیدم علامت بر شاخ است‌و زینب درحیاط ایستاده‌است ومیگوید«بیا». از نردبانی که او ازآن‌ببالا میآمد چون مرغ بپائین رفتم و خود را در اندرون حکیم باشی دیدم. بی اختیار لرزه براندامم افتاد چون متوجه شدم که اینجا جائی است که هر مرد بیگانه و نامحرمی پایش بدانجا برسد سرش را میبرند. زینب خنده کنان بدلداریم پرداخت و گفت: «آسوده باش که در خانه

بجز من کسی نیست و اگر بخت یار باشد تا شام بی سرخر با هم خوش خواهیم بود».

تعجب کنان پرسیدم مگر معجز شده است. خانم کجاست. زنان کجا هستند. از دست حکیم باشی چطور میتوانیم در امان باشیم. گفت مترس. همه درها بسته است، اگر کسی در بزند تا بروم باز کنم تو فرصت فرار داری. پس بیم و باکی نداشته باش. زنها همه بعزاداری رفته‌اند و تنهائیم و خانم کاری کرده است که شوهرش از یك فرسنگی ازین خانه فرارمی کند و کلاهش در این خانه بیفتد در پی آن نخواهدآمد. می‌بینم در حیرتی و دلت میخواهد از کیفیت با خبر باشی بدان که طالعمان بلند بود که چنین روزی که اولین روز دیدارمان است باین‌آسانی نصیبمان گردیده. امروز همه چیز در این خانه بر طبق‌آرزوی ما پیش‌آمد کرد. شیرین برای اینکه خانم مرا همراه خود نبرد و از چارقد سیاه و انعام و شیرینی محروم بمانم بخانم گفت که لیلا از کوچکی همیشه مشق گریه و زاری و سوگواری نموده است و در این‌کار استاد است و حنانه و انانهٔ معروفی است و البته بهتر است که خانم او را با خود ببرد درصورتیکه زینب کرد است و ناشی از عادات و رسوم عزاداری ما بی خبر و بنابراین‌مرا در خانه گذاشتند و خودشان دسته‌جمعی بمجلس عزاداری رفتند. من هم چنان وانمود کردم که خیلی اوقاتم تلخ است که من باید بمانم ولیلا برود اما در دلم قندو گلاب‌آب میکردند و شکرخدا را بجا میآوردم

که دنیا بکام ما شده است پس باید دم را غنیمت شمریم که چنین دمی کمتر اتفاق میافتد.

پس زینب بتدارك ناهار رفت و من در اطاقها بتماشای چیزهائی مشغول شدم که کیفیت و خواص آن بر چون من آدم غریبی مجهول بود.

نخست باطاق خانم رفتم. ارسیهای اطاق با شیشه‌های رنگی رو بباغچه بود. در شاه نشین توشکی با بالش و متکای پر با منگوله و روپوش پولکدار دیده میشد، روبروی آن آئینه خانم گذاشته شده بود با قوطی سرخاب و سفیداب و وسمه و سرمه و وزك با یك جفت بازوبند طلسم دار و یك توزلفی با چاقو و قیچی و میل سرمه دان و سایر آلات مشاطگی. دریك طاقچه تاری و تنبکی و دایره‌ای و در گوشه‌ای رختخوابی در چادرشب پیچیده جلب نظررا مینمود. چند تصویر بی‌قاب بر دیوار چسبانده بودند و رفهای اطاق پر بود از بلور و بارفتن و چینی. در گوشهٔ دیگر چند شیشه شراب چیده شده بود و سر یکی از شیشه‌ها هم باز بود و گل سرخ تازه‌ای بر درآن نهاده بودند و معلوم بود که خانم صبح زود برای گرمی هنگامهٔ عزا گلوئی‌تر کرده ونیمی ازآنرا خالی کرده‌است.

پیش خود گفتم گویا در این خانه چندان پای ترس از خدا و رسول در میان‌نیست و برأی‌العین آنچه را در بارهٔ مقدسین شنیده بودم دیدم. آقای حکیم باشی که در ظاهر آنهمه جانمازآب میکشد و تقدس میفروشد چون بخلوت میرودآن کار دیگر میکند و بجای آن آبهای آلوده‌ای که بحلق مرضای خود میریزد در خانه شراب خلر شیراز میل میفرماید.

تا من از سر کشی باطاق خانم و تماشای اطاق کنیزان فارغ شدم زینب هم در همان اطاق خانم سفره را پهن کرده بود، روی توشك پهلوی هم نشستیم و جای همه خالی به تناول غذاهای لذید پرداختیم. غذا عبارت‌بود از پلو وکباب پر درمیان نان باخاگینهٔ شب مانده و پنیر و دوغ و ماست و عسل و خربزه گرگاب اصفهان و گلابی و زردآلو.

در مقابل چنین سفرهٔ رنگینی بروتها تابیدم و گفتم زینب‌جان ترا بجان مادرت بگو ببینم چطور در این مدت اندك اینهمه نعمت حاضر ساختی، چنین سفره‌ای‌در خور شاهان است.

گفت بخور وغصه مخور، خانم ازشب سفارش ناهار داده بود. صبح رأیش برگشت و تصمیم گرفت که در خانهٔ مرده غذا بخورد و لهذا زحمت زیادی نبود. بخوریم که رزاق

دیگری است .

پس داد غذا بدادیم و برای کسانی که بعد از ما خواهندآمد چیز زیادی باقی نگذاشتیم. پس از شستن دست و دهان بی محابا شریعت‌محمدی را بر کنار و شیشه شراب را در کنار نهادیم و بطاق ابروی دو دلدار سعادتمند و دوستکام به پیمودن ساتکین و جام سرگرم گشتیم .

مستی چنان بر من غلبه کرد که باآنهمه ترس و بیم از حال و اندیشه از استقبال دست بردم و تار خانم را برداشتم و نغمهٔ خود را باآواز ساز دمساز نمودم و این غزل حافظ را که در جوانی برای تفریح و سرگرمی مشتریان دکان پدرم از بر کرده بودم شروع بخواندن کردم :

«خوشتر ز عیش و صحبت‌و باغ و بهار چیست »
«ساقی کجاست گو سبب انتظار چیست»
« هر وقت خوش که دست دهد مغتنم شمار »
« کس را وقوف نیست که انجام کار چیست»
« پیوند عمر بسته بموئی است هوش دار »
« غمخوار خویش باش غم روزگار چیست »
« راز درون پرده زرندان مست پرس »
« ای مدعی نزاع تو با پرده دار چیست »
« مستور و مست هر دو چو از یك قبیله اند »
« ما دل بعشوهٔ که دهیم اختیار چیست »
« سهو و خطای بنده چو گیرند اعتبار »
« معنی عفو و رحمت پروردگار چیست »
« زاهد شراب کوثر و حافظ پیاله خواست »
« تا در میانه خواستهٔ کردگار چیست »

زینب از شدت کیف و لذت بیخود افتاد چون در عمر خود نه شعری بدان خوشی و نه‌آوازی بدان دلکشی و نه سازی بدان سازگاری شنیده بود. فراموشمان شد که او کنیزی بیش نیست و من نیز بنده‌ای روسیاهم و در حقیقت دو موجود بدبخت و بینوائی هستیم. گفتی آنچه در جلو و اطرافمان بود مال پدرمان است و مستی این شراب تا قیام قیامت بجا خواهد ماند.

پس از خواندن چند غزل موزون وپیمودن چند ساغر گلگون چنتهٔ اشعار خالی و شیشه شراب تهی گردید. چون یار ساقی بود و وقت باقی گفتم زینب تو بمن وعده داده بودی سر گذشت خودت را برایم حکایت کنی. اکنون بهترین فرصت است. از کجا که بزودی کیف و حال ما بهم نخورد. فرصتی بدین خوشی و دلکشی کمتر بدست می‌افتد. بهتر است که این فرصت را صرف داستان تو نمائیم. خندان پذیرفت و شرح حال خود را بدینگونه آغاز نمود.

گفتار بیست وششم

سرگذشت زینب *

من دختر یکی ازشیوخ کرد او کوز آقا نام هستم که در صفحهٔ کــردستان مشهور است . مادرم را نمیدانم کیست . همینقدر شنیده‌ام که محصول یکی از شبهای چراغ کشان قصبهٔ کرند هستم که کردان آنقدر پنهان میدارند که حتی کسی را یارای استفسار دربارهٔ کیفیت آن ازآنها نیست . این‌است در دو کلمه آنچه در باب زاد و ولد من گفته‌اند و راست و دروغ آنرا نمیدانم و هیچوقت گستاخی نکردم که حقیقت آنرا از کسی بپرسم. آنچه حقیقت و نفس‌الامر است این است که من هر گز بهیچ زنی بچشم مادری نگاه نکرده‌ام ودیمی در میان زنان قبیله هر طور بخت و اتفاق میخواسته بزرگ شده‌ام. رفیق ومونس نخستینم کره اسبی بود کــه در چادر زنان پدرم بزرگ میشد چنانکه گفتی از ما و هــم سفرهٔ ماست. مادرش مادیانی بود عربی که درنزد ما نه چون حیوانی بلکه درست بمنزلهٔ عضوی‌از خاندان بشمار میآمد و درحقیقت از تمام زنها عزیزتر و جا ومقامش از همه‌بهتر و بالاتر و برگ وسازش از همه گرانبهاتر

---

* متن انگلیسی این گفتار مفصلتر از ترجمهٔ فارسی است.ــ م.

بود. ودر سفر ودر حضر از هر کس واز هرچیزی بیشتر مواظب او بودیم. وقتی مادیان بمرد همهٔ قبیله عزاداری و سوگواری کردند. کره‌اش برای سواری پدرم در روزهای جنگ بزیست و بزرگ شد و هنوز هم امروز مایهٔ اعتبار و افتخار کردهاست ولی ای کاش ما آنهمه مهرو علاقه بآن حیوان نبسته بودیم چون آنهمه بلا که بر سرمان آمد همه برای همین مادیان بود و تفصیلش را بعد برایت خواهم گفت.

شاید بدانی که کردها باآنکه خود را زیر دست هیچ زبر دستی نمیدانند اماآباء واجداد ما وحتی پدرم تا چندی پیش ازین با رمه و گله خود در کوههای ممالك کردستان که اکنون در تصرف عثمانیها ودر زیر ادارهٔ والی بغداد است بعنوان تبعهٔ عثمانی‌چادر نشین ومقیم بودند و هر وقت والی با کسی جنگ و نزاعی داشت از ما بیاری سواره می‌گرفت. سواران ما که در تمام مشرقزمین بدلیری و رشادت و چابکی معروفند اولین سوارهائی بودند که بیاری طلبیده می‌شدند. پدرم بملاحظه بهادری و سواری و عدهٔ زیادی از دشمنان که در جنگها بدست خود کشته بود امتیاز پیدا کرده بود که بر نیزهٔ خود پرچم بزند و پاشای بغداد او را محترم شمرده وقعی زیاد میگذاشت.

روزی رسید که قبیلهٔ عربهای وهابی تا بنزدیکی بغداد رانده و بیم آن میرفت که بشهر هجوم بیاورند. پاشا مصلحت‌کار را چنان دید که پدرم را بیاری بطلبد. پدرم نیز با جمعی از سواران خود برفت و بر وهابیها شبیخون زد و پسر شیخ آنها را بکشت و غنیمت او را با مادیانی بی‌نظیر که مادیان سواری او بود با خود بیاورد وچون قدر آن مادیان و هم غدر ترکان را خوب میدانست که اگر خبر شوند برای بدست آوردن‌آن ازهیچ کوتاهی نخواهند کردآن مادیان را پنهانی بقبیله فرستاد و درچادر زنها مخفی داشتند. اما کوشش او بیفایده شد چون صیت شجاعت و آواز اخذ غنیمت پدرم در دهانها افتاد خبر مادیان هم بگوش پاشا رسید و رگ طمعش بحرکت‌آمد اما نقداً مصلحت در آن ندانست که چیزی بگوید. همینکه خطر وهابیان از میان رفت و کردها بجای خود برگشتند روزی میرآخور پاشا با ده سوار مسلح وارد شدند و یکراست بچادر ما آمدند. پدرم بمحض اینکه از دور چشمش بآنها افتاد شستش خبردار شد و مرحله را دریافت و از روی حزم و احتیاط مادیان را گریزانید. ما نیز هر خدمتی که از دست چادر نشین بچنان اشخاصی ساخته بود در حق ایشان بجا آوردیم. چادر ما طوری واقع بود که ما

زنان مردان را میدیدیم اما آنها ما را نمیدیدند. پس از تعارفات و خوش و بشهای رسمی و معمولی میر آخور روی بپدرم کرد و از زبان پاشا صداقت وغیرت و حمیت پدرم را بسیار ستود و سایرین نیزهمه سخنان اورا تصدیق کردند. آنگاه مقصود و مطلب اصلی را بدین گونه بیان کرد. گفت «او کوز آقا، وهابیان علیهم اللعنه آدمی نزد پاشا فرستاده‌ازو مادیانی را مطالبه میکنند که پسر شیخشان بر آن سوار بوده است. اول میگفتند که خونبهای او خون پاشاست ولی حالا به پس گرفتن مادیان راضی شده‌اند و میگویند این مادیان پشت به پشت بمادیانی می‌پیوندد که پیغمبر دروقت هجرت از مکه بمدینه بر آن سوار بوده است و میگویند در راه پس گرفتن آن حاضرند آنقدر پول بشمارند که پاشا بگوید بس است. همه کس آوازهٔ شجاعت ترا شنیده است و میداند که تو بدست خود پسر شیخ را کشته‌ای. پاشا هم در کار وهابیان مشورت کرد و مصلحت چنان دیده است که چون این کار دولتی است و پای دولت در میان است تو این مادیان را پس بدهی تا به وهابیان بدهند و فتنهٔ آنها بخوابد و پاشا مرا برای همین مقصود فرستاده است.

پدرم جواب داد که نمیدانم چه بگویم و چه بکنم. مادیان اینجا نیست و وهابیان دروغ میگویند. آنگاه پدرم میر آخور را بکنار کشیدو پس‌ازآنکه قدری‌تو گوشی با او صحبت داشت میر آخور خندان شد وپس از صرف غذا با بیست دانه با جاقلو ویك رأس تازی راضی رفت تا در نزد پاشاشفاعت نماید وکار مادیان را رفع و رجوع کند. پدرم ضمناً خاطر نشان ساخت که اگر پاشا طالب و مایل باشد که در همین دنیا مالك حور عینی باشد.

«به پرده درونم بود دختری چه دختر بچرخ جمال اختری»

«اگر چه بصورت بودبچه کرد بمعنی پری میتوانش شمرد»

« بکیش و نژاد ونهاد ایزدی* چو شیطان بشیطانی و بخردی»

با اینکه ما ایرانیان را با اصحاب سایر ملل داد و ستد دختر پسندیده نیست اما من میتوانم استثنائاً چنین دختری را برای پاشا پیشکش بفرستم .

میرآخور پس از ساعتی رفت و همینکه پدرم از رفتن او خاطر جمع شد کس بفرستاد و مادیان را بیاوردند و فوراً ریش سفیدهای قبیله را جمع آوری کرده گفت «حضرات، کار ما گیر کرده است. مدتی است که ما شکم این عثمانیها را در این حدود از حراج ورشوت و پیشکش سیر میکنیم و در هر موقع بکارشان میخوریم. اگر پاشا بمن اظهار دوستی میکند برای این است که در راهش فداکاری میکنم اما مردك چنان تشنهٔ طلاست که دنیا را بدیناری میفروشد و امروز هم این فرصتی را که بدست آورده است برایگان از دست نخواهد داد . اگر زن و بچه نداشتم میدانستم با این ترکها چه کنم اما چه کنم که پای‌بست عیالم وکاری از دستم ساخته نیست. باعتقاد من باید هرچه زودتر از حدود عثمانی بکوچیم و بحدود ایران بگریزیم. البته‌آنجا پناهی خواهیم یافت».

یکی از ریش‌سفیدها جواب داد که «او کوزآقا، من هم با توهمعقیده هستم چونکه این ترکها همیشه پی بهانه میگردند تا رعیت خود را خراب کنند. اکنونکه بهانهٔ این مادیان بدست پاشا افتاده است ول‌کن معامله نخواهد بود و زندگـی بر ما حرام است. فردا خواهند فرستاد و از ما گروی خواهند گرفت تا ناچار باشیم در همینجا بمانیم. پس ازآن هر چه دلشان خواست خواهند کرد. پناه بخدا و هرچه باداباد، باز بکوههای قدیم آباء و اجدادی خودمان میرویم و باصل خود برمیگردیم. اصل ما ایرانی است و ایرانی واقعی و ایزد پرست مائیم» .

جمعی دیگر هم با او همزبان گردیدند وآدمی نزدشاهزادهٔ کرمانشاهان فرستادند تا بچادر نشینهای سرحدی قدغن کند که بما کاری نداشته باشند چون آنها درکار دخل و تصرف بسرحد خود بسیار غیورند .

پس نیمه‌شب چادرها را کنده، بارها بر گاوها و شترها نهادیم و گله و رمه درپیش، زن و مرد پیاده، رو بسرحد ایران روان شدیم .

---

* مترجم در همه جاکلمه «یزیدی» را «ایزدی» ترجمه کرده است ولی معلوم نیست‌که صحیح باشد و همان یزیدی بهتر و معروف‌تر است . ــم.

من از یك راه دلخور و مکدر بودم که چرا زن پاشا نشدم تا محسود امثال و اقران خود از دختران ایزدیان (یزیدیها) باشم.

خلاصه از راه و بیراه، بی مانع بسرحد ایران رسیدیم و درآنجا توقف نمودیم. پدرم بکرمانشاه رفت و چون درآنجا معروف بود شاهزاده او را بنواخت و خلعت بخشید و اطمینان داد که ملك خدا وسیع است، هر کس مختار است هرجا دلش میخواهد بنشیند. اگر پاشا ببهانهٔ اینکه اینها رعیت ما هستند و گریخته‌اند تقاضای پس فرستادن شماها را بکند پدرش را میسوزانم. ده فرسنگ دورتر از خاك عثمانی، سه روزه راه، خاك برای ییلاق و قشلاق بما دادند وبآسودگی درآنجا ساکن شدیم.

شاهزاده درست فهمیده بود. چندروز بعد پاشای بغداد بشاهزاده نوشت «او کوز آقا دزد و راهزن و مفسد و طاغی است و مادیانی از ما برده است که بی نظیر است و بعالمی میارزد. اگر او را با قبیله‌اش برنگردانید آمادهٔ کارزار باشید.»

از شنیدن این خبر هراس و اضطراب عظیمی در میان ما افتاد. پدرم مادیان را

پنهان ساخت و بخدمت شاهزاده رفت. شاهزاده او را اطمینان داد که در پناه شاهنشاه ایران است و از هیچ چیز نباید باکی داشته باشد. گفت «کسی که دست توسل بدامان قاجار بزند از حوادث روزگار مصون است. تو بروآسوده باش. ما میدانیم و پاشا. تو رعیت پادشاهی و در امان خدا» .

پدرم این خبر را بقبیله رسانید. همه خرسند شدند مگر عموی پیرش که در ایام نادرشاه خدمت بایران کرده بود. گفت «ای یاران بایرانیان دل مبندید که وفا ندارند. سلاح جنگ و آلت صلحشان دروغ است و خیانت. بهیچ و پوچ آدم را بدام میاندازند، هر قدر بعمارت ایشان بکوشی بخرابی تو میکوشند. دروغ ناخوشی ملی و عیب فطری ایشان است و قسمهائی که مدام میخورند شاهد بزرگ بر صدق این معنی ، قسمهایشان را ببینید، سخن راست را چه احتیاج بقسم. بجان تو، بجان خودم، بمرگ اولادم، بروح پدر و مادرم، بسر شاه، بجیقه شاه، بمرگ تو، بسبیل تو، بسلام و علیك، بنان و نمك، بهپیغمبر، باجداد طاهرین پیغمبر، بقبله، بقرآن، بحسن، بحسین، بدوازده امام، بچهارده معصوم از اصطلاحات معمولی سوگند ایشان است و خلاصه آنکه از روح و جان مرده و زنده گرفته تا سرو چشم مقدس و ریش و سبیل مبارك و دندان شکسته و دست بریده تا بآتش و چراغ و آب حمام همه را مایه میگذارند تا دروغ خود را راست نموده بکرسی بنشانند، نباید این دروغها را باور کنید. آیا با اینوصف معتقدید که این مادیانی را که اسباب بلا شدهاست بشماخواهند گذاشت، هرگز، البته نخواهند گذاشت. ایرانیان از عثمانیان طمع کارترند. این مادیان مثل جواهر است، اگر شهرتش بگوش پادشاه برسد و بخواهد چه خاکی بر سر خواهیم کرد. هر چه میخواهید بگوئید من اعتقادی بایرانیها ندارم، هر چه میخواهید بگوئید».

کار چنانکه پیرمرد پیشگوئی کرده بود واقع گردید و مرا باین روزی که میبینی انداخت. تفصیل قضیه از این قرار است. روزی صبحگاهان سگان قبیله بنای پارس و شور و غوغا را گذاشتند. پدرم بیرون رفت ببیند چه خبر است. اول یك سوار نمودار شد، بعد از آن یك سوار دیگرو باز یکی و باز یکی دیگر. معلوم شد که اطراف چادرهای ما را احاطه کردهاند. بپدرم هجوم آوردند. پدرم نیز دو سه نفر از آنها را کشت. غرضشان مادیان بود، بچادرها ریختند و مادیان را ضبط کردند .

چون روز روشن شد فهمیدیم که دشمنان ما ایرانی هستند. پدرم از قضا در آن گیرو دار بزرگشان را کشته بود، معلوم است که ما را اسیر کردند. قیاس حال ما را تو خودت بکن. پدرم را در پیش چشمم بانواع و اقسام شکنجه‌ها کشتند و اموالمان را غارت و تاراج کردند.

زینب میخواست شرح افتادن خود را بدست‌میرزا احمق برایم حکایت کند که ناگاه در را بشدت زدند. ما دست پاچه شدیم و نمیدانستیم چه بایدمان کرد. من از راه بام فرار کردم و زینب رفت که‌در خانه را بگشاید. از طرز زدن درفهمیده بود که میرزا احمق است و امیدوار بود که تدارك ناهار را بهانه قرار دهد و عذرش از اینکه در را دیر باز کرده است مسموع خواهد بود. در را گشود. من از گوشهٔ بام پنهانی تماشای ماجرا را میکردم. زینب و حکیم باشی چنان با مهربانی صحبت میداشتند که از تعجب دهانم باز ماند. وقتی چشم حکیم باشی باوضاع سفره و ناهار افتاد یقین کرد که در خانه اغیار بوده است و درصدد تحقیق برآمد و مشغول گفت و شنود و سؤال و جواب بودند که خانم با همراهانش فرا رسید، چنان ناغافل داخل‌اطاق شد که‌حکیم و زینب فرصت دور شدن از یکدیگر نکردند. حالت خانم را درآن ساعت تا قیامت فراموش نخواهم کرد، با همان احترام ساختگی که ازصد فحش بدتر است گفت «سلام علیکم، کنیز شما هستم، انشاءالله مزاج مبارکتان را مکروه و ملالی نیست. لذت عیش و نوش عافیت باشد. انشاءالله اوقات شریف بخوبی و خوشی گذشته است. دریغ که گویا قدری زود رسیدم». خون چشمانش را فرو گرفت و عقل از کله‌اش پرید و با ناخن و دندان بروی مقصرین افتاد در حالیکه صدایش بگوش میرسید که «ناهار هم بله، آن هم در اطاق من، روی توشك من، به، به، چشم بد دور. حالا معلوم شد که من درین خانه از سگ کمترم. در خانه من، در اطاق من، روی توشك من، بغل متکای من، غلام من، کنیز من،.... ماشاءالله بمن. خداوندا خودت خوب می‌بینی، عجیب و غریب، من کجا بودم و کجا افتادم. در آسمان بودم و بزمین افتادم».

پس روی بشوهر کرد که «خوب، احمق جان، سری بالا کن، مرا نگاه کن. ترا بجان من بگو ببینم ترا بچه دلیل بایدآدم گفت. تو کجا و اسم آدمی کجا. آخر اگر خدا بخواهد تو هم باید سری در میان سرها درآوری. خودت را آدم بشماری. با این

همه ریش، با این همه پشم، تف باین ریش، اخ باین پشم. وانگهی حکیم، حکیم باشی، لقمان عصر، وحید دهر، با این صورت میمون و این قوزموزون، با این صورت ریشخندی و این ریش بز قندی و این طور عشقبازی، زهی بازی، زهی بازی. پس من کیم که تو کنیزی را بمن ترجیح بدهی. چه کرده‌ام که مرا هیچ می‌انگاری. وقتی تو بودی و شیشهٔ دستور و قوطی خاکشی. من از خاکت برداشتم، آدمت کردم. شال کشمیری بستی، آدم شدی، سرشناس شدی. ای آدم ازسگ کمتر. ای سگ کمترین آدم. توو این حرکات. این چه داستانی است. این چه معنی دارد».

حکیم باشی بجز قسم و آیه برهانی بر بی گناهی خود نداشت و برهانش ابداً قاطع نبود و انکارش بگوش کسی فرو نمیرفت. خلاصه همینکه آتش خشم خانم اندکی فرونشست نوبت بسیلی و مشت رسید که مسلمان نشنود کافر نبیند. وقتی حکیم‌باشی بسهم خود رسید خانم او را گذاشته بروی زینب افتاد. اما بازگاهی زینب را رها کرده بشوهر میپرداخت. بیچاره زینب، گیسوانش را در چنگ گرفت و چنان بدینسوی و آن سوی کشیدو واکشید که دل سنگ آب میشد. کم مانده بود ریشهٔ جانم بگسلد. سرانجام با یاری دیگران دخترك را بگوشه‌ای کشید وچندان بکوفت که خودش نیز از حال برفت و در گوشه‌ای افتاد.

دریغ که من‌اینها را میدیدم و نمیتوانستم بیاری بروم چون یقین بود که اگر پایم بحرم رسید نعشم بیرون میآمد. باز اگر کشته‌شدنم نفعی برای زینب داشت اما میدانستم که نه تنها نفعی نمیرساند بلکه حال و روزگارش بدتر خواهد شد.

چون طوفان بلا و غوغا فروکش کرد از بام بی صدا فرودآمدم و باین پیش‌آمد شومی که خود از عوامل و ارکان آن بودم فکر کنان بگردش رفتم. معلوم بود که باید بلافاصله ترك آن کار و آن منزل و مکان بکنم چون روشن بود که ازآن پس عشقبازی با زینب از محالات بود. وقتی روزگار زینب را بخاطر میآوردم دود از نهادم برمیآمد ودلم خون میگردید بخصوص که دربارهٔ حرم بزرگان تفصیلهای عجیب شنیده بودم و معلوم بود که معاملهٔ سلیطهٔ عفریتی مثل زن حکیم باشی با دختر بی یار و یاور بینوائی چون زینب از چه قرار خواهد بود.

گفتار بیست و هفتم

پذیرائی حکیم باشی از شاه و خرج هنگفتی که بگردنش افتاد

در ضمن گردش عزم خود را جزم نمودم که نه تنها بلافاصله از خدمت حکیم باشی بیرون بروم بلکه حتی از شهر طهران که نه تنها دیگر جای امیدی نبود بلکه ورطهٔ خطرناکی شده بود خارج گردم و بخود گفتم

«ما آزموده‌ایم درین شهر بخت خویش

بیرون کشید باید ازین ورطه رخت خویش»

غافل از آنکه «عشق چون زند خیمه در درون عقل را پراکنده میکند».

عشق زینب بعقل من غالب آمد و بامید عطای او لقای میرزا احمق را بر خود هموار ساختم و حاضر شدم که نه سگ و نه گرگ باز کمافی السابق نوکر بی‌جیره و مواجب در خدمتش بمانم.

میرزا احمق از رقابت من با خود آگاه نبود و نمیدانست که علت آنهمه طوفانی شدن خانم و شور و غوغائی که راه انداخت من هستم ولی همینقدر بو برده بود که در زیر کاسه نیم‌کاسه‌ایست یعنی در این‌کار پای غیری در میان است و بهمین ملاحظه چنان بیدار بود و با چهارچشم اطراف را می‌پائید که من با وجود سعی و کوشش بسیار نتوانستم از حال و روزگار زینب خبری بدست بیاورم و نفهمیدم آخر عتاب خانم بکجا انجامید.

مدام چشم بدر اندرون دوخته بودم که شاید زینب بدنبال بانویش بیرون بیاید. افسوس که روزها گذشت و دستم بجائی بند نشد. کم کم خیالم قوت گرفت که مبادا بیمار و بستری باشد و یا آنکه در زنجیر و زندانش انداخته باشند. طاقتم طاق شد و راه چاره را بروی خود بسته میدیدم. تا اینکه روزی دیدم نور جهان از اندرون بیرون آمد و بطرف بازار روان است. بدنبالش افتادم و بحکم اعتمادی که در میان استوار شده بود سلام دادم و گفتم «اغور بخیر، اینطور تنها بکجا میروی».

جواب سلامم را داد و گفت «میروم برای کنیزك کرد دوا و درمان بخرم».

آهی کشیدم و پرسیدم «مگر خدای نخواسته زینب ناخوش است».

گفت «نه تنها ناخوش است بلکه حالش خیلی خراب است. شما اهل ایران، خدا خیرتان بدهد، مردم سخت بیرحم و انصافی هستید. ما سیاهها سگمان بشما میارزد. مدام دم از حدیث اکرم الضیف میزنید ولی خبر از بلائی که بر سر این دخترك کرد آورده‌اید ندارید».

گفتم «ترا بخدا مگر چه شده، چه بلائی برسرش آمده است. ترا بخدا راستش را بگو».

از دلسوزی من نرم گردید و گفت «خانم از زور حسادت او را در پست توئی انداخته و قدغن کرده است که روی آفتاب نبیند. بیچاره دخترك دم‌مرگ است. اما خدا رحم کرده که جوانی وقوه و بنیه‌اش به تب غالب آمد و حالا رو به‌بهبود است. غضب خانم هم کم کم فروکش کرده است و اجازه حنا و سرمه داده. حالا میروم از عطار حنا و سرمه بخرم. اما یقین دارم که اگر خبر آمدن شاه در همین روزها بخانهٔ حکیم باشی بگوش خانم نرسیده بود هرگز چنین اجازه‌ای نمیداد، البته میدانی که شاه مختار است بهراندرونی وارد شود و زنها را رو برهنه تماشا کند. خانم هم برای خودفروشی و افاده زینب را از حبس بیرون میآورد تا روزی که شاه میآید بتواند خدم وحشم و دستگاه خود را بهتر بچشم شاه بکشد. اما زینب هنوز هم مأذون نیست که از خانه بیرون برود.»

این خبر مرا قدری آسوده و دلگرم ساخت و برای دیدار معشوق باندیشهٔ تدبیر و تمهید افتادم. موانع و مشکلات را زیاد و قوی یافتم و ترسیدم بمصیبت تازه‌ای گرفتار گردم و از اینرو مصمم گردیدم که بنقد از خیال دیدار منصرف گردم و بفرمودهٔ حکیم

« فرش هوس در نوردم و گرد مصاحبت نگردم ».

روز ییلاق رفتن پادشاه نزدیك میشد و برسم معهود قبل از حرکت بدیدن اعیان و بزرگان میرفت و برای خود و درباریان خود از میزبانها پیشکشی میگرفت و آنها نیز این پیشکشی دادنها را مایهٔ مباهات و افتخار خود میشمردند و بطیب خاطر میدادند و از جمله کسانی که تشنهٔ چنین مباهاتی بودند یکی هم میرزا احمق بود.

رندان درباری که شهرت توانگری او را شنیده بودند از دیرگاهی باز او را شکاری لایق شهباز شهریاری تشخیص داده بودند. بنا براین روز تشریف فرمائی پادشاه معین گردید. و خبر دادند که مباهات قدوم میمنت ملزوم شهریاری بخانهٔ حکیم باشی از زمرهٔ مباهاتِ معمولی نیست بلکه از طریق لطفی خاص و عنایتی باختصاص خواهد بود و حتی پادشاه حاضر شده است که شام یا ناهار را در خانهٔ میرزا احمق تناول فرماید.

حکیم باشی که از فرط مباهات بخود میبالید ولی از ترس مخارج هنگفت مدام میلرزید مشغول تهیه و تدارك گردید. اولین قدم تدارك فراهم ساختن پای انداز بود. میدانست که این موضوع در دهانها افتاده است و میکوشید که میهمانی او خار چشم دشمنان و گل باغ دوستان گردد تا از الطاف شاهانه رایت‌سرافرازی بر فرازد و بدور و نزدیك‌ببرازد. حب جاه ومقام از طرفی وخست و لئامت جبلی از جانب دیگر وجودش را میدان جدال پر اشکالی ساخته بودند و فکر میکرد چنانچه دست از مال شسته در طریق سخاوت و جوانمردی حرکت کند باشد که برکت بسراغش آید و گرفتار دو دلی بود.

مدتی بود که مرا بافتخار مشورت و استشاره سر افراز نفرموده بود و من در واقع میخوردم و میخوابیدم و خدمتی انجام نمیدادم و طفیلی حقیقی شده بودم. اکنون که‌کار را مشکل میدید بخاطر آورد که روزی حلال مشکلاتش بوده‌ام و در امر حکیم فرنگی گره گشائی کرده‌ام و از اینرو مرا بکنگاش خواست.

گفت «حاجی، کار ما گیر کرده است. نمیدانم چه باید کرد. شنیده‌ام قبلهٔ عالم از من توقع پای اندازی چاقی دارد. معیرالممالك که در این‌کارها سرآمد اقران و محسود اعیان است بزبان خود بمن گفت که تو با من نمیتوانی همچشمی کنی و اصرارش این است که سر تا سر راه شاه را تا بجائی که از مرکب فرود میآید قماش ابریشمی و تا در

باغ اطلس و از آنجا تا شاه نشین که محل نشستن شاه است شال کشمیری بیندازم. حاجی، تو میدانی که من قدرت اینهمه مخارج ندارم. راست است که حکیم و حکیم باشی هستم اما آدمی نیستم که شب و روز جز بفکر جمع آوری مال دنیا باشم و متاع دنیا را جیفه‌ای بیش نمیدانم. وانگهی خوب میدانم که غرض معیرالممالك ازین حرفها این است که مقداری حریر رشتی و شال کرمانی دارد آب کند یعنی بمن بفروشد. خیر، بمرگ خودش من کسی نیستم که رو دست او را بخورم و با طناب او بچاه بروم. برود این نصیحتها را بکس دیگری بدهد. اما از طرقی هم باید دید واقعاً چه باید کرد».

گفتم «راست است که شما حکیم هستید، اما حکیم شاهید و صاحب رتبه وجاه. وانگهی ملاحظهٔ آبروی خانم و حفظ شأن او را هم بایددر نظر داشته باشی. اگر جان نثاری نشان ندهی و پادشاه احساس کند که حاضر نیستی جان و مالت را در راه او فدا کنی اوقات خانم هم تلخ میشود».

گفت «بله شاید حق با تو باشد. اما همه میدانند که چون من آدم حکیمی اینهمه شال و اطلس از کجا میتواند داشته باشد».

گفتم «پس میخواهی چه کنی. تو که نمیتوانی بگوئی من حکیمم سر راه پادشاه برگ خطمی میپاشم و یا اینکه کرسی جلوسش را با تارعنکبوت بپوشانی.»

گفت «نه خیر، اما مثلا میتوانم برگ گل بپاشم که چندان گران تمام نمیشود. گاوی جلو پایش سر ببرم و شیشه‌های شربت فراوان در زیر پای اسبش بشکنم. مگر اینها کافی نیست.»

گفتم «ابداً، ابداً. این چنین رفتاری در مقام پادشاه جایز نیست. سر رشته بدست دشمنانت خواهی داد و کاری میکنند که ریشه‌ات بآب برسد. شاید آنطوری هم که معیرالممالك گفته است آنهمه مخارج لازم نباشد و مثلا آیا نمیشود راه را با چیت و در باغ را با مخمل و حیاط را با زربفت واطاق را با شال کشمیری فرش کنی. گمان نمیکنم زیاد خرج داشته باشد».

گفت «پربد نمیگوئی. خوب است همینطور سرش را بهم بیاوریم. چیت در منزل موجود داریم. میخواستند شلوار زنانه بدوزند و حاضر است. یك ناخوش هم پریروز دو توپ مخمل اصفهانی آورده است. خلعت امساله را هم میفروشم و زربفت میخرم. شالهای

اندرون هم برای اطاق کافی است. بیاری شاه مردان کار باآبرومندی برگذار میشود».

گفتم «بسیار خوب اما درباب اندرون چه فکری کرده‌ای. میدانی که شاه برای ابراز التفات بدیدنشان خواهد رفت. باید سر و وضعشان مرتب و آبرومند باشد».

گفت «ای کاش همه دعواها بر سر این بود. هرچه لازم باشد از جواهر آلات و نیم تنه و شلوار و چارقد و شال از دوست و آشنا و در و همسایه عاریت میگیریم. ازین بابت غصه‌ای ندارم».

همینکه خانم ازین مقدمات خبردار شد علم بر افراخت که «قبول ندارم» و شوهرش را فرو مایه و پست پایه خواند و فریاد برآورد که «تو قابل نیستی شوهر من باشی و باید طوری رفتار کنی که شایستهٔ مقام و تشخصی باشد که بعد ازین باید پیدا کنی». با خانم در یك جوال رفتن و چانه زدن کار حضرت فیل بود و لهذا تدارك خیلی سنگین‌تر از آن شد که حکیم باشی پنداشته بود و معلوم گردید که تمام اهل خانه‌اش دست بدست همدگر داده بودند که آنچه را حکیم سالهای سال از گردهٔ این و آن بیرون آورده بود در ظرف چند روز از حلقومش بیرون آورند.

گفتار بیست و هشتم

در آداب پذیرائی پادشاه ورسم پیشکش دادن وغیره

منجمان برای حرکت شاه اسعد ایام و اشرف ساعات را معین داشتند. صبح روز معهود در منزل میرزا احمق اسباب پذیرائی تدارك گردید یعنی «شد وحشتی که روز قیامت زیاد رفت». جمع انبوهی از پیشخدمتان و فراشان در اطاق سلام در رفت وآمد بودند. فرشهای نوگسترده شد. شاه نشین را با شالی فرد واعلا فرش کردند. حیاط را جاروب وآب پاشی نمودند. فواره‌های حوض را گشودند. روی حوض، مقابل ارسی و نشمین شاه، از برگ گل و ریاحین تصاویر گونا گون ساختند. گلدانها و کوزه‌های بزرگ نارنج و لیمو و ترنج بر اطراف حوضها چیدند بنوعی که طراوت بهار در انظار جلوه گر شد.

جمعی کثیر از آشپزان سر خود و با اقتدار با دیگ بر ومجموعه و طشت وسینی

ولنگری و دوری و بشقاب وکاسه و قدح و کوزه و فنجان شربت خوری و قهوه خوری در رسیدند . حکیم‌باشی دست و پا را گم کرد که شما را بخدا مگر خیال دارید تمام‌شهر را غذا بدهید.

گفتند خیر ولی نباید کلام املح‌المتکلمین شیخ سعدی را فراموش کرد که فرموده است

« اگر ز باغ رعیت ملك خـورد سیبی   بر آورنـد غلامان او درخت از بیخ»
« به پنج بیضه چو سلطان‌ستم روادارد   زنند لشکریانش هزار مـرغ بسیخ»

آشپزخانه حکیم‌باشی که گنجایش ربع تدارکات آشپزخانه‌ها را نداشت بدست آن جماعت افتاد و ناچار باجاق همسایگان تجاوز نمودند. دیگهای سترگ پلو برپا شد . گذشته از آشپزان یك دسته بزرگ هم از شربتدار و شیرینی پز پهلو بپهلو سرگرم تهیه حلویات و مشروبات و بستنیها و میوه‌جات و افشره‌ها بودند . آنقدر چیزهای هرگز ندیده و ناشنیدهٔ گران قیمت خواستند که حکیم باشی وقتی چشمش بسیاهه وصورت آنها افتاد کم مانده بود که روح از بدنش پرواز کند . آنگاه لوطی باشی با دستهٔ مقلدان و بازیگران با بیست نفر نی‌زن و دنبك زن از قبیل احمدی و باقری و اکبری و بابائی وارد شدند.

ساعت مقرر حرکت شاه طرفهای نماز پسین بود . همینکه سورت گرمای روز در هم شکست و مردم طهران توانستند چشمی باز کنند و نفسی بکشند پادشاه بقصد خانـهٔ حکیم باشی از ارگ همایون بیرون آمد. راههـا را رفتـه بودند و آب پاشیده. درپیش پای خدم وحشم وملتزمین رکاب شهریاری در هر قدم گلها نثار میشد . حکیم‌باشی شخصاً خبر حاضر بودن سفره را برد و در رکاب همایون همپای غلامان سواره با پای پیاده در حرکت آمد. ریکایان پیشاپیش دوان بودند و یساولان با کلاهها و گرزهای مخصوص‌از چپ وراست « برو ، برو ، کورباش ، دورباش » گویان مردم را با شدت بدور میراندند. زنـها با روبندها بر بامها و در پشت دیوارهای سوراخ و سنبه‌دار بتماشا مشغول بودنـد . گروهی انبوه از فراشها و پیشخدمتان ترکه و چوبهای بلند بدست بر سرو صورت‌مردم میزدند و بدین سوی و آن سوی میدواندند. در عقب فراشان گروهی غاشیه بدوش ویدك‌ـ کش روان بود و پشت‌سر آنها دسته غلامان با کمرهای زرین و جماعت قلیاندار و کفشدار

وآبدار و جبه‌دار و چتردار و افیوندار و بهماندار در حرکت بودند. تمام این گروه که همه از خدام خاص میباشند همه پیشاپیش پادشاه میرفتند و بعد از آنها گروهی پیادگان با لباسهای گوناگون ، جفت جفت ، پاره‌ای با لباسهای زر دوز و پولكدار و جماعتی باکلیجه‌های مخمل و حریر چون سایه بدنبال پادشاه روان بودند و پا از پاشنهٔ قبله عالم بر نمیداشتند. میرآخور ، قمچی دسته مینا بر کمر ، در رکاب پادشاه و پادشاه بر اسبی نرم‌رو سوار و بلباسی ساده اما گرانبها ملبس بود و سه نفر از شاهزادگان در عقب او و بزرگان طایفهٔ قاجار در عقب شاهزادگان روان بودند. ایلخانی و ملكالشعرا و جمع کثیری از اعیان واشراف، همه با نوکران و ملازمان درحرکت‌بودند. اینها همه کسانی بودند که بایستی برسر سفرهٔ میرزا احمق بنشینند و خوراکهای او را نوش‌جان فرمایند و براستی اگر شمارهٔ آنها را پانصد بگویم حقاً کم گفته‌ام .

اسب شاه از در خانهٔ میزبان بدرون نمیرفت . از اسب فرودآمد و از روی پای اندازهائی که انداخته بودند رفته بمسندی که در شاه‌نشین تالار آراسته بودند جلوس فرمود. بجزشاهزادگان همهٔ همراهان و ملتزمین رکاب در حضور ایستادند. حکیم‌باشی بنفسه خدمتگزاری میکرد و پیوسته تکرار میکرد که :

«باور از بخت ندارم که تو مهمان منی خیمهٔ سلطنت آنگاه فضای درویش»

همینکه پادشاه قدری بیاسود، امین‌خلوت با میر آخور پای برهنه در جانب‌حوض پیدا شدند . امین خلوت از پرشال خود صد تومان اشرفی تازه سکه بیرون بیاورد و به‌آواز بلند گفت « جان‌نثار خاکسار و نمك‌پروردهٔ بیمقدار حضرت شهریار اعنی میرزا احمق حکیم باشی بخاکپای توتیاآسای قبله عالم و عالمیان، سایهٔ یزدان، شهنشاه‌جمجاه تمام ممالك محروسهٔ ایران بعرض این صدتومان پیشکش که بمثابهٔ ران ملخ به سلیمان بردن است جسارت میورزد ».

پادشاه جواب داد « خانه‌آبادان. حکیم معقول نوکر جانبازی است و مادر حقش التفات خاص داریم. الحق با این جان‌نثاری در نزد امثال و اقران رو سفید گشت .باید شکر خدای را بجا آورد وسر افتخار بآسمان بساید که پادشاه به تنزل نزول خانه‌اش را ارزانی فرمود. حکیم باشی پیشکشت در معرض قبول مقبول افتاد ».

حکیم چنان کرنشی کرد که کم مانده بود بینیش بخاك مالیده شود. پس پادشاه

روی بایلخانی کرد و گفت «بسر شاه، میرزا احمق خوب آدمی است. امروز در ایـران مانند او کم است. از لقمان داناتر و از جالینوس بالاتر است».

ایلخانی جواب داد کـه « بلی ، بلی ، قربانت بشوم ، لقمان را کجـا میبردند . جالینوس سگ کیست. این نیز از فیروزی بخت قبله عالم است کـه چنین حکیم حاذقـی دارد. هرگز نه‌ایران‌را چنین شاهی و نه‌هرگز شاهان‌ایران را چنین حکیمی بوده‌است. بلی، اگر چه در فرنگستان و هندوستان هم حکیم هست، اما اسم بی مسماست. بجز در ایران حکمت کجاست. حکمت هر کشور بدست حاکم آنست و حاکم علی الاطـلاق بالاتر ازپادشاه کیست. آری حقیقت این است و جز این نیست و منت وافر خدای را که چنین است .

پادشاه : آری ، آری ، درست گفتی . سرزمین ایران از بدو خلقت دنیا تا زمـان شهریاری ما مهد معارف و علوم ومنبع عرفا و علما بوده است. مردم ایران همیشه‌بدانش و بینش معروف و بفرهنگ‌وخرد موصوف بوده وسلاطین ایران خواقین دوران بوده‌اند. از زمان کیومرث که نخستین خدیو کشور گشاست تا بعهدما چه سلاطینی نامدار ازایران برخاسته است. بلی، در هند راجگان و چیپالان و در چین و خطا وختن فغفوران و در توران خانان و در عرب خلفا و در عثمانـی خـوندگاران بوده‌انـد ، امـا این فـرنگیها نمیدانم از کجا پیدا شده‌اند . حمد خدا را که ما پیله‌وران و هدایاآورانی پیدا کردیم. صاحب مرده‌ها میگویند پادشاهانی هم داشته‌اند کـه مـاحتی اسمشان را هـم نشنیده‌ایم. ایلخانی : بلی، بلی، قربانت گردم. بغیر از انگلیس وفرانسه که از قرار معلوم‌چیز کی‌اند سایرین راکالعدم هم نمیتوان شمرد ، در حساب صفرند. اگر روس را میگوئی کـه‌آن فرنگی نیست و از سگ فرنگی هم کمتر است.

پادشاه در حالیکه قاه قاه میخندید : روس خورشید کلاه دارد. اعتقاد روسها این است که این زن خیلی نقل داشته است اما همه میدانند که چون پای زن در کاری بمیان بیاید ، پناه بر خدا ، وانگهی روسها پطری هم داشته‌اند کـه دیوانه حسابی بوده است . ترکها بیخود نیست که او را دلی پطرو یعنی پطر دیوانه خوانده‌اند . برای دیوانگی او همین بس که میخواست لشگر بهند بفرستد، مثل اینکه گویا تخم قزلباش از دنیابر-افتاده است . این روسها خیال میکنند که بمحض اینکه کلاه فرنگی بسرشان گذاشتند و

رخت تنگ پوشیدند و ریش و سبیل را تراشیدند فرنگی میشوند. خیر، هزار نکته باریکتر زمو اینجاست. پس تو هم اگر دو بال مرغ آبی بدوش ببندی فرشته میشوی! ایلخانی : احسنت ، احسنت ، کلام‌الملوك ملوك الکلام . این نه تکلم که معجز است و کرامت . حضار همه یکصدا : بلی ، بلی ، چنین است . عمر و دولت پادشاه جاودانی و ابدی باد .

شاه : اما از زنانشان چیزهای غریب نقل میکنند. میگویند که در میان روسها بیرونی و اندرونی و محرم و نامحرم وجود ندارد. زنانشان مانند زنان ایلیاتی ما روبند ندارند. زن ومرد با هم کار میکنند و توی هم راه میروند وکار یکدیگر را میکنند.»

«چه‌چیزی بیاید از آن خاندان   که بانگ خروس آید از ماکیان».

وقتی کلام پادشاه بدینجا رسید بخنده واستهزاء روی بمیرزا احمق کرد که خوب، حکیم باشی، تومردی هستی حکیم، بگو ببینم چطور شده است که در دنیا ملتی که بزنان خود مسلط است تنها ما مسلمانها هستیم ، علی‌الخصوص تو که میگویند زنی داری بغایت فرمانبردار و حرف‌شنو و سر بزیر و نرم خو و خنده‌رو که حق خود را خوب میداند و حق شوهرش را بدرستی میگذارد .

میرزا احمق : از عنایت بی‌غایت پادشاه دوران بندهٔ خاکسار مظهر سعادت دارین و عافیت کونین گردیده‌ام . چاکر غلامی از غلامانم و خانگیانم کنیزی از کنیزان و همگان بحکم العبد و مافی یده‌کان لمولاه تعلق بخاکپای پادشاه داریم ، اگر در بنده فضلی سراغ دارند از مولای من است که کل‌کلب ببابه نباح و اگر عیبی است درصورتی که منظور نظر ملایك اثر همایون گردیده‌ام « هر عیب که سلطان بپسندد هنر است » . اما آنچه با لفظ گهر بار دربارهٔ زنان فرمودند بنظر بندهٔ خاکسار چنین میآید که در میان فرنگیها و حیوانات مماثلت و مشابهت و مشاکلتی تمام است و پستی فطرت و دونی خلقت‌آنها نسبت بمسلمانان اینجا ظاهر میگردد که حیوانات نر وماده با هم زیست میکنند وفرنگیها هم بهمین منوال زندگی میکنند، حیوانات جنب راه میروند ،فرنگی‌ها هم همچنین، حیوانات نماز نمیکنند ، فرنگیها هم همچنین ، خلاصه حیوانات با خوك و گراز همدم وجلیس و انیسند ، فرنگیها هم همچنین . شنیده‌ام که این فرنگیها بجای آنکه مانند ما قطع نسل خوك و گراز را که نجس العین هستند بنمایند بر عکس خوك

چران خاص و طویلهٔ مخصوص دارند. اما زنهایشان، خوب کدام سگ نری است که در کوچه و رهگذرسگ ماده‌ای را ببیند و به استقبالش نرود و کرم کشی نکند. فرنگیها هم همین کار را میکنند. در اقلیم آنها کلمهٔمرد لفظی است بی‌معنی و اسمی بی‌مسما و همه‌کاره زن است و همچنانکه در مذهب ما یك مرد میتواند چند زن بگیرد در مذهب آنها یك‌زن میتواند چند مرد بگیرد.

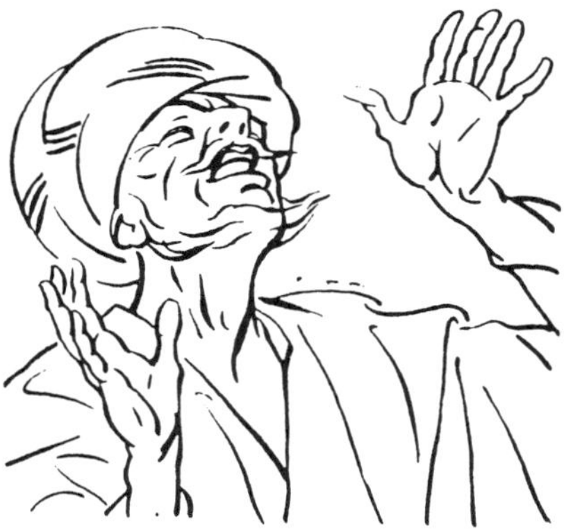

شاه: به، به، خوب گفتی حکیم،معلوم است که بجز ما، همه مردم حیوانند. در این باب حدیث نبوی هم هست که انا افضل الانبیاء و امتی افضل الامم «ما ودارالنعیم و حور و قصور ـ کافران را جحیم و نیرانا». اما حکیم، از قراری که شنیده‌ام تو از حالا در بهشتی. آن دنیای تو بدین دنیای تو آمده است. آیا تفصیل آنرا تنها باید شنید یادیدنی هم هست.

حکیم باشی: زهی سعادت و افتخار چاکر که پای فلك فرسای حضرت شهریاری باندرون ذره نمونم برسد تا اگر سر بر عرش بسایم شاید.

شاه: خوب، پس با چشم خود خواهیم دید. نظر پادشاهان مبارك است. برو باندرون‌خبر بده حاضر باشند. اگر در میان زنها بیماری باشد که بخواهد شفا یابد و یا دختر تازه جوانی که شوهر بخواهد و یا بر عکس از شوهر خود ناراضی باشد و سیرشده باشد و خلاصی بخواهد بسپار خود را بپادشاه عرضه دارند که نظر التفات اثر پادشاه دوای همهٔ این دردهاست.

ملك الشعرا که تا آنگاه غرق در دریای فکرت ساکت در جای خود ایستاده بود بزبان آمده گفت اوامر پادشاهی همه لطف و مهربانی محض و نیکو خواهی صرف است. پس لوله‌کاغذی از کمردرآورد و بآوازی غرا وصدائی بغایت رسا شروع بخواندن نمود *

«یکی است مهر منور سپهر گردون را بدین دلیل که یك شاه هست ایران را»

* در متن انگلیسی هم این قطعه شعر با اختلافاتی موجود است .م.

« حیات و پـرورش کاینات و پرتو عیش بود مطیع ومتابع هم این و هم آن را »
« طبیب ، چند همی بر علاج خود نـازی نظـر نمـای شفـای نگـاه سلطـان را »
« بیاد زهر و به مثرود و مومیائی خویش منـاز و بین نگـه پـادشـاه دوران را »
« حکیم بـا شکیا ، میـرزای احمقکا که نیست چون تومباهات هیچ انسان را »
« بخـانـه داری ایدر دوای هـر دردی بـدار منـت دارالشفـای یـزدان را »
« بهل بکنجی بقراط خویش و جالینوس ترا خدای فرستاده همچو لقمان را »
« نگاه شـاه چو کیّ آخر الدوا بـاشد بگو بدرد که آماده بـاش بحران را »
« خجسته بخت حکیمی که شه بخانهٔ او نهـاد مقدم میمون خـویش احسان را »
« بـرای آنکـه رسد دست میرزا احمق به نبض، حق حرکت بر نهاد شریان را »
« همیشه تـا که طبیب است میرزا احمق همـاره تـا کـه حمـاقت بـود طبیبان را »
« غـذای دشمـن او بـاد بقلـة الحمقاء خورد چو پیکان خصمش بجان سپستان را »

از شنیدن این اشعار آبدار حضار سر تا پا گوش مست و مدهوش ایستاده بودند . پادشاه بآواز بلند گفت آفرین ، آفـرین . عجب مضامین بکر و بدیع و معانی غریب و نـادری بنظم آورده‌ای . حقیقتاً شایستهٔ ملك الشعرائی ما هستی . فردوسی سگ کیست. سلطان محمود غزنـوی را کجا میبرند . ایلخانی، د بـرو دهان ملك الشعرا را ببوس . دهانش را پر از شیرینی کن، دهانی که اینهمه سخن شیرین از آن بیرون میآید شیرین خوشتر است.

ایلخانی باریش انبوه بوسهٔ سختی بر دهان شاعر نواخت بطوری که دهانش پر از پشم ریش گردید و با مشتی شیرینی چنان دهـان او را پر کرد که سر و ریش پـادشاه شاعران غرق در آرد و خا که قند شد.

آب از چشمان شاعر که ازین شیرینی‌ها تلخکام بود با شیرهٔ شکر از گوشهٔ دهانش بر روی سینه براه افتاد و هر طور بود با جد و جهد بسیار حالت خود را از حـاضران توانست پنهان دارد.

آنگاه پادشاه اجازهٔ حاضر کردن غذا را داد.

گفتار بیست و نهم

تفصیل ناهار و قضیه‌ای که پس از ناهار پشت پا به بساط عیش حاجی بابا زد

دراطاق ناهار شاه ازسه‌تن پیشخدمت گذشته فقط سه نفرازشاهزادگان وابناء پادشاه حضور داشتند و بس. این سه تن شاهزاده دور از شاه پشت بدیوار دو زانو نشسته و شمشیرهای برهنه بر روی زانوان داشتند. میرزا احمق در کفش کن ایستاده و منتظر فرمان بود. امین خلوت سفره‌ای از شال کشمیری زردوز برزمین اطاق بگسترد. پادشاه دست‌را با آفتابه لگن طلا بشست و بنای باز کردن ظرف‌های خوراکی‌را نهاد که آشپزباشی در وقت بیرون بردن از مطبخ بدست خود مهر کرده بود که مبادا زهردر آن بریزند.

تمام استادی و هنر طباخی بکار رفته بود. پلوو چلو از هر نوع و از هر قبیل مانند مزعفر پلو، باقلا پلو، عدس پلو، ماش پلو، سیر پلو و شاه همه پلوها نارنج‌پلوحاضر بود و بوی‌طعام و دیگ و ته دیگ مشام جان را معطر میساخت. ماهی قزل‌آلا و ماهی شور در دوریهای چینی، مرغهای بریان، فسنجان، کوکو، کباب شامی، آبگوشت با مغز بادام و پسته و فندق و آلو و تمبر هندی، خاگینهٔ شیرین و شکری، بادنجان سرخ کرده و یتیم‌چه وآنقدر غذاهای لذیذ دیگر که بوصف نیاید. یك بره بریان درست با دنبه فربه‌و

کله و پاچه‌اش، کبك و کبك دری و تذرو وتیهو و قرقاول مازندران و کباب گور خر و آهو وغیره و غیره که بشمار نیاید. کثرت طعمهٔ نادر و گرانبهاچشم بینندگان را خیره و کامشان را لذت می‌بخشود. آنقدر دوری و کاسه و مجموعه وطبق و سینی در اطراف پادشاه چیده بودند که نمیدانست بکدام دست ببرد.

ازمتفرعات سفره از قبیل ترشیها و ریچارها و مرباها وپنیر و ماست‌و کره و سبزی و پیاز و تربچه و نمك و فلفل درگذر که سر دراز دارد اما از شربتها و افشره‌ها در نمیتوان گذشت. قدحها و شاه‌کاسه‌های چینی با قاشوقهای شمشاد منبت‌کار خوانسار و شیراز پر از شربت آبلیمو و نارنج ودوغ و سکنجبین همه با گلاب مقطر معطر و با تخم شربت مبدر. آخرین شربت، شربت انار بود و یخ مانند بلور در همه شناور.

پادشاه ازین قاب و ازآن قاب تنقل کنان و چشان وشاهزادگان و پیشخدمتان در برابر دست برسینه ایستاده. پادشاه بخاموشی و تأنی غذا صرف نمود ودست شست وباطاق دیگر برای قلیان کشیدن رفت.

در سر غذا یك قاب پلو را امر فرمود تا پیشخدمتی برای حکیم باشی ببرد. از آنجائی که این اشارت حاکی بربشارت والتفات بود میرزا احمق ناچار شد انعام چربی به برنده پلو بدهد. از طرف پادشاه التفاتی از همین قبیل هم در حق شاعر بعمل آمد و او نیز گویا چیزی مایه گذاشت. یکی از دوریها را هم که دست اقدس شهریاری بدان رسیده بود باندرون برای زن حکیم باشی فرستاد و خانم نیز انعامی مردانه داد. بذینطریق هربار دل دو کس بدست میآمد، دل احسان گیرنده و دل انعام گیرنده.

خلاصه فضلهٔ شاه را یعنی بازماندهٔ سفرهٔ او را شاهزادگان و باقیماندهٔ شاهزادگان را ایلخانی و ملك الشعراء و میرآخورو آبداران و سایر اعیان و صاحب منصبان و مقرب الخاقانها و معتمد السلطانها نوش جان فرمودند و عاقبت الامر نوبت خدمه و نوکران و شاگرد آشپزها هم رسید.

آنگاه حکیم باشی پادشاه را تنها باندرون هدایت نمود. چون میدانستم که اگر کسی بخواهد چشم چرانی کند و یا گوش بزنگ باشد و بقول آخوندها استراق سمع نماید گوشش را بقاپوق میکوبند از جای نجنبیدم و هرچند سخت مشتاق بودم بدانم که دراندرون چه میگذرد نفسم درنیامد. دنیا را بر سرم کوبیدند وقتی شنیدم که حکیم-

باشی برای خیرمقدم پادشاه باندرون خود کنیز کردی را پای انداز ملوکانه کرده است. از شنیدن این خبر رنگ از رویم پرید هر چند در واقع میبایستی چون این دختر از دست زن حکیم باشی خلاصی یافته است شادمان باشم ولی چون نتیجهٔ کار را بخاطر آوردم سخت هراسناك گردیدم و خون در رگ و پی‌ام افسرد و از آنجائی که عشق و علاقه‌ای که بیکدیگر داشتیم زیاده بر آن بود که گوش بگفتهٔ عقل و اندیشه بدهکار باشیم و حزم و احتیاط را شرط بدانیم پرده‌ای ازصور هولناك درنظرم مصور گردید که دست هیچ نقاشی مانند آن نمیتواند. پیش خود فکر کردم که در آن گیرودار خود زینب را ببینم و جویای حقیقت حال بشوم.

بیدرنگ به پشت بام بوعده گاه معهود رفتم. صدای زنان تا بدانجا پیچیده بود و معلوم بود که علاوه بر خانگیان حکیم باشی جمعی از زنان دیگر در و همسایه هم بتماشا آمده‌اند. منظور خود را درآن میان ندیدم . چون شب نزدیك بود راه اشارت هم بسته بود ولی بحکم مهر و علاقهٔ دو سری یقین داشتم که او هم در تلاش دیدن من است. پشت بام ما یك طرفش رو بکوچه بود که در مواقع سیرو تماشا زنها در کنار آن جمع میشدند. شیههٔ اسبان و نعرهٔ مردان و جلوهٔ فانوسها وفنرها رفتن پادشاه را رسانید. ازیمن بخت تق‌تق کفش و خش‌خش تنبان هم بگوش رسید . معلوم شد که زنان دارند برای تماشا به پشت بام میآیند. چنان در پشت دیواری پنهان شدم که بجز کسی که راز دار و سر در حساب باشد کسی نبیند و حتم داشتم که زینب احیاناً نگاهش بدانجا خواهد افتاد، حدسم درست درآمد . زینب در میان تماشاچیان بود ، نگاهی دزدیده بمن انداخت و مقصود بعمل آمد. تدبیر کار و ترتیب دیدار را باختیار او واگذاشتم.

صدای « دور باش » و « کور باش » و « بروید، بروید » بلند گردید و همه رفتند و تنها چند نفری باقی ماندند والا باقی جمعیت ازهمان راهی که آمده بودند باز با همان ترتیب و نسق سابق از همان راه بر گشتند و راه ارگ را در پیش گرفتند . رونق خانهٔ حکیم باشی هم با پادشاه برفت. زنها هم از پشت بامها بزیر رفتند و صحبتشان همه بر سر این بود که پادشاه بکدام یك از زنها بیشتر و بهتر نگریست و از همانگاه حقد و حسد ایشان بزینب آشکار بود.

یکی میگفت « نمیدانم شاه در این دختر چه دیده. گذشته از اینکه شکل وصورتی

ندارد بد گل حسابی هم هست. دهن بآن بزرگی، جاذبه که هیچ ندارد». دیگری میگفت «آن قوزش را بگو». یکی میگفت «قد و بالایش را ببین، خدا پدر فیل را بیامرزد واگر پاهایش را میگوئی که خدا پدر شتر را رحمت کند». دیگری میگفت «آمدیم و قبول کردیم که بد گل نیست ولی آخر یزیدی است. شیطان اورا بنظر انسان طاوس می‌نمایاند». عاقبت قرار برین دادند که شیطان او را بپادشاه خورانید و خوب خورانید. من در این عقیده با آنان متفق نبودم و بزبان حال میگفتم «گویند مردمان و مرا استوار نیست».

عاقبت صدای زنان بریده شد و از آنهمه زنهائی که برای تماشای رفتن شاه ببام آمده بودند یکنفر بیشتر نماند. آن زینب بود.

گفتار سی‌ام

رقابت شاه با حاجی بابا و ربودن معشوقه حاجی را

همینکه حجاب دیوار از میان من وزینب برخاست درصدد برآمدم که خطر ملحوظ را برایش بیان کنم. گفت «این دیدار آخرین است و ازین پس من مال پادشاهم. اگر ما را با هم ببینند قتل هردو حتمی و قطعی است». خواستم تفصیل را بدانم که شاه چگونه او را پسندید و بر گزید ولی گریهٔ زینب که نفهمیدم آیا از شادی مقبول خاطر پادشاه واقع شدن است یا از غم و غصه جدائی با من مهلت سخن گفتن باو نداد. هی او گریه کرد و هی من اشك ریختم و پشت بام حکیم باشی درست تکیه تعزیه روز عاشورا شد.

زینب گفت «چون پادشاه وارد اندرون شد یك دسته زنان سازنده ونوازنده او را با ساز و آواز باطاق خانم بردند. خانم بعد از پای بوسی اطلسی زراندود پای‌اندازش کرد که بمحض اینکه پای پادشاه بدان رسید غلامان سیاه ببهانهٔ تبرك آنرا پارچه پارچه کردند. پیشکش خانم عبارت بود از شش عرقچین و شش سینه بند و دو شلوار شال و سه پیراهن ابریشم و شش جفت جوراب. همه مورد قبول و معرض تحسین واقع گردید. آنگاه زنان از دو سوی صف آراستند. من در عقب همه در پشت سر نور جهان بودم. جایت خالی که تماشا کنی، حتی لیلای پیر هم منتظر بود که مورد پسند پادشاه واقع گردد. یکی عصمت میفروخت و دیگری ناز بخرج میداد و سومی یك دنیا ناز ببازار آورده بود «تا چه قبول

افتد و چه در نظر آید ». شاه بعد از تماشای همه نگاهش را بمن دوخت و خطاب بحکیم باشی گفت «این دخترك بد قماشی نیست بجقهٔ شاه که خوب جانور کی بنظرمیآید. حکیم باشی، ماشاءالله، بی‌سلیقه نبوده‌ای» پس رو بمن کرده گفت «قحبه خانم، چشم گیرا رخ زیبا قدرعنا داری ـ آنچه خوبان همه دارند تو تنها داری».

حکیم باشی کرنش عظیمی تحویل داد و گفت«قربانت شوم، من غلام پادشاه واینها همه کنیزان پادشاهند. اگر چه این دخترك بهیچ روی لایق جانسپاری خاکپای شهریاری نیست اما اگر طبع همایون قبلهٔ عالم قبول و ارزانی فرمایند پیشکش ناچیزی بحضور معدلت دستور است .»

شاه : قبول کردیم .

آنگاه خواجه باشی را خواست و گفت باین دخترك بازیگری بیاموزند و سر و وضع و لباسش را درست کنند تا همینکه قابل حضور شد بحضور بیاورند .

امان از حالتی که بزن حکیم باشی دست داد. نگاه خشم‌آلودی بمن انداخت که کم مانده بود باتیر نگاه مرا بکشد وزهره‌ام بترکد گرجی که بکلی مرد. نور

جهان خوش حال بود چونکه هوادار من است. خلاصه آنکه منظور نظرشاه واقع گردیدم ولی تا شاه پشتش را گردانید رفتار خانم با من بکلی عوض شد. راستی تماشا داشت. دیگرنه، تخم شیطان، نه، دختر حیز و هرزه، بلکه خواهرجان و نور چشم و فرزندم و دخترم شدم. من که هرگزاسم قلیان در پیش او نمیتوانستم بزبان بیاورم، حالا بیا و

بین که بدست خودش قلیان بمن تعارف کرد. با دست خود شیرینی بدهانم گذاشت. گرجی در گوشه‌ای عزا گرفت. سایرین همه مبارك باد و سعادت یارت باشد گفتند. میگفتند که ازین ببعد درهای عیش و نوش و شراب و ساز و آواز و جواهر گرانبها و لباسهای فاخر برویت گشاده است. کاری بکن که مورد التفات پادشاه باشی و بانوی حرم بشوی. ما را هم فراموش نکن. آداب سخن گفتن و پاسخ دادن بپادشاه یادم میدادند. مخلص کلام، من که ابداً بحساب نمی‌آمدم یکدفعه بانوی حسابی شدم.

باری، زینب چنان از این پیش‌آمد خوشحال و خرسند بود و در دلش قندآب کرده بودند که هیچ دلم نیامد باو بگویم بپای خود بجانب خطر میرود. هیچ بفکرش خطور نمیکرد که شاید وقتی که پادشاه او را احضار نماید قابل حضور نباشد و پسند خاطر واقع نگردد و حال آنکه مکرر دیده شده و شنیده شده بود که در چنین حالی بجز قتل چیزی در میان نیست واحدی را حق و جرئت شفاعت نیست. بنابراین خودم را شریك خرسندی او نشان دادم و با غصه‌ای که از جدائی بااو داشتم خود را بدلخوشی اینکه شاید باز فرصت ملاقاتی بدست آید تسلیت دادم.

میگفت که پس فردا قرار است یکی از خواجه سرایان بیاید و مرا ببرد تا فی‌الفور داخل دستهٔ نوازندگان بشوم. در همان موقع صدای زینب، زینب بلند گردید. او را بنام میخواندند. پس با یکدنیا افسوس و مهربانی چنانکه گفتی دیدار آخرین است، از یکدیگر جدا شدیم.

گفتار سی و یکم

راز و نیاز حاجی بابا درجدائی معشوق و بناگاه حکیم شدن او

چون آرام جانم برفت بی‌آرام و تنها در همان گوشهٔ بام نشستم و در دریای غصه و اندیشه غوطه‌ور گردیده بخود گفتم «راستی درست مصداق دو دوست دریك پوست بودیم. دو ماه تمام چه عالمی داشتم و امروز نمیدانم خواب بود یا خیال، مجنون لیلائی شدم که تا جان در بدن دارم باید ازآتش هجرش بسوزم و همزبانی نداشته باشم که درد دل با او در میان بگذارم. بایدآوارهٔ کوه و بیابان و با رنج بی پایان، با وحوش و طیور همراز

وبا دیو و دد دمساز شوم کـه «عشق این کارها بسیار کـرده است». این بـدبختی ریشخند جهان گردان و روزگار غدار است. شاهی آمد، ماهی را دید و دوکلمه حرفی زد وکار از کار گذشت، حاجی بابا فراموش و بوس و آغوش پایان یافت و زینب با بال شاهی پرواز کرد. اما الحمدلله ، برای ما هم قحطالنساء نیست و براستی خوشمزه اینجاست که خرما را حاجی خورده و قصارهاش برای شاه مانده است . خداوندا وقتی که ببیند چه خواهد دید. «در دجله که مرغابی از اندیشه نرفتی کشتی رود آنجا که سرجسر بریده است» از کوزهای که بیگانه مکیده است آنقدر فقاع بخورد تا چشمش کور شود. کارد ما که شیرین تر ازین هرگز خربزهای نبریده و دیگر نخواهد برید. مفت من .

شبی تب‌ناك گذراندم و سحرگاهان باکلهای پر از اندیشه نو از بستر برخاستم و برای تفرج و مشغول ساختن خیال به خندق وپشت باروی شهر رفتم. در راه دیدم زینب را بر اسب مجللی سوار کردهاند و غلام سیاهی رکابدار است و با جمعی دورباش گـویان دارند اورا از خانهٔ حکیم باشی میبرند. من بفکر اینکه البته « گوشه چشمی بما کند» اما هیهات، از ترس اینکه مبادا وضع سواریش بهم بخورد کمترین اعتنائی نکرد. شتر دیدی ندیدی. با طناً سخت برآشفتم و بخود گفتم خوب است یکسره از خیالش بیفتم و زوربراه آوردم و نمیدانم چه شد که بجای اینکه از دروازهٔ قزوین بیرون بروم ناگهان خود را در ارگ دیدم .

میدان ارگ از سواره پرو پادشاه در سر در دیوانخانه نشسته مشغول سان دیدن بود. ملازمین زینب او را از پشت قراولان رد کردند و دیگرزینب را ندیدم ورنگ میدان و تماشا دگرگون گردید. فوجی که سان میداد فوج سوارهٔ نامردخان نسقچیباشی بود. خود او براسب بسیار پاکیزهای سوار بود و مشغول فرمان دادن بفوج بود. کلیجهای با حاشیهٔ زرین ودرخشان دربر داشت و نشان شیروخورشید میناکاری بر کلاهش نورافشان بود و دیده را خیره میکرد. چون هرگز سان ندیده بودم، این تماشا برایم خیلی‌تازگی داشت. تماشای اسبان و سواران و نیزهها و شمشیرها و تفنگهـا ایامی را که در میـان ترکمانـان بسر برده بودم بخاطرم‌آورد و باز دلم هوای اسب و شمشیر و تفنگ کرد و در خود رغبتی بسپاهیگری دیدم .

فوجی که باید سان بدهد در یك گـوشهٔ میدان ایستاده بود و سردار با شش تن از

مشرفان و صاحب منصبان در میان میدان نام و نشان سواران را میپرسیدند و صورت برمیداشتند. یك مشرف بآواز بلند نام سواررا میگفت و دیگری حاضرو غایب میگفت و بهر آوازی سواری از فوج جدا شده چهار نعل در اطراف میدان میتاخت و همینکه بمقابل شاه میرسید کرنش میکرد و میگذشت. این رسم و قاعده تا بآخرین سوار معمول گردید. سوارها گویا با طرز و سبکهای مختلف مشق سپاهیگری و سواری کرده بودند چونکه حرکات پاره‌ای از آنها مردانه بود و بنظرچون رستم دستان میآمدند در صورتیکه عده‌ای دیگر که بلاشك حتی اسبشان عاریتی بود با اسب شل سربازهای از جنگ گریخته و شکست خورده را بخاطر میآوردند. جمعی از آنان را میشناختم. در آن میان جوانی بود چست و چالاك و دلپسند و بی‌باك. اسب برانگیخت ولی ازقضای آسمان پای اسبش به میلی که در میان میدان نصب کرده بودند پیچید و بسر بغلطید و جوانمرد بینوا را بر روی میل سنگی پرانید. در دم برداشتند و از میان ازدحام بیرون بردند. یکنفر ازآن میان مرا شناخت که از بستگان حکیم باشی شاهم و بمداواتم طلبیدند. بدون‌آنکه پر کاهی آری و نه کنم پذیرفتم و مشغول معالجه گردیدم. جوان برروی زمین افتاده و از قرار ظاهر مرده بود ولی اطرافیان هریك بفراخور عقل خود دوائی تجویز میکرد، یکی بیادیکه تازمیدان کربلاآب بحلقش میریخت تا دهان گشاید، دیگری بحکم تجربه دود قلیان از دماغش میدمید تابحال بیاید. یکی جوارح و اعضایش را بباد سیلی و مشت گرفته بود تا خون فشرده‌اش در رگ و شریان بجریان افتد. تمام این معالجات و دوا و درمانها بمحض ورود من باطل و ملغی گردید. پیش رفتم و باکمال وقار نبضش را گرفتم و چون دیدم همه منتظرند که چه میگویم و چه تجویز میکنم با طمأنینه تمام گفتم چشمش زده‌اند. نظر خورده است و در سر دو راهی زندگی و هلاك، حیات و ممات بر سر او باهم درجنگند تاکدام غالب‌آید و زورش بدیگری برسد. آنگاه بعادت ارباب خودم حکیم باشی، پس ازآنکه خطراتی که متوجه جوان است شمردم گفتم بنقد باید این نیم مرده راسخت جنبانید تا معلوم شود که‌آیا زنده است یا مرده‌آیا هنوزرمق جانی در بدن دارد یانه. هرگز امر و تجویز هیچ طبیبی را باین خوبی و سرعت انجام نداده بودند. حضار هر یك یکی از اعضاء اندام او را گرفته چنان تکانیدند که از هر بندش آوازی دگر خاست. ناگاه شنیدم که میگویند «راه بدهید» «بپائید» و حکیم فرنگی که

ذکر خیرش گذشت سررسید. از جانب ایلچی انگلیس که از تماشاچیان قضیه بود آمد و بدون آنکه ناخوش را ببیند فریاد برآورد که «د زود خونش را بگیرید».

من روسیاه که برای روسفیدی ایرانیان در طبابت و هنرنمائی طبیب معالج شده بودم گفتم «چطور خونش را بگیرند! عجب طبابتی است، مگر نمیدانی که مرگ سرد و خون گرم است. مگر قاعده اساسی در طبابت آن نیست که مرض بارد را باید با حارّ معالجه کرد. بقراط که رئیس‌الاطباست بهمین اعتقاد است، تو که منکر اصول او نمیتوانی بشوی، خون گرفتن همان خواهد بود و مردن این جوان همان، برو بهر کس میخواهی بگو، حرف من همین است که گفته‌ام و باز هم میگویم.»

همینکه چشم طبیب فرنگی بجوان بی حال افتاد گفت «دعوا کوتاه. نه از شما و نه از من و نه طعن و لعن و یا تعریف و تمجید از سقراط و بقراط. جوانك مرده استو دیگر سرد و گرم برایش علی‌السویه است» پس کلاه فرنگیش را بر سر نهاد و مرا با بقراط خود مدمّغ گذاشت و برفت.

بخود گفتم «چون قضا آید طبیب ابله شود». طبیب که با اجل کار زار نمیتواند. ما جماعت اطبا با مشیت و اراده الهی نمیتوانیم طرف شویم همچنانکه آب کاریز با رودسیل‌خیز نمیتواند مقابله نماید. ملائی درمیان جمعیت بود. انا لله و انا الیه راجعون گویان، پاهای مرده را رو بقبله کشید و شستهای پا را بهم پیوست و چشمان و زیر چانه‌اش را با دستمالی بست. در همان اثنا کسان و بستگان مرده رسیدند و با شیون وشین مرده‌را بخانه بردند.

وقتی کاشف بعمل آمد معلوم گردید که مرده یکی از صدوپنجاه نسقچی ابوابجمعی نامرد خان بوده است، از همان نسقچی‌هائی که پیشاپیش شاه میدوند و مردم را متفرق میکنند و نظم و نسق کارها را میدهند و از آن گذشته دو ساقچی هستند و زندانبانی و کار ویار محتسبی شهر با آنهاست. فی‌الفور بخیال افتادم که مرگ آن ناکام را مایهٔ شادکامی خود بسازم و با خود گفتم «کشتن بموجب حکم و فرمان به از کشتن بی‌زبانان است و جائی که شمشیر وتیغ بران است چه حاجت به عناب وسپستان» ضمناً هم بخاطرم آمد که نسقچی باشی دوست یکجهت میرزا احمق است و شنیده بودم خیلی دلش میخواهد خدمتی بحکیم باشی بکند چونکه همین چندروز پیش در حضور شاه قسم‌خورده بود که

اگر نسقچی‌باشی بمخالفت با شرع شراب نخورد اوضاع دولت بهم میخورد و منع‌شراب شامل حال او نیست چونکه او از برای لذت نمینوشد بلکه بـرای حفظ صحت است و نامردخان هم بکمك همین حرف حکیم باشی از علماء استفتاء کرده بودو با فتوای آنان بدون هیچ پروائـی روز و شب‌کارش شراب خوردن شده بـود و لهذا مصمم شدم کـه بدستیاری میرزا احمق‌کام‌خودرا با همان شربت ناگواری که دست قضا و قدر در ساغر نسقچی جوان ناکام ریخت خود را شیرین‌کام سازم .

گفتار سی و دوم

داخل شدن حاجی بابا در خدمت دولت و نسقچی شدن او

در پی فرصت بودم که پیش ازآنکه حکیم باشی بدرخانه بـرود از او خواهش و التماس نمایم که جای نسقچی مرحوم را برای من بگیرد. در این باب اصرار زیاد کردم که مبادا راضی شود که فرصت فوت گردد . از آنجائی کـه در همان روزها شاه خیال سفر به سلطانیه داشت و حکیم باشی نیز از جملهٔ همراهان و ملتزمین رکاب بود ازخدا میخواست که بار خود را سبك کند و مرا از سر خود بازکند. پس وعده صریح داد وبنا شد نسقچی باشی را ببیندوتوصیه مرا بنماید وبمن سپرد که پس از سلام عام دردیوانخانه منتظر او باشم. درست در موقع اذان ظهر روبروی تالار بزرگ دیوانخانه که اختصاص به نسقچی باشی دارد حاضرم بودم .

نسقچی باشی درگوشهٔ تالار مشغول به نماز بود وعده‌ای با ملك الشعراء و ایشك آقاسی سرگرم صحبت بودند . ایشك‌آقاسی تفصیل مرگ نسقچی را باکم و زیاد بسیار و تعجب فراوان برای شاعر حکایت میکرد. ناگاه نسقچی باشی نمازش را بریده‌فریاد برآورد که «دروغ است صبر کنید تا خودم برایتان بگویم قضیه از چه قرار بود» .پس‌از نماز ، هنوز تشهد نخوانده بنای حکایت تفصیل را گذاشت و با مبالغه‌ای از دیگران بیشتر داستان را بدینجا انجامید که حکیم فرنگی خون نسقچی فلکزده راگرفت وباعث‌مرگ نسقچی‌گردید . و حال آنکه اگـر گذاشته بودند حکیم ایرانی جوان را درست تکان بدهد بطور یقین نمرده بود.

در اثنای این گفتگوها میرزا احمق وارد شد و بجای انکار آنچه را در حق حکیم فرنگی غیبت میکردند بالصراحه تصدیق کرد و حق هم داشت. پس مرا با انگشت نشان داد و گفت «اینك شخصی که اگر گذاشته بودند نمیگذاشت نسقچی بمیرد». همهٔ چشمها بمن دوخته شد و تفصیل ماوقع را خواستند. تفصیل قضیه را نه چنانکه واقع شده بود بلکه همانطور که حکایت کرده بودند گفتم و هنرهائی را که در آنجا برخ مردم کشیده بودم اینجا باسم حکیم باشی به خرج دادم. میرزا احمق که از این مدایح سرمست و سرافراز شده بود خواست جبران کرده باشد گفت «این جوان بسیار قابل و مستعد است و مستحق است که جای نسقچی مرحوم را بگیرد». نسقچی‌باشی تعجب کنان گفت «حکیم داوطلب جلادی است، حقا که خیلی تازگی دارد».

شاعر با گوشه چشم بمیرزا احمق نگریست و گفت «چندان تازگی هم ندارد. طبیب وجلاد مانند سگ زرد و شغال برادر یکدیگرند. مرگ چه آهسته آهسته ازتأثیر حب برسد و یا بیك ضرب کارد هر دو یکی است».

میرزا احمق در مقام جواب برآمده گفت «شما شعراء قیاس بنفس میکنید. شماها بضرب غزل وقصیده موجب مرگ روحانی مردم میشوید یعنی سرننگ و ناموس آنها را میبرید وهر کس معتقد است که چنین مرگی بمراتب بدتر از مرگ جسمانی است خواه بدست طبیب باشد و خواه بدست نسقچی».

نوبت سخن به‌نسقچی باشی رسید. گفت «شما شعراء و اطبا مختارید که هر طور دلتان میخواهد مردم را بکشید. خواهشی که من دارم این است که درکار سرباز و سپاهیان مداخله نکنید و تنی را که باید درمعرکه با یك ضرب شمشیر بدو نیم کرد و سری را که‌در میدان جنگ باید با یك زخم خنجر از تن جدا کرد بمن بازگذارید، باقی را خود دانید. حکیم باشی، گرز و گاوسر از من، اسفرزه و گل گاو زبان از تو. من تخم بدخواه و عدو را از میان بر میدارم و تو تخم ریحان و کدورا از دکان عطاری. جناب ملك‌الشعراء، بوی باروت و نعرهٔ توپ از من، بوی گل و سنبل وچهچه بلبل ازتو. گلوله تفنگ و سرنیزه از من، تیر غمزه و پیکان نگاه از تو. الجنون فنون، فن من از فنون جنون این است و شما هم خود دانید».

ایشك آقاسی باشی سخن را قاپید وروی به حضار نموده گفت «بله، همه هنرهای

گونا گون شما را میدانند و بخصوص شخص پادشاه از جلادت هر يك از شماهـا بسيار رضايت دارد و میفرمايد كه هيچ شهرياری در كشور ايران مانند من سرداران و غلامان جان‌نثار نداشته است و بـا اين بندگان جـان در كف تا بناف گرجستان لشكر خـواهم راند » . آنگاه روی به نسقچی باشی آورد كه « اگر دولت روس بشنود كه شما آهنگ جنگ داريد بلاشك ازين دنيا فراراً بدنيای ديگر ميرود كه بدعای شما مشغول باشد » .

نسقچی باشی گفت« دخول روس بـه گرجستان اهميتش كمتر است از افتادن كيك در تنبان بنده كه اندكی آزار ميرسانـد ولی اگر بكنم ريشه‌اش را ميكنم. حرف روس منحوس هيچ قابل زدن نيست » . آنگاه برای خلط مبحث و قطع دنبالهٔ كلام روی بمن كرد كه « بسيار خوب ، ترا بخدمت قبول ميكنم بشرطی كـه تو هم از بوی باروت مثل من لذت ببری و هم بايد بدانی كه نسقچی بـايد قوت رستم و قدرت پشنگ و دل شير و زهرهٔ پلنگ داشته بـاشد » . پس سرا پـايم را نگريست همينكه از سر و وضعم رضايت حاصل‌نمود گفت « د زود برو نايب را ببين تـا همين حالا لباست را بپوشاند و تكليفت را معين كند ».

نايب نسقچی مشغول تدارك سفر شاه بود و ترتيب لوازمات را ميداد و از تابين‌ها نوشته ميگرفت. پس از مطلع شدن ازكار من، اسب نسقچی مرحوم را با لباسی غريب بمن تحويل داد و قدغن اكيد كرد كه « خوب متوجه اسبت باش كه تا دم و پوست داغ شده با داغ شهرياری را نياوری اسب ديگر بتو داده نميشود. مواجبت ساليانه سی تومان است و خرج خودت و اسبت با خودت است .»

پس چنانكه شايد وبايد ملبس و مسلح شدم. ازآلات نسقچيگری، تبری باقی ماند كه بايستی از جانب دولت داده شود.

اكنون نبايدازمطلب دور بيفتم وخوب‌است اول‌قدری از حالت نامردخان نسقچی‌ـ باشی،رئيس ما، بشنويد. نامردخان آدمی بود بزرگ اندام، پهن شانه، درشت استخوان. عمرش نزديك به‌چهل بود اما جوانتر مينمودو بخوبی ممكن بود درحقش بگويند «خوب جوانی است » . سيمايش سهمناك و چهرهٔ تيره‌اش در سايهٔ ابروان سياه و موی مشكين و ريش عنبرين تيره تر بنظر ميآمد . دستهايش بـزرگ بود و پهن و پر رگ و ريشه و از پشم انبوه پيچاپيچی كـه از چاك پيراهنش بيرون ريخته بود معلوم ميگرديد كـه بـاكی

خویشی و قرابت دارد . رویهمرفته ظاهرش مهیب بود و باطنش نیز با ظاهرش موافقت داشت. همان شهرتش آسایش شهر را کافی بود و دیدارش رفع فساد و فجور را وافی. در خوشگذرانی و عیش و عشرت مشهور زمان بود و علی‌الرؤس بلکه با بانگ کوس شرابخوار وقت و بی وقت. در خلاً و ملاً ملاها را لعنت میکرد . هرچند شمشیر بند و پاسبان ملك و ملت بود و بایستی او را سیف‌الاسلام و حارس شریعت سید الانام خواند اما با همان اسم و رسم جلادی و میرغضبی از اراذل ناس بود . خانه‌اش عشرت آباد یعنی بحقیقت بیت‌اللطف بود. شب تا بصبح از منزلش صدای تار و تنبك بلند بودورقص مرد و زن قطع نمیگردید. لوطیان شهر وابستگانش بودند و مقلدان کسان و اتباع او. با همهٔ خباثت و نابکاری از سختی و شقاوتی که لازمهٔ منصبش بود سر موئی فروگذار نمیکرد. اغلب اوقات بآواز دف و نی و با نوشیدن عرق و می صدای چوب و فلك و بانگ نسق و کتك و صدای استغاثه و تضرع با هم بلند بود . در سواری چست و چالاك و در جرید بازی چیره و بی باك بود و با آنکه قالب و قوارهٔ مرد جنگی و پهلوانی پر دل داشت ولی در واقع بز دل و کم زهره ترین‌آدم بود. عیوب ذاتی خود را در سایهٔ شاه اندازیها و روباه بازیها می‌پوشانید و با کسانی که از چند و چون او بی خبر بودند خود را سام نریمان و افراسیاب دوران قلمداد میکرد و دلیری و پهلوانی ایرانیان قدیم را بخود می‌بست .

تا وقت حرکت شاه شبها منزلم همان در خانهٔ حکیم باشی بود و روزها کارم جمع آوری سیورسات. بنقد همه چیز را بی زحمت و با زور به نسیه میخریدم. در مدتی که در خانهٔ حکیم باشی ساکن بودم از آنچه بزور از بیماران اندوخته و یا از آنچه با هنر خود بدست آورده بودم از قبیل زیر انداز و رو انداز اسباب و لوازم مقداری چیز دست و پا کرده بودم . بخویشاوندان نسقچی جوانی هم که در دستمان مرد گفتم «باعتقاد من این جوان مسلمان پاك است و ما را درمرگ او تقصیری نیست و همه کس میداند که تدبیر ما با تقدیر خدا نمیتوانست مقابله نماید . رختخوابش ابریشمین است و استعمال حریر در شرع حرام وانگهی در همین رختخواب پایش را رو بقبله دراز کردند. » آنقدر گفتم تا رختخواب از چشم قبیله افتاد ونصیب من گردید که الخبیثات للخبیثین .

آئینه‌ای لازم داشتم. میرزائی بمرض یرقان دچار بود و صورتش را در آئینه زرد میدید. با زبانبازی باو باوراندم که زردی در آئینه است و الا صورتش مثل گل سرخ و شکفته است. میرزا برآشفت و آئینه را بمن داد که « بجهنم » و من آئینه را بالا کشیدم.

میرزا احمق کـه در اعمال دیـن سخت و متعصب و در منهیات و محرمـات بسیار وسواسی بود دو جفت یخدان داشت و من یك دانه از آن لازم داشتم. شب و روز دیده بر یخدانهای حکیم باشی دوخته در اندیشه بودم که بچه تدبیر یکی از آنها را بربایم و با خود میگفتم کـه اگر نصف تدبیر و تمهید درویش سفر را داشتی هر آینـه الان اسباب سفرت در بطن این یخدانها جا گرفته بود. عاقبت تدبیری اندیشیدم بدینقرار که یکی از آن بچه سگهائی را که در طهران از شپش و شتر و شاهزاده کمتر نیستند پنهانی آورده در یکی از آن دو یخدان گذاشتم و یخدان دیگر را هم از استخوان پر کردم. در وقت مسافرت حکیم باشی با تعجب تمام برأی العین یخدانهای خود را پراز بچه سگ دید که مادرش آدم را پاره پاره‌میکرد. آنرا به شکون خوب‌نگرفت و آشنایانش هم هریك معانی و تأویلاتی برای این قضیه تراشیدند یکی میگفت « این دلیل برآنست که از خانم یك خانه پر از حرامزاده بدنیا خواهد آمد » . دیگری میگفت « این سگ توله چشمهایش باز نشده است، خدا نکند که چشمان ما و حکیم باشی هم بسته باشد» . حکیم باشی این حرفها را گوش میداد و دل از یخدانها نمیکند ولی عاقبت قرار بنجاست آنها و به بیرون انداختن آنها داد و من نیز قـرار بدرون آوردن آنهـا دادم و از اینقرار مردی شدم صاحب یخدان.

کمی پس از آن بقدری خرت و پـرت و آشغال جمع کرده بودم کـه بـزحمت صورت برداشتن میارزید و روزی که بنا شد برای سفر حرکت کنیم دیدم که اگر با خربندگان شاهی بر سراستری برای بار و بنه‌ام بجنگم جا دارد.

گفتار سی و سوم

حرکت حاجی بابا با اردوی شاهی و آموختن مقدمات کار خود

منجمین روز حرکت شاه را بـاردوی سلطانیه معین کـردند و در روز بیست ویکم ربیع‌الاول، چهل و پنج دقیقه پیش ازطلوع آفتاب براه افتاد و یکسر در کوشك سلیمانیه که در نـه فرسنگی در کنار کرج است فرود آمد . همراهان اردوی سلطانیه هم همه درساعت معین در آنجا حاضر شدند.

همراهـان شاه عبارت بود از یك فـوج سرباز و شتران زنبورکخانـه و یك دسته سواره. وزرا وصاحب منصبان کرام ومستوفیان عظام همه بیکبار بهحرکت آمدند ودر یك روز شهر طهران از یك ثلث سکنه خود خالی شد. یقین دارم نظیر آنرا هرگز ندیده‌اید. گوئی مردم طهران، بلکه مردم ایران مانند زنبور عسل کندوی خود را ترك گفته‌همه با هم بسوی کندوی دیگری روانند . قطارهای استر و شتر از بارو بنه و مفرش و فرش و اسباب آشپزخانه و چادر و جل و پلاس و آذوقه پر بار، با گرد و غبار رهسپار بودند و آواز زنگوله و بانك داری و غلغه و ولولهٔ قاطرچیان و ساربانان گوش را کر و چشم را تیره و خیره میساخت.

صبح روز حرکت مرا بر در دروازه گماشتند تا نگذارم مردم سر راه شاه ازدحام کنند. دهقانان که بحسب عادت شبها آذوقه و میوه‌جات بشهر می‌آورند و تا وقتی که دروازه‌ها را باز کنند پشت دروازه در انتظار میمانند بموجب امر مقامات مربوطه مجبور شدند از راه دیگر بشهر وارد شوند. سقاها با دقت تمام راهها را چنان آب پاشی و رفت و روب کرده بودند که بهتر از آن تصور کردنی نیست. از آنجائی که وجود پیر زن در سر راه شاه بد اغور است قدغن شده بود که هیچ پیر زن در راه نگذارند.

در آن روز که مأمور دورباش شده بودم در خود چنان غیرت و هیبتی دیدم که هرگز بخود آن گمان نبرده بودم . چون من آدم بی سرو پائی بمردم معتبر و محترم تا توانستم اهانت روا داشتم. چنان بی محابا و بی پروا چماق بر سرو مغز مردم مینواختم. که نسقچیان میگفتند «دست مریزاد عجب ولدالزنائی بجرگه ما داخل شده». میخواستم هرچه زودتر درکار آمدی مشهور و رفته رفته بمناصب و مقامات عالیه برسم.

خلاصه ، اردو براه افتاد ، شب پیش یك قطار شتر زنبورکخانه بانتظار موکب شاهانه به سلیمانیه رفته بود. صدای توپ سلام که سوار شدن پادشاه را میرسانید بلند شد و سکوت بر همه و همه جا مستولی گردید. همه ساکت وصامت در انتظار ایستاده بودند. اول تفنگداران و سپس یدك داران با اسبان پاکیزه و یراقهای مرصع و زین بندهای کشمیر و اطلس زردوز اعلا و آنگاه شاطران و ریکایان و بعد ازآن ذات اقدس شهریاری و شاهزادگان و وزراء و آخر سر یك تیپ سواره نظام در رسیدند.

بزرگان ووابستگان آنها و بسیاری از وابستگان وابستگان آنان ومیرزاها ونوکر و خدمه و قلیاندارها و آشپزها و شاگرد آشپزها و فراشها و پادوها و مهتران و قاطرچیان و ساربانان وارد و بازاریان و ده‌ها هزار آدمهای دیگر از هر صنفی و شغلی روان بودند . این توصیف برای این است که خواننده بتواند تصوری ازین معشر و محشری که از جلو چشم من و دروازه بانان دروازه قزوین میگذشت بنماید.

عاقبت سرو کلهٔ پادشاه با ریشی از پهنا تا دوش و از درازی تا کمر با قیافه‌ای همه قهاری و جباری پدیدار گردید. بخوبی احساس کردم که چشم و گوش و بینی من هر یك از ترس آنکه بامر چنین سلطان مقتدری بریده و دریده شود بیکدیگر خدا حافظ میگویند بدون آنکه صدایم در آید.

همینکه اردو از دروازه گذشت من با دروازه‌بانها نفسی کشیدیم و برای رفع خستگی بکشیدن قلیان مشغول شدیم . در همان اثنا چشمم بزن یکی از وزرا افتاد که رخصت یافته بود بهمراهی شوهر باردو برود و از مقابل ما میگذشت و ناگهان زینب و شوربختی او بخاطرم آمد . بقراری که نور جهان میگفت شب قبل او را با سایر مطربها بقصر قاجار شمیران فرستاده بودند تا سازندگی و نوازندگی و بازندگی بیاموزد و شاه خواسته بود که درموقع مراجعت از اردو زینب قابل حضور شده باشد. و بالاخره من هم براه افتادم . چشم و دلم بقصر قاجار نگران بود و پایم رهسپار راه‌اردوی سلطانیه واگر مأمور سلطانیه نبودم چه بسا که راه قصر قجر را پیش میگرفتم. « بامیدی که بدهم بوسه خاك آستانش را زنم هرشب هزاران بوسه پای پاسبانش را ».

روز نوبت و ادای وظیفه فرا رسید. در جوار خیمه‌گاه نسقچی‌باشی برای من و پنج تن نسقچی دیگر خیمه‌ای برپا دیدم. در شهر با این همقطاران آشنائی مختصری حاصل شده بود، در اردو آشنائی بالا گرفت و مفصل گردید و چون عرض و طول چادر زیاده از شش گز نبود نزدیکی بیشتری با رفقا یافتم. هر چندآنها مرا تازه وارد و ناشی و حقیر میشمردند ولی بنا بمصلحت وقت تحمل میکردم و بروی بزرگواری خود نمیآوردم .

نسقچی‌باشی گذشته از نایبی که ذکر خیرش گذشت وکیلی هم داشت که وسیلهٔ ترقی و پیشرفت و باوج اعلای شهرت و قدرت رسیدن من گردید. نامش شیرعلی و بچهٔ شیراز بود و باآنکه او شیرازی و من اصفهانی و با یکدیگر رقابت و همچشمی ذاتی داشتیم باهم دوست جانی شدیم. در روزی گرم او یك قاچ خربزه بمن تعارف کرد و من هم بدست خود برایش قلیان چاق کردم. من هیضه کرده بودم او با چاقوی خود خون از من گرفت و او قولنج کرد من باآب تنباکو اماله‌اش کردم. از اینرو دوستی در میانه استوار گردید و بقول عرفا و حکما نخل حیاتمان بهم پیوسته یك ثمر داد. او سه سال از من بیشتر داشت و با هیبت و صلابت وخوش صورت وچهارشانه و کمر باریك بود با ریش توپی و سبیلهای کلفت و پر پشت که مانند شاخ تاك که بردیوار تاکستان پیچد از بنا‌گوشش میگذشت .

شیرعلی در خدمت وکار چکیده بلکه مربا بود و در همان مجلس اول معلومم شد

که چقدر چشم و گوشش باز است و چشم و گوش مرا نیز باز کرد .

میگفت «داداش، شاه مواجبی نمیدهد، اگر هم چیزی بدهد دوای درد نمیشود، مزد ما بسته بخدمت ماست و باید از پهلوی قولوق و رشوت و نسق بها و چیزهای دیگر ازین قماش بدست بیاید. سگ را بصاحبش می‌شناسند و من و تو هم باید برئیسمان تأسی نمائیم. مواجب نسقچی باشی در سال هزار تومان است، آن هم باسم نه برسم، برسد یا نرسد خدا میداند. اما دست کم پنج یا شش مقابل این مبلغ خرج دارد. اگر ازین و از آن در نیاورد از کجا باید خرج کند. خانی، اربابی، مغضوب و محکوم و مستحق کتك و چوب و فلك و جریمه میشود و معلوم است که هر قدر پول بدهند آش میخورند یعنی هرقدر بیشتر به نسقچی باشی برسانند کمتر چوب و کتك میخورند. اگر پول هنگفتی داد ما چوب را بجای آنکه بپاهایش بزنیم بفلك میزنیم. همین روزهای آخر یك نفر مستوفی باین بلا مبتلا شد. برای رعایت احترامش نمدی بزیرش انداختیم. دو نفر نسقچی دو سر فلك را گرفته بودند و من با نسقچی دیگری چوب میزدیم. عمامه کشمیری را از سرش و شال را از کمرش وجبه‌اش را از بر برداشتیم که حق و سهم ما بود. بصدای آهسته بطوریکه نه شاه و نه کس دیگری بشنود گفت «چوب نزنید ده تومان میدهم» ولی چون پایش بهوا رفته بود مشغول کار شدیم و بنا کردیم بزدن چون اطمینان نداشتیم که بوعدهٔ خود وفا کند، فریادش بلند شد. پس باستادی و مهارت چنانکه نه شاه و نه کسی فهمید بمقدار نقد موعود افزودیم تا آنکه معامله سر گرفت و آنگاه چوب را بر فلك نواختیم. صورت مقاوله بی مزه نیست و بدینقرار بعمل آمد: «ای وای، ای امان، مردم، غلط کردم، شما را بخدا، به پیغمبر، دوازده تومان. بجان پدر و مادرتان، پانزده تومان بریش قبلهٔ عالم، بیست تومان. بدوازده امام و چهارده معصوم، سی تومان، چهل‌تومان، پنجاه، شصت، صد، هزار تومان. بحضرت عباس،هرچه بخواهید». همینکه قسم به‌حضرت عباس و دو دست بریدهٔ او رسیدکار تمام شد. اما نامرد پدر سوخته بهمان سرعتی که در شدت بر مبلغ افزود در فراغت و فرج از آن کاست و نمیخواست چیزی بیشتر از آنچه در اول بزبان‌آورده بود بپردازد و آن هم از ترس این بود که اگر بار دیگر دمش گیر بیاید سر بسلامت نبرد .

این حکایتی که شیرعلی برایم نقل کرد چنان رگ حرص و اشتهای مرا جنبانید

که مدام خواب چوب زدن میدیدم و بجز پول گرفتن هوائی در دلم نماند. صبح تا شام، تر که بدست در گردش بودم و چون سگ هار بجان مردم میافتادم و هرچه را شکل آدمی داشت میزدم و میکوبیدم و میخراشیدم و میزخمیدم. ابن ملجم پا دو و شمر جلو دارم نمیشد. بمدد ورزش و ممارست چنان مهارتی پیدا کردم که اگر میگفتند هرچه پا درعالم وجود دارد همه را بیك بار فلك کرده چوب بزن میزدم. من که در خود هیچ سنگدلی و رشادتی سراغ نداشتم نمیدانی چه شیر بی پیری ازآب درآمده بودم ولی حقیقت امر این است که فطری نبود و از معاشرت با دیگران و تماشای کار آنان بود چنانکه گفته‌اند.

«اسب تازی را دو روزی گر ببندی پیش خر»
«رنگشان همگون نگردد طبعشان همگون شود»

در عالمی سیر میکردم که بجز بریدن گوش و بینی و شقه کردن و داغ نهادن و چشم کندن و بدم توپ گذاشتن و از بام‌بزیر افکندن چیز دیگری نمیدیدم و نمی‌شنیدم. میتوانم ادعا نمایم که اگر پدرم را میدادند که پوستش را بکن و ازکاه پر کن مضایقه نداشتم. «گر بمنصب برسی مست نگردی مردی» و من مست شده بودم.

گفتار سی و چهارم

شمه‌ای از ظلم و ستم ایرانیان در هنگام مأموریت حاجی بابا

پادشاه آهسته آهسته بجانب سلطانیه‌روان بود و بعد از چهارده روز در ساعتی سعد‌اندوز در کوشك تابستانی که بتازگی خود ساخته بود فرودآمد. این کوشك در جوار خرابه‌های شهر قدیم برتلی واقع و بچمن سلطانیه مشرف بود و منظره‌ای خوش و خرم دارد. در مقابل چشم تماشاچیان تا چشم کار میکردچادر و خیمه‌های سفید برافراشته بود. من امروز خودرا که نسقچی پادشاهم با روزی که در دست ترکمنها اسیر بودم مقایسه میکردم و با غرور و نخوت هرچه تمامتر بر خود میبالیدم که عجب مرد مردانه‌ای از آب درآمده‌ام. دیروز مردم تو سر من میزدند و امروز من بر سر مردم میزنم و حقا که اسم فاعل و مفعول را نمونه‌ای هرچه کاملترم. روزی که آخوند چوبم میزد تا عربی بیاموزم اسم مفعول و بمنزلهٔ لازم بودم و امروزکه فاعل شده‌ام میتوانم بدیگران تجاوز

نمایم و براستی که اسم فاعلم و متعدیم .

در این اندیشه‌های دور و دراز در چنگال تصدیق و تصور گرفتار بودم که ناگهان شیرعلی داخل چادر شد و گفت رفیق چه نشسته‌ای. کارو بار چـله شد. بهمراه من راه بیفت و کار نداشته باش. برای اردو سیورسات باطـراف و جوانب حـواله شده است. از قرار معلوم چون شاهزاده چند روز پیش از این بعزم شکار به ده قاچ سوار که بین اینجا و همدان واقـع است رفته و سیورسات را چـرانیده است سیورسات مقرر باردو نرسیده است و من مأمور شده‌ام که بدانجا بروم وعلت را تحقیق کنم و ریش سفیدها و کدخداها را با سیورسات بخدمت نسقچی باشی بیاورم. تو هم چون دوست و رفیق منی، با همه‌لند و لند نسقچیها که می‌بینند نوبت گرفتن قوللق از چنگشان بیرون میرود مصمم هستم که ترا بهمراه ببرم. بعد از نماز عصر حاضر باش که باید فردا صبح زود در آنجا باشیم .

از شنیدن این مژده و همینکه بـوی قوللق بمشامم رسید چنان از شادی بی تاب شدم که بروی پای خود بند نمیشدم. هرچند ازاین‌تصمیم شیرعلی درست سر بدر نمیآوردم ولی خوب میدانستم که این قبیل فرصتها برای چون ما مردم جاه و مال طلب خیلی مغتنم است. با خود گفتم که اگر شاهزاده از سیورسات چیزی برای ما باقی نگذاشته دریغ از زحمت ما. اما باز خیال میکردم که هرچه بجا مانده باشد بقدری که شکم ما را سیر کند کافی است. مگر شاعر نگفته :

خورند ار مغز را برجای ماند — اقـلا پـوستی از هندوانـه
کنند از چانه ار ریش کسی را — از او ماند بجـا البته چانـه

اسبم در بغل چادر در چدار بود و فورا شناختم .

گشودم پای‌بند از پای رهوار — نهادم زین و بر گش بر بکاهل
بدو گفتم کـه پا بسته تا حـال — هلاپا بند خویش ازپای بگسل
بچر کت عنبرین باداچرا گاه — بچم کت آهنین بادا مفـاصل
اگر ایرانی‌ئی را بـگسلانند — چوتوپا بند ازپا گرچه مشکل
لگد اندازی و گـردنفرازی — تماشا کـرد باید.رب سهل

مخلص کلام آنکه من و او با یك قاطر بنه و بنه‌دار در موقع غروب از اردو بیرون رفتیم. در عالم نوکر بابی و همقطاری عنوان بیکی هم دست و پا کردیم و از یکی ازرفقا

رشمهٔ نقره‌ای هم برای سراسب خود و کمربندی نقره برای میان خود کرایه کردم بشرطی که اگر از میان برود تاوانش را بدهم و اگر نه درازاء این خدمت سوقاتی برایش بیاورم.

با آن یراق و آن کمر شب همه شب راه پیمودیم و دو ساعتی بیشتر در راه نخوابیدیم و موقع بیرون رفتن گله و هنگامی که روستائیان پیش از بیرون رفتن از دهکده پکی بقلیان میزنند به قاچ سوار رسیدیم. معلوم است که زنان وقتی چشمشان بما افتاد با چه دست پاچگی رویشان را پوشاندند. مردان بتواضع برخاستند، حالا دیگر بیا و باد و بروت میرغضبانهٔ شیرعلی را باش که با چه قارت و قورتی کدخدا را احضار کرد. مردی با ریش سفید احترام انگیز و با لباسی از مقام و منش خود ساده‌تر بجلو آمد و سلام داد و همانجا بادب بایستاد و گفت «بندهٔ شما کدخدا منم. خوش آمدید، صفا آوردید، قدم بالای چشم، بسم‌الله، از اسب پیاده شوید، بفرمائید.»

یکی جلو اسب را گرفت و دیگری رکاب را. دهاتی دیگری زیر بغل شیرعلی را گرفت و باحترام از اسب بزیرش آوردند. راستی که افاده و بزرگی فروشی ما تماشا داشت. تا اطاق برای پذیرائی حاضر شود بر روی سکوی خانهٔ کدخدا قالیچه‌ای انداختند و تمام اهل ده بدنبال ما افتادند و ما را آورده بروی قالیچه نشانیدند، کدخدا بادست خود چکمه را از پای ما بیرون آورد و از تعارفات و تشریفات رسمی که نسبت ببزرگان بجا می‌آوردند سرموئی فروگذار نکرد. شیرعلی بی چشم و رو مثل آدمی که در واقع مستحق آن همه احترام باشد همه را بریش خرید و بروی بزرگواری خود نیاورد و پس از آنکه چند پك جانانه بچپوق زد رو بکدخدا کرده گفت مرد که تو که خودت را کدخدای قاچ سوار میدانی بدان و آگاه باش که

من ازجانب پادشاه آمده‌ام، میگویم از جانب پادشاه، آیا خوب فهمیدی و باید تحقیق کنم که بچه علت و سببی دوماه پیش ازین که بموجب فرمان واجب‌الاطاعه پادشاه که بوالی همدان صادرشده بود مقرری خود را باردوی سلطانیه سرموقع نفرستاده‌اید .

کدخدا جواب داد که اگر دروغ بگویم کور شوم و هر دو چشمم از چاله درآید و در حالیکه جمعیت را نشان میداد گفت این مردم همه میدانند که من تا بحال دروغ نگفته‌ام و هرچه گفته‌ام باز همان را میگویم. سرکار نسقچی‌باشی عرض میشود که تو خدا را شکرچشم حقیقت بین و گوش حقیقت شنو داری، آدمی هستی فهمیده و هشیار و بیدار، مردی هستی متدین و خدا پرست. من راست مطلب را پاك و پوست کنده بعرضت میرسانم و بعد از آن هرچه دلت خواست بکن، خود دانی.

شیر علی کلام اورا بریده گفت من نوکر پادشاهم و هرچه پادشاه فرموده همانطور رفتار میکنم .

کدخدا در جواب گفت البته اختیار داری. حالا خواهشمندم بعرایض چاکرت گوش بده.سه ماه پیش ازین موقعی که گندم بیشتر ازیك گز قد نکشیده بود و بره‌ها در پشت سر مادرانشان بع‌بع میکردند و هر کس بکار کشت زراعت خود مشغول و با گاو و گوسفند خود خوشدل و سر گرم بود آدمی از جانب خراب قلی میرزا آمد که فردا ارباب با امراء و اعیان بشکار گورخر وآهو و کبك بدینجا خواهد آمد . باید خانه‌ها را برای خدم و حشم او خالی کنید. آنگاه مردم را جمع کرد که تا هروقت ارباب در اینجا باشد خرج مطبخ وپول‌کاه وجو مالهایش با شماست. مردم از شنیدن این خبرسخت هراسان شدند چون میدانستند که کبادهٔ شهزادگان کشیدن‌کار آسانی نیست . خواستیم با رشوه و انابت و التماس دست بسرش کنیم و شرش را از سر خودمان کوتاه کنیم. نشد که نشد. از ناچاری قرار بخالی کردن ده وفرار بکوه و بیابان دادیم تا مگر ازنحوست این ستارهٔ دنباله‌دار در امان بمانیم . سرکار نسقچی باشی اگر در آن وقت حال این بیچارگان را میدیدی که چطور دار وندار خود را گذاشتند و بطرف کوهها فراری شدند دلت کباب وجگرت آب میشد.

شیرعلی صدا را بلندتر ساخته گفت، بارك‌الله ، دستتان درد نکند ، ده پادشاه را تغ و لغ میاندازید که خراب و ویران بشود و توقع هم دارید که دلم برایتان کباب وجگرم

آب شود. اشتباه میکنید. اگر این خبر بگوش پادشاه برسد تمامتان را از تیغهٔ شمشیر میگذراند.

کدخدا با استرحام گفت سبحان‌الله، تا آخرش گوش بدهیدتا از اوقات‌تلخی بیرون بیائید. گاو و گوسفند خود را با هر آنچه میتوانستیم برداشتیم و بکوه و دره و آبکند کوهستان فرار کردیم و در ده بجز سگ و گربه و سه پیرزن ناخوش و ناتوان چیزی برای شاهزاده باقی نماند.

شیرعلی بشنیدن این سخنان روی بمن نموده گفت حاجی بیك میشنوی. مال و اموال و آنچه اشیاء گرانبها و قیمتی داشته‌اند بکوه برده‌اند و برای شاهزاده سگها و گربه‌ها و چند رأس پیرزن ناخوش گذاشته‌اند. چشمم روشن، کدخدا، باقی را بگو.

کدخدا گفت سرکارآقا، در میان دره‌ها و در کنار رودخانه چادر زدیم و چند نفر را هم مأمور کردیم که هر چه ببینند خبرش را برایمان بیاورند. روز دیگر ظهر وقت بود که خبر آوردند که شاهزاده با خدم وحشم بسیار وارد شد و همینکه مطلع شد که اهل ده فرار کرده‌اند غضبناك شد وحکم کرد که خدمه و نوکرهایش درهای خانه‌ها را بشکنند و بزور داخل شوند و در خانه ها منزل نمایند. معلوم شد که یکنفر از پیر زنها بقصد اطفای آتش غضب حضرت والا چشم را بسته و دهان را گشوده و از فحش و دشنام بشاهزاده چیزی باقی نگذاشته است. شاهزاده هم بدون آنکه محلی بگذارد امرفرموده تا آذوقه و علوفه از جاهای دیگر بیاورند و خودش در خانهٔ من پیاده شد. همراهان و ملتزمین رکابش آنچه‌ها در خانه‌ها غله بدست آوردند همه را بردند و سپس اول آلات و ادوات کشت و زرع و بعد از آن در وپنجره و آخر سر حتی تیرهای خانه‌هارا بجای هیمه و هیزم سوزانیدند و اسبهایشان را در کشتزارها بقصیل بستند و آنچه از پیش اسبها باقی ماند همه را چیدند و بتاراج بردند و خلاصه‌آنکه ما را بخاك سیاه نشاندند و حالا خانه‌ها خراب و جیبهای بی پول و تن‌های بی‌لباس و بی گاو و گوسفند، نه‌خانه، نه‌مایه، نه‌زندگی، همین هستیم که می‌بینید و بجز خدا وشما پناهی نداریم.

شیرعلی بشنیدن این سخنان از جای برخاست و دست برده ریش پیر مرد را گرفت که مرد که با این ریش و پشم حیا نمیکنی اینطور دروغ میگویی. دو دقیقه پیش خودت اقرار کردی که هر چیز قیمتی که داشته‌اید بکوه برده‌اید و حالا میگوئی خانه‌

خراب شده‌ایم . دروغ هم بـاین بزرگی . ما این همه راه نیامده‌ایم کـه این حرفهای مزخرف و نا مربوطرا بشنویم. اگر خیال میکنی که ما را ریشخند بکنی و دست‌بیندازی سخت سوراخ دعا را گم کرده‌ای . معلوم میشود شیرعلی را نمیشناسی . اگر توشغالی ما دم شغالیم و اگر تو روباهی ما پدر روباهیم . ما مارها خورده‌ایم تا افعی شده‌ایم . ما به ریسمان تو بچاه نخواهیم رفت . ریش تو باید خیلی از اینها سفیدتـر و درازتـر باشد و چشمت خیلی بیشتر دنیا و مردم دنیا را دیده باشد تا بتوانی سر ما را شیره بمالی و مـا را رودست بزنی.

کدخدا تضرع کنان گفت استغفرالله، خدا نکند ، من کجا و خیال فریب دادن شما کجا . ما رعیت پادشاهیم و هر چه داریم و نداریم تعلق بپادشاه دارد . اما آخر چه خاکی بسر کنیم. لختمان کرده‌اند پوستمان را کنده‌اند ، این تاپوهای ما و این لته‌های ما ، خدا میداند که نه در خانه حبه‌ای داریم و نه در کشتمان خوشه‌ای.

شیرعلی بر افروخته فریاد برآورد که من این حرفها سرم نمیشود. پوست کنده یا نکنده، حبه‌دار و خوشه دار یا بی‌حبه و بی‌خوشه، مایك حرف گفتنی و يك کار کردنی بیشتر نداریم و این حرفها بخرجمان نمیرود . حکم پادشاه است و باید بجا آورد . یـا سیورسات و یا بدل سیورسات و یا تو و سایر ریش سفیدها بسلطانیه بحضور حاکم.

آنگاه کدخـدا و ریش سفیدان در گوشه‌ای جمع شده بـا سر گـوشی بـاستشاره و استخاره پرداختند در حالیکه ما باکمال تشخص و تفرعن بدون آنکه کیکمان بگزد پك بچپوق میزدیم و فیس و افاده میفروختیم .

نتیجهٔ مشورت و کنگاش این شد که باید ما را بپزند و دممان را ببینند. یکنفرشان شیرعلی را بکناری کشید و کدخدا نیز با چرب زبانی و چاپلوسی هـرچه تمامتر بمن نزدیك شدو گفت آقا ، هم من و هم سایر اهل این ده ارادت و اخـلاص عجیبی بتو پیدا کرده‌ایم . حقا که خضر وقتی که خداوند خودش برای خلاصی ما بیچارگان فرستاده است . کسی که ما را از این ورطه نجات دهد توئی و جز تو کسی نخواهد بود.

کدخدا این سخنان تملق‌آمیز را میزد ومن با وقار تمام بی‌صدا و بی‌حرکت بـا چپوق خود بازی میکردم . اما اگر راستش را بخواهید همینکه پای رشوه بمیان آمـد حالم دگرگون شد . کدخدا گفت ما مشورت کردیم و باین نتیجه رسیدیم که چیزی را

که نداریم چطور میتوانیم بفرستیم. در این هیچ حرفی نیست و امری است مسلم اما آمدیم بر سر اینکه اگر سرکار این بلا را از سرما دفع کنید حاضریم چیزی که قابل شما باشد پیشکش کنیم.

در جواب گفتم بسیار خوب . اما ما تنها نیستیم و بزرگی داریم و اگر دم او را نبینید این حرفها همه مفت است. ازین گذشته چرب کردن دست او را روغن بمن باید نه بسیر ومثقال .

صدای کدخدا بلند شد که چه باید کرد ، هرچه داریم ظاهر و باطن . بار ما امسال خیلی سنگین بود و بجز زن وفرزند چیزی برایمان باقی نمانده است .

گفتم رفیق راستش این است که اگر پول نقد دردستگاهتان پیدا نمیشود بی‌جهت زحمت بخود ندهید . با پول نقد بالای سبیل شاه میتوان نقاره زد در صورتیکه بی‌مایه فطیر است و بدون پول بجز ضرب چوب و شلاق چیزی در میان نخواهد بود.

کدخدا بنای آه و ناله را گذاشت که آخر پول از کجا . اینقدر کمیاب است که اگر یك قرانش بدست زنهای ما بیفتد برسم دعا و تعویذ بگردن خود می آویزند و ما که مردهای آنها هستیم اگر دستمان به‌پنجاه تومان برسد خود را مالك کوه نور می‌شماریم و در زیر یك ذرع خاك پنهان میکنیم وعلم قارونی بلند میکنیم. آنگاه سر بگوشم فرود آورد که تو مردی هستی دیندار وبا فهم . احمق نیستی. اگر راهی برای رهائی‌ما میدانی بی‌جهت ما را در دهان شیر مینداز. رفیقم را نشان دهان گفت حالا باید دید قاپ اینرا چطور میتوان دزدیدو چمش را بدست آورد . آیا خیال نمیکنی که با پنج تومان پول نقد و یك شلوار قصب سرخ بتوانیم دهانش را ببندیم و بخدایش بسپاریم.

گفتم اینرا نمیدانم ولی‌میدانم که ذرة المثقالی رحم در دلش نیست. پنج تومان را ده تومان بکنید وشلوار را هم یك دست رخت بکنید تا شاید بقبولانمش و زیر بار برود.

پیرمرد آهی کشیده گفت خیلی زیاد است. تمام این ده باین مبلغ نمیارزد . تو او را بهمان که گفتم راضی کن پیشکش تو هم بالای چشممان،ترا هم نخواهیم گذاشت ناراضی بروی.

گفتگو بهمینجا خاتمه یافت . دلم میخواست بدانم آن دهاتی دیگر در گوش شیرعلی چه یاسینی خوانده است و شیرعلی نهایت اشتیاق را داشت که بداند کدخدا بمن

چه افسونی دمیده است. خود را بیکدیگر رساندیم و از آنچه در میان گذشته بود یک‌دیگر را واقف ساختیم. معلوم شد میخواسته‌اند بدانند ما چند مرده حلاجیم و توقعاتمان به‌چه میزان است. بشیر علی گفتم رفیق من ترا جانوری قلم داده‌ام که شمر جلودارش نمی‌شود و با این یك شاهی وصد دینارها سیرشدنی نیستی. در گوششان خواندم‌همچنانکه شتر مرغ آهن میجود تو نقره وطلا میجوی ومیگواری. گفتم حرص وطمعت بحدی است که از آحاد و عشرات با تو صحبت داشتن کفر محض است و گوشت بجزمآت و الوف حرف دیگری نمیشنود.

شیر علی گفت هر چه گفته‌ای راست گفته‌ای و خوب گفته ای. اگر ترا راضی نکنند با همه نرمی که در سرشت من است هر نوع سختی از دستم برمیآید.

سرانجام اهالی ده از کوچك و بزرگ پس از مشورت و نجوای بسیار بدنبال کدخدا مقداری سیب و گلابی و عسل و پنیر تازه در طبقی آوردند و با کمال فروتنی بنای التماس را گذاشتند که اینرا بپذیرید و منتی برما بنهید. کدخداهم آهسته‌پنج‌تومان و شلوار کذائی را در جلو ما گذاشت و از بیچارگی و تهیدستی اهل ده وویرانی خانه و مزارع بنوعی سخن گفت که بجز دل شیرعلی هر دلی حتی دل گرگ بیابان آب میشد.

بالاتفاق هدایا را عقب‌زده پیش ایشان انداختیم. بیچاره‌ها دست از پا درازتر طبق را بر سر گرفتند و بحال زار دور شدند و پس از نیم ساعتی کدخدا بدستورالعمل‌جماعت با ده تومان پول نقد و یکدست رخت مراجعت نمود. همینکه میوه‌ها را که از نو آورده بودند خوردیم و شیر علی ده تومان را در جیب و رخت را در خرجین جا داد کدخدارا مخاطب ساخته گفتم پس سهم من کجا رفت. جوابی نشنیدم و بجز حرکاتی‌مرموز واشارتی لاینحل چیزی دستگیرم نگردید.

با بی تابی و اوقات تلخی هرچه تمامتر صدایم بلند شد که آخر کو، کجا رفت، چه شد، چقدر، کو ... بآرامی گفت قدری تأمل بفرمائید، هنوز حاضر نیست.

بالاخره پس از کنگاش بسیار دهقانان همان شلوار مرده ریگ رد کردهٔ شیر علی را در سینی بزرگی با سخنان اعتذاری بمراتب از سینی بزرگتر بحضورم آوردند.

بانگ برآوردم که این چیست. عجب مخلوق بی‌شرم و بی‌چشم و روئی هستید. مگر فراموش کرده‌اید که من نسقچی‌ام. من پدر آدم را جلوچشمش میآورم. بلائی به

سرتان بیاورم که اگر روی نان بگذاری سگ نخورد . کدخدا ، توخیال کردی که مردم مانند خودت الاغند . با این شلیتهٔ مادر صمد که‌هفت هشت لنگ کوتاه و دراز را زیارت کرده میخواهی مرا احیا کنی . پنداشتی با این پیراهن یوسف چشم من روشن خواهد شد . این پیراهن عثمان ارزانی خودت باشد . بردار و برو گم شو و خواهی دید که نسقچی پادشاه در عوض این شلوار شلخته چه پا تابه‌ای برای آدم میدوزد.

کدخدا درصدد دلجوئی بر آمد اما ناگاه شیر علی دست دراز کرده شلوار را برداشت که ببینم چطور است وچه جنسی است و مانندآدمی که متاعی را براندازکند رو بآفتاب گرفته پشت و روی آنرا بدقت نگاه کرد و سپس تا کرده در خرجین نهاد و گفت هیچ عیبی ندارد، بدچیزی نیست ، من قبولش دارم ، کدخداخانه‌ات آبادان.

مردم ده انگشت بدهان چنان مات و متحیر ماندند که احدی فرصت وجرئت پیدا نکرد که دهان بگشاید. من بادست خالی ولنگ بی‌شلوار چیزی که دستگیرم شدفهمیدم که بحکم تجربه ازآن پس با همقطاران و یاران خود بچه‌طرز باید معامله کنم و با کسی که خود را دوست من میخواند باچه دیده‌ای باید بنگرم و معنی عمر دوبایست دراین روزگار برایم روشن گردید .

گفتار سی و پنجم

تغییر قیافهٔ طالع از ترشروئی بخنده روئی و رسیدن حاجی بابا بمقام وکیل نایب نسقچی باشی

تنها پیشکشی که باردو بردیم دو رأس بره بزرگی بود که بترك قاطر بنه بسته بودیم. در ورود باردو اول پیش نایب رفتیم و او مارا بخدمت رئیس برد. رئیس درچادر با جمعی از رفقا سرگرم اختلاط بود و همینکه چشمش به شیرعلی افتاد گفت خوب، چه کردی، سیورسات را آوردی یا کدخدا را.

شیر علی به پته پته افتاد و گفت خدمت سرکار عرض میشود که نه سیورسات و نه کدخدا را. اهالی قاچ سوار دوتا بره تقدیم داشته‌اند وما بچشم خود دیدیم که بیچاره‌ها بجز این دو بره چیزی در بساطشان نبود و حتی بخدا قسم جان در جسد نداشتند. دارو ندارشان را از دستشان گرفته‌اند و آنها را بخاك سیاه نشانده‌اند و نه تنها چیزی ندارند که بدهند بلکه بالعکس اگرقوت لایموتی بانها نرسد از گرسنگی گوشت یکدیگر را خواهند خورد.

نامردخان: بسیار خوب، اگر گوسفند ندارند پس این بره‌ها را از کجا آوردند.

آیا خودشان زائیده‌اند.

شیر علی : صحیح است، فرمایش سرکار درست است. اما صحبت سر گندم بود نـه سر گوسفند.

نامردخان: چرا بموجب فرمان کدخدا و ریش سفیدها را نیاوردی . اگر خودم آنجا بودم زنده زنده آتششان میزدم، مرد و زن‌را زانو بند میکردم تا بدارائی خود اقرار بدهند . بگو ببینم چـرا نیاوردی، چرا دست خالی برگشتی . شیر علی در حالیکه مرا نشان میداد استشهاد از من میکرد : مـا آنچه بـاید بکنیم کردیم و کوتـاهی نکردیم . بستیم، زدیم، فحش دادیم، ترساندیم و از زندان و غل و زنجیر حرفها زدیم. حاجی شاهد است. همه‌را دید و شنید و گفت که اگر پول ندهید احدی بشما رحم نخواهد کرد. هیچ فرو گذار نکردیم و بآنها فهماندیم کـه خان اهل تـرحم و مرحمت نیست و اگر زیـر دستش بیفتید دمار از روزگارتان برمیآورد و خلاصی نخواهید داشت.

نامردخان: اینها را همه‌را گفتید.

شیر علی: بسر خودتان گفتیم و چنان ترسیدند که اگر زمین دهان باز میکرد در زمین فرو میرفتند.

نامردخان خطاب بمن : حـاجی، این چه میگوید . نمیفهمم چرا اینها را پیش من نیاورده است .

من (با تواضع تمام) : راستش این است که بنده‌هم نمیفهمم . نایب دوم او بود و همه‌کاره او من هیچکاره بودم. نامردخان (با خشم وغضب رو بحضار): این دوپدر سوخته بد با هم نساخته‌اند. شیر علی بسرمن، بنان و نمك پادشاه‌راست وپوست کنده بگو ببینم چقدر گرفتی . حاجی، تو که یك ماهی بیش نیست کـه در خدمت من وارد شده‌ای، بگو ببینم چقدر بجیب زده‌ای .

هر چه قسم خوردیم و عذر و بهانه آوردیم نـه بگوش کسی رفت و نـه کسی باور کرد. آخر الامر ما را از چادر بیرون کردند و بدست نایب سپردند تا کدخدا را حاضر کنند و روبرو کنند. همینکه بـا شیر علی تنهـا ماندیم فی‌الفور خواست آنچه را گرفته بود با من قسمت کند. ده تومان را از جیب در آورد که نصفش را بمن بدهد. رد کردم و گفتم رفیق ، حالا دیگر کار ازکار گذشته است . هر کس خربزه میخورد پای لرزش هم

باید بنشیند. شراب را تو خورده‌ای درد سرخمار هم‌مال خودت باشد. من چرا خودم را در عذاب بیندازم. تو خود درس خوبی بمن دادی. دست مریزاد.

بسیار باین در و آن در زد که در موقع روبرو شدن با کدخدا از بیخ حاشا کند و هر طور قسم بخورد من هم شهادت بصدق گفتار او بدهم. زیر بـار نرفتم و فریب و عدو وعیدش را نخوردم. میگفت «اگر پای من بفلك برود زندگی برمن حرام خواهد شد. بهمه چیز تـن در میدهم الا بچوب خوردن. من چوب زنـان را چندان رنجانـده‌ام و بیرحمی در حقشان روا داشته‌ام کـه اگر بدستشان بیفتم زنده جان بدر نخواهم برد». سوگندها یاد کرد که اگر بمیرم زیر بار چوب خوردن نخواهم رفت.

وقتی ما را بحضور خواستند یارو دود شده بود و بهوا رفته بود و جای پـایش را هم پیدا نکردند. رفت بدانجائی که عرب نی میاندازد. از من تحقیق حالش را خواستند گفتم همینقدر میدانم که از چوب خوردن بی‌اندازه میترسید.

همینکه کدخدا و ریش سفیدهـا را آوردند مرا برای روبرو کردن بردند. همه باتفاق گفتند که حاجی آدم متدینی بود و چیزی نخواست و چیزی نگرفت و بلکه اصرار هم داشت که پیشکشی‌را باید به بزرگ ما داد. همهٔ تقصیرها را بگردن شیرعلی انداختند و همه شکایتها را ازو کردند و گفتند هر بلائی بسر ما آمده ازو آمده است وپوست بدن مجروح ما بدست او کنده شد.

این قضایا همه آهسته آهسته در خیر و صلاح من بود و راه پیشرفت را در مقابل من باز میکرد. داستان راستی و درستی و امانت من بهر سو پیچید و ورد زبانها گردید که حاجی‌در کاردانی بی همتا ویگانه روزگاراست. یکی میگفت از برکت علمی است که در طبابت دارد. دیگری میگفت فهمیده است کـه آبرو بهتر از مال دنیاست. آن دیگری میگفت نتیجهٔ عاقبت اندیشی اوست و دیگری هم معتقد بود که حاجی کهنه اصفهانی است و جائی نمیخوابد که آب زیرش برود.

بـاری بـاستادی و دانـائی و رندی و زرنگی مشهور شدم و معلوم گردید که طالع بکام است و بخت موافق و ایام مسعود و مبارك. نتیجهٔ این قضایا آن شد که بجای شیر-علی نـایب دوم نسقچی بـاشی کل ممالك محروسهٔ ایران شدم. شاید خواننده این منصب را منصبی کوچك شمارد ولی بزودی خواهیددید که منصبی بس بزرگ بوده است.

گفتار سی و ششم

ترحم و شفقت از طرف میر غضب

سپاه روس که در آن ایام با پادشاه ایران جنگ داشت در خاك گرجستان بود. بیم آن میرفت که از سر حد در میان دو رودخانهٔ ارس و کور بگذرد. حاکم ایروان ملقب بسردار و مقرب شهریار ازچندی پیش با طلیعه و پیشروان سپاه روس بطریق جنگ و گریز وستیز وآویز دهات وقصبات سر راه را خراب میکرد و ویران میساخت. قشونی در تحت فرماندهی ظاهری ولیعهد که حکومت آذربایجان داشت در نزدیکی آنجا قصد آن داشت که دشمن را تا تفلیس و یا باصطلاح درباریان تا پشت دیوار شهر مسکو عقب بنشاند.

در اردوی شاهی هر روز و هر ساعت منتظر خبر یورش به قمشلو و در تدارك تشریفات عریض و طویل پذیرائی سران بریدهٔ دشمنان که بعلامت و نشانهٔ فتح و ظفر باید برسد. عاقبت چاپاری جلو ریز بهمراهی پنج بار سر بریده وارد اردو شد. سرها را باطنطنهٔ تام و تمام در سر راه چادرها چیدند ولی چون بااصرار تمام وابرام و تاکید هر چه تمامتر تقاضای کمك هم شده بود حدس زده میشد که حادثهٔ تازه‌ای نیز واقع شده باشد و از این جهت سر کردهٔ ما نامردخان را فردای همان روز با ده هزار سوار مأمور نمودند که هر چه زودتر خود را بکنار رودخانهٔ ارس برساند.

مین‌باشیان ویوزباشیان واون‌باشیان‌در اردو بدین‌سو و بدان‌سو شتابان‌در‌تهیه‌و‌تدارك کار حرکت نامردخان بودند ودستور العمل بود که میدادند و میگرفتند. چادر نامردخان مملو بود از سران سپاه و نامردخان بهر یك در باب حرکت و رفتار دستورالعملهای مخصوصی میداد.

مأموریت من عبارت بود از اینکه با یك فوج نسقچی یك روز زودتر ازهمه برای ترتیب سیورسات حرکت نمایم. این‌کار غیرت و همت و کوشش بسیار لازم داشت. اگر بفکر پر کردن کیسه بودم از آن بهتر فرصتی بدست نمیآمد اما چون از بلائی که برسر شیر علی آمده بود چشمم باز شده بود جرأت رشوت گرفتن و جیب و کیسه پر کردن نداشتم و با آب قناعت آتش حرص و طمع را فرو می‌نشاندم.

با ابوابجمعی خود شتابان، یك روز قبل از ورود اردو بایروان رسیدیم. سردار هم بعداز هجوم بر قمشلو خود را بدانجا کشیده و درانتظار سواران نامردخان بود. اردوی ولیعهد از جانب دیگر سرحد بطرف گنجه که بتازگی بدست دشمن افتاده بود میرفت و چون ولیعهد نمیتوانست از لشکر خود بکاهد سردار از اردوی شاهی استعانت میطلبید.

پس از ملاقات سردار با نامردخان و کنگاش ایشان با هم قرار دادند که برای اطلاع یافتن از حرکت روس بهر سوی جاسوس روانه دارند. من با بیست نفر از جانب نامردخان مأمور اینکار شدیم. سردار نیز بعنوان بلد بیست نفر همراهمان کرد.

در وقت غروب آفتاب همه جمع شدیم و در اذان الله‌اکبر براه افتادیم. در نزدیکیهای طلوع آفتاب بدهکدهٔ اشترك رسیدیم تا از آنجا به قرق‌کلیسا مرکز و جایگاه خلیفهٔ ارامنه برویم. در کنار پل اشترك خرابه‌های کلیساهای ارمنیان بسیار است. ناگاه یکی از همراهان بانگ برآورد که ناد علیاً مظهرالعجایب. این هیئت غریب و عجیب چیست. آنچه را من می‌بینم آیا شما هم می‌بینید یا نمی‌بینید.

یکی گفت «من هم می‌بینم، غول بیابانی‌است. این ساعت ساعت غولان‌است که میآیند و مرده‌ها را میخورند. لابد الان هم مرده میخورد».

من هم براستی چیزی میدیدم اما درست تشخیص نمیدادم.

سر پل ایستادیم و چشمها را بجانب سیاهی دوخته همه یقین داشتیم که چیزی‌است خارق العاده و مـاورای طبیعت. همه پناه به پیغمبر و امام میبردند و احدی یـاری پیش رفتن نداشت و هر یك برای دفع ضرر و گریزاندن غول دعا و عزائمی میخواند. پیری عراقی در میان ما بود، گفت «بند تنبانها را باز کنید تا فرار کند. ما در اصفهان تجربه کرده‌ایم و بسیار مجرب است».

جوانی تـرك گفت «این تجربـهٔ بند تنبـانی برای گریزاندن غول اصفهان است، غول آذربایجان باین چیزها از میدان درنمیرود. باید پاچه را ور مالید و بجنگش رفت». این بگفت و اسب برانگیخت و پس از لحظه‌ای خبر آورد که «غول زنی است با چادر سفید و با مردی در پناه دیوار پنهان شده‌اند».

وظیفه‌ام بود که ته وتوی مطلب را در آورم و لهذا با پنج شش تن از همراهـان بدانسو روانه شدیم.

در زیر طاق شکسته و خرابی زنی دیدیم نیم مرده که بـر روی زمین دراز کشیده و جوانی سر بگریبان در پهلویش نشسته بود. هر دو جوان و در لباس گرجی بودندو با آنکه زن درپرده وزرد گونه بود آثار وجاهت ازو پیدا بود. جوان، قمه در کمر، تفنگی بدیوار نهاده چنان برازنده بود که هرگز مانند آنرا ندیده بودم. نقاب سفید همسرش جا بجا دریده و خونین بود.

گفتم «شما دو نفر اینجا چه میکنید، اگر رهگذرید چرا بده نمیروید».

جوان سر بـرداشت و گفت «ای جـوان روز یـاری و دستگیری است. اگر هـم مـأمـوری کـه ما را بگیری تـرا بحق مردی و مردانگی ایـن زن را از چنگ سردار نجات بده».

گفتم «نه، هرگز مأمور نیستم. اما بگو ببینم از کجا میآئی وبکجا میروی».

گفت «آن به که نپرسی‌تو وما نیزنگوئیم   کافسانهٔ ما باعث صد گونه ملالست». قبل از همه چیزاستدعا دارم این زن نیم مرده را به پناهگاهی برسان که نمیرد، می‌بینی که مجروح است واحتیاج بمواظبت دارد. آنگاه من‌داستان‌خودرا برایت حکایت خواهم کرد و یقین دارم بحال ما ترحم خواهی کرد. خدا را شکر که ازکسان سردار نیستی.»

بقدری دلم بحالش سوخته بود کـــه محتاج التماس نبود. وعده یاری دادم و زنش را در حالی که آه و نالهاش بلند بود بخانهٔ پیرزنی بردیم و بــه پرستار ماهری سپردیم. وقتی جوان گفت « ارمنی و از اهل اشترك هستم » دیدم کار بر وفق مراد است .

گفتار سی و هفتم

سرگذشت یوسف ارمنی و زنش

قصدم این بود که برای استراحت خود وهمراهان و چراندن اسبهایمان خود را بکوه ابهران برسانم ولی قبیله‌ای که باید بما سیورسات ومنزل بدهد از ترس جنگ متواری‌شده بکوهها گریخته بود و ناچار شدیم بامید خبر گرفتن از روسها در اشترك بمانیم.

بعد از دو ساعتی خواب و صرف غذای مختصری جوان ارمنی را خواستم تا شرح حال خود و مخصوصاً تفصیل فرارش را برایم بگوید. چون روز روشن شده بود ازوجنات و حرکاتش استنباط کردم که در سرگذشتش نباید چیزی دروغ و ساختگی باشد. داستان خود را بدینگونه حکایت کرد:

«من ارمنی هستم و اسمم یوسف است و پدرم کدخدای دهکدهٔ قمشلو است که در دو فرسنگی اینجا واقع است وکلیهٔ ساکنینش ارمنی هستند. محلی است خوش و خرم ولی چون کوهستانی است از ظلم و جور حکام نسبتاً در امانیم. عمو وخالویم که در خدمت اوچ کلیسا بودند میخواستند مرا نیز بدانجا مربوط سازندو بمدرسهٔ کلیسافرستادند.

در کتابخانهٔ مدرسه هرچند اغلب کتابها کتابهای مذهبی بود کتابی در تاریخ ارمنیان خواندم و فهمیدم که ما وقتی در دنیا قومی و ملتی و صاحب استقلال و حکمرانی بوده‌ایم و سلسلهٔ غیرت و عصبیتم بحرکت آمد و لهذا از فکر کشیش شدن منصرف گردیدم و پیشهٔ سپاهیگری اختیار کردم. در همان اثنا میان روس و ایران جنگ درگرفت و دهکدهٔ ما در رهگذر دو لشکرواقع گردید. بقصد یاری خانواده‌ام بدانجا شتافتم و دیدم زراعتی که مایهٔ زندگانی ماست وآب و نان ما را میدهد پایمال سواره و پیادهٔ فریقین گردیده است. آشنا و بیگانه را ترسان و هراسان یافتم. تا اینجا هرچه گفتم شرح‌حال عمومی بود اما آنچه بخودم ارتباط دارد بدینگونه است. روزی که مسلح در کشتزار بودم سواری از سواران ایرانی‌را دیدم که زنی را درترك گرفته وازمیان‌دره‌ای که در نزدیکی من واقع بود میگذرد. همینکه چشم زن از دور بمن افتاد طلب یاری کرد و من نیز بحکم غیرت و جوانمردی تیغ بر دست دروسط دره سرراه بر سوار گرفتم، سوار با سرباری که داشت نتوانست دست بشمشیر یا به تفنگ ببرد و خواست بگریزد ولی اسبش رم کرد و زن از ترکش بزمین افتاد، خواست با من درآویزد ولی حریف را مهیا دید و ازترس جان فرارا بر قرار ترجیح داد.

من بیاری این زن دویدم. در لباس ارمنیان بود. در صدد پرستاری و تیمارش برآمدم و بهترین دخترانش یافتم.

«سیم خد، سرو قد، فرشته همال — مشك مو، ماه رو، ستاره جبین»
«بدل سرمه در دو چشمش ناز — عوض شانه در دو زلفش چین»
«باد در زلفگانش حلقه شمار — ناز در چشمهاش گوشه نشین»

سالش چهارده و بهتر از ماه چهارده. چون چشمش برو افتاد از پای در افتادم. زانویم لرزیدن گرفت و دلم طپیدن. عشقش چنان برسر تا پایم استیلا یافت که «گفتی ازین جهان بجهان دگر شدم» اگرچشم باز نکرده بود تا قیامت از دیدارش دیده بر نمیکندم.

چون خود را درآغوش بیگانه دید از عقل بیگانه گردید، هراسان چهره بخراشید که «خوابست یا خیال. من و بیگانه، امری‌است محال» اما چون مرا با خود همجنس و هم نژاد دید از هراسش کاست. گناه من در نظر او نه این بود که اورا از چنگ دشمن

ربوده بلکه چرا نقابش را گشوده بودم. خود نیز میدانستم که در میان ارمنیان بجز شوهر کسی حق گشودن نقاب ندارد. سوگند خوردم که گشودن برقع نه از روی هوای بود و هوس بلکه برای افاقت و تیمار وجود او بود و بس و هم قول دادم که این راز در میان من و او خواهد ماند واحدی از آن آگاهی نخواهد یافت.

همینکه قدری آرام شد گفت «من این مرد ایرانی را هیچ نمیشناختم اما چند روز پیش ازین زدوخوردی میان ایرانیان و گرجیان در گرفت و ایرانیها جمعی از گرجیها را اسیر گرفتند، این مرد خواست درآب گل‌آلود ماهی بگیرد و مرا باسم اسیر گرجی نشان کرده بود. امروز صبح زود چون هر روز کوزه بدست بسرچشمه رفتم که آب بخانه بیاورم. از پشت دیوار، کارد بدست بیرون جست و گفت «خدا شاهد است که اگر صدایت درآید شکمت را میدرم». مرا از زمین برداشته بترك اسب خود نشاند و براند، دختری چند از دور قضیه را دیدند ولابد بخانواده‌ام خبر برده‌اند. این مرد ایرانی مرا از راه و نیمه راه بدینجا رسانید و با همهٔ تهدیدهایش نترسیدم و از تو یاری خواستم و باقی را خود خوب میدانی».

درهمان حال جمعی سواره و پیاده تازان و دوان فرا رسیدند. دخترك فریاد برآورد «خویشان و کسان منند» یکدیگر را بشناختند و ببوس و کنار و دعا و نفرین پرداختند. من سخت نگران بودم که مبادا در میان این جمع نامزدی داشته باشد اما حمد خدا را که نداشت. دختر مرا نجات دهندهٔ خود معرفی کرد و آنها نیز هر یك بزبانی از من سپاسگزاری کردند. پدرش نام و نسبم پرسید، بگفتم. آشنا و شناسا درآمد و شادمان گردید و برای ادای شکرانه باصرار و ابرام بمنزل خود بمیهمانیم برد.

در نزدیکی ده مرد و زن بتماشای ما شتافتند. یکی میگفت «دیوی آهن سرو پولاد پنجه روئین تن و زره در بر بر توسن سوار که هنگام پویه زمین را شکافتی و چون رعد غریدی، مریم را ربود» دیگری میگفت «این دیو دجال آن فرشته‌ای بود که در سر چشمه حضرت مریم عذرا را حامله ساخت»، روستائی دیگری گفت «فرشتهٔ دیگری بصورت جوان کشاورزی از میان ابر بکوه و از کوه بدره فرود آمد با سلاحی اژدر شکل و آتش فشان و سر راه بر آن دیو ایرانی بگرفت و مریم را از دست او رها ساخت و آن نابکار را چون خاکستر بباد نیستی و فنا داد و خود ناپدید گردید». دیگری نظرخودرا

بدینگونه اظهار داشت، گفت «این فرشته همانا روح‌القدس مجسم بود که بخلاص مریم آمد». خلاصه‌آنکه بمن بدیدهٔ یك فرشته مینگریستند و من نیز سخت بخود میبالیدم و آرزو میکردم که بهمین اعتقاد باقی بمانند اما افسوس که کودکی که بارها مرا در دنبال گاو و گوسفند دیده بود بشناخت و گفت «این فرشته پسر فلان قمشلوئی است». بااینهمه وجودم را اعجازآمیز وکارم را معجزه شمردند. خویشان مریم از بیان شکر عاجز بودند و من از تقریر عشق و شوق. میسوختم و میساختم. بخصوص که دیگراورا بی نقاب ندیدم و ترسیدم که آن کیف و لذت دنباله نداشته باشد. پیش خود گفتم.

«دست از طلب ندارم تاکام من برآید یا جان رسد بجانان یا جان زتن برآید»

و عزم را جزم ساختم که اگر همه باید با دجال جول بروم تاآن فرشته را بدست نیاورم آرام نخواهم داشت.

ازآن روز ببعد هرگاه در کوچه بمریم برمیخوردم ولو گفتگوئی هم بمیان نمی‌آمد احساس میکردم که مهربانی دو جانبه است. بدست و پای پدرم افتادم و مادر را شفیع ساختم که مریم را بهرقیمتی باشد برایم خواستاری کنند. پدرم بالتماس افتاد که «فرزند آیا حالا موقع عروسی است. من بی سرو سامان و جنگ در میان بااین عرصات عروسی چه معنی دارد». اما سرانجام چنان زورآوردم و چندان زاری کردم تا راضی شد و بخواستاری رفتند. پدر و مادر مریم نیز راضی شدند. مراسم نامزدی بعمل‌آمد و شیرینی خوران هم شد و در تدارك عروسی بودیم که ده ما بدست روسها افتاد وخانهٔ ما بحکم اینکه خانهٔ کدخداست منزل سرهنگ روسی شد. من‌از روسها کمتراز‌ایرانیان میترسیدم. سرهنگ روسی را با ما التفاتی بود اما من از بابت مریم دلم قرص بود و بیم و هراسی بخود راه نمیدادم.

این سرهنگ مردی بود بعینه نسناس. صورتش صورت برصیان‌را بخاطر میآورد. سفید پوست بود ومویش مانند تیغ خارپشت و برنگ کاه، چشمهایش ریز و گود و کبود بلکه زاغ، درپشت تپهٔ عذار در دامنهٔ کوه پیشانی میدرخشید. دماغش اندکی گوشت بود با دو سوراخ کوچك.چانه‌اش نوره کشیده و در نوك آن یك مشت مو نمایان «مگس گفتی بنوك تیز تخم مرغ ریدستی»

باری شب زفاف فرا رسید و من در حجله بودم که ناگاه طوفانی برخاست. از

یکطرف رعد و برق و باران و از طرف دیگر غرش توپ و تفنگ و شیهٔ اسبان گوش

فلك را کر میکرد. چیزی درمیان حجره افتاد. گمان کردم برق است. فریاد کشیدم که «مریم بگریز» در کار جستن نقابش بود که من بیهوش افتادم .

وقتی بهوش آمدم عروسی در مخیله‌ام جز خواب و خیال چیزی ننمود. درروشنائی برق سرهنگ روسی را در حالیکه خون از سر و صورتش روان بود در دست سربازان ایرانی دیدم، ایرانیان در پی فراریان روسی بودند. مردم ازین بام بآن‌بام میگریختند. دو سواررا دیدم که هر يك زنی را بترك گرفته و میتازند، بیاد مریم افتادم. از پی آنها دویدم، آنقدر دویدم تا دیگر پایم را یارا نماند و باز بیهوش افتادم. تا صبح بیهوش ماندم فردای آن روز چون بحال آمدم خود را بده رساندم ده را خراب دیدم ومردم را باسیری برده بودند .

ایرانیان در کار شادمانی فتح و فیروزی خود بودند که خبر ورود روسها رسید، ایرانیها بشتاب ازآنجا خیمه کنده بسوی ایروان رهسپار شدند .

چندی از مریم بی خبر ماندم و سرانجام شنیدم که در ایروان در سرای سردار است. خود را بایروان رساندم و در کنار پل زنگی که دارالحکومه مشرف برآنست پانزده روز تمام ایستادم و حرکت نکردم. اثری از مریم ندیدم. عاقبت روزی ببالای بام

آمد و چشمش بر من افتاد و مرا بشناخت، بدست اشاره کرد کــه جلو بیا. خودم را در رودخانه انــداختم و شنا کنان بپای برج رسیدم. مریم از بالای برج بی پروا خود را بپائین انداخت. خدا خواست که در نیمهٔ راه بشاخهٔ درخت بیدی گیر کرد. زخمدار شد ولی زنده ماند. او را ربودم و شنا کنان بکنار رسیدم و تا بدینجا رساندم. اینك این من و این او.»

گفتار سی و هشتم

تتمهٔ سرگذشت یوسف ارمنی و نیت حاجی‌بابا

یوسف سرگذشت‌خود را بطور خلاصه بپایان رسانید و من سخت متعجب ماندم. اجازه خواست که برود زنش را ببیند و بمن خبر بیاورد.

همینکه تنها ماندم با خود گفتم «این جوان چنین حکایتی را نمیتواند ساخته باشد و باید واقعیت داشته باشد وزن خون آلود گواه صادق است. اگر بگذارم فرار کند جواب سردار را چگونه میتوانم بدهم. نه تنها منصبم از دستم خواهد رفت بلکه حرف در سروگوش و بینی است که بریده خواهد شد. اگر رها کنم با نسقچیگری منافی است، لقمان حکیم خوب گفته که «اگر پلنگی براستی باش تا جانوران بدانند که باکه سروکار دارند اما اگر درازگوش باشی و پوست پلنگ بر خود بپوشی پوستت را بدتر ازآن میکنند که خر واقعی باشی».

من دودل که پلنگ واقعی باشم یا خری درپوست پلنگ که یوسف برگشت وخبر آورد که مریم بخودآمده و آرام شده است اما از بس خون ازو رفته است ضعف زیادی بر او عارض شده است و از صدمه‌ای که بساق پایش واردآمده در زحمت است و تاچند

روز دیگر نمیتواند از اینجا حرکت کند ، مگر آنکه سردار بدنبالمان بفرستد و مجبور بحرکت شویم .

یوسف گفت زینب چون قدرت سخن گفتن نداشت شرح حال خود را پس از گریختن از قمشلو بدینقرار حکایت نموده گفت « چون از حجله گاه با نقاب بیرون دویدم بدست یکنفر سرباز ایرانی دستگیر شدم. در روشنائی برق صاحب جمالم دید و لهذا بدستیاری یکنفر از یارانش مرا باردو برد و به سردار فروخت ، باآن حال در نظر سردار جلوه نکردم و مرا باندرون فرستاد . من نیز ابداً نمیخواستم جلوه‌ای داشته باشم بخصوص که حرکات واطوار وحشیانهٔ اورا با اندرونیانش شنیده بودم، گفتم زن شوهردارم و نام شوهرم فلان است . چون در خانهٔ مسلمانان زن شوهردار محترم است محترمم داشتند و کسی بخیال من نیفتاد . اما از شومی بخت و بامید رهایی راز خود را با یکنفر درمیان نهادم و او نیز برای خود نمائی خبر بسردار برد . سردار خواست که بدختری خود اقرار نمایم و احضارم نمود و میخواست فی‌الفور بوصال برسد. بخیال فرار افتادم. راهها بسته بود و تا آنگاه متوجه پرتگاهی که در پای پنجره‌ام بود نشده بودم همینکه چشمم بدانجا افتاد خیال کردم بهتر است خود را از آنجا بپائین پرتاب کنم ولو هلاک شوم بهتر از این است که ناموس خود را بباد دهم . دوسه ساعت پیش از آنکه از بالای بام ترا ببینم سردار خبر فرستاد که باید بحمام بروم ومهیای پذیرایی او باشم . ببهانهٔ اینکه چند دقیقه‌کار محرمانه دارم زنها را بیرون فرستادم ودر را بستم و پنجره را گشودم و کردم آنچه دیدی تا بتو رسیدم ».

یوسف همینکه سرگذشت زینب را بآخر رسانید در طلب یاری من بنای التماس و التجا را نهاد . چون روز بالا آمده بود وهمراهانم برای کسب اطلاعاتی که مأمور آن بودیم سوار و در انتظار من بودند خیالی بخاطرم رسید که امیدوار بودم رفع اشکالات را بنماید .

یوسف را طلبیدم و گفتم « بعد ازین حکایتها نمیتوانم ترا رها سازم . تو باقرار خودت زنی را از اندرون سردار گریزانده‌ای و خودت خوب میدانی که در عالم‌مسلمانی بالاتر ازین خطائی وجود ندارد . ناچارم که ترا به ایروان بفرستم ، اما نمیفرستم ، تو باما بیا و در جاهای نابلد بلدما باش. اگر غیرتی درست ابراز داشتی و خدمت بزرگی

انجام دادی پاداش خواهی دید و من هم در خدمت سردارکاری خواهم کرد که انشاءالله با زنت خلاص شوی. بالفعل زینب در اینجا آسوده است و تا تو برگردی از زحمت و درد صدماتی که دیده خلاصی یافته است».

جوان از شنیدن این سخنان شادمان گردید و دستم ببوسید. بموجب دستور العمل من با زنش وداع کرد و تمام اسلحه بهمراه ما روان گردید و مانند گوزن کوهی در یك چشم بهمزدن در پیش چشم ما خود را بقله کوه رسانید.

گفتار سی و نهم
اعتماد حاجی‌بابا به یوسف ارمنی

براهنمائی یوسف که درظاهر بلد ما بود ازمیان دره‌ها و کوههای خلوت و راه‌های دزده بجانب سرحدات گرجستان رهسپار بودیم. چون از نزدیك دهی که مسقط‌الرأسش بود میگذشتیم اجازه نخواست که بدانجا سری بزند و گفت «بی زنم بدانجا نخواهم رفت». خبری که بسردار در باب جلوآمدن روسها رسیده بود دروغ در آمد ومعلوم شد که در کنار رودخانهٔ بمباکی قصبهٔ حماملو را تصرف کرده اند و مشغول استحکام قراکلیسا میباشند. چون زیاد ازقراکلیسا دور نبودیم خیلی مایل‌بودم که بتوانم از کم و کیف و چندو چون قشون روس اطلاعاتی بدست بیاورم. فکری بخاطرم رسید و باخود گفتم با این تدبیر یا این جوان ارمنی را بکشتن میدهم و یا اسباب رستگاری‌اورا فراهم خواهم‌ساخت. چه به‌ازین که اورا بحماملو بفرستم.اگراطلاعاتی‌را که دلخواه است‌آورد دیگر اشکالی در خلاصی او و زنش باقی نمیماند و اگر خائن از آب درآمد اورا تسلیم سردار میکنم و میگویم گریخته‌ات را آورده‌ام و انعام میطلبم.

مطلب را با او در میان نهادم. فوراً پس و پیش قضیه را در یافت و بلا تردید پذیرفت. کمر را تنگ بست و دامن بر میان زد و کلاه را کج نهاد و تفنگ را برشانه انداخت و راه کوه را پیش گرفت و بیك طرفةالعین در میان جنگلی که دامنه کوه را پوشانده بود ناپدید گردید.

دلی‌خان یکی از همراهان گفت «رفت که رفت، وعدهٔ ما و او بقیامت ماند».

گفتم « چرا،مگر دمش در دست ما نیست . مگر ارمنی که شد از زنش دست بر-میدارد » .

دلی خان جواب داد که « چون مسیحی است و روسها هم مسیحی هستند اگر بمیرد حاضر نخواهد شد که آنها را گذاشته نزد ما مسلمانها بر گردد. برسر همین اسب نذر می‌بندم که اگر خودش یوسف کنعان باشد و زنش زلیخای مصر دیگر هر گز چشم ما اورا نخواهد دید » .

پیرمردی با روی پرچین و چروك که از آفتاب سیاه و سوخته شده بود، با ریشی انبوه و ابروانی از ریش انبوه تر روی به دلی‌خان کرد و گفت « حرف مفت مزن، اسب تو شاهی است چطور بر سرآن نذر می‌بندی » .

دلی‌خان گفت « ببخشید ، اسب از خودم است ، از شاه نیست » .

مرا بمیانجیگری وحکمیت خواستند. گفتگو بدرازا کشید تا در چمنزاری از اسبان پیاده شدیم. هریك از ما در گوشه‌ای از جل اسبها و بالاپوش خودمان آفتاب گردانی ساختیم و اسبها را در مرغزار بچریدن و برجستن و فروجستن سردادیم . خیال داشتم که‌اگر یوسف تا شب نیامده باشد شب را در همانجا بسر ببریم . دو تن از همراهان را فرستادم تا برای تدارك شام دست وپائی کنند و مرغ و گوسفند و چیزهای دیگری بچنگ آورند. پس از ساعتی گوسفندی بزور از گلهٔ دهقانان بیاوردند . سرش را بریدیم و بسیخ کشیدیم. یاران بی‌پروا برآن تاختند اماسهم مرا باحترام جداگانه کنار گذاشتند. آفتاب داشت غروب میکرد واز یوسف خبری نشده بود. آمادهٔ خواب شدیم. دو نفر از همراهان مأمورپاسبانی وقراولی شدند. تقریباً نیم ساعتی از شب گذشته و ماه داشت غروب میکرد که ناگاه صدائی چندپشت‌سرهم شنیده‌شد. یقین کردیم که یوسف است وصدا را جواب

دادیم. طولی نکشید که صاحب صدا پیدا شد. خودش بود. با همه خستگی و کوفتگی راه قضیه را بدین قرار حکایت کرد .

« چون به حماملو رسیدم یکنفر از سالداتهای روس که از دهکدهٔ ما از دست ایرانیان گریخته بود مرا بشناخت . با او از در دوستی درآمدم. مرا بنزد سرکردهٔ خود برد. سرکرده با کمال دقت بتحقیق حالم پرداخت . ببهانهٔ اینکه بدنبال زنم میگردم گریبان خود را رها ساختم . بخصوص که اطلاعم بر خراب شدن ده و حملهٔ ایرانیان و جزئیات دیگر شاهد بر صداقتم بود » .

یوسف آنچه دلخواه بود از اطلاعات و اخبار آورده بود و بر طبق آن اطلاعات و بوسیلهٔ قیاس و احتمال حرکات دشمن و قوت و تعداد آنها را توانستم استنباط نمایم.

چون دیگر براستی و صداقت یوسف اعتماد داشتم اجازه دادم برود استراحت کند و بدستهٔ خودهم فرمان دادم که خود را برای مراجعت بایروان حاضر سازند . بحکم خستگی یوسف اورا بترك دیگران سوار کردیم و از کوتاه‌ترین راهها روان شدیم . در نزدیکی دهکده‌ای قدری استراحت کردیم تا ضمناً از حرکت سردار و نسقچی باشی هم خبری بدست آوریم . بیوسف هم اجازه دادم برود زنش را ببیند. شادی کنان برفت و بزودی برگشت و خبر بهبودی او راآورد.

چون آگاه شدیم که سردار و نسقچی‌باشی از ایروان بنزدیکی اوچ‌کلیسا آمده و در خانهٔ خلیفهٔ ارمنیها منزل کرده‌اند با یوسف روی بدانجاآوردیم.

گفتار چهلم

رفتار حاجی بابا نسبت برؤسای خود و یار و یاوری اواز مردم بدبخت

اوچ‌کلیسا در صحرای وسیع ومعمور ومشروبی در دامنهٔ کوه آغری داغ‌واقع است وآغری داغ همان کوه جودی است که باعتقاد عیسویان خاصه ارمنیان کشتی‌حضرت‌نوح درآنجا فرود آمده است. کلیسای‌آن که‌در مشرقزمین بتمول مشهور است درمیان‌دیوار-های بلند واقع است و درهای آهنین دارد. ارمنیها با کس وکار وخدم و حشم‌و رهبانان و کشیشان خود درآنجا ساکنند. ایرانیها رئیس مذهبی ارامنه را خلیفه میخوانند و خود

ارامنه با احترام تمام از اطراف و اکناف بزیارت او میروند.

ما روی بدانجا نهادیم. دیدم که سردار و نسقچی باشی در اطراف کلیسا چادرهای سفید خود را برپا ساخته و اردوی بی‌نظامی منظم نموده‌اند. پیش از آنکه بدانجا برسیم شنیدیم که هر دو سر کرده میهمان خلیفه اند.

دلی‌خان از شنیدن این خبر شادمان گردیده اسب بسوی من تاخت و گفت «پدر ارمنیها را در میآوریم و با شرابشان خستگی و کوفتگی را خوب در میکنیم».

گفتم زهی مسلمانی . تو کجا و شراب کجا ، پس پدر سوخته ارمنیها نیستند و تو هستی .

گفت ببخشید ، من پیرو بزرگان خودمان هستم . سردار ما شراب را مثل خر میخورد، من چرا نخورم. خری که از خری بازماند یال ودمش را باید برید.

چون به‌کلیسا نزدیك شدیم یوسف را خواستم و باو دستور دادم که اگر در فلان باب و فلان موضوع قسم لازم آمد بخور و بدان که فایدهٔ تو در آنست. زنهار ، زنهار غفلت روا مدار وخدمت خود را با شاخ و برگ و آب و تاب بسیار حکایت کن و مخارجی را که کرده‌ای باضعاف مضاعف قلم بده ودر وصول آن پافشاری کن و قبض بگیر تا زنت بتواند وصول کند.

پس از این قرارداد داخل باربندکلیسا شدیم . از بارو بنه و خیمه و خرگاه و اتباع سردار و نسقچی باشی پربود. اسبها با پابند اینطرف و آنطرف پراکنده و مهترها دز میان زین و برگها وا لمیده بودند. قاطران با زنگ و درای از یکسو و قاطرچیان در جنگ و هرای از سوی دیگر قال و قیل راه انداخته بودند . اسبهای خدمه معتبر را در حیاط دوم بسته بودند و صاحبان آنها نیز در اطاقهای همان حیاط منزل داشتند.

در باربند پائین آمدیم و من یکراست بچادر نسقچی باشی رفتم. موقع ناهار بود و در نزد سردار ناهار میخورد و مرا بی درنگ همانطور با چکمه وشلوار سواری‌احضار نمودند .

گویا معبد و محراب خلیفه ملك طلق ایشان بود . در حجره جلوس فرموده و خلیفه کمر خدمتگزاری بسته شتابان بدینسوی و آن سوی در رفت و آمد بود چنانکه گفتی از داشتن چنین میهمانی مباهات میکند و شرمنده است که چنین خانهٔ محقری دارد.

اسبهای خاصهٔ سردار و نسقچی باشی را بدیوار کلیسا بسته بودند و مواظبتی که برای آسایس و علوفهٔ آنها بعمل می‌آوردند از آنچه در حق ارامنه منظور میداشتند بیشتر و بهتر بود .

نسقچی باشی را سابقاً بخوانندگان این کتاب معرفی نموده‌ام و میدانند که و چه بود. اکنون دو کلمه از سردار بگویم . هرگز صورتی بشومی و نحوست صورت او دیده نشده بود. چشمش زاغ برنگ توتیا و مانند چشمان گربه در شب تار درخشان و هیبت از آن شراره میزد و گفتی از حدقه وربلوقیده است. صاحب مرده با چنین چشم و چنان نگاه لبخندی میزد که ملك‌الشعرا در حق آن ساخته بود « چهرهٔ حسن خان سردار بکوه آغری داغ میماند در موقعی که قله‌اش را ابر ومیغ پوشانده باشد و تنها آفتاب درپای آن بتابد که این خود علامت‌طوفان است.از دست‌برد زمان و حوادث دوران دو چین در رخسارش پیدا شده که ریش کوسه‌اش با آنهمه پشم و پیله آنها را نمی‌پوشاند. از دندانهای این پیر بی پیر چیزی بر جای نمانده است مگر یکی که مانند کل گراز از شکاف دهان سر بیرون دوانده است. گونه‌های بی دندان گود افتاده بود وموپهای تنك خاشاك وارآن مغاکها را پر میکرد. بسیار مشکل بود که آدم بتواند تشخیص بدهد که این موجود به پلنگ شبیه‌تر است یا به نسناس، ولی آنچه محقق است هیچ شباهتی بانسان‌نداشت خلاصه آنکه بقول شاعر:

« فیل هیکل، پشه جرأت، خرس صورت، غول شکل تند خوی و کند فهم و تیز دندان بود او » . سیرتش هم بعینه صورتش بود . هیچ رسم و آئین انسانی جلو شهوات حیوانی او را نمیگرفت . چون سلسله هوای و هوسش می‌جنبید سنگدلی و بی پروائی او حد و حصری نداشت. اما با اینهمه باید اقرار نمود که دارای پاره‌ای خصایص و خصالی هم بود. زیر دستانش را مینواخت و دستگیری میکرد. خنده رو بود و از دلداری مردم دریغ نداشت. با شاه و اولیاء دولت چنان بسیاست رفتار میکرد که در نزد همه محترم و با اعتبار بود . مانند خود شاه عمر را با عیش و عشرت میگذرانید و بکمك دام سفرهٔ گسترده مردم را بدان میکشید. از فسق و فجور مانند مسلمانان پاك اعتقاد بیم وهراسی نداشت . پوشیده و پنهان نمیدانست و ظاهر و باطن یکی بود وورود بایستی سرش نمیشد، هر چه در پنهان بود در میدان هم همان بود. با زیر دستانش مهربان و با همکاسه‌هایش

رفیق یکجهتی بود. احدی از اشخاص دائم الخمر (شاید باستثنای نسقچی باشی) مانند او بدون آنکه ازخشم و غیظ پادشاه دغدغهٔ خاطری داشته باشد عهد اخوت با می و ساغر و آواز ساز نبسته بود.

با دوسه تن از اتباع بحضور این دو بزرگوار مشرف شده در کفش کن در بایستادم. نسقچی باشی روی بمن کرد که حاجی رسیدن بخیر. مرگ من بگو ببینم ازین روسها چند نفرشان را کشتی، سر آورده‌ای یا نه. سردار گفت بگو ببینم چه‌ها کردی. آیا روس بسر حد رسیده یا نه. آیا زیاد بچنگ ما خواهند افتاد یا نه.

گفتم بلی سرکار، آنچه میبایست بکنم کردم. از یمن طالع سر کار معلوم میشود ساعت ما بساعت سعدی بوده است. بیشتر از آنچه خیال میکردیم اطلاع بدست آمد. خدمت سرکار عرض خواهم کرد. راستی از بخت بلند سرکار وطالع سرکار نسقچی باشی است که چون من بنده خاکسار و خدمتگزاری دارند.

سردار چشمهایش را گردانید و با چهرهٔ خندان خطاب به نسقچی‌باشی گفت راستی بخت هم خوب چیزی است اما پشت گرمی ما بشمشیر ماست نه بخت و طالع.

نسقچی باشی در جواب گفت البته گلوله و باروت و تیغ و تبر بهترین سهم الغیب و مجرب ترین سهم‌العاده است. ساعت سعد واقعی ساعتی است که بتوانیم سر کافری را از تن جدا کنیم. اگر مرا میگوئی من قزلباشم و هنرم همین کافی است. اسب عربی در زیر، تیغ هندی در دست و نیزه بر کف و میدانی پـر از روس منحوس، از خدا همین میخواهم و بس.

سردار گفت امـا از شراب خوب هم نگذر. من معتقدم کـه شراب خوب هیچ کـم

ازینها نیست . بخلیفه بگوئید بیاید و یك شیشه از آن شرابهای اعلی نثار حاجی کند . اما حاجی پیش از همه بگو ببینم چه دیدی و چه کردی . روسها کجا اردو زده‌اند . عده‌شان چیست. توپی چیزی دارند یا نه . سردارشان کیست . اسمش چیست ، قزاقشان کجاست. آیا از گرجیها هم چیزی بگوشت رسید. سپهسالار روسها کجاست. لزگیها چه گهی میخورند . اسمعیل خان بی شرف در کجاست. د زود باش جواب همهٔ این سؤالها را درست بده.

آنگاه رو بمنشی خود کرد که « میرزا تو هم زود باش هر چه حاجی میگوید درست بنویس».

پس من با وقار تمام و تشخص و افادهٔ مالا کلام لب بسخن گشودم و گفتم.

« به جان سردار و بنان و نمك سرکار نسقچی باشی که قشون روس هیچ ، هیچ نیست. نسبت بقشون ایران سگ‌حسابیند. من که چکیدهٔ کارم میگویم که یك نفر ایرانی بدون آنکه شمشیر بکشد ده نفر روس را بدرك میفرستد.

نسقچی از شنیدن این سخنان شادمان و از فرط بی تابی فریاد بر آورد که « های شیر نرم، حاجی،های، های، من میدانستم که تو مردکاری، آفرین بر تو، کهنه اصفهانی. لابد خیلی دجالی بکار زده‌ای.

زبانم درازتر شده گفتم عده روسها در سرحد خیلی کم است. پانصد، ششصد، هفتصد یا بگوئیم هشتصد. شاید هزار، نه ، دو هزار ، البته بیش ازینها نیست . ده ، بیست منتها چهل یا پنجاه توپ دارند. قزاقشان را میگوئی هیچ، بیك پول سیاه نمی‌ارزد، بسیار کم اتفاق‌میافتدآنجائی باشند که‌آدم فکر میکند. باآن نیزه‌های‌کلفت که بدگنگ گاومیش‌رانی میماند نه به نیزه جنگی ، نمیدانم چه میتوانند بکنند . آمدیم بر سر اسبشان ، یابوی لکنتهٔ حسابی است . هر گز بگرد اسبهای چهل پنجاه تومانی ما که تا دشمن چشم بگرداند از نظر غایب شده‌اند نمیرسند.

نسقچی باشی گفت ، حاجی چرا زحمت بخودت میدهی . چرا اسم قزاق و اسب قزاق میبری، بگو میمونهائی هستندبرخری سوار و رئیسشان هم کفتار است.

گفتم رئیسشان کفتار نیست . آدمی است که به دلی مایور معروف شده است یعنی دیوانه. چیزهای غریب از او نقل میکنند و از آنجمله میگویند قرآن بغلی سردار را

برده و مانند نمونۀ فتح و ظفر بزرگی بهمه کس نشان میدهد.

سردار: آه، راست است. این سگ پدرهای لات و لوت، سال گذشته مرا غافلگیر کردند. درپنج فرسنگی همینجاچادر زده بودیم. مهلت ندادند رخت بپوشم وزلفم را شانه بکنم. یکتا پیراهن و با زیرجامه، با اسب بی زین و برگ در رفتم. چادرم بدست آنها افتاد و یغما کردند و از میانه قرآنم را هم دزدیدند. اما من هم خوب تلافی کردم. در قمشلو کردم آنچه کردم و هنوز هم روی قبر پدرشان کار کردنی خیلی دارم، خوب، حاجی، گفتی چقدر توپ دارند.

گفتم پنج یا شش.

در اینجا منشی بصدا درآمد که همین حالا سی یا چهل نوشتم، کدام یك راست است. چه بنویسم.

سردار با چشمهای دریده بمن حمله آورد که بمن هم دروغ. اگر آنچه میگوئی خلاف در آید بامیرالمؤمنین خواهی دید چه بسرت خواهم آورد. ما را نمیشود مفت و مسلم دست انداخت و ریشخند کرد.

گفتم راستش این است که این اطلاعات از خود من نیست، از یمن طالع سردار و نسقچی باشی بطوریکه هیچ منتظر نبودم آدمی بچنگم افتاد که این اطلاعات بوسیله او بدستم آمد. جوانی است ارمنی که در مقابل وعده و نویدی که از جانب سرکار سردار باو دادم جان خود را حاضر شده است در راه ما فدا سازد.

پس داستان یوسف را از اول تا آخر نقل کردم و چشم آن داشتم که با آنهمه رندی و صراحت گوئی تدبیرم به‌نتیجه برسد و با خود میگفتم «محال است سردار در حق این جوان ارمنی بی‌انصافی روا بدارد و زنش‌راباو پس ندهد».

سردار سخنان مرا شنید ولی حرفی نزد. حضار هم بجز تحویل دادن «لااله‌الا الله» و «لاحول ولا قوة الا بالله» اظهاری نداشتند. همینقدر است که سردار نگاهی باطراف انداخته با دهان کج و معوج گفت «ارمنی معرکه کرده است، بچه‌ها قلیان».

پس از آنکه دو سه پك مفصل بقلیان زد گفت «این ارمنی کجاست خلیفه را هم بگوئید بیاید».

بهمان رسم و ترتیبی که اکثر اوقات ارمنیها را بزور بحضور بزرگان ایران

میرانند یوسف را پیش آوردند. با جمالی که در مردان بالاتر از آن از قوه تصور خارج است وارد شد. رفتار وهیأت مردانه و بی پروایش تأثیر عمیقی در حضار کرد علی‌الخصوص در شخص سردار که بنظر استحسان و نگاه خریداری باو نگریسته و با اشارات چشم که اختصاص بایرانیان دارد به نسقچی‌باشی فهماند که یوسف سخت مورد پسند و آفرین او واقع گردیده است.

آنگاه خلیفه با دو سه تن راهب وارد شد. مردی بود درشت اندام،فربه، گلگون سیما، با چهره‌ای خندان و لباسی که اختصاص بکشیشان ارمنی دارد. پس از چند لحظه که سر پا ایستاده بود سردار اشاره کرد که بنشین، با ادب تمام بدو زانو بنشست. سردار روی باو کرده گفت «خلیفه، راستی که ما مسلمانها در ایران از سگ هم کمتر شده‌ایم. ارمنیها داخل حرم ما میشوند وزن و کنیز ما را میکشند و میبرند وبگور پدر ما میرینند. این‌کارها چه معنی دارد. آیا این‌کار خدائی است یاکار شما».

خلیفه که منتظر چنین پرخاشی نبود سراسیمه شد وبنای عرق کردن را نهاد وچون بتجربه دستگیرش شده بود که این قبیل تشرها مقدمه ذی مقدمه‌های خسارت آمیز است در مقام مدافعه برآمد و گفت «اینها چه فرمایشی است. ما سگ کیستیم که از ما این بی‌ادبیها که سرکار میفرمائید سر بزند. ما رعیت شاهیم و پناه ما شما هستید. ارمنیها در زیر سایهٔ سرکار آسوده‌اند. کی چنین خاکی بر سر ما ریخته است».

سردار یوسف را نشان دهان گفت «این پسره. بگو ببینم مگر تو یك کنیزی را نربوده‌ای».

یوسف جواب داد که اگر بغیر از زن خودم زن دیگری را برده‌ام مقصر و مستحق هر موآخذه و سیاستی که بفرمائید هستم. این زنی که خودش را از بالای پنجره در بغل من انداخت، پیش از آنکه کنیز سرکار بشود زن من بود. من و زنم هردو رعیت شاهیم. شما خودتان بهتر از هر کسی میدانید که آیا میتوان اسم اسیر روی ما گذاشت یا نه. درست است که ما ارمنی هستیم اما آخر آدم هم هستیم. هر کس میداند که پادشاه که ولی‌نعمت ماست هرگز دست بحرم کمترین رعیتش دراز نکرده است. پس آیا رواست که سردار کل که حاکم ماست چنین عنایتی را در حق ما دریغ بدارد. هر کس بخدمت سرکار عرض کرده که آن زن اسیر گرجی است خلاف عرض کرده. البته اگر سرکار

عالی میدانستید که آن زن از رعایای شماست هرگز او را بکنیزی قبول نمیفرمودید.

خلیفه از گستاخی یوسف ترس برداشت و برآشفت و بنای پرخاش را باو گذاشت اما سردار بجای اینکه از بی پروائی جوان خشمناك گردد از شنیدن آن سخنان غیرت آمیز که نظیر آن هرگز بگوشش نخورده بود آثار خشنودی در چهره‌اش نمایان شد، هر چند نمایان شدن خشنودی در چنان چهره‌ای حکم اعجاز را دارد. پس دیدهٔ خیرهٔ خود را بجوان دوخت و چنانکه گویا سبب احضار او را فراموش کرده است، بناگاه خشونت اولین را بملایمت وملاطفت مبدل ساخته با لحنی که حاکی بر این بود که میخواهد دعوا را طی شده انگارد گفت «بس است، بس است، برو زنت را بگیر و دیگر قال و قیل راه نینداز. چون در حماملو خدمت کرده‌ای، در خدمت من بمان و از همراهان خاصه خودم باش. برو، فراشباشی تکلیف را معین خواهد کرد و همینکه لباس تازه بتو پوشانید بیا بحضور. فراموش نکن که التفات من درحق تو بسته باین است که ازین ببعد چه رفتاری داشته باشی.»

یوسف از شنیدن این سخنان شادمان گردید وصمیمانه از دل وجان بسردار نزدیك شد و از فرط مسرت خاطر، بدون آنکه بداند چه میگوید و چه میکند بلا اختیار دامن او را ببوسید.

حضار از تماشای چنین منظره‌ای در حیرت و تعجب بودند. نسقچی باشی شانه‌ها را بالا انداخت و خمیازه مفصلی کشید. خلیفه چون آدمی که بار گرانی از دوشش افتاده باشد نفسی کشید و دست و پائی‌پیدا کرد. عرقی که بر پیشانیش نشسته بود خشك شد و دماغش تر گردید. جملگی سردار را در مردمی و نیکوکاری و داد نوشیروان ثانی خواندند و دهانها از بارك الله و مرحبا پر گردید و آواز احسنت، احسنت از هر جانب بلند شد. داستان بزرگواری سردار در سرتاسر اردو نقل مجالس گردید.

من نمیخواهم ادعا کنم کـه غرض اصلی و باطنی سردار را در معامله‌ای که با آن جوان نمود میدانم چه بود ولی کسانی که سردار را خوب میشناختند یقین داشتند که این بزرگواری و نوشیروانی او ممکن نبود که از راه درستی و خوبی باشد. « درخت مقل نه خرما دهد نه شفتالو ».

گفتار چهل و یکم

درلشکرکشی ایرانیان بر سر روس و نامردی نامردخان

همینکه سپهداران سپاه ایران بوسیلهٔ یوسف ارمنی در باب اوضاع و احوال روسیان و محل اردوی آنها اطلاعات کافی و شافی بدست آوردند قرار را برتاخت و تاز به حاملودادہ فرمان بحرکت سپاه صادر داشتند.

در دم همه براه افتادند. توپخانه با حالی خسته بدشواری از میان کوهها بحرکت آمد، پیادگان بدلخواه خود رهسپار بودند و سواران دسته بدسته، پراکنده و غیر مرتب در دشت و هامون متفرق گردیدند. پیش از آنکه فراموش شود اینرا هم باید بگویم که من پیش از حرکت با یوسف ارمنی ملاقات کردم و دیدم او دیگر آن جوان کوهستانی با آن قالپاق کذائی و کمرچین کوتاه گرجی و کفش پاشنه‌بلند، با آن قمه دراز بر کمر و آن تفنگ که از چپ و راست بردوش میانداخت نیست. قبائی از اطلس سرخ با دکمه‌های طلائی در بر و شال اعلای کشمیری با جوز و گره در کمر و کلاه پوست بخارائی فرد اعلا بر سر داشت. کلاه را کج نهاده و زلفگان بلندرا با سلیقه تمام شانه زده و تاب داده بود و عروس‌آسا و معطر از بس اندام نازنینش در لباسهای گوناگون نهفته بود تشخیص دادن

زن یا مردیش کار آسانی نبود و وقتیکه بمن نزدیک‌تر شد با آن رنگ گذاشتنها و رنگ برداشتنها تشخیص بلکه‌مشکلتر هم میشد. چون مرا دید از آن تغییر شکل با حالی که‌شرم و حجب را میرسانید پیش آمد و بهر زبان و بیانی که بود بنای سپاسگزاری را گذاشت. گفت بجای اینکه با سردار بـه نرمی و اطاعت گـزاری رفتار نمایم با خود شرط و عهد کرده‌ام که ولو بایستی از زن و بلکه از جان بگذرم، دست ازجان شسته چنانکه شایستهٔ اوست‌با او سخن بگویم.با این تغییراوضاع هرگز ننگ پیشخدمتی او را بر خود هموار نخواهم کرد و اگرهرچه زودتر گردن خود را از زیر بار افتخارخدمتگزاری‌باو خلاص ننمایم نامرد روزگارم، نقداً تا زنم را بجای امنی نرسانده‌ام قبول ننگ میکنم اما از آن پس یک دقیقهٔ دیگرنه، در کوهستانهای گرجستان، برهنه و گرسنه و بی کس وکار گراز چراندن صد بار بهتر که در حریر وپرنیان زیر دست و بی‌عار زیستن اگرچه در بارگاه خسرو پرویز باشد.

اگر دیگری را محرم راز خـود میساخت و درد دل بـا دیگری میگشود اسباب نهایت امتنان و خرسندی من میگردید چونکه در فرار او پای مؤاخذه در میان میدیدم و اما با وجود این نتوانستم بر احساسات و بر همت اوآفرین نخوانم.

لشکر همان سان راه می‌پیمود. در نزدیکی اشترک یوسف اجازه خواست تا مریم را با خود همراه بیاورد ، چه درآن موقع مریم زن مردی بـود متشخص و با اعتبار کـه مورد نظر و التفات سردار و سواری محترم و ازآن زمره جوانانی بودکه در اردو اغلب در سر کارند.

اردو درمیان قمشلو و ابهران خیمه زد و قدغن شد که بجز در مـوارد مخصوصی که جنگ ایجاب میکند آنچه هست تا موقع مراجعت در همانجا بماند. قرارهم بر این شدکه سردار و نامردخان هریک با توابع خود و دو فوج توپچی بجنگ پردازنـد . در دم‌آفتاب براه افتادیم .

چون به بـزنگاه رسیدیم سردار از اینکه دیر بمیدان‌کار زار میرسد دل تنگ شد و مانند سایر ایرانیان که اعتقادی به‌توپخانه ندارند گفت « دلم میخواهـد با سوارهـای خود پیش برانم» من نمیخواهم بگویم که رئیس ما نسقچی‌باشی کمتر از سردار آرزوی جنگ و پیکار داشت . نهایت ترکتازی و شاه اندازی و رجز خوانی را بخرج میداد و

صریح و آشکار بهر کس میگفت که بمحض اینکه چشم دشمن باو بیفتد از معرکه کارزار رو بفرار خواهد نهاد . سرانجام بخواهش سردار قرار بر این شد که سردار با سواران گزیدهٔ خود بحماملو بتازد و نامردخان با سواران خود از دنبال برسد . سردار بداعیهٔ اینکه پیش ازآفتاب به حماملو برسد و راهها را بردشمن تنگ سازد از راه جدا شد، تا از گدار رود پنبك بگذرد . ما بایستی در سر آفتاب به حماملو برسیم تا اگر خدای نکرده سردار را وهنی عارض شود بآسانی او را دریابیم .

چون بکنار رودخانه رسیدیم آفتاب تیغ کشید. در دور و ور نسقچی باشی درحدود پانصد نفر سوار بودند و پیاده هم بدلخواه خود از عقب روان بود. خواستیم از گدار بگذریم که ناگاه از طرف دیگر رودخانه آوازی بگوشمان رسید و بزبانی که بر ما مجهول بود دو سه کلمه سخنی شنیدیم که گفتند صدای تفنگ است. بیکدفعه از حرکت باز ایستادیم و رئیسمان با رنگی از رنگ مرده پریده تر سراسیمه بجانب من تازید و با صدایی ازصدای معتاد خود که طبعاً بلند بود بلند تر پرسید «چه باید کرد بکجا باید رفت . حاجی بلکه تو بودی تیر در کردی» .

من ازو وحشت‌زده‌تر گفتم « نه ، قربان ، من چکار دارم تفنگ در کنم . بلکه همانطور که ارمنیها در اشترك غول دارند روسها هم اینجا غول داشته باشند.»

لحظه‌ای پس از آن آوازی غریب تر برخاست و تفنگی باز خالی شد و در سایهٔ تیغ آفتاب دو تن از سالداتها درآن طرف رودخانه دیده شد. همینکه سرکردهٔ ماخطر را بچشم خود وخود را با دشمن روبرو دید چهره‌اش بشگفت و مردانه روی بلشکریان کرده پی درپی گفت « بروید ، بگیرید، ببندید ، لخت کنید، بکشید ، سرشان‌را برای من بیاورید » .

پس سواری چند شمشیر بدست خودرا برود انداختند و آن دو نفر سالدات هم به‌پشت تپه‌ای کشیدند وچنان بی‌پروا بروی هجومیان بنای گلوله انداختن را گذاشتند که‌اسباب حیرت ما گردید . آن دو سوار ما را کشتند و مابقی بجانب سرکرده برگشتند و دیگر احدی یارای رشادت و فداکاری نداشت. نسقچی‌باشی بیهوده دشنامها داد ، وعده‌ها کرد، وعیدها کرد ، التماسها نمود که د بروید ، سر این دو سالدات پدر سوخته را بیاورید اما کسی احدی پیش نرفت. عاقبت خودش بهادرانه فریاد برآورد که «من خودم میروم و

خودم میآورم ، د راه بدهید ، آیا کسی همراه من میآید یا نه » جوابی نشنید. پس روی بمن کرد که « حاجی ، مرگ من ، جان من ، برو سر این سالدات‌ها را بیاور. هر چه دلت بخواهد میدهم ». نزدیکتر آمده دست بشانهٔ من زد که « برو ، برو ، خاطرم جمع است که بریدن سر این دو نفر بدست تو خواهد بود» .

ما در این گفتگو بودیم که گلوله‌ای برکاب نسقچی باشی اصابت کرد، سخت ترسید و بنا کرد بهرچه نه بدتر تفنگ و باروت و روس فحش دادن. آنگاه طبل بازگشت‌ساز کرد و اسب تازان فریاد بر آورد که «لعنت بپدر ومادرشان ، بکله پدرشان سگ برینند، اینطور هم جنگ میشود ، اسم اینرا میگذارند جنگ . آدم را مثل گراز میکشند .عجب جانورهائی هستند. هرکار میکنی فرار نمیکنند. از جانور هم بدترند. جانور اقلاشعور دارد ، اینها شعور هم ندارند . خدایا تو خودت بهتر میدانی که اگر پای مرگ درمیان نبود ایرانیان عجب جنگاورانی بودند».

باری پس از رفتن قدری راه باز ایستاد. تصور میکرد که در پای هر بته خار دو سالدات روس پشت بیکدیگر داده در کمینند . دست و پایش را گم کرده بود و نمیدانست چه بایدش تا اینکه ناگهان لشکر سردار فرا رسید و دعوا را طی کرد . معلوم شد که سردار با جنگ و گریز از پیش دشمن هزیمت کرده است و از قرار معلوم حمله و هجومش جز همین بازگشت نتیجه‌ای نبخشیده بود .

بیان احوال پرملال لشکر سردار زحمتی بیهوده است. بیچارگان خسته و کوفته رنگ از رخسارشان وخنده ازلبهایشان پریده بود اما در باطن خرسند بدون آنکه نگاهی بقفا بیندازند از همانجا رو بدیار خود نهادند. اما هر قدر دماغ سردار سوخته بود دماغ نسقچی باشی کوك بود . از هنری که بمنصهٔ ظهور رسانیده بود و از زخمی که برداشته بود و از تدبیر و « استراتژی» خود لافها بقالب میزد و مباهاتها میکرد. به بی تابی نیزه‌ای بگرفت و چهار نعل بجانب آشپز خود که سوار بر اسب آشپزخانه در کنارش روان بود بتازید و چنان نیزه را برپشت آشپز نواخت که کمرش را سوراخ کرد.

لشکرکشی که باید آنرا بازی لشکرکشی خواند و سردار آنهمه بدان مینازید و امید کسب شهرت و افتخار و غنیمت دوزی و پدر دشمن سوزی داشت بدین منوال به پایان انجامید ولی نسقچی‌باشی شهرت و اعتبار عظیمی بدست آورد که تا پایان عمر مایهٔ

افتخار او گردید.

همینکه کور و کچلهای او که من نیز از آن جمله بودم دور او را گرفته بودند و او خود فروشی میکرد قاصدی از سردار رسید که حاجی را زود بمن بفرست. با قاصد روان شدم. سردار چون چشمش بمن افتاد اولین سؤالی که کرد این بود که «یوسف کو زنش کجاست.»

فی‌الفور دریافتم که یارو گریخته است. با کمال صاف و صادقی اظهار بی‌خبری کردم و گفتم «من چه میدانم. من سرسوزنی از حرکت او خبر ندارم». پس چشمها را در کاسهٔ سر بفرفره بینداخت ودهان خود را کج و کوله کنان دندانها را بقروچ قروچ درآورد و دشنامهای شداد وغلاظ داد و قسم یاد کرد که دمار از روزگار یوسف وخاندان وخانمان و ایل و تبار و ده و برگ و سازخانه و هرآنچه که رابطه و پیوندی باوداشته باشد در خواهدآورد و روی بمن کرده گفت «هنوز یقین ندارم که تو با او همدست نباشی و از جانب تو خاطر جمع نیستم ولی بدانکه اگر دست تو درکار باشد و کمترین خبری ازین بابت بگوشم برسد صفحهٔ زمین را از لوث وجود کثیف تو پاك خواهم کرد».

شنیدم که پس از آن دسته‌ای را به قمشلو فرستاد تا پدرو مادر یوسف را باآنچه دارند بحضور بیاورند ودار و ندارشان را غارت کنند و بسوزانند اما یوسف از رندی همه راپیش از وقت جا بجا کرده دست پیش را گرفته بود و دست سردار بهیچ جا بند نشد. معلوم شد که یوسف زن و پدر و مادر وخویشان و بستگان و دار و ندارش را بجز

کشت‌ذارش همه را برداشته است و بخاك روس گذشته است و دولت روس و هم‌مذهبان آنها همه را بجان‌و دل پذیرفته‌اند و آنقدر ملك و مال و منال که تلافی مافات بشود بآنها داده‌اند .

گفتار چهل و دوم

رفتن حاجی بابا باردوی شاهی و مسلم شدن که وی دروغگوی بزرگی است

از تهدیدهای سردار سرتا بپا لرزیدم وچون رفتار زبردستان ایران را با زیردستان خوب میدانستم ماوقع را به‌نسقچی‌باشی اطلاع دادم. چنان آتش گرفت که اگر اندکی دامن میزدم میان او و سردارکار بجاهای نازك میکشید. اما از آنجائی که زیان سردار حتمی‌و یاری و حمایت نسقچی‌باشی مشکوك بود صلاح را در آن دیدم که مسئله را کوتاه بیاورم و اجازه گرفته بطهران بر گردم . چندان مدح و ثنای نسقچی باشی را برخش کشیدم و چنان با لحن صدق و حقیقت گویی بنافش بستم که « در عالم کسی مانند تو با زیر دستانش مهربان‌و بزرگوار نیست » که اجازهٔ مراجعت داد و ضمناً دستورالعمل مفصل هم داد که درباب قشون کشی و جنگ با روس بصدر اعظم چه بگویم و شرح حال شجاعت و کارآمدی او را بچه زبانی حکایت نمایم.

گفت « حاجی ، تو خودت آنجا حاضر و شاهد و ناظر بودی و قضیه را بچشم‌خود دیدی و مثل خودم میتوانی نقل کنی. راست است که ما نمیتوانیم ادعا کنیم که غالب شدیم اما مغلوب هم نشدیم درصورتیکه سردار مثل الاغ واقعی بجای اینکه منتظر توپ و توپخانه شود و با پیاده جنگ کند ، با سواره بشهر مستحکم حمله کرد و پاسبانان درها را بسته و از بالای برج و بارو گلوله بارانش کردند .کاری ازپیش نبرد و شرمنده و سر بزیر بر گشت . با وجود این همه کسی که با دشمن دست بگریبان شد و زخم برداشت من‌بودم. اگر رودخانه حایل نبود یکنفرروسی را زنده نمیگذاشتم که‌بمملکت خود بر گردد و خبر ببرد. حاجی ، اینها را همه میگوئی و آنچه را هم خودت مناسب میدانی از شاخ و برگ برآن میافزائی.

این را گفته ویك دستمال کاغذ برای صدر اعظم و سایر بزرگان و عریضه‌ای هم

بشاه داد که برسانم و مرخصم کرد.

هر چند تابستان گذشته و موقع مراجعت اردوی شاهی بطهران رسیده بود اما باز پادشاه در سلطانیه بود. بدانجا رفتم و با چند تن از قاصدهائی که از ولایات رسیده بودند وقت صبح کاغذهای خود را بحضور صدر اعظم بردم. پس از مطالعه مرا خواست و چون وارد شدم بآواز بلند گفت «خوش آمدی، آیا تو هم در حاملو بودی».

گفتم بله آقا، بله آقا.

پرسید «روس منحوس با قزلباش جرأت مقابله و مقاتله که نکرد؟»

«خیر، خیر، قربان.»

«معلوم میشود که خان شما زخمدار شده است. او از جان نثاران شاه و از خدمتگزاران جان در کف دولت است. خدا رحم کرده است. ان شاءالله ضرر زیادی بوجودش نرسیده است.»

«خیر، خیر، قربان.»

«از قرار معلوم در کنار آب پنبك جنگ پر زوری کرده‌اید.»

«بله، بله قربان.»

بتمام سؤالهای صدر اعظم بغیر از بله، بله یا خیر، خیر جوابی ندادم و خیلی کیف میکردم که مرا آدمی از میدان جنگ برگشته میدیدند. صدر اعظم یکی از میرزایان خود را طلبید که «پیش بیا و بنشین فتح نامه بنویس تا بهرجا فرستاده شود. بخصوص به‌خراسان تا فتنهٔ خوانین طاغی و یاغی فرو نشیند وقدر ومقام پادشاه مظفر ومنصور در نزد خودی و بیگانه و دور و نزدیك معلوم و مکشوف گردد. در حقیقت این فتح برای ما لزوم پیدا کرده بود اما ملتفت باش که این فتح خیلی مهم و خونین بوده است».

میرزا روی بمن نمود و گفت «خوب بگو ببینم عدد دشمن چه بود.»

مردد ماندم که چه بگویم که مطابق مزه دهان آنها باشد همینقدر گفتم «بسیار، بسیار».

صدر اعظم آهسته و با صدای تو دماغی گفت بنویس پنجاه هزار.

میرزا پرسید چقدر کشته دادند.

وزیر بجای من جواب داد که بنویس ده پانزده هزار نفر و فراموش نکن که این

فتحنامه باید بجاهای دوربرود. شأن پادشاه اجل از آنست که دست بخون پنج شش بلکه ده هزار نفر دشمن بیالاید. پادشاه کجایش از رستم و افراسیاب کمتر است. خیر، خیر، تا پادشاه خونخوار و خون ریز و دشمن کش بقلم نرود رعایای دور دست ازو حساب نمیبرند. میرزا نوشتی یا نه.

«بله، سرکار وزیر نوشتم.»

پس فتحنامه را قرائت نمود بدین مضمون:

«فتحنامه»

آنکه حکام دورو نزدیك و رعایای ترك وتاجیك ذات اقدس ملوکانه ما بدانند که درین اوقات روس منحوس، رعایای خورشید کلاه معکوس، بدلالت ادبار آیت طالع ناسازگار و هدایت بخت نامیمون و ناهموار بی هنجار بمخاصمت ذات اقدس همایون ما که سایهٔ آفریدگار و مایهٔ رحمت شاملهٔ پروردگار دو جهانیم برخاسته، سپاهی گمراه و شقاوت پناه با چند عراده توپ از راه رود ارس بصفحات آذربایجان از بلاد مینو نژاد ایران حرکت داده بود.

از آنجائی که همواره تأییدات الهی و فیوضات غیبی و تفضلات نامتناهی در خاطر دریا مآثر مامکنون و مکمون است امر ومقرر فرمودیم تا مقرب الخاقان معتمدالسلطان نامردخان با سپاهی شیر افکن وقشونی لشکر شکن که بشمار نیاید و افرادآن از سواره و پیاده از ستاره فزون وازآمار برون است «همه پیلان شیراوژن، همه شیران پیل افکن که دشت از تیرشان بیشه که کوه از گرزشان‌هامون»لشکری که مانندآنرا چشم روزگار ندیده بود،

« لشکر جنگی که هرگز کس ندیدستی چنان
تیرهاشان مرگ پیکان، تیغهاشان خون فشان »
« آن یکی‌هرگزنگشته یك رهی کند از برش
وین یکی هرگز نخفته یك دمی اندر میان »

بمدافعه و مقابلهٔ آن گروه شقاوت انبوه نامزدگردید. بیمن طالع بلند و کوکب ارجمند و فیروزی موکب حضرت شهریاری ما که همه جا وهمه وقت فتح و ظفر همعنان

دارد و نصرت و شوکت یار و مددکار، نامردخان مومی الیه در یك حمله چون مردان شیرشکار و شیران دلیر درمیدان کارزار آن فرقهٔ نابکار را تار و مار نمود و مانند طومار در هم پیچید. در آن روز خجسته از ریزش گلولهٔ توپ و تفنگ و یورش سربازان شیر چنگ و اژدها آهنگ و از فشا فاش تیر و چکاچاك شمشیر و نعرهٔ مردان دلیر زهرهٔ گردون گردنده آب و دل سپهر چرخنده چون سیماب گردید.

«ز خون دشت گفتی که رود زم است — که رزم گو پیلتن رستم است»
«تو گفتی زمین روی زنگی شدست — ستاره دل مرد جنگی شدست»
«ز بس نیزه و گرز و شمشیر تیز — برآمد همی از جهان رستخیز»

در یك هجوم مردانه پانزده هزار و پانصد وشصت نفر از آن نابکاران را برخاك هلاك افکند و آنانرا شکست فاحش داده نیست و نابود ساخته و بقیة السیف ایشان را مورد تعاقب دلیران قرار داد. بلی گو و گوزن را همینکه اجل فرا رسد و مرگ سر برسد خود را هموزن شیرژیان بیند و همسنگ ببربنان انگارد. لهذا بموجب این فرمان جهان مطاع همایونی بعموم ممالك فسیح المسالك ملوکانهٔ خود امر و مقرر میداریم که برسم چریك لشکر بسیاری از دور ونزدیك با سیورسات فراوان وسایر مایلزم جنگ ولشکر- کشی جمع آوری نموده و بطرف رود ارس سوق و اعزام دارند تا ما یکباره ریشهٔ عداوت پیشهٔ این قوم مستحق اللوم بخت برگشته را با تیشهٔ قهر و تیر انتقام از بیخ و بن برآوریم و عالمی را از لوث و کثافت روس منحوس پاك و پاکیزه سازیم و قاطبهٔ رعایا و برایا در کنف امن و امان و کهف راحت و آسایش در سایهٔ خدیوانهٔ حضرت شهریاری و شاهنشاهی ما بیارامند. المقرر آنکه مضمون این حکم مطاع و فرمان واجب الاتباع را مستوفیان عظام ثبت دارند و در عهده شناسند. فی تاریخ فلان ..

✿✿✿

صدر اعظم وقتی قرائت فتحنامه بپایان رسید برسم قبول وتحسین سر را تکان دهان گفت بارك الله. خوب نوشته‌ای، اگر هم قضیه چندان واقعیت ندارد اما بیمن همت خجسته پادشاه، ان شاء الله تعالی، واقعیت پیدا خواهد کرد. باید بفال نیك گرفت تا انشای تو بهدر نرود. راستی و حقیقت وقتی خوب است که بدرد بخورد و با میل شخص مطابق باشد و گرنه چه فایده دارد.

See Page 27

See Page 55

See Page 112

See Page 123

میرزا سر را از زانو برداشت و گفت :« برای همین است که شیخ سعدی فرموده دروغ مصلحت آمیز به از راست فتنه انگیزاست.»

پس وزیر کفش خواست و سوار شد که مژدهٔ فتح را بسمع مبارك پادشاه برساند. من هم بهمراه نوکران براه افتادم. روی بمن نمود گفت: « تو برگرد ، برو استراحت کن آمدنت لازم نیست »

گفتار چهل و سوم

واقعه هولناکی که حاجی را سخت اندوهناك ساخت

چندروز پس ازآن بنا شد اردو از سلطانیه بطهران برگردد. من باز حسب المقرر مأمور و مشغول نظم و نسق راهی که شاه باید از آن عبور کند بودم که ناگاه قاصدی خبر آورد که بازیگران و سازندگان و نوازندگان باید پیش از ورود شاه در قصر سلیمانیه حاضر باشند. این قصر چنانکه میدانید در نه فرسنگی طهران در کنار رود کرج واقعست.

این خبر یاد فراموش شدهٔ زینب را تازه کرد. فیل بیاد هندوستان افتاد. ازابتدای آشنائی با زینب تا آن ساعت که هفت ماهمیشد، تمام اوقات را بامردمی دلسنگ و شقیو بیمروت بسر برده بودم که معاشرت آنان هر مهر و محبتی را از خاطرمیزدود اما بشنیدن این خبر بیاد آن‌کار هولناك و هراس آمیزی که خودم باعث آن بودم دود از نهادم بر آمد و باخود گفتم «ای دل غافل، اگر این تشویش ونگرانی من بی جهت نباشد، ساعتی که پته بروی آب افتد و رسوائی بار آورد نزدیك است و در سلیمانیه بوی آن بلند خواهد شد. »

روز ورود به سلیمانیه ، در رأس زیر دستانم ، مواظب بودم که عیب و نقصی درکار نباشد و هر چیزی بجای خود باشد . از پشت دیوار حرمسرا صدای ساز و آواز بگوش میرسید. اگر با زینب و لو از دور، گفتار و دیداری امکان پذیر بود، چه‌ها که نمیدادم و چه‌ها که نمیکردم . جویای حالش شدن شرط عقل و حزم نبود و ممکن بود موجب تولید شبهه گردد و هر دو را رهسپار آنجائی نمایند که عرب نی میاندازد . اما در این

راه هر کوششی‌هم که فرضاً میکردم بجائی نمیرسید بخصوص که طولی نکشید که صدای توپ سلام از پشت شتران زنبورکخانه بلند گردید که خبر ورود پادشاه بود.

پادشاه پس از قلیان ومرخص ساختن همراهان وارد اندرون شد و بمحض ورود او آواز زنان و صدای ساز و دایره و تنبك بآسمان بلند شد. من هر چند سراپا گوش بودم اما صدای زینب را نشنیدم و یا تشخیص ندادم و تمام سعی و کوششم بی‌حاصل ماند و بدین سبب در میان بیم و امید معلق ماندم.

ناگهان خواجه سرائی از اندرون بیرون آمد و فریاد برآورد که « فوراً باید میرزا احمق حکیم باشی را حاضر کنند ». قیاسات عقلی در جاهائی که بما مربوط است و ما را بدان علاقه و پیوستگی زیاد است حکم وحی و الهام پیدا میکند. این خبر لرزه بر اندامم انداخت. غرق عرق سرد شدم و با خود گفتم « ای وای که کار زینب تمام است. »

میرزا احمق سراسیمه باندرون رفت و سراسیمه بیرون آمد. دم در چشمش بمن افتاد. مرا بکناری کشید و گفت « حاجی، شاه آتش گرفته است. لابد خاطرت هست که در موقع نوروز کنیزی بــه شاه پیشکش کردم. با بازیگران بدینجا نیامده و خود را بناخوشی زده است. شاه مرا برای تحقیق احضار کرده بود مثل اینکه من للهآن تخم جن هستم. قسم خورد که اگر در ارگ او را صحیح و قشنگ و تندرست نبینم میدهم ریشت را از بیخ بکنند. خدا لعنت کند آن ساعتی را که این دختر کنیز من شد و لعنت بدان روزی که من مادر مرده شاه را بخانهٔ خود میهمان کردم ».

این بگفت و زود راه افتاد که هرچه زودتر بطهران برسد. من نیز خودم را بچادر رساندم و در بارهٔ این دخترك بخت برگشته فکرم بکجاها که نرفت ولی هرچه کوشیدم که شاید بتوانم باور کنم که براستی ناخوش است نشد که نشد وخود را باین امیدتسلیت دادم که اگر ترسم در واقع بجاست شاید دل حکیم بحالش بسوزد و حقیقت را بروز ندهد و یاکاری کند که شاه نفهمد.دیدم این هم شدنی نیست. پس بناچار با تکرار این اشعار خود را دل خوش ساختم.

« بهیچ یار مده خاطر و بهیچ دیار
که برو بحر فراخ است وآدمی بسیار »

« نه درجهان گل روئی وسبزهٔ زنخی است
درختها همه سبز است و بوستان گلزار »
«چه لازم است یکی شادمان ومن غمگین
یکی بخواب و من اندر خیال او بیدار »
«خنك کسی که بشب‌در کنار گیرد دوست
چنانکه شرط وصال است و بامداد کنار»

آری میخواستم بـا ایـن اشعار خوانیها و حکمت رانیها کار را سر سری پندارم و بعادت مسلمانان زن را جزو آدم نشمارم اما بهر دنده که غلطیدم و واغلطیدم و بهرجا که خیالم رفت و باز آمد یاد زینب ونعش پاره پاره‌اش در پیش چشمم مجسم شد و خیالم را از همه جا باز داشت.

سر انجام روز نـا فیروز حرکت شاه بطهران فرا رسید. با جلال و شکوه تمام از میان تماشاچیـان و پیشباز آمدگان داخل شهر شد. تمام فکر و خیالم مصروف باین بود که حکیم باشی را پیدا کنم و از احوال زینب اطلاعی بدست بیاورم تا مگر از بلای شك و شبهه بیرون آیم.

وای بـر طالع شوم. در همـان شب ورود شاه آرزویم بـر آورده شد امـا بطوریکه مسلمان نشنود وکافر نبیند. داشتم بیك نسقچی دستورهائی میدادم که ناگاه حکیم باشی را دیدم که از خلوت شاهی بیرون میآمد. یك دست به پرشال، دست دیگر بر دل، قوزش از سایر اوقات برآمده‌تر، دیده بر زمین دوخته روان بود. بر سر راهش ایستادم و سلام دادم. سر بالا کرد و گفت «حاجی، چه خوب شد ترا دیدم، ترا در آسمان می‌جستم و در زمین یافتم. بیا اینجا».

با هم بگوشه‌ای رفتیم. گفت «هیچ خبر داری که این کنیزك کرد خاك عالم برسرم ریخته، والله وبالله که شاه دیوانه شده است. میگوید هر مردی که پایش بحرمسرا رسیده باشد از وزیر گرفته تا خواجه سراها، همه را قتل عام میکنم. بـه پیغمبر قسم خورد که اگر مقصر را پیدا نکنم از همه زودتر سر خودم را خواهد برید».

گفتم « چه تقصیری چه مقصری مگر چه شده است ».
گفت:« این شده است که زینب آبستن در آمده است ».

گفتم « آهان حالا فهمیدم چرا تو آنهمه خاطرش را میخواستی ».

با ترس و لرزمانند آدمی که از خود شبهه ناك باشد گفت «من؟ استغفرالله. حاجی، ترا بخدا این حرفها را مزن. اگر چنین شبهه‌ای در حق من برود ، پادشاه، فوراً بوعدهٔ خود وفا میکند و سرم از تنم جدا میشود . این حرفها کدام است ، تو کی شنیدی که من خاطرش را میخواستم ».

گفتم « والله آن روزها در حق شما حرفها میزدند و همه تعجب میکردند که چگونه آدم محترمی مثل شما که لقمان عصر و جالینوس دهر است بچنان متاع ناجنس و شیطان زاده حسابی که سر تاپایش نکبت و بدبختی بود و نه تنها برای خرابی و بدنامی خانوادهٔ تو تنها بلکه برای خرابی مملکتی کافی است دل باخته باشد ».

حکیم باشی سری جنبانید و دستی بر دل زد که « حاجی راست میگوئی، شیطان فتانی بود و مفتون دو چشم سیاهش شدم. چشم که نبود، دام بلا بود، یك فوج شیطان در آنها آشیان داشت. نگاه که نبود نگاه ابلیس پرتلبیس بود و بجزای آن قرمساق ابد و ازل شدم. اما از اینها گذشته، حالا چه باید کرد ».

گفتم « والله، چه عرض کنم، چیزی بعقلم نمیرسد. پادشاه با او چه میتواند بکند.»

حکیم باشی : هرچه میخواهد بکند بجهنم، برود پهلو دست پدرش .... من بفکر خودم هستم و درد خودم را دارم.

آنگاه با نرمی و ملاطفت روی بمن کرد و گفت « حاجی جان . میدانی که من چطور همیشه ترا دوست داشته‌ام ومیدارم. روزی که بی‌کار و بار و بی سامان و بی‌خانمان بودی بتو کار دادم و در خانه‌ام جا دادم. رتبه‌ات دادم. مگر بواسطهٔ من نیست که دارای این منصب و مقام شده‌ای . اگر اعتقاد داری که درین دنیا بالاتر از حقگزاری و نمك‌شناسی چیزی نیست اینك موقع آنست که باعتقاد خود عمل کنی ». پس قدری با ریش خود بازی کرد و بازنگاه خود را بمن دوخته پرسید «آیا فهمیدی چه میخواهم بگویم».

گفتم « نه‌خیر درست نمیفهمم».

گفت «خوب دیگر، بیا بگو که این دختر از تو حامله شده است، فایدهٔ این‌حرف برای من زیاد است و برای تو ضرری ندارد. جوانمردی و جوان. چه عیب داردبگویند فلان دختر از فلان جوان حامله است».

گفتم « عجبا راستی راست میگوئی ! جان عزیزتر است یا اعتبار . مگر دیوانه شده‌ای. حکیم باشی، مرا چه پنداشتی . برای چه خود را بکشتن بدهم. بچه جهت جانم را فدای سرتو بکنم. بعشق چه ، بیاد که . آنچه از دست من ساخته است این است که اگر از من بپرسند میگویم نباید از حکیم باشی باشد چونکه حکیم باشی بیشتر از اینها از زنش میترسید و حساب میبرد. اما اینکه بیایم تقصیر را بگردن خود بگیرم ، هرگز نمیشود. حاشالله، نه آن جوانمردی و نه این جوان مرگی» .

در همان اثنا خواجه سرائی نزدیك آمد و خطاب بمن گفت « خواجه باشی امر داده‌اند که تا نصف شب نباید بروید بخوابید تا وقتیکه تو که وکیل میرغضب باشی‌هستی با پنج نفر جلاد بزیر برج پشت حرمسرا بیائید. باید تابوتی هم با خود بیاوریدچون‌ که جنازه ایست باید بقبرستان ببرید »

بجز « بالای چشم » چیزی نتوانستم بگویم . از حسن اتفاق زود برفت ، میرزا احمق نیز رفته بود وتاریکی شب هم بفریادم رسید وگرنه با باختن رنگ ودست پاچگی و نگرانی مشتم باز میشد و بخطر میافتادم. عرق سردی از سراپایم جاری شد و کم‌مانده بود که همانجا غش بکنم و زمین بیفتم .

با خود گفتم «سبب قتلش شدنم کم نبود حالا باید قاتلش هم بشوم و قبر بچه‌ام را با مادرش بدست خود بکنم . خون مادر را بریزم. یا رب ، بچه عذابی گرفتار شده‌ام . ای بدبختی و شوم طالعی ، این خط نحوست را چه دستی بر جبین من نوشت . ازین حال پرملال کو خلاصی و مجال . بجای این‌کار بهتر است که دشنهٔ آبدار بر سینهٔ خود فرو کنم اما نه ، معلوم است که تقدیر چنین خواسته وکار قضا و قدر است ، با سرنوشت چه‌چاره . ای قضای بی‌تغییر وای تقدیر بلاتدبیر. هر کوششی بیفایده است. خطائی که بدست من شروع شده باید بدست من بآخر برسد . تف بر تو ای دنیا که اگر پرده ازکار مردم برداشته میشد و هر کسی چنانکه هست دیده میشد آنوقت معلوم میگردید که‌دنیا چیست و اهلش که و حتی «کاسه‌آسمان ترك دارد» .

با این قبیل اندیشه‌ها و با حالتی که گفتی کوه دماوند را بر پشتم نهاده‌اند با آن پنج تن جلادی که بایستی با من شریك در آن مصیبت خون‌آلود بشوند بتدارك کار پرداختیم. من ننگ خود را بکمال رساندم ولی‌آنها را پروائی نبود چونکه مرده بردن

وزنده کشتن در نزد ایشان تازگی نداشت .

شب تاری بود و مناسب این کار دهشت آثار . برخلاف سایر اوقات افق در میان ابرهای خونین فام فرو مانده بود. هرچه از شب بیشتر میگذشت و ابرها انبوه‌تر وتارتر میشد صدای رعد از نوك کوه البرز بلند میگردید و روشنائی برق درخشنده‌تر میگردید. ماه هاله‌وار گاه از میان ابرهای مظلم سر بیرون میدوانید وجهان را روشن میساخت و گاه دیگر پنهان میشد و گیتی در تاریکی میافتاد. من در گوشهٔ اطاق جلادی قصر آنقدر نشستم تا صدای شب خوانان در گلدسته‌ها که آواز غراب‌البین بدان رحمت میفرستاد و بانگ سردمداران و کشیکچیان بامهای بازار که بزوزه شغال و کفتار میماند خبرشوم نیم شب را بگوشم رسانید.

این آوازها در حقیقت درای کاروان مرگ زینب ناکام بود. لرزه برسر تا پایم افتاد. از جان نومید براه افتادم ورفقا را در محل موعود درکنار تابوتی که برای

جسد زینب تدارك شده بود نشسته دیدم.

تنها کلامی که از گلویم بیرون آمد پرسیدم « شد؟ ». گفتند «نه، هنوز» همه‌ساکت و صامت ماندیم . پنداشته بودم که آن تماشا بی من پایان یافته است وکارم منحصر ببردن نعش خواهد بود اما اشتباه کرده بودم . هنوزکار تمام نشده بود. قدرت واپس کشیدن هم نداشتم.

در گوشهٔ حرمسرای شاهی برجی دیده میشود هشت ضلعی که چند گز از عمارت بلندتر است و از تمام نقاط طهران نمایان. در بالای آن اطاق تفرج گاه شاه است . در اطراف آن برج زمین خالی است و اکثر درهای حرم سرا بدانجا باز میشود و بامی

بدانجا مشرف است. آن ساعت هرگز فراموشم نخواهد شد. همه دیده بر آن بام‌دوختیم. در بالای آن بام در روشنائی مهتاب گاهی هیکل دو مرد و یك زن دیده میشد. معلوم‌بود که‌آن دو مرد آن زن را بزور بجلو میکشیدند. زن التماس و التجا کنان بزانو افتاده بودو با وضع دلخراشی که بدتر از آن قابل تصور نیست دست و پا میزد. همینکه بلب بام رسیدند آواز زن بلند شد اما از اثر بادی که از جانب عمارت میوزید چنان در هم بر هم و بنوعی وحشت‌انگیز بود که بقهقهٔ خندهٔ دیوانگان میماند.

بادهان باز خاموش نشسته و نگران بودیم و حتی یاران پنجگانهٔ من بنظر متأثر میآمدند. من مثل یك تکه چوب بر سرجای خود خشکم زده بود و ازحال رفته وازخود بی‌خود شده بودم و در حقیقت مرده بودم. با آن حال با چشمان سرم آنچه را میگذشت میدیدم. سر انجام بیکبار آوازی سخت هول افزا و جانگزا در نهایت شدت برخاست و با صدای خرخره‌ای فرونشست. با افتادن نعش از بالا بپائین دانستیم که کار گذشت.

از اندیشه بخود بازآمدم. بجانبی که نعش خفه شدهٔ زنیت با طفل من در شکم بخاك افتاده بود دویدم. هنوز نفسش باقی بودولی در کشاکش مرگ بودوهر چندخون مانند فواره از دهانش فرو میریخت لبانش بهم میخورد چنانکه گفتی میخواهد حرفی بزند، اما درآن حالت از صداهائی که از حلقومش بیرون میآمد چیزی مفهوم‌نگردید مگر آنکه آوازش به‌آواز «فرزندم، فرزندم» گفتن میماند. شاید هم فقط تصور و خیال من چنین پنداشت.

با کمال نومیدی در کنار نعش متحیر مانده بودم چنانکه اندیشهٔ خویش بیکباره از یادم رفت و چنان بیخود شدم که اگر همراهانم اندکی از سابقهٔ امر با خبر بودند ادراك ما فی‌الضمیرم مینمودند و آنوقت دیگر مرا از پنجهٔ مرگ بهیچ روی رهائی نبود. عالم بیخبری را بجائی رساندم که دستمال از جیب بدرآوردم و بخونش آلودم و در بغل نهفتم که لااقل تالب گور یادگاری باشد.

باری، از صدای وحشت افزای جلادی که از بالای بام مانند زبانهٔ دوزخ فریاد برآورد که «مرده یا نه؟» بخودآمدم. یکی از آن پنج تنی که با من بودند گفت «آری، مثل سگ». صدا از بالا گفت «پس ببرید» و باز یکی ازآن پنج‌نفر گفت« بجهنم با تو».

پس نعش را در تابوت نهاده بردوش گرفتند و در بیرون شهر بقبرستانی که قبرش

را در آنجا آماده کرده بودند بردند و من نیز با افکاری تیره وتار خواهی نخواهی همراه میرفتم . چون بقبرستان رسیدیم در نزدیکی قبر در گوشه‌ای بیخود بروی خاك نشستم. آنچه را میگذشت میدیدم ولی درست نمیفهمیدم و با نگاهی مرده نگران حرکات نسقچیان بودم .

نعش را نهفتند و قبر را از خاك انباشتند ودو آجر بر سرو پای قبر نصب کردند. آنگاه نزد من آمده گفتند « تمام شد » . گفتم « شما بروید من خواهم رفت » . مرا در قبرستان گذاشتند خود برفتند .

هنوز تاریکی شب بجا و رعد و برق از کوههای دور دست هویدا بود. بجز آواز شغالان گورکن که گاهی همه باهم وزمانی جداجدا در اطراف گورستان میگردیدندو زوزه میکشیدندآوازی شنیده نمیشد.

هر چه در آنجا بیشتر نشستم دلم از شغل خود بیشتر زده شد و خیالم در ترك آن کار بدفرجام بیشتر قوت گرفت. از زندگی سیر شده بودم و دلم میخواست هر چه زودتر ترك دنیا و ما فیها بکنم . آرزو میکردم که لباس درویشان بپوشم و دو روزه عمر را در گوشهٔ عزلت و زاویهٔ خلوت با توبه و انابه دور از مردم بسر ببرم . وانگهی میترسیدم که رفتار و گفتارم رفقا را درحق من ظنین ساخته باشد و دچار مخاطراتی گردم واین بیم نیز مرا در اندیشهٔ خود بیشتر استوار میساخت .

مخلص کلام در دم آفتاب بقصد پرهیز از خطر ملحوظ و بآرزوی دوری ازمکانی بدان شومی و نحوست عزم را جزم ساختم که از همانجا به کناره گرد بروم و ازآنجا با اولین کاروان خودرا باصفهان برسانم.

بخود گفتم « میروی و در پهلوی پدر و مادر می‌نشینی و می‌بینی چه شده‌اند و روزگار چه بر سرشان آورده است شاید پیش از مرگ پدرم برسم و مورد دعای خیراو بشوم . شاید در پیری چشمش بدیدار فرزند گم گشته روشن شود. با این بار شئامت‌دیگر برگشتن بسرکارم جایز نیست. گناهکاری و هوی و هوس بس است و حالا دیگر وقت توبه رسیده».

واقعهٔ زینب چنان تأثیری در ذهنم کرده بود که اگر بهمان شدت باقی میماند هر آینه بلاشك یکی از اولیاءالله واز ارباب کرامات میشدم.

گفتار چهل و چهارم

تجدید دیدار حاجی‌بابا بایکی از یاران قدیم واز خطر رهانیدن وی حاجی‌بابا را و بست‌نشستن حاجی

دستمالی را که هنوز از خون زینب تر بود از بغل در آوردم و بر روی قبرش گستردم و نمازی که مدتها بود دیگر نکرده بودم کردم. تسلیت خاطری یافتم و بعزم ترك قطعی طهران از همان قبرستان رو باصفهان نهادم.

چون به کناره گرد رسیدم اثری از هیچ‌کاروان در میان نبود وچون دیگر قدرت پیش رفتن نداشتم عزم کردم که خود را به‌حوض سلطان رسانده شب‌را درآنجابگذرانم.

در وسط صحرا در نزدیکی‌کاروانسرای حوض سلطان مردی را دیدم با وضعی غریب که چیزی‌رابرزمین نهاده وآنرا مخاطب ساخته با او سخن میگفت چنانکه گفتی سر مسخره بازی دارد. همینکه نزدیکتر شدم دیدم با کلاه خود صحبت میدارد. باز نزدیکتر رفتم. بنظرم‌آشناآمد. گفتم بیقین یکی ازرفقای قدیم و از درویشان مشهداست. حدسم درست درآمد. رفیق نقالم بود. حکایتی تازه ساخته بود و برای مشق و زیرچاقی بکلاه خود آنرا نقل میکرد. تا چشمش بمن افتاد مرا بشناخت و با شادی تمام بعزم مصافحه‌و بوسیدن سر و روی پیش دوید که «حاجی، این که می‌بینم به بیداری است یا رب یا بخواب»، جمال مولا را عشق است، توکجا و اینجا کجا، سالهاست همدیگر را ندیده‌ایم. کجاها بودی وچه ها کرده‌ای. جایت در حلقهٔ فقرا خالی بود».

پس از مدتی دراز و رد و بدل این نوع تعارفات بسر گفتگو آمدیم.

اول او سر گذشت خود را از زمان جدائی تاآن گاه نقل کرد. عبارت بود از سفرهای دور و دراز با زحمت و مرارت زیاد و تدابیر و تمهیدات عدید در تلاش معاش. معلوم شد که پیاده از استانبول میآید و خیال دارد که با همان پا باصفهان و از آنجا بدهلی هندوستان برود.

نوبت بمن رسید. اگر چه باآن حال پر ملال دماغ گفتگو نداشتم ولی باصرار و ابرام وی خواهی نخواهی شرح حال خودرا از وقتی که با درویش صفر از مشهد بیرون آمدیم تا بدان گاه حکایت کردم.

تماشا داشت که در طـی سر گذشت هرقدر که عزت و احترام مـن زیادتر میشد احترام و تکریم او هم نسبت بمن زیادتر میگردید. وقتی بدان‌جائی از سر گذشتم رسیدم که وکیل نسقچی باشی شدم چون با آن طبقه زیاد سروکار پیدا کرده بود کم مانده بود بمن سجده کند . اما همینکه دنبالهٔ کار را شنید که بخاطر زنی پشت‌پا به‌پیشرفت و ترقی و مقام زدم و یکباره بترك عزت و حرمت گفتم بآواز بلند گفت« رفیق ، لایق تشریفی که دست تقدیر بر بالایت دوخته بود نبودی. بله ، «سالها باید که تا یك مشت پشم از پشت میش ــ زاهدی را خرقه گردد یا حماری را رسن» . خوب ، پادشاه خواست بشقاوت کنیزی را که تو هم در تقصیر او ذی دخل بودی بکشد ، بتوچه. بگذار بکشد. تو چرا باید از راهی که دست طالع و دولت بـرویت گشوده است بر گردی و بـاز از نو طریق دریوزه و سر گردانی که حتی از طریقی که من‌سالك آن هستم کمتر است پیش گیری ».

آنگاه اندکی مکث کرده گفت « آری هر کس در طلب سعادت براهی میرود ، یکی‌درشاه‌راه میرود ودیگری در کوره‌راه. یکی ازراه نو و روشن‌می‌رود ودیگری هرچه بادا باد هر راهی پیش‌آید درآن پیش میرود. اما من تا بامروز بجز تو کسی راندیده‌ام که ازهمه راههائی که در مقابل او گشاده است بر گردد و بصرافت طبع چنان راه را گم کند که دیگر روی باز گشت براه اول نداشته باشد » و آخر کار برای تسلیت خاطـر من این بیت فردوسی را برایم خواند.

« چنین است رسم سرای درشت   گهی پشت برزین و گهی زین به‌پشت»

همانطور در گفت و شنود بودیم که ناگهان کاروان اصفهان وارد گردیده مشغول بار انداختن شد .

درویش از روی دلجوئی و خوش‌آمد گوئی گفت « رفیق ، دنیا پشم است. گذشته گذشته است و اندوه گذشته را باید فراموش کرد . بیا باآنکه در بیابانی بی‌آب وعلف هستیم، شبی‌خوش‌بگذرانیم. درویش ابن‌الوقت است. دم را غنیمت دان، همینکه مسافرها وچاروادارها جمع شوند ، پس از شام قصهٔ تازه‌ای بـرایشان نقل خواهم کـرد کـه در استانبول رخ داده است و بطور حتم هنوز بایران نرسیده است ».

از این وعده بسیار خوشحال شدم چرا که دلم احتیاج کامل بدفع ملال داشت ، آنگاه هر دو خرامان بطرف کاروانسرا روان شدیم .

کاروانیان هریك بکاری مشغول بودند . یکی بار فرود میآورد ، دیگری حجرهٔ خود را میروفت ، یکی چای دم میکرد ، یکی قلیان چاق میکرد . برای چنین کسانی درویشی، آن هم نقال، نعمتی بود. پس از خستگی و کوفتگی آن صحرای نمکزار روی مهتابی کاروانسرا جمع شدند و درویش قصهٔ خودرا با آب و تاب هرچه‌تمامتر نقل کرد.

خیلی دلم میخواست گوش بدهم اما حواسم چنان پریشان بود که هرلحظه ذهنم در وسط قصه بلااختیار بجای دیگری میرفت و رشتهٔ سخن را گم میکردم و بلکه اصلا نمیفهمیدم چه میگوید . باخود گفتم.

« من از وجود، برنجم ، مرا چه غم بودی
اگر وجود پریشان من عدم بودی »
« همه عذاب وجود است هر چه می‌بینم
اگر وجود نبودی عذاب کم بودی »
« بلی وجود که در ترس و رنج و بیم بود
اگر نبودی خود غایت کرم بودی »

اما میدیدم که کاروانیان از شنیدن قصه‌درویش عرش را سیر میکنند و کیف‌و حالی دارند . در همان حالی که من در اندیشه‌های حزن‌انگیز غوطه‌ور بودم صدای خنده‌ها و کف‌زدنهای آنها بلند میشد و هربار من از جا برمیجستم . باخود قرار دادم که آن حکایت را در وقت دیگری از او بشنوم و بنقدفارغ‌البال با خیال خود ازهمه فارغ‌باشم ولی در عین‌حال چقدر بسبکروحی و بی خیالی رفقا حسرت میبردم که بدون دغدغهٔ خاطر پی‌در پی‌صحن کاروانسرا را از خندهٔ شادی پرصدا میکردند. باخود می گفتم« کی میشود که تو نیز مانندایتها بادلی بی‌غم وروانی خرم از نعمت‌زندگی برخوردار گردی» اما غم نیز مانند سایر تأثیرات نفسانی دور و نوبتی دارد و همچنان که آب تند و تیز چون از بالای سنگی بزیر فرو ریخت رفته رفته جوی زمردین میشود غم و اندوه نیز همینکه روان شد بتدریج می کاهد و سرانجام در دریای آرامش واعتدال میافتدو بالاخره هوا شده‌و بآسمان میرود .

وقتی قصه درویش بپایان رسید روز هم بپایان رسیده و سقف پیروزه گون آسمان از ستارگان روشن تابناك گردیده بود . باران شب دوشین نیز بهوا و فضاآب و تابی

تازه داده‌بود. ماه درکار آن بود که برونق روشنان فلك بیفزاید که ناگاه سواری‌سراپا مسلح از دهلیز کاروانسرا بدرون آمد.

چاروادارها بسرپرستی چارپایان و خدمتکاران بمواظبت و خدمتگزاری ارباب مشغول بودند و خواجگان قلیان بدست بروی مهتابی لمیده در باب چون و چرای قصه درویش‌سرگرم بودند. من‌از رنجراه خردوخمیر درکار آن بودم که سر را بروی‌سنگی نهاده برروی خاك بخوابم. چون چشمم بسوار افتاد شستم خبردار وخیالم دگرگون‌شد دیدم یکی از نسقچیان خودم است که در شب شهادت زینب ناکام بامن همراه‌بود.

پرسید که «آیااین کاروان از طهران میآید یا بطهران میرود. آیا آدمی بافلان و فلان نشان در میان شماها هست یا نه» . دیدم مرا میجوید و مقصودش جز من کس دیگری نیست.

رفیقم درویش فی‌الفور منتقل شد کــه مسئله از چه قرار است. عــاقلانــه درصدد چاره برآمد و از جانب همه کاروانیان جواب داد که «همه بطهران میروند مگر من و یك نفر که از استانبــول میآئیم ولی آدمی چنانکه نشانی میدهی دیدیم. اندوهناك و دردمندبنظر میــآمد و روی به بیابان نهاده میرفت» . پاره‌ای مطالب دیگر هم مطابق با علامات و نشانهٔ من بیفزود تا سوار را شکی نماند که همان مطلوب او بوده است . پس چارنعل بطرفی که درویش نشان داده بود بشتافت و من شکر خدا را بجا آوردم .

وقتی نسقچی دور شد درویش مرا بکناری کشیده گفت «رسیده بود بلائی ولی بخیر گذشت. اگر میخواهی از شر این جانور در امان باشی باید همین‌حــالا راه بیفتی چونکه وقتی از دویدن و جستن بی‌حاصل خسته‌شود چاره‌ای ندارد جز آنکه بهمین جا برگردد . آنگاه کیست که ضامن بشود که ترا نشان ندهند» .

گفتم «من هرچه باید بکنم میکنم مگر نشان دادن خود. معلوم است کــه او را برای دستگیر نمودن من فرستاده‌اند واز چنین خبیثی چشم گذشت و ملایمت‌نباید داشت بدتر از همه پولی هم با خود ندارم که باو بدهم و تنها زبان‌بند او پول است پس‌بکجا بروم» .

درویش قدری فکر کرد و گفت «برو به قم . پیش از دمیدن‌آفتاب بآنجا میرسی و بدون فوت وقت یکسر میروی بصحن حضرت معصومه و همانجا بست می‌نشینی ، آنجا

از شر شاه هم در امانی و گرنه اگر در بیرون دیوار قم هم دستگیرت کنند امید خلاصی نداری. دستهایت رااز پشت می‌بندند و دیگر خدانگهدار».

گفتم«بسیار خوب ولی‌در بست از کجا گذران کنم».

گفت« آن بامن. من‌ازعقب‌خواهم رسید و چون اهالی‌قم را میشناسم کاری میکنم که بوجودت بد نگذرد. نترس. من خودم هم یك‌بار به بست رفته‌ام چون بیکی از زنان شاه زهر رساندم و رقیبش را کشت. خواستند مرا بگیرند اما پنج دقیقه پیش از آنکه فراش بمن برسد خودم‌را بشاه عبدالعظیم رساندم. در تمام عمرم هرگز چنین بمن خوش نگذشت که درآنجا. زوار مراعات حالم میکردند و زنهائی که خواه‌برای زیارت و ثواب و خواه برای خوشگذرانی بدانجا می‌آمدند هریك بنحوی ازمن‌دلجوئی میکردند. تنهاخطری که متوجه‌آدم بستی‌است این است که شاه امر کند که کسی‌چیزی به بستی ندهدتا از گرسنگی هلاك شودو یاتسلیم گردد. آنوقت پناه بر خدا. ولی‌تقصیر تو آنقدرها بزرگ نیست که کار باینجاها بکشد. شاه را مرگ یك‌کنیزك آنقدرها متأثر نمیکند و بهتر ازو در خیلش کم نیست واز طرف دیگر انسان هم بآن‌آسانی که ما ایرانیان می‌پنداریم نمی‌میرد. مگر نمی‌بینی که شیخ‌سعدی میگوید.

« ابرو باد و مه و خورشید و فلك درکارند

تا تو نانی بکف آری و بغفلت نخوری »

گفتم «رفیق من ازآن‌آدمهائی نیستم که خوبی‌ترا فراموش کنم. شاید باز روزی آبی بروی کارم آیدآنوقت خواهی دید چه خوب تلافی خواهم کرد. فعلا ریش حاجی بابا در دست تست. خودت هم او را میشناسی. از آنهائی نیست که‌هنر را در کف دست مینهند و عیب را در زیر بغل. الان‌هم همانم که در مشهد بودم. قلیان فروشی‌با تنباکوی قلب با وکیل میرغضب باشی بودن در معنی یکیست. هردو آدم میکشند».

پس مرا بکنار گرفت و گفت « دست‌علی بهمراهت. هو کشیدم که سلامت بمقصد برسی.اما در بیابان نمکزار ازغول مردم‌آزار برحذر باش. دیگر برو ترا بخداسپردم».

در دم طلوع آفتاب گنبد زرین حضرت معصومه از دور نمایان شد اما هنوز باید مبلغی راه بپیمایم تا برسم. از نزدیکی بامن وامان اطمینانی حاصل شد و برای طی‌بیابان زانویم توانی‌تازه گرفت. چون به‌پشت باروی قم رسیدم ازدور سواری را که درجستجوی

من در تك و تاز بود دیدم . پس بدون آنکه بچپ و راست نگاه کنم هی بر قدم زدم تا آنکه زنجیر بزرگ در صحن میان من و آن سوار حایل گردید. آنگاه نفسی کشیدم و گفتم الحمدلله وصلی اله علی سیدنا محمدو آله الطاهرین و آستانه در معصومه را بوسیدم و نمازی از سر صدق و خلوص مانند نماز نجات یافتگان از طوفان بجا آوردم.

اول صورتی که درمقابلم سبز شد صورت نسقچی بود . پیش آمد که «بحکم شاه باید هر جا ترا ببینم بگیرم» . گفتم « اگرچه بحکم شاه بی‌ادبی است اما در امان این مرقد مطهرم و تو مرا از اینجا نمی‌توانی بیرون ببری و صد چون تو آدمی را حد آن نیست که مرا از اینجا بیرون ببرند. من بستی این حضرتم ».

گفت « حاجی ، پس من چه خاك برسر کنم . این اول بار است که مرا بآدم گرفتن فرستاده‌اند».

گفتم « بمرگ خودت من هم این اولین بار است که بست نشسته‌ام تا کسی نتواند مرا بگیرد» .

گفت « آخر مضمون فرمان این است که اگر بی‌تو بر گردم گوشم رامیبرند».

گفتم «تا کورشود هر آنکه نتواند دید».

گفت « عجب پس من اینهمه راه آمده‌ام که تو مرا خر پنداشته دست بیندازی. اگر ترا نبردم آدم نیستم».

گفتم «اگر بردی آدمی».

پس دعوا بدرازاکشید و چنان شدت یافت که چند نفر از متولیان و زیارت نامه‌خوانها ازحجره‌ها بیرون جستند که « چه خبراست ».

فریاد برآوردم که «ای مسلمانان ، ای شیعیان علی. این مرد میخواهد بست را بشکند . من باینجا پناه آورده‌ام . میخواهد مرا بزور ببرد. شما که دیندارید و بخدا ایمان دارید روا مدارید».

همه طرف مرا گرفتند که تا بحال در ایران چنین چیزی شنیده نشده است. هر کس بخواهد بست را بشکند نه فقط صاحب بست بکمرش میزنند بلکه ما هم بسرش میزنیم» .

نسقچی لال ماند و نمیدانست چه کند. عاقبت از ناچاری معقول و ملایم گردیده

آهسته بمن گفت « ترا نبرم چه میدهی » من نمیگویم کـه نسقچی حق قوللق نداشت و اگر من هم بجای او بودم قوللق میخواستم اما از کجـا میتوانستم نگذارم دست خالـی بر گردد. گفتم «در نهایت تنگدستی هستم و خودت خوب میدانی که بچه حال از طهران گریختم و نتوانستم پر کاهی با خود بردارم».

گفت «پس آنچه را در طهران باز گذاشته‌ای بمن ببخش».

گفتم «ترا بخدا از همان راهی که آمده‌ای بر گرد و من بیچاره را بحال خود بگذار. جواب من همین است و بس.» اما در واقع یاروقبل از وقت دار و ندار مرا ازرخت و اسباب و صندوق و قلیان هرچه داشتم و نداشتم همه را ضبط کرده و خبر را هم خودش بشاه رسانده بود که «مرگ کنیزك چنان در او تأثیر کرد معلوم شد مایهٔ کار خود اوست» و شخصاً تعهد کرده بود که هرجا شده مرا دستگیر نموده تحویل بدهد و درعوض بحصول منصب من مفتخر و سر افراز گردد.

همینکه دید زورش نمیرسد ودر آن محیط کسی بفرمان شاه وقعی نمیگذارد مصمم گردید که بطهران بر گردد. اما قبل از حرکت فرمان شاه را بحاکم قم داد تا متوجه باشند که بمجرد آنکه پایم از بست بیرون آمد دستگیرم ساخته کت‌بسته بطهران بفرستند.

گفتار چهل و پنجم

بست نشستن حاجی بابا و کیفیات آن

پس ازدست بسر کردن نسقچی صدای درویش بگوشم رسید. مدح خوانان وارد صحن گردید.

پیشم آمد و گفت «چشممان روشن، جان مفتی بدر بردی که بشرّ نسقچی گرفتار نشدی».

قرار گذاشتیم که مدتی با هم زندگی کنیم. درصحن امامزاده حجره‌ای گرفتیم، خوشبختانه قدری پول نقد یعنی بیست سکه طلا وچند قرانی نقره باخود آورده بودم. قدری از آنرا بمصرف خرید لوازم ضروری از قبیل حصیر و کاسه و کوزه و جاروب و کلك رساندیم.

پیش از آنکه بتکمیل اثاثیه بپردازیم درویش از من پرسید که «رفیق، قبل از همه چیز بگو ببینم نماز و روزه و غسل و وضویت بقاعده است یا هنوز همانی که در مشهد بودی».

گفتم «اینها چه حرفی است. مگر تو ضامن نماز و روزه منی، بتو چه، بتو چه دخلی دارد».

گفت «بمن چه یعنی چه، اگر بمن دخلی ندارد بخودت خیلی دخل دارد. اینجا را قم میگویند. در اینجا غیر از ثواب و عقاب و حلال و حرام و نجس و طاهر ومکروه ومستحب حرفی در میان نیست. اهل این شهر همه یاجناب سیدند و سرسبز و یا سرکار آخوندند و سرسفید. همه یا عمله شرعند یعنی طلاب ذوی‌العز والاحترام ویا عملهٔ دین یعنی مؤمنین ومقدسین. همه زرد رنگ و درازصورت و عبوساً قمطریـرا. اگر کسی را خندان و با قیافهٔ ترو تازه بیینند منافق و فاسقش میخوانند و بهمین ملاحظه من هروقت پایم باین خاك میرسد پیش از تبدیل آب و هوا تبدیل صـورت و سیما میکنم و بمقتضای موقع و مقام در مراعات قواعد طهارت و نجابت و کثافت و نظافت کوشش فراوان نشان میدهم. کمرم که هیچوقت خم نمیشود از رکوع وسرم که هرگز بزمین نمیرسد ازسجود بلند نمیشود. کمر می‌شکند و پیشانی پینه می‌بندد. خودت خـوب میدانی که من اساساً روی نیاز ازهمه سو تافته و قبله نفهمیده‌مسلمانم. اما در اینجا در وقت خواب هم رو بقبله میخوابم و راه قبله را از انحراف و میل به یمین و یسار و جنوب و شمال از راه دهان خود بهتر میشناسم.»

گفتم «خوب، اینها که میگوئی تمام صحیح. اما آخر بچه‌کار میخورد. من‌مسلمانم و بخدا وپیغمبر وامام و قیامت اعتقاد دارم. آیا اینها بس نیست. پس دیگر این‌تشریفات، آن هم با اینهمه شدت و ابرام برای چه. خیر، هرگز، هرگز».

گفت «چطور بچه‌کاری میخورد. باین‌کار میخورد که نمیگذارد از گرسنگی‌بمیری یا سنگسار شوی. این طایفه ملایان حد وسط نمیدانند و باید بدانند که تو راستی راستی مؤمن و مقدسی یا نه. اگر مؤمنی باید سرموئی از سنن شرع فرو نگذاری. مثلاً اگر بدانند که قرآن را معجزه و غیر مخلوق نمیدانی، خواه معنیش را بفهمی یا نفهمی، ویا آنکه کلام‌الله مجید را با تجوید لازم تلاوت میکنی یا نـه، ریشه‌ات را بآب میرسانند. خدا نکند بفهمند که مثلا صوفی هستی که بجان خودت نباشد بجان خودم با دندان تکه تکه‌ات میکنند و معتقدند که صراط مستقیم همین است و بجز این نیست. رفیق، اینجا را بلدهٔ طیبه قم میگویند «سرزمینی است که ایمان فلك رفته بباد». اینجا مرکز قدس و مسکن میرزا مجتهد است که اگر نیت نماید هر دین و مذهبی را که بخواهد میتواند بمردم تلقین کند. چنان مقتدر است که تمام مردم معتقدند که میتوانند با پادشاه یك و دو

کند و سروکله بزند وحتی اگر اراده کند میتواند فرمان شاه را بچیزی نگیرد و آنرا در نظر مردم پارچه‌ای از کاغذ بی بها قلمداد کند، حقیقتاً آدم نازنینی است اما عیبش این است کـه دشمن خونی درویشان و صوفیان است. ما را سخت خـوار میشمارد و در واقع میتوان گفت که بجز این عیبی ندارد.»

پس از شنیدن این سخنان گرچه بملاحظه بعد عهد نماز کردن بمن زور و دشوار میآمد اما برای مصلحت وقت و بخصوص برای قبول عامه لازم آمد. بنای طهارت ووضو و نماز را گذاشتم بشدتی که گفتی خداوند مرا برای همین خلق کـرده است. در اول موجب درد سر و مخل و تکلفی بود اما طولی نکشید کـه دیدم بد مشغولیتی نیست و برای دفع ملال و گذراندن وقت سر گرمی بدی نیست بخصوص کـه بکارم هم میخورد. وقت اذان صبح برمیخاستم و در کنار حوض با تمام تکلفات شیعیان و حتی مشکلترین و بی معناترین آن وضو میساختم. پس از آن در مقابل انظار با قرائت جهر که از چهارجانب شنیده میشد باین امید که رفته رفته گوشزد عموم اهل‌شهر بگردد نماز میخواندم. درتمام شهر هیچ صورتی مانند صورت من منحوس و عبوساً قمطریرا و ترش و تلخ و پر ملعنت و ناميمون نبود. حتی درویش هم در تقدس فروشی و جا نماز آب کشی و ریا و سالوس از قبیل بزمین نگریستن و آه سرد کشیدن و بی جهـة لب جنبانـدن و سکـوت ساختگی و ترشروئی و کج خلقی و بیمزگی و پارسائی بگـرد پـای من نمیر سید. پیشانی را داغ نهادم و شارب را از بیخ چیدم وچشمها را سرمه کشیدم ومهر در بغل و تسبیح در دست و مسواك در کمر، باپای بی‌جوراب و کفش شلختهٔ پـاشنه تخته‌ای ملحدی از آب در آمـدم تمام عیار وحسابی.

طولی نکشید که همه دانستند که ازجمله بستی‌هاهستم، خاصیت زهد فروشی را که درسش را درویش بمن داده بود برای‌العین مشاهده کردم. آوازه بینوائی و مظلومیتم بنحو دلخواه در تمام شهر پیچید وهمه با ایمان تمام میگفتند که خطا ازحکیم باشی بوده‌است و این بیچاره بی‌جهت محکوم شده است.

کم کم با معاریف و مشاهیر شهر آشنا شدم وکاربجائی کشید کـه میگفتند اگر در بست نبودی ترا در مسجد پیش نماز میکردیم. دیدم این زهد ریائی بهترین وسیلهٔ کسب شهرت و دلیل دانشمندی و دانائی است. درسایه تسبیح چرخاندن پی درپی و جنبانـدن

لاینقطع حنك و پوزه و کشیدن آههای اندوهناك شاهراه اعتبار واحترام برویم گشوده‌شد.

چندان لقمه‌های چرب ومفت میرسید که من و درویش بی آنکـه دیناری مایـه بگذاریم وقت خوشی داشتیم و ایام خوشتری میگذراندیم . زنها از آوردن میوه وعسل و نان روغنی کوتاهی نمیکردند . من هم از بستن تعویذی ببازو و آویختن طلسمی به گردنشان دریغ نمیداشتم .

خلاصه روزگار خوشی داشتیم اما هر چند گذران مـوافق طبع بود درمعنی خیلی بیمزه و خنك مینمود . بدتر از همه آنکه بشاشت و نشاط وخنده روئـی رفیقم درویش هم کم کم رو بکاستن نهاد. عاقبت محض تفریح خاطر و گذراندن ساعتی ازآن ساعتهائی که یك سال بنظر میآمد اورا واداشتم تاقصه هائی را که از برداشت برایم یکایك‌حکایت نماید و مخصوصاً تذکر دادم قصه‌ای را که در منزل حوض سلطان باآن همه‌کامیابی نقل کرده بود فراموش نکند. برای گذراندن وقت این‌کار را دست‌آویز خوبی دیدم* .

* این‌قصه چون بکلی خارج از موضوع بود و موجب اطناب کلام میشد دراینجا آورده‌نشد. ـ م.

گفتار چهل و ششم

در مقدس شدن حاجی‌بابا و آشنائیش بامشهور ترین مجتهدها

عاقبت آوازهٔ زهد و تقدسم بگوش میرزا ۰۰۰۰ قمی بشخصه رسید . روزی که به زیارت حرم مطهر آمده بود کس بعقبم فرستاد. این قضیه اسباب ترس و هراسم گردید . ترسیدم که در مقام امتحان‌فضل و کمالم‌بر آید که از مبادی شرع بالاتر نمیرفت ومشتم باز گردد ورسوا شوم. بنا برین مسائل لازمه را روان وزیرچاق کردم که‌عبارت بوداز اینکه‌اولاهر کس اعتقاد به نبوت محمد وامامت حضرت امیرالمؤمنین نداشته باشدکافر و واجب القتل است .

دوم آنکه بجز امت محمد و شیعیان علی سایر ناس همه بدوزخ میروند .

سوم آنکه لعنت بر عمر از جملهٔ واجبات است و هر کس پیرو عمر باشد اهل جهنم است .

چهارم آنکه کلیهٔ نصارا و یهود و سایر ملل چه اهل کتاب باشند یا نباشند نجس ــ العین هستند .

پنجم آنکه شرب خمر و اکل خنزیر حرام است .

ششم آنکه کافر و سگ و خوك نجس‌العین میباشند.

هفتم آنکه نماز و روزه وزکوة و حج و خمس بر همه کس واجب است.

هشتم آنکه وضو از واجبات نماز است اما باید آب را از مرفق بروی سرانگشتها ریخت و مرفق را هم باید شست چونکه غایت داخل مغیاست و هر کس بطریقهٔ اهل سنت بر خلاف این عمل کند کافر و بیدین است.

در صدد بودم که بدین فضل و کمال فضایل دیگری نیز بیفزایم که درویش سررسید. بی‌پروا بیم نادانی و جهل خود را با او در میان نهادم.

گفت عجبا در این مدت عمر خود هنوزدستگیرت نشده است که در دنیا هیچ کاری بی‌جرئت و گستاخی از پیش نمیرود. معلوم میشود قصه‌های من و درویش صفر را فراموش کرده‌ای.

گفتم من قصه‌های شما را هرگز فراموش نخواهم کرد. از برکت همین قصه‌ها چوبی نوش جان کردم که لذتش تا عمر دارم زیر دندانم خواهد بود، شما که بایدبدانید که چوب وفلك حافظه را زیاد میکند. اما حالا بقول خود تو اگر فسق و فجورم بروی آب بیفتد بجای چوب و فلك بیم سنگسار شدن در میان است. شاید برای تو علی‌السویه باشد اما نه برای من درویش جان دبگو ببینم چه خاکی باید بسر بریزم.

گفت اگر آنقدر حیله وتزویر نداشته باشی که مجتهدی را خر کنی حقا که‌حاجی و اصفهانی نیستی. تا میتوانی ساکت بمان وخود را حیرتزده نشان بده و قوز بر قوز بیفزا و چشمها را بزمین بدوز و داغ بر پیشانی بنشان و شارب را نیم‌بند انگشت بزن و خود را ساده و احمق قلم بده و دیگر کارت نباشد. از دست من هم بیش از اینها ساخته نیست. خاطرت جمع باشد.

گفتم خدا خودش کریم و غفور است و آدم سر گرسنه ببالین نهد بهتر از آنست که بمیهمانی برود و غذای نامربوط تناول کند.

پس با قیافه‌ای ترش و عبوس و با چشمانی بزمین دوخته بخدمت مجتهد شرفیاب گردیدم. همانا در آن عالم بدبختی و استیصال در سرتاسر دارالمؤمنین قم احدی صورت تقدس مآبی مرا نداشت. وقتی با قدم آهسته و آرام روان بودم این حکایت شیخ سعدی در باب فضیلت درویشان بخاطرم آمد و آنرا بحال خود سخت مناسب یافتم که یکی از

بزرگان پارسائی را پرسید که چه گوئی در حق فلان عابد که دیگران درحق اوسخنها بطعنه گفته‌اند. گفت در ظاهرش عیبی نمی‌بینم و از باطنش غیب نمیدانم.

هر که را جامه پارسا بینی پارسا دان و نیك مرد انگار
ور ندانی که در نهادش چیست محتسب را درون خانه چه کار

وهم از شیخ شیراز سخنان دیگری بخاطرم آمد که اگرفرصت بیابم بمناسبت مقام برای مجتهد بقالب بزنم. ازآنجمله‌این کلام «افعل بما انت اهله ولا تفعل بما انا اهله.

گر کشی ور جرم بخشی روی پر بر آستانم
بنده را فرمان نباشد هر چه فرمائی بر آنم

حضرت شریعتمداری نماز ظهر را تمام کرده سر بدوش راست و چپ جنبان داشت سلام میداد که‌رسیدم. مقلدان و مرده پشت‌سر آقا همه چون‌خشب مسندةدیده‌براو دوخته بودند و صدا از احدی بر نمیآمد. همینکه از اوراد و اذکار فراغت یافت یکنفر از ملازمین عمامه بسر پیش رفته مرا معرفی کرد. حضرت آقا باشارت اجازهٔ نشستن دادند. دامن عبایشان را بوسیده و در مقابلشان زانو بزمین زدم. گفت حاجی خوش آمدی، مشرف، مزین، ما مدح و تعریف ترا خیلی شنیده‌ایم بالاتر بفرمائید.

با حجب وحیا و اعتذار بسیاراز جانب من روسیاه و هزار تعارف واصرار ازطرف ایشان زانو زانو مرا از صف نعال بنزدیك خود نشانید. دستها را بادب در آستین عبا و پاها را باحترام در آستان مقعد جا دادم.

فرمود شنیده‌ایم شما مردی مؤمن و مقدس و اهل طاعت وعبادتید و قول وفعلتان یکیست و از فسق و نفاق بر کنارید و گندم نمای جو فروش نیستید.

عرض کردم سایهٔ بلند پایه حضرت حجة الاسلام از سرما کم و کوتاه نگردد. کمترین خاکپای حضرت‌آقا و سگ آستان مبارك سرکار شریعت مدارم.

خود را جمع و جور فرموده گفت حاجی صحیح است توفیق الهی چراغ هدایت فرا راه شما داشته است که مجاور حضرت معصومه گشته‌اید. غفرکم‌الله، ما مدتی است که ترك دنیا گفته و دیده بآخرت دوخته‌ایم. سؤالم برای این است که ببینم در بارهٔ شما آیا خدمتی از دست این عبد ضعیف برمیآید یا نه. تعاونوا و تحابوا حدیث شریف نبوی است. من یبصر یهد من لایبصر و من یسعد یعن من لایسعد...

از شنیدن این فرمایشات جرأتی پیدا کردم و حکایت شیخ سعدی را بکار زدم وسرگذشت خود را رویم سیاه با پاره‌ای تعدیلات و بلکه با بعضی تغییر و تبدیلات با بیانی چنان تأثر انگیز شرح دادم که حضار بنظر یکنفر شهید بمن نگریستند.

آقا لب بسخن گشوده فرمود خاطر آسوده دار که بیاری پروردگار منّان بزودی کارت روی اصلاح خواهد دید. بناست که شاه بزیارت حضرت معصومه مشرف گردد. چون بدعاگویی ارادت نیست یقین داشته باش که در استخلاص تو بهیچوجه کوتاهی نخواهم کرد وشفاعت خواهم کرد.

عرض کردم بندهٔ گنهکار ذرهٔ خاکساری مانند این چاکر بی‌مقدار در ازای‌التفات سرکار شریعتمداری چگونه میتواند از عهده حقشناسی برآید، هر احسانی که در حق حقیر بفرمایید عنایت محض و محض التفات است وگرنه من کجا و لطف سرکار کجا.

فرمود بحکم المؤمنون اخوة تو از مائی و از ما جدا نیستی. مؤمنین پاك واهل آخرت یکدیگر را بمحض ملاقات بجا می‌آورند و چنانکه مسموع گردید طایفه‌ای از فرنگیها هستند بنام اهل فراموش‌خانه که همدگر را در میان هزاران نفر بیك نگاه تشخیص میدهند. مؤمنین صداها را درهم انداخته سبحان‌الله و لااله‌الاالله تحویل دادند و لاحول گویان اظهار حیرت کردند. سپس حجة‌الاسلام خطاب بمن فرمودند حاجی شنیده شده قلندری با تو محشور است که درویشش میگویند، مسموع گردید که گفته است با هم آشنا و همراه و همقدم بوده‌اید آیا راست است.

گفتم چه عرض کنم و با تردید افزودم مرد فقیر و بینوائی است که در پهلوی خود جایش داده‌ام. خدمتی جزوی در حق من کرده است و بهمین ملاحظه رعایتش میکنم.

آقا دست را زیر پرشال پنهان ساخت و چون مؤمنین و مردم بدین حرکت آشنا بودند دانستند که شریعتمداری سرافاده و افاضه دارد و همه سر تا پا گوش شدند. آقا فرمودند که این فرقه همه نام خود را درویش میگذارند خواه نورعلی شاهی و خواه نعمت اللهی، خواه ذهبی وخواه نقشبندی و خواه سلسلهٔ ملعون و خبیث اویسی ولی‌همه کافرند و مرتدند و واجب القتل وهر کس به‌آنهامعتقد باشد کشتنی و سوختنی و گردن‌زدنی است و خونش مباح و زن بخانه‌اش حرام است. پاره‌ای از آنها میگویند که روزه

رمضان صرفهٔ نان است و نمازکار بیوه زنان و حج تماشای جهان ، اما دل بدست آوردن کار نیکان و مردان جهان . دسته‌ای دیگر میگویند :

طاعت آن نیست که بر خاك نهی پیشانی
صدق پیش آر که اخلاص به پیشانی نیست

دیگری از آنها میگوید :

گر کسی از سجده‌ها رهبر شدی   دنگ هر رزاز پیغمبر شدی

و باز یکنفر دیگر ازین فرقه ضاله میگوید:

فسق من و زهد تو فلك را چه تفاوت
آنجا که بصر نیست‌چه خوبی وچه‌زشتی

پس از اینقرار حسن و قبح اعمال و افعال ما باعتبار ماست و در حقیقت حسن و قبحی وجود ندارد . خلاصه آنکه عباراتهم شتی و معناها واحد . حقیقت این است که به قرآن مجید و باحادیث و اخبار و سنن اعتقاد ندارند و میگویند کلام‌الله مجید رطب و یابس است و احادیث و اخبار مجعول و ساختگی است وپیروی از سنن گذشتگان ما را بچه‌کار می‌آید . قومی یا هو ، یامن هو، یا من لیس الا هو گویان اینقدر سر شان را می جنبانند که دهانشان مانند دهان شتر کف میکند و اسم اینرا ذکر میگذارند . طایفه‌ای دیگر میگویند که ما اهل حقیم و برتر از همه مردمیم و پیروان ما اهل طریقتند و باقی مردم اهل شریعت . حقیقت اعتقاد محمد است و طریقت افعال او و شریعت اقوال او . مارا با معنی محمدی‌کار است و با افعال و اقوال اوکاری نیست . ما اهل باطنیم و بس و پیروی از افعال و اقوال‌کار اهل ظاهر و قشر است. حرکات و سکنات این گروه بیشتر بحرکات و سکنات رنود قلاش و بوالفضولهای اوباش میماند نه بحرکات و سکنات مردم معقول و با شعور. دستهٔ چهارمی هم دارند که میگویند ما با ذات واجب الوجود متحدیم یعنی وحدت وجودیم و شطحیاتی چند از قبیل لیس فی جبتی سوی الله و انا الحق بقالب میزنند و خرقه و ژنده میپوشند و نعمات الهی را خوار میشمارند و میگویند ما پشت پا بدنیا زده‌ایم و مدام از جذبه و شوق و شماع و خلسه و مراقبه و خلوت و وصول بالله و فناء فی‌الله و از این نوع ترهات و مزخرفات سخن میرانند بدون آنکه معنی این حرفها را نه‌خودشان بفهمند نه کسانی که باین حرفها گوش‌میدهند. پاك وپلید و حرام و حلال

و مباح و مستحب و مکروه نمیدانند ، لعنهم‌الله لعنهم‌الله اجمعین . هر نجاستی بدهانشان میآید میخورند و هر لاطایلی بزبانشان میگردد میگویند . یهود و نصارا و ترسا در نزد آنها مساوی است و کیش ومذهب و دین نمی‌شناسند . خذلهم‌الله، خذلهم‌الله .

یکی از بزرگان آنها گفته است :

نه در آئین مسلمان و نه در کیش کشیشم
حیرتی میبرم از خود که من آخر بچه کیشم

آن پدر سوخته ملای روم را ببین که با اینهمه غوغو و کوکو های بی معنی چه حرفهای نا مربوط و چه جفنگهائی بقالب‌زده است . بی پروا در مثنوی اش میگوید :

هر کرا خلقش نکو نیکش شمر
خواه از نسل علی خواه از عمر

آن عطار بیمزه که دیگر واقعاً خیلی از جاده دور افتاده است . وحدت و کثرت و ریاضت ومجاهدت و مشاهدت وسلوك و سیرش باز هرچه باشد حرفی است اما وای بوقتی که هوا برش میدارد و خدا میشود و گدا میشود و آب و آتش و زمین و زمان و آسمان و ریسمان و بره و تره و زردآلو و شفتالو و اهل راز و نیاز و سرو ته پیاز میشود . هی میشود و هی میشود . این گروه گمراه همه خود را اهل معنی و صوفی و عاقل و حکیم

و دلیل و هادی و رهبر و راهنما میدانند . زهی رهنما ، زهی راهبر ، زهی راهرو ،زهی راهجوی . اذاکان الغراب دلیل قوم ـ سیهد یهم بوادی الهالکینا. از ذوالنون مصری و حسن بصری و حبیب عجمی و معروف کرخی و شبلی بغدادی و منصور حلاج و اویس قرن گرفته تـا بچرسی و بنگی . امروز باید همه را لعنت کرد که مستحق لعنتند .

حاضران هم همه لعنت کردند و من ملعون هم درلعنت از آنها عقب نیفتادم.

همینکه فرمایشات حضرت شریعتمداری تمام شد ، حضار از آنهمه علم و اطلاع و احاطهٔ او متحیر و از اعتقاد محکم و حکم استوار او متعجب ماندند و در ضمن بخوبی مشاهده کردند که این سخنان در من چه تأثیر عمیقی کرده است . من هم از شما چه پنهان در اظهار حیرت و اعجاب از احدی وا پس نماندم و در تملق و مزاج گوئی چنان استادی و مهارت بخرج دادم که مورد تحسین و آفرین جماعت قرار گرفتم .

آقا که از حیرت و تحسین مؤمنین سر مست شده بود چنان داد تقبیح و تو بیخ صوفیها را داد که اگرفرضاً صوفی بودم دندهاش را نرم میکردم و با دست خود مقتولش میساختم . براستی که از آنهمه تقدس فروشی و جانماز آب کشیدن ساختگی بر خـود بالیدم و چیزی نمانده بود که امر بر خودم هم مشتبه شود و خود را از مقدسین خالص و مؤمنین خلص بشمار آورم.

با خود گفتم اگر مایهٔ زهد ریائی همین باشد و بس زاهد شدن چه آسان ، عابد بودن چـه سهل و در اینصورت چرا باید تحمل درد سر نمـود و اسیـر ستمکاران بـود و ناملایمات دنیا را برخودهموار ساخت وهدف هزار و یك تیر بلای روزگار گردید .

عزم را جزم کردم که از این پس مشق تقدس خواهم کرد و باین نیت بمنزل‌خود بر گشتم . همینکه با درویش تنها ماندیم آنچه را در حق درویشان علی‌العموم و در بـارهٔ او علی‌الخصوص گفته شده‌بود برایش حکایت کردم و گفتم خیال میکنم بهتر باشد که‌جل و پوست خود را از محل سوء ظن بیرون بکشی چون چشمها همه بر تو دوخته شده است و اگر فرصتی بچنگشان بیفتد دمار از روزگارت بر میآورند و تکه بزرگـی که از تـو باقی بماند همانا گوشت خواهد بود .

درویش بنای تندی را گذاشت که‌سرشان را بسنگ خلا میزنند؛ قرمساقهای قلتبان تشنه خون شده‌اند. از کشتن آدم بیچاره و بی اذیتی چون من چه ثوابی خواهند برد.

من در این گوشه نه‌کاری بطریقت دارم و نه بشریعت. برپدر صوفی ومتشرع هر دولعنت. چون من آدمی که هر گز پیشانی‌ام در سجده بخاك نرسیده بود امـروز پنج نوبت نمازم ترك نمیشود . باین قانع نیستند که حالا دیگر میخواهند رؤیتم را نبینند . این جهنم‌دره ارزانی این بیدینهای ریاکار باشد . اگر امروز ببعد پیشانیم به‌مهر رسید و صورتم رنگ وضو دید لعنتی که سزای این منافقین است برمن و بر پدر من باد .

از شما چه پنهان بدم نیامد که درویش خیال رفتن دارد. برخاست و رشمه وجوز-بند را بر کمر بست وتسبیحها را بدور آرنج انداخت وتخته پوست و کشکول را بردوش کشید و من تشاء بدست یا علی گویان روان شد و با من وداع کرده منزل را بمن باز-گذاشت . با آنکه بجز دو پای دنیا کوب بهره‌ای از مال دنیا نداشت با خاطر آزاد و قدم استوار براه افتاد چنانکه گوئی همه مال دنیا از آن اوست . چون خود را از شر آن بلا رها دیدم خندان گفتم دست علی بهمراهت ، خدا بخواهد پایت هر گز از گیوهٔ نو برهنه و چنته‌ات از قصه‌های تازه تهی مماناد چه با اینوصف بیاری خدا اطراف جهان را از زیر پای در خواهی‌آورد و از عمر و زندگانی کیف و لذتی را که هر گز نصیب توانگران سرتا پا آزو احتیاج نمیگردد خواهی چشید و در عین استغنا و وارستگی بکام خود خواهی رسیدو دیگران را نیز شیرین‌کام خواهی کرد. خدا نگهدار .

گفتار چهل و هفتم

ربودن درویش اندوخته حاجی‌بابا را و خلاصی حاجی از بست

برای خلاصی ازبست تمام امیدم بسته بوعدهٔ ملا بود و ضمناً از اطراف شنیدم که چون در ایران هر کاری بی مایه فطیر است باید دهانش را شیرین ساخت تـا وعدهٔ خود را فراموش نکند. لازم بود قبل از وقت در ایـن معنی بیندیشم. بجز مختصر وجهی که بالفعل مایهٔ گذرانم‌بود چیزی نداشتم وآنرا محض احتیاط درگوشه‌ای درزیر خاك پنهان ساخته بودم .

عاقبت تصمیم گرفتم که جا نمازی برای ملا بخرم . سفارش کـردم بیاورند ببینم . بخود میگفتم :«جا نماز همیشه در مقابل چشم مجتهد است و مرا بیاد او خواهد آورد».

جا نماز را آوردند و خواستم قیمتش را بپردازم . بگوشه‌ای که دفینه‌ام در آنجا پنهان بود رفتم . ای خوانندهٔ عزیز ، در اینجا اجازه بده قدری مکث نمایم و خودت فکر کن که وقتی دیدم جاتر است و بچه نیست یعنی جاهست و کیسه رفته است چه حالتی بمن دست داد و بچه درجه نومید و حیران و سر گردان و مکدر و تلخکام گردیدم.

جگرم چنان سوخت که آه از نهادم بر آمد . بنا کردم بر سر و صورت زدن . فریاد بر آوردم که « ای نره قلندر سگ صوفی ، عجب مرا بلب چاه آوردی و لب تشنه گذاشتی ، عجب کشتی مرا بلنگر گاه رساندی و بی‌لنگر رها ساختی . الهی ، از تلخکامی خلاصی نداشته باشی ، الهی از گدائی و دریوزگی رهائی نیابی که مرا گدا کردی و بخاك سیاه نشاندی . »

آنگاه هایهای بنای گریه و زاری را گذاشتم بخصوص که میترسیدم اهل قم زیر بالم را نگیرند و یاری نکنند واز گرسنگی هلاك شوم. چون میدانستم که یأس و ناامیدی نوعی از مرض است که اگر جلو گیری نکنی ریشه‌ات را بآب میرساند فهمیدم که باید چاره‌ای بیندیشم ولی افکار پریشان ول کن معامله نبود . قتل زینب ناکام بدان حالت، بست نشستنم که دست کمی از زندان نداشت، ازمیان رفتن تنخواهم که مایهٔ امیدواریم بود، اینها همه دست بهم داده بود و من خود را چنان نومید دیدم که اگر زهری در دستگاهم بود خودم را کشته بودم.

در همان اثنا آخوند پیری که در نزد مجتهد مرا باجتناب از درویش توصیه می‌کرد وارد شد. با سوز و گدازی که دلش بترحم آمد شرح حال‌را برایش حکایت کردم. گفتم «جناب ، حق با تو بود راست میگفتی که باید ازین درویش نادرویش درحذر بود. پولم را برد ومرا بخاکستر سیاه نشاند. خودش را دوست من میگفت ودر واقع دشمن جانم بود . حالا بکجا بروم و چه چاره سازم و چه خاکی بر سر بریزم».

گفت:«غم مخور. آخر خدائی هم هست. اگر مشیت الهی قرار گرفته است که تو باید با ذلت بسر ببری هرسعی و کوششی بکنی بی‌فایده است. گر تو نمی‌پسندی‌تغییر ده قضا را». پولت رفت، برود، بجهنم. جانت بسلامت که سلامت نفس اعظم نعمات الهی است».

گفتم:«ترا بخدا دست ازسر کچلم بردار. اینها چه‌حرفی است. جان خشك وخالی

و سلامت بی نان به‌چه درد میخورد ، سلامت نفس پول مرا از درویش پس نمیگیرد».

پس بنای التماس را گذاشتم که احوال و اوضاعم را بعرض مجتهد برساند ومعذرت بخواهد که نتوانستم ران ملخی برسم هدیه تقدیم دارم.

آخوند قول داد که کارم را درست خواهد کرد و بیرون رفت.

هم درآن روز فراشباشی که‌برای تهیه وتدارك آمدن شاه بقم‌آمده بود خبر داد که شاه بزودی واردخواهد شد. خیابانهای صحن را آراستندوصحن را آب وجاروب کردند و فواره‌ها روان گردید و اطاق مخصوص شاه را فرش کردند و جمعی از ملاها مأمور استقبال ازموکب همایونی گردیدند وخلاصه‌آنکه از رسوم استقبال و پذیرائی سرموئی فروگذار نشد .

من که مدتی بود از طهران بی خبر مانده بودم باندیشهٔکار خود افتادم ومخصوصاً دلم میخواست بدانم تا به‌چه درجه مغضوب هستم . وقتی جنبه‌های بدکار را در مد نظر میاوردم می‌دیدم که غضب شاه تنها با بریدن سرمن ممکن است فرونشیند ولی از طرف دیگر بخودمی گفتم «من کی‌ام تاکه بیایم بشماری باری » با همت شاه و علو جاه‌او«آن صفر که در حساب نایدمائیم» و براستی «آنچه در هیچ حسابی نبود خون من است» . از همهٔ اینها گذشته بشفاعت و وساطت مجتهد خیلی امیدوار بودم .

فراشباشی از دوستان قدیمم بود و در میان همراهانش نیز چند نفری ازآشنایانم بودند و خوب میدانستم که گفته‌اند :

« هر که را پادشه بیندازد   کسش از خیل خانه ننوازد »

با اینهمه از آشنائی دادن خودداری نتوانستم . واردین آنچه را در غیاب من‌رخ داده بود برایم حکایت کردند و با آنکه از دنیا و ما فیها روگردان بودم و درحقیقت تارك دنیا شده بودم باز حرفهای دنیائی آنها بگوشم خوش میآمد . گفتند که نسقچی ـ باشی از جنگ روس سرافراز برگشت و هدایای بسیار برای شاه آورد . از جمله پیشکشها و هدیه‌های او که علامت غیرت و نشانهٔ شجاعت او بود مبلغی کنیزان و غلامان گرجی بوده است . هدایایش مورد پسند قبلهٔ عالم قرار گرفته بوده است و شاه برای اظهار التفات باو خلعت داده بوده است باین شرط که از شرابخواری توبه کند و نیز شنیدم که هرچند شاه فهمیده بود که من در تقصیر زینب دخیل بوده ام و با آنکه حکیم

باشی پیشکش زیاد داده بود معهذا شاه بعلت محروم ماندن ازخوانندگی وسازندگی زینب حکم کرده بود ریش حکیم باشی را کنده بودند و خشمش فروکش نکرده بود تاآنکه نسقچی‌باشی برایش یك کنیزك گرجی آورده بوده است که باتفاق اهل خبره بعد از طاووس دختری بدان برازندگی و گوهری بدان ارزندگی دیده نشده بوده است و بلکه هرگز از پشت انسانی جمالی بدان کمال و از چرخ زیبائی ماهی بدان جمال بیرون نیامده بوده است. از قراریکه فراشباشی حکایت میکرد چشم این دختر بقدر کف دست و قدش مانند همان درخت سروی که در باغچهٔ صحن حضرت معصومه است (اما بشرط آنکه روان باشد) بوده‌است. فراشباشی در موردکار من گفت «رفیق، تنها راه اطفای غضب شاهی مایه گذاشتن چند تومانی است و بس».

از شنیدن کلمهٔ تومان باز درویش لاکردار بیادم افتاد و باز تاتوانستم دشنامش دادم. گفتم «ای نامرد، الهی‌خیر نبینی. اگر مال مرا نبرده بودی امروزکارم را راه میانداخت. خدا خانه‌ات را خراب کند». اما وقتی فراشباشی گفت «کارت بآن دشواری هم که‌تصور میکنی نیست» دلم تسلیت یافت و لهذا برسر حصیر صبر قلیان انتظار بر لب اوراد «الصبر مفتاح الفرج» و «من صبر ظفر» بلب منتظر عاقبت کار نشستم.

روز دیگر شاه وارد شد و در بیرون شهر در خیمهٔ مخصوص منزل کرد. تفصیل پذیرائی او درد سر میآورد و پادشاه هم آنرا مخصوصاً مختصر خواست تا ثواب زیارت بیشتر باشد.

سیاست شاه‌مبنی برخوشرفتاری و ملاطفت با ملایان قم بودچونکه در باطن ازآنها واهمه داشت و بهمین ملاحظه به میرزا ... خیلی اظهار ارادت کرد. پیاده بخانه‌اش رفت و او را در پهلوی خود بنشاند. چنین التفاتی بکمتر ملائی شده بود. در ایام مجاورت در شهر پیاده میگشت و بفقرا ولاسیّما بسادات صدقه زیاد داد. همراهانش نیز بحکم «الناس علی‌دین ملوکهم» زهد وورع میورزیدند و تقدس بخرج میدادند و من چون آنها را در ریاکاری همرنگ خود میدیدم کیف میکردم.

در ایامی که در جماعت ظلمه بودم شنیده بودم که پادشاه در باطن صوفی و اهل حال است و تنها در ظاهر خود را متشرع واهل قال نشان میدهد. در میان ملتزمین‌رکاب پادشاه یکنفر را میشناختم که هیچ کم از یزید نبود او را هم دیدم که لباس ایمان در بر

کرده بود و جا نماز آب میکشید و یاللعجب گفتم.

روزی که بنا بود شاه بزیارت بیاید نزد مجتهد اظهار لحیه‌ای کردم تا مبادا وعده خودرا فراموش کند. نزدیك بظهر شاه پیاده با لباس ساده و بی‌زر وزیور، تعلیمی منقشی در دست با بزرگان و ملاها داخل حرم شد. از مال گرانمایهٔ دنیا تسبیحی از مروارید درشت و آبدار که پیشکشی بود واز بحرین آورده بودند وازخود جدا نمیساخت دردست داشت.

جناب مجتهد سه قدم عقب‌تر راه میرفت و به‌سؤالات شاه محترمانه جواب میداد و شاه ازین معنی باد کنان نیك ملتفت گفتارش بود.

ازدحام بایستی از مقابل حجرهٔ من بگذرد و همینکه پادشاه بدم حجره‌ام رسید و اطرافش را از مانع خالی دیدم فرصت را غنیمت شمرده و بیرون جسته بپایش افتادم و گفتم «ای پناه ضعفا وای دستگیر بی گناهان ، ای پادشاه عالم پناه ، بحق همین حضرت معصومه بحال من ناتوان رحمتی بفرما » .

پادشاه روی بمجتهد کرد که «این کیست، چه میخواهد . آیا از شماست ؟»

مجتهد جواب داد « مردی است بستی و عادت است که بستیان در چنین مواقع تظلم بپادشاهان برده استغاثه مینمایند. خداوند سایهٔ پادشاه را از سر فقرا وضعفا کم نگرداند».

پس شاه روی بمن کرد که «کیستی . برای چه بست نشسته‌ای».

گفتم «تصدقت بشوم کمترین وکیل نسقچی باشی بودم، اسمم حاجی‌باباست . با بی‌گناهی به تهمت همچشمان گرفتار شده‌ام».

پس از اندکی سکوت گفت «هان یادم آمد. بارك‌الله پس حاجی‌بابای کذائی تو هستی» .

آنگاه روی بمجتهد کرده گفت « شناختم ، مقصر است و باید تنبیه بشود خواه نسقچی باشد و خواه وکیلش و خواه هرسگ دیگری . هر که خطا کرده ، کرده باشد . حرف در سر این است که مال پادشاه را آتش زده‌اند . سرکار آقا آیا غیر ازین است. »

مجتهد : «خیر، بسر شاه همین طور است . اما اغلب در چنین موارد (مقصودش موارد مربوط بزن و مرد بود) مناط اعتبار قول و اقرار طرفین است نه قول و ادعای خارج .»

پادشاه : « اما سرکار آقا چه میفرمائید اگر چنین مواردی مربوط بشاه باشد . کنیزی اگر از شما هلاك شود آیا دیت لازم نمیگردد، آیا ادنی نفس را دیت لازم نیست . حتی روس با همه بی دینی و لامذهبی‌از چنین عملی بمفت نمیگذرد . پس ماچرا برای کیف حکیم باشی ویا برای استیفای شهوت وکیل نسقچی باشی بمفت از مال خود بگذریم» .

مجتهد :«راست است هرنفسی را دیتی است و حفظ نفس از واجبات است اماعفو خطایا نیز از مثوبات است. درست است که انتقام در این قبیل احوال لذت بخش است اما لذت عفو بیش از لذت انتقام است وانگهی حدیث است که ثواب عفو محصورین بیشتر از عفو سایر افراد ناس است. اگر حضرت ظل‌الهی از خطای این مجرم مسکین درگذرند ثواب‌آن دارد که بیست نفر روس‌را با دست خود کشته یا قبر فرنگی راآتش زده باشند یا یك نفر صوفی را سنگسار کرده باشند».

پادشاه روی بمن کرد و گفت « مرخصی » و دست بشانهٔ مجتهد نهاد و خطاب بمن گفت «برو دعا بجان این مرد بکن والا چشمت دیگر روز روشن نمیدید. برو، چشمت را باز کن ، بروکه دیگر چشمم ترا نبیند ».

گفتار چهل و هشتم

برگشتن حاجی بابا باصفهان هنگام نزع پدرش

احتیاجی بحکم پادشاه برای اینکه دیگر چشمش بمن نیفتد نبود. بی آنکه ابداً نگاهی بعقب بیندازم بدون هیچ دریغ و اندوهی قم و مجتهد قم را پشت سر گذاشته رو باصفهان جنت بنیان نهادم. چند صاحب قرانی که مرا بدانجا برسد در جیب بود. از بابت منزل هم نگرانی نداشتم چون از برکت وجود شاه عباس و همت او در خاك ایران بقدری کاروانسرا ساخته شده است که سر هیچ مسافری بی‌بالین نمی‌ماند.

با همهٔ جوانی از دنیا و مافیها سیر و دلسرد شده بودم و گمان میکنم اگر در قم ماندگار شده بودم بصلاحدید وهدایت مجتهد سرانجام به‌ترشی زهد و تلخی زاویه‌نشینی تن میدادم و همانجا میترشیدم و می‌تلخیدم تا در آن زمین مقدس بزیر خاك میرفتم. اما میدان زندگی هنوز فراخ و سمند توسن امید هنوز از تك و تاز خسته و ناتوان نشده بود و وجودم جولانگاه آمال بود. فکر میکردم که لابد اینهمه بلائی که بسرم آمده است عقوبت گناه من است که پدر و مادرم را فراموش کرده‌ام و نتیجه عاق والدین است.

با خود گفتم «وای بر من که بد فرزندی بوده‌ام. وقتی برای خود آدمی بودم و اسم ورسمی داشتم چنان باد غرور در زیر بغلم افتاده بود که هیچ بیاد دلاك بیچارهٔ اصفهانی نیفتادم و حالا که سرم بسنگ حوادث خورده و دستم از اعتبار و خوشگذرانی کوتاه گردیده است بیاد پدر ومادر میافتم در صورتیکه «هیچ گنجی در جهان از ام و اب بهتر نباشد». کو دوستی که از پدر و مادر بهتر باشد. چنین اندیشه‌ای مرا برقت آورد و در دل گفتم «خدا بخواهد پدر و مادرم ببینند که فرزندی دارند و دیگر ناخلفم نخوانند». اما گوئی صدائی در گوش جانم میگفت «وقتی نیامدی که بیائی بکار دل» از کجا دیر نرسی و رسیدنت نوشداروی پس از مرگ سهراب نباشد» و در آنحال افکاری که درموقع دفن زینب و وداع از طهران خاطرم را مشوش کرده بود بیادم آمد. وقتی چشمم از دور بکوه کلاه‌قاضی که نشانهٔ نزدیکی باصفهان است افتاد دلم درسینه بنای طپیدن را گذاشت. هر قدم بر اضطرابم میافزود واز خود میپرسیدم «آیا پدر و مادرم را بچه حالتی خواهم

دید. آیا آخوند پیرم هنوز دستار عمرش برسر است یا کفن مرگ برتن کرده است. آیا بقال همسایهٔ دکانمان که پولهای سیاهی را که از دخل پدرم کش میرفتم در دکان او به تخمه و نخودچی کشمش آب میکردم زنده وسر سبز است و یا دکان زندگیش دروتخته شده است. آیا کاروانسرادار پیری که در آن شب الامان ترکمنها آنقدر او را ترساندم دروازهٔ عمرش باز است یا دست اجل آنرا برویش بسته است».

تا هنگامی که منارها و گنبدها و گلدسته‌های شهرپدیدار گردید ازین قبیل‌خیالات میکردم. از دیدار خاك پاك شادمان شدم و بشکرانهٔ اینکه با آنهمه دنیا نوردی یاد وطن در خاطرم مانده است دو رکعت نماز بجاآوردم و سجدهٔ شکر کردم وسپس‌دوسنگ برروی هم گذاشتم و نذر امام غریب کردم که یاءامام هشتم، ای‌ضامن غریبان، اگرضامن ورود من بسلامتی بپدر و مادرم بشوی نذر کردم که در راه تو یك گوسفند سر ببرم و با پلاو بدوستان و اقربا بخورانم».

از دهات اطراف شهر با دلهره و نگرانی گذشتم. بهر جا میرسیدم یادگارهای عهد گذشته در مقابل چشمم مجسم میگردید و ناگاه در بازار رو بروی دکان پدر بدر کاروانسرای شاه رسیدم.

دکان پدرم بسته بود وهیچ علامت وقرینه‌ای که مسکون بودن آنرا برساند در میان‌نبود. بشکون نیك نگرفتم و همانجا ایستاده در اندیشه فرو رفتم، آخر بخاطرم‌آمد که شب جمعه است و شاید چنانکه عادت است سر پیری مقدس شده وشب جمعه را به‌تخت‌پولاد بزیارت اهل قبور رفته است.

درکاروانسرا باز وهمان بود که درقدیم دیده بودم. لنگه‌های بار وجنس بازرگانان در این سوی و آن سوی بزمین افتاده بود و در هر گوشه استر و شتر و چاروادارها و

مسافرین واشخاص بسیار دیگری با لباسهای رنگارنگ‌های وهوی کنان سر گرم صحبت و اختلاط بودند. پاره‌ای چون مردگان روی زمین دراز کشیده مشغول تماشای رفت و آمد مردم بودند و گروه دیگری، بی‌خیال، با کفشهای پاشنه تخته‌ای بروی سنگ‌فرش تندتند در حرکت و گفت و شنود بودند. صورتها همه غمناك و در هم، سرها همه پر از سودا و معامله وحساب بنظر میآمد.

در پی دوست قدیمی خودم کاروانسرا دار بر آمدم، پیدا نشد. ترسیدم که دروازهٔ کاروانسرای حیاتش کلید شده باشد ولی ناگاه دیدم قلیانش را چاق کرده و سرش را میبرد که آتش بگذارد.

سر مردك بیچاره در میان دوشانه فرو رفته بود و از خمیدگی قدش معلوم بود که کمرش در زیر بارسال و ماه خم شده است. آری، خودش بود. علی‌محمد خودمان. آن بینی را من درمیان هزار بینی میشناختم. بخصوص که سبیل وریش زیر آنرا بارهااصلاح کرده بودم.

سلام دادم ولی چنان سر گرم گفت و شنود با آینده و رونده و چنان مشغول کار قلیانش بود که گفتی اعتناء بفلك ندارد. سر نیز بالا نکرد. دوباره سلام دادم و گفتم: «عمو جان، عمو علی محمد، مگر مرا نمیشناسی» سری بالا کرد و چشمان را ریز کرد و مانند کسی که از بن چاه نگاه کند برروی من نگریست و پس از لحظه‌ای بصدا در آمده گفت «رفیق، کاروانسرا نمونهٔ دنیاست. از ین در وارد میشوند واز آن در بیرون می‌روند، کسی توجهی ندارد. چطور میخواهی ترا بشناسم. علی محمد پیر شده و چشمانش پیه‌آورده و بدنیا و مردم دنیا خدا حافظ گفته است».

گفتم «اینها بجای خود اما حاجی‌بابا، همان حاجی‌بابائی که با وجود خرد سالی آنهمه سرت را تراشید و شاربت را زد لابد میشناسی».

یکه‌ای خورد و گفت «لااله الاالله، عجیب و غریب، راستی خودتی، حاجی‌بابائی، فرزند جایت خالی بود، آخرش آمدی. خوب کردی آمدی، هزار مرتبه شکر که کربلائی حسن دم مرگ چشمی بدیدار فرزند روشن میکند».

پرسیدم «چطور، مگر پدرم کجاست، چرا دکانش بسته است، دم مرگ چه معنی دارد».

گفت «ای حاجی، میترسم پدرت سر آخرینش را تراشیده باشد. فرصت را از دست مده و سر تاخت برو بخانه. خدا بخواهد دیر نرسی و پدرت را زنده ببینی. در حال نزع است. دنیا فانی است. همه میمیریم. من پنجاه سال است که در این کاروانسرا را می‌بندم و باز میکنم وحالا می‌بینم همه درها دارد برویم بسته میشود. کلید درها ازسائیدن دست روز بروز براق‌تر وپاکیزه‌تر میشود ولی کلید عمر من از فرسودگی دست‌روزگار زنگ زده‌است.»

«ماکاروانیان و جهان کاروانسرا | درکاروانسرا نکندکاروان سرا»

باقی سخنانش را گوش ندادم و بشتاب تمام بخانهٔ پدر روان شدم.

دم در دو نفر آخوند دیدم. با خود گفتم «اینها بوم شومند و بجز خبرمرگ خبر دیگری نمیآورند و هر کجا دست اجل کوس رحلت مینوازد بار اقامت میاندازند.»

بدون اینکه بآنها محلی بگذارم وارد خانه شدم و یکراست باطاق پدرم رفتم. چشمم به‌پیرمردی افتاد که توی رختخواب افتاده بود وجمعی پیرامونش را گرفته بودند. این پدرم بود.

احدی مرا نشناخت وچون در این قبیل مواقع در خانه‌ها باز است وهر که‌خواهد گوبیاو هر که خواهد گو برو، کسی مانعم نگردید. حکیم در یك طرف بیمار و درطرف دیگر پیرمردی که همان آخوند قدیم خودم بود نشسته بودند وآخوند درصدد بود که بیمار را تسلی بدهد. میگفت «کربلائی نترس. ان‌شاءالله بلا دور است. از کجا که باز دیدار پسرت نصیبت نشود. از کجا که حاجی در همین نزدیکیها نباشد. اما در هر حال وصیت مبارك است. بهتر است از همین حالا برای خود یك نفر وصی معین کنی. خوب است از همین حضار یك نفر را وصی خود نمائی».

پدرم آهی کشیده گفت «افسوس، حاجی چنان رفت و مرا فراموش کرد که دیگر نمیداند پدری دارد یا ندارد. من کجا و امید بازدید او کجا. میگویند از شنیدن نام‌پدر و مادر عار دارد. میراث چون من پدری قابل او نیست».

از شنیدن این سخنان سخت متأثر شدم. بیشتر ازآن تاب نیاوردم ناشناس بمانم و بلااختیار فریاد برآوردم که «حاجی تو اینجاست. حاجی بامید دعای خیر تو بپابوست آمده است، دیده باز کن، پدر جان، من حاجی، فرزند توام».

پس در پای بستر بدو زانو نشستم ودست پدرم را بوسیدم و به نشانه مهر فرزندی اشکم ریخت و بغض در گلویم گره خورد .

حضار از آن حـالت متحیر مانده بودنـد . احساس کردم که ورود ناگهانی من پاره‌ای را خوش نیامده است و جمعی دیگر اصلاً باور ندارند که من پسر کربلائی هستم و گروه دیگر بکلی مات مانده‌اند.

چشمان پدرم که دیگر تاب باز شدن نداشت لحظه‌ای چند بر رویهم دوخته شد . گویا میخواست مرا نیك بشناسد و بهتر و بیشتر ببیند. پس دستش را حرکت داد و گفت « خدایا صدهزار مرتبه شکر ، نمردم و پسرم را دیدم. اینك وصی من». آنگاه روی بمن کرد که «فرزند، چگونه دلت تاب آورد اینهمه مدت دور از ما بمانی، چرا قدری‌زودتر نیامدی» . خواست باز سخنانی برزبان آورد اما ضعف بیماری از یك سو و شادی دیدار من از طرف دیگر عنان طاقت و توانش را از دست بیرون برد و بیهوش بیفتاد.

آخوندم مرا بشناخت و گفت « حاجی دست بپدرت نزن، بگذار بحال آید . هنوز وصیت نکرده است.» جوانی در میان حضار که بمن چون شتری که بعصار نگاه کندنگاه میکرد گفت «بله اما باید دید که واقعاً این حاجی است یا نه» معلوم شد که برادر زن‌اول پدرم بود و امید داشت ارثی ببرد یا بخواهرش برساند و میترسید از گلویش ببرنـد . سایرین نیز از همین قماش اشخاص بودند وهمه ببوی ارث‌آمده بودند، ارثی که‌باآمدن من از میان میرفت .

در ظاهر همه تردید داشتند که‌آیا واقعاً من حاجی‌بابا هستم یانیستم. اگر آخوندم حاضر نبود شهادت نمیداد و تصدیق نمیکرد همه حاضر بودند متفق‌الکلمه ساحر و چشم‌بندم بگویند اما با اقرار آخوند جای انکار باقی نمیماند.

در همان حیص و بیص مادرم وارد شد و دفع شبهه یکباره گردید. از شنیدن‌خبر ورود من تاب ماندن در اطاقش نیاورده بود و با بغل گشاده بمیان مردان دوید کـه « کو فرزندم، کو حاجی بابایم. کو، مادر جان کجائی ».

دست در گردنم انداخت و در کنارم گرفت و با تعبیرات و سخنانی که بجزمادران احدی قدرت ایجاد وتکوین‌آنرا ندارد بنای شادی و مهربانی و قربان و صدقه رفتن را گذاشت .

حکیم برای بهوش آوردن پدرم شربتی درست کرده بود ومیخواست بحلقش بریزد. بمحض اینکه بیمار را حرکت دادند عطسه کرد. حضار گفتند «صبر آمد» باید دو ساعت صبر کرد و بعد از آن شربت را باو نوشانید و بنابراین شربت دو ساعت درکاسه بماند و پس از دو ساعت وقتی خواستند در گلویش بریزند بیمار سرد شده بود.

هرچه ملای پیر گفت «برخیز تا وصیت نامه‌ات را بنویسم» و هرچه زور آورد که سرش را از بالین بلند کند بجائی نرسید. کار ازکار گذشته بود.

پس چانه ودهانش را بستند وپاهایش را بطرف قبله کشیدند وکاسه آبی بر بالینش نهادند و انگشتان بزرگ پاهایش را بهم بستند وهمه «اناالله و اناالیه راجعون» خواندند.

تمام این تشریفات بآهستگی انجام یافت . سپس اشخاصی که باسم خویشاوندی و قرابت و پیوند آمده بودند همه یکباره صدای شیون و نعره را بلند ساختند . آن دو نفر آخوندی هم که دم در خانه دیده بودم و ذکر خیرشان گذشت بیام خانه رفتند و برای مطلع ساختن مردم در وهمسایه بنای گلبانگ و تلاوت آیات و اخبار را گذاشتند .

آنگاه نوبت سوگواری همگانی رسید. زنان نیز از اطاق زنانه بشین وشیون بر خاستند. پدرم چون آدم خوب وخوشخوئی بود مورد محبت و علاقهٔ مردم بود. مادرم که شخصاً از گریه کنان مشهور و از تعزیه گیران و ماتم سرایان مشهور شهر بود وجمعی از زنان همکار وهمقطار خود را نیز بدور خود جمع کرده بود محشر کبری بر پا ساخت بطوریکه شاید بتوان گفت درمرگ و ماتم هیچ وزیر و امیری آنهمه عزاداری و نعره وناله دیده نشده بود .

من از راه رسیده و تازه بسامان رسیده هم در گریه و زاری حقیقی رشك امثال و

اقران گردیدم . در همان حال بیاد اعمال و افعال گذشتهٔ خود افتادم که چگونه والدین را فراموش کرده و گرد هوی وهوسها میگردیدم و گفتم جادارد که مردم بحال من گریه کنند .

در گوشه ای نشسته و آواز گریهٔ راستین را با گریه‌های ساختگی دمساز نموده بودم که ناگاه آخوندی پیش آمد که « باید گریبانت را بدری تا مردم بفهمند که پدرت مرده است و یتیم شده‌ای . اما ملتفت باش که زیاد ندری و بد ندری.»

گفتم «این ثواب را تو بجا بیاور» گریبانم را چاك داد وسه قطعه پارچه برسینه‌ام بیاویخت و کفش و کلاهم را هم بیرون آوردو گفت « اقلا تا قبرستان باید باسر و پای برهنه مرده را مشایعت نمائی.»

درد مادرم بی درمان بود. چارقد سیاه برسر ، موی کنان و مویه کنان با فریاد «حسن ، حسن» داشت خانه را از جا میکند . در آن حال همسایگان و راهگذران از آشنا و بیگانه و از خویش و غیره دور خانه جمع شدند . پاره‌ای قرآن میخواندند ، پاره‌ای ایستاده گوش میدادند و لب می‌جنباندند و بحکم«حی علی خیرالعمل» بجمع ـ آوری ثواب مشغول بودند . گروهی بعنوان تسلیت دادن بماتمزدگان با اصطلاحات و اقوالی که در این موارد متداول است درصدد تسلای من ومادرم بودند.

آخوند قدیمم از سر دلداری دستم را گرفت و در پهلویم نشست و برسم تسلیت و دلداری میگفت . « بله ، پدرت مرد ، مرده باشد چه میتوان کرد. مگر همه نمیمیریم . زندگانی کرد ، اولاد پیدا کرد. آخرش هم مرد . کی نمیمیرد. بازمانده‌اش در دنیا توئی . توخوشهٔ آن ساق و میوهٔ آن شاخی . از تو باید هزارها خوشه بعمل بیاید ، حالا ساقه خشك شد و بخاك افتاد. این معنی باید مایهٔ شادمانی تو باشد نه باعث اندوه تو . بجای اینکه پدرت در این دنیا مدام سر این پدر سوخته و آن پدر آمرزیده را بتراشد اکنون در آن دنیا با حور و غلمان در قصری نشسته و شراباً طهورا که مزاج زنجبیل و کافور دارد نوش جان میکند. پس چراگریه بکنی خیر ، گریه باید بر آن بکنی که اگر خودت مرده بودی چه میشد . اما از گریه چه سود . «روتا قیامت آیدزاری کن ـ کی رفته را بزاری بازآری.» فکرت را بچیزهای دیگری مشغول بدار. ببین چه چیزهائی هست که مایهٔ شادی و مستحق شکر گزاری است . مثلا

اگر پدرت کافر بود و حال آنکه مسلمان بود. ممکن بود ترك باشد، الحمدلله تاجیك بود. سنی باشد، خدا را شکر شیعه بود. عیسوی باشد، محمدی بود. کلمهٔ شهادت دردهان مرد که بزرگترین سعادت دراین است».

ازین قبیل حرفها بسیار زد و سر انجام مرا با گریهٔ خود باز گذاشت و رفت.

مرده شو مرده روی را خبر کردند. تابوتی آورد. پرسیدند «آیا عماری هم لازم است یا نه»، گفتم هر طور صلاح میدانید مختارید. آخوند و سایرین مرده را با آب قراح شستند و با سدر و کافور حنوط کردند ودر کفنی که با تربت تمام قرآن مجید را بر آن نوشته بودند پیچیدند و فاتحه خوانان بگورستان بردند.

جمعیت مرده کشان زیاد بود ومیرسانید که پدرم خیلی محبوب‌القلوب بوده است. بیگانگان نیزهریك برای کسب ثواب گوشه‌ای ازتابوت رامی گرفتند و بر شانه میبردند. وقتی به تخت‌پولاد رسیدیم جمعیت خیلی زیاد شده بود.

من نیز باآن اشخاصی که خودرا از بستگان میت میگفتند همراه بودم. ملا پس ازکسب اجازه از وصی نماز میت را بجاآورد. مرده را بخاك سپردندو بزبان عربی باو تلقین گفتند که * «یا عبدالله و بن عبدالله، اذا جاءك الملکان المقربان و یسئلونك من ربك، قل‌الله ربی ومحمد نبیی وعلی امامی والکعبة قبلتی والقرآن کتابی،اللهحق والنبی حق و الکعبة حق و القرآن حق و الصراط حق و الحجة حق و النار حق و القبر حق و سئوال المنکر والنکیر حق و البرزخ حق والثواب حق والعقاب حق».

پس فاتحه خواندند و قبر را پوشاندند وآب برآن پاشیدند وحاضران بخانهٔمرده بر گشتند. و تنها آخوندی برای تلاوت قرآن در کنار قبر گذاشتند.

در مراجعت بخانه چون یگانه وارث پدر بودم ناچار از روی خود نمائی دواطاق فرش کردم، یکی مردانه و یکی زنانه. جنازه کشان و آینده و رونده را غذا دادم و ضمناً نذری که در موقع ورود باصفهان کرده بودم بخاطرم آمد. گوسفندوپلا و هم اضافه شد. برای تلاوت قرآن پنج تن قاری اجیر کردم، سه قاری در منزل ودو دیگر در چادر کوچکی که بر سرقبر برپا کردم. مجلس عزاداری که عموماً از سه روز تاهفت روز ادامه دارد برپا ساختم. روزآخر فاتحه چند تن از ریش و گیس سفیدان آمده‌مجلس

* این تلقین بدین تفصیل در متن اصلی انگلیسی نیامده است .م ـ.

ختم را برچیدند. گریبان دریده‌ام را دوختند. در آن روز هم باز ناچار سفره دادم و میهمانها نیز درعوض هریك جزوی از سی پارهٔ قرآن را خواندند و بروح پرفتوح پدرم دعا کردند.

پس از آن مادرم بهمراهی چندتن از زنان دیگر بر سرقبر رفت. حلوا و نان‌فطیر بفقرا داد و با گریه و زاری بسیار بمنزل برگشت.

چندی پس از آن ما را بحمام بردند. حنا بستیم و من سر تراشیدم و بدین قرار آداب عزاداری بپایان رسید و من مشغول انجام کارهائی شدم که مرگ پدر ایجاب میکرد و ضمناً میخواستم برای آینده هم نقشهٔ خود را مشخص نمایم.

گفتار چهل و نهم

مشکلات حاجی‌بابا درکار میراث پدر

چون پدرم بدون وصیت‌نامه وفات کرد شرعاً وارث منحصر بفرد او من بودم. * کسانی که برای مال پدرم دندان تیز کرده بودند یأس نصیبشان گردید و دست‌خالی ماندند و برای خنك ساختن دل بدشنام من پرداختند و مرا «ناکس، بی‌سر و پا، بی‌دین، هرجائی، هرزه گرد، عاق پدر، لوطی و با لوطیان همرنگ و با دراویشان‌محشور و هم مشرب، خانه بدوش»، خواندند.

چون خیال ماندن در اصفهان نداشتم محل سگ هم باین حرفها نگذاشتم. خوارشان شمردم و بهریك دشنام ده دشنام جواب دادم واصطلاحات تازه که محصول آنهمه سفرهای دور و دراز و یادگار قلندران و میراث میرغضبان و قاطرچیان بود و پدر وجدشان هم هرگز نشنیده بود بنافشان بستم.

همینکه از تعزیه‌داری وسوگواری فراغت دست داد سرصحبت را با مادر بدینگونه گشودم.

من: مادرجان، بیا ببینم بین مادر و پسر چیزی پنهان و پوشیده نباید باشد، کار وبار مرحوم کربلائی از چه قراربود، تو دوست و عیال و محرم اسرارش بودی ولابد

---

* مادرش هم یك ثمن سهم دارد ولی مؤلف کتاب ذکرنکرده است.ـم.

از دار و ندار او اطلاع کامل داری. بگو ببینم چه داشت و چه گذاشت .

مادرم (با دست پاچگی) : فرزند ، من چه میدانم .

من (با بی تابی) : مادر جان، میدانی که شرعاً وارث باید قروض میت را بپردازد والا مشغول‌ذمه میشود. قرضهایش را باید مشخص کنیم. وانگهی اینهمه در راه دفن و کفن خرج کردیم من امروز دیگر یك شاهی در بساطم نیست و لخت مادر زادم . با دست خالی هم هیچ‌کار نمیتوان کرد و در میان مردم نمیتوان سر درآورد . برای آبرومندی و اظهار حیات درپیش خودی و بیگانه پول لازم است و الا خدای نخواسته مایهٔ ننگ و بدنامی من و پدرم میشود و زبان دشمنان وولنگارها دراز میشود . ظاهر امر حکم‌میکند که پدرم بی‌چیز نبوده و الا اینهمه زالو در موقع مرگ برای مکیدن خونش در اینجا جمع نمیشدند. دیدی تا مرد چطورمتفرق شدند. مادر جان، ما که از هم چیزی را پنهان نداریم، بگو ببینم پول‌نقدش را کجا میگذاشت.ازچه اشخاصی طلبکاراست و بدهکارهایش کیها هستند و تخمیناً دارائیش چقدر میشود و بغیر ازآنچه اینجا موجود است دیگر چه دارد و کجاست.

مادرم:خدایا پناه برتو . چه حرفها میشنوم ، پدرت مردی بود لات و لوت و آسمان‌جل. چه پول نقدی ، چه دارائی ، چه تنخواهی، نان خشك را بهزار جان کندن پیدا میکرد . روی گوشت و برنج این سر سال و آن سر سال فقط وقتی میدیدیم که مشتریش زیاد میشد والا زندگانی ما منحصر بود بنان و پنیر. از بس ماست وپیازخورده بودیم بستوه‌آمده بودیم. با این حال آمده‌ای میپرسی پول نقد چه داشت . یعنی چه دارائی پدرت عبارت است از همین خانه واین دکان واین اسباب خانه که خودت می‌بینی و خبر داری . هست و نیستمان همین است و بس . همینقدر میتوانم بتو بگویم که پسر جان خوب سر موقع رسیدی . بیا امروز که پدرت رفته ، دکانش را بازکن و همان شغل او را پیشه خود قرار بده و انشاءالله دستت مبارك است و از این سرسال تاآن سر سال بی‌کار و بی‌نان نخواهی ماند.

من : عجب ، پس میخواهی بگوئی که پدرم بعد از پنجاه سال جان کندن نه یك درم و نه یك دینار باقی نگذاشته است . آیا این بعقل هیچ آدمی میگنجد . باید فالگیر و رمال‌آورد .

مادرم (سراسیمه) : فالگیر و رمال برای چه . فایده‌اش چیست ، چه دردی رادوا میکنند. فالگیر ورمال را وقتی میآورند که چیزی دزدیده شده باشد یا گم شده باشد . اینجا صحبت از دزدی وسزدی‌در میان‌نیست. مادرت را که نمیخواهی دزد بخوانی. اگر بگوئی میگویم دروغ میگوئی، برو از آخوند رفیق پدرت بپرس. او از همه ته وتوی کار و بارش با خبر است. یقین دارم که او هم همین حرفهای مرا میزند.

من : بله حق داری. آخوندکارهای پدرم را اداره میکرد و از ظاهر و باطن امور او آگاهی داشت. یقین دارم بمن راستش را خواهد گفت که پدرم چیزی داشته یانداشته.

یکراست نزدآخوندرفتم. درهمان گوشهٔ مسجد بیست سال پیش درمیان‌شاگردانش نشسته بود، چون چشمش بمن افتاد شاگردان را مرخص کرد و گفت «بروید، دعابجان حاجی و به‌برکت قدمش بکنید که بهر جا پایش میرسد شادی پیشاپیش میرسد».

گفتم «جناب‌آخوند ، ترا بخدا دست بردار. ما را دست نینداز. چه مبارك‌قدمی، طالع یکباره روی از من گردانیده. من خیال میکردم که اگر دست تقدیر پدرم را از دستم گرفت لااقل میراثی از او باقی است و تلافی مافات میشود ولی چیزی نمانده که شیرازهٔ امورم چنان متلاشی شود که فلك نتواند بهم اندازد. الان چنان دستم خالی‌مانده است که آه در بساط ندارم و تکلیف فردایم معلوم نیست.»

آخوند دستها را بجانب آسمان بلند ساخته گفت : ان‌الله یفعل ما یرید ، یعز من یشاء و یذل من یشاء بغیر حساب . عزت و نکبت در دست اوست. آری فرزند ، قاعدهٔ روزگار همین است و تا انسان پشت پا بدنیا وما فیها نکند سرنوشتش همین است. انسان بندهٔ آنست که در بند آنست . چیزی مطلب تا هیچ چیز ترا نطلبد .

گفتم‌آخر آخوند ، از کی تا بحال صاحب چنین طریقه وچنین مسلکی شده‌ای . صوفیانه حرف میزنی . من‌هم وقتی بدبختی پاپیچم شد و به قم انداخت همین حرفها را میزدم اما حالا فکر و خیالم در عوالم دیگری سیر میکند.

آنگاه سر مطلب را گشودم و التماس کردم که درباب کار و بار پدرم آنچه را میداند بمن بگوید .

سرفه‌ای کرد وبحالت حکیمانه اولا چندین قسم خورد وپس از آن همان‌حرفهای مادرم را تکرار کرد و اعتقادش این‌بود که پدرم پولی نداشته و چیزی بمیراث نگذاشته

است . گفت «ما یملك پدرت عبارت بود از آنچه همه میدانند ومن هم همان میدانم».

اول قدری سکوت کردم. پس از آن با شدت تمام اظهار حیرت کردم و گفتم «میدانم که پدرم بسیار مقدس بود و پولش را برباء نمیداد و از همان کوچکی این‌قضیه بر من مدلل بود . عثمان آقا که اولین اربابم بود پولی از پدرم بقرض خواست و سود خوبی میداد اما پدرم آیهٔ «وحرم الربوا» را برایش خواند و سودی قبول نکرد. اگر از آن ببعد سود خوار شده باشد آنرا من نمیدانم . اما یقین دارم که پدرم مؤمن وپاك و مسلمان کامل و ازکار حرام بیزار بود و پاك ومسلمان مرد.

از مسجد بیرون جستم و باکج خلقی تمام بدکان پدرم که اولین محل کسب وکار خودم در کودکی بود رفتم. سرم ازاین سودا پربود که «چه بایدم کرد. در اصفهان‌محال است بتوانم بمانم. لعنت باصفهان و هرچه اصفهانی است. پس چاره‌ای نیست بجز اینکه هست و نیست خودم را بفروشم و باز بپایتخت برگردم که جای مردمان بی‌کار و بیعار آنجاست .»اما خیالی که عذابم میداد این بود که پدرم اینطور ها هم دست خالی نبودو لابد دارای پول نقدی بوده و باید پیدا کرد.

این فکر گریبانم را رها نمیکرد . ماندم معطل و سر گردان . خواستم‌کار را بدرگاه قاضی بیندازم . بدر کاروانسرای شاهی رسیده بودم . کاروانسرادار سلام داد و سرسلامتیم گفت و درازی و برکت عمرم را خواست. گفتم « بابا علی محمد ، بنظرم ذهنت کور شده است ، با این اوضاع چه سلامتی ، درازی عمر بچه درد میخورد . می-خواهم این سر بسلامت نباشد . مرده شو این عمر را ببرد. این برکتی که میگوئی سر تاسر عذاب و زحمت من است .» پس آهی کشیدم و باز گفتم « افسوس ، افسوس . جگرم آتش گرفته است و دارم میترکم».

پیرمرد متحیر گفت «اینها چه حرف است . پدرت مرد ، هرچه خاك اوست عمر تو باشد. تنها وارثش هستی. جوانی داری، ماشاءالله برازنده وخوش اندام وخوش قد و قامتی . عقلت هم از هزارتا چون من بیشتر است . دیگر چه میخواهی . اگر مرگ میخواهی برو گیلان» .

گفتم «درست است که تنها وارثش‌هستم اما کو ارث . از یك خانهٔ گلین وچارپارچه گلیم کهنه و کاسه و کوزهٔ شکسته چه فایده . دور از جناب تو ، لعنت برین مرده ریگ

صاحب مرده».

گفت «پس پولها کجا رفت. حاجی، کو پولها. پدرت خدا رحمتش کند، همانقدر که در مصرف صابون دست و دلش باز بود در خرج کف دستش بسته بود و ارزن از لای انگشتهایش نمیریخت. همه کس در این‌شهر میداند که خیلی اندوخت و خیلی پس‌انداخت. کیست که نداند که روزی نمیگذشت که چیزی بمایه نیفزاید. پس آنها کو، کجا رفت».

گفتم «قربان دهانت، احتمال دارد که حرفت راست باشد اما در صورتیکه یك دینارش پیدا نیست فایده‌اش برای من چیست. مادرم میگوید پدرم چیزی نداشت. آخوند هم همینطور شهادت میدهد. من هم که غیب نخوانده‌ام. رمال هم نیستم که ببینم راست میگویند یا دروغ و اگر دروغ میگویند کجاست. میخواهم بحاکم شرع رجوع بکنم».

گفت «حاکم شرع؟ خدا نخواسته باشد، بجهنم برو و آنجا نرو. رفتن آنجا مثل این است که من اینجا نباشم و توکاروانسرا را بزنی. آن وقت کی بفریادت خواهد رسید. خانۀ حاکم شرع و فریاد رسی؟ خبر از خرجش هم نداری، حاکم شرع حکم را بمثقال میفروشد و رشوه را بقنطار میگیرد و تازه حکمش یك قاز سیاه نمیارزد. حکام شرع اگر جدول قرآن از طلا نباشد هرگز باز نمیکنند. از همه گذشته کسانی که پول پدرت را بالا کشیده‌اند بحکم حاکم پس نخواهند داد. نه، نه، تو بمیری بحلق حاکم و ملا میریزند تا از حلق تو ببرند».

گفتم «پس باید چه کنم. آیا از رمال و فالگیر فایده‌ای هست یا نه».

گفت «باز فالگیر و رمال از حاکم و ملا بهتر است. از وقتیکه در این‌کاروانسرا هستم خیلی چیزها از رمال و فالگیر دیده و شنیده‌ام. بازرگانها مکرر پولشان گم شد و بکمك همین رمال و فالگیر پیدا شد، تنها مالی که رفت و پیدا نشد مالی بود که ترکمنها بردند. هیهات، هیهات، عجب واقعۀ عجیبی بود و چه بلاها بسر ما آورد. پدر سوخته‌ها خیلی زیاد بودند و خیلی صدمه‌رساندند. ازهمه بدتر مرا هم دستیار آنها می گفتند و از آن هم غریب‌تر اینکه پای ترا هم در میان میدانستند. من باسم تودر را باز کردم و آنطور غوغا بر پا شد.»

خدا رحم کرد که علی محمد نیم کور بود و تأثیری که حرفهایش در من میکرد

نمیدید و الا مشتم باز میشد و مچم بگیر میآمد و فسق و فجور بروی دایره میافتاد .

خلاصهٔ گفتگو بر این انجامید که کاروانسرادار بفرستد و ماهرترین طاس گردان اصفهان را بیاورد تا میراث پدرم را پیدا کند. میگفت «این طاس گردان آدمی است که اگر یك نخود طلا بیست ذرع زیر خاك و بلکه اگر در ته چاه مشهور کاشان هم پنهان باشد بآسانی پیدا میکند».

گفتار پنجاهم

ماجرای طاس‌گردان تیزنگاه با حاجی‌بابا و پیدا شدن میراث کربلائی حسن

روز دیگر بعد از نماز صبح مردکی داخل شد. دانستم که طاس گردان‌است. مردی بود قوزی بـا سری بغایت بزرگ وچشمان شرر بار و نگاهی چنان تند و تیز که خیال کردم با یك نگاه هفت‌بطن‌مرا خواهد خواند. تاج کلاهی بادستاری کوچك برسر داشت وموهایش قلندروار بر شانه ریخته باریش انبوهی که هیبت و صلابت‌از آن میبارید، از چشمان تیزش که (خواه ساختگی و خواه براستی) با حرکات پـی در پی میدرخشید معلوم‌بود که جانور عجیبی است واز جنس آدمیان نه بلکه نوعی از شیاطین واجنه است.

مـرا بزیر سؤال کشید و سؤال پیچم کرد. اکثر وقایع عمر و بخصوص وقایع‌بعد از ورودم را باصفهان پرسید و از دوستان یکجهت پدرم تحقیق بعمل‌آورد و سپس پرسید ظنم بکه میرود و خلاصه مانند طبیبی که از بیمار کیفیت دردش را بپرسد آنچه را بایداز من پرسید و استخراج کرد.

همینکه تمام جوابهایم را بذهن سپرد پـرسید پدرت عموماً در کجـا می نشست. اتفاقاً مادرم آن روز بحمام رفته بود و لهذا توانستم همه جا را بـدون اشکال باو نشان

بدهم. سپس گفت حالا مرا قدری تنها بگذارید تا رمل و اسطرلاب بکشم و از راه وچاه اطلاع لازم بهم رسانم. یك ربع تمام در آنجا تنها ماند و وقتی بیرون آمد گفت « دوستان نزدیك واشخاصی را که دراین خانه بیشتر رفت و آمد میکنند باید همه را در اینجاجمع کنی . آنوقت من میآیم وکار خودم را بهآخر میرسانم ».

بدون آنکه حقیقت امررا بمادرم بگویم از او خواستم تا روزی یاران و محارم پدرم را بناهار دعوت نماید. خودم نیز آخوند و کاروانسرادار وکسان زن اول پدرم و خالوی خود و کسانی را که بخانهٔ ما راهی داشتند همه را دعوت کردم.

همه بی تخلف آمدند. پس از ناهار مسئله را در میان گذاشتم و گفتم «طاس گردان آوردهام تا ببیند پدرم پولش را در کجا نهفته است». در موقع سخن گفتن بصورت حضار نگاه میکردم تا ببینم علامت و قرینهای بدست میآید یا نه. اما همه را بی شایبه دیدم و همه اظهار داشتند که در این کار یار و یاور منند.

درویش که نامش نام با مسمائی یعنی تیزنگاه بود بهمراهی شاگردی که پارهای چیزها در دستمالی با خود داشت وارد شد. زنان روی بپوشیدند ودرویش عزایم خوانان دست بکار شد.

اول همه حاضرین را از نظر گذرانید. وقتی بآخوند رسید بر تیزی و مدت نگاه خود افزود. آخوند تاب نیاورد و در زیر لب بنای لااله الاالله و اللهم وقنی من شر من لایخافك خواند و باطرافش دمید و دست بر شانهایش مالید چنانکه گفتی شیاطین را میگریزاند. میهمانان قدری باو خندیدند اما او خنده هیچکس را بریش نگرفت.

پس درویش شاگرد خود را پیش خواند و از دستمال طاس مسینی بیرون آورد. بر بدنهٔ آن آیاتی مناسب دزدی مال یتیم از قبیل «السارق و السارقة فاقطعوا ایدیهما» ، «فلا تقربوا مالالیتیم» نوشته شده بود. درویش کم حرف میزد ودر افکارخود مستغرقبود و همینقدر گفت «اناله عالمالغیب والشهاده» و طاس را برزمین نهاد و باز قدری عزایم بخواند . آنگاه روی بحاضرین نمود و گفت: «این طاس ما رابجائی که پول مرحوم کربلائی حسن نهفته است خواهد برد.»

پارهای با اعتقاد سست و پارهای با یقینکامل نگاه را بصورت او دوخته بدنبال او افتادند. با چوبی که اشکالی بر اطراف آن کشیده بودند طاس را بجلو میراند و میگفت

«های، ماشاءالله، ببینیم بکجا میرود. هیچ چیز جلوی طاس بند نمیشود. احدی راه آنرا نمی‌تواندسد کند. بزور جلو می‌رود، ماشاءالله‌ای طاسم، ای شاه طاسم‌مال راپیدا کن، دزد را رسوا کن».

بدنبالش رفتیم ورفتیم تا طاس را بدر اطاق زنانه‌رسانید. در را زدیم. پس ازمشورت با هم باز کردند. زنان بسیاری در آنجا جمع بودند پاره‌ای روی بسته وپاره‌ای نیم‌باز وهمه در انتظار معجزهٔ طاس بی‌شکیب .

زنان را امر کرد تا از سرطاس وا پس کشیدند. گفت «این طاس رهبر من است وهیچ چیز نمیتواند آنرا ازکار باز دارد». کم کم طاس را بگوشه‌ای که پنجرهٔ اطاق‌در آنجا بود راند .

زنی که میدانستم مادرم است چندین بار خواست جلوطاس را بگیرد ولی تیزنگاه باهمان نگاه تند و تیز او را واپس راند و گفت «مگر کوری و نمی‌بینی که ما مشغول کار خدائی هستیم. خواه مخلوق بخواهد وخواه نخواهد خالق که غیب‌دان است کارخود را خواهد کرد» ، عاقبت طاس بکنجی رسید که معلوم بود خاکش تازه کنده شده است. درآنجا بایستاد .

طاس گردان آستین بالا زد و گفت «بنام خدائی که عالم‌الغیب والشهاده استا کنون همه خواهند دید که طاس چه میکند ». مشغول شکافتن‌زمین شد. نیمه کوزه‌ای بیرون‌آمد و معلوم بود که در پهلوی‌آن کوزهٔ دیگری بوده است.

درویش گفت «پول اینجا بوده اما حالا اینجا نیست». پس طاس را برداشت وبنای نواختن را نهاد که «هی جانمی ، طاس عمرمی طاس».

همه بتعجب بدو نگران گفتند «العجب ، ثم‌العجب ، زهی معجزه ، زهی کرامت» وهمه درویش قوزی را مردی خارق‌العاده شمردند وکارش را اعجاز خواندند.

تنهاکاروانسرا دار که ازین‌کارها بسیار دیده بود و ذهن روشنی داشت از آنمیانه گفت «اینها بجای خود اما دزدکو شکارگاه را یافتی اما شکار کجاست. شکارچی کیست ما شکار را میخواهیم. یا دزد ، یا پول و یا لااقل پول بی‌دزد. برای ما این لازم است». درویش گفت «رفیق، آهسته. باین تندی ازگناه بگناهکار نباید جست. درمان هر دردی برما روشن است اما هرکاری را مقامی و هرچیزی را زمانی مقرراست».

پس نگاه تندی بحضار کـرد و گفت «امیدوارم همه شما را از شك و شبهه بیرون بیاورم. حالا تکلیفی میکنم و استدعا دارم قبول فرمائید. عملی است خیلی سادهو آسان».

همه گفتند «بچشم» و من از درویش خواستم تا عمل را بجا آورد.

باز از شاگرد خود چنتهای خواست و کیسهای ازآن بیرون آورد که «این کیسه پر از برنج کهنه است . هر کدام از شما را مشتی ازآن دردهــان میریزم. باید بجوید و بخائید و فرو دهید. هر کس نتوانست دستگیرمان میشود که پای شیطان درمیان است».

پس ما را قطار کرد و مشتی برنج در دهان هر کس ریخت و تنها مـرا که مدعی بودم استثنا قرار داد. مادرم هم خواست خود را شریك من قـرار دهـد و مستثنی باشد. درویش قبول نکرد و گفت «مالی که میجوئیم مال پسرتست نهمال تو. اگر پسرتشوهرت بود حرفی نداشتیم اما شوهرت که نیست. پس ترا هم بایدآزمایش کنیم» پس مادرم نیز با اوقات تلخی و ترشروئی مجبور شد بپذیرد و مانند دیگـران مشتی برنج در دهــان گرفت. همه بنای جویدن را گذاشتند و همهٔآروارهها بجنبش آمد، پارهای این امتحان را بازیچه شمردند وبعضی دیگر مدعی بودند که این برنج چون سنگ است وجاویدنش ممکن نیست. هر کس که میجوید و فرو میداد دهان را بدرویش نشان میداد.

بدین ترتیب همه بیگناهی خود را باثبات رساندند بجز مادرم و آخوند ، آخوند باخندهٔ ساختگی و ترس حقیقی دهان را بسته و برنج را در دهان گـرفته میگردانید و عاقبت بنای شکایت را گذاشت« که این چه لجنی است در دهان ما چپاندهای. من دندان ندارم پالوده بخورم وتو میخواهی برنجچهل ساله بخورم. این دانه بابدندان من نیست» و برنجها را بیرون ریخت. مادر نیز از سفتی و سختی برنج بهرنج، شکایت کنان تأسی به آخوند جست و برنج را بیرون انداخت. همه خاموش شدیم و راه شبهه از هر سو گشوده گردید . زنی بهوا خواهی از مادرم سکوت را شکست و فریاد برآورد که «این بازیهای کودکانه چیست. هیچ کس دیده که کسی با مادر و استادش اینگونه بیاحترامی و بی‌ادبی کند. تف بر شما ، تف، برویم پی کار خودمان. ازکجاکه دزد خودش نباشد».

درویش گفت «مگر مادیوانهایمیا خر که اینطور حرفها باید بشنویم. در این گوشه پول بوده است یا نه. دراین‌دنیا دزد پیدا میشود یا نه» آنگاهآخوند و مادرم را نشان دهان گفت «این دو نفر برنجی را که دیگران جویدند نتوانستند بجوند ، شایـد

فی‌الواقع پیرند و قابل تجربه و آزمایش نیستند. ما هم نمیگوئیم که آنها دزدند». پس نگاهی از سر کشف بآنها کرد و گفت «اینها خودشان میدانند که طاس گردان مشهور که هزار فنش میخوانند و براستی هزار فن حریف است و برادر کوچك دب اکبر و یارغار زحل و عطارد لقب داشت و آنچه را هر کس کرده بود و یا نیت میکرد میدانست گفته است که برای شناختن مجرم از معصوم آزمایشی بهتر و مجرب تر از آزمایش برنج نیست، حالا رفقا، می‌بینم که هیچ یك از شما شیرافکن نیستید و شما را ترساندن زحمتی ندارد. اگر در این هنر من شکی دارید تکلیفی دیگر آسانتر وساده‌تر میکنم که بکسی ضرر هم نمیرساند و تهمت دزدی هم بکسی نمیزند و مانند سحرکارگر است و دزد را بپای خود میآورد و او را از مشغول ذمه بودن ومال حرام خوردن فارغ میسازد و بکسی هم اجباری وارد نمینماید. اسم این آزمایش «خاك ریزی بطاس است» طاس را در این گوشه میگذارم و امشب چنان با خلوص نیت وصفای باطن عزایم میخوانم که‌بیاری خدا حاجی بمراد خود میرسد و پولش را که برده‌اند بدست خود میآورند و در جایش می‌گذارند فردا هر کس میخواهد ببیند بیاید ببیند و اگر حرف من دروغ درآمد و پول دزدی را نیاورده بودند حاضرم که یك مثقال از موی ریش خود را بگرو بدهم».

پس طاس را در گوشه‌ای در زیر خاك پنهان ساخت در حالیکه ما همه در دور او جمع شده بودیم و هر کس در بارهٔ کار او سخنی میگفت. عده ای مرا مانند درویش از ارواح خبیثه شمرده و مورد سوء ظن قرار میدادند و جمعی دیگر این گمان را درحق آخوند و مادرم میبردند.

آنگاه بوعدهٔ فردا و تماشای کار طاس همه از هم پاشیده و متفرق گشتیم.

گفتار پنجاه و یکم

بمرادخود رسیدن طاس‌گردان وپیدا شدن مال‌دزدی

از شما چه پنهان، امیدی نداشتم که مال گمشده پیدا شود و مأیوس بودم. نتیجهٔ سخنان وغیب گوئی طاس گردان همینقدر دستگیرم گردید که درخانهٔ پدر پولی‌بوده است ودر حق مادرم وآخوند بدگمان شدم وبیش‌ازآن امیدی نداشتم که‌کاری از دستش‌ساخته

باشد. فردای همان روز با دربان و جمعی از دیروزیها برگشتند اما آخوند پیدانشد و مادرم نیز ببهانه اینکه به عیادت یکی از دوستان میرود غیبش زد. دسته جمعی بسراغ گنج نهفته رفتیم. درویش اوراد وعزائمی چند با مهابت بخواند و با تشریفات مخصوص وحرکاتی رمزآمیز پیش رفت و گفت «ببینم دیشب جنیان و پریان کاری کرده‌اند یا نه».

بنام عالم‌الغیب والسرایا زمین را شکافت. سنگ بزرگی نمودار گردید و در زیر آن سنگ بشادی دل‌من و حیرت حضار کیسه‌ای پر نمایان شد.

فریاد برآورد که «هی جانم، هی آفرین برجن وپری.» کیسه را برداشت و نگاه کنان گفت «درویش تیزنگاه بیخود موی ریشش را بگرو نمیگذارد» آنگاه کیسه را در مشت من نهاده گفت «بفرما، بروشکر خدا را بکن که بدست من افتادی، حق سعی‌مرا فراموش مکن».

همه دورمن جمع شدند که ببینند در کیسه چیست. من بامید طلا گشودم ولی‌نقره درآمد. زنگ غم آینهٔ خاطرم راکدر و رنگ چهره‌ام را تار ساخت. پانصد ریال در کیسه بود پنجاه عددش را نیاز چشمان تیزنگاه کردم که «بگیر، خانه آبادان، اگر بیشتر بود بیشتر میدادم. با اینکه این پانصد ریال قطعاً ده یك اندوخته و نهادهٔ پدرم هم نمیشود اما باز دستت درد نکند. خدمت کردی. بسیار ممنون و متشکرم».

درویش از حرکت من خشنود با سایرین خدا حافظی کرده رفت. دربان بماند و روی بمن کرد که «راستی امروز سحر کرد. معجز کرد. من بتو نگفتم که این درویش خیلی نقش است. مرد که اعجاز میکند». گفتم «آری، هرگز مرا باواین امید نبودچشم از اوآب نمیخورد».

همینکه چشمم بپانصد سکهٔ نقره افتاد رگ طمعم بحرکت آمد. بعلی محمد گفتم «باید کار را بمرافعه کشانید، چون همینطور که این پانصد ریال بدستم رسیده باقی نیز بدستم خواهدآمد. تو نیز شهادت خواهی داد که این کمترین قسمت ارث کربلائی‌حسن است و کار را از پیش خواهیم برد».

علی‌محمد گفت «رفیق این هم بز است، همین را که بدستت رسید غنیمت شمار. آمدیم برسر مرافعه و محضر شرع. اولا یقین را باید بدهی شك بخری، آن هم خدا میداند چیزی بدستت بیاید یا نیاید. مطمئن باش که وقتی خوب جیبت را خالی کردند،

تازه میگویند، بروید صلح کنید و اینقدر سر مردم را بدرد نیاورید » . وانگهی مگر نشنیده‌ای که «همه کس را دندان بترشی کند شود مگر قاضی را که بشیرینی»

پس از استخاره و استشاره صلاح را در شنیدن نصیحت دربان دیدم بخصوص که مدعی مادرم و آخوند بودند واگر کار بمرافعه میکشید مبلغی دشمن پیدا میکردم و نتیجه این میشد که مورد طعن و لعن مردم واقع میگشتم.

بدربان گفتم هرچه در اصفهان دارم میفروشم و میروم ودیگر باین شهر پا نخواهم گذاشت مگر اینکه روز و روزگار بکامم باشد والا اصفهان دیگر رنگ مرا نخواهدديد.

من این سخنان را از سر حدت وخشم میگفتم وخبر نداشتم که طالع در کاراست که آرزویم بر آورده شود .

دربان فکر و نیتم را پسندید چون پسری داشت دلاك و بهتر و رواج‌تر از دکان ما دکانی برای او پیدا نمیشد. پس تکلیف کرد که دکان را بخرد و با صوابدید اهل خبره دکان و اسباب دکان را یکجا باو فروختم .

اما درباب خانه، چون میخواستم نام نیکی باقی بگذارم (و خوب میدانید چقدر لزوم داشت) تمسکش را نگاه داشتم و خانه را با اسبابش بمادرم سپردم.

پول دکان را از دربان که اونیز مانند پدرم اندوخته و نهفته داشت گرفتم. همه میدانند که با این پول بهتر ازآن دکانی ، از حیث جا ومکان ، خریدن ممکن نبود. رویهمرفته یکصد تومان پول نقد شد. بطلا مبدل کردم تا سنگینی نکند ، قدری ازآنرا هم در راه رخت و لباس خرج کردم. استری هم خریدم (نه اسب چونکه از طریقت شمشیربندان سیر شده بودم.) بعد از همهٔ زحمات و دردسری که در آن راه متحمل شده بودم و پس از قضیهٔ قم دیدم بهتر است طریقت خرسواران را اختیار نمایم و بخود گفتم «اسب وشمشیروطپانچه وتفنگ‌دیگر بکار نمیخورد و ازین‌پس نباید کلاه را کج برسر نهی و زلف رابتراشی بلکه‌باید بجای‌شال جوزو گره‌دارشالی‌مانندشال آخوندها شل و ول‌بکمر بندی وعمامه‌بر سر بگذاری وبجای کمر چین قبای بغلی بپوشی تا خلایق همه دانند که مؤمن‌شده‌ای. بجای طپانچه‌هم باید لوله کاغذپرشال‌بگذاری‌و بجای پالسقه‌و بند طپانچه‌باید قرآن‌حمایل‌اندازی و بجای‌ارسی کفش پاشنه‌خوابیده‌بپا کنی وبجای‌لوطیگری واجلافی و قرت و غرابی باید ژولیده وخمیده و دیده برزمین دوخته‌و دست پرشال و بی‌جوراب و

پا برخاك كشان باشی و رفتارت باید رفتار مؤمنین مسجد ندیده باشد و چون چشم مردم همه‌بظاهر است باید ظاهرت را عوام‌پسند بیارائی و آنوقت اگر نامربوطی هم ازدهانت خارج شود نزد همه بجای مربوط بخرج خواهد رفت ، بخصوص که ازدهان مردی‌زاهد و عابد ومسلمانا باشد با دستار سنگین وشال وزین و باآه و ناله واستغفراله و سبحان‌اله. اگر احیاناً دیدی بـا مرد دانا وفهمیده‌ای سروکارداری بنا را برسکوت بگذار تا عالم وفاضل قلم بروی، «چو در بسته باشد چه داند کسی ـ که جوهر فروش است یا پیله‌ور» وانگهی سواد خواندن هم که داری قدری مواظبت کن تا در اندك مدتی خوش نویسی را هم بیاموزی و بتوانی قرآن نویس بشوی و ازین راه کسب شهرت نمائی».

با این قبیل اندیشه و وسوسه‌ها هنگام مسافرت فرا رسید. صدائی در گوش دلـم میگفت «یارو ، از تأثیری که در وجود میرزا .... قمی کرده‌ای باید استفاده بکنی کـه درین دنیا ازهمه‌کس بیشتر وبهتر بدردت میخورد و اوست که میتواند سفارش ترابیکی از مجتهدین وآیت‌اله‌ها بنماید تا محرر یا خادمش بشوی وکم کم راه و چاه ملائی را چنانکه شاید و باید بیاموزی» . وانگهی بعد از رهائی از بست چنان بدست پاچگی زود ازو جدا شده بودم که زیارتش را برخود قرض بلکه فرض میدانستم . بخود گفتم بایـد هدیه‌ای هم برایش ببرم تا نگوید که ما را فراموش کردی. پس از اندیشهٔ بسیار صلاح رادر خریدن جانمازی برای اودیدم و خریدم و جا نماز بـرای خودم نیز بر روی جـل قاطر زیر انداز خوبی شد.

اسباب سفر مهیا شد. بصورت آخوندی درآمده بودم از سر کهٔ هفت ساله ترش‌تر ولی بستن عنوان ملائی را بخود برای موعدمرهون گذاشتم بخصوص که دیدم نقداً همان عنوان حاجیگری مادرزادی برایم کافی است.

یك کار باقی مانده بود که پرداخت مخارج کفن و دفن پدرم باشد . اول براستی خیال کردم که در مقابل نهب وغارت خویشان و معامله‌ای کـه بـا من کـرده بودند چنین خرجی صورتی ندارد و بارها در دلم گذشت که بی‌خبر از اصفهان حرکت کنم و باراین قرض را بدوش مادر وآخوند بیندازم اما حسن طینت و پاکی فطرت نگذاشت وباخود گفتم « اصفهانیها فحشم خواهند داد و پدر سوخته‌ام خواهند خواند وحقا کـه بـدفحش و دشنامی است . ازینرو خواهی نخواهی بنزد ملا و گریه کن ومرده‌شو و گور کن و کفن

فروش رفتم و حق همه را ادا کردم و از همه حلالی طلبیدم.

گفتار پنجاه و دوم

وداع حاجی‌بابا با مادر ومحرر شدن درنزد یکی از علماء مشهور

مادر را بدون حسرت و تأسفی وداع گفتم ، او نیز چندان افسوسی نداشت ، چه او باخیال خود مشغول بود ومن با خیال خود. از خدا میخواستم که با یکدیگر سر و کاری نداشته باشیم.

بامدادی بر قاطر سوار آفتاب هنوز یك نیزه بلندتر نشده بود که مبالغی راه‌اصفهان به‌قم را پیموده بودم. خیلی دلم میخواست قدری درراه لنگ کنم بخصوص درشهر کاشان، اما ترسیدم وقت بیهوده تلف شود و لهذا روز نهم دوم‌بارچشم و دلم بزیارت گنبد حضرت معصومه روشن و گلشن گردید.

قاطر را در کاروانسرا بستم وپس از تهیهٔ کاه وجوش پیشکشی را زیر بغل نهاده رو بمنزل مجتهدآوردم. در خانهٔ ملا باز بود و مانند در خانهٔ سایر بزرگان کبر و نازو حاجب و دربان نداشت. هر کس میخواست می‌آمد و هر کس میخواست میرفت. جانماز-پیشکشی را در کفش کن نهادم وباطاقی که مجتهد درشاه‌نشین آن نشسته بود داخل شدم. فی‌الفور بشناخت . تواضع نمودم . با اعزاز واکرام زیر دست خود نشانید و از شدت اشتیاقی که بدانستن کار و بارم داشت بتفصیل جویای احوال و اوضاعم گردید. من نیز به‌نقیر وقطمیر همه را جواب‌دادم و از اینکه ازبرکت وجود اوخلاصی یافته‌بودم اظهار نهایت امتنان نمودم و گفتم اکنون دلم از هر چیزی سیرشده است و آرزویم این است که طریقه عباد و زهاد را پیشه سازم واز امور دنیوی بامور اخروی بپردازم ودرسلك علما و طلاب عمر را بآخر برسانم و اگر توفیق الهی شامل حالم باشد و در سایهٔ لطف‌و مرحمت سرکار وسیله‌ای فراهم آید که بتوانم بقیهٔ عمر را در خدمت شرع شریف بسر برم اجر این‌مسئول عندالله وعندالرسول ضایع نخواهد ماند .

مجتهد لحظه‌ای سر بجیب تأمل فرو برد وآنگاه گفت «امروز صبح از ملا نادان که یکی از علماءِ مشهور طهران است کاغذی داشتم . آدمی لازم دارد که هم‌محرر او

باشد و هم خادم، یعنی هم سواد داشته باشد و هم کاردان باشد. نوشته است که امر درس و تربیت و ترقیش را هم متعهد است.

از شنیدن این نوید دلم از شادی بنای طپیدن را گذاشت چه منتها آرزویم همین بود. با خود گفتم بگذار دستم بگوشهٔ دامان ملائی بند شود آنوقت دیگر خودم میدانم و خودم که چه‌ها نخواهم کرد و بکجاها نخواهم رسید.

بلاتردید سپاسگزاری کرده التماس همت نمودم. بدست خود سفارشنامه نوشت و مهر کرد و بدستم داد که هرچه زودتر خود را بطهران برسان مبادا تا تو برسی دیگری این لقمه چرب را ربوده باشد. بدان که ملانادان عمادالاسلام است و پهلویش خیلی چرب و شیرین است.

بشادمانی دستش را بوسیدم و با شکر گزاری بعرض رساندم که اکنون التماس دیگری هم دارم. پای موری برسم نیاز آورده‌ام که منت بر چاکر نهاده قبول فرمائید ودر هنگام نماز بر روی آن از خاطر عالی محو نگردم و دعای خیری در حقم بفرمائید.

گفت حاجی، خانه آبادان، همینقدر که ما را فراموش نکردی احتیاج باین زحمتها نبود. اگر رضایت مرا میخواهی امر بمعروف و نهی از منکر را فراموش نکن وعلما را دوست بدار وعرفا را خوار بشمار و بیش ازین خواهشی از تو ندارم.

پس اجازه خواسته بکاروانسرا رفتم و بدون آنکه (رویم سیاه) بزیارت حرم‌مطهر یا بملاقات دوستان و آشنایان بروم سوار شدم ودر همان شب پس از مرور از پل دلاك به طهران رسیدم.

شامگاهی بود که واردپایتخت گردیدم وبرای اینکه چشمم بقبر زینب ناکام نیفتد دروازهٔ عبدالعظیم را گذاشته از دروازهٔ قزوین وارد شهر شدم. طالعم یار بود ودروازه‌بانها

مرا نشناختند تا مانند سابق که بمأموریتهای رسمی میرفتم و بر میگشتم بسلام بایستند. حالا که خودمانیم نسقچی در لباس آخوندی هم بی تماشا نیست. از میدان و بازار که وقتی بجز سر وصورت من سر و صورت دیگری در آنجا جلوه نداشت گذشتم بدون آنکه احدی توجهی بسر وصورت مبارکم نماید. راه خانهٔ ملا نادان را پرسیدم. بیش از آن مشهور بود که نشناسند. شب را در مجاورت آن در کاروانسرائی بسر بردم و صبح زود برای آمادگی بحضور بحمام رفتم و دست و پا و ریش را حنا بستم ولباس را عوض کردم و بدرخانه‌اش رفتم.

خانه ملا نادان در پشت مسجد شاه نزدیك منزل زنبورکچی باشی ومانند «درسرای مغان رفته بود و آب زده». دهلیز و حیاتش سنگ فرش و اطاقها نه زیاد محتشمانه و نه پرفقیرانه‌مفروش بود. درتالار روبروی حوض آخوندی جلوس نموده بود، پژمرده رخسار وبیماروار. پنداشتم ملانادان است ولی چون نوکرها گفتند آقا در اندرون هستند وحالا بیرون میآیند دانستم که نه آنست.

داخل تالار شدم و برای اینکه بآخوند بفهمانم که مقامم بالاتر از مقام نوکران است بنشستم. در صحبت گشوده شد و من با دوکلمه فهمیدم که آخوند از بستگان و ملازمین ملانادان است. بسیار کوشید که حرفی از من دربیاورد و بداند کیستم. بمقصود نرسید.

سؤال و جواب ما غریب و عجیب بود وموجب حیرت من گردید.

پرسید: گویا شما تازه بطهران آمده‌اید.

من: بلی جناب.

آخوند: البته خیال دارید مدتی بمانید.

من: با خداست.

آخوند: تهران جای خوش گذرانی است.

من: چنین میگویند.

آخوند: اما در طهران بآدم تنها خوش نمیگذرد.

من: همه جا همینطور است.

آخوند: اگر خدمتی از دست من ساخته باشد با منت انجام میدهم.

من : خیر، لطف سرکار زیاد با خود آقا کار دارم.

آخوند : چه آقا و چه بنده ، فرقی ندارد. خدا را شکر دست شکسته نیستیم.

من : الحمدلله .

آخوند : هر طورش را بخواهید و بهر قیمتی مایل باشید ممکن است.

من : بنده اهل معامله نیستم.

آخوند : کاری با معامله ندارد ، همینقدر که مردی هستید غریب و عزب وراه و چاه را نمیدانید برما فرض است که بشرایط خدمتگزاری عمل کنیم. غرض وقت گذرانی است خواه یکساله خواه یك ماهه. برای یك هفته و یك روز حتی یك ساعت‌هم مقدور است .

از شنیدن این بیانات شك زده شدم و خیلی گوشه‌دار بنظرم آمد ودرصدد بودم که بگویم :«زدنی بیاناً» که ناگاه سر وکلهٔ ملانادان پدیدار گردید.

ملانادان مردی بود پا بچهل ، خوش اندام ، تازه‌رو ، ریشش از زور رنگ وحنا مثل پر پرستو بغایت سیاه و شانه زده با چشمان سرمه کشیده و عمامهٔ بزرگ پیچ اندر پیچ وعبای شوشتری لطیف. قالب و قواره‌اش شایستهٔ توپچیگری و فراشی بنظر میآمد اماهمینکه لب‌بسخن گشود ازفصاحت بیان ولطف و نرمی سخنانش معلوم شد که درشتی و تندی نوکربابان را ندارد.

بچالاکی برخاستم وکاغذ مجتهد قم را بدستش دادم و سرپا بایستادم. نگاهی به‌ـ عنوان‌نامه و نگاهی بصورت من انداخت تا مناسبت مراسله و رسول را دریابد:

چون نامه را بخواند چهره‌اش بشگفت و گفت «خوش آمدی ، سرکار آقا چه میکردند. انشاءاله مکروهی نداشتند .» درجواب بی‌تکلف گفتم الحمدلله صحیح وسالم بودند. سلام بسیار رساندند .

نامه را با دقت تمام مطالعه فرمود اما از مضمونش چیزی نگشود. بعد از آن از اینکه قلیان نیاورده‌اندمعذرت خواست و گفت من خود اهل قلیان نیستم وقدغن کرده‌ام بمهمانها هم ندهند. تکلیف ما اهل شرع این‌است که از آنچه شایبهٔ نهی و منع در آن راه داشته باشد کف نفس نمائیم. اگر چه درحرمت قلیان نص صریحی در دست نیست و بحث است در اینکه آیا از مسکرات بشمار میآید یا نه و مشکوك است و استعمال آن درنزد

اهل تسنن و تشیع هر دو متداول است اما چون احیاناً کیفیتی شبیه بخمار دارد و باعث نوعی از دوار میگردد لهذا احوط اجتناب است .

آنگاه از صوم و صلوة و سایر عبادات و طاعات سخن گشود و من با خود گفتم «میترسم لقمه‌ای که مجتهد قم بشارت داده بود آنقدرها هم چرب نباشد» اما وقتی تر و تازگی صورتش را با آنچه گفته بود دردو کفهٔ ترازو نهادم گفتم «سر کار آقا نباید چندان پابند قواعد شرع وقوانین پرهیز کاری باشند و کیست که قول و فعلش یکی باشد والبته با تأویلات شرعی راه کار را خوب یافته است وخلاصه آنکه یارو با این ظاهرسازیها باید در واقع خیلی نقش باشد».

گفتار پنجاه و سوم

در تدبیر ملانادان در راه جمع مال و فراغت‌بال خلق‌الله

همینکه آخوند از اطاق بیرون رفت و ملانادان مرا با خود تنها دید کاغذ مجتهد قم را از جیب درآورد و گفت «بموجب این توصیه ترا در نزد خود نگاه میدارم». آنگاه از اوضاع و احوالم سؤالی چند نمود و از جوابهایم خیلی حظ کرد .

پس بدینمنوال سر مطلب را گشوده با من در میان نهاد که «مدتی بود مانند تو آدمی را می‌جستم اما نمی‌یافتم. این آخوند که‌الان بیرون رفت معاون و دستیار من است اما بسیار ناپاك است . دلم آدمی میخواهد که مال مرا مثل مال خودش بداند و با لقمه نانی که میخورد قناعت کند ودر پی حرص و طمع نباشد».

ازآنجائی که غرض و منظور من همانطور که به‌مجتهد قم گفته بودم پیمودن‌طریق زهد و پارسائی در زیر سایهٔ اهل علم بود و میخواستم کم کم ازین راه جائی پا برجاشوم جواب دادم که سر کارآقا ، من‌آدمی جهان دیده و سردو گرم روزگار چشیده‌ام و میدانم چه‌وظیفه وتکلیفی دارم وان‌شاءالله مرا در خدمتگزاری بخود راستکار و درست‌رفتار و بر طبق دلخواه فرمانبردار خواهید دید.

گفت تو هم خاطرت جمع باشد که در خانهٔ من سعادت دارین و صلاح و عافیت دنیا و عقبی نصیبت‌میشود. اولا بدانکه من عمادالاسلام وقدوة‌الانام، نخبهٔ ملت‌حنیف‌وزبدهٔ

شرع شریف ، انموزج دین احمدی و ملت محمدم . اجتهادم نزد همه جـاری و فتاوی و احکامم همه‌جا ساری است . شاربین خمر را حد میزنم و زانیان محصنه را رجـم میکنم . در امر بمعروف و نهی از منکر و تألیف قلوب وموعظه و خطابت وحید دهروفریدعصرم. حامی بیضهٔ اسلام و راهنمای خواص و عوامم. آیت صائم‌النهار و معنی قـائم‌اللیل هستم غسل و وضویم عبرة للناظرین وصوم وصلاتم اسوة للسایرین است .

بحکم اجتهاد شخصی خودم از استعمال آلات واوانی مفضض و مطـلا محترزم و از اکتسای کسوة اقمشه و حریر مجتنب ، مواظب تعهد و ملتزم تهجدم، از قلیان و انفیه متنفرم و بازی نرد و گنجفه و شطرنج و سایر ملاعب وملاهـی را منکر ، چه اینگونـه مناهی و مکاره مضر آداب دیانت و مشتغل اوقات طاعت و عبادت است. پاره‌ای اجامر و اوباش و بعضی ازرنود وقلاشین در باب تخفیف تکالیف روزه از قبیل تجویز قلیان کشیدن ومصطکی خائیدن از من استفتاء نمودند اما از من بجزجواب لاچیزی نشنودند وسرشان را باعصای لایجوز شکستم و گفتم روزه خوردن ، دور از جناب سرکار، گه خوردن است و باید روزه را گرفت و نماز را کرد تا چشمشان کـور شود. اگر شارع مقدس حکـم فرموده بود که مدت افطار یك هفته باشد هر آینه اولین روزه گیر و آخرین روزه گشا من بودم و حاشا و کلا اگر لب بلا و لعل میگشودم.

هر چند اینهمه شدت در تقدس بمذاق من گوارا نمی‌آمد اما باز از تصدیق ظاهری و تمجید قلابی دریغ نداشتم وبمناسبت هرمقام وبیانی چنان به‌به وماشاءالله بنافش می‌بستم که آسمان را سیر میکرد.

وقتی از شنیدن آنهمه تعریف و تمجید و استحسان و استغراب به‌نشئه افتاد شروع بسخنان آشنا کرد که «ایمان و پارسائی من ببین تا بچه حد است که از نکاح وزن گرفتن هم اجتناب ورزیده‌ام و کمال نفس من درین باب حتی ازدرجهٔ کمال نفس حضرت‌ختمی مرتبت هم‌العیاذبالله گذشته است چون آنحضرت درتعدد زوجات ازحضرت سلیمان گذشت و من در ترك تزوج ازو گذشته‌ام که یکی هـم ندارم و دراین باب بحدیث شریف «خیر امتی بعدی رجل محبط»عمل کرده‌ام. چیزی که هست گرچه خودبسنت نکاح عمل‌نکرده‌ام اما ازثواب این سنت هم محروم نمانده‌ام چون بمنا کحت ومزاوجت دیگران می‌پردازم ومیخواهم ترا هم در این ثواب سهیم و شریك سازم.

من هر چند در کشت‌زار این فن و پیشه از کشاورزان چغندر و گزر هم کم سررشته‌تر بودم اما باز سخنان آقا را تصدیق کنان روی رضا نشان دادم و او نیز دنبالهٔ سخن را بدین قرار آورد. گفت «بدان و آگاه باش که برخلاف شرع انور و بزعم انف قوانین مطهر و به ننگ ناموس کار بچه بازی و غلام بارگی و بی‌ریش نگهداشتن‌چندان انتشار یافته که کم مانده نام زن گرفتن از صفحهٔ روزگار سترده شود. مردم همه به‌پشت بی‌ریشان افتاده‌اند و از جنس گیس‌دراز گریزانند. بیچاره زنان بخانه مانده‌اند و بخدا مینالند و میترشند و میپوسند. پادشاه جمجاه از آنجائیکه محب علمای اسلام و مروج شعایر ایران است نه‌تنها خود عده معتنابهی از جنس اناث را بحرم خود برده است‌بلکه درباب این احوال بملاباشی شکایت کرده و او را توبیخ و سرزنش نموده است که‌آخر تدبیر وچارهٔ این ناخوشی وعلت عام‌البلوی در دست تست. درمیان خودمان باشد ملاباشی مردکه خیلی حماری است. از وظایف اسلام بقدر یك فرنگی هم خبر ندارد تا چه رسد بقلع و قمع این قبیل ماده‌های‌زیان و فساد. دعاگوی سرکار ملا نادان، بله شخص خودم منافع و مصالح مخلوق و عبادالله‌را با قوانین واساس شرع مطاع مطابق و موافق نموده بقوت تتبع در احادیث و اخبار اجتهادی کردم که بی‌ضرر و بی‌ضرار منافع عرف با قوانین شرع در یکجا جمع‌آید. میدانی که در مذهب شیعهٔ اثنی عشریه متعه که‌همان نکاح موقت باشد بهر مدت باشد جایز است. در نزد ملاباشی بنای زمزمه را نهادم که در شریعت سمحه وسهلهٔ ما چرا باید با تجویز متعه از عهدهٔ جلو گیری این فسق و فجور

بر نیائیم. چارهٔ این درد آسان است ومرد میدان این کار همانا خودم ملانادان. ملاباشی که درهر کاری خر حسابی است درحساب کار خود خیلی روباه است. تکلیف مرا پسندید چونکه خیر و نفع خود را در آن دید یعنی چند خانهٔ کوچك در اطراف شهر خرید و همه را صیغه خانه ساخت . در آنجا جمعی از زنان یائسه و غیر یائسه نشانید تاهر مردی که بخواهد تمتع از ایشان بتواند و ملاباشی هم از طرفین حق تمتعی دریافت دارد. این مرد از همین راه دارای گنج شایگان شده است و هجوم عام بدرجه ایست که ده دوازده آخوندهای معمم از صبح تا شام مشغول صیغه خواندن هستند و باز سر جمعی بی کلاه میماند و هر چند راه این شریعه را دست اجتهاد من گشاد و این فکر بکر از مخیلهٔ من زاد اما ملاباشی هیچ بهره‌ای بمن نمیدهد و حتی این فکر بکر واقدام بدیع باسم او به قلم رفته است وازاینرو من نیز رغماً لانفه تصمیم گرفته‌ام که زمام حل وعقد این کارخانه ابداع را شخصاً بدست بگیرم و خدمتی خاص بعام مؤمنین و مسلمین بنمایم . ولی زنهار باید این راز را سربسته نگاه‌داری که خدای نکرده گوش شیطان کر اگر ملاباشی بوئی ببرد آنچه از دستش برآید فروگزار نخواهد کرد و شاید از طریق عناد عاقبت ما را اخراج بلد هم بکند.

ملا نادان مشغول این تقریرات بود و من سراپای او را نگران در نزد خود می‌اندیشیدم که چطور چنین‌آدمی عمادالاسلام شده است. مجتهد کذائی قم در حق این‌آدم

آنهمه خوبی که گفت آیا راست است . اما نظر باینکه در جاده شرع هنوز رسوخی حاصل نکرده و پای برجا نشده از کیفیات متشرعین بی‌خبر بودم ناچار تصدیق سخنان وی نمودم وسر انجام مطلب را بدینجا کشانید که «از همین حالا سه نفر زن تدارك کرده‌ام ودرهمین همسایگی در خانهٔ کوچکی نشانده‌ام. ترا میخواهم که برای آنها مشتری بیاوری. راه پیدا کردن مشتری هم آسان است. باید هر روز صبح سری بکاروانسراها بزنی و همینکه زواری، تاجری یا مسافری واردمیشود آهسته به‌پهلویش بخزی و بگوئی اگرزن بخواهی خوبش را دارم هم خوشگل و هم ارزان و هم بی ترس. اما زنهار که نرخ آنها را از نرخ زنان ملاباشی گرانتر نکنی که باعث کسادی میشود ودر تجارت ارزانی شرط رواج است. البته بفراخورحال هر کس مزد دست خودت را هم میگیری چون من مواجب علیحده بتو نخواهم داد. اما هرچه دلت بخواهد در خانه‌ام موجود است ، تنگی نخواهی دید واگر مزد پائی هم گرفتی مفت چنگت. هر وقت مهمان داشته باشم نوکری و سرپا می ایستی و در سایر اوقات محرری و می‌نشینی.

ملانادان سخنش را بپایان رسانید ومنتظر بود که چه جوابی خواهم داد. چون مسئله غامض بود و خیلی آب بر میداشت تفکر و تأمل لازم میآمد. چنانکه در سابق اشاره شده است آرزوی من آن بود که ازمردم دنیا کناره بگیرم و در کنج عبادت وطاعت بکار نماز و دعا و روزه بپردازم و زیلوی مدارس و بوریای مساجد باشم. امیدوار بودم که مخدومی تارك دنیا و طالب عقبی پیدا نمایم ولی می‌دیدم که دارم خادم مخدومی میشوم که در طریق حرص جاه و حب مال دنیا از هیچ بد نامی ننگ ندارد و ننگ نام و ناموس بر شرع میگذارد. دیدم دارم نوکر اربابی میشوم که مال دنیا بیابد از هر راه و از هر روی که باشد، شهرت حاصل نماید بهر اسم و رسمی که بخواهد.دیدم دارم خادم چنین مخدومی و سالك چنین مسلکی میشوم و بخود گفتم رفیق « شنیده‌ام که در آخر کشیش دیر شدی ــ خوشا بحالت تو عاقبت بخیر شدی» اما چون حالم پریشان‌تر ازآن بود که جای آری و نه وچون و چرا باشد دیدم ترك این تکلیف را بآسانی نمی توانم و محرری مردی که در پایتخت بعمادالاسلامی مشهور است چنان لقمه چربی است که به‌آسانی نمیتوان از دست داد لهذا ناچار دنده بقضا و تن برضا دادم وصیغهٔ قبلت را جاری ساختم .

پس‌از آن گفت که ان‌شاءالله در این باب مفصلاً ومشروحاً صحبت خواهیم داشت. اکنون مرا ملاباشی خواسته است و باید بروم ودر وقت بیرون رفتن گفت «من از جاه‌و جلال خوشم نمی‌آید و زیاده از حد لزوم خدمه و نوکر نگاه نمیدارم و راستی راست میگفت. خدم و حشمش عبارت بود از یك نفر آش‌پز و یك نوکر با سه اسم و سه عنوان یعنی ناظر و فراش و میرآخور. در سر طویله‌اش بیش ازیك رأس خر سفید نبود و در باب آن میگفت «بهزار مشقت گیر آورده‌ام چونکه خر سفید نشانه تشخص و اعتبار است و مشتری بسیار دارد و بدست آوردنش دشوار است ولی چون امور و مشاغلم روز بروز زیادتر میشود اعتبار و شهرتم در تزاید است ان‌شاءالله بعد از تحمر تبغل خواهم کرد یعنی خر را بقاطر تبدیل خواهم ساخت.

بشنیدن این بیانات فرصت را غنیمت شمرده بعرض رساندم که اگر سرکار آقا میل داشته باشد بنده قاطر حاضر است و قاطری است موافق دلخواه ایشان. سرانجام پس از مقداری گفت و شنود قرار براین شد که او بسمت مخدومی بر قاطر من و من بسمت خادمی بر حمار ایشان سوار شوم وچنین کردیم.

گفتار پنجاه و چهارم

حاجی بابا دلال محبت و دلال متعه خانه میشود

همینکه دستورالعمل معین گردید ملا نادان خواست مرا بزنان و زنان را بمن معرفی نماید تا سر رشتهٔ کاملی از اوضاع و احوالشان بدست آورم. و در توصیف و تعریفشان نامهٔ عمل لازم برای آینده و ورونده بنویسم و چون و چند ارزش و مقدار هر یك را معین سازم.

نخست ببازار رفتم و بکمك عمامه و عبا و شال خود را کاملا بصورت آخوندها در آوردم. سپس بمتعه خانه رفتم و چون از پیش ورودم را خبر داده بودند سر زده وارد شدم.

متعه خانه خرابه منحوس و محقری بود و خراباتیان بقلیان کشیدن مشغول بودند و همینکه چشمشان بمن افتاد روی خود را پوشاندند.

سلام دادم و گفتم «ای بانوان حرمسرای عفت، ملا نادان مرا بخدمت شما فرستاده و معلوم است از برای چه. پس این رو گرفتن معنی وثمری ندارد.»

از در التفات درآمدند و گفتند «خوش آمدید خدا سایهٔ شما را از سر ما کم ننماید. ان‌شاءالله قدمتان مبارك است. اغور بخیر».

پس دو تن از پردگیان پـرده از رخسار برانداختند و گلزار حسن و جمال را بی پرده عرضه داشتند. دیدم که شاخ گل نسرینشان از گردش ایام خزانست و چراغ لالهٔ زیبائیشان را از دم سرد روزگار آفتها. با همه وسمه و سرمه و سفیدآب و سرخاب وخط و خال شکنج عذارشان حتی از دور هم نمایان بود.

با نشان دادن صورت، چنان رعد و برق خنده بر رویم طوفانیدند که کم مانده بود پرتاب شوم. بی اختیار گفتم « ای قمران خانگی و ای ماههای تابان برازندگی، روی بپوشید که میترسم کار بدیوانگی بکشد، چشم بد دور. این چه چشمان جادوصفت است، چشم زخم لازم میآید. این چه خال عنبرین است، سپند باید سوزانید. این لب و دندان نیست، معجز است وکرامت. باطل‌السحر لازم است. شما نه تنها آتش بجان من بلکه آتش بجهان زدید. دستم بدامنتان بیش از این نگاهم نکنید که دارد چیزیم میشود . اما شما را بخدا این خـانم سومین چـرا اینهمه نـاز دارد. ما که نـازکش هستیم. اینهمه بی‌اعتنائی و بی‌التفاتی چرا، ما کـه‌چاکر خدمتگزاریم‌حیف نبود که رخ خوب ببرقع باشد».

آن دو خانم روباز برآن سومی تاختند که «آقا حق دارد. این درگاه درگاه نیاز است وکبر وناز برنمیدارد. هیچ چیز ما نباید از میهمانها پنهان بماند، دیگر تا چه رسد بصورتمان وانگهی نهفتن دیدار بـاعث کسادی بازار و مایهٔ ملامت و سرکوب یـار و اغیار است».

گفتم « شاید چشم من شور است یا اینکه قـابل زیارت صورت خانم نیستم. البته رخساره‌ای کـه ماه فلك از شرم جمال او در میغ است از آخوند مفلوکی پوشانـدن دریغ است .»

بالتماس من و باصرار و ابرام دو همکار تاب نیاورده گفت « خیلی خوب حالا که باید پرده از روی کار برداشته شود بفرمائید این هم صورت من بگذار هر چه در دیگ

است در چمچه بیاید». با هزار غنج و دلال چادر نماز را بعقب زد و چه دیدم علیا مخدرهٔ عصمت پناهی و عفت درگاهی بانوی حرمسرای حکیم باشی خانم و مخدوم قدیمی بندگان پناهی میرزا احمق.

خروشی حیرت آمیز برآوردم و گفتم «سبحان الله. اینکه می‌بینم به بیداری است یارب یا بخواب. چشمهایم را مالیدم که منم و او یا کار پری و جادو است.»

گفت «تعجب ندارد. من همانم که میدانی اما ترا که قاتل شوهر منی با این لباس زهد و تقدس چه کار».

گفتم «مگرشوهرتان چه شد. مگر شوهرتان خدای نخواسته درقید حیات نیست. بکلی بی‌خبرم. گذشته هم گذشته. یادش بخیر. اگر برحمت‌ایزدی پیوست، خدا رحمتش کند. شکر خدایرا که شما زنده‌اید، خدا بشما عمر و عزت بدهد».

گفت «خودت را به تجاهل مزن و بیخود نگو نمیدانم و خبر ندارم. تو باعث مرگ زینب شدی و مرگ زینب سبب شد که ریش شوهرم را کندند و ریش کندن سبب فلاکت وفلاکت سبب هلاکت اوشد. پس سبب مرگ حکیم‌باشی تو شدی یعنی درست و حسابی تو او را کشتی و قاتلش هستی».

گفتم «خانم، من چه تقصیری دارم. بمن چه مربوط است من صد فرسنگ از شوهر شما دور بودم. از صد فرسنگی چطور میتوانستم او را بکشم. خری زاد و خری زید و خری مرد. بچه سبب گناه اینهمه را باید از چشم من دید».

گفتگوی باخانم بدرازا کشید. زنهای دیگر مثل اینکه میترسیدند که وقت معامله بیهوده بگذرد برآشفتند که «بس است، دعوی را کوتاه کنید، همانا فرض‌تر زین کار داریم».

چه درد سر، پیش از آنکه دست بکار اصلی بزنم از زن حکیم باشی خواهش کردم مرا از حال و کیفیت کار خود آگاه سازد.

گفت: «میدانی که من وقتی که در اندرون شاهی بودم خیلی نقل داشتم. پادشاه برایم میمرد. حسنم از همه بیش و رتبه‌ام از همه بالاتر بود اما از بازی فلك نمیتوان غافل بود. روزی زنی نو باندرون آمد و به نیرویی کش و فش و بقوت فن و نیرنگ پادشاه را از چنگ من ربود و از ترس اینکه مبادا باز روزی‌آب رفته‌ام بجوی برگردد تا مرا

از اندرون بیرون نینداخت آرام نگرفت. پادشاه مرا به‌حکیم باشی بخشید یعنی از بهشت بجهنم افتادم. از میان مشك و عنبر بمیان معجون و مرهم گرفتار شدم. از داستان زینب بگذریم چون حوصلهٔ روضه خوانی ندارم. حکیم باشی هم مرد. بعد از آن خیلی کوشیدم و دست و پا کردم که شاید باز راهی باندرون شاهی پیدا کنم و نامم بگوش شاه برسد. اما هیهات. آن زن سلیطه نه چنان راه چشم و گوش شاه را بسته بود که ممکن باشد اسم زن دیگری بگوشش برسد. ای میرزا حاجی بابا، چون من زنی که میتوانستم ریش پادشاه را بکنم، ریش شوهرم راعلناً کندند و ناچار مرا در کوچه و بازار بدنبال مشتری وخریدار انداختند».

آنگاه از دست طالع سرنگون و بخت واژگون شروع کرد بهایهای گریستن. دلداریش دادم و گفتم «خانم جان، غم مخور. الحمدلله بوستان جوانیت هنوز سر سبز است و این‌کلبهٔ احزان باز روزی برایت گلستان خواهدشد. بیاری‌پروردگارجد وجهد خواهم‌کرد شوهر خوبی برایت دست و پا کنم وترا از این رنج و اندوه نجات بدهم».

بشنیدن این سخنان خنده بر لبان و صورتش نقش بست و برسم شوخی گفت «ای نادرست، خوب میدانی که هنوز وقت من نگذشته است و باین شکستگی ارزم بصد هزار درست. هنوزآهوی چشمم نرمیده و کمان ابرویم زه نزده وآئینه بلورینم ازطاق نیفتاده و کوزهٔ حقهٔ نافم خیلی آب میگیرد».

او مو بمو شرح حسن و جمال خود را میداد و من با چهار چشم حیرتزده نگران جمال و جوانی او بودم و در مقابل خود از نحوست برجی و از ملعنت درجی بیش ندیدم. شیطان در پوستم افتاد که رفیق انتقام زینب را از این قطامه بکش و فراموش نکن که چه خونابه ای بآن دختر ناکام می‌چشانید ولی بزودی ازین خیال منصرف شدم و از آن دو زن دیگر درخواست نمودم که شرح حال خود را برایم باختصار بگویند. معلوم شد که یکی ازآنها زن زرگری بوده است که شوهرش را بسبب دزدی چندمثقال طلا از شمعدان پادشاه بدم توپ گذاشته بودند و دیگری هم شوهرش برای خلاصی از چنگ شاه زنش را گذاشته و بخاك روس فرار کرده بود.

در پایان مجلس سینه و ناف و ساق خود را نشان دهان زیبائی و رعنائی و هنر خود را عرضه داشتند و من هم اسم و رسم و خصوصیات و خواص هر یك را با قید قیمت

در جریدهٔ عمل خود ثبت کردم و ایفای خدمت هر یك را جداگانه بگردن گرفتم.

در وقت بیرون رفتن از خانه یکی از دور فریاد برآورد که «حاجی، فراموش نکن که من هیجده سال بیشتر ندارم». دیگری اصرار داشت که «مبادا قرو فر من از یادت برود». زن حکیم باشی می‌سپرد که «ابروی پیوسته‌ام را در خاطرداشته باش».

گفتم «آی بچشم، آی بچشم، خاطرتان جمع باشد، خواهان که پیدا شد حدیثم هم از سرو و گل ولاله خواهد رفت. ولی در دل خود گفتم: ای ثلاثه غساله، مرده شو آن صورتهایتان را ببرد که آئینه دق است». آنگاه بکثافت بشره و عنق منکسره آن سه لعبت خندان خندیدم و برای خنك ساختن دل بآن سه کندهٔ تنور دوزخ و مترس بستان برزخ هر چه بدهانم آمد ناسزا گفتم و در پی کار خود رفتم.

گفتار پنجاه و پنجم

تجدید دیدار حاجی بابا با زنده‌ای که انگاشته بود مرده است و زن دادن او را

پس از تدارک مقدمات کار برای پر کردن کیسهٔ جناب ملانادان بجانب کاروانسرائی که بیشتر از هر جای دیگری محل آینده و روندگان است روان شدم. در نزدیکی کاروانسرا شتران و استران گرانبار بسیار وجمعی دستار بند بصورت زوار دیدم. چون از ورود کاروان خراسان خبر داشتم دانستم که زوار مشهدند. در گوشه‌ای ایستادم تا غلغله و های و هوی کاروانیان نشست. داخل صحن کاروانسرا شدم و بامید اینکه شاید بخت‌یاری نماید و از آشنایان سابق مشهدم کسی را در آنجا پیدا کنم بهر جانب چشم میچرانیدم وهمه را با دقت نگاه میکردم. هرچند پس از آن کتک مضبوطی که در مشهد خورده بودم و منجر بترک آن آب و خاک شده بود یقین داشتم که دست انقلاب زمان در آنجا تغییراتی بوجود آورده است اما هنوز در قیافهٔ زوار تغییری بمیان نیامده بود با همان مهارتی که در شناختن اشخاص داشتم و هیولا وهیأت مشتریان مشهدم چنان بر لوحهٔ خاطرم نقش بسته بود که یقین داشتم هر کدام را ببینم فی‌الفور خواهم شناخت.

کم کم داشتم نـاامید میشدم کـه شکاری بدست آورم و در شرف بیرون رفتن از کاروانسرا بودم که ناگاه بینی بزرگی و قوز کلانی وشکم بغایت عظیمی در مقابل نظرم جلوه گر گردید. خودش بود یعنی عثمان آقا ارباب اولینم.

بخود گفتم این هیأت مقوس و منحنی بنظرم خیلی آشنا میآید ولی از طرف دیگر یقین داشتم که عثمان آقا تا بحال صد بار قربانی سخت گیریها و عذابهای ترکمنها شده است با اینهمه دیده از دیدارش بر نمیداشتم.

هرچه بیشتر نگریستم خیالم استوارتر گردید کـه یا خودش است یا برادرش است و یا سیاهی اوست. بهوای شنیدن صدایش نزدیکتر رفتم اما سر گرم کشیدن قلیان بود و صدائی درنمیآورد. پس ازمدتی که همانجا ایستاده و نظاره میکردم یارو سری بالا کرد و از تاجری که از مقابل ایوان‌اطاقش میگذشت پرسید «ترا بخدا، آیا هیچ خبر داری که مظنه پوست بخارا در استانبول از چه قرار بوده است.»

دیگر جـای شك و شبهه نبود. جلو دویدم و گفتم «والله که خودش است بالله کـه خودش است». پس پیش رفتم و سلام و آشنائی دادم. او در بجاآوردن من بیشتر از من دچار دو دلی و تردید گردید.

پس از گفتگوی بسیار مرا شنـاخت و یکدیگر را در آغـوش گـرفتیم. من گفتم «ریشت جو گندمی شده است» و او گفت «عجب ریش مشکی خوبی بهم زده‌ای».

پس دل دادیم و قلوه گرفتیم ودر بارهٔ گذشته و دوران ناپایدار وجهان غدار سخن گشودیم. دیدم اعتقادش درباب قضا وقدر همان است که بود و سرسوزنی خلل نپذیرفته است و بجای آنکه از بلیاتی که بر سرش آمده بود کمتر شده باشد افزون و استوارتر گردیده بود. پس با جمال و اختصار سر گذشت خود را از زمان مفارقت تا آن ساعت مواصلت بدینقرار حکایت کرد.

«همینکه تلخی اسارت بمرور ایـام رو بکاستن نهاد روزگارم بهتر از آن شد کـه پنداشته بودم. همدم و هم نفسانم شتران بودند که ازحیث‌بردباری و نرمخوئی و شکیبایی با خودم هم مزاج و هم طبیعت و بلکه سرمشق خوبی بودند. از خوراك بگذر که تعریفی نداشت اما آبهای گوارا مینوشیدم. از چیزی که خیلی تنگی میکشیدم توتون بود. سالها میگذشت و روز بـروز امید خلاصی کمتر می‌شد ولی ناگاه چرخ بازیگر یکی از آن

بازیچه‌هائی را باخت که بخاطر احدی خطور نمیکند و امید مرا بنجات محکم ساخت. تفصیل آنکه رند زیرك و پاچه ور مـالیده‌ای در میان ترکمنان ادعای پیغمبری کرد و کارش پیشرفت کرد. بتر دستی دو سه معجزه نشان داد و سبك مغزان دور و بـرش را گرفتند و کار بجائی کشید کـه ترکمنهائی کـه مال خدا و رسول را میدزدنـد هـر چه داشتند نثار قدم این‌پیغمبر کردند و سر از خط فرمانش بر نمیداشتند. من‌نیزدر سایهٔ سنت وسیادت باو گرویدم و باسم خدمت بدین مبین ، بدون سر بها ، از دست ترکمنها خلاصی یافتم . همینکه خود را آزاد دیدم راه مشهد را در پیش گرفتم و از حسن قضا در میان تجار بغداد یکی از خویشاوندانم پیدا شد و توانستم جزئی سرمایه‌ای ازو بدست آورم. و هم شنیدم که متاع بخارا را در خاك عثمانی رواجی بسیار است و لهذا خود را ببخارا رساندم ودر سایهٔ الفت با ایرانیان ودر پرتو داد وستد با ترکمنها در میان بخارا وایران راه سوداگری گشودم واکنون بقدر اینکه بدیار خود بر گردم تنخواه نقد دارم و بلکه چیزی‌هم زاید. فعلا با چندسر استر که‌حامل امتعهٔ بخارا و کشمیرهستند باستانبول میروم وپس از فروختن این اجناس ببغداد بسرخانه و اهل و عیال خود بر خواهم گشت . »

پس گفت«اما تاحاضرشدن‌کاروان در بهار نقداً درطهران میمانم و خیال دارم‌بتلافی مافات داد دلی از نیش و نوش و خوشگذرانی در طهـران درآورم. در اینهمـه مـدت در میان ترکمنها از لذتهای دنیا محروم ماندم وحالا باید جبران کنم. بگو ببینم راه‌خوشگذرانی در طهران از چه قرار است آیا خبرداری».

دیدم که شاهراه بخت وطالع زن حکیم‌باشی و جادهٔ پیشرفت‌کار و منظور خـودم گشوده است. چون نبض عثمان آقا در دستم‌بود گفتم: «لذت طهران در زن گرفتن است وکلید این‌کار هم در دست من است».

با این پیش‌آمد برای من مسلم و محقق گردید که اگر در دنیا قضا و قدری نبود قضایا اینطور مانند در و تخته با هم موافق نمیآمد و با خـود گفتم« بیهوده سخن بدین درازی» نمیشد . دست قضا از اقصای مشرق زمین یعنی خاك خراسان پشت گـردن عثمان آقا میزند و بجانب غرب میدواند که بیاید بطهران و بخیال عیاشی بیفتد یعنی خواجه و ارباب اولم را میفرستد که بدستیاری ارباب سومم با زن ارباب دومم خوشگذرانی کند و مرا نیز در همان وقت ازجنوب بشمال یعنی از اصفهان بطهران میکشد که دلال این امر

خیر باشم . راستی که اذا قضی امرا فانما یقول له کن فیکون.

زن حکیم‌باشی از آن دو زن دیگر چاق و چله‌تر و گنده‌تر بود و عثمان‌آقا هم پروار و گنده بود و از اینرو او را عرضه داشتم و قبول کرد و دو فیل بهم رسیدند. بدخوئی خانم را با قدری زبانبازی ماست مالی کردم وپیوستگی ابروانش را هم فراموش ننموده برخ مردك ترك كشیدم و آنرا با قوس قزح آسمان برابر نمودم وخلاصه آنكه از یکی یکی اعضایش چنان مدح وثنا گفتم که آب بدهان عثمان‌آقا آمد.

ازآنجا دوان دوان بنزد ملا نادان رفتم. از نوید این فتح و فیروزی چهره اش شگفته شد و از شرح حال آن دو وجود پیل شکم آسمان را سیر کرد و گفت:«اما پیش از هر کار تو باید صیغهٔ عقد منقطع و متعه را یاد بگیری تا اجرای صیغه بر وفق قواعد شرع مبین‌باشد» . بنا شد خود او بمن بیاموزد. پس گفت :«بدان که در متعه دو وکیل‌لازم است یکی از طرف زوج ویکی ازطرف زوجه. صیغهٔ ایجاب و قبول هم بایدبعربی جاری شود. مثلا پس از تعیین مدت ومبلغ ووکالت، وکیل زن بطریق ایجاب میگوید متعت نفس موکلتی لموکلك علی الثمن المعلوم فی‌المدة المعلومه و چون احوط آن است که صیغهٔ متعت و قبلت با همه حروف‌تعدی متعدی شود بهتر است وکیل زن بگوید متعت‌موکلتی لموکلك بموکلك من موکلك‌عن موکلك علی موکلك علی‌الثمن‌المعلوم‌فی‌المدة معلومه. آنوقت وکیل‌زوج میگوید قبلتنا‌له به منه و عنه و علیه علی‌الثمن‌المعلوم فی‌المدة المعلومه .

آنگاه قرار برین نهاده شد که همیشه خود ملانادان طرف ایجاب و‌من طرف‌قبول واقع شوم وبمن حالی کرد که این چنین فرصتهائی را نباید برایگان از دست داد بلکه باید از طرفین بقدر امکان حق‌الزحمه مأخوذ داشت.

وقتی این مژده را بخانم رساندم رگ غیرت‌وحسد دیگران جنبید. گفتند :«خوب دیگر، معلوم‌است، ما ناز شست نمیتوانیم بدهیم، ما ابروهایمان پیوسته نیست».

باری بر راستان این داستان پوشیده و پنهان نماناد که زن حکیم باشی برای دلربائی از عثمان‌آقا و نرد عیش باختن با او واهمه و نگرانی نداشت و خاطر جمع‌بود که دارای هنری است که از عهدهٔ استیفای یك نفر ترك برآید درصورتیکه من برعکس میترسیدم که با همه وسوسه وسرمه‌و کمان ابرو و تیرغمزه و چشم آهو و خال بر رو از

عهده بر نیاید.

از نزد خانم یکراست به‌نزد عثمان‌آقا رفتم. دیدم حاضر یراق مستعد براه افتادن است ولی چون دیرگاهی در میان کمیز شتران و سرکین حیوانات بسر برده بود لازم بود سر وصورت را صفائی بدهد و با عطر و گلاب روایح گذشته را از خود بزداید. بحمام رفت و دست و پا را حنا و ریش را رنگ بست و لباسی عوض کرد وسبیلها را برخلاف عادت مستمره چقماقی تابید وسپس با دلال محبت یعنی بنده بسراغ ملانادان روان‌شدیم. راستی که عثمان‌آقا درآن ساعت با آن هیأت وسرووضع هیچ نباشد، پانزده‌سال جوانتر از خانم مینمود.

قر و فر و وغنج ودلال‌آن نر و ماده تماشائی بود. عثمان‌آقا بحکم آنکه یك‌بار حق‌الرویه دارد خیلی گردن دراز کرد تا از پس پردهٔ عصمت خانم سری بدست آورد ولی بانو نه ازآن اساتید فن بود که از پرده رازی برون اندازد. اززیر نقاب عشوه و کرشمه‌ای چند بخرج داد که دل سنگ راآب میکرد. من از دور تماشاگر بودم و بدبختانه چنان با خیالی دست بگریبان‌بودم که چنانکه شاید و باید از چنین منظره‌ای لذت نمیبردم‌چون فکر میکردم که مبادا عثمان‌آقا از قضیه پنجاه اشرفی بوئی برده باشد و حالا بخواهد آنرا بجای حق‌الزحمه وحق‌المتعه بحساب بیاورد. آنوقت من‌چه خاکی بر سرخواهم کرد.

باری صیغه شرعی جاری شد و میتوانم بجرئت قسم بخورم که تاآن دقیقه عثمان آقا با همه گردن درازی و کنجکاوی و کوشش سر موئی از صورت و اندام زوجه را نتوانست ببیند و هم سوگند میخورم که بعد از دیدن هم غش نکرد و از حال نرفت. همینکه دید مایهٔ عیش و سرورش زلیخای مصر و لیلی عصر نیست مرا بکناری کشید و گفت: «حاجی رویت سفید با من هم؟ حالا زیبائی بجهنم کاش اقلا جوانتر بود و رویش بیشتر ازگردن شتر چین و چروك نداشت».

بدست و پا افتادم که خود را تبرئه نمایم و گفتم «این زن را که می‌بینی وقتی‌چشم و چراغ اندرون پادشاه قاجار بوده است. وانگهی در زن جوانی و زیبائی چندان شرط نیست، سازگاری و مطابقت ستاره شرط است. قدر این زن را بدان.

«زنی پاکدامن تر ازبوی مشك شکیبنده با تو بیك نان خشك»

گذشته از همهٔ اینها زناشوئی هم مانند همهٔ کارهای دیگر کار بخت و طالع است».

گفت «بله ، بخت و طالع و قضا وقدر بدجوابی نیست اما هرگز یك سه نمیشود و هرگز پیر جوان نمیشود».

ترسیدم آنچه را داده بود پس بخواهد اما بملاحظهٔ اینکه از زن صیغه جمال و جوانی خواستن از گاو نر شیر توقع داشتن است وزنی که با عمر وزید بخفت وخیز یکساعته و دو ساعته حاضر شود باید از چه قماشی باشد و معلوم است که تا یائسه و کهنه و اسقاطی و قراضه نباشد تن بدین کارها نمیدهد.

اینها را گفتم وصدای شاه داماد در نیامد. ما منتظر بودیم که عثمان آقا شکارخود را عقاب‌وار برباید اما برخلاف پندار و انتظار باکمال طمأنینه رو بزنك کرد و گفت «هر وقت دلت خواست بیا مرا ببین» و راه کاروانسرا را پیش گرفت.

گفتار پنجاه و ششم

حب جاه ملا نادان و خرابی کارش و خشکسالی

پس از آنکه رازدان و رازدار ملا نادان شدم فهمیدم که نه تنها مرض مال‌پرستی بلکه ناخوشی جاه‌پرستی هم دارد. شب و روز فکر و ذکرش این بود که ملاباشی پایتخت بشود و در این راه از هیچ تدبیر و تمهید و تزویری کوتاهی نمینمود . در مسجد جمعه امامت داشت و در مدرسهٔ شاه مدرس بود . در میان مردم دعوا راه میانداخت تا خود در مرافعه حاکم شرع باشد . در روزهای بار ، خاصه در نوروز ، بالای دست همهٔ علما میایستاد و از همه بیشتر دعا و ثنا تحویل میداد و قیل و قال و ولوله راه میانداخت.

بهمین وسایل قبول عامه پیدا کرده بود ولی کسانی که از آن روی کارش باخبر بودند کاه هم بارش نمیکردند . در همان اوان واقعه‌ای پیش آمد که آخوند را به همه شناسانید و بدبختانه اوضاع مرا نیز دگرگون ساخت و تفصیل آن از اینقرار است :

سرمای زمستان از سرما دست برداشته بود و تابستان در پیش بود که از جنوب ایران خاصه از نواحی لار و فارس خبر خشکی و آثار قحطی در هرسوی انتشار یافت . در طرف شمال هم بیم خشکسالی و قحطی میرفت . پادشاه به ملا باشی امر داد که برای

آمدن باران دعا کند و احیا بگیرد و ملاباشی در تلاش افتاد.

ملا نادان نخواست عقب بماند و فرصت را مغتنم شمرده برای اظهار دینداری و شریعت‌مداری با ملاباشی بهمچشمی برخاست. بااتکاء بمقبولیت عامه خواست در میدان رقابت گرد و غباری برانگیزد و ازینرو با جمعی از ساده‌دلان در بیرون دروازه نماز جماعت براه‌انداخت. خدا نمیخواست و نه‌تنها باران نبارید بلکه برخشکی افزود و نکاست.

پادشاه امر کرده بود که مردم طهران از هر صنف و هر طبقه با ملا نادان بنماز باران بروند. ملا نادان مباهی کنان، نصارا و یهود را نیز بهمراه برد. با نماز باران بارانی نبارید و بقول شاعر

« چنان آسمان برزمین شد بخیل — که لب تر نکردند زرع و نخیل »
« نجوشید سرچشمه های قدیم — نماند آب جز آب چشم یتیم »
« نه باران فرود آمدی زآسمان — نه برمیشدی بانگ فریاد خوان »

در روزی که هوا از همه روز خشکتر بود بتحریك ملا نادان جماعت بدر خانه‌اش آمدند. ملا نادان بیرون آمد و روی بجمعیت نموده گفت:« ایهاالناس، می‌بینید که

« حقیقت پا کشیده‌است ازمیانه — محبت برطرف شد از زمانه »
« ز بس کردند مردم رو سیاهی — بدل شد با غضب لطف الهی »
« بمیخانه چنان روی نیاز است — که‌خشت‌فرش‌آن‌مهر نمازاست»
« ز مسجد نعرهٔ مستان علم زد — مؤذن بانگ ازآنجا برقدم زد »

آیا سبب این بلا بجز فسق بر ملاست و آیا رونق معابد خارج مذهبان و رواج بازار شیرکچیان و شیرك خانه های ترسایان علت دیگری دارد؟ این ملاعین بیضهٔ اسلام را ملوث ساخته‌اند و در و دیوار دارالخلافه را به‌پلیدی آلوده‌اند. کوچه و محلات طهران دکهٔ خماران شده‌است. مردم شراب را بجای‌آب مینوشند. قومواا کسروالدنان یازمرة المؤمنین. حی علی خیرالعمل. جلو بیفتید. امان مدهید تا داخل فرقهٔ ناجیهٔ غزات و مجاهدین گردیم. هر که بامن سریاری دارد بسم‌الله، بیائید برویم خمهای میخانه‌ها را مثل توبهٔ گنهکاران درهم شکنیم و شرابها را چون خون منافقان برخاك بریزیم و یقین داشته باشید که باجر و ثواب این عمل خیر خداوند رحیم و رزاق این بلا را از ما دور خواهد گردانید».

ازین سخنان مردم بهیجان و غلیان درآمدند و ملا نادان از پیش و من از عقب و هزاران نادان‌تر از ما بدنبال ما روی بمحلهٔ ارامنه براه افتادیم.

ارمنیهای بیچاره همینکه ازدحام مسلمانان دیدند دست و پای خود را گم کردند و سخت سراسیمه شدند. پاره‌ای درها را بسته در خانه خزیدند. گروهی دیگر پا بفرار گذاشتند. جمعی دیگر گویا خشکشان زده بود در جای خود مات و متحیر ایستادند تا ببینند چه خبر است و چه هنگامه است. بزودی رفع حیرتشان شد. بمحض اینکه نزدیکتر رسیدیم بنای سنگ‌انداختن و دشنامهای غلاظ وشداد را گذاشتیم. بیچاره‌ها خیال کردند پای قتل عام در میان است.

ملا نادان خود را بخانه‌های رؤسای آنها انداخت و بی‌پروا و بی‌محابا از اندرونی و بیرونی بهر دری که رسید شکست و بهرجا سرزده وارد شد. همراهان بی سر و پایش باقتدای او هرجا شیشه و قرابه و یا خمی میدیدند خودتان میتوانید قیاس کنید که چه میکردند:

« بمیخانه در، سنگ بردن زدند — سبو را نشاندند و گردن زدند »
« می لاله گون از بط سرنگون — چنان ریختی کز بط کشته خون »
« شکم تا بنافش دریدند مشك — قدح را برو چشم حونین پراشك »
« عجب نیست با لوعه گر شد خراب — که‌خورد اندر آن‌روز چندان شراب»

پس از ادای این مناسك و اجرای این وظایف بر هیجان مردم افزود. از میکده‌ها رو به کلیساها نهادند و از خاج و شمعدان و قندیل و چلیپا و الواح و تورات و انجیل آنچه یافتند شکستند و دریدند و ریختند و پایمال کردند. معلوم است که این قبیل بازار آشفته‌باب دندان دزدان است. برخوان یغما افتاده بودندو جیب و بغل‌ها را ازغنیمت پر کردند. چیزی نمانده بود که هیجان‌عام بقتل‌عام منجر گردد که‌ناگاه‌فراشی ازجانب شاه با یکنفر از بزرگان ارامنه پیداشد.ازورودآنها عقل‌ازسرها

رفت و رنگ از روها پرید . پیروان ملا نادان از ترس مجازات زشتکاری روی بگریز نهادند . در حضورفراش علی ماند وحوضش یعنی جناب ملا نادان و بندهٔ روسیاه .

همینکه فراش گفت « شاه شما را خواسته است » بند دلمان گسیخت و حالتی پیدا کردیم که تصور نمیرود کسی بدان رشك ببرد. ملا نادان بمن مینگریست و من باو. هرگز دوریش‌دراز دیوانه بدین‌سان بروی یکدیگر نگاه نکرده بودند . ملانادان بکمك لیت و لعل و باری بهرجهت خواست در راه دغلی و آخوند بازی قدمی بردارد. روی بفراش کرد که: «باید اول بخانه بروم و چاقشور حضور برپا نمایم * »

فراش گفت: «خیر، تشریفات لازم نیست همینطور تشریف بیاورید ».

سخن فراش اسباب برآشفتگی ملا گردید. فریاد برآورد که «خوب، پس چه‌باید کرد. آیا خم شراب را نباید شکست؟ آیا شراب را نباید ریخت، آیا دشمن دین ومذهب را نباید تنبیه کرد؟ پس امر بمعروف و نهی از منکر کجا رفته است. مگر من خلاف شرع کرده‌ام ؟ مگر من سنگ بخانهٔ خدا انداخته‌ام ؟ مگر خون شهدا را ریخته‌ام ؟ پس از اینقرار به سگ اصحاب کهف نباید چخ گفت و گربهٔ ابوحریره را نباید پیش گفت عجب دنیائی شده ».

فراش گفت: «معلوم خواهد شد».

چون بدیوانخانه رسیدیم صدراعظم با ملاباشی نشسته بودند و نسقچی‌باشی چماق‌بدست ایستاده بود.

روبروی ارسی ایستادیم. صدراعظم روی بملا نادان کرد که «آخوند، ترا بخدا، ترا بامیرالمؤمنین، این چه اوضاعی‌است راه انداخته‌ای. دیوانه شده‌ای. مگر پادشاه مرده است. مگر مملکت صاحب ندارد. چه خبراست؟»

ملاباشی هم بصدا درآمد و گفت «مگر من مرده بودم که تو باید اینگونه امر بمعروف و نهی‌از منکر بکنی». نسقچی‌باشی روی به‌نسقچیان کرد که «این دوتا را ببرید بحضور قبلهٔ عالم، منتظر است».

ما را نیم‌مرده از دالانی تنگ و تاریك بخلوتی بردند. پادشاه در دم ارسی نشسته بود. از روی غضب سبیلهایش را میتابید. ملا نادان را دیدم عرق از تمام مساماتش راه

* در زمان فتحعلی‌شاه بزرگان با چاقچور مخصوصی بحضور میرفته‌اند .ـم.

افتاده‌است. کفشها را کندیم و دم حوض ایستادیم. ملاباشی و نسقچی باشی و بزرگ ارمنیان هم حاضر شدند.

نسقچی باشی چماقش را برزمین نهاد و کرنشی کرد و گفت «قربانت شوم، ملانادان و محررش حاضرند».

پادشاه با صدائی سهمناك روی بملانادان کرد که «آخوند ، از کی تابحال رتق و فتق امور مملکت را بعهدهٔ تو محول کرده‌اند؟ کی بتو امر تاخت و تاز داده بود؟ ادعای نبوت داری، دعوای سلطنت میکنی؟ مردك احمق، چه گهی میخوری».

ملانادان روسیاه که عموماً سلس‌البول داشت به سلس‌البول گرفتار گردید. شکسته و بسته کلماتی چند از قبیل «بیدین» و «شراب» و «معصیت» و «ثواب و عقاب» و «باران» در زیر دندان جاوید و نفسش گرفت. پادشاه روی بملاباشی کرد و گفت «چه مزخرفی میبافد. من که نمیفهمم. برای چه این گه را خورده است».

ملاباشی گفت «میگوید برای خیر عامه. میگوید با وجود شراب باران نمی‌بارد».

پادشاه گفت «پس باید در لندن ابر هم پیدا نشود. پس باید نصف مردم را کشت تا برای نصف دیگر باران بیاید». پس باز ملا نادان را مخاطب ساخته گفت «خوب، نادان، ترا بخدا بگو ببینم‌پس من چه‌کاره‌ام. زیر چشمم مشتی از رعیت بیچاره‌ام را بهیچ و پوچ اینطور سوزاندن و داغ کردن،چه معنی دارد؟مرد که، بنگ خورده بودی، چرس کشیده بودی، دماغت خشك شده بود. د نفست بالا بیاید،جواب بده. مگر دیشب چه خواب دیده بودی. سگ هارت گزیده بود، زیر دلت میزد». پس صدا را بلندتر ساخته گفت«آری، مردم‌ایران، هر کس میخواهد باشد مسلمان و کافر، باید بدانند که پادشاهی دارند و در زیر سایهٔ کسی زندگی میکنند. فراش، عمامهٔ این الاغ را بردار و ریشش را مو بمو بکن و دستش را از قفا ببند و وارونه سوار خرش کن و در کوچه و بازار بگردان و پس از آن از شهر بیندازش بیرون»، آنگاه‌مرا هم نشان دهان فرمود «برود با این محررش بجهنم و بدرك اسفل».

خدا را شکر که درآن حال‌مرا نشناخت و قضیهٔ زینب بخاطرش نیامد و باز هزار مرتبه شکر که فرمانش طابق‌النعل و بالنعل اجرا گردید و گویا تا آن تاریخ هیچ امری بدان خوبی و درستی جاری نگردیده بود و بهمین ملاحظه وضع من بمراتب بهتراز وضع

اربابم بود و من نسبت باو از اهل بهشت بودم.

برطبق فرمان شاهانه عمامهٔ الاغ را از سرش برداشتند و ریشش را مو بمو کندند و دستهایش را از قفا بستند و وارونه‌سوار خرش کردند و هم او وهم مرا که محررش بودم و پیاده از عقبش روان بودم دور شهر گرداندند و سرانجام از دروازه بیرون انداختند. درست در همان وقت

«موجی بجنبش آمد و برخاست کوه کوه   ابری ببارش آمد و بگریست زار زار»

شهر طهران را سیل گرفت و تو گفتی این همه خشکی و سختگیری آسمان چشم براه ما بود که ما دو نابکار را بجهنم رهسپار سازند. و منتظر انتقام ارمنیان باایمان از نادان بی‌ایمان بود.

گفتار پنجاه و هفتم

عجایبی که برای حاجی‌بابا در حمام رخ داد ورستن او از خطر

وقتی خود را بارفیق مصیبت تنها یافتم گفتم «سرکار آقا، گلی بجمالت که اعتبار تو مرا نیز از اعتبار انداخت. اگر دانسته بودم نه تنها با سفارش نامهٔ مجتهد قم بلکه با حکم پیغمبر هم از سایهٔ خانهٔ تو رد نمیشدم و توهم هرگز از نعمت آشنائی دعاگو برخوردار نمیشدی. میخواهد باران بیاید یا هزارسال نیاید میخواهد مسلمانان پاك باشند و ارمنیان نجس و یا ارمنیها پاك ومسلمانها نجس، میخواهد طهران پر از شیر کشخانه باشد یا پر از تکیه و مسجد و مدرسه، میخواهد مردم مست باشند یا هشیار، بیدین باشند یا دیندار آخر مرد که بتوچه توچه‌کاره‌ای‌ترا بکجامیبرند. مگر تو وکیل کایناتی، مگر تو قابض بهشت و جهنمی. خواه‌مردم در اعماق جهنم هفت پشته روی هم بخوابند و یا در غرفات بهشت روباه و شغال بچه بگذارند، بتوچه. مگر تو فضول آقا هستی. دستت درد نکند که حالا خودت بجهنم من هم باید بآتش درد دین تو بسوزم».

در آن موقع که درد و اندوه خودش بسش بود نخواستم بیش ازین طعن و لعنش کنم. مهموم ومغموم و ساکت و صامت دوش بدوش راه می‌پیمودیم و بجلو میرفتیم. در

اولین جلسه بنا را باستشاره و استخاره نهادیم. بیچاره ملانادان بـا آن وضع دلخراش و اخراج از بلد تا وقتیکه طوفان بلا فرو کش نکرده باشد جرئت و روی بر گشتن به ـ طهران نداشت. مدتی در تفکر بودیم که بدار و ندار ما چه خواهد رسید او بفکر خانمان و مال و سامان خود بود و من بفکر لباسها و قاطرم و تنخواهم. سر انجام قرار گذاشتیم که من بشهر بر گردم و اخبار شهر را پس از خارج شدن ما از دروازه برایش بیاورم .

عصر تنگی داخل شهر شدم و بی آنکه بگذارم کسی مرا بشناسد از کوچـه و پس کوچه‌ها گذشته خود را بنزدیکی خانهٔ ملانادان رسانـدم. چه دیدم کـه نصیب هیچکس نشود. دیدم که قبه و بارگاه و دستگاه شریعتمداری ملانادان از دستبرد نسقچیان زیر و زبر گردیده و در وپنجره درهم شکسته است و یغماگران حتی ناودانها را هم برده‌اند .

اول کسی که با او مواجه شدم همان فراش سابق‌الذکر بود. او را دیدم کـه بر قاطر من سوار است و بقچه‌ای که بلاشك کهنه‌های من و نوهای ملانادان در آن بـود در در پیش رو گذاشته و میرفت .

از ترس نزدیك نشدم و صدایم در نیامد «که در دست تو جامه بهتر که من».

سر گردان وحیران بهر سوی پویان عاقبت در نزدیکی خانه ملاباشی که دشمن‌ما بود حمامی دیدم داخل شدم و بی آنکه کسی ملتفت بشود رختهایم را کندم ووارد گرمخانه شدم و در آنجا در گوشه‌ای خزیده و در فکرهای دور و دراز غوطه‌ور گردیدم.

با خود میگفتم «خوب، حالا تکلیف چیست وچه خاکی باید بر سر ریخت. آسمان بازیچه‌ام ساخت و بدورم انداخت. عاشق شدم ، پادشاه رقیبم گردید ، معزول و فـراری شدم ، میراث پدر خواستم ، فریب خوردم و دستم بجائی بند نشد و بجای آنکـه توانگر گردم گدا شدم. مجتهد قم خواست از خاکم بردارد بخاکسترم نشاند ، ملانادان بجای آنکه بمن علم و فضل بیاموزد فن‌آبرومند جاکشی‌آموخت . رفتیم رحمت بطلبیم بعذاب گرفتار شدیم . اخراج بلدمان کردند و مال و دارائیمان بتاراج رفت. آیا احدی درین گوشهٔ حمام مانند من فلکزده و بینوا پیدا میشود. آیـا کسی هر گز مانند من اینهمه‌بلا و عذاب چشیده است ». اینها را میگفتم و آرزوی مرگ میکردم .

حمام از مشتری خالی شده بود. ناگهان آواز پائی بلند شد و شخصی بـا جلال و شکوه داخل حمام شد. در روشنائی چراغ روغنی حمـام تشخیص دادم که ملا باشی است

اما او و ملازمینش نتوانستند مرا در آن گوشه تشخیص بدهند.

داخل خزانه شد و طولی نکشید که صدای فشافش و غرغری بگوشم رسید که به‌آواز شوخی و باردی بیشتر میماند تا آواز یکنفر آدم سنگین و موقر. گفتم شاید مانند مضمضه و غرغره واستنشاق و تنحنح و تلخلخ این هم سنتی ازسنن شرع باشد. کم کم صدا زیادتر شد بطوریکه دیگر تاب نیاوردم و بآهستگی سری در خزینه بتو بردم که ببینم‌چه خبر است. دیدم نعش ملاباشی برروی آب افتاده است و در حال نزع شنا وری میکند. فهمیدم که حرارت حمام بر سرش زده کلافه‌اش ساخته است و نفسش قطع گردیده و خفه شده است.

این سوء اتفاق و شومی طالع این قضیه هایله سرتا پایم را بلرزه درآورد. بخود گفتم اگر مرگ این بابا را ازچشم من ببینند (وحقیقتاً که جا هم داشت) چه خاکی بر سر خواهم کرد. همه میدانند که میان این شخص و ملانادان شکرآب بوده و کیست که نداند که من محرر ملانادان هستم و مسلم است که مرا قاتل ملاباشی خواهند دانست.

در روی پله خزانه در چنین اندیشه‌هائی بودم که ناگاه آدم ملا باشی با حمامی لنگ و قطیفهٔ اورا آوردند. چون مرا در دم خزینه دیدند مرا ملاباشی پنداشتند لنگ را بر کمرم بستند وقطیفه رابدوشم انداختند و زیر بغلم را گرفتند و بسر بینه آوردند و نشاندند و مشغول بمشتمالم شدند ومن سر صبر فکر میکردم که عجبا این پیش‌آمد نه تنهااسباب نجات من ازین مهلکه گردید بلکه ممکن است در خیر و صلاح من باشد. پس دل بدریا زدم و هر چه بادا باد گفتم و مصمم شدم که خود را بجای ملاباشی بگذارم «تا خود فلك از پرده چه آرد بیرون».

چراغ حمام عبارت بود از قندیلی کوچك که آن هم کور کورانه میسوخت و در پرتو ضعیف آن اشتباه‌کاری زیاد مشکل نمینمود. بخصوص که در قد و قامت و جثه و تنه وریش‌وپشم هم بی‌شباهت باملاباشی نبودم بطوریکه حمامی‌و نوکران مرا بجای او گرفتند.

من در سایهٔ رفت و آمد با ملانادان بخانهٔ ملاباشی از حرکات و سکنات و رفتار و اطوارش آنقدرها سررشته پیدا کرده بودم که بتوانم تقلیدش را درآورم وخودم را بجای او از حمام بخانه‌اش برسانم. اشکال امر در ورود باندرون بود که راه و چاهش برمن مجهول بود و از طرز رفتار ملاباشی با زنان وپردگیانش بی‌خبر وناشی بودم. چیزی که

هست جسته و گریخته شنیده بودم که با جنس لطیف سخت ناسازگار است چنانکه خبر-چینها و بادنجان دور قاب چینها مکرر از راه چاپلوسی و مداهنه تفصیل احوال او و حسادت زنانش را و جنگ و ستیزشان را در حضور ملانادان حکایت کرده بودند و کم و بیش دستگیرم شده بود و هم شخصاً فهمیده بودم که مردی بود کم گو و بد گو و کم‌خنده و دماغ تلخ ودیده بودم که عبارات غلیظ را با الفاظ مغلق و بخلاف فارسی گویان همه حرف را از مخرج ادا میکرد و حتی‌المقدور حروف حلق بکار میبرد.

بنابرین مقدمات در وقت رخت پوشیدن دهان نگشودم و سخنی برزبان نیاوردم و صورت خود را هم حتی‌المقدور دور از روشنائی نگاه داشتم و چون قلیان آوردند با جزر و مد و شدت وحدت کشیدم.

از خدا حافظ گفتنم باستاد حمامی بیکی از نوکرها شبه عارض شد اما سنگینی جثه‌ام در وقت سواری بقاطر رفع شبهه‌اش کرد. یکراست در دم خانهٔ آن مرحوم ازقاطر پائین آمدم. خودم راه را نمیدانستم ولی ریش سفید حرم بسعادت همیشگی بی‌صدا پیش افتاد و من هم بدنبالش روان بودم تا چراغ خواست و خودش برگشت. دو کنیزك جوان، دوان دوان، برقابت یکدیگر چراغ را آوردند.

تالار منور بود و از زن پر. فهمیدم که نشیمن خانم است. ترسیدم کنیزان مرا بدانجا هدایت نمایند و لهذا پا سست کردم. بعدها معلومم شد که از قضا در آن ایام میان ملاباشی و زنش بر سر کنیزی نزاع بوده است. کنیزك از سست کردن پا حدس زد که میل ندارم بتالار خانم بروم و بخلوتی کوچکم برد.

حالا با اشکال تازه‌ای مواجه شدم یعنی نمیدانستم چه تدبیری باید بکار بزنم که کنیزك صورتم را نبیند. او پیش پیش راه میرفت و صورتم را نمیدید ولی ترسیدم اگر با من داخل اطاق بشود پرده از روی کار بر خواهد افتاد و مشتم باز خواهد گردید. شمع را از دستش گرفتم و با اشاره دست بسرش کردم. اگر مانند ایام جوانی هرزه ولا-ابالی بودم شاید حرکتی مثل حرکت با زینب از من سر میزد اما درآن موقع از زور ترس و هراس برکتی در وجود نبود تا حرکتی شود.

زهی ساعتی را که خود را تنها یافتم. وقتی کنیزك پشت بر من کرد دولت روی بمن نمود. با این پیش‌آمد شگفت نمیدانستم در زمینم یا در هوا. فکر کردم که نصف این

بساط وحشت افزا بی‌دغدغه گذشته است و خرسندشدم وآنگاه اندیشه اینکه اگر دنبالهٔ کار خراب درآید چه باید کرد مرا در امواج ترس و لرز غوطه ور ساخت.

گفتار پنجاه و هشتم

بخوبی و خوشی برگذار شدن قضیه‌ای که سخت خطرناك مینمود

پس از رهائی از دست کنیزك در اطاق را محکم بستم و چراغ را بگوشه‌ای گذاشتم که اگـر احیاناً کسی از راه کنجکاوی از بیرون چشم چرانی کند صورت مرا نتوانـد بخوبی تشخیص بدهد.

آنگاه با خود اندیشیدم که ازین پیش آمد باید استفاده کرد و پیش از همه کار باید قدری بجیب و بغل مرحوم رسیدگی بکنم و مخصوصاً بلولهٔ کاغذش سرکشی بکنم تـا شاید برای بعدها چیز مفیدی بدست افتد. در جیب راستش دو نامه بود و یك تسبیـح و یك مهر ودر جیب چپ یك قلمـدان و یك آئینهٔ کوچك و یك شانه و در بغلش یك دانه ساعت و یك کیسه پول.

پیش‌از همه سر کیسه را باز کردم. پنج تومان اشرفی بود با ده صاحبقران. ساعتش انگلیسی بود و طلا و قلمـدانش میناکاری و گرانبهـا. چون میخواستم تعزیه را مکمل درآورده باشم قلمدان را با قلمتراش و قدزن و قاشق و قیچی و قلم تصرف مالکانه کردم و پس از جابجا کردن این اشیاء رفتم برسر نامه‌ها؛ یکی ازآنها سر باز بود و مضمونش از این قرار:

«دوستا مهربانا» از همین عنوان فهمیدم که نویسندهٔ نامه یك‌نفر ازهمشأنهای اوست.

پس نوشته بود:

«معلوم خاطر مهر مظاهر آن علامهٔ دوران و افضل انام است که بنده را شکی در علو حب و رفعت نسب سرکار عالی نیست و جنابت را در مسند شریعت جانشین حضرت رسول و جامع معقول‌ومنقول میدانم و همیشه از درگاه پروردگار دوام دوستی و یکجهتی را خواهان و جویایم. اما بعد پس از مراسم اخلاص معروض میدارد که شش عدد خربزهٔ اعلای گرگاب اصفهان که دراین‌اوقات آسان‌بدست نمیآید ارسال خدمت میدارد و ریش

مبارك سرکار را در خون دیده‌ام اگر خلاف عرض نمایم که حکم حکیم و امر حاکم است که بنده باید قدری شراب بخورم و اگر نخورم از عهدهٔ انجام وظایف خود که قلع و قمع کفار و دفع و آزار فساق و فجار است بر نخواهم آمد که چنانکه گفته‌اند و مشهور است «آری شتر مست کشد بار گران را» بنادعلی هذا رجاء واثق دارم که التفات فرموده فتوای شرعی صادر خواهد نمود چه همانطور که میدانید و میدانم

«ابی حکم شرع آب خوردن خطاست   وگر خون بفتوی بریزی رواست»

«اگر شرع فتوی دهد بر هلاك   الا تا نداری ز کشتن تو باك»

والسلام با ارادت تام و اخلاص تمام مالاکلام»

بلا تردید فهمیدم که نامه از نسقچی‌باشی‌است که مردی بود کوتاه سخن وچاپلوس و دائم‌الخمر و رستم صولت و افندی جرأت و مناسب گوی. گفتم بد نشد، نامهٔ خوش‌مزه‌ایست ولی‌آن دیگری را ببینم.

مضمون دیگری از این قرار بود:

«سرورا، بزرگوارا معلوم ملا زمان جناب حجةالاسلام حاجی الانام محیی‌الاسلام بوده باشد که بهزار مشقت و زحمت از رعایای قریهٔ سرکاری مبلغ یکصد تومان نقد و پنج خروار جنس وصول گردید. حسینعلی بدهی خود را نمیتوانست بپردازد، دو بار او را بفلك بستم و چوب زدم، فایده‌ای نکرد. عاقبت یك جفت گاوش را در عوض بدهی از دستش گرفتم و باز هم از چوبکاری و شکنجه دریغ نخواهد شد تا تمام بدهی دیگران نیز وصول شود. هر کس قبض رسید سرکار را بیاورد یکصد تومان نقد موجود است و بندگی خواهد شد. بیش از این جسارت نمیورزد».

نامهٔ خاکسارانه تمام و بنام عبدالکریم مهر شده بود.

گفتم زهی طالع یار و اختر سازگار. باید دانست که این دهکده در کجا واقع است و این عبدالکریم کیست و صد تومان را زود ازچنگش بیرون کشید. نامه را بکناری نهادم و پس از اندك تأملی جواب نامهٔ نسقچی‌باشی را بدین مضمون نوشتم:

«دوست جانی من مکتوب بدیع‌الاسلوب رسید و از مضمونش مطلع گردیدم. درصورتیکه اعلای علم اسلام و ایمان بسته بوجود مانند سرکار لیثی‌حارب و غضنفری غالب است معلوم است که در راه تقویت وجود ذی جود و پرورش بنیهٔ سرکار عالی بچه فتوی

نتوان داد و از چه مضایقه توان نمود.

«شراب ناب بفتوای هنیألك تو می بنوش و بهل خون دل خورد کفار»

خربزه‌های مرحمتی رسید. خانه آبادان، دو بیتی مناسب در خاطر بود بعرض میرساند:

«هست نیکو نعمتی نزدیك دانا خربزه نعمت خلد است در دنیا همانا خربزه»
«همچنان کز انبیا همتا ندارد مصطفی هم ندارد نیز از هرمیوه همتا خربزه»

باری الاکرام بالاتمام، اسبی یراق مرصع فردا صبح زود لازم است، خواهشمندم لطفاً در وصول این مراسله باجل آن ارسال گردد که عزیمت خارج از شهر در پیش‌است. پس از مراجعت ارسال خدمت خواهد شد. زیاد درد سر نمیدهم».

مهر مرحوم را بپای کاغذ زدم و قرار دادم که صبح زود بدست خود برسانم.

در جواب نامهٔ دوم نوشتم:

«معتمدی عبدالکریم بسلامت باشد. کاغذت رسید واز مضمونش اطلاع حاصل گردید. حامل این مکتوب دوست و محرم من و حاجی‌بابابیك است. صد تومان موجود را باو تحویل بده. درباره سایرامور در وقت دیگردستورالعمل فرستاده خواهد شداما تو بهرحال در کتك و سختگیری و نهایت شدت مضایقه مدار. والسلام»

پس از نوشتن این نامه‌ها بفکر فرصت مناسبی بودم تا بیرون بجهم بنوعی که دمم گیر نیاید. وقتی که «همه در خواب برفتند و شب از نیمه گذشت» من خود را برای بیرون جستن حاضر میساختم دیدم در را آهسته‌آهسته باز میکنند، زهره‌ام آب شد وبخود گفتم «دیدی که گریبانت بدست داروغه افتاد». درآن حال نزع و هراس منتظر ماندم که چه بلائی برسرم خواهدآمد. صدای مر مر زنی بگوشم رسید ولی از غایت تشویش نفهمیدم چه میگوید و در عوض جواب خرخر تحویل دادم یعنی «حالت پذیرائی ندارم».

زنك همانسان که بی‌صدا آمده‌بود بی‌ندا زحمت را کم کرد وچون اندکی بگذشت و مطمئن شدم که همه در خوابند و جای ترس نیست آهسته آهسته و پاورچین پاورچین خود را بدر خانه رسانیدم و در را گشودم و مانند کسی که سگ باو حمله کرده باشد بنای دویدن و فرار را گذاشتم.

ازگوشه و کناره و پای دیوارها بطوری با احتیاط دور شدم که کشیکچیان و

شب گردها ندیدند. در همان اثنا سپیده‌دم بر آمد و دکان و بازار شروع بباز شدن نهاد. خود را بدکان کهنه‌فروشی رساندم و رخت و لباس ملاباشی را که بر تنم بود تبدیل کردم بطوری که دیگر ترس شناخته شدن در میان نبود و محتاج بگفتن نیست که از آنچه در جیب و بغل آن مرحوم اشیاءِ قیمتی بود چشم نپوشیدم.

پس از آنجا یکسر بدر خانهٔ نسقچی‌باشی رفتم و کاغذ را بنوکری ناآشنا دادم و گفتم «ملاباشی جواب میخواهد چون برای کاری لازم زود بیرون رفتنی است».

بیاری بخت بلند نسقچی‌باشی هنوز در اندرون بود و برای دادن جواب تأملی لازم بود اما بنقد حکم کرد که اسب را حاضر سازند. وقتی چشمم به‌اسب و آن یراق طلا ومرصعش افتاد دیدم زیادی خوب است و فکر کردم اگر ساده‌تر بود بهتر میشد. کم مانده بود که دیگری مناسب‌تر بطلبم و با خود گفتم «آفرین، زهی باین دولت ولی افسوس که اگر خوش میدرخشد مستعجل است» و از ترس اینکه اگر در انتظار جواب بمانم مبادا قضائی پیش‌آید سوار بر مرکب گردیدم و خدایرا شکر کردم که دورهٔ نکبت بپایان رسیده است و تا بگوئی چه و چشم بگردانی از شهر بیرون جستم.

بدون‌آنکه به پشت سرم نگاه کنم یك نفس تا بکنار رود کرج تاختم. شنیده بودم که دهات و املاك ملاباشی در حوالی شهر همدان است و بنابرین روی بدان سوی نهادم. اما وقتی نفسی گرفتم و نشستم و قدری آرام گرفتم تأمل در آن وقایع عجیب و قضایای غریب و پیش آمدهای گوناگون روزگار و فلك دوار چنان ترس و هراسی برمن مستولی شد که کم مانده بود سر خر را بر گردانم و خود را کمتر مستحق مؤاخذه و قصاص و عقوبت سازم. بخود گفتم «خوب دیگر، دزد که شاخ و دم ندارد. فرق من با دزد چیست. اگر دستگیر شوم کمترین عذابم این است که مرا بدم خمپاره میگذارند. خدایا چرا من چنین شدم. تقصیر با کیست و مقصر کدام است. مسلم است که کار تقدیر است و در-اینصورت بر من چه تقصیراست. ملاباشی را تقدیر آورد و در پهلویم جانش را گرفت و مرا بجای او گذرانید و کرد آنچه کرد. پس هرچه کردم او کرده است و بجا بوده است و اگر بجز آن کاری میکردم برخلاف تقدیر رفتار کرده بودم. با این مقدمات جای چون و چرا نیست که این رخت تعلق بمن دارد و این صد تومان مال حلال من است و هرچه باسم او نوشتم بجا بوده است و مقدر همان بوده است و المقدر کائن، بر من هیچ

حرجی نیست» این صغری و کبراها برجرئت و گستاخیم افزود. پس نهیب بر اسب زدم و میخواستم بدهی که از دور نمایان بود برسم و تحقیـق نمایم که آیـا ده ملاباشی که مباشرت او با عبدالکریم است کجاست. برمن محقق گردید که تمام این دوز و کلکها را تقدیر برای خاطر من بهم میاندازد و این قرعه را او بنام من انداخته است. یك فرسنگ دورتر بدهی رسیدم که معلوم شد تعلق به ملاباشی دارد و مباشرش کدخدای آن همـان عبدالکریم خودمان است که ضمناً ملای ده هم میباشد. بخود گفتم این مرد ملا و باسواد است و کاغذی که باو نوشتهام مناسب شأن و مقام او نیست و باید عوض کرد و القاب و عناوین مناسب‌تر نوشت. از اسب فرودآمـدم و با قلم و دوات و لولهٔ کاغذ خود ملاباشی نامهٔ دیگری فراخور حال عبدالکریم نوشتم و مهر کردم و براه افتادم. نیتم این بود که صد تومان را تحویـل بگیرم و هرچه زودتر خود را از کوتاهترین راه به نزدیکتریـن سرحد برسانم.

گفتار پنجاه و نهم

درست کاری با حاجی بابا آمد و نیامد دارد و سر گذشت ملا نادان

باسواری بچنان اسبی چنان باد کردم که «گنبد سلطان خدابنده شدم.» چون بده ملا باشی کـه سعید آباد نام داشت رسیدم با جلال و شکوهی تمام از کوچه‌ها گذشتم. روستائیان بتماشایم دویدند وجمله بسلام و تعظیم ایستادند.

از اسب فرود آمدم و اسب را بدست کسی‌سپردم وپرسیدم ملاعبدالکریم کجاست.

مردم بدین سوی و بدانسوی دویدند و طولی نکشید که ملاعبدالکریم حاضر شد.

پس ازتعارفات معمولی کاغذرا بدستش دادم و گفتم «برای آن کار ملاباشی آمده‌ام.»

عبدالکریم آدمی بود تیزنگاه واین تیزنگاهی باکار من ناسازگار بود. دلم طپیدن گرفت اما پس از خواندن نامه همینقدر «بچشم» گفت وپس از لحظه‌ای افـزود «پول حاضراست اما خوب است اول قدری استراحت کنید».

از تیزی نگاهش نـاراحت شدم و هرچند میلی نداشتم که گفتگویم با او بدرازا بکشد اما برای آنکه شك زده نشود تا رفتند میوه و شربت حاضر نمایند دوغی خواستم

تا با سردی و خنکی آن از آتش چشمان صاحب کار محفوظ بمانم.

چون علف اول خربزه را بدهان بردم عبدالکریم گفت: «بنده سرکار را در دستگاه ملاباشی ندیده‌ام، من همه بستگان او را میشناسم».

خودی جمع کردم و گفتم «آدم او نیستم. آدم نسقچی‌باشی هستم، گویا با ملاباشی حسابی دارد وازین جهت مرا فرستاد».

این جواب رفع شبهۀ او را کرد اما خدا پدر اسب و زین و یراق را بیامرزد که آن بمیان جانم رسید. همینکه صد تومان بجیب رفت با دلی آسوده خداحافظ گفتم و براه افتادم. اول راه طهران را پیش گرفتم ولی همینکه قدری دور شدم سر اسب را برگردانیده رکاب زنان بجانب کرمانشاهان روانه شدم. نیت داشتم که در آنجا اسب و زین و یراق را بهرقیمت که‌باشد بفروشم و هرچه زودتر خود را بدارالسلام بغداد رسانده سلامت بمانم.

پس از طی پنج شش فرسنگ از دور مردی دیدم‌عجیب، کلاه برسر کفش بر پا با سر و صورت بسته که آوازه خوانان تند تند راه می‌پیمود. نزدیکتر که شدم بنظرم آشنا آمد با بلندی قامت و فراخی شانه و باریکی میانش آشنا بودم. اگر آواز نمیخواند هرآینه میگفتم که باید ملا نادان باشد اما چون آواز میخواند مردد و معطل ماندم. از چنان مرد سنگینی چنین حرکت سبك و جلفی باور کردنی نبود. باری پیش ازآنکه او مرا بشناسد من او را شناختم. خودش بود.

سر اسب را کشیدم و از خود پرسیدم آیا بشناسم یا نشناخته بگذرم. دیدم اگر آشنائی‌نداده بگذرم ظلم است و اگر آشنائی بدهم بار دوش خواهد شد. وانگهی اگر آشنائی‌نداده بگذرم و او بشناسد بعد ازآن اگر ازو سراغ مرا بگیرند از سر دشمنی در نشان‌دادن من مضایقه نخواهد کرد.

شب نزدیك بود و هردو باید بدهی که از دور نمایان بود وارد شویم. اسبم بقدری خسته بود که گریختن هم کارآسانی نبود. گفتم بحکم خیرالامور اوسطها از میان جاده بیرون نمیروم و یکراست جلو میروم. اگر مرا شناخت من هم او را میشناسم وگرنه از چنگش میجهم. اسب را تند کردم. چون بنزدیکش رسیدم نگاهی بمن انداخت و سراپایم را نگریست و بدون‌آنکه مرا شناخته باشد گفت «ای‌آقا ترا بخدا **رحمی بمن بینوا بکن** که بجز تو پناهی ندارم».

بیش از آن تاب نیاوردم و ایستادم و قاه قاه بنای خنده را نهادم. چون خندهٔ من بهمان اندازهٔ آواز او نابجا بود متحیر ماند ولی همینکه سلام دادم و صدایم را شنید رفع شبهه شده و مرا بشناخت. مانند آدمی که هرغم و اندوهی را یکسره فراموش کرده باشد بجانب من دوید و فریاد برآورد «حاجی جان، قربان تو، عزیزم، جانم، از آسمان میرسی یا از زمین.چه نقشی زده‌ای. این اسب را از کجا آورده‌ای. این زین و برگ از کجا. مبادا تسخیر جن و پری کرده باشی. یا میراث خوار معشوقهٔ دولتمندی شده‌ای. این چه داستانی است».

چنان این سخنان در مذاقم شیرین آمد که از خنده خودداری نتوانستم. پس پرسید «حاجی، آن قاطر مردنی کجا و این اسب‌عربی کجا. آن پالان و پلاس‌ادبار کجا و این زین ویراق مرصع کجا.خوب از اینها گذشته، از خانه وزندگی من چه خبری آورده‌ای، ترا بمحاسن پیغمبر حقیقت واقع را برایم بگو».

خیال کردم اگر حقیقت را بگویم شاید گمان کند که اموال او را بتصرف درآورده‌ام. گفتم «خوب حدس زدی دوز وکلکی چیده‌ام و بیان واقع را برایت حکایت میکنم بشرط آنکه باور کنی و حمل بدروغ ننمائی چون واقعاً داستانی است تعجب‌آور و در عین حال هم مضحك و هم باورنکردنی و هم شبیه بدروغ».

کم کم بده رسیدیم و بکاروانسرائی رفتیم تا شب را در آنجا بگذرانیم. معلوم است که من با آن سر و وضع و آن مرکوب مرد معتبری بودم چنانکه کدخدای ده بشخصه کمر خدمت بست.

پس سرگذشت خود را از سیر تا پیاز برای ملانادان نقل کردم . همینکه سعادت و دولت مرا در نکبت و فلاکت دشمنش ملاباشی دید بسیار خرسند گردید و از آنجائی که شرح پریشانی دیگران تسلای دل بیدلان است از صحبت یکدیگر بسیار محظوظ شده حسابی کیف بردیم. ضمناً برمن معلوم گردید که ملا نادان نه آن بوده است که پنداشته بودم.

گفتم «از صفای تو معلوم میشود که در باطن نه‌آنی که در ظاهر مینمائی و با آنهمه رنگ چنین یکرنگی از تو انتظار نداشتم». گفت «حاجی، بدبختی استاد بزرگی است. بلندی و پستی در عمر من بسیار است. من چه بسا زندگی خود را باین فلکه‌هائی تشبیه

کرده‌ام که لوطیان در موقع نوروز برای سر گرمی کودکان در میدانها برسر پا میسازند ومدام در میان آسمان و زمین در گردش است اما از بخت بدهیچگـاه باین دستور عمل نکرده‌ام که گفته‌اند «جائی مخواب که آب بزیرت برود» .

گفتم «ترا بخداسر گذشت خود را برایم نقل کن کـه هیچ چیز برای گذرانـدن وقت بهتراز آن نیست وامیدوارم آنقدر بمن اعتماد داشته باشی که چیزی را پنهان نکنی.»

گفت «سر گذشت من تازگی ندارد. فراغتی لازم است و شب مهتابی. رویهمرفته سر گذشت اکثر ایرانیان است چنانکه امروز پادشاه مملکتند وفردا گدای محلت. امـا محض خاطر تو برایت حکایت میکنم:

«من همدانیم، پدرم ملای معتبری بود و از برای اجتهاد جان میداد اما در مسائل مربوط باجتهاد خودش چنان از طریق متعارف انحراف ورزید که جمعی‌از علما بمخالفتش برخاستند و اجتهاداتش را رد کردند.هنرعمدۀپدرم ترویج تشیع ولب‌ولعن برتسنن بود. معروف است که یکی از اجدادم در طریق تربیت کودکان و برای رواج بغض و عداوت و تحقیر نسبت بسنی‌ها اختراعی کرده است که تا قیام قیامت باقی‌خواهدماند. آن اختراع عبارت است از اینکه بچه‌ها در مکتب وقتی میخواهند بمستراح برای رفع حاجت بروند و میخواهند از آخوند و معلمشان اجازه بطلبند میگوینـد «لعنت بر عمر» و در اثر این باقیات صالحاتست که من و یا تو و یـا هرایرانی دیگری روزی نمیشود که اقلا یك بار لعنت بعمر نکنیم وآنهم بفجیعترین و قبیح‌ترین طرز و ترتیب».

گفتم «آری بر پدرش لعنت که ایرانیان حق دارند لعنتش کنند».

گفت «عداوت دینی پدرم منحصر باهل سنت نماند بلکه شامل کلیۀ خارج مذهبان از یهود و ارمنی و ترسا و گبر و بت‌پرست بود. جد مرحومم اعلی‌الله مقامه این کار را اول وسیلۀ تحصیل جاه و مال قرار داده بود اما رفته رفته طبیعت ثانوی او گردید بطوری که اخلاف‌و اتباعش امروز آنرااز جملۀ فرایض وواجبات‌دینی‌میشمارند واعتقادشان‌این است که اگر کسی مشغول لعن کردن به‌عمر باشد نباید باو سلام کرد و الا تا جواب بگوید از ثواب لعن کردن مغبون و محـروم میماند در صورتیکه اگـر کسی مشغول صلوات به‌پیغمبر اکرم باشد میتوان باو سلام کـرد چون کمتـر از ثواب محروم میماند. تمـام اعضاء و افراد دودمان جدم بخصوص من در زیر سایۀ او بهمین اعتقاد بارآمده‌ایم و چنان

در استوار بودن باین اعتقاد معروف و مشهور شده‌ایم که مردم بچشم احترام دیگری بما مینگرند و حتی ما را طایفهٔ کفر برانداز و ایمان نواز نام نهاده‌اند. حالا حاجی بعد از اطلاع باین مقدمات حرکت پریروز من دیگر اسباب تعجب تو نخواهد بود. تنها پریروز نبود که من موجب غوغا و فساد گردیدم بلکه در کوچکی هم مایهٔ فساد بزرگی شدم که شنیدنی‌است. والی بغداد کارپردازی به‌همدان فرستاده بود که روزها برای رفتن بدار-الحکومه از جلو منزل ما رد میشد. خواستم بیکی ازدرسهای پدرم عمل کرده باشم و لهذا گروهی از بچه‌ها را بوسیلهٔ خطابهٔ پربلاغت و مهیجی تحریك کردم تا به‌عثمانیها بفهمانیم که کینهٔ ما نسبت به‌عمر تا بچه اندازه است و آنها را از راه باطل تسنن براه راست و طریق حق تشیع دعوت نمائیم. ما هیچ نمیدانستیم که کارپرداز یعنی چه و رعایت احترام او چه لزومی دارد. اسمش سلیمان افندی بود و من او را آدمی سخت شیعه گداز و سنی نواز میدانستم. روزی که از دارالحکومه برمیگشت برسرش ریختیم و دسته‌جمع بآواز بلند فریاد کردیم «لعنت بر عمر، لعنت خدا بر عمر». همراهانش خشمگین شدند و بجای جواب چوبی چند برسر و مغز ما زدند. ما نیز سنگسارشان کردیم و دستار سلیمان افندی برخاك افتاد و بریشش تف انداختیم و لباسهایش را پاره پاره کردیم و فحشی باقی نماند که باو نداده باشیم. معلوم است که چنین جسارت و وقاحتی بی‌مؤاخذه و سیاست نمیماند. کارپرداز چنان متأثر وخشمگین بود که میخواست فی‌الفور چاپاری روانهٔ طهران دارد و خود برسم تعرض به‌بغداد برگردد ولی والی همدان که از نتایج امر هراسان بود در صدد استمالت او برآمد و برای دلجوئی اوحاضر شد که ما را باوتسلیم نماید و انتقام

او را از ما بکشد.

من باعتبار پدرم مینازیدم و از اینکه مصدر کاری بآن اهمیت و شدت شده‌ام شادان بودم و ابداً باین حرفها اعتنا نداشتم. اما والی که میترسید معزول و مورد مؤاخذه واقع گردد و اساساً چون مردی بود که حب علی و بغض عمر برایش یکسان و بی‌معنی بود و نه این را غالب کل و نه آنرا غاصب حق مسلم میدانست مرا با رفیقان گرفته تسلیم کارپرداز نمود.

وقتی مرا بحضور سلیمان افندی بردند سخت برآشفتم و هیچ باور نمیکردم که صحبت از چوب خوردن بمیان میآید و تمام وقت بمشق و تمرین الفاظ رکیك مشغول بودم تا بتوانم جواب آنها را بدهم.

ترکها میخواستند درست و حسابی تلافی کنند و بسرمایهٔ خالی قناعت نورزیده سود و ثمر آنرا هم برسرمایه بیفزایند. گویا چنین فرصتی را از خدا میخواستند. اغماض و مسامحه سرشان نمیشد و اعتبار پدرم هم کاری از پیش نبرد. ما را با چنان بغض و کینهٔ دینی چوب کاری کردند که تصور میکنم چنان عداوت وشقاوتی درهیچ دلی جزدر دل‌خودمن پیدا نشود. باری رضای خاطر ترکها بجا آمد و این کار بنقد چند سالی آتش غیرت و تعصب دینی مرا فرو نشاند.

چون خطم دمید برای تکمیل تحصیلات و کسب فضل و کمال باصفهان رفتم و بمقصود هم رسیدم اما در پی فرصتی بودم که شهرت را برفضیلت بیفزایم. ناگاه آن نیز بدین ترتیب پیش آمد کرد:

شاه صفی که نیمچه زندیقی بوده است در سوابق ایام باسم رواج تجارت و بازار داد و ستد در حق خارج مذهبان خاصه فرنگیها حقوقی قایل گردیده و جمعی را باصفهان کوچانیده بود و اختیار اجرای آئین و بنای کلیسا و آوردن کشیش و رهبان و حتی زدن ناقوس که بالمره خلاف شریعت اسلام است بآنها داده است. فرنگیها خلیفهٔ بزرگی بنام پاپا دارند که همچنان که بزرگان دین ما موظف به نشر و ترویج دین محمدی هستند او نیز مأمور ترویج دین عیسی است. این پاپا بلطایف‌الحیل از پادشاهان صفویه اجازه تحصیل کرده بود که مسیحیان در نفس اصفهان و در جلفا صومعه و دیر بنا کنند تا فرستادگان و مبلغینش درآنجا بنشینند. وقتی من باصفهان رفتم این صومعه‌ها و دیرها باستثنای یکی مابقی همه خراب شده بود ومن بفکر بودم که‌آن یکی را هم من خراب کنم.

درآن دیر دو نفر راهب مقیم بودند. یکی از آنان موسوم به پادری مردی بود کاردیده وجهان گشته، دانشمند و زیرك چنانکه شیطان را درس میداد. از حیث ظاهر هم بلندبالا و باریك اندام و قوی‌دل بود و چشمانی داشت که مثل زغال افروخته و صدائی مانند رعد. در هرجا و هرموقع با علمای ما درمیافتاد و بی‌پروا میگفت که پیغمبر شما دروغ‌زن و تلبیس‌کار بوده است. بمباحثات لفظی هم اکتفا نکرده کتابی نوشته و بچاپ رسانده بود و خواسته بود خطاها و اکاذیب خود را بصورت صواب و حقیقت جلوه بدهد. یك نفر از مجتهدین ما خواسته بود جواب ردی بآن کتاب بنویسد اما درآن کتاب مثل کتاب بحار مجلسی بجزآنچه نباید نوشته شود همه چیز نوشته شده بود بطوری که در حقیقت‌این کتاب هم تأیید اقوال راهب‌فرنگی‌را کرد. وقتی که من دراصفهان بودم ذکر آن کتاب در افواه بود و من باین داعیه برخاستم که درفلان‌روز در مدرسهٔ‌نوشاه فرنگی باید بیاید تا باهم مباحثه کنیم و هر کس دعوا و ادله و براهین خود را بمیان میگذارد و هر کس مجاب شد باید بحقیقت دین طرف اقرار نماید. کشیش این تکلیف را قبول کرد و ما علمای مسلمان نیز باهم اتفاق کردیم که این خار را از پهلوی خود بیرون بیاوریم. پس برای اثبات حقیقت اسلام همه جمع شدیم.

هیچوقت هیچکس چنان ازدحامی ندیده بود. در و بام مدرسه از تماشاچیانی که برای دیدن غلبهٔ اسلام بر کفرآمده بودند مملو بود. تا بخواهی عمامه برروی عمامه بود و سر و ریش برروی سر و ریش. کشیش تك و تنها آمد و چون ازدحام مسلمانان را دید

حساب کار خود را کـرد و ماستهـا را در کیسه انداخت و مدتـی باطراف و جـوانب مینگریست. از داوطلبان علمای خودمانی سه نفر در پیش بودند و من در پیش آنها، سؤالها وجوابها را قبلا حاضر و زیر چاق کرده بودیم و در راهب بجز زبانش آلت کارزار دیگری ندیدیم.

وقتی چشمش بآنهمه عمامه و ریش افتاد متوحش گردید و ما بی‌آنکه فرصتی باو بدهیم یکباره شروع بسؤال کردیم. یکی گفت «ترا اعتقاد این است که خداونـد بشکل آدمی از آسمان بزمین فرودآمده است» دیگری گفت «آیا معتقدی که خدا مرکب است از سه تن و باز هر سه تن یکی است». دیگری گفت «آیا ترا اعتقاد است که روح‌القدس بشکل کبوتری از آسمان بزمین آمد و مریم را آبستن کرد».

راهب مهارت را در این دیده بود که اولا میپرسید «آیا باعتقاد شما و بحکم کتاب شما عیسی برحق است یـا نه، البته بر هرمسلمانی واجب است که در جواب این سؤال بگوید «آری». آنوقت کشیش باتکای باین جواب میگفت «همین عیسی که شما به برحق‌بودنش اعتراف دارید حکم ببطلان دین شما فرموده و گفته است که پس از من پیغمبری نخواهدآمد». اما من جواب این مسئله را قبلا حاضر کرده بودم و منتظر سؤال بودم تا در جواب بگویم «اگر این عیسی که تو میگوئی همـان عیسائی است که کتاب مـا او را به‌نبوت شناخته است که او خبر از آمدن پیغمبر ما داده و او را برحق شناخته است و ما هم چنین عیسائی را قبول داریم اما اگر مقصود تو آن عیسائی‌است که شما نصارا ساخته‌اید و پدر و مادر و کتاب دروغ و آئین شرك و هزار مزخرف باو بسته‌اید، خیر، ما چنین عیسائی را هرگز به‌نبوت قبول نداریم» اما کار باین‌جاها نکشید و این قبیل مطالب مورد بحث واقع نگردید باینمعنی که یاران سؤالهای‌خود را چنان درهم و برهم کردند که‌راهب دست و پایش را گم کرد و همینکه هوای‌کار بدستش آمد سراسیمه گفت «اگر غرض شما کشتن من است پس دیگر مباحثه چه ضرورتی دارد و اگـر میخواهیـد مباحثه کنید که این طریق مباحثه نیست. با این هایهوی و قیل و قال چگونه خواهید توانست بسؤالات من جواب بدهید و همه خواهند گفت که گویا شما از دادن جواب حسابی عاجزید».

ما در مقابل این جواب مدمّغ و بلکه مجاب شدیم. مردم هم خیال کردند حق بـا راهب است، من برای رفع و رجوع کار اول کسی بودم که بنای داد و بیداد و کولیگری

را گذاشتم. فریاد بر آوردم که واشریعتا، وادینا. ای مسلمانان، کو دین، کو ایمان، اسلام از میان رفت. داد اسلام را از کفر بگیرید».

ناگاه در مردم هیجان و غلیان عجیبی پدید آمد و از هرسو صدا برخاست که «بگیرید، بکشید، پاره پاره کنید». دریای ازدحام بتلاطم آمد. راهب خود را در گرداب خطر دید و سلامت را بر کنار. بخیال فرار افتاد. یکی از ملاها عبای خود را بروی او انداخت و او را از میان جمعیت بیرون برده بخانهٔ یکنفر از ارامنه رسانید.

ما چون خود را از شکار خود محروم دیدیم راه دارالحکومه را پیش گرفتیم و میخواستیم برهیجان مردم بیفزائیم و چون بیگلربیگی اصفهان مرد مقدسی بود گمان کردیم با ما یاری خواهد کرد، گفتیم «این کشیش مخرب اسلام است، مردم را به کفر دعوت میکند، باسلام توهین میکند و رده میگوید و نسبت جهل بعلماء اعلام میدهد و کفر میگوید». باری تا بخواهی تهمت باو بستیم و دفعش را از بیگلربیگی خواستیم.

بیگلربیگی نمیدانست چه بایدش کرد. میدانست که با فرنگیها و علی‌الخصوص با عالم روحانی آنها بجوال نمیتوان رفت وانگهی از جانب پادشاه ملتزم حمایت و حراست آنها بود. از اینرو با ما همراهی نکرد و گفت «شما که نمیتوانید بکشیش جواب بدهید چرا میروید مباحثه میکنید. شما مرد ایراد و اعتراض حسابی نیستید و با زور میخواهید حق را باطل کنید. بله، اگر میتوانستید دلایل و براهینی اقامه کنیدو او را مجاب بسازید بطوریکه نتواند بسؤالهای شما جواب بدهد آنوقت حق داشتید که بگوئیدکافر و واجب‌القتل است اما حالا با این فهم و فضل شما چه میتوان باو گفت».

ما مخذول و منکوب و سر بزیر، کینه‌جویان و انتقام خواهان بیرون آمدیم. اگر در آن ساعت کشیش بدستمان افتاده بود تکهٔ بزرگش همانا گوشش بود ولی شبانه چنان شیخی را دمش داد که تا چند سال دیگر کسی او را در اصفهان ندید.

در این گیر و دار من ید و بیضا کرده بودم و در شهر اولین ملا و مجتهد بقلم رفتم ولی افسوس که شهرتی بود خشك و خالی و چیزی نیندوختم در صورتیکه غرض من تحصیل جاه و مقامی بود که جیب و کیسه راپر کند و لهذا از اصفهان بقصد گرفتن اجازه اجتهاد بقم نزد میرزا ... قمی رفتم که اجازه‌اش از هر سرمایه‌ای بهتر بود. آقای قمی که صیت شهرتم بگوشش رسیده بود مرا نیك پذیرفت. من هم چندی بدرسش مداومت

کردم. استعدادم را پسندید. چون با صوفیان دشمن بود من نیز با صوفیان درافتادم. در ازاء این کار لقب عمادالاسلامی و سفارش‌نامه‌ای برای علماء طهران و اعیان دربار درخواست نمودم و او نیز هرچند مفارقتم را نمیخواست با اظهار ملال خاطر خواهشم را بجا آورد.

در طهران از ارکان شمرده شدم. اما از تو چه پنهان، هرچه این در و آن در زدم دستم بدر خانهٔ شاهی بند نشد. رقیبهایم خیلی گرگ بودنـد و در چاپلوسی و دنیا داری دست مرا از پشت می‌بستند، بزور تملق و چاپلوسی بمجلس ملاباشی راه پیدا کردم و در آنجا معروف صدراعظم و معیرالممالك و وزیر دول خارجه و نسقچی‌باشی شدم. هرروز صبح پیش از آفتاب در منزلشان و هرشب در مجلشان حاضر بودم اما باز بیش از قلاش و کلاش و اخاذی نبودم. چشمم در قبول عامه بود تا شاید بدان وسیله بمقصود برسم و با قبول عامه چه‌کارها که نمیتوان کرد. صدراعظم بمن التفات پیدا کرد چونکه روزی که در خانه‌اش روضه میخواندندمن موعظهٔ بلیغی کردم وچنان روضه‌ای خواندم که او را که در عمرش نگریسته بود گریانـدم. حاضران همه متعجب و من مورد تحسین شدم و از اینرو قبول عامه هم که مطلوبم بود میسر گردید اما همهٔ اینها با بی‌التفاتی شاه چه فایده داشت.

«هـر کـرا پـادشه بیندازد　　　کسش از خیل خانه ننوازد»

باری، به پشت گرمی آن التفاتها و آن قبول عـامه آن بلائی که دیدی بسرم آمـد. اکنون بمسقط‌الرأس خود میروم برهنه‌تر از روزی که از آنجا بیرون رفتم و بعلاوه ریش کنده هم سوقات میبرم».

گفتار شصتم

تدبیر وتمهید حاجی‌بابا و ملانادان وکشف این حقیقت اساسی‌که نابکاران را بیکدیگر اعتماد نشاید

پس از آنکه سر گذشت ملانادان بپائین رسید گفتم از آنجائی که هم دولت و هم‌نکبت ما بسته بتقدیر آسمانی است از کجا که باز بحکم همان تقدیر غیبی باز سعادت‌بما روی نیاورد. مگر نه این است که :

«روزگار است آنکه گه عزت‌دهد گه خوار دارد ــ چرخ بازیگر ازین‌بازیچه‌ها بسیار دارد» من وتو، هردو ازین پست و بلندیها زیاد دیده‌ایم. درایران‌اختیار تمام مردم دردست یك‌نفر است که همانطور که امروز ریشش‌را میکند فردا مورد الطاف‌و محاسنش قرار میدهد. پس از کجا که بمفاد عسی ان تکرهوا شیئاً وهو خیر لکم این‌پیش آمد در نفع و خیر و صلاح ما نباشد. پس دل تنگ مباش «شاید که چو وابینی خیرتو در این باشد». مگر ندیده‌ای که آهنگر اول بزغال‌افروخته‌آب میپاشد و آنرا خاموش میکند ولی بمحض اینکه بنای دمیدن را میگذارد همان زغال از سابق هم افروخته تـر میگردد .

گفت من هم بهمین دلخوشی بود که آواز میخواندم وفکر میکردم که از کجا که پادشاه نمیخواسته در ظاهر بمردم نشانه‌ای از عدالت و دادگستری خود نشان بدهد و مسیحیان را بلطف خود امیدوار سازد ولی وقتی از نو بهمین مردم دیندار ومسلمان احتیاج پیدا نماید باز قدر مرا که مورد قبول عامه هستم خواهد دانست. خود من هم بارها خیال کردم ترك جبه و دستار بگویم واز طریقت طایفهٔ مفتخواران خارج شوم و از راه سودا - گری و بازرگانی نان حلالی بدست آورم ولی پس از تفکر و تأمل بسیار میدیدم که سرنوشت ما در دست قضا وقدر است و المقدر کائن و

«قضای کن فیکون است حکم بار خدای بدین سخن سخنی در نمیتوان افزود»

مگر سعدی نفرموده

«اگر ز کوه فرو غلطد آسیا سنگی نه عارف است که از راه سنگ برخیزد»

بدان که حالا خود را شهید زنده قلم خواهد داد وچنین عنوانی، بخصوص که ریش را هم کنده باشند، ازهر مال و منالی و حتی از الاغ بو شهری و کنیزان و متعه‌ها بیشتر بکارم خواهد خورد.

«سالها باید که تایك مشت پشم ازپشت میش عابدی را خرقه گردد یاحماری را رسن»

گفتم «اینها بجای خود ولی مردم چه گلی بسر شهدای راستی زدند که حالا برسر چون توشهیدی بزنند. دلم میخواهد بدانم آیا با من ببغداد خواهی آمد ویا اینکه درهمینجا منتظر می‌نشینی تا ببینی عقبه‌کار چه خواهد شد واز خمرهٔ تقدیر چه بیرون خواهد آمد».

گفت خیالم این است که بزادو بوم خود همدان نزد پدرم بروم و با استفاده از شهرت و اعتبار پدرو با کمك وساطتش باز بطهران برگردم. اما بگو ببینم تو چه فکر کرده‌ای و چه خیالی داری. اگر خدا خواست و دوباره آب من و تو درجوی سابق خود روان شد مطمئن باش که متعه خانه من بی تو نمیشود.

«چون تو پیری باید اندر دیر دیر بی پیر را نباشد خیر»

گفتم «رفیق، من در راه بدبختی ازتو رانده‌تر وواماند‌ه‌ترم. دست قضامرا بدون آنکه خودخواسته باشم مرا بجای قاتل و سارق نشاند وطالعم لباس ملا باشی پوشانید و بلااختیار مال او درتصرفم آمد و براسب نسقچی‌باشی سوار شدم. اگر همراهی اختر نمیکردم چه میکردم. در این جای شك و شبهه نیست که اگر در همدان بمانم لاشهٔ منحوسم زیردروازهٔ

شهر و حالت معکوسم مایهٔ عبرت اهل دهر خواهد شد . نه رفیق، من وقتی نفس آسوده خواهم کشید که پایم بخاك عثمانی برسد و بتوانم آزاد و فارغ‌البال در گوشه‌ای بنشینم».

پس برای استمالت خاطرش خواستم نیمی از آنچه را بدستم افتاده بود نیازش کنم. بیش از ده تومان برنداشت و باقی را بخودم واگذاشت و گفت «این ده تومان مرا بس است وقرضی است که ان‌شاءالله عندالقدرة والاستطاعه بتوپس خواهم داد». سپس بازاصرار ورزید که با او بهمدان بروم و گفت «رفیق، راه را اندیشیده‌ای ولی مخاطراتش را نیندیشیده‌ای. تا توبسرحد ممالك شمالی برسی خدا میداند چه‌ها بر سرت خواهدآمد. قضیهٔ ملاباشی و نسقچی‌باشی بچه بازی نیست حتماً آدم بعقب ما خواهند فرستاد وترا که گاوپیشانی سفیدی خواهند گرفت. درصورتیکه اگر تا آبها ازآسیاب بیفتد با من باشی ترا در یکی از دهات پدرم در نزدیکی همدان بدون آنکه کسی آگاه بشود نگاه‌میدارم و برای اسب و لباست هم فکری میکنم که بوی گندشان بلند نشود. از اینجا تا بهمدان راهی نیست، اگر دو پشته نصف شب از اینجا راه بیفتیم صبح زود بدانجا میرسیم در صورتیکه سرحد خیلی دور است و اسبت هم خام استو اگر در راه بماند و گرفتار بشوی کی در فکر استخلاص تو خواهد بود».

سخنانش در نظرم سنجیده ومعقول آمد. با خود گفتم «مرد، تواز راه وچاه‌صفحات ایران بی‌خبری ونه کوره راه بلکه جاده و شاهراه هم نمیدانی . خیر ،کار بآن‌سادگی که خیال کرده بودی نیست. این‌آخوند هم اگر قصد خیانت داشته باشد چه بروم و چه بمانم خیانتش را خواهد کرد . پس باز بهتر است باو تسلیم شوم» . پس قرار شد بهمراه او بهمدان بروم و نیمه شب براه افتادیم.

تا طلوع آفتاب مبلغی راه پیمودیم و همینکه در نزدیکی شهر به تلی رسیدیم از نو در باب طرز دخول بشهر بنای مشاوره و کنکاش را گذاشتیم. ملانادان با انگشت ده کوچکی را نشان داد و گفت این ده تعلق بپدرم دارد. بدانجا میروی وتا قضیهٔ مرگ ملاباشی ازسر وصدا بیفتد همانجا میمانی. من هم‌لباس ترا میپوشم وپس ازآن رسوائی‌ها که بر سرم آمده است در شهر اعتباری خواهم فروخت. تواز شبهه و سوء ظن خلاصی میابی و من از خواری و بدین ترتیب بیك کرشمه دوکار بر خواهدآمد، البته خبر رسوائی وافتضاح‌کاری من بگوش اهل شهر و خانواده‌ام میرسد و اسباب کسر شأن آنها را

فراهم میسازد اما چون در نظر خلق اعتبار بظاهر است وقتی مرا با این لباس و این اسب ببینند رسوائی تا حدی ماست مالی خواهد شد ومن هم با همین دست‌آویز چندروزی هیاهو و شات و شوتی راه خواهم انداخت و پس از آن هم بهانه‌ای بدست خواهم آورد و اسب را خواهم فروخت و بهایش را بتو خواهم داد».

این سخنان دل مرا خوش نمیساخت چون خوب میدیدم که در مقابل آنهمه مال و متاع بجز خیال وامید چیزی در میان نیست امااز طرف دیگر میدیدم که راست میگوید. با آن لباس بده رفتن صلاح نبود وخلاصه‌آنکه ریشم بدست ملا افتاده بودو غیر تسلیم ورضا چاره‌ای نبود گرچه ممکن بود که خیر خود را درضرر من ببیند.

گفتم«خوب، آمدیم و نسقچی‌باشی اسبش را پیدا کردآنوقت چه میکنید. آنوقت هم ریش کندهٔ شما وهم ریش من هر دو راآتش خواهند زد».

گفت «خدا بزرگ است. پیش از ما کسی بهمدان نرفته است وتا کسی برسد من خودم را بخانهٔ پدر رسانده و تدارک کار را چنانکه شاید و باید دیده‌ام بعد از آن دیگر کار نداشته باش با من».

سخن بدینجا تمام و لباس سرا پا عوض شد. نادان با عمامهٔ ملاباشی معمم شد و من با کلاه کلاتهٔ او مکلا. پول وساعت و مهر ملاباشی بمن تعلق گرفت وقلمدان وتسبیح وآینه و شانه باو. لولهٔ‌کاغذش را هم بکمر زد و وقتی سوار بر اسب شد چنان شباهتی بملاباشی داشت که حتی خودش هم خنده‌اش گرفته بود.

با نگرانی و تشویش خاطر از یکدیگر جدا شدیم، وعده داد که از ارسال خبر دریغ ندارد و گفت « برای اقامت در ده هرقصه‌ای که بعقلت رسید بساز و بگو».

پس او شادکام بطرف همدان روانه شدومن بجانب ده رهسپار گردیدم. نمیدانستم با چه لباسی واردآنجا بشوم و براستی مثل کسی بودم که ازآسمان بزمین افتاده باشد، چون‌آدم معقول کلاه بر سر و کفش در پا ولی با قبای بی‌شال خیلی ناجور و نا معقول بنظر میآمد. پس از فکر بسیار تصمیم گرفتم که بصورت مرد سوداگری در آیم که گرفتار دزدان کرد شده است ولختش کرده‌اند و با حال بیماری وناتوانی بده پناه‌آورده‌ام تا حالم بهتر شود و قدرت رفتن پیدا کنم.

از یمن طالع خداوند اهل ده را چنان بله و بلید و احمق خلق کرده بود که هر

چه گفتم باور کردند. تنها چیزی که اسباب زحمت شده بود و عذابم میداد پیرزنی بود که ادعای طبابت داشت و هر روز نیم من خاکشی وتاج ریزی در حلقم فرو میکرد و نفسم در نمیآمد.

گفتار شصت ویکم

ملا نادان تقاص حاجی بابا را میکشد

ده روز تمام که هر روزش سالی مینمود گذشت. از ملانادان خبری نشد. در عالم نادانیمدام میترسیدم که باز ازنو آبی بروی کارش آیدومتعه خانهاش بیمن بچرخد. رفت وآمد از ده بشهر بقدری کم بود که کم مانده بود از بی صبری و بیحوصلگی هلاك شوم تاآنکه از قضا یك نفر عمله ازاهالی ده که در شهر کار پیدا نکرده بود خشمناك برگشت خبرهائیآورد که جائی برای شك وشبهه باقی نگذاشت.

گفت «یكنفر نسقچی آمد وپسر آقا را با اسبش گرفت وبطهران برد».

ای خـوانندگان وشنوندگان، خودتان قیاس حال مرا میتوانید بکنید.معلوم شد که چـرا ملانادان مرا از خود بیخبر گذاشته بود. هرچند بنقد خاطرم جمع بود ولی بآینده اطمینانی نداشتم وبا اینحال بااهالی دهخداحافظی نموده گفتم که بحمدالله حالم بهتر است وبرای کسب اطلاع بیشتری بشهر رفتم.پدر ملانادان معتبرتر ازآن بود کـه راه خانهاش راکس نداند. اما بدانجا نرفتم وحتی نزدیکش هم نشدم چونکه پیر خردم بگوشمیگفت «با خبرباش که سر میشکند دیوارش». پس بدکان دلاکی رفتم تا اولا سر وریش را اصلاحی بکنم وثانیاً چون درآنجا خبر از همه جا بهتر وبیشتر است اخباری بدست بیاورم.

بمحض اینکه گفتم «خوب استاد، چه هستوچهنیست» دوقدم واپس رفت وبرویم نگریستوگفت «ازکجا میآئی. مثل اینکه ازکار ملانادانسگ وسگ نادان بیخبری. پدر سوخته بقتل ملاباشی اکتفا نکرده رختش راهمپوشیدهواسب نسقچیباشی راهم سوار شده است وچهگدها که نخورده است.»

پس خودم را بکوچهٔعلی چپ زدم وآنچهرادلم میخواست بدانم ازوبیرون کشیدم

و بقدری وراجی کرد که دیگر احتیاجی بسؤال و خواهش باقی‌نماند. گفت «بله، ده روز پیش ازین ملا نادان با اسبی لایق سرهنگان نه شایستهٔ اهل محراب و منبر با لباسی فاخر وارد شد. عمامه و شالش کشمیر عظیم خانی بعینه ملاباشی. ظاهرش موجب حیرت ما شد چرا که خبرهای بدی ازو رسیده بود. با یکدنیا کبر و افاده از اسب پیاده شد و درجواب کسانی که از احوال و اوضاع طهران ازو میپرسیدند بجای جواب تنها بحرکات و اشارات سر و دست قناعت میکرد و چنان قلمـداد کرد که آن اسب و یراق برای دلجوئی باو داده شده است. ما هم باور کردیم و ایشان با احترام در خانه نشستند و فردای آن روز در موقعی که میخـواست از منزل بیرون بیاید و در شهر خودنمائی کند ناگـاه یك نفر نسقچی از طهران سررسید و چشمش باسب‌آقا افتاد و فریاد برآورد که «سبحان‌الله این اسب از کیست». گفتند از ملانادان است. گفت «ملا نادان خر کیست، ملا را چه باین گه خوردنها. این اسب تعلق به‌نسقچی‌باشی دارد که ارباب ماست و هر که گفته از من‌است دروغ گفته است میخواهد نادان باشد و میخواهد دانا». در همان اثنا ملا نادان از خانه بیرون‌می‌آمد. تا چشمش به‌نسقچی افتاد شستش خبردار شد و حساب‌کار را کرد. ازقضا نسقچی از جمله نسقچیانی بود که آقا را در طهران درآن روز کذائی سوار بر الاغ دور شهر گردانده بود.

نادان که عمامهٔ ملاباشی را برسر و قبا و عبای او را در بر داشت فوراً فهمیـد که بچه خطری افتاده است. خواست شیخی را دمش بدهـد، نشد. نسقچی داد و بیـداد راه انداخت که «بگیرید، ببندید، خودش است، خوب گیرآمد، طالعمان یار بوده است. قاتل ملاباشی است، دزد ملاباشی است، بخدا و به‌پیغمبر خودش است».

نسقچی از اسب پیاده شد و با یاران خود ملا نادان را گرفت وآقا هرچه لابه و انابه و داد و بیداد کرد فایده‌ای نکرد و قسمها و انکارش از دستش رفت».

دلاك خلاصهٔ گفتگوئی را که بین نسقچی و ملا نادان شده بود همه را برایم تعریف کرد وآخرسر گفت «باری با همهٔ وساطت پدر و دوستان او ملانادان را دست‌بسته بطهران بردند».

از شنیدن این داستان دلم چاك و زهره‌ام‌آب شد و بقدری خود را بیچاره دیدم که گمان نمیکنم هرگز کسی بدان انـدازه بدبخت بوده است. اول دلم بآنچه از دست

داده بودم سوخت اما در ضمن فکر کردم که قضا و بلای من برسر ملا نادان نازل شده است و چون از سر بریده صدا در نمی‌آید ان‌شاءالله کار من در پرده خواهد مانـد. وقتی بحال و روزگار خود نگریستم دیدم که رویهمرفته ستارهٔ من همیشه بلند و طالعم یار بوده است در صورتیکه ملا نادان همواره دچار نکبت و وبال بوده است والا رخت خود را با من عوض نمیکرد. قصاص مرا او چشید. سپس فکر کردم که دیگر ماندن من در ایران کار عقل نیست و خیالم قوت گرفت که این آب و خاك را ترك کنم. درست است که دیگر اسب و یراقی در اختیارم نبود اما الحمدلله آنقدر پول نقد داشتم که مرا بسرحد برساند. پس با کلام بلندپایهٔ «خدا بزرگ است» خاطرم را آسوده ساختم و درمقابل قضا و بلاهای دیده و ندیده خودم را بخدا سپردم.

گفتار شصت و دوم

حاجی‌بابا داستان غریب حمام را میشنود و متوجه تقصیر خود میگردد

از شئامت آخوندی سیر و متنفر شده بودم و مصمم شدم که از آن لباس بیرون آیم و خود را بصورت وزیّ سوداگـران درآورم. سراغ قافلهٔ کرمانشاه را گـرفتم. حاضر بحرکت بود. استری خالی داشتند و با چون من سرنشین بی‌باری اخت افتاد.

روز هفتم به کرمانشاه رسیدیم، درآنجا بجستجوی قافلهٔ بغداد پرداختم. راهها از دست اکرادناامن بود و تا قافله سنگین نمیشد راه نمیافتاد. ناچار شدم چند روزی منتظر بمانم. شنیده شد که روز پیش یك دسته زوار و نعش کش رو بکربلا حرکت کرده‌انـد. فکر کردم اگر قدری هی بقدم بزنم بآنها خواهم رسید.

چون هردقیقه بیم خطر در میان بود نخواستم دقیقه‌ای فوت شده باشد. پای پیاده بانگ برقدم زدم در حالیکه بجز یك چماق چیزی در دست نداشتم (ولی مخفی نماند که در کمربند نود و پنج سکهٔ طلا پنهان بود) و از کرمانشاه بیرون رفتم.

روز سوم بود که تنگ غروب خسته و کوفته از دور دودی دیـده شد. فهمیـدم که کاروانست. نزدیك رفتم تا از بارخانه سراغ جلودار قافله را بگیرم. چادر سفید کوچکی برافراشته بودند و کجاوه و تخت روانی در بغل آن بود و زنی چند در میان در رفت و

آمد بودند دانستم که زوار متشخصی است.

با جلودار دربارهٔ کرایهٔ قاطری باهم بکنار آمدیم. با روزگاری که داشتم خودنمائی و خودستائی موضوعی نداشت ولی بغرور نود و پنج سکهٔ طلائی که در کمر داشتم برایم مشکل بود که اهمیت و اعتبار عجمانهٔخود را برخ جلودار نکشم.

باری چشمم بعده‌ای جسدهای دراز درنمد پیچیده افتاد. گفتند نعش‌است و بکربلا میبرند. جلودار آنها نیز مانند جلودارها روده دراز بود و بنـای وراجی راگذاشت کـه «گویا غریبه‌ای، گویا تا حال نعش ندیده‌ای، ما چیز عزیز را بجای عزیز میبریم. این نعشها بکربلا نه، بلکه یك راست به‌بهشت میروند».

گفتم «ببخشید، غریب کور است، آیا این نعشها از کیست».

گفت «نعش ملاباشی است. مگر از مردن او خبر نداری که چطور در حمام مرد و همزادش براسبش سوار شده و بحرمش رفته است و بعد بدر خانهٔ نسقچی‌باشی و بدهش رفته است». پس دست را جنبانده و گفت «اوهو، پس تا حالا کجا بودی».

از شنیدن این سخنـان سخت ترسیدم و تجاهل کنان دنبالهٔ داستـان را خواستم و جلودار با چنان‌آب و تابی نقل کرد که با اینکه خود مؤسس و رکن اساسی قضیه بـودم باز تعجب کردم و حظ حسابی بردم.

گفت «بدان که هرچه میگویم راست و عین حقیقت است چون خودم درآنجا حاضر و ناظر بودم. گفتند که ملاباشی پس از نماز عصر با نوکران خود بحمام رفت و بخانه برگشت و در خلوت نشست.میدانی که در ایران بعضی حمامها صبح زنانه است و بعد از ظهر مردانه. زن ملاباشی روز دیگر در اولین بانگ بوق با کنیزانش بهمان حمامی میرود که شب پیش شوهرش بدانجا رفته بود. چون زن متشخص و محترمی‌است حمام را قوروغ کرده بودند و وقتی وارد حمام میشود که هنوز تاریك بوده است. وقتی میخواهد بخزانه داخل شود دستش بپارچه گوشتی میخورد. فریاد میزند و بیهوش برزمین میافتد. همراهانش که از قضیه بی‌خبر بودنـد بنای جیغ و داد را میگذارند و چراغ بدست وارد میشونـد ولی وقتی چشمشان بخانم میافتد که غش کرده است لرزان لرزان برمیگردند. آخـرسر پیرزنی‌دل‌بدریا میزند وداخل خزینه میشود و لاشه‌ای درروی‌آب شناور می‌بیند. از فریاد و فغان او زن ملاباشی بهوش میآید و می‌بیند که نعش شوهرش ملاباشی‌است، باز بیهوش

میشود. کنیزان‌شیون کنان یکی میگوید «بآقا میماند اما محال است او باشد چون بچشم خودم دیشب دیدم که از حمام بر گشت رختخوابش را انداخته بودیم و زود رفت خوابید و خودم صدای خرخرش را شنیدم. چطور میشود که یك‌آدم هم در رختخواب خوابیده باشد و هم خرخر بکند و هم در خزینهٔ حمام خفه شده باشد».

«این دلیل و برهان برحیرت و تعجب حضار افزود و معلوم شد که شخصی را که کنیز در رختخواب دیده است ملاباشی نبوده بلکه همزادش بوده است.»

«زن ملاباشی باز بهوش‌آمد و با انگشت نعش را نشان دهان گفت «شوهرم است، خودش است، از صورتش که خودم دیروز خراشیدم معلوم است». کنیز کی گفت «بله از یکطرف ریشش هم که کندی معلوم است خودش است».

«نشانه‌ها بجا بود و گریه و زاری برپا شد. میگویند که اگر دست زنکه را نمیگرفتند خودش را کشته بود.» کنیزك گفت «آخر خودش چراغ را از دست‌من گرفت و خودش در را بست و خودش بود که خرخر میکرد. بروم ببینم در خانه چه خبراست و زود برمیگردم و هرخبری باشد میآورم».

«دیگری گفت «خوب‌آمدیم و رفتی و دیدی در خانه است، آنوقت تازه باید بفهمیم پس این کیست».

«یکی دیگر گفت «این همزادش است والا یك روح که در دو بدن‌نمیشود، روح رخت عوضی نیست که بتوانیم هرساعت عوض کنیم».

«دیگری گفت «این قصه خیلی تازگی دارد. شنیدنی است. درست مثل این است که یك‌آدم دو خانه داشته باشد، یکی در ییلاق و یکی‌در قشلاق».

«در همان حیص و بیص مشتریان دیگر وارد شدند و هر کس چیزی گفت. زن ملاباشی از گریه و زاری دست برنمیداشت تا کنیزك از خانه بر گشت و خبرآورد که ملاباشی در رختخوابش نیست.

«آنوقت قضیه ببیرون سرایت کرد. هنوز زنان از حمام بیرون نرفته بودند که مردها داخل شدند. در ایران هرگز بهتر ازآن حمام زنانه نشده بود. صدای مرد و زن درهم افتاده بود و گوش فلك را کر میکرد.

«آخرالامر، اقارب و اقوام نعش ملاباشی را از حمام بیرون بردند و پس از غسل

و حنوط کفن کردند و قرار دادند که آنرا بکربلا بفرستند.

«زنش گفت من هم با جنازه میروم آنگاه قاطرهای مرا کرایه کردند. آن چادر که آنجا می‌بینی مال خانم است و در آن چادر دیگر نعش شوهرش است. عدهٔ زیادی از اشخاص دیگرهم که نعش فرستادنی داشتند نخواستند فرصت را از دست داده باشند که مردگانشان با عالم و ملائی محشور شده باشد و آنها هم نعشهایشان را همراه قافله کردند».

از داستان جلودار چنان ترسیدم و از مجاورت با آنهمه نعش و جسد و جنازه چنان هراسناك شدم که کم مانده بود که من نیز از محشورین با ملا بشوم. دیدم از همان بلا و مصیبتی که از آن گریزان بودم بپای خود در وسط آن افتاده‌ام. اگر یکی از خدمتکاران و بستگان ملاباشی مرا میشناخت کارم تمام بود.

روی بجلودار کردم و گفتم «خوب، بعدازدر آوردن نعش ملاباشی از حمام چه شد». مقصودم این بود که بدانم چه بلائی بسر رختهای من که در گوشهٔ حمام انداخته بودم آمده است.

گفت «بسر امیرالمؤمنین درست یادم نیست. همینقدر میدانم که خیلی حرفها میزدند و روایات مختلف بود. یکی میگفت که ملاباشی بعد از خفه شدن در حمام در اندرون منزلش دیده شده بوده است. دیگری میگفت که فردای آن روز از در خانهٔ نسقچی‌باشی بهترین اسبش را گرفته و زده است بچاك و به‌نسقچی‌باشی با خط دست خود فتوای شراب خوردن داده است. باری بقدری حرفهای مختلف میزدند که چیزی حالیم نشد. غریب‌تر از همه اینکه بشهادت نوکرها زنده‌اش از حمام بیرون‌آمده بوده است و مرده‌اش درحمام مانده. اما مطلب دیگری بروز کرد که تا اندازه‌ای موجب رفع اشتباه شد. در گوشهٔ حمام مقداری رخت کهنه پیدا شد و بحدس فهمیدند که تعلق به‌حاجی‌بابا نامی دارد از آدمهای ملا نادان مفسد. آی، بر پدر هردو شان لعنت. همه میگفتند که قاتل همان حاجی بابا است و این در و آن در و در هر گوشه و کنار در پی او گشتند. بعضیها هم میگفتند که ملا نادان هم در این کار دست داشته است. بهر طرف آدم فرستاده‌اند که آنها را دستگیر کنند. ای‌کاش اقلا یکی از آن دو نفر بدست من میافتاد تا آنقدر مژدگانی میگرفتم که دیگر ازین مرده کشی خلاص میشدم».

ای خوانندگان، من چیزی نمیگویم ولی شما خود قیاس حالم را بفرمائید. من آدمی که هرگز مرد روبرو شدن با خطر نبودم و همیشه مثل شیطان که از بسم‌الله گریزان است از هرخطری فراری بودم، با پای خودم بجائی آمده‌ام که جانم در خطراست. بدتر ازهمه نه پای واپس رفتن دارم و نه یارای پایداری. نمیدانم چه خاکی بسر بریزم. فکر کردم باز پیش رفتن بهتراست تا بلکه خود را بسرحد برسانم و از بلا رهائی بیابم. با خود قرار گذاشتم که خودم را در لای عبا بپیچم و مانندآدمی که قضا و بلا او را از چهار سو احاطه کرده باشد نگران باشم تا خداوند چه پیش آورد و عاقبت کارم چه شود.

گفتار شصت و سوم

گرفتاری حاجی بابا و رهائی او

فرداکاروان براه افتاد. تخت‌روان از پیش و شتران مرده کش از عقب و قاطرها با سرنشینها در عقب همه و من در پهلوی جلودار پنهان روان بودیم.

هر وقت چشمم بآدمی زشت و بدلباس میافتاد که در میان جمع ناشناس بود و کسی متوجهش نبود بحالش رشك میبردم و حسرت میخوردم. بیشتر ترسم از ین بود که مبادا در میان همراهان زن ملاباشی کسی مرا بشناسد. هر گاه یکی از آنها بعقب مینگریست زهره‌ام آب میشد و زود سرم را بر میگرداندم.

روز اول بسلامت گذشت. در بارخانه برروی بارها خوابیدم. روز دوم هم بدنبود و کم کم احساس اندکی آسودگی و آرامش کردم ودر بازکردن در گفتگو بااطرافیان شوقی در خود دیدم.

اولین آدمی که با او آشنا شدم اسقفی بود ارمنی. خواستم باو بفهمانم که طالعش بلند بوده که با مسلمانی هم صحبت شده است که ناگاه یکی از پهلویم عبور کرد. دیدم

آخوندی بود که درخانهٔ ملانادان میخواست صیغه بمن بچسباند . زهره ترك شدم. اگر روح خود ملاباشی را دیده بودم آنقدر نمیترسیدیم. بعجله سر را بر گرداندم. اوهم مرا ندید و بلای رسیده بخیر گذشت و بجز ترس چیزی مایه نگذاشتم . باز خود را پهلوی جلودار کشیدم و از آشنائی با اسقف ارامنه صرف نظر کردم.

روز سوم بایست از دهنه‌ای بگذریم که کردها بسته بودند. هر کس بفکر خودبود واحدی بفکرمن نبود. اگر میتوانستیم ازآنجا عبور کنیم بسرحد میرسیدیم واگراحیاناً درآنطرف سر حد حادثه‌ای رخ میداد میتوانستم بترکها ملتجی بشوم.

آن روز کذائی را هرگز فراموش نخواهم کـرد . قافله بصورت قشونی درآمده بود. هر کس چیزی که بسلاح شباهتی داشت بیرون‌آورد. روز ایلغار ترکمنها در سفر با عثمان‌آقا بخاطرم آمد . دیدم همان ترس و هراس در اینجا هم حکمفرمـاست. میان خودمان بمانند جان‌نثار را نیز مرور دهور چندان اژدها افکن و شیر اوژن نساخته بود.

قافله با نظام تام و تمام درپی هم روان بود و چاووش ویکنفر بلد بـا بستگان زن ملاباشی طلیعهٔ لشکر را تشکیل میدادند.

من بدلایل بسیار میتوانستم خود را آسوده فرض کنم و بجز درد خود درد دیگری نداشتم و تنها یار غار ورفیق دستگیرخود همانا تومانهائی را میدانستم کـه در کمرنهفته بودم .

قافله ساکت و بی‌صدا جلو میرفت و بجز آواز درای صدائی شنیده نمیشد و من در فکر واندیشه غوطه‌ور بودم که این‌نود تومان سرمایهٔ خود را در بغداد بچه‌کار اندازم که ناگاه بلد با مردی خوش سرو وضع روی بمن تاخت و مرا با انگشت نشان دهان گفت « ایناهاش » (این همان است).

خدا میداند که مردم و روح داشت از بدنم پرواز میکرد.

دیدم شخصی که همراه بلد بود همانا عبدالکریم صد تومانی بود . گفتم «ای وای

که گرفتار شدم» اما بلد روی بمن کرد و گفت «تو ازهمه عقب‌تر آمدی، آیا هیچ‌نشنیدی که کلبعلی‌خان راهزن در کدام سمتها بوده است».

اندکی دلم بجا آمد و نفسی کشیدم وشکسته جوابی دادم اما چشم من به‌عبدالکریم و چشم او بمن دوخته بود. دلم‌آشوب شد. ازنگاه تند وتیزش تاب از زانو و رنگ از رویم پرید. او برای اینکه درست اطمینان حاصل نماید زیر چشمی مرا مینگریست و من برای خلط مبحث و بکوچه چپ زدن بدین در و آن در میزدم ولی عاقبت شناخت و نعره برآورد که «آری، خودش است. آنکه بریش من خندید و صد تومان‌را گرفت و جیم شد همین است».

پس روی بهمراهان کرد و گفت «اگر دزد میخواهید این دزدی که کلبعلی خان بقوز پایش نمیرسد. شما را به‌پیغمبرشما را بامیرالمؤمنین‌این پدرسوخته را بگیرید».

من بنای انکار را گذاشتم و شاید هم سر انجام پیش میبردم اما آخوند معبود ملانادان سررسید و مرا باسم خواند و یکسره رفع شبهه شدوهمه اعتقاد پیدا کردند که قاتل ملا باشی و مرتکب آن همه فسق و فجور من بوده‌ام. چنان همهمه و غوغائی برخاست که دیگر صحبت از دزد و راهزن از میان رفت و تمام چشمها بمن دوخته شد.

مرا گرفتند و دستهایم را از پشت بستند و میخواستند نزد زن ملاباشی ببرند که ناگاه ستارهٔ میمون و طالع همایون باز بمددکاری برخاست واز دور نعره‌ای‌بلند شد که «یك دسته سوار از دامنهٔ کوه روی بدره سرازیر شدند». خدا پدر کردها را بیامرزد. فرارسیدند و کاروانیان از هم پاشیدند. کو دست و کو دل که جرئت مقاومت داشته باشد. سوارها پا بفرار گذاشتند و قاطرچیها برای خلاصی خود

وحیواناتشان بند بارها را بریدند و در میان صحرا ریختند و شتربانها نعشها را از شترها باز کردند و بروی خاك انداختند. من بچشم خودم دیدم که جنازهٔ ملاباشی در جوی آب افتاده بود. گفتی که در خزانهٔ حمام خفه شدن کافی نبود. خلاصه بگیر و ببند

و بگریز و بگریز همگانی گردید.

مرا بحال خود باقی گذاشتند. بهرزحمتی بود دستهایم را باز کردم. چشم کردها همه به‌تخت‌روان بود. بیمن اقبال‌دیدم کسانی که‌مرا بدان روز انداخته بودند بهمان روز من گرفتار گردیدند، همراهان زن خیلی‌جیغ وداد‌وفریاد کردند اما معلوم است که‌درچنان روز و در چنان جا «آنچه البته بجائی نرسد فریاد است». اما کرد فریاد سرش نمیشود. ببهانهٔ اینکه‌کاروانیان را سلامت میگذارند همه را بسلامت لخت کردند وژندگی‌لباس من مرا تیمناً و تبرکاً از برهنه شدن رهانید و من از برکت لباس کهنه قاطرم را هم رهانیدم. مرا بچیزی و قاطرم را به‌پشیزی نگرفتند.

تنها و آسوده و بی دغدغه، نه غصهٔ مال برده و نه در خیال نعش مرده، چون باز آزاد و چون باغ وچمن‌آباد و مانند هوا بی پروا بقاطر جلودارسوار، زمزمه کنان که «باز شد رفع بلا از سرحاجی بابا ــ بارك‌الله، زهی اختر حاجی بابا» روی براه نهادم.

گفتار شصت و چهارم

رسیدن حاجی‌بابا به‌بغداد وملاقاتش با عثمان‌آقا و در راه تجارت‌افتادنش

زن و بچه و غلام و کنیز ملاباشی بدست کردان افتادند ولی من همان سان بصوب مقصود روان بودم و برای اینکه وجودم‌جلب توجهی‌نکند به‌احدی اظهار حیاتی نمیکردم و برون از جاده و دور از روندگان راه می‌پیمودم.

گروهی از فراریان بهر جانب دوان وشتابان بودند و چون هریك را بیش و کم دردی از قبیل درد از دست دادن مال و یا کس وکار بود پر دور نرفتند و بامید چاره برگشتند. من بی‌درد و بی‌غصه، از همه‌آرامتر وآزادتر، پس ازطی دو فرسنگ راه‌خود راکاملا تنها ووارسته یافتم وچون بماجرای خود اندیشیدم طالع خود را بس بلند دیدم.

با خود گفتم «با چنین طالع سازگار وقت‌آنست که بخت خود را در شاهراه کسب مال بیازمایم. این همه وقایع و حوادث همه برای حصول سعادت من بوده است. اذا ارادالله شیئاً هیأ اسبابه. با نود و پنج تومان درمیان و فراخنای میدان جهان، چه نمی‌توان. نادان را بدم خمپاره نهادند، بمن چه. زن و بچهٔ ملاباشی بدست کردها افتادند،

بمن چه. چرا کلاه خود را کج نگذارم و باد بزیر بغل نیندازم و نگویم «غم موجود و پریشانی معدوم ندارم».

باری بخوشی و سلامتی بدارالسلام بغداد رسیدم و غریب الغربا وارد شهر شدم. در بغداد کاروانسرا فراوان است ولی عنان اختیار را بدست قاطر دادم. بلد بود و زبان بسته مرا بردرکاروانسرائی بزرگ برد که گویا پاتوق کاروانیان ایران بود.

چون بدم در رسید از فراق یاران و بیاد عزیزان بنای عر وعر گذاشت. اگر بتوان اسمش راخوشوقتی گذاشت، خوشوقت شدم که در صحن کاروانسرا مشتی از همشهریان دیدم. گمان کردم کسی مرا نخواهد شناخت اما بحکم المرء یدبروالله یقدر کار برعکس شد.

بمحض اینکه چشمشان بمن افتاد کسانی که چشم براه قافله‌ای بودند که باید از ایران برسد دورم را گرفتند. بسؤالات ایشان باختصار و ایجاز جوابهائی دادم. سرانجام قاطر را در همانجا سردادم و گفتم لابد بصاحبش خواهد رسید و خود بجانب دیگر شهر روان شدم تا دور از فتنهٔ خفته خواب آشفته نبینم.

ضمناً از روی احتیاط سرو وضع را نیز تغییری دادم. توبره‌ای سرخ‌فام باسم «فس» که طهرانیان فینه میخوانند بر سر نهادم و جوالی فراخ بنام قبا در بر کردم و تنگی دراز برسم شال بر کمر بستم و عثمانی تمام عیار حسابی ازآب درآمدم. پا افزار سرخ را هم فراموش نکردم چون میدانستم که ترك بی کفش سرخ خری بیش نیست.

پس ازآن بفکر اهل و عیال ارباب قدیمم عثمان‌آقا افتادم تا بلکه بدستیاری آنها کار و شغلی بدست‌آورم.

بجانب راسته بازار پوست فروشان که مرکز تجارت و داد وستد عثمان‌آقا بود به راه افتادم و از نشانیهائی که در زمان رفاقت ازجا و مکان خود داده بود یقین داشتم که بآسانی خواهم یافت. خدا راست‌آورد و بیزحمت بدکان پوست‌فروشی بزرگی رسیدم. سر بدرون بردم و گفتم «عثمان‌آقانامی بغدادی که برای خریدن پوست بخارائی رفته بود آیا می‌شناسید وخبری از او دارید». از کنج دکان صدائی آشنا بگوشم رسید که «ترا به‌پیغمبر کیستی. بیا تو ببینم. عثمان آقا خودم هستم».

با حیرت تمام‌دیدم که پیرمردخودش است. تعجبها کردم. اول من از داستان خود

هر آنچه گفتنی بود برایش گفتم وسپس او سر گذشت خود را بدین قرار حکایت نمود:

«از طهران بقصد استانبول بیرون آمدم. راه میان ارضروم و ایـروان بسته بود و دیدم بهتر است از راه بغداد بروم و پس از غیبت دراز بمسقط‌الرأس خود باز گشتم. دیدم پسرم بزرگ شده است و چون خبر مرگم رسیده بود فاتحه و تعزیه بر پا ساخته بود و میراثم را قسمت کرده حق مادر و خواهـرش را داده بود. اما بحکم مسلمانـی پاك از دیدارم هراسان نشد و حق فرزندی را بجا آورد. زنم هنوز زنده است و دخترم پا بر ـ بخت و من‌هم بحمدالله زنده‌ام و شکر خدا را بجا میآورم».

آنگاه نگاهش را بمن دوخت و گفت «خوب حاجی، آن صیغهٔ طهرانی چه‌صیغه‌ای‌بود وچرا بریش من‌بستی. بنان‌و نمکی که با هم‌خورده‌ایم آن پنج روز که‌با او گذراندم بدتراز چند سالی‌بود که‌اسیر ترکمنها بودم. آیا کسی با دوست دیرینهٔ خود چنین‌رفتاری‌میکند».

قسم خوردم که غرضم این بود که خوش باشی و عیش و نوشی کرده باشی. آن زن همخوابهٔ خاص شاه بود و خیال کردم هر قدر هم سالخورده باشد از صنادید عجم است و شایستهٔ کسی خواهد بود که سالها شتربان ترکمانها بوده است.

گفت «باز گلی بجمال شتر. بحق خدا که شتر با آن لب و لنج در مقابل آن‌لعبت ناز فرشته است و از مشك وعنبر سرشته. کاشکی شتری بمتعه گرفته بودم و گرفتـار ناز شتری این زن نشده بودم. اقلا راحتم میگذاشت در صورتیکه این اژدهـای هفت خط و این افعی هژده نشان هردقیقه منت بسرم میگذاشت که بختت بلند بود که نصیب توشده‌ام. من همانم که ریش شاه را میکندم. سلیطه از چپ و راست سیلی بر صورتم مینواخت و به کمتر بهانه‌ای مشتی از ریشم میکند.»

وقتی سخن عثمان آقا بدینجا رسید با کف دست بمالیدن صورت مشغول شدو گفت «هنوزصدای سیلی بگوشم میرسد». بزور قسم و آیه باو اطمینان دادم که «غرضم خوشبختی تو بود». پس رگ مردانگیش بحرکت آمد و گفت «تا در بغدادی میهمان منی باید بیائی در منزل من منزل کنی». معلوم است که من هم از خدا میخواستم و در رد تعارف او زیاد اصرار نورزیدم.

این صحبتها در دکان او رد و بدل شد و پس‌از آنکه قهوه‌ای‌نیز بنافم بست پیشنهاد کرد که بدکان پسرش برویم. دکان پسرش هم که سلیمان نـام داشت در همان نزدیکی

بود. جوانی بود کوتاه قـد ، فربه اندام ، گوژپشت ، شکم گنده و درست تخم پـدرش. بمحض اینکه پدرش مرا معرفی کرد و گفت «حاجی باباست» پسر قلیان را از نوك خود گرفته بدهان من داد.

نزد خود اندیشیدم که بااین‌آدمهای نازنین میتوانم درشهر بغداد درآسایش زیست نمایم اما من باب تعارف و برای اینکه یار شاطر بقلم بروم نه بار خاطر گفتم «صد تومان پول نقد دارم، بچه معامله‌ای میتوانم بزنم. از ولگردی و بی‌عاری بستوه‌آمده‌ام‌وآرزویم این است که ازین پس مثل بچـهٔ‌آدم لقمه نان حلالـی بدست بیاورم و براحت عمـری بگذرانم. چه بسا اشخاصی که با سرمایه‌ای کمتر ازسرمایهٔ من بمال و دولت رسیده‌اند»:

هردو تصدیق سخنانم را نمودند وعثمان‌آقا که از برکت مسافرت بایران ونشست و برخاست باایرانیان تك و توك شعری هم در میان حرف خود میآورد گفت «بلی‌قطره قطره جمع گردد وانگهی دریـا شود».

پس با عثمان آقا روی بخانهٔ او براه افتادیم .

گفتار شصت وپنجم

معاملهٔ چپوق حاجی‌بابا ودل دختر ارباب خود را بردن

خانهٔ عثمان‌آقا در کوچه تنگی روبجادهٔ بزرگ واقع بود. بردرخانه‌اش تلی از

خاك وخاكستر و برروی آن تل از یك سو چند بچه گربه معومعو واز سوی دیگر چند توله سگ واغ واغ میکردند. درخانه درمیان دو دسته سازنده و نوازنده بود. حیاط خانه کوچك واطاقها ازپاکی و نظافت بی‌نصیب بود. چون برگ وساز من منحصر بیك احرامی بود و بس نقل مکان از کاروانسرا بخانه‌کار دشواری نبود. احرامی را در گوشهٔ اطاق بزرگی انداختم که تختخواب عثمان‌آقا هم در گوشهٔ دیگرش بود.

بمبارك یادقدومم شیلانی کشید. بره بریان باپلاوفراوان وخرما وپیاز ازحرمسرا فرستادند. دست پخت زنش بود ودخترش ویك تن کنیز منحصر بفرد که چون دیروارد شده بودم رویشان را هنوز ندیده واز طریق مراعات ادب واحترام احوالشان رانپرسیده بودم.

یکنفر ازرفقای سفر بخارایش هم میهمان بود. تانیمه‌های شب سخن از تجارت و دادوستد رفت. من چون بی‌سررشته بودم دهان نگشودم ولی‌چون نیت تجارت داشتم همه گوش بودم و بدقت تمام‌تمام را می‌شنیدم واز توجه بدقایق و نکات‌کارفرو گذار نمیکردم.

اگر کسی شاهد گفتگوی آنها بود خیال‌میکرد قیامت کبری برپاشده است. توضیح آنکه از استانبول خبر رسیده بود که بازار پوست کساد است. پس مصلحت ندیدند که من سرمایه خود را در تجارت پوست بگذارم بلکه صلاح دانستند که چپوق بخرم که‌هرگز قیمت آن تنزل ندارد ومالی است که همیشه خریدار دارد.

پس ازین گفت و شنودها همینکه مهمان رفت وآنچه را از خوب وبد در باب معاملهٔ چپوق شنیده بودم درترازوی سنجش نهادم وشب همه شب بدین فکرو اندیشه مشغول‌بودم که بایك تومان چند چپوق میتوان خرید واز هرچپوقی چقدر میتوان نفع وفایده‌بدست آورد. ازنشئه شراب این‌خیالات شیرین سرمست گشتم وحکایت سعدی در گلستان‌در باب تاجر جزیرهٔ کیش در مقابل حکایت من افسانه‌ای بیش نبود. می‌اندیشیدم که انجیر ازمیر بفرنگستان میبرم و کلاه‌فس از فرنگستان بمصر میبرم و از مصر پول نقد بافریقا میبرم واز افریقا غلام و کنیزخریده به‌یمن می‌آورم وببهای گران میفروشم وازیمن‌بمکه میروم و از مکه‌به یمن بر میگردم و ازیمن قهوهٔ یمنی بایران میبرم و درایران بتجارت میپردازم و از سود سوداگری رتبه و مقام ومنصب بدست می‌آورم و از پای نمی‌نشینم تا صدراعظم وشخص‌اول ایران بشوم.

چون در این سودا استوار گردیدم درصدد خریدن جنس مطلوب بر آمدم و باشخصی که برای خرید چوب مهلب عازم بختیاری و لرستان بود قرار گذاشتم که فلان مقدار چوب چپوق در بغداد تحویل بدهد و من از آنها در بغداد چوب چپوق بسازم و برای استانبول بار نمایم.

پس ازین مقدمات در انتظار چوب چپوق بودم که ناگهان بمرض زخم خرما که آنرا دمل بغدادی هم میگویند و در آنجا عام‌البلوی است گرفتار گردیدم. بدبختانه این زخم ادبار در میان رخسارم بر آمد بنوعی که در یك گوشه از ریش مبارك نیز خرابکاری بار آورد.

شب و روز بی‌شکیب و نالان با بخت ستیزه کنان میگفتم «ای زخم بی‌پیر مگر جای دیگر قحط بود که باید در صورت من در آئی ودر جائی نمایان باشی که دیگر روی دیدن کسی را نداشته باشم». آه از جگر برمیآوردم و برسم رضا میگفتم «چه باید کرد. حکما درست گفته‌اند که اگر آنچه میخواستی میشدی همه سنگها الماس میشدی. دمل هم اگر بدلخواه ما در می‌آمد در تمام بغداد صورت زشت پیدا نمیشدی».

با اینهمه باز جای شکرش باقی بود چونکه عثمان‌آقا هرچند دمل خود را از طرف پائین درآورده بود باز صورتش آینهٔ دق‌کامل‌العیار بود. بجای دلسوزی و استمالت خاطر مرا دست میانداخت و میگفت «باآنهمه بلاکه برسر تو آمده است زخم بغدادی برای تو حکم مرهم دارد. اگر یك طرف صورتت خراب شود طرف دیگرش که درست است. نمی‌بینی که فیروزه باآنهمه بها و ارزش یك طرفش احسن الوان و طرف دیگرش با خرمهره یکسان است و باز گرانبهاست. تو همیشه طرف درست صورتت را بمردم بنما و از نادرستی بپرهیز».

دیدم باآن بشرهٔ زشت و کثیف حسن و جمال کسی را چشم ندارد ببیند همچنانکه ناپرهیزکاران روی پرهیزکاران را نمیتوانند دید و یا چون سگان بازاری که چون‌سگ شکاری بینند غوغا و مشغله برپا سازند.

با چنان صورتی مطبوع طبع زیباپسند دلارام دختر عثمان‌آقا شدم. دلارام باغمزه و کرشمه بنای عشقبازی را نهاد و بکمك مادرش که در معالجهٔ زخم بغدادی زبردست بود بمعالجه‌ام مشغول گردید. جای تعجب آنکه تاریخ سرزدن زخم با تاریخ گل کردن عشق

دلارام مطابق افتاد و در یك روز واقع گردید.

شش ماه‌آزگار این هردو روز افزون بود. هرچه زخم بزرگتر میشد عشق دلارام هم قلنبه‌ترمیگردید. راستش را بخواهید این عشق خانمانسوز ازجانب من شروع نگردید چونکه دختر عثمان‌آقا با پدرش سیبی بود که بدو نیمه کرده بودند و عجب‌ترآنکه این دختر از همان نظر اول بصورت شتر پیری‌آمد و هروقت او را میدیدم شکل شتر درنظرم مجسم میگردید و بیاد این ادبیات میافتادم:

«ای عزیزان زلب و لنج شتر فیض برید — خاصه وقتی که بود مست اداها اشتر»

«گر زند فیل به پهنای شکم طعنه بخرس — میکند ناز بخر از قد و بالا اشتر»

«بودش جای ز منزلگه خور بالاتر — گویم از ذوق که جان وقف لبت یا اشتر»

چون ورم ریش بسرحد کمال رسید عشق دلارام هم کمال یافت یعنی بهرزگی منجر شد. ازین روی چون تاریخ مسافرت نزدیك میشدبحکم آنکه «والعشق داء ودوائه السفر» دلشاد بودم.

بارهای چپوق را بستم و تدارك راه دیده در ساعتی که سکز یولدوز در عقب و رجال‌الغیب در پیش بود رو براه نهادیم. بینوا دلارام از فراق من بی‌آرام ماند و چون میدید که باد ریش من فرو کش میکندآه سرد از دل برمیآورد چنانکه گفتی‌آن زخم در نظر او تنها رشته‌ای بود که وصلهٔ وصل فیمابین میتوانست باشد و افسوس که آن رشته بزودی بگسست» و جا دارد بگویم:

«نه زخم من نیك فرجام ماند — نه عشق دلارام ناکام ماند»

گفتار شصت و ششم

رفتن حاجی‌بابا باستانبول بسوداگری و تجارت

در روزی از روزهای خوش نوبهار از دروازهٔ استانبول شهر بغداد بیرون رفتیم. لحافم را بر روی بار قاطر گستردم و با کمال وقار چهارزانو برروی آن قرار گرفتم و بساز درای‌کاروان خود را سوداگری معتبر شمردم.

همراهانم از عثمان‌آقا گذشته چند نفر پوست فروش و چند تن ایرانی بودند.

حکایت ملاباشی و طهران در بوتهٔ فراموشی افتاده بود و سر و وضعم بغدادی چنانکه بغدادی قلم میرفتم و از ایرانی گری علامت و نشانه‌ای نداشتم.

اگر بخواهم تفصیل راه را با جزئیات و کیفیات آن از قبیل خوف از راهزنان و نزاع و مناقشه کاروانیان و های و هوی مسافران بیان نمایم مثنوی هفتاد من کاغذ شود و سرتان را بدرد خواهم آورد و لهذا ببیان اولین تأثیری که مشاهدهٔ استانبول در من نمود قناعت مینمایم.

من ایرانی و اصفهانی که معتقد بودم

«جهان را اگر اصفهانی نبود — جهان‌آفرین را جهانی نبود»

و اگر میشنیدم که کسی جسارت ورزیده بگوید که پایتخت روم از پایتخت ایران بهتر است دندانش را خرد میکردم همینکه سواد اعظم و بلد معظم استانبول را دیدم نه متحیر و متعجب بلکه در حقیقت دلگیر و متأثر گردیدم چون دیدم:

«سواد او بمثل چون پرند مینا رنگ — هوای او بصفت چون نسیم جان پرور»

«بخاصیت همه سنگش عقیق و لؤلؤ خیز — بمنقبت همه خاکش عبیر و غالیه بر»

«صبا سرشته بخاکش طراوت طوبی — هوا نهفته در آبش حلاوت کوثر»

من مسجد شاه اصفهان را بهترین مساجد دنیا میدانستم و در استانبول صد چون مسجد شاه دیدم، همه از یکدیگر بهتر و عالی‌تر. اصفهان دارای یك آینه خانه است و استانبول با آنهمه دریا سر تا پا همه آینه خانه است، اگر اصفهان را یك هشت بهشت است استانبول همه‌جا بهشت است، اصفهان را بزرگترین شهرهای عالم میدانستم دیدم هرمحلهٔ استانبول اصفهانی است و هرمحله تپه و خلیجهائی دارد و بر هرتپه بناهائی دیده میشود که چشم را خیره میسازد.

«عمارتهاش هریك دلربائی — خراج کشور و خرج سرائی»

«گرفته جای در آغوش کهسار — عماراتش همه همدوش کهسار»

«بدریا روی دارد پشت بر کوه — ز هر کوهیش ویران کوه اندوه»

«گل‌اندامی چنین نبود بعالم — که باشد پشت و رویش بهتر از هم»

«بناهائی که دارد رو بدریا — قوی گردیده زانها پشت دنیا»

با خود گفتم اگر اصفهان نصف جهان است پس اینجا همهٔ جهان است، وانگهی

بجای آنکه مثل اصفهان از کوههای خشك و خـالی و کثیف و پرسن محیط باشد بر لب چندین دریا واقع است و آنهمه زیبائی و جمال در آینهٔ دریا منعکس گردیده دو چنـدان مینماید. شهری است بخودی خود دلربا علی‌الخصوص که پیرایه‌ای هم بر آن بسته‌انـد. کشتیها از هر نوع و بزرگ و کوچك از بالا بپائین و از پائین ببالا و از راست بچپ و از چپ براست از هرسمت پویان و شنا کنان و در لنگر اندازش دگل کشتیهای کلان بیشتر از درختان جنگل مازندران همه سر بآسمان بر زیبائی شهر مبلغی میافزاید.

«ز زورقها که هرجانب روانه است　　بدریا بیشتر از شهـر خانه است»
«در ایـن انـدیشه حیرانست دراك　　بنـا بر آب و سر رفته بـافـلاك»

گفتم «پروردگارا ، بهشت موعود تو البته همین جاست. اگـر حضرت آدم درین بهشت بود هرگز بیرون نمیرفت». امـا وقتی بخاطرم آمد که مملکتی بدین زیبائی در دست کسانی است که ریششان جاروب مزبله‌های چنین شهری را نشاید گفتم «زهی افتخار این قوم که باز چون من کسی را در میـان خود خواهند داشت، من نسبت بآنها مردی هستم و ما ایرانیان در مقابل آنها مردمی. بوی پیاز در قبال بوی سیر عطر عنبر و عبیر است. حقا که نعم‌المسکن و بئس‌الساکن» و عـاقبت خود را تسلیت دهان گفتم «این قوم قوم این دنیا هستند ولی در آن دنیا سرنوشتشان چه خواهد بود و بـا چنین آب و خاکی در پیشگاه لمن‌الملك چه جواب خواهند داد». اگر بخواهم آنچه را بنظر و بعقلم آمـد بتفصیل شرح بدهم و آنچه را در دور و بر خود مشاهده کردم به بیان بیاورم خدا خودش میداند که «بکجا میرود این اشتر بگسسته مهار».

پس از آنکه از برزخ گمرك گذشتم با زورقی از اسکدار باستانبول رسیـدم و در سرای والده که گوئی مال پدر ایرانیان است منزل کردم. وقتی امتعه و اقمشهٔ دکانهـا و مغازه‌ها و دبدبه و طنطنهٔ پاشایان و افندیان استانبول را باآنهمـه خدم و حشم و اسب و عرابه و زیب و زینت و جلال و شکوه دیدم بار غرور و تکبـر ایرانیم فروکش کرده و آهسته باخود گفتم «ای بابا، ماکجا و اینها کجا. اگر اینجا جاست، پس ایران کجاست. اینجا دارالنعیم است و آنجا دارالجحیم. اینجا، دارالصفا و آنجا دارالعزا. اینجا عزت است و گنج و آنجا ذلت و رنج. اینجا نعمت است و نظافت، آنجا فقر و فاقه و کثافت. اینجـا تماشاخانه، آنجا تکیه و روضه‌خوانی. اینجا تفریح و بازی، آنجا شبیه و گریه وحقه‌بازی.

اینجا عیش، آنجا تعزیه، اینجا آواز، آنجا آه و زاری. خوشگذرانی و عیش و نوش ترکان را با آن عزاداری و ماتمسرائی شبانه‌روز خودمان بخاطر آوردم و بر بخت واژگون گریستم.

بگذریم. با عثمان آقا در سرای والده اطاقی گرفتیم و مال‌التجارهٔ خود را در آنجا نهادیم. من دو روز تمام مشغول چیدن چپوقها برروی تخته‌ها بودم. هر نوعی را و هر جنسی را گونه‌گونه بطوری که مطبوع و دلنشین طبع مشتریان باشد چیدم و واچیدم.

خوب بفروش میرفت و دخل خوبی داشتم. هرقدر اندوخته‌ام بیشترمیشد سر تشخصم بیشتر درد میگرفت. طولی نکشید که جلبندی را عوض کردم و دستمال در جیب گذاشتم و جوراب بپا کردم و حمام پاکی رفتم و چپوقم را باحلقهٔ کهربا زینت دادم و کیسهٔ توتون را دادم از ترمهٔ کشمیری دوختند و موزهٔ چرمی زرد را هم فراموش نکردم.

هرچیز قشنگی که میدیدم دلم میخواست بخرم. لذت خرید و فروش زیر دندانم مزه کرده بود فکر میکردم که براستی زندگانی که در عالم بدرد بخورد همین است و غیر این نیست.

تماشاگاه و محل سیر و تفنن بیحد و حساب بود اما من برای خودنمائی نیمکتی را در قهوه‌خانه‌ای برگزیدم. چپوق دهنه کهربا در دهان و فنجان قهوه در دست، با تحریر و نفیر هرچه تمامتر چپوق میکشیدم و با افاده و تبختر قهوه مینوشیدم و شادکام رونده و آینده را تماشا میکردم.

بحکم «ز ریسمان متنفر بود گزیدهٔ مار» بقدر امکان از ایرانیها کناره‌جوئی میکردم و آمیزشم بیشتر با ترکها بود. اما بمقتضای فطرت و جبلت ایرانیان کنجکاو و پژوهشکار بزودی فهمیدند که هستم و چه میکنم. با آنها بنا را بمدارا نهادم ولی نه مرا با ایشان کاری بود و نه آنها را با من.

در پاره‌ای جاها از برکت سر و صورت ظاهری خود را سوداگری بغدادی معتبر بقلم داده بودم و دستگیرم شده بود که برای فریب دادن ترکها بهتر از صورت ظاهر چیزی نیست. بتقلید از ترکان کم حرف میزدم و سنگین راه میرفتم و آهسته قدم برمیداشتم و بدینقرار توانستم در اندك مدتی خود را ترقح جا بزنم. سلام و تعارف را به «صاحبلر و اخشاملر و وقت شریف‌لر و خیر اولسون» و بسم‌الله را به «بیورك» و کرنش و سر فرود-

آوردن را بتعظیم و تعارف با دست و سر تراشیدن را به ریش‌نتراشیدن و ریش‌نتراشیدن را بسر تراشیدن تبدیل کردم. وضو را وارونه گرفتم و نماز را بدون طهارت و دست بسینه خواندم و ترك سنی و عمری حسابی شدم.

چه دردسر بدهم، ازحرکات و سکنات ترکان چنانکه شاید و باید تقلید کردم و گاه‌گاه با الفاظ «ماشاءالله و انشاءالله و الله والله» که از مخرج در میان کلام میآوردم کار ترك شدن را بدرجهٔ کمال رساندم. تسبیح هم از دستم نمیافتاد. و خلاصه آنکه مدتی در قهوه‌خانه قبول عامه پیدا کردم. قهوه‌چی قهوه‌ام را بدست خود حاضر میکرد و با لفظ «سلطانم» و «افندم» در فنجان میریخت و از برکت همان صورت ظاهر آدمی شده بودم که هرگاه در قهوه‌خانه سخن از اسب و سلاح و سگ و تنباکو بمیان آمد (واکثر هم در میان بود) مرا بالاتفاق حکم قرار میدادند و من با یك کلمهٔ «بلی» یا «خیر» قطع و فصل دعوا میکردم.

گفتار شصت و هفتم

عروسی حاجی‌بابا با بیوه زن جوانی و عاقبت این‌کار

مدتی بدین منوال گذشت تا آنکه سه شب پی‌درپی در وقت بیرون رفتن از قهوه‌خانه درسر راه خود، پیره زنی دیدم که مرا نگاه میکرد ومعلوم بود که میخواهد آشنائی بدهد و باشاره پنجره‌ای را که در زیرش ایستاده بود بمن نشان میداد.

شب اول را به بی‌اعتنائی و شب دوم را بحیرت و تعجب و شب سوم را بکنجکاوی و تفحص گذراندم ولی شب چهارم مصمم گردیدم که بپرسم چرا سرراه بر من میگیرد و ببینم این‌کار از کجا آب میخورد و در زیر این‌کاسه چه نیم‌کاسه ایست.

چون بو برده بودم که فراخی درکارم پیدا خواهد شد و طالعم سازگار است باسر و وضعی از سایر اوقات پاکیزه‌تر همینکه از قهوه خانه بیرون‌آمدم آهسته‌آهسته بجانب پیره‌زن روان گردیدم. در سرپیچ کوچه چون از نظر کسانی که در قهوه خانه بودند پنهان شدم دیدم قفسه‌ای بالا رفت و زن جوان زیبائی، گشاده روی گلی را که در دست داشت اول بر قلب چسپانید وآنگاه بوسیده بطرف من انداخت وبا شتاب تمام قفسه را

پائین آورد.

دهانم از تعجب بازماند وهمانجا با چشمان بقفسه دوخته خشکم زده بود که ناگاه پیره زن جلو آمده آستینم را کشید و گل را از زمین برداشته بدستم داد.

گفتم«ترا بخدا این‌چه‌داستانی است. مگر این کوچه کوچهٔ پریـان و مسکن جنیان است ، اینجا کجاست . آن گلعذار که بود و این گل چه معنی دارد».

گفت « مگر احمقی ، سفیهی ، چه هستی و از کجا آمده‌ای . با این ریش و پشم بآدم جهان دیده میمانی اما گویا از کار جهان همین سر و وضع داری و بس . مگر نمیدانی کـه اگـر زنی بمردی گل بادام بیندازد چه معنی دارد».

گفتم «خوب میدانم که میخواهد بگوید »:

بسان مغز بادامی که از توام جدا گردد

درآغوشم نمایان است خالی بودن جایت»

اما با این ریش وپشم این هم دستگیرم شده است که این قبیل اشارات ورموز گاهی خیلی گلوسوز است و همچنانکه مغز بادام را میخورنـد پوستش را هم میکنند و در هم می‌شکنند .

گفت «جانم مترس. عزیزم مترس. ما نه گلو سوزیم و نه پوست کن. اگر دست‌رد بسینه ما بگذاری پشت پا به بخت خود زده‌ای . تو که خر نیستی کـه از سایه رم کنی . ترس تو سایه‌ای بیش نیست آسوده باش.»

گفتم « بسیار خوب حالا که چنین است ، بگو ببینم آن زن کی بود و تکلیف من چیست وچه بایدم کرد».

گفت «اینقدر شتاب برای چه. نقداً پاپی مشو که اینجا جای گفتگو نیست. فردا سر ساعت ظهر، در قبرستان ایوب پهلوی اولین سنگ لحد سبز فام شال سرخی بر دوش

خواهم داشت و منتظرت هستم. نقداً خدا نگهدار».

این بگفت و برفت. من نیز بحجرهٔ خود رفتم و در اندیشهٔ عریض و عمیق این قضیه غوطه‌ور شدم. معلوم بود که در فتوحی برویم گشاده شده است اما میترسیدم که‌این گشایش در نتیجه سختگیری‌ها و رشك وحسد شوهرش باشد و خطرهائی که از ناحیهٔ زینب متوجهم گردیده بود و داستان یوسف و مریم و عشق دلارام دلریش و ریش صورتم بخاطرم آمد و بخود گفتم احتیاط شرط است. با این افکار آتش عشقم فرو کش کرد اما گرمی خون و غرور جوانی روز افزون چیره گردید وهرچه بادا باد گویان بخود گفتم «بر سر آنم که گر زدست برآید دست بکاری زنم که غصه سرآید» و تصمیم گرفتم که «دل بدریا زنم ورخت بصحرا فکنم».

روز دیگر بنا بوعده بمعیادگاه معهود رفتم. پیره‌زن را با شال سرخ در پهلوی سنگ لحد سبزفام یافتم. دور از راه آینده و رونده در زیر سایهٔ درختان سرو درمقابل منظره دلربای استانبول انجمن عشق و شوق برپا وراز و نیاز مهر و وفا آغاز گردید.

پیره زن اول مدتی وفای بعهد و صدق و صفای مرا ستود و سپس سوگندها یاد کرد که راهی که میخواهد جلو پای من بگذارد راهی است امن وامان وجای هیچگونه ترس و اندیشه و دغدغه نیست. آنگاه بحکم چانه لغی که خاصیت زنان‌وبخصوص پیره زنان است داد پرگوئی را داد و از خم وچم وراجی گذشته بدینجا رسید که «غرض من خدمت بشخص تست. من ترا از پسر خود عزیزتر میدارم» دیدم غرضش خالی کردن جیب و کیسه است و نتیجه این کار بجز از دست دادن سرمایه وسوزاندن چپوقها نخواهد بود ولهذا گفتم «بسیارخوب بیائیم برسرمسئله. زتعارف کم کن و برمبلغ‌افزا. دوکلمه هم آخر ازآن خانم بگو».

از تفاصیلی که گفت و مکرراتی که برزبان آورد و پیچ وواپیچ عبارات دردسر افزا میگذریم. خلاصهٔ گفتارش این شد که «خانمی که دیدی و من گیس سفیدش هستم دختر تاجر دولتمندی است از اهالی حلب که علاوه براین دختر دو پسر هم دارد. این تاجر دوسه ماه پیش ازین وفات کرد. هر چه خاك اوست عمر شما باشد. ورثه‌اش که همان پسرانش باشند بجای او نشستند و امروز از تجار معتبر و معروف این شهرند. بانوی‌مرا که اسمش شکرلب است درجوانی‌یعنی بسن‌شانزده هفده‌سالگی بشیخ پیرمتمولی

دادنداین‌پیرمرد خرپول عادتش این بود که بیش‌ازیك زن نمیگرفت‌ومعتقد بود که دوزن در یك خانه باعث خرابی خانه‌وتلخ‌کامی صاحبخانه میشوند. مردی بود راحت طلب واز آشوب‌وغوغا گریزان. زن‌جوان گرفت‌تا هرطورخودش بخواهد اورا بر طبق سلیقه خود تربیت کند. وراستی مرد خوش طالعی بود که با دختری‌مثل بانوی من همسر شد. بانوی من، زنی است نازك طبع، خنده رو ، پاکیزه خو . زنی بنازکـی طبع و لطافت ذوق و خنده‌روئی وپاکیزه‌خوئی اودر دنیا پیدا نمیشود. چیزی که هست برسر یك چیزآبشان در یك جو نمیرفت و ستاره شان با هم اخت نمی‌آمد و مرافقتشان سازگار نشد و همـان نیز عاقبت سبب مرگ شیخ گردیـد: شکر لب نان‌شیرینی میوه دار را که بورك باشد با شیردوست‌میداشت وشیخ‌باپنیر. پنج‌سال‌تمام در هرموقع غذا وسرهر سفره این‌دعوادر میان بود تا اینکه شش ماه پیش ازین یك روز شیخ برای لجبازی با شکر لب از بس بـورك با پنیر خورد مرد. خدا رحمتش کند. چهار یك مال و منالش یعنی همان خانه و عمارتی که دیدی با کنیزان واثاث‌البیت وسایر لوازمات خانه همه بخانم رسید یعنی تمام آنچه شرعاً باید به شکرلب برسد رسید. حالا با جوانی و حسن و جمال و توانگری و ثروت البته بی‌خواستار نمیماند. اما چون زنی است که نسبت بسن و سال خود از زنان دیگر عاقلتر و هوشیار تر است درکار انتخاب شوهر خیلی وسواسی و مشکل پسند شده است و میگوید که اگر شوهر بکنم برای این نیست که بر مال وافتخاراتم چیزی بیفزایم‌بلکه شوهری میخواهم که رفیق عمرم باشد . چون منزل ما روبروی این قهوه خانـه‌ایست که میشنـاسی و بهترین قهوه‌خانهٔ شهر است بنا کردیـم‌آیندگان و روندگان را در مدنظر گرفتن . بی‌تعارف و بی‌تملق در میان‌آن همه از تو برازنده‌تر و مشخص‌تـر نـدیدیم. برادر من صاحب آن قهوه‌خانه است و میانه‌اش با ما خوب است. دربارهٔ تو بااو سئوال‌و جوابهائی شد و جوابهایش مطابق طبع خانم در آمد و مایل به پیوند با تو گردید . این است مختصر ماوقع . حالا بگو ببینم خدمت خوبی کرده‌ام یا نه».

از برداشت سخن پیرزن تصور نمیکردم که حکایت بدین جائی منجر شود. باندازهٔ آدمی که تا دم‌دارش برده باشندو نجات بیابد لذت بردم. دیدم کـه بدون دردسر راز ـ داری و نهفته‌کاری و کتمان و فریب و بی تبدیل اساس و تغییر لباس ومشغله و دغدغه کوی وبرزن و پرسهٔ سوراخ و روزن و خوردن زخم و دشنام و کشیدن قمه از نیام ، خلاصه بی

همهمه و سر و صدا بمال و منال میرسم و آسودگی حال میچشم و جزین چیزی در میان نیست. بطالع خود آفرین خواندم و دانستم که نانم در روغن است. دولت قرین من شد و اقبال چاکرم. از فرط شادی هزار حرف بی سر و پا به پیرزن گفتم و عهد کردم که با بانو تا لب گور همسر و همزانو باشم و جز راه وفا و صفا نپویم و به پیرزن احسانی حسابی بکنم.

پیرزن گفت «مطلب دیگری هم است. خانم بمن سفارش اکید کرده که پیش از وقت از همه چیز خبردار شوم وحسب و نسب و پایه و مایه و بضاعت و سرمایه و اعتبار ترا تحقیق کنم. میدانی که کسان و خویشاوندان او مردمانی هستند و سرشناسند و اگر بفهمند که خواهر شان با آدمی فرومایه تر از خود شوهر کرده دیگر برویش نگاه نمیکنند واز کجا که بر ضد او وشوهرش برنخیزند».

گرچه جواب این مطالب را از پیش حاضر نکرده بودم اما، بیمن نیروی بخت و طالع و بحکم اصفهانی وایرانی بودن توسن فصاحت را سبك عنان ساختم و گفتم «اما از حسب و نسب، بدان که در دنیا کسی نیست که حاجی بابا را نشناسد. از اقصا حدود یمن تا صفحهٔ عراق واز کنار دریای عمان تا پایان صحرای قبچاق نامم بر سرزبانهاست و همه جا معروف ومشهورم».

پرسید «بسیار خوب اما پدرت کیست و چه نوع آدمی است».

گفتم «پدرم ؟ پدرم مردی بود توانگر ومقتدر که بیشتر از یك قبیلهٔ وهابی‌سرها از زیر تیغ برانش گذشت، چه ریشها که بدستش کنده نشد و چه دندانها که از ریشه بدر نیامد. سرها همه در اختیارش بودند و برق تیغش هرچشمی را خیره میساخت» آنگاه نفسی تازه کردم و دربارهٔ شجرهٔ نسب خود باآب وتاب گفتم « اگر از نژاد پاك و تبار تابنا کم بخواهید باید بدانید که نه خانم تو و نه برادرانش و نه احدی هر که باشد در علو نسب رفعت حسب بقوزك پایم نمیرسد. خون پاك عرب در عروق و وریدم روان‌است. نیاکانم از اعراب منصوریهٔ دیار نجد عربستان هستند و شاه اسمعیل صفوی ما را از آنجا کوچانیده در بهترین ناحیهٔ خاك ایران نشانیده است و هنوز همانجا برقرار و مورد تعظیم و احترامیم. نیاکان دیرینم استر بن خر بن مادیان از قبیله قریشی و بنی قحطان بلاواسطه بسلسلهٔ بنی هاشم می‌پیوندند و بخط مستقیم بذریهٔ نبوت اتصال میابند وخلاصه

آنکه با مبارکترین خون اسلام همدم و با قدیمترین سلسله همقدمیم و نسب ازدو کس داریم و بدان مفتخریم».

بنای ماشاءالله،ماشاءالله گفتن‌را نهادو گفت«هم‌سیادت‌درحسب‌هم‌شهریاری‌در نسب. از سرمازیادتراست. خانم نیزچنین مردی‌میجوید. اگرمایه‌ات هم‌بقدرپایه‌ات باشدزهی‌سعادت».

گفتم«اما مایه‌ام. اگـر نقد بسیاری در دستم نیست عیب نیست. تاجر نقد زیاد در صندوق نگاه نمیدارد. من در هر جا مباشرین و نمایندگانی دارم که مالم را بداد و ستد میاندازند و درمواقع مقرر سرمایه را با سودش تحویلم میدهند. حریر و دیباج و مخملم از طرف خراسان میرود و پوست بخارا میآورد. گماشتگانم با تنخواه وبحساب من در مشهد معاملهٔ سنجاب وسمور میکنند وبتجارت شال کشمیری‌وجواهر هندمشغولند. برك و کرباسم در هشترخان با مهره و مروارید معاوضه میشود و جنس هندوستان را در بصره خریده بحلب میفرستم تا با پوست بره وشالکی معامله ومبادله شود وخلاصه‌آنکه اگر بخواهی درست مقدار اعتبارم را بدانی‌باید دشتی را درنظر بیاوری‌پر کشت و زراعت و کشت‌و زراعتی پر حاصل وحاصل و خرمنی پرخوشه وخوشه‌ها پر از دانه. اگر اینرا میتوانی بشمارآوری‌شمار آنرا هم خواهی توانست وگرنه دیگر خود دانی. میتوانی با جرأت و قطع بخانمت بگوئی که باکسی سر وکار دارد که اگر مال ومنالش دریکجا جمع شود خود خانم و برادران و خانواده و اهـل وکس وکار و ایل وتبارش همه در گرداب حیرت غوطه‌ور میگردند».

پیره زن شادی کنان گفت «حالا دستگیرم شد. حالاکاری کـه باقی مانده مربوط بمهر و محبت است. امشب سرشب در سر کوچه باش. راهش را پیدا خواهم کرد کـه بتوانی به‌شکرلب برسی. اگر خودش طالب باشد احدی نمیتواند مانع گردد. امـا هر چند جسارت و فضولی است اما دلم میخواهد نصیحتی مادرانه بتو بدهم وامیدوارم توهم فرزندانه قبول کنی. نان شیرینی میوه‌دار را با شیر بخور نه باپنیر و الا از هیچ‌رهگذر دیگر بیمی بخود راه مده که خانم بی‌نهایت نرم خوست. خداوند خودش شما را با هم دمساز وستاره وطالعتان را جور بیاورد».

این بگفت وپس ازآنکه دو سکه طلا در مشتش نهادم آهسته‌آهسته دور شد ومن همانجا در زیر سایهٔ درختهای سرو در فکره‌ای عریض و عمیق فرو رفتم.

گفتار شصت و هشتم

ملاقات حاجی‌بابا با شکرلب و عروسی آنها باهم

در زیر درختهای سرو زیاد نماندم و گفتم، همانا فرض‌تر زان کار دارم. برای نمایاندن تشخص و اعتبار لباسی و برای اظهار حیات نقدی‌و از اینها گذشته برای پسند خاطر یار حمام و خضاب و عطر و گلابی لازم بود. در راه چه خودستائیها که نکردم. بخود گفتم «حاجی، لایق‌ریش پدرت، خوب فهماندی که دانا کدام و نادان کیست. مرحبا بتو ای جناب سید منصوری، ای هاشمی نسب و ای قریشی حسب».

در حالی که در بارهٔ بخت و اقبال فکر میکردم بسرای والده بر گشتم. چه دیدم. دیدم عثمان آقا در گوشهٔ حجره‌ام نشسته و مشغول حساب خرج و دخل کارهای خویش است و در گوشهٔ دیگر چپوقهای مستطاب خود را دیدم که بدعای دوستان مشغول بودند. این ذلت را با آن عالم دولت و رفعتی که در دیگ مخیله می‌پختم مقایسه کردم و خود را چنان عالیمقام دیدم که بی‌اختیار باد در آستین انداختدکاری که هر گز نکرده بودم کردم یعنی جلو خودفروشی و خودنمائی را رها ساختم (خدا میداند که عثمان آقا ملتفت شد

یا نه) و گفتم «اموالم همه در نزد تو گرو باشد، پنجاه تومان بمن قرض بده».
تعجب کنان گفت «فرزند، این حرفها یعنی چه، اینقدر پول، اینهمه تعجیل. مگر دیوانه شده‌ای یا در قمار باخته‌ای».

گفتم «نه دیوانه شده‌ام و نه قمارباز. خبط دماغ هم بهم نرسانده‌ام و همهٔ مردم بعقل و هوشم آفرین‌میخوانند. تو حالا این پنجاه تومان را بده، بعد تفصیل را برایت خواهم گفت».

چون قیمت اجناسم در دستش بود و میدانست که درین معامله ضرری نمی‌بیند بی‌مضایقه مسئولم را اجابت نمود و پول را گرفتم و بی خدانگهدار بخدایش سپردم.
فی‌الفور سر و تنی آراستم حمامی رفتم و مانند آدمی با اعتبار از حمام بیرون آمدم.
موعد معهود رسید. با اضطراب تمام ولی بدون شتاب بمیعادگاه رفتم.
پیرزن حاضر بود. با احتیاط تمام در حالی که بهرسو نگران بود مرا از دری کوچك پنهانی باندرون طپانید. از وضع خانه خوشم آمد. بخصوص که از همان لحظه مال خود دانستم. یکسر باندرون رفتیم چون پس از مرگ شیخ در بیرونی باز نمیشد. بقدری احتیاط و حزم و تکلیف و تکلف بکار رفت که گفتی جناب شیخ زنده است. از دری کوچك بحیاط کوچکی وارد شدیم و از پلکان بالا رفتیم. پردهٔ منقشی بالا رفت و خود را در کفش کن دیدم. روشنائی محل عبارت بود از نور قندیلی و اسبابی که دیده میشد فقط چند جفت کفش زنانه بود. تا آن وقت از چهار در گذشته بودیم. پیرزن مرا همانجا نشانید و خود برای خبر بردن ببانو بدرون رفت. انواع و اقسام صداها شنیدم و معلوم بود که این صداها از صاحبان آن کفشهاست. از پشت پنجره‌ها نگاههای بسیاری بمن دوخته شده بود و آنها هم از آن صاحبان آن کفشها بود. بالاخره از کنج کفش کن دری بازشد و پیرزن اشاره کرد که داخل شو.

هرچه پیشتر میرفتم طپش قلبم بیشتر میشد. دست و پا را جمع کردم و آستین و دامن‌را فراهم‌چیدم و با احترام تمام داخل‌اطاق‌شدم. یك شمع بیشتر روشن نبود. اطاقی دیدم آراسته و پیراسته با فرشهای نفیس گسترده و روپوشهای فاخر. پرده‌ها همه از حریر بود و محبوبه سر تا پا محجوبه برمخده‌ای نشسته و بجز چشمانش که بچشمان آهوان میماند چیزی پیدا نبود.

با دست اشاره کرد که بنشین. گفتم چه به از آن که «من بنده وار در خدمت کمر ببندم و تو شاهوار بنشینی». پس از تکلف بسیار کفشها را درآوردم و در برابر آن لعبت طناز بدو زانوی ادب بنشستم. آنقدر لابه و نیاز و قر و فر بکار بردم و آب و تابش دادم که هنوز هروقتی بیادم میآید خنده‌ام میگیرد.

مدتی دراز رو بروی یکدیگر نشستیم و بجز سخنان معمول و آداب و رسوم حرفی بمیان نیاوردیم. سرانجام نازنینم به عایشه که کنیزش بود اشاره کرد که بیرون برود و ببهانهٔ برداشتن بادزن پرده از رخسار بگشود.

«تو گفتی گشت طالع آفتابی که شد از طلعتش روشن در و بام»
«بخود گفتم شگفتا کس ندیده بتابد آفتاب اندر دل شام»
«دو زلفش تا سر پا از سر دوش همه چین و کمند و حلقه و دام»
«نه هرگز چون رخش فردوس خرم نه هرگز چون قدش شمشاد بدرام»
«ندیدم ماه را از سر و گردون ندیدم سرو را از سیم اندام»
«نگه دل دوز تر از تیر رستم مژه برگشته تر از خنجر سام»
«دهانش غنچه را ماند و لیکن نباشد چون دهانش غنچه بسام»
«بزلفش هرچه در گیتی است چنبر بچشمش هرچه در آفاق اسقام»
«در آن یك شهر زنده دل بزندان درین یك ملك تقوی کار بدنام»

این اشارات بشارت ترك تکلف بود. مانند بت‌پرستی که پیش بت بسجده افتد بزانو درآمدم و برسم اظهار اشتیاق و ستایشگری و دلدادگی بنوعی که هیچ جای شك و شبهه باقی نماند اظهار عاشقی و حیرت‌زدگی کردم. خلاصه آنکه بیوهٔ شیخ ظاهراً از انتخاب خود بدلایل متعدد ناراضی نماند و جا هم داشت و سپس با این الفاظ دررنثار مرا دمساز و محرم راز خود ساخت: «حالم خراب است و دلم بی‌تاب. امان از چشم شور که مرا بستوه آورده و احوالم را پریشان ساخته است. از تو چه پنهان، بهوای میراث شوهر مرحومم و برای جهیز خودم که کلی‌است جمعی انبوه دورم را گرفته‌اند و آرامم نمیگذارند بنوعی که کم مانده دیوانه شوم. خویشاوندانم هریك‌چنانکه گوئی حقی برمن دارند مرا جزوی از مال و منال خود میشمارند. برادرهایم بجز نفع خود چشمشان چیز دیگری نمي‌بینند. اگر شوهری برایم پیدا کنند درست مثل این است که بخواهند جوالی پشم را

با زنبیلی از جو معاوضه کنند. یکی از پسران برادر شوهـرم قاضی است. میگویـد که بموجب شرع اگر یکی از اقربای میت جبهٔ خود را برروی زن میت اندازد بعنوان حق شفعه دارای حقی میگردد. دیگری از خویشان شوهرم مدعی‌است که تو بتمام این میراث حق نداری و میخواهد مرا بمحاکمه و مرافعه بکشد. خلاصه از اینهمه ناملایمـات دلم خون است و احتیاج کامل بآسودگی دارم و برای خلاصی ازین بلیات بجز یك راه برایم باقی نمانده است که شوهر کردن باشد. خداوند خودش ترا رسانید و اکنون گویا دیگر اشکالی در میان نباشد».

سپس گفت «تمام اسباب عروسی حاضر و آماده است. اگر رضایت بدهـی، قاضی در اطاق پهلو حاضر است و از جانب من وکالت دارد که صیغهٔ عقد را جاری سازد و کار را تمام کند».

من که منتظر چنین عجله و شتابی نبودم مانند کسی که در میان زمین و آسمان معلق باشد دلم بنای طپیدن را گذاشت. اما دست و پایم را گم نکردم و بمناسبت مقام و موقع بنای اظهار مهربانی و عشقبازی را گذاشتم و سخنان خوش‌آیند و دلپذیر تحویل دادم.

چنان بی‌شکیب بود که فی‌الفور مرا بنزد قاضی فرستاد. قاضی محررش را باخود آورده بود تا او نیز درکار قبول و ایجاب وکیل من باشد. قباله‌ای از جیب درآورد که تمام جهیز و اموال زوجه در آن ثبت شده بود و ازمن پرسید که بصاحب این جهیز و مال و منال چه مبلغی مهر معجل و چه مقدار مهر مؤجل میکنی.

خود را واپس کشیدم و جوابی بهتر از آنکه‌به پیرزن داده بودم پیدا نکردم. گفتم سرمایهٔ تاجران همه نقد نیست بلکه تنخواه است وآن هم در اطراف و اکناف دنیا متفرق و پاشیده است» اما بدون‌آنکه خود را ببازم گفتم «من هم اموالم را بخانم می‌بخشم اگر ایشان هم مال خود را بمن‌ببخشند.»

قاضی گفت «سخاوت باین اندازه افراط میشود و لاافراط ولاتفریط. چیزی نقدتر از این لازم است. مثلا تو در خود استانبول چقدر مال داری. البته ازین راه دور با دست خالی و مایهٔ اندك بداد و ستد و تجارت نیامده‌ای. آنچه در همینجا از نقد و جنس داری اگر در قبالهٔ زوجه بیندازی‌کافی است».

گفتم «اجازه بدهید ببینم». پس مانند کسی که در پیش خود حساب میکند لمحه‌ای

بفکر فرو رفتم و گفتم بنویسید «صد تومان نقد، پنجاه تومان هم جنس».

بشنیدن این سخنان قاضی و خانم مدتی شور و صلاح کردند. قاضی خبر را بخانم برد و پس از مکالمهٔ مختصری خبر آورد که موافقت حاصل است و با رضای طرفین قباله مهر و امضا شد. وکیلهای طرف ایجاب و قبول صیغهٔ عقد را بآئین شرع اجرا کردند و از اطراف و جوانب صداهای مبارك باد، مبارك باد، بلند شد.

حق‌الزحمهٔ قاضی و محرر و انعام و احسان خدمتکاران را دریغ ننمودم و خوب از عهده بر آمدم و بجای آنکه بروم در پای چپوقهای کوتاه و دراز خرخر عثمان‌آقا را بشنوم با وقار ترکان موقر و با هیبت شیخان مهیب وارد حرم خود شدم و در زیر لحاف پر قو صیغهٔ وصل یصل و صلا فهو و اصل و ذلك موصول را با تمام تشریفاتش صرف کردم

«الف در دو شاخ الف لام شد کلیدی بقفل زر خام شد»

گفتار شصت و نهم

حاجی‌بابا صاحب اعتبار میگردد و باز از اوج عزت به حضیض ذلت میافتد

زود دستگیرم شد که بدگیری افتاده‌ام. یکی از حکمای چینی از روی بصیرت گفته است که اگر کار خوردن منحصر بهمان جنباندن چانه و جویدن با دندان و لذت بمذاق رساندن بود هیچ‌کاری در عالم بهتر از خوردن نبود و مردم مدام میخوردند اما معده و روده و سایر اسباب هضم بلکه تمام جوارح ده اعضا در آن دخیل و به نیك و بد آن حاکم است.

دیدم زن گرفتن هم همین حکم را دارد. اگر زناشوئی عبارت بود از همان بوس و کنار چه خوش بودی اما سازگاری خویشان و بستگان و ترتیب منزل و مکان و هزار کار دیگر هم هست که سعادت و شقاوت زناشوئی بدانها وابسته است و نیك و بد آن از آنجا سرچشمه میگیرد.

چند روز پس از عروسی حلیلهٔ جلیله از خویشاوندان خود و از حسد و کینهٔ آنها و علی‌الخصوص از اینکه در راه سود خویش چه حرکات عنیف و زشتی از ایشان سر میزند چندان افسانه‌های درهم و برهم برایم حکایت کرد که گمان کردم در لانهٔ کژدم گیر

کرده‌ام. چنان مصلحت دید که کیفیت ازدواج را در نزد برادرانش با احتیاط در میان گذاریم. میگفت «گرچه این ازدواج مطابق با شرع است اما موافقت آنها هم شرط است. حرف آنها در همه جا در رو دارد و چون همه جا نفوذشان کار میکند و متمولند و بااقتدار ما باید بقدر امکان در جلب دوستی و استمالت خاطر آنها بکوشیم» احتیاط و پیش‌بینی را شرط دانسته بهرجا آواز انداخت که با سوداگری از توانگران بغداد سر زناشوئی دارد و حتی بیکی از برادران خود اعتراف نمود که عروسی صورت گرفته است و برای آفتابی‌نمودن این امر خواست ولیمه‌ای بدهد و به خویش و بیگانه بنماید که پیوندش سرسری نیست.

من نیز خرسند بودم که بهمین وسیله معروف و توانگر شمرده میشوم. پس برای استوار ساختن کاخ تشخص مشغول بگرفتن خدم و حشم بعناوین مختلف و اسامی گوناگون گردیدم. چپوقهای خانه را دادم نو کردند و فنجانهای قهوه‌خوری با نعلبکیهای مفضض و مطلا و میناکاری خریدم و برای شخص خودم دو سه تا از آنها را مرصع و سنگ‌نشان ساختم و پس از آنکه درست و حسابی پا توی کفش شیخ کردم قصد آن داشتم که قبای خز و سنجابش را نیز در بر کنم. رختهای آن مرحوم دیدنی بود. یك صندوق پر قبا و پوستین داشت که بقول بیوه‌اش همه بارث باو رسیده بود. پیش از مهمانی خانه را آراستم و پیراستم. با آنکه ذاتاً دلاك زاده‌ای بیش نبودم ولی با رفتاری که در پیش گرفتم و کارهائی که میکردم همه مرا آدمی بزرگ‌زاده و معتبر پنداشتند.

نگفته نماند که پیش از مهمانی بدیدن برادران زنم رفتم. هرچند در باطن نگران بودم ولی همینکه بر اسب یراق مرصع شیخ سوار شدم و نوکرها و ملازمان اطرافم را گرفتند و دیدم همه باحترام و تواضعم میایستند بغایت خرسند گردیدم. از شیههٔ اسب برخود میبالیدم که «براکب خود مینازد». از اینکه سوار بودم و دیگران پیاده چنان مست غرور میشدم که چشمم جائی را نمیدید. گفته‌اند «گر بدولت برسی مست نگردی مردی» مرد یا نامرد مست شده بودم. بزرگترین لذتم ملاقات همسفرها و همشهریهای راه بغدادم بود. وقتی آنها را باآن لباسهای کثیف کرباسی و کلاههای نمدین چرك و گیوه‌های بی‌جوراب میدیدم و خود را باآن لباسهای فاخر و حریرهای لطیف عثمانیان باآنها مقایسه میکردم خیال میکردم که خدا آنها را آفریده که اعتبار و مقام من مشهودتر

و محسوس‌تر باشد. آیا آنها مرا بجا میآورند یا نه، خدا میداند. امـا من از دیدارشان روی برمی‌تافتم و در سایهٔ دستار و عبا وخرقه و ردای خود پناه میبردم.

ملاقات با برادران زنم بهتر از آن بر گـذار شد که پنداشته بودم. نفهمیدم چرا پیوندم را با خانوادهٔ خود با امتنان و خرسندی استقبال کردند و مایهٔ مباهات و افتخـار خود گفتند. از آنجائی که بازرگان بودنـد تمـام صحبت ایشان در خصوص داد و ستد و سود و زیان بود. من نیز خود را در جرگهٔ آنان داخل ساخته اهمیت سرمـایهٔ خود را برخشان کشیدم. اما ضمناً خوب ملتفت بودم که اگر صحبت از تجارت بغداد و مال بصره و متاع عربستان و جنس هندوستان بمیان آید جوابهایم از حد معمول تجاوز نکند و داخل جزئیات و پاره‌ای کیفیات که ممکن است مشتم را باز کند نگردم تا به بی‌اطلاعیم پی نبرند و رسوا نشوم.

پس ازین دیدنها کار دیگری که باقی مانده بود این بود که عثمان‌آقا را از حـال خود بیاگاهانم و او را بمیهمانی بخوانم. دو دل بودم که بکنم یا نکنم. از افتادن بخیه بروی‌کار میترسیدم و با آنکه عثمان‌آقا صم و بکم و راز نگهدار بود حتی باو هم اعتمـاد نداشتم و سرانجام بخود گفتم «نقداً بماند بوقت دیگر. فعلا بهتراست با او ترك مراوده کنم تا درکار خود وقتی کاملا پابرجا شدم و رفع هر نوع بیم و هراسی شد بسراغش بروم».

گفتار هفتادم

بدست خود ببلا افتادن حاجی‌بابا و شکرآب او با شکرلب

میهمانی با دبدبه و طنطنه برگذار شد و بر تشخص و اعتبارم دلیلی‌کافی و شافی گردید. پس با اطمینان ازکار و روزگار بدلخوشی و شادکامی پرداختم چنانکه گشودگی در خانه و سفره‌ام نقل مجالس و محافل گردید. اما ازین خودفروشی‌ها و خودنمائیهـا در سایهٔ زنم در باطن ملول و مکدر بودم بخصوص که بمرور زمان بر من معلوم گردید که اختلاف سلیقه و اخلاق با زنم منحصر بهمان مسئلهٔ نان قندی با شیر و یا با پنیر که عایشه گفته بود نیست بلکه محل اختلاف بسیار است. بارها بخود گفتم این شیخ مرحوم عجب آدم حلیم و سلیم و باحوصله‌ای بوده است که در عمـر خود با زنش تنهـا در سر یك کار

اختلاف داشته است در صورتی که من در هرمسئله وکاری که احتمال دوشق در آن میرفت با زنم اختلاف داشتم و هرطرفی را من میگرفتم طبعاً او طرف دیگرش را میگرفت.

روزی بدلم برات شد که از یك کیف و لذت هم خودرا محروم ندارم وآن بزرگی فروختن و افاده کردن بهمشهریان و هموطنانم بود. ضمناً خیلی دلم میخواست تعجب عثمان آقا را ببینم وقتی چشمش بمن میافتد. پس‌چون همه‌کارها را بر وفق مرادم یافتم باغوای نفس لوامه روزی گرانمایه‌ترین رختهای خود را پوشیدم و بر بهترین اسب سر طویلهٔ مرحوم شیخ سوار شدم و با جلودار وخدم و حشم در ساعتی که کوچه و بازار پراز ازدحام بود بطرف سرای والده که در موقع ورودم باستانبول برای چپوق‌فروشی بدانجا رفته بودم روان گردیدم.

در وقت دخول از در کسی مرا نشناخت و بهوای اینکه برای خرید و معامله آمده‌ام باحترامم برخاستند. سراغ عثمان آقا را گرفتم. همراهانم در صحن کاروانسرا قالیچه‌ای انداختند و نشستند. بهترین چپوقهای دنیا را برایم چاق کردند و بدستم دادند.

عثمان آقا حاضرشد. مرا نشناخت. با ادب‌در گوشهٔ قالیچه نشست وهمینکه درصحبت باز شد قدری بتعجب در من نگریست و بی‌اختیار گفت «بمحاسن پاك پیغمبر حاجی‌بابا هستی یا نیستی» و شروع کرد. پس از اندکی گفت و شنود حکایت حال خود و فایدهٔ آن پنجاه تومان را برایش نقل کردم. بحکم عبرت وکارآزمودگی این حال را بفال خیر نگرفت و در فکر فرو رفت.

هموطنان هم وقتی دیدند که در زیر آن عمامهٔ بزرگ و در میان آن خز و سنجاب فاخر بجز حاجی‌بابا کس دیگری نیست و آن چپوقها و آن نوکر و پیشخدمت و جلودار ازوست رگ حسادت ملی ایشان بحرکت آمد و از اظهار حسد و بد خواهی مضایقه نکردند.

یکی گفت «حاجی‌بابا پسر دلاك اصفهانی که میگویند همین است. گور پدرش مادرش را گائیدم».

دیگری گفت «ای کهنه اصفهانی، خوب کردی، تو بریش ترکها تر کمان زدی و ما بریش تو. عمامهٔ گنده‌اش را ببین، شلوار فراخش را باش. چپوق درازش را تماشا کن. بابایش هم اینها را در خواب ندیده بود».

بازیگری گفت«خرهمان‌خر است، پالانش‌عوض‌شده‌است. گدا را باش‌وچه‌ادعاها».

دانستم که خطا کرده‌ام اما کار از کار گذشته بود. خواستم بهر شیوه‌ای شده از دام این خبط و خطا خود را بیرون بیندازم نشد. هموطنان با این قبیل سخنان ناگوار و بد و بیراهها آشوب راه انداختند. برخاستم و بروی بزرگواری خود نیاورده سوار شدم و از آن میان بیرون جستم.

اول از بس دلم پر بود مقداری فحش بآنها دادم. سپس بخودم پرداختم و گفتم «خوب فلان فلان شده، آبت نبود، نانت نبود، دیگر کاری نداشتی، بکش که سزایت است عسس بیا مرا بگیر حکایت تست. تا چشمت کور و دندت نرم بشود. بمرگ حسن دلاك که خیلی خوب کردند ولم کردند.

«سگ فربه ز پنجهٔ گرگان | با سلامت یقین بدان نرهد»
«شهری خام از کف کردان | پیش از دزدی و کتك نجهد»

کو تا تو آدم بشوی، هیهات، هیهات. باید خیلی ازین غلطها بکنی و ازین گه‌ها بخوری تا آدم بشوی و بفهمی دنیا چه خبراست. فایدهٔاین ریش چیست وقتی‌از کدوی‌تهی‌آویزان است، خیکی‌است‌بی‌شیره و کدوئی‌است بی‌خرما. مگر نشنیده‌ای که «رفعت کس نپسندند کسان جز بردار».

با این افکار تلخ و اذکار ناگوار خود را بخانه رساندم و در گوشهٔ حرم خزیدم. امیدوار بودم با شیرینی استراحت تلخی و ترشی این واقعهٔ ناهنجار را قدری فراموش کنم. اما عجب اشتباهی کرده بودم. تلخ‌کامی بزودی دوچندان شد. شکرلب چون آدمی که کیك در پوستینش افتاده باشد پرخاش کنان‌سررسید که «مهر معجلم را بده باید لباس درست کنم» بقدری بیمزگی کرد که فکر کردم داغ دل هموطنان‌را ازو بگیرم وتلافی را سر او در بیاورم و زهر دل مسموم را باو بچشانم. پس چشم بسته و دهان گشوده آنچه بزبانم‌آمد گفتم و بجای لباس سر تا پایش را با خلعت دشنام و ناسزا آراستم. گفتم «بگور پدر سگ آنها و بکلهٔ پدر خر تو هردو ریدم». حاجی‌نرمخو وشیرین زبان باآتشی که در درونش شراره میکشید از ببر بیشهٔ مازندران خشمناکتر و درنده‌تر و از عقرب کاشان زهرناکتر شده بود.

شکرلب اول قدری تعجب کرد ووقتی خشم و غضب مرا دید از ترس بمیان زنان

ناپدید گردید ولی همینکه تیرهای ترکش من ته کشید با عایشه برسم بیرقدار و فوج کنیزان آدم شکار روی بمن آورد و بیکبار دهان گشود و آنچه بدهانش آمد تحویل داد. نمیدانم آن سخنان درشت در آن دهان کوچك چگونه میگنجید. طلاقت لسان خانم زبان عایشه را نیز اطلاق نمود و با اطلاق زبان عایشه کنیزان شرم و حیا را طلاق گفته بجانم افتادند وخلاصه علی‌الاطلاق مرا از لثهٔ حیض بدتر کردند. چنان طوفان فریاد و فغان بر سرم باریدن گرفت که پایداری را محال دیدم. فتنه چنان بزرگ‌شد که‌دیگر در اطاق جا نماند ولازم‌آمد که من جا خالی کنم که «یا توباشی در این سرا یا من».

برادر بد ندیده، معلوم شد که‌آن کنیزان غنچه دهان و آن پرده سرایان شیرین سخن از آن جواری ولؤلؤهای مکنون که قرآن عظیم‌الشأن بما وعده داده نبودند. با حال خراب و جگر کباب

«پراکنده خاطر، پریشیده دل سر افکنده و خسته و مضمحل»

خود را باطاقی کشیدم. آنهمه سر و سامان و امید و آرزو بیك حرکت بیجا و رفتار ناخردمندانه بباد فنا رفت. شومی درد و غم گریبانگیر گردید و نحوست عملم بر دامنم آویخت. دیدم اگر بیش ازآن از سر ناچاری باز دروغ بر دروغ بیفزایم‌کار بجاهای بد خواهد کشید و بالمره کشتی امیدم بر خاك می‌نشیند.

با خود گفتم «ای‌دل غافل، کاش از اول دروغ نگفته بودم. اگر نگفته بودم حالا سری فارغ و دلی آسوده داشتم.

اگر آنهمه دروغ نگفته بودم زنم هر قدر دلش میخواست داد و بیداد بکند، کاری نمیتوانست بکند ومن سوار بودم و او پیاده. اما چه خاك برسر کنم که سقم را با دروغ برداشته‌اند و سرنوشتم را با دروغ نوشته‌اند آن هم با سند و قباله و نامم در نزد مردم بدروغگوئی و افسونسازی معروف گردیده، آن هم با امضا و با سجل.

گفتار هفتاد و یکم

پتهٔ حاجی بابا بروی‌آب میافتد ومجبور میشود زنش را طلاق بدهد

شب بسیار بدی گذراندم. گوئی سر تا بپایم درآتش تب میسوخت. تا بانگ صبح

چشمم بخواب نرفت. بامدادان هنوز چشمم بهم نرفته و یك ساعت نخوابیده بودم که صدای نوکر و خدمتکار بیدارم کرد. هنوز درست بیدار نشده بودم که در اطاقم را زدند و گفتند «برخیز، برادران خانم با جمعی بدیدنت آمده‌اند».

چنان لرزه بر اندامم افتاد که آب وتوشم نماند. نتیجهٔ دروغگوئی در مقابل نظرم مجسم شد و بفصاحت هرچه تمامتر بنای سخن گفتن را نهاد. افکاری پریشان، یکی از دیگری هولناك‌تر، در مخیله‌ام بحرکت آمد. پاهایم که هنوز درس چوب و فلك مشهد را فراموش نکرده بود بخار خار درآمد. سر انجام بخود گفتم «شکرلب زنم باشد، سایر چیزها اهمیتی ندارد. هرچه میشود بشود. گیرم که درباب دارائی خود بمبالغه سخن گفته باشم، مگر هزار کس پیش از من همین کار را نکرده‌اند» پس گفتم چپوق وقهوه حاضر کنید.

رختخوابم را برچیدند ومیهمانها یك‌یك وارد شده بروی مسندها نشستند. جماعتی بودند مشتمل بر دو برادر زنم وعمو و عموزاده ویك آدمیزاد خیره نگاه که هرگز چشمم بر او نیفتاده بود. نوکرها و خدمتکارها هم در جلو صف کشیدند و در میان آنها دو نفر قلچماق بزن بهادر سبیل چقماقی، دگنك بدست هم دیده میشد که کج کج بقیقاچ بمن نگاه میکردند.

خیلی کوشیدم که خرسندی خود را از تشریف فرمائی آنها ابراز دارم و خود را مهربان‌وصاف وساده جلوه بدهم ولی همواره بتعارفات عریض وطویلم جوابهای مختصری که از یك کلمه تجاوز نمیکرد دادند.

همینکه قهوه را سفارش دادم، برای اینکه بدانم بچه مقصودی مفتخرم ساخته‌اند، روی ببرادر بزرگتر نمودم و گفتم «ان‌شاءالله مکروه و ملالی ندارید. خوب صبح‌زودی، بنده را مشرف فرموده‌اید. در خدمتگزاری حاضر و مفتخرم». برادر بزرگتر پس از اندکی تأمل گفت «حاجی بمن نگاه کن ما را الاغ پنداشتی، خیال کردی پپه واحمقیم. ازپشت کوه آمده‌ایم، خریم، فکر کردی ریشمان را بدست توداده‌اند تا هرجا میخواهی بکشی و ببری».

گفتم «اینها چه فرمایشی است. آقا جان، من کیستم و چه‌کاره‌ام. من خاك پای شما هستم من بندهٔ حلقه بگوشم». در اینجا برادر کوچکتر بصدا درآمده گفت «چطور

کیستی و چه‌کاره‌ای . آدم چه‌کاره چطور اینطور پدر مردم را میسوزاند و اینهمه بلا بر سرمردم در میآورد. چطور چه‌کاره‌ای که از بغداد بلند شده‌ای باینجا آمده‌ای ما را مثل میمون ببازی گرفته‌ای» .

گفتم«استغفرالله، استغفرالله، اینها چه حرفی است. چه بعرضتان رسانده‌اند. بفرمائید ببینم. شما را بخدا هرچه شنیده‌اید بفرمائید».

حالا دیگر نوبت بعمو رسیده‌است، ریشش را گرفت و گفت «آیا در این دنیا آدم در بدر و بی‌پدر و مادر شیاد و مزوری مثل خودت سراغ داری که پدر مردم را درآورد و بگوید «عافیت باشد». نه جانم ، این حقه بازیها از گلوی ما پائین نمیرود».

گفتم«عمو جان چه تقصیری از من سر زده است، شما را بجان من نباشد بجان خودت بفرمائید».

باز برادر بزرگ بسخن آمده گفت «تو دلاک‌زاده از اصفهان آمدی و از خاندان بزرگی دختری گرفتی و تصور هم کردی مایهٔ افتخارشان‌شده‌ای».

برادر دیگر در تأیید سخنان برادر بزرگتر گفت «فکر کردی آدم لات و لوت آسمان جلی مثل تو با ما همشأن است و میتواند با ما همسری کند، نه، رفیق، سوراخ دعا را گم کرده‌ای».

عمو از نو بسخن آمده گفت «خیر ، این حرفها کدام است. حاجی، تاجر بزرگی است. ابریشم وحریرش ببخارا میرود و از بخارا برای ما پوست میآورد. شالهایش همین امروز و فردا از کشمیر ولاهور وارد میشود. کشتیهایش دریاهای هند وچین و ماچین را سیاه کرده است».

اکنون نوبت بعموزاده رسیده است . با لحن طعن وطنز گفت «این حرفها کدام است دلاک‌زاده یعنی‌چه، استغفرالله. ایشان تراشهٔ کنده قریش وحتی از صلب پاك بنی‌هاشم و عرب منصوری هستند. کی یارای آن دارد که با جناب ایشان در باب حسب و نسب صحبت بدارد».

گفتم«این حرفها یعنی چه. معنی این حرفها را نمیفهمم».

آنگاه چون دیدم که کار دارد بافتضاح میکشد و طوفان نزدیك بطوفیدن است تغییر لحن داده گفتم «آقایان، اگر غرض شما کشتن من است یکدفعه بکشید و اینطور

مثقال مثقال گوشت و پوستم را نکنید ».

مردك خیره‌نگاه که تا آنگاه خاموش‌مانده بود باآوازی هولناك بصدا درآمد که «مردکهٔ الدنگ بی‌شرم وبی‌چشم ورو ، من رك وراست وصاف وپوست کنده بتومیگویم که‌تو از آن‌پدرسوخته‌ها نیستی که‌شایستهٔ زندگی‌باشی، اگر همین حالاخیال این‌عروسی را از سر بیرون نکنی وزن را طلاق ندهی واز این خانه و اسباب چشم نپوشی یك‌دقیقه نمیکشد که‌این‌جوانان(به‌سبیل چقمائیها اشاره کرد) که‌می‌بینی تسمه از گرده‌ات میکشند وسرت را مثل سر گنجشك از بدن جدا میکنند و خون کثیفت را بخاك میریزند».

گفتم «من آنچه را باید بگویم گفتم ودیگر خودتان میدانید».

بمحض‌اینکه‌این سخنان را شنیدند چشمها را بسته دهانها را گشودند و دور از جناب شما ، بی‌شمار و بی‌حساب هزار ناسزای ناگوار (که متأسفانه چه بسا عین حقیقت بود) بنافم بستند .

چون مجال حرف زدن و جواب دادن نداشتم، فارغ‌البال در فکر فرو رفتم که چطور است شات وشوت و بادو بروتی بخرج دهم. خطاب به‌خیره نگاه گفتم «خوب‌آقا، تو کیستی که آمده‌ای در خانهٔ من با من معامله‌ای میکنی که با سگ‌نمیکنند. بچه‌حق. این آقایان برادرها و خویشان من هستند، خوش آمدند و صفا آوردند وقدمشان بالای چشم. اما ترا بکجا میبرند. تو نه برادری ، نه عمو، نه دخترت را گرفته‌ام، نه‌خواهرت را، آخر تو چه‌کاره‌ای و حرفت چیست» .

مردك باآن نگاه تند و تیز وبا بزن بهادرهایش مثل شیر دمان بمن تاخت و گفت «میخواهی بدانی من کیستم. از این آقایانی که مرا آورده‌اند بپرس ، بندهٔ سرکار نوکر سلطانم» .

فهمیدم که محتسب است و تند و تیزتر از آنست که باب دندان من باشد. حساب کار خود را کردم و ماستها را کیسه انداختم و با نرمی و خوشی گفتم «حالا که غرض شما مفارقت است چون مواصلت شرعی شده است مهلت بدهید تا در محضر شرع برویم تا مفارقت هم بر وفق قواعد شرع باشد. اما آخر مسلمانیم و پیرو شرع انور و قرآن مجید. لابد شما هم ازحکم قرآن سرپیچی نمیکنید. وانگهی از کجا که زنم با شماموافقت داشته باشد. و میل جدائی داشته باشد. من که اول پی او نیفتادم اوپی‌من فرستاد . من اصلا راه خانهٔ او را نمی‌دانستم، او مرا بخانه آورد. من ازخانه و زندگی ومال ومنالش خبری نداشتم. کف دستم را که بو نکرده بودم. این‌کار قسمت و تقدیر بوده‌است . اگر شما بتقدیر وقسمت معتقد نیستید، زهی بمسلمانی شما».

برادر بزرگ جواب داد که در باب موافقت شکرلب خاطرت جمع باشد که او بیشتر از همه طالب جدائی است .

پس از هرسو سر وصدا برخاست که «بله ، بله ، شما را بخدا کلکش را بکنید . برود گم شود» صدها از همین حرفها نیز از طرف اندرون بگوشم رسید. روبدر اندرون کردم. چه‌دیدم. دیدم فوج کنیزان، همه چادرها یکشاخ مهیای هجوم صف کشیده‌اند و عایشه علمدارشان و شکرلب سردار کل است . فهمیدم که این سخنان تلخ از آن لب شیرین بوده است دیگر جای چون و چرا نبود. حساب کار خود را کردم و فهمیدم که «کشور من تاب‌این‌سپاه ندارد»، دیدم من غریب در دیار غریبم و آنان مردمی غریب. بی یار و بی‌هوا دار بجز سپر انداختن و

تلخ را شیرین خوردن چاره‌ای نداشتم

ازجای برخاستم که « حالا که چنین است بسیار خوب، چنین باشد. اگر او مرا نمیخواهد من هم نه خودش و نه مالش و نه خویشانش ، هیچیك را نمیخواهم و فاتحهٔ همه را میخوانم. هی طالق طالق طلقة طالق مرة ثانیة طالق ثلثة. اما این را هم بگویم که این بلائی که شما بر سر من آوردید لایق مسلمانی نبود. اگر من سگی بودم و در فرنگستان بودم با من بهتر ازین رفتارمیکردند. انشاءاللهعذابی که بمنکر خدا ورسول خدا میرسد بکسانی برسد که اینطور بمن ظلم و ستم روا داشتند. وسیعلم الذین ظلموا ای منقلب ینقلبون».

پس آنچه از آیات و احادیث و اخبار مناسب از برداشتم همه را تحویل دادم و به رسم نتیجه این آیت پر قهر ومهابت را بنافشان بستم که «فالذین کفروا قطعت لهم ثیاب من نار الخ».

آخر سر برخاستم و با غیظ وغضب تمام بوسط اطاق رفتم وآنچه از مال شکرلب بر تن داشتم کنده بدور انداختم و لباسی ژنده خواسته بر دوش انداختم وحضار را در تعجبغوطهور گذاشتهخود را بدم در رساندم و گفتم «تف بکلهٔ پدرهرچه عثمانیاست .سگ بگور پدرشان بنشیند ». اینرا گفتم و بیرون جستم.

گفتار هفتاد و دوم

پیش آمدی که از اندوه حاجی بابا اندکی کاست و گفت و شنودش با عثمان آقا

بکوچه که رسیدم مدتی تندتند رفتم بی آنکه بدانم بکجا میروم. چنان غم واندوه بروجودم مستولی بود که کم مانده بود دیوانه بشوم. بکنار دریا که رسیدم فکر کردم خوب است بروم خود را در آب بیندازم و ازغم وغصه رهائی بیابم.

ناگاه حادثه‌ای رخ داد که مرا از آن خیال منصرف نمود. گرچه جزئی بود اما در من تأثیر کلی کرد و از هلاکم رهائی بخشید. از قضا تماشاچی جنگ و زدو خورد سگهائی شدم که در کوچه‌های اسلامبول فراوانند. سگی بیگانه از محله سگان دیگر استخوانی ربوده بود. در یکدم رستخیز عظیمی برپا شد. سگان محله بالاتفاق بر اوهجوم آوردند و سگ بیگانهٔ استخوان‌ربا را از محله خود بیرون راندند. آن سگ نیز یاران خود را بیاری طلبید و جنگ مغلوبه شد وکارزار بزرگ و هیاهوی سترگی برخاست.

ازین منظره تنبه حاصل کردم و با خود گفتم «بار الها، حکمتهای تو چقدر عمیق است. عقل ضعیف ما ابناء نوع بشر با اندك مایهٔ دانش، از درك حقیقت حکمتهای بالغهٔ

تو عاجز است و ما انسانهای نادان و ناتوان را جسارت اعتراض نیست»

«حل معمای حکمتت نتواند آنکه کند حل صد هزار معما»

حکمت سگ مرا از خواب خرگوشی بیدار کرد و راه چاره‌ام بنمود. مدرس گرچه حقیر و خوار است اما درسش شرح کبیر است و صد نکته در بر دارد. راهی را که در طلبش بودم چه خوب جستم.

«هر رهی جوئی همان پیشت رسد گفت پیغمبر که من‌جد و جد»

سبحان‌الله که حیوان لایعقل و بیزبان هم مانند انسان عاقل و همه چیزدان درکار خود دانا و بیناست.

پس ازین حکمت بافیها روی بمنزل یارغار و رفیق ناصح و وفادار خود عثمان‌آقا نهادم که با همه سنی گری باز مثل‌آدم با من رفتار میکرد و بمن بچشم یگانگی وهموطنی نگاه میکرد.

بعادت مرسوم نیکم پذیرفت و پس از آنکه داستانم را شنید پکی پرزور بچپوق زده ابری از دود از دهان و سوراخ بینی باآهی از دل بیرون انداخت و گفت «خدا کریم است، رفیق، من همان ساعتی که ترا باآن جاه و جلال در سرای والده که به دیدن ایرانیان آمده بودی دیدم دانستم که بلائی بسرت خواهد آمد. تو هنوز خام و ناپخته‌ای و نمیدانی که درد همچشمی و حسادت چه درد بیدرمانی است. آخر چطور می‌خواهی، قلم فروشی یا تنباکو فروشی که در روز با هزار مرارت و خون دل یك نیزه قلم یا صد درم تنباکو میفروشد چشم داشته باشد ببیند که حاجی‌بابا باآن جاه و جلال‌و دستگاه که هرگز کسی بخواب هم ندیده، بیاید و باو افاده بفروشد. بله، اگر لباست قدری از لباس آنها بهتر و یا اسبت از خر خرکدار اندکی قیمتی‌تر بود باسم اینکه تو هم از آنهائی و منتهی کمکی طالعت بلندتر است زیر سبیلی در میکردند و بروی خود نمی‌آوردند. اما با آن دبدبه و کوکبه و آنهمه تشخص فروشی چطور میخواستی در نزد آن روسیاهان روسفید بمانی و خار چشمشان نگردی. چطور میخواستی ترا بروز خود ننشانند. یقین داشته باش که یکی از همانها رفته و به‌برادرهای زنك گفته که تو بغدادی نیستی و درهفت‌آسمان یك ستاره نداری ویك لاقبا ولات و لوت ودلاك‌زادهٔ مفتخوار خرده فروشی بیش نیستی و از عهدهٔ زن نگاهداشتن برنمیآئی. سوداگر بخارا

و کشمیر یعنی چه. کشتی قماش وقافلهٔ حریرش از کجا. اگر تومثل همان حاجی‌بابای اصفهانی، نه‌مثل یك افندی استانبولی نزد من‌آمده‌بودی البته نمیگذاشتم آنطوردیوانگی بکنی. حالا هم‌چشمت را باز کن که دیگر بعد ازین ازین‌کارها نکنی». این بگفت و باز بچپوق کشیدن مشغول شد.

گفتم«شاید حق داشته باشید. گذشته گذشته، چنان برود که دیگر برنگردد. اما هیچ نباشد آخر ما مسلمانیم. در شرع ما عدالت از اصول دین است، هیچ تا حال شنیده شده که زن شوهر را طلاق بدهد ویا آنکه بیچاره‌ای را از خانهٔ خود مانند سگی که از مسجد بیرون میاندازند بیرون بیندازند، آن هم برای اینکه زنی شب او را خواسته و صبح دیگر نخواسته است. اینجا را استانبول میگویند. قاضی هست، مفتی هست، شیخ‌الاسلام هست. مرجع دادخواهان و ملجأ ستمدیدگانند و الا پول دولت را برای چه میگیرند. تنها برای تسبیح گرداندن و روزه و نماز که نیست. تکلیفشان رفع ظلم و تعدی است. ظلمی که بر من شده باحدی نشده است».

گفت «حاجی، ترا بخدا، هیچ میفهمی چه میگوئی. میخواهی با زن شیخی از کبار مشایخ استانبول، باآنهمه دستگاه و اعتبار، و با برادرانی با آنهمه توانگری و نفوذ، خود را در کشمکش و مرافعه بیندازی. مگر نمیدانی که هر که را زر در ترازو است زور در بازوست وهر که را زر دست است حق در دست است. اگر تمام سور وآیات قرآن و احادیث و اخبار و اقوال نبوی بدادخواهی برخیزند ولی زر دستت نباشد و جیب و کیسه‌ات خالی باشد با مدعی مالدار نمیتوانی طرف بشوی و کار او سکه است و کار تو نقش بر آب».

گفتم«یا امیرالمؤمنین، خودت بفریادم برس. یا امام رضای غریب، خودت داد غریبان را بگیر. آخر ای عثمان‌آقا، اگر واقعاً مردم دنیا اینقدر که تو میگوئی پدرسوخته و ملعونند پس من باید دست از همه چیز بشویم و باز بسر کار چپوق فروشی خود بروم. پس دستم را روی دست باید بگذارم و فاتحهٔ حقم را بخوانم و هیچ جد و جهدی نکنم. نه، نه، باین آسانیها دست بردار نیستم. میروم از بالای بام منزلشان و از آنجا فریاد دادخواهی را بلند میسازم».

آنگاه از فرط استیصال وشدت غم و اندوه هایهای بنا کردم بگریه کردن و موی

ریش را کندن و بر باد دادن.

عثمان آقـا بدلداریم پرداخت و گفت «برو خدا را شکر کن و گذشتهایت را بهـ خاطر بیاور که در دست ترکمنها اسیر بودی. آیا حالت امروزت نسبت بحالت آن روز بهشت نیست. تقدیر چنین خواسته است. اگر انسان بحکم تقدیر گردن ننهد چه میتواند بکند. بعد ازین هم خدا کریم است».

گفتم « آخر عثمان آقا ، دست از دلم بردار. خدا کریم است ، خـدا کریم است یعنی چه. من ایرانیم و خدا کریم است سرم نمیشود. عدالت از اصـول دیـن من است . جهت ندارد زیر بار بی عدالتی ترکها بروم. ما مثل ترکها نیستیم . ما دینی و وطنی و زبانی و ملتیودولتی داریم. نامدارانیمانند چنگیزوتیمور ونادراز میان ما بیرون آمدهاند که پدر ترکها را سوزاندهاند. من پیش ایلچی خودمان میروم و عرض حال میدهم. اگر آدم است البته داد مرا خواهد خواست. زنم را پس میگیرد و بدستم میدهد و آنـوقت ببینم کیست که از دستم پس بگیرد».

با این نیت دیگر بسخنان عثمان آقا محلی نگذاشتم و با فکر نو و دستاویز نـو برخاستم و بجانب سفارت کبرای ایران و بقصد شرفیابی در حضور سفیر کبیر قبلهٔ عالم حضرت اقدس همایون شهریار ایران که در آن اوقات با مأموریت خاصه از ایران وارد شده بود رهسپار گردیدم.

گفتار هفتاد و سوم

انتقامجوئی حاجیبابا و دیدار با میرزا فیروز ایلچی ایران

سراغ منزل ایلچی را گرفتم. در اسکدار باوخانه داده بودند . با قایق بهاسکدار باید رفت و در قایق با فرصت تمام باندیشهٔکار و ترتیب افکار افتادم تا شرح حال خودرا بطرزی هر چه مؤثرتر و جانگدازتر بعرض ایلچی برسانم.

در پیشخان منزل ایلچی جمعی بیکاره و یاوه گوی پرایما و اشاره دیدم کـه مرا بیاد ایران انداختند و فرق ایران را با اینجا در مقابل نظرم مجسم ساختند.

باآنکه در زیّ ترکان بودم از زبانم ایرانـی بـودنم را دانستند و بحضور ایلچـی

بردنم را بگردن گرفتند. خواستم از احوال و اوضاع ایلچی اطلاعی بدست بیاورم تا دستورالعمل حضور شود. با یکی از نوکران در گفتگو را گشودم و او نیز بنحودلخواه مقصودم را بعمل آورد و خلاصهٔ آن از اینقرار است:

ایلچی اسمش میرزا فیروز است . شیرازی و از خانواده‌ای بسیار با حرمت اما نه چندان با منزلت است. مادرش‌خواهر همین صدراعظمی است که این‌پادشاه را بتخت‌و تاج رسانید . میرزا فیروز دختر صدراعظم را گرفت و بهمین سبب در دستگاه شاهی راه یافت. بنا بمصالحی چند ناچار بپاره‌ای از ممالك خارجه مسافرتهائی کرد و بهمین‌ملاحظه بسفارت اینجا نامزد گردید. مردی است با دانش اما تیزخو ، زود خشم اما زودآشتی. تند از جا در میرود وزود فرو می‌نشیند. در رفتار چست است وچالاك ودر کردار معقول و نازك و مردمدار. خوش اطوار ، خنده‌رو و بذله‌گو است و هرچند در موقع کج‌خلقی از چوب و فلك مضایقه ندارد اما در عوض شیرین زبان و گرم و دلجوست. در موقع صحبت از زور شتاب زود بدام میافتد اما بر ندی زود هم رفع رجوع میکند. با اطرافیان خود گاهی شیرین و نرم چون راحت‌الحلقوم است زمانی‌تلخ و مهلك چون زهر و زقوم. گاهی چنان که مثل او کسی نیست و گاهی چنان که مانند او کسی نباشد. اما رویهمرفته خدا عمرش بدهد ، آدمی است در خانه باز ، سهل‌القبول ، پاکیزه اخلاق ، مجلس‌آرا، سخندان ، زنده دل ، عشرت طلب ، خوش صحبت و خوشگذران».

باری مرا بحضور چنین سفیری بردند . برسم ایرانیان در گوشهٔ اطاق خزیده بود وبهمین جهت بلندی و یا کوتاهی قدو قامتش بر من معلوم نگردید.مردی بود پاکیزه اندام ، پهن سینه و با آن لباس تنگ موزونی اندامش بخوبی ظاهر میگردید. پاکیزه صورت بود با بینی شاهینی‌وچشمان‌بزرگ و درخشان. لب ودهانش یکی از دیگری‌بهتر. از ریشش هم مگذر که روی سایر صفاتش را میگرفت. خلاصه میتوان گفت که برگزیده ایران وزبدهٔ ایرانیان است.

سلام و کرنش کردم و همانجا ایستادم.

گفت «تو ایرانی هستی ؟»

گفتم «بله ، قربان».

پرسید «پس این جل وپلاس عثمانی چیست. خدا را شکر که ما هنوز نمرده‌ایم و

مایهٔ شرم و ننگ دنیا نیستیم. پادشاهی داریم . قوم و ملتی هستیم».

عرض کردم «صحیح میفرمائید . مرده شو این لباس منحوس را ببرد که با همین لباس از سگ کمتر شده‌ام. از روزی که با این قوم معاشر شده‌ام روزم سیاه وجگرم خون است. امروز بجز خدا و خداوند پناهی ندارم».

گفت «نمیفهمم میخواهی چه بگوئی. از زبانت باصفهانیان میمانی اما از آه و ناله‌ات گویا بترك بازی و یا ترکتازی عثمانیها دچار شده‌ای، خیلی جای تعجب است . ما اینهمه راه آمده‌ایم تا بریش ترکها بخندیم نه اینکه آنها بریش ما بخندند» .

پس ماجرا را از اول تا آخر و ازسیر تا پیاز برایش بیان کردم. از قسمت اول سرگذشت خوشش آمد. از شرح و تفصیل زن گرفتنم حظ کرد و از مهری که بقبالهٔ شکرلب انداخته بودم و از صحبتهائی که در میان رد و بدل شده بود چنان لذت برد که کم مانده بود از زور خنده از حال برود. از شنیدن بازیهائی که بسرترکها (ترکهای خر بقول من و گاو بقول او) آورده بودم چنان حظ کرد که ببیان نمیآید و مدام می‌گفت «آفرین، کهنه اصفهانی. آفرین ، دستت درد نکند . بخدا قیامت کرده‌ای. بیداد کرده‌ای. دست مریزاد. معرکه کرده‌ای . تا چشمشان کور شود. اگر من هم بودم بهتر ازین با این گاوها عمل نمیکردم.»

وقتی صحبت بتوطئه و رسوائی هموطنان و عرو تیز بستگان و هواداران شکر لب و تهدید و تخویف دسته بهادران سبیل چقماخی و طعن وطنز خویشاوندان رسید وموبمو همه را حکایت کردم و آن اصفهانی بازیهای خود را باآن آیات و احادیث و اخبار بلفظ بیان کردم جناب سفارت مآبی بجای دلسوزی و تسلیت چنان شلیك خنده را سر داد و چنان از خوشی ولذت بیخود گردبد که ترسیدم رگ شقیقه‌اش بترکد. آنگاه از زور خنده بروی زمین غلطیدن گرفت.

گفتم «سرکارایلچی، همه را میخندید. قدری هم بحال من گریه کن که دیشب‌در دواج سمور خفته بودم و امشب باید لب تنور بخسبم. دیروز باسب گرانبهائی با زین و برگ زرین سوار بودم و امروز خداوند یك خر لنگ هم نیستم. آنهمه مال ومنال وجاه وجلال و کنیزان صاحب جمال و اسبان وغلامان و نعمتهای مالامال و آن حمام سرخانه وآن قهوه خوریهای شاهانه وآن چپوقهای معلا وآن دستگاه کذا را بااین لات ولوتی

وآسمان جلی قیاس بفرمائید و ببینید آنچه سرکار را بخنده میاندازد در دل من بجز-خنده چه‌ها که بر نمی‌انگیزاند. ببینید کجای من میسوزد و جا دارد که بسوزد یا نه وچطور آتش گرفته‌ام و تا چه اندازه حق با من است.

«دیروز چنان عالم جان افروزی — امروز چنین عالم انده سوزی»
«افسوس که مستوفی تقدیر وقضا — آنرا روزی نویسد، اینرا روزی»

میرزا فیروز در حالیکه هنوز قاه‌قاه میخندید گفت «تعجب است که این گاومیشان با آنهمه فیس و ریش و آن کله‌های بی مغز حرف الدنگی ایرانی را باین‌آسانی باور کرده‌اند. امروز هم اگر الدنگی دیگر کاسه و کوزه را بهم نزده بود هنوز هم باور میکردند. خوب، اینها همه بجای خود ولی‌تو برای چه میخواهی پای مرا در این‌کار بمیان بکشی. من نه قاضی هستم و نه مفتی که احقاق حق ترا بکنم. خری خورد وخری مرد، بمن چه».

گفتم «آخر سرکار ایلچی سرکار ایلچی مرخص پادشاه ایران‌هستید. هیچ نباشداحقاق حق که میتوانید بکنید. آیا رواست که من بیچاره را بدین روز انداخته‌اند. آیا دلتان راضی میشود که‌من‌ایرانی را با اردنگ و تیپا از خانهٔ خودم بیرون بیندازند».

گفت «خوب، چه میخواهی. آیا غرضت این است که باز زنکه را بگیری و جانت را بگیرند. از خوابگاه سنجاب وسموری که فردا نعش‌آدم را ازآن بیرون بیاورند چه فایده. نه خیر، گوش بمن بده و حرف مرا بشنو. برو این جل و پلاس عثمانی را از تن و برت دور بینداز و باز ایرانی شو. من هم ترا فراموش نمیکنم و کاری از برات دست و پا خواهم کرد. از قصه‌هایت خوشم آمد. با هوش و گوشی. ضمناً این را هم بدان که درین دنیا بجز قهوه خوردن و چپوق کشیدن و در رختخواب سمور خوابیدن و سوار اسب با

جلودار شدن، کارهای کردنی بسیار است. بالفعل همینجا بمان. با همراهان من باش تا ببینم چه میشود ... اما باید باز یك بار دیگر این سر گذشت خودت را برایم نقل کنی تا کیف ببریم وقدری بخندیم».

با اظهار امتنان دامنش را بوسیدم در اندیشهٔ روزگار پریشان و حال سرگردان خود از اطاق بیرون رفتم.

گفتار هفتاد و چهارم

احتیاج ایلچی پادشاه به حاجی بابا

شاعری گفته است:

«چه باشد احتیاج ای مرد تمیز　　سواری سخت و تند وتیز مهمیز»
«کز آن کاری که کرهٔ لنگ شبرنگ　　کند آن کار را با اشتری لنگ»

ملول و دو دل، سر گردان و پا در گل، مأیوس ودمغ، برای رفع پریشانی بازدیدم بهتر مشاور پیر دیرینهٔ خودم خرد است . باخود اندیشیدم که اگر دستگاهی از کفم رفت دستگیری بچنگم آمد. باید پناهش را موهبت عظما و وجودش را غنیمت خداداد بدانم. خدای توانائی که از ظلمت آباد نیستی بطلسم پیچاپیچ هستی رهنمونم شد هر آینه چراغ هدایت فراراهم داشته و بروشنائی و عافیت رهبرم خواهد بود.

با خود قرار گذاشتم که بدلجوئی وجلب خاطر ایلچی بکوشم. او نیز باالتفاتهای روز افزون خرسندم میساخت. در پاره‌ای کارهای شخصی و امور دولتی و دربارهٔ آنچه وابسته بمأموریتش بود بی‌پرده با من شور ومصلحت بینی میکرد.

چون تمام عمر بفکر خود میبودم و منحصراً کسب نفع وصلاح خود را در مدنظر میداشتم و بدیگران نپرداخته بودم از کار و بارجهان وجهانیان بی‌خبرمانده بودم. ازملل و اقوام بجز ترکان کسی را نمیشناختم. از چین وافغان و تاتار و کرد و عرب اسمی شنیده بودم و بس . از افریقا هم بواسطهٔ غلامان و کنیزان سیاه که در خانه‌ها خدمت میکنند فکر مبهمی داشتم. اوضاع و احوال روس در ایران معلوم است و مشهور اما از انگلیس و فرانسه بسیار چیز کمی بگوشم رسیده بود. از اینرو وقتی در استانبول آن همه

ملتهای گوناگون و رنگارنگ را میدیدم تعجب میکردم اما فرصت مخالطه و معاشرت با ایشان نداشتم.

در حشرو نشر با ایلچی عالمم عالمی دیگر شد. حرفهای ناشنیده می‌شنیدم و نکات نفهمیده دستگیرم میشد و حس پژوهش و کنجکاویم بیدار میشد. ایلچی کارپرداز و هوشیارم دید و با مسرت خاطر مرا رفته رفته محرم و رازدار خود ساخت.

روزی سحرگاهان چاپاری از طهران رسید. ایلچی پس از مطالعهٔ مراسلات خلوت کرد و مرا خواست و بنشاند و گفت «حاجی، دلم میخواهد قدری با تو خودمانی صحبت بدارم. اینجا کسان من بسیارند، اما بینی و بین‌الله خیلی خر تشریف دارند. با اینکه ایرانیند ودر پاره‌ای امور از سایر مردم چشمشان بازتر است اما درکارهای دولتی خیلی کور و بی‌خبرند و بیك شاهی نمیارزند چنانکه اگر کاری بآنها رجوع شود بجای سر و صورت دادن چنان سر و صورتش را ملوث میکنند که بیا و تماشا کن. گمان میکنم تو با آنها فرق داری، آزموده و سرد و گرم روزگار چشیده وچکیدهٔ کار بنظرم آمده‌ای. تصور میکنم بتوان امیدوار بود که میتوانی با ریش این وآن بازی کنی و بی آنکه استخوان خبر شود مغزش را درآوری. وجود چون تو آدمی برای من وبلکه برای دولت مغتنم است. اگر مایل بنوکر بابی باشی ان شاءالله کاری میکنم که مایهٔ روسفیدی ملت ایران بشوی و خودمان هم با تو کلاه افتخاری برسر نهیم».

گفتم «سرکار ایلچی، بنده‌ای هستم فرمان‌بردار و هر چه بفرمائید مطیع ومنقاد سرکار. عنان اختیارم در دست سرکار است، بگیر و ببازار برده فروشان ببر بفروش. در خدمت شما آنچه از دستم ساخته باشد مضایقه نیست».

گفت «حاجی، شاید همچنانکه در میان مردم شایع است شنیده باشی که اساساً برای خرید چند تن کنیز خواننده و سازنده و بازیگر و پاره‌ای متاع و قماش و سایر اسباب و لوازم بزك و زینت زنانه برای اندرون شاهی بدینجا آمده‌ام اما اینها برای کوچهٔ علی‌چپ نشان دادن وایز گم کردن است. آیا آدمی مثل مرا برای چنین کارهائی میفرستند. اعلیحضرت شهریاری ارواحنا فداه باآنهمه عقل وفهم وشعور البته بهتر از هرکس میداند کرا بکجا بایدبفرستد. همینکه چون من کسی را اینجا فرستاده خود دلیل بزرگی است برآنچه گفتم. پس حالا هرچه میگویم درست گوشت را بازکن و بشنو.

چند ماه پیش ازین از جانب بوناپارت نام‌آدمی که پادشاه فرانسه است سفیری با پیشکش و هدایا و عرایض عبودیت نما بدارالسلطنهٔ طهران وارد شد و کاغذی بنام اعتبار-نامه از جانب پادشاه خود نشان داد و گفت بر طبق این نوشته گفتارم گفتار پادشاه من است و بهر کار مختار و مرخصم. این مرد خود را بسیار بزرگ و سایر فرنگیها را بسیار حقیر و خوار میشمرد و نام دیگران را چنان بحقارت و ناچیزی میبرد که گوئی «پادشاهی کامران است از گدایان عار دارد». از زبان پادشاه خود میگفت که گرجستان و تفلیس و بادکوبه و دربند و سایر شیروانات را که از قدیم‌الایام در دست ایرانیان بوده است ازروسیه گرفته بایران ردخواهد ساخت وهندوستان را از دست انگلیس بیرون آورده بشما میدهم. البته ما شنیده بودیم که فرانسه‌ای هم وجود دارد و قماش خوب و و پارچهٔ خوب و زربفت خوب دارد اما دیگر نه باینطورها که سفیرش میگفت. بله،وقتی قهوه وحناگران شد گفتند در نتیجهٔ جنگ فرانسه است با مصر. یك نفر از نواب و بازماندگان سلسلهٔ صفویه هم میگفت در سابق ایام فرستاده‌ای ازدربار لوئی نام که‌پادشاه فرانسه بوده بدربار مرحوم شاه سلطان حسین شهید آمده بوده است ولی این‌بوناپارت که بوده وچه بوده است و چطور شاه است برما مجهول است وردایران کس سر بدر نمی‌آورد. یکی از تجار ارامنه که بخیلی جاها سفر کرده بود میگفت « واقعاً یك همچنین آدمی وجود دارد وبا همه کس در عربده وستیز است». بهمین ملاحظات پادشاه سفیر را پذیرفت اما خدا راست ودروغ نوشته‌اش را میداند . وزرای ما از بزرگ و کوچك از این قبیل کارها بی‌سررشته‌اند و چیزی بعقلشان نمیرسد. باز خدا عمر بپادشاه بدهد. او هم باآنکه ذره‌ای بررأی جهان‌آرایش پوشیده ومستور نیست درین خصوص چیزی نمیدانست. بله، گذشته از خواجه عابد ارمنی که چهل روزی در شهری مارسیلیا نام حبسش کرده بودند که مبادا ناخوشی بفرانسه وارد سازی و کشیشی ارمنی که چند سال در صومعهٔ آنها چله نشسته بود ودرآن ممالك تحصیلاتی کرده بود کسی را نداشتیم که بتواند بما بگوید که‌آیا این بوناپارت میخواهد کلاه ما را بردارد ویا برعکس نانی پر شالمان بگذارد. اما طولی نکشید که از شك وشبهه بیرون آمدیم چون کفار انگلیسی که در بین ایران وهندوستان پیله وری میکنند و در بندر بوشهر هم دکان زیاد دارند بمحض اینکه شنیدند که از فرانسه سفیری بطهران آمده چاپاری‌کار گذاری فرستادند ودربارهٔ پذیرائی ایلچی

فرانسه قال وقیل وهیاهوئی راه انداختند که آن سرش پیدا نبود. معلوم شد که در میان این سگها استخوانی متنازع فیه است واین همه عر وتیز بی‌چیزی نیست. پادشاه میگفت بجقه شاه قسم که اینها همه از بلندی طالع من است که من اینجا بر تخت سلطنت تکیه زده‌ام و از همه جا بی‌خبرم و این پدر سوخته‌ها از شرق و غرب و از شمال وجنوب با پیشکش وهدایا بپای بوسم میآیند ودستور جنگ وجدال با یکدیگر را از من میخواهند.

وقتیکه من در طهران بودم، چشم براه سفیر انگلیس بودند. این کاغذهائی که امروز چاپار آورد در باب کیفیت پذیرائی او ودر خصوص عهدنامه ایست که میخواهد با ما ببندد. اما پادشاه پیش از آنکه از من خبری برسد نمیخواهد باین کار دست بزند چونکه در استانبول از هر دولت وهر ملت نمونه و نماینده وسفیری هست. اعلیحضرت شهریاری برأی رزین و فکرمتین مرا برای مأموریت در اینجا مناسب دید تا بر طبق اطلاعاتی که میفرستم عمل نماید. من هم باید بقدرامکان سعی نمایم پردهٔ جهلی را که در بارهٔ فرانسه و انگلیس در ایران هست درهم بدرم و بصحت و سقم افعال و اقوال آنها رسیدگی نمایم. اکنون من یك نفر بیشتر نیستم و چنین مأموریتی کار پنجاه نفر است، فرنگیها در اینجا خیلی زیادند. هنوز صدائی نبریده صدای دیگری بلند میشود و پشت سر هم مثل آب اماله وور وور وارد میشوند و خارج میشوند چنانکه شهر استانبول حکم آغول گرازها را پیدا کرده است. همانطور که از اول بتو گفتم از این نوکرهایم منتظر خاصیتی نیستم. این است که چشم بشخص تو دوخته‌ام و امیدم تنها به تست. باید با این بی کتابهای نجس العین راه مراوده و نشست و برخاست و گفت‌وشنود را باز کنی. ترکی‌سرت میشود و آنچه را لازم است از اطلاع وخبر میتوانی بدست بیاوری. من یك نسخه از دست‌خط مبارك همایونی بتو میسپارم. دستورالعمل تو خواهد بود و باید برطبق آن رفتار کنی. اما پیش ازشروع بکار برو اول در گوشه‌ای بنشین و درست کلاهت را قاضی کن و نقشهٔ کار را از روی عقل و سنجش بکش وببین در این باب از چه راهی باید داخل‌شوی و از کجا

باید شروع کنی» .
آنگاه اجازه مرخصی داد و با امید بترقیات و رستگاری درآینده از اوجدا شدم.

گفتار هفتاد وپنجم

سرشناس شدن حاجی بابا وخدمتش بایلچی

نسخه وقایع نامه ودستورالعمل پادشاه را از ایلچی گرفته بقبرستانی رفتم و بی‌زحمت و دردسر زندگان بمطالعه آن پرداختم و از آن پس همواره کتابچه را در میان کلاه نگاه میداشتم. این وقایع‌نامه وسیله شد که سری در میان سرها درآوردم و شهرت وترقیم ازآنجا شروع گردید. مطالب عمده آنرا هرگز تا آخر عمر فراموش نخواهم کرد وعین آنرا در اینجا نقل میکنم:

سفارت مآبا اولا بر ذمت همت تو لازم است که بدرستی تحقیق کنی که وسعت ملك فرنگستان چه قدر است و آیا کسی بنام پادشاه فرنگ وجود دارد یانه و درصورت وجود داشتن پایتختش کجاست.

ثانیاً فرنگستان عبارت از چند ایل است وآیا شهرنشینند یا چادرنشین وخوانین و سرکردگان آنها کیانند.

ثالثاً درباب فرانسه تحقیق‌کامل بعمل آور و ببین آیا فرانسه هم ایلی از ایلات فرنگ است و یا گروهی دیگرند و پادشاهی دیگر دارد. بوناپارت نام‌کافری که خود را پادشاه میخواند کیست وچه‌کاره است.

رابعاً درباب انگلستان تحقیقات جداگانه ومخصوص بجاآور و ببین این جماعتی که در سایهٔ ماهوت و ساعت و از پهلوی قلمتراش اینهمه شهرت پیدا کرده‌اند از چه قماش مردمی و از چه قومی هستند. آیا اینکه شنیده میشود در جزیره ساکنند وییلاق وقشلاق ندارند وقوت غالبشان ماهی است راست است یا دروغ و در صورتیکه راست باشد چطور میشود که یك نفر در جزیره‌ای بنشیند و هندوستان را فتح کند. سپس لازم است درباب این مسئله که اینهمه در ایران بدهانها افتاده صرف مساعی اکید بنمائی و نیك بفهمی که در میان انگلستان و لندن چه نسبت و ارتباطی موجود است یعنی آیا

لندن جزوی از انگلستان است یا انگلستان جزوی از لندن.

خامساً چنانکه شاید و باید و بعلم‌الیقین تحقیق کن که این کمپانی هند که مورد اینهمه گفتگو و چون وچرا و مباحثه است با انگلستان چه نسبت و ارتباطی دارد. آیا بنا با شهر اقوال عبارت است از یك پیر زن یا علی قول بعضهم مرکب است از چند پیر زن و آیا راست است که مانند مرغز تبت یعنی خداوند مردم آن خاك زندهٔ جاوید است و او را مرگ و پایان نیست یا آنکه فناپذیر است. همچنین با دقت هر چه تمامتر درباب این دولت لایفهم انگلیزان رسیدگی‌نما و بدست‌آور که چگونه حکمرانی میکند و صورت حکمرانی آن از چه قرار است.

سادساً درباب ینگی دنیا از روی قطع و یقین تحقیقات عمیق بعمل آور وسر موئی در این خصوص فروگذار نکن.

سابعاً و بلکه آخراً تاریخ عمومی فرنگستان را تحریر نما و در مقام تفحص و تجسس برآ که آیا احسن طرق و اصلح شقوق برای هدایت و دلالت فرنگیهای گمراه بشاهراه اسلام وجلوگیری آنها از اکل‌میته ولحم‌خنزیر کدام است.

پس از مطالعهٔ کتابچه تفکر و تدبر بسیار کردم و بخاطرم آمد که در ایامی که با عزت و دولت قرین بودم با یکی ازمنشیان رئیس‌الکتاب یعنی وزیر امور خارجه عثمانی آشنائی پیدا کرده بودم. خیال کردم خوب است باو مراجعت نمایم و این اطلاعات را از او بدست آورم. میدانستم بکدام قهوه‌خانه میرود و در چه ساعت میرود. فهمیده بودم که از پرگوئی خوشش نمیآید ولی دستگیرم شده بود که پس از فنجانی قهوه و چپوقی رایگان کیفور میشود و بسر سخن آوردن او و از او چیزهائی در آوردن کار دشواری نیست.

این فکر و تدبیر را با ایلچی درمیان نهادم. چنان کیف کرد که از سر التفات بر من تمام محسنات آن تدبیر را فی‌الساعه بخود نسبت داد و گفت «مگر من بتو نگفتم که راه چنین است. مگر نگفتم که تو آدم‌کار آمدی هستی. دیدی من خر نیستم. د حالا بگو بارك‌الله. من آدم شناسم. برای اینکه آدم بفهمد خرس کجا تخم میگذارد خیلی هنر لازم است. اگر پای من در میان‌نبود تو از کجا این منشی آگاه و با خبر را بدست میآوردی و دستور و اوامر قبلهٔ عالم بچه ترتیب صورت میگرفت».

پس از آن گفت «اگر لازم دیدی مجازی قدری هم پول باو بدهی تا اگر خودش از عهدهٔ جواب پاره‌ای سؤالها برنیامد از سرچشمهٔ اصلی یعنی از رئیس افندی تحقیق کند چونکه پول حلال همهٔ مشکلات است».

در ساعت معلوم بقهوه‌خانه معهود رفتم. رفیق آنجا بود. باکمال تواضع‌ومهربانی روبرویش نشستم و قهوه سفارش دادم. برای اینکه بدانم چه ساعتی است ساعتم را از بغل درآوردم و بهمین بهانه سر سخن را بدینگونه گشودم.

من: این ساعت را که ملاحظه میفرمائیدکار فرنگستان است.

منشی: بله، در دنیا ازین بهتر ساعت نمیشود.

من: این فرنگیها مردم غریبی هستند.

منشی: اما چه فایده که پلید و مردارند.

من (پس از تعارف کردن چپوق): ترا بخدا، دلم میخواهد قدری درباب آنها اطلاعاتی داشته باشم. آیا این فرنگستان مملکت بزرگی است یا نه. آیا پادشاهش در کجا می‌نشیند.

منشی: چه میگوئی مملکت بزرگ یعنی چه. ممالکی است و تنها یك پادشاه ندارد بلکه چندین پادشاه دارد.

من: شنیده‌ام که هرچند چندین حکومت است اما در واقع و نفس‌الامر یك ملت بیشتر نیست.

منشی: میخواهی یك ملت بگو، میخواهی چند ملت، بلکه در واقع همه یك ملت است، چراکه همهٔ آنها چانه را میتراشند و همه شبقه که کلاه فرنگی باشد بر سر میگذارند و همه لباس تنگ میپوشند و همه شراب مینوشند و همه گوشت خوك زهرمار میکنند و به پیغمبر ما اعتقاد ندارند. اما معلوم است که اتباع پادشاهائی علی حده هستند. مگر نمی‌بینی چقدر سفیر بباب عالی برای عتبه بوسی می‌آیند. این آدمهای از سگ کمتر در این دیار از سگ بیشترند. از خباثت و نحوست اینها باید اجتناب کرد و از همه بیشتر از کثافتشان که نعوذبالله.

من: ترا بخدا، بگذار اینها را که میگوئی بنویسم. بخدا قسم، تو عجب آدم آگاه و خبیری هستی.

پس قلم و دوات در آوردم و او نیز برای اینکه مطالب بهتر بیادش بیاید قدری با ریش و سبیل خود بازی کرد و دنباله سخن را بدینگونه آورد.

منشی: ای رفیق، این همه زحمت چه لازم‌است. همه فرنگیها از یك نوع و از يك جنسند، یعنی سگ زردشان برادر شغال سیاهشان است. اگر قرآن بحق است وما باید بفرموده پیغمبر بحق خود اعتقاد داشته باشیم، اینها همه باید بعذاب ابدی معذب باشند و در آتش ابدی جهنم بسوزند. اما (با انگشتان خود بنا کرد بشمردن) اولا همسایهٔ ما، کفار نمسه، لعنةالله علیهم فی‌الاوقات الخمسه، طایفه‌ای هستند بی‌صدا و بی‌ندا و بما ماهوت و پولاد وكاسه و کوزه میفروشند و محکوم پادشاهی از سلسلهٔ قدیم خویشند و بخرج خزینهٔ ما وکیلی در اینجا دارند.

«پس از آنها، زنادقه روس منحوس است که ملتی نجس‌العین و عین نجاستند. مملکتشان آنقدر وسیع است که دریك طرف آن از سرما زمهریر میبارد و درطرف دیگر آن از حرارت، آتش جهنم میسوزد. دشمن حقیقی ما اینها هستند. هر وقت ما یکنفر از آنها را میکشیم بهمدیگر مبارکباد و دست مریزاد میگوئیم. در میان‌آنها نر و ماده بنوبت پادشاهی میکنند و چون آنها هم مانند ما اکثر اوقات پادشاهان خودرا میکشند با ما شباهت زیادی دارند.

«پس از آن کفار پروسیای روسیاه است که بما سفیر میفرستند اما خدا میداند برای چه، چونکه هیچ احتیاجی به نجابت آنها نداریم. اما چنانکه خودت خوب‌میدانی ابواب رحمت و کرامت‌ما بصالح وطالح وپاك وناپاك مانندباران رحمت‌الهی که بگلستان و بمزبله بهر دو بی‌دریغ میبارد گشوده است.

«بخدا دیگر نمیدانم که را برایت بگویم. هان، قدری صبر کن، در شمال هم دو خرس هستند که در آنطرف دنیا افتاده‌اند و اسمشان یکی دانیمارك و دیگری سوئد است. قوم کوچکی هستند و در میان آدمیان بشمار نمی‌آیند. ولی با وجود این پادشاه دانیمارك مستقل‌ترین پادشاهان فرنگستان است و در مقابل قدرت و قوت خود حتی يك ینگچری و سرباز مسلح ندارد. اما اهل اسوج همه بیکی از پادشاهان خود که وقتی دیوانه‌وار در اروپا جنگ و خونریزی راه انداخت مینازند. این پادشاه جنگجو بود و برای او همین بس که جنگ باشد هر کجا که باشد و با هر که باشد. وقتی از همه جا

مأیوس ورانده شد بخاك ما وارد شد و عاقبت ما نند درندگان صحرا اسیرش گردیم و بهمین جهت امروزه پاره‌ای اطلاعات درباره این مملکت داریم والاکی میدانست که اصلا در دنیا چنین ملتی هم وجود دارد.

«فلمنگ که اسم دیگرشان هلند است کافرانی هستند توانگر و پول‌پرست ودنیادار مانند ارمنیها در میان ما که در دنیا بجز سود و کسب مال چیز دیگری سرشان نمیشود و فکر و ذکر دیگری ندارند. عادت داشتند که سفیری تریاکی بما بفرستند برای اینکه پنیر و کره گندیده و ماهی شور بما بفروشند اما از وقتیکه بناپورت نام پادشاهی طلوع کرد ایشان غروب کردند. پوست سگ را دندان گراز میدرد. اما این بناپورت حقیقتاً از آن پادشاهانی است که اگر در ردیف نادرشاه و سلطان سلیمان بگذاریم جا دارد.

سخن منشی را درینجا بریدم و این نام را بهانه ساخته گفتم «ای راستی، بزنگاه مرام و جان کلام اینجاست. چه خوب میشد و درباب این شخص مطالبی برایم حکایت میکردید. شنیده‌ام این کافر خیلی بزن بهادر و برای خود نقش غریبی‌است.

منشی: چه بگویم، رفیق. این آدم اول هیچ نبوده است، سربازی متعارفی بوده است حالا پادشاه بزرگی شده است. ان‌الله یعزمن‌یشاء ویذل من‌یشاء. بهمه فرنگیها حکم میکند که بجای خود، تعدی هم میکند. دست رد بسینه ما هم نگذاشته است. برای تسخیر مصر لشکر کشید اما شمشیرش جای دره عمر و ذوالفقار علی را نگرفت. چشم مملوکی چند را ترساند و مقداری از فلاحان بادیه را بدین سوی و آن سوی دوانید و عاقبت با پای بی کفش رفت.

من: اما آخر انگلیز نام ایل دیگری‌هم‌هست که در دنیا عجیب‌ترین اقوامند. در جزیره می‌نشینند و قلمتراش میسازند.

منشی: بله، درست است. در میان فرنگیها اینها مدتی است باز سر برآستان دولت علیه دارند و پادشاه جمجاه ما آنها را با عزت واحترام رفتار میکند. از حیث قوت دریائی بر همه جهانیان غالبند و ساعتهایشان بی‌نظیر است.

من: بسیار خوب اما از وضع حکومتشان چه شنیده‌ای. آیا سلطنتشان بغیر از پادشاهی چیز دیگری هم دارد.

منشی: بله، من درین باب سررشتهٔ کامل دارم. اما من و تو ازین چیزها سر در نمی‌آوریم. پادشاهی دارند که معناً بسیار کوچکش میشمارند اما در ظاهر بسیار بزرگ میدارند. خوراك و پوشاك و پول جیبش را ملت میدهد و مانند پادشاه تاجدار دور و برش را میگیرند و سخنان پر از ادب و نزاکت باو میزنند و القاب و عناوین عالی باو میدهند همانطور که ما میکنیم اما قدرت و اختیار یکی از دره بیگیان مفنگی ما ازو بیشتر است. بیك وزیر نه بلکه بیك مجرم ولو جرمش بزرگ هم باشد جرأت یك چوب زدن ندارند تا چه رسد بفلکه و حال آنکه یکی از اربابهای ما در صورت لزوم گوش نیمهٔ شهری را میبرد و در قبال چنین‌کاری انعام و احسان هم میگیرد. ازین گذشته، چند خانه هم دارند مانند تیمارخانه که پر است از دیوانه. نیمی از سال در آنجا جمع میشوند و بر سر هر مسئله پر و پوچ اینقدر تو سر و کله هم میزنند و کشمکش و بگو و نگومیکنند و هر یك بنوبت روده‌درازی میکنند که یك واعظ ما در تمام سال آنقدر وراجی نمیکند. خلاصه هیچ امری نیست که بی‌هیاهوی ایشان فیصل بیابد، ولو از قبیل سر آقائی را بریدن و یا مال کسی را مصادره کردن و یا امر جزوی و بی‌اهمیت دیگری ازین نوع باشد. برادر، چه بگویم. خداوند بپاره‌ای عقل داده و بپاره‌ای جنون خدا و رسولش را شکر که ما را مانند این طایفهٔ انگلیز بی‌تمیز، برای مردار خواری و کثافت‌کاری خلق نکرده است. ما با ذوق و صفای کامل، در کنار خلیج قسطنطنیه بر مسند ناز والمیده‌ایم و بآسودگی تمام قهوه میخوریم و چپوق میکشیم.

من: عجب چیزهای هرگز نشنیده میگوئی. من هیچ این چیزها بگوشم نرسیده بود و اگر هم می‌شنیدم باور نمیکردم که مثلا هندوستان بدان بزرگی در دست اینها باشد و پیرزنها در آنجا حکمرانی کنند. آیا تو هم این خبر را شنیده‌ای.

منشی: از قراری که شنیده‌ام این انگلیزها آنقدر زرنگند که هر چه بگوئی از آنها برمیآید و جای تعجب نیست. اما اینکه پیرزنهای آنها در هندوستان حکمرانی میکنند هیچ بگوشم نخورده است. شاید هم‌چنین باشد. کی میداند. خدا بهتر میداند. ازین جور دیوانگان این‌جور دیوانگیها دور نیست.

من (پس از لمحه‌ای تأمل): آیا همه فرنگیها همینهائی هستند که گفتی یااینکه باز هم چیزی باقی است. ترا بخدا بگو، چرا که در دنیا بعقل کسی نمیرسد که یك‌ملت

ازین همه مخلوق مرکب باشد.

منشی (پس از قدری تفکر): بله، دو سه ملت دیگر هم هستند که فراموش کردم اسم ببرم چرا که بزحمتش نمیارزد. مثلا اسپانیا و پرتقال و ایتالیا که خوك خودمیخورند و بت می‌پرستند اما در میان فرنگیها جزو کسی حساب نمیشوند. اسپانیا در سایه پول خود که اسمش ریال است در نزد ما معروف است و پرتغال هم مقداری یهودی برای ما تحفه بیادگار فرستاده است و ایتالیا هر سال یك مشت درویش و قلندر بدینطرفها میفرستد که پول بسیار بخزینه ما میریزند تاکلیسا بسازند و ناقوس بزنند. اما بگذار چندکلمه هم درباب بابای اعظمشان برایت بگویم. این یارو در رومیة الکبرای خلیفه فرنگیهاست و مردم را بدین خود دعوت میکندولی باز ما کلاهش را برمیداریم چون بیشتر از آنکه او بدین خود بیاورد ما بدین اسلام میآوریم با آنکه پیش از اجرای صیغهٔ شهادت باید عذاب سخت ختنه را متحمل شوند.

من: یك سؤال دیگر هم دارم و دیگر دردسر نخواهم داد. در باب ینگی دنیا آیا چیزی شنیده‌ای یا نه. من اینقدر روایات مختلف درین باب شنیده‌ام که گیج شده‌ام. میگویند آن‌ور دنیاست و در این صورت آیا از راه زیرزمین باید بدانجا رفت و یا راه

دیگری دارد.

منشی: با آنها چندان رفت و آمد و معامله و مراوده‌ای و از حالشان وقوفی نداریم. اما اینقدر هست که باید با کشتی بدانجا رفت و اینجا هم کشتی دارند.

پس آهی کشید که «ای برادر ینگی دنیای اینها هم مثل ایسگی دنیایشان کافرستان است. الکفر ملةواحدة. ان‌شاءالله خداوند با عذاب جاودانی همهٔ آنها را معذب بدارد».

چون سخن بدینجا رسید اظهار عجز نمود و رشته بیان‌را قطع کرد. پس قدری هم‌از دره و تپه بدون آنکه شایبهٔ افاده و استفاده‌ای در میان باشد صحبت داشتیم و سرانجام قهوه دیگری خواستم و با وعدهٔدیدار دیگری از یکدیگر جدا شدیم.

گفتار هفتاد و ششم

تاریخ عمومی اروپا بقلم معجز نسیم حاجی‌بابا و مراجعت مورخ بایران

پس از آنکه ازواقفان رموز سیاست‌عمومی دنیا گردیدم با آنهمه اطلاعات ومعلوماتی که کسب شده بود بحضور جناب سفارت مآبی مشرف گردیدم. بسیار حظ کرد و از آن پس تا وقتی که در استانبول بود مرا برای جمع‌آوری اطلاعات بهر سوی میفرستاد تا آنکه سرانجام بخیال خود باندازهٔ کافی مطالب و نکاتی که برای نوشتن تاریخ عمومی فرنگستان که پادشاه تدوین آنرا امر فرموده بود بدست آوردم.

این اطلاعات کافی وحقایق شافی را منظم ومرتب ساخته برشتهٔ تحریر درآوردم و برای مطالعه و حك و اصلاح بحضور ایلچی بردم و او نیز برای اینکه با ذوق وسلیقه شاهنشاه موافق باشد بکاستن وپیراستن پرداخته تصمیمات واصلاحات لازم را بعمل‌آورد. آنچه را ممکن بود بتریج قبای پادشاهی برخورد قلم کشید و در هرکجا که ضرورت

اقتضا میکرد چیزی بیفزود.

دادیم خوشنویس بخط خوش نوشت و بصورت کتابی در آمد. جلا و تذهیب هم کردیم و بنام «وقایع فیروزی» در چنته‌ای از حریر جا دادیم و آنگاه ایلچی فرمود «اینك قابل تقدیم به‌پیشگاه پادشاهی» است .

میرزا فیروز پس از انجام مأموریت وخدمات محوله عازم ایران گردید وتعهدنمود که مرا نیز با خود ببرد و درآنجا بخدمتی از خدمات دولتی بر گمارد و گفت «آدمی به‌پری تو که جامع اطلاعات در باب فرنگستان هستی برای ما لازم است تا بتواند با سفرای آنها در طهران بجوال برود».

برای چون من‌آدمی که از ترکها و دیارشان سیر و بیزار شده بودم از ین بهتر تکلیفی امکان پذیر نبود.

هروقت بیاد شکرلب میافتادم‌کامم تلخ میگردید. داستان ملاباشی کهنه شده از میان رفته بود. شنیده‌بودم که ملانادان را هم بدم خمپاره گذاشته‌اند. وزن ملاباشی‌هم که بدست کردها افتاده بود دیگر روی طهران را ندیده است و هکذا عبدالکریمشان . از اینقرار دیگر بیم وهراسی از ناحیهٔ‌آن صد تومان در میان نبود. و نسقچی‌باشی هم پس‌از آنکه ملانادان دستگیر شده بود بحیوان خود رسیده بود. با این مقدمات محظوری در رفتن بطهران و خودنمائی کردن باقی نمانده بود. وانگهی امیدوار بودم که کسی در صدد اذیت و آزارم بر نخواهدآمد ودست بتر کیبم نخواهد زد چونکه البته از بزرگان و اعیان واشراف یکنفر پیدا خواهد شد که بحمایتم برخیزد . خلاصه آنکه عذری نداشتم که تکلیف ایلچی را رد کنم. وانگهی همینقدر که نوکر پادشاه میشدم هرتقصیری هم داشته باشم کیست که بگوید بالای چشمت ابروست ، میتوانم کلاه راکج بگذارم و شق شق راه بروم بدون‌آنکه از احدی بیم و هراسی داشته باشم.

پس بتدارك راه پرداختم. پیش از حرکت خواستم برغم احوال گذشته خودی به هموطنان بنمایم وتشخص و جلالی فروخته داغ دلی بگیرم. میدانستم که اطلاع یافته‌اند که حالا از وابستگان سفارتم و دیگر ترس بی‌اعتنائی و طعن وطنز در میان نبود. بنا بر این تا مرا دیدند، همه زبان به‌چاپلوسی وتملق گشودند و مرا آقا و میرزا و سرکار و جناب خطاب کردند وتعارفات خالی ودلپذیری ازقبیل «سایه شما ازسرما کم‌نشود»، «عمر

و دولتتان مستدام باد» «ازمرحمت سرکارعالی»، «ازلطف جناب عالی» و تعبیرات دیگری ازین قبیل بنافم بستند. اگر کسی این حرکات و این عبارات و سخنان را میشنید هیچ باور نمیکرد که از دهان همان مردمان بدکنش و بد دهان دوماه پیش باشد، برعکس اگر کسی از مرحله بی‌خبر بود گمان میکرد که من حق حیات بگردن آنها دارم و حاضر بجان فشانی در پای من هستند.

اما عثمان‌آقای پیر در موقع وداع وخدا حافظی باز بهمان نوعی که همیشه باپسر حسن دلاك سخن گفته بود با اظهار مهربانی و دلسوزی گفت «فرزند برو، خدا نگهدار خواه اسیر ترکمنها و خواه دلال متعه خانه و خواه تاجر چپوق و خواه شوهر شکرلب و خواه نوکر باب و بستهٔ دستگاه پادشاهی باشی همیشه ودر هر جا دعای خیر من بدرقهٔ راهت خواهد بود».

پس با ایلچی باذن و اجازهٔ حکومت عثمانی و با جمع کثیری از ایرانیان مقیم استانبول که ببدرقه آمده بودند از طریق اسکدار از استانبول بیرون رفتیم.

سفرمان خوش گذشت وتا موقع رسیدن به‌ایروان قضیه‌ای که قابل تذکار باشدرخ نداد و خبر تازه‌ای نرسیده بود. در ایروان اخبار بگوشمان رسید ولی معلوم نبود که قابل وثوق و اعتماد باشد یا نه. وقتی به‌تبریز رسیدیم در دستگاه عباس میرزای نایب‌السلطنه پاره‌ای چیزها بگوشمان رسید که از همه مهمتر خبر رقابت بین سفیرهای فرانسه وانگلیز بود. فرانسویها سعی وافر داشتند که انگلیسها را از ایران بیرون کنند.

درباره‌اقدامات وتدبیرهای آنها چیزها نقل میکردند و روایتها مختلف بود. تمام ایرانیان تعجب داشتند که «این پدر سوخته‌ها چرا با این همه مخارج این همه راه را آمده‌اند که درطهران بسر ومغز هم بزنند». شنیدیم که گفتگوی پادشاه با ایلچی فرانسه وایلچی انگلیس بدینقرار بوده است:

ایلچی فرانسه (با تشخص و فیس و افاده بسیار) : پادشاه ما بزرگ و مقتدر است و لشکرش کران تا کران عالم را گرفته است.

پادشاه: بسیار خوب، اما بماچه. فرانسه کجا وایران کجا.

ایلچی فرانسه : اما آخر ما میخواهیم هندوستان را از دست انگلیسها بیرون بیاوریم. شما باید بما راه بدهید وآذوقه لشکر ما را برسانید.

پادشاه : شما میخواهید هندوستان را از دست انگلیس بیرون بیاورید بما چه· ما حاضر نیستیم بشما راه بدهیم و آذوقه هم نمیخواهیم بشما برسانیم.

ایلچی فرانسه: ما گرجستان را برای شما میگیریم و تفلیس را بشما پس میدهیم ودردسر روس را از سر شما دور میکنیم.

پادشاه: این حرف حسابی و این مسئله دیگری است. هروقت شما این تعهد را بجا آوردید و ما بچشم خود دیدیم که در تمام صفحهٔ قفقاز یك نفر روس باقی نمانده است آن وقت بشما جواب میدهیم. اما پیش از آن ، محال است بگذاریم کسی بیاید و از خاکمان بگذرد وما نمیخواهیم با دوستان قدیمی خود یعنی انگلیس میانه را برهم بزنیم.

اما وقتی نوبت بانگلیسها رسیده بود آنها با پادشاه از اینقرار گفت وشنود کرده بودند .

انگلیس : این فرانسه‌ها بایران نیامده‌اند مگر برای اینکه ما را بزحمت و درد سر بیندازند . شما باید آنها را راه ندهید.

پادشاه: چه بکنم . این تکلیف شما با قاعدهٔ میهمانوازی مخالف است .

انگلیس: ما میگوئیم « یا ما یا فرانسه» دوهندوانه دریك بغل نگنجد .

پادشاه: هم شما و هم فرانسه. ما چرا باید برای خودمان دشمن بتراشیم و بسری که درد نمیکند دستمال ببندیم. ما با همه دوستیم.

انگلیس: آخر ما بشما کمك ویاری میکنیم، شمارا، مقتدروقوی‌میسازیم، پول‌میدهیم.

پادشاه : این شد حرف حسابی. شما مبلغش را معین کنید تا ما فکرش را بکنیم.

در موقع حرکت ما از تبریز حال بدین منوال بود و چون در طهران سخت در انتظار ورود میرزا فیروز بودند بدون آنکه زیاد در نزد ولیعهد بمانیم براه افتادیم.

در سلطانیه از دور چشممان بقافله‌ای افتاد که بایرانی نمیماند. چون نزدیك شدیم معلوم گردید فرنگی هستند. سفیر فرانسه بود. بهمراهی میهمانداری محترم ومعزز از طهران بیرونش کرده بودند. از قراری که میگفتند ایلچی انگلیس زیر پایش را جاروب نموده ودکش کرده است وجا را برای خود خالی نموده است. پس معلوم شد که امور در دربار از چه قرار است و پادشاه در معامله گول نخورده است . میرزا فیروز متعجب گردید که چرا قبل از ورود او و پیش از اطلاع بر تحقیقاتی که دربارهٔ اوضاع و

احوال سیاست دنیا بدست آورده بود چنین تصمیمی گرفته و نفهمیده و نسنجیده سفیر فرانسه را پس فرستاده‌اند اما معلوم بود که زبان فصاحت و بلاغت بیان درهم و دینار کار خود را کرده وحلال مشکلات گردیده است.

«زر نداری نتوان رفت بزور از دریار

زور ده مرده چه باشد زر یك مرده بیار»

ازین ملاقات سخت خرسند شدیم چه فرصت نیکی بود برای مشاهده و تماشای اطوار واحوال ملتی که آنهمه وصفش را شنیده بودیم. پس یك روز لنگ کردیم وایلچی ما را بایلچی فرانسه معرفی کردند و با هم آشنا شدند.

قاعدتاً ایلچی‌فرانسه باید دل شکسته و مکدر وشرمنده باشد که عذرش را خواسته و«ما را از مدرسه بیرون شدیم» در حقش بعمل آورده بودند اما بر عکس، همانقدر که ما متعجب و متحیر بودیم او خرسند و شادمان بود. هرگز قومی بدان چلی ودیوانگی ندیده بودیم. میرقصیدند ، آواز میخواندند، هرزگی میکردند، و از همه بدتر، همه با هم بیکبار حرف میزدند . رعایت مقام و احترام بالاتر و رئیس و مرئوسی در میان نبود . گوئی همه با هم همرتبه وهمشأن بودند . بفرشهای ما خیلی بی ادبی کردند یعنی با کفشهای میخدار همه‌را سودند وفرسودند و با دهانهای کثیف مدام خندیدند وتفیدند. من بحکم اندك اطلاعی که از چند وچونشان بدست آورده بودم خواستم ببینم‌آیا میان زبان‌آنها و زبان ما هیچ مناسبت و شباهتی هست یا نه . ندیدم و حتی یك کلمه ازآنچه میگفتند سر در نیاوردم. با هزار زحمت و مصیبت و بزور نوشتن و تکرار و ازبر کردن همینقدر ملتفت شدم که سه لفظ را زیاد تکرار میکنند. اول «ساکره» دوم «پاری» وسوم «آمپرور» وفهمیدم که معنی‌آن سه‌کلمه «مقدس» و«پاریس» و «امپراطور» است.

اما رویهمرفته از همدیگر بدمان نیامد. چنان بنظر آمد که جنسمان بهم نزدیك است و در پاره‌ای عادات بیکدیگر بی‌شباهت نیستم. سرانجام در این اعتقاد استوارشدیم که این قماش آدمها روز قیامت هم با همان شیکی و جلفی و هرزگی که در سلطانیه نشان دادند بجهنم خواهند رفت.

فردای آن روز از هم جدا شدیم. آنها خندان وشادان و یاوه سرایان که «شاه با ما چگونه رفتار کرد »وما سر بگریبان و اندوه خواران واندیشناك که «شاه با ماچگونه

رفتار خواهد کرد» هر یك راه خود را در پیش گرفتیم.

گفتار هفتاد و هفتم

مراسم پذیرائی ایلچی فرنگ درایران

پادشاه میرزا فیروز را در کمال التفات پذیرفت واز جوابهائی که بمسائل مهم‌اروپا داد اظهار رضایت نمود. حقا که دراین‌کار کسی ماهرتر از او نمیشد. بهر سؤال فی‌الحال جواب مناسب میداد. نه از نادانی دست پاچه میشد و نه از دشواری دست و پایش را گم میکرد. لفظ «نمیدانم» که در حضور پادشاه عیبی بس بزرگ است بر زبانش جاری‌نمیشد. در هر باب چنان با علم‌الیقین از لوح محفوظ سخن میگفت که هر شنونده‌ای می‌پنداشت مطلب همان است وجز آن نیست. در حق فرنگیها وفرنگستان چنان داد تحقیق وتدقیق داد که گمان کردند زاده و بزرگ شده فرنگستان است.

من‌نیز چون بمحرری و منشیگری او معروف و بخبر پژوهی و سررشته‌داری امور فرنگ شناخته شده بودم و درکار تاریخ نگاری با اوشریك بودم از افتخاراتی که نصیب او گردید بی‌بهره نماندم. هرچند بقدر او بی باك وبی‌پروا نبودم اما باز در مورد جواب دادن بسؤالها معقول دست و پائی میکردم و عاجز نمیماندم. چیزی که هست مهارت فراوان لازم بود که مبادا حرف آقا و نوکر مخالف یکدیگر در آید و مشتها باز شود. راستی که سخن سرایان جهاندیده و سنجیده ما معجزه کرده‌اند آنجائی که گفته‌اند:

«در دیار بی‌زبانان هرصدا کاید بگوش گرچه صوت خر بود آوازۀ خنیاگراست»

ایلچی انگلیس چند روز پیش از ما بطهران رسیده وبا احترام و اعزازی که سگی‌نجس و پلید از خلیفۀ معظمی مانند هارون الرشید پذیرفته بود پذیرائی یافته بود. عوام‌الناس ازین معنی دلتنگ و دلخور شده بودند و ملاها بنای لندلند را گذاشته بودند که این همه احترام بی معنی تقصیرخود مانست که برای خود درین دنیا عذاب دوزخ میتراشیم.

در وقت ورود بطهران در رهگذارش گاوها قربانی کرده و جا بجا نقل و شیرینی نثار کرده بودند وحتی امتیاز شیپور زدن را در وقت سوار شدن که خاصه پادشاهان است دربارۀ او مرعی داشته بودند و پس از ورودش هم از قواعد میهمان نوازی سرسوزنی

درحقش دریغ نداشته بودند. خانهٔ یکی از اعیان بنام را باسم اینکه باید ایلچی درآنجا منزل نماید غصب کرده و تمام اسباب و فروش و لوازم و ظروف را از همسایگان بزور گرفته بودند وحتی باغچه یکنفراز آنها را هم با طویلهٔ بیچارهٔ دیگری بدان خانه ملحق ساخته بودند. بصدراعظم هم امر شده بود که در تمام مدت اقامت ایلچی در طهران خرج مطبخش باید ازجیب او باشد و نیز چنانکه در این قبیل مواقع مرسوم و معمول است پول خلعت و شالش‌را از درباریان گرفته بودند. بشاهزادگان و سایر ارکان و اعیان‌نیز حکم شده بود که پیشکشها و هدایا و تحف برای او بفرستند. ضمناً دستخط مبارکی هم صادر شده بود بدین مضمون که « اینان میهمان ذات اقدس شهریاری هستند و اگر چه کافرند بمصداق اکرم‌الضیف ولوکان کافراً واجب است من اکرمهم فقد اکرمنی ومن اهانهم فقد اهاننی».

مسلم است که اینهمه بذل مرحمت و اعزاز در حق کفار کاملا کافی و رضایت بخش بود و بایستی کلاه خود را بهوا بیندازند. اما وقتی نوبت برسوم و آداب‌حضور رسیدپاره‌ای مشکلات بمیان آمد. ایلچی فرنگی بنای لجاجت ویکدندگی را گذاشت. اولا در باب نشستن در حضور شهریاری حاضر نشد برزمین بنشیند وبر صندلی نشست و فاصلهٔ دوری از تخت پادشاه را هم خودش معین کرد. ثانیاً ملعون غافل ازفاخلع نعلیك با کفش کثیف بتالار فردوس کردار درآمد. ثالثاً در باب کلاه برداشتن هرچه باو گفتند سر برهنه علامت بی‌ادبی است گوش نکرد و گفت «ما فرنگی هستیم» و کلاهش را ازسر برداشت. رابعاً در باب لباس دعوا بجاهای نازك کشید. هرچه بایلچی پیغام دادند که برایت شال و کلاه میفرستیم تا مثل‌آدم بدربار داخل شوی با مسخره وریشخند رد کرد و گفت «من چون‌باهمین لباس خودمان بحضور شاه‌خودم‌میروم بحضور شاه شما هم باهمین لباس‌خواهم آمد». چون کسی تاآن گاه ازطرز وطریقه بار عام فرنگیها اطلاعی و از وضع لباسشان خبری نداشت بیم‌آن میرفت که با جامهٔ شب وشب کلاه بدربار بیاید.سرانجام بخاطرمن آمد که در عمارت چهل ستون اصفهان پرده‌ای هست که‌آمدن ایلچیان بحضور شاه عباس درآن نقاشی شده است. درآن پرده شاه‌عباس تاج برسر با فاخرترین لباس بر تخت نشسته است. من این مطلب را با میرزا فیروز درمیان گذاشتم واو بصدراعظم اظهار داشت و صدر اعظم هم بشاه.

پس چاپاری بشتاب باصفهان فرستادند و بزودی صورتی از آن پرده را که بهترین نقاش اصفهان کشیده بود آوردند. آنرا بایلچی نشان دادند و گفتند «بسم‌الله، با این لباس و این هیأت بیا» و تصور کردند که دیگر راه اعتراض بسته شده است.

انگلیسهای لعنتی وقتی آن نقاشی را دیدند چنان خندیدند که کم مانده بود بتر کند و گفتند «معلوم میشود شما میخواهید میمون برقصانید».

خلاصه این کشمکش چنان بدرازا کشید که پادشاه بستوه آمد و گفت «بجهنم ، با هرلباسی میخواهند بیایند».

سلام پادشاه بهتر از آن برگزار شد که ما از چنین ملتی تربیت نادیده و غیر متمدن منتظر بودیم. تعجب کردیم که این انگلیسها با آن بی‌تربیتی وخشونت اخلاق چطور آنهمه آداب و تربیت را بخرج دادند. کمترین خلاف ادبی از آنها سر نزد .

پادشاه با فاخرترین البسه خود که چشم انگلیسها را خیره میکرد بر تخت طلا نشسته بود. هر کس او را میدید میگفت.

«مگر جمشید یا داراست این شاه بدین جاه وبدین جاه وبدین جاه»
«چنین شاهی که دیده برسر تخت بدین رخت‌وبدین رخت‌وبدین رخت»
«شکوهش باشد ازنوشیروان بیش بدین ریش‌وبدین ریش‌وبدین ریش»
«زبختش ملك نوشیروان خرابست زریشش ریشهٔ ایران در آب است»

شاهزادگان والاتبار با آب ورنگی بمراتب بیشتر از آب‌ورنگ جواهر ومرواریدهای آبداری که برو بالای پادشاه را پوشانیده بود از چپ و راست صف بسته بودند . اندکی دورتر سه وزیر فلاطون تدبیر که هر يك مخزن عقل و معدن حکمت بودند و دست لقمان و بوذرجمهر را از پس می‌بستند، همه باشال و کلاه و کلیجه ، بی حرکت و بی‌صدا، مانند نقش بر دیوار ، پشت بر دیوار ایستاده بودند. در پهلوی آنان غلامان فرخ رخ پریوار وفرشته کردار که به حمله عرش وخزنهٔ فردوس میماندند دیده میشدند. فرنگیهای پدرسوخته با آن قباهای ببدن دوخته و تنبانهای بساق چسبیده و صورتهای ریش وبروت تراشیده ، مانند شترمرغ یا عنتر یا هر جانور دیگری باستثنای انسان مباینت و مخالفت خود را باایرانیان بخوبی مشهود میساختند. بدون آنکه بشکوه پادشاه وقعی بگذارند ویا از هیبت وهیأت او بیم و هراسی بخود راه بدهند. ازین گذشته حرکات

واطوارشان بعین همان حرکات و اطوار خودمان‌بود.

آنگاه ایلچی خطابه‌ای خواند با عباراتی چنان عوامانه و راست وحسینی و با تعبیراتی چنان عاری از فصاحت و بلاغت و صنایع بدیع که گفتی استربانی با شتربانی مشغول حرف زدن است. خدا پدر ترجمان ما را بیامرزد که ماست مالی حسابی کرد و الا پادشاه را شاهنشاه شرق وغرب و قبله عالم و عالمیان هم نمیخواندند.

اگر بخواهم فرق و تفاوت اوضاع و اطوار ظاهری و باطنی آنها را با خودمان بنویسم قلمی باید از پولاد و دواتی که بقدر دریای اخضر مرکب داشته باشد. پاره‌ای از دانشمندان و بخردان ما بحکمت استدلال میکردند که این همه تفاوت باید از تأثیر آب وهوای اقلیمشان باشد که تیره وتار و پر از رطوبت و مه است ومیگفتند چطور میتوان دو قوم را با هم مقایسه کرد که یکی از آب محاط است وروی آفتاب نمی‌بیند ودیگری روز تا شام درآفتاب میسوزد واز بی‌آبی له‌له میزند. اما علما بطوری ساده‌تر و بطرزی که عقل آسانتر قبول میکند تأویل کردند که «این تفاوت واختلاف از دینداری‌ما وبی دینی آنهاست. آنها هرگز نور ایمان بوجودشان نتابیده است و درظلمت الحاد وزندقه مستغرقند درصورتیکه ما بفضل پروردگار رویمان از نور ایمان منور و قلبمان از لوث کفر مطهر است. وهم میگفتند که اگر این ایلچی و همراهانش با همه ملت انگلیس مسلمان شوند و زنگ نجاست و پلیدی از آنها زدوده شود و یهدی من یشاء هم شامل حالشان گردد احتمال دارد که از درکات جهنم رهائی یابندودر درجات علیین بهشت‌برین سعادت هم نشینی با ما نصیبشان بشود.

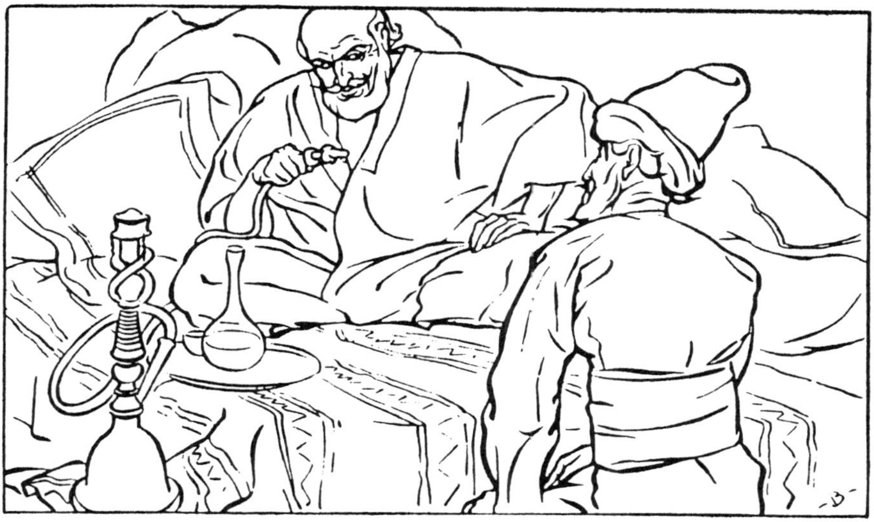

گفتار هفتاد و هشتم

حاجی‌بابا مورد توجه و التفات صدراعظم قرار و دنیا بکامش میگردد

دنیا بکامم بود و روزگار موافق و برای کامیابی و توفیق چرخ بر مرادم میگشت. چون از احوال و اوضاع فرنگستان آگاه وواقفم می‌پنداشتند امورفرنگیهائی‌را که‌در ایران بودند بمن مراجعه میکردند و من بهمین سبب با صدر اعظم و سایر ارکان دولت راه و رابطه پیدا کردم.

میرزا فیروز مردی بود توانگر و بکسی احتیاج نداشت و پس از ورود بطهران از کار کناره کشید و چون دید من راه گذرانی پیدا کرده‌ام خوشدل گشت و در هرجاتعریف و تمجید از صفات حمیده و ازکارآمدی من میکرد و من هم میکوشیدم تاحرفهایش دروغ در نیاید بطوریکه طولی نکشید که همه کس را اعم از مسلمان و غیر مسلمان در حق خود خیرخواه و هوادار خود دیدم. طالع که بدون او هر نقشی بر آب است در گوشم میگفت.

«شادمان باش که ناسازی ایام گذشت»

صدراعظم مردی بود مدبر، با سلیقه، حراف، عراف، حاضر جواب وخوش‌خطاب

و در نزد پادشاه حرفش در رو داشت. از همان ابتدای جـلوس پادشاه بتخت سلطنت او نیز در مسند صدارت بقدری با خواص وعوام خوب تا کرده و کارمردم را راه انداخته بود که وجودش را مانند وجود آفتاب عالمتاب ضروری میشمردند و چون بکارهای فرنگیها اهتمام و توجه مخصوص مبذول میداشت و هر روز با آنهـا کاری پیدا میشد کـه محتاج گفت و شنود بود مرا پیغام برو پیغام‌آور وواسطه باسفارت انگلیس قرارداد و من از زبان یکی بدیگری پیغام میبردم و میآوردم و گاهی نیز بمقتضای موقع و مقام چیزی از خود برآن میافزودم و چون از طرفی در نزد طرف دیگر مرتباً تعریف میکردم رفته رفته در نزد آنها جای خود را باز کردم و محبوب طرفین قرار گرفتم.

از آنجائی که بزرگترین مرض و سودای صدراعظم مـرض رشوت بود تـرضیهٔ خاطر او را قبلهٔ ارادهٔ خود ساختم و بدین منظور گاهی بفراخور صدراعظم (و البته بدون آنکه خود را فراموش نمایم) از ایلچی انگلیس پیشکشها و هدایائی از آن کافر بدان مسلمان میرساندم اما چون این قبیل هدیه دادنها و گرفتنها طبیعی و متداول بشمارمیرفت نشانهٔ دانائی و هنر مـن محسوب نمیگردید. چیزی که هست در دو سه کار مهـم مرا واسطه قرار دادند و چنان خوب از عـهده برآمدم که از آن ببعد صدراعظم با من از در التفات درآمد.

در میان دولتین بنا بود عهد نامه‌ای بسته شود. صدراعظم از جانب شاه و مـن از جانب صدراعظم وکیل مطلق و مختار بودم و من با همه ناچیزی خود مانند سگی که در عروسی بوی استخوانی بدماغش خورده باشد سخت بتکاپو افتادم تا اینکـه صبح شبی که مجلس مذاکره و مباحثه در بین طرفین خیلی بدرازا کشید، صدراعظم مرا بخلوت خاص خود کـه بجز محارم خاصش کسی را بدانجا راه نبود احضار نمود. وقتی کـه وارد شدم هنوز درخواب بود. با بی‌تکلفی گفت« حاجی، پیشتر بیا و بنشین. مطلب مهم است ومیخواهم با تو در میان بگذارم» و بی‌هیچ رو دربایستی و کتمان ویا کنایه و استعاره صاف و پوست کنده گفت «اوقاتم خیلی تلخ است. این ایلچی انگلیس تکلیفهای بسیار دشوار بما میکند و چیزهای نشدنی درخواست میکند. میگوید اگر مسئولم را اجابت نکنید و آنچه را میخواهم ندهید بیرقم را میخوابانم و ازطهران میروم. از طرف دیگر پادشاه بمن میگوید « اگر ایلچی دل آزرده برود سرت را میدهم ببرند.» وایـن در صورتی است که پادشاه

حاضر نیست بهیچیك از تکالیف ایلچی عمل نماید. سخت گیر افتاده‌ام و نمیدانم چه بایدم کرد. حاجی، بعقل تو چه میرسد. چارهٔ این کار چیست».

گفتم «آیا نمیشود بکمك رشوت راهی پیدا کرد» اینرا گفتم و نگاهی باو انداختم مثل این که این کلام را معانی دیگری است.

گفت «چطور بکمك رشوت. چه رشوتی. وانگهی این فرنگیها بقدری خرتشریف دارند که نمیدانند رشوت چیست. حاجی، گوش بده، آنها هرقدر دلشان میخواهد بگذار خر باشند ما که خر نیستیم. ایلچی خیلی اصرار دارد که کارش بگذرد و من هم تا ممکن است نمیگذارم مفت بگذرد. میروی با او حرف میزنی و مطلب را حالیش میکنی. تو با او میانه‌ات خوب است. میگوئی من با صدراعظم دوستم و پاره‌ای حرفهائی را که من خودم نمیتوانم بزنم میزنی. خوب فهمیدی؟».

سر فرود آوردم و گفتم «بچشم. هر چه بفرمائید اطاعت میشود. امیدوارم روسفید برگردم».

برخاستم و با امید تمام یکراست بخانهٔ ایلچی انگلیس رفتم.

حاجت به بیان نیست که چگونه دم ایلچی را دیدم و پختمش و بدم تیر رسش آوردم. لب مطلب را چنان خوب حالیش کردم که اندکی پس از آن با کیسه‌ای پر از طلا برگشتم. این اولین کیسه مقدمةالجیش بود و تا روزی که کار بدلخواه ایلچی انجام یافت دنبالهٔ مفصلی پیدا نمود و بچه و نواده و نبیره های بسیاری زائید. از آن گذشته ایلچی بمن وعده قطعی داد که فوراً پس از انجام امر انگشتری الماس سخت گرانبها از انگشت دولت انگلیس بانگشت دولت ایران برسم تشیید مبانی دوستی و یگانگی در میان آن دو دولت ابد مدت و بنشانهٔ یکجهتی بین نمایندگان آنها عطا خواهد گردید.

صدر اعظم نگاهی بکیسه کرد و نگاهی بمن و گفت «احسن، حاجی حالا تو ازمائی. آخر ما در این مملکت چیزی هستیم. من ترا بیش ازین نخواهم گذاشت بی‌تکلیف و بی کلاه راه بروی، عریضه‌ای بنویس، امضاش با من».

با اظهار امتنان برسم شکرانه عرض کردم «بنده تا جان دارم صادقانه و عاقلانه در خدمتگزاری مضایقه نمیکنم. محبت سرکار در حق من برای من کافی است». این سخنان را چنان با خاکساری و بی‌طمعی بعرض رساندم که اگر ممکن بود بتوان یك

حرف ایرانی را کسی باور کند میتوانستم بخود ببالم که این حرفم را باید باور کرده باشد.

او معنی کلامم را ازخود من بهتر دریافت و گفت «حرف مزن. من هم وقتی ماندتو بدین در و آن در میزدم . من قدر خدمات ترا میدانم. تو هم از راه خود برمگرد. این فرنگیها خوب باب دندان تواند . هر طور دلت خواست مرخصی ، رفتار کن . هم خیلی پول دارند و هم خیلی بما محتاجند. در خانه اگر کس است یك حرف بس است. بدان که مردم ایران مثل زمین کشتزارند. بی‌رشوه حاصل نمیدهند. قبل از بدست آوردن محصول باید مایه گذاشت . فرنگیها میگویند مقصودشان خیر وصلاح مملکتشان است و بس. امااین سخن درپیش ما اهل ایران‌حرف مفت است. ما هرخدمتی که انجام بدهیم،خواه من باشم و خواه شاه باشد، فردا همینکه مردیم همه فراموش‌میشودو ازمیان میرود. کسی که جانشین شاه میشود برای‌آبادی‌خود تمام آباد کرده‌های پیشینیان‌را خراب میکند و ازبین میبرد. بله، راست است که پادشاه باسم‌خدا فی‌حد ذاته‌حقی‌دارد. داشته‌باشد، اما آخر وزرایش هم‌حقی دارند،چرا نگیرند. خیال میکنی که در نفع و صلاح مملکت خواهد بود . نه، چون بلاشك احدی در این خاك بفکر خیر و صلاح ملك و ملت نیست دیگر چه برسد باینکه در این راه فداکاری نماید .

از این بیانات ذهنم روشن گردید و پردهٔ غفلت از پیش چشمم برداشته شد و در جلو خود شاهراهی بس وسیع دیدم با فواید و منافع بسیار. کلام صدر اعظم که گفت « این فرنگیها خوب باب دندان تواند » مدام در گوشم زنگ میزد و عنان قوه مخیله را رها ساختم تا زبر و زرنگ برای پیشرفت کارم تدابیر تازه بسازد و نیرنگهای نو بپردازد.

گفتار هفتاد و نهم

حاجی بابا از نفوذ خود استفاده مینماید و مظهر مراحم صدراعظم قرار میگیرد

بهزار مرارت خود را در شهر محرم اسرار صدراعظم قلم دادم. بانگلیسهای لامذهب حالی کردم که تا پای من در میان نباشدکار عالم بنظام نمیرسد. این تدابیر بزودی بنتیجه رسید و طرفین در نهایت خرسندی مرا واسطهٔکار قرار دادند.

غرض اصلی انگلیسها این بود که بهر زوری شده بما خوبی کنند و برای حصول این مقصود زحمت بسیار میکشیدند و پول بسیار خرج میکردند. معتقد بودند که درد ما را بهتر از خودمان میدانند و بدرمانش بیشتر از خودمان میکوشیدند. نمیدانم در ما لایق دوستی خود چه چیز سراغ کرده بودند که بر خود ما مجهول بود و این در صورتی بود که ما آنها را بی‌دین و پلید میدانستیم. خلاصه آنکه این قضیه نه بمن دخلی داشت و نه برایم ضرری. منظور اصلی من این بود که آنانرا بخودم محتاج و خود را بایشان ضروری و لازم بنمایم. لقمهٔ چربی بودند و زحمتم بهدر نمیرفت.

شاید خوانندگان این کتاب در خاطر داشته باشند که پیش ازین ذکر یك حکیم انگلیسی رفت که از جمله معالجات اختراعی خود میخواست آبله کوبی را هم درطهران ترویج نماید. یاد او از خاطرها محو شده بود و طبیبان خودمانی باز از نو بهمان سنت آباء و اجدادی هر ساله اطفال بسیاری را بعالم آخرت میفرستادند. اما باز با این ایلچی تازه حکیم دیگری آمده بود تا بما نیکی کند. سخت در رواج عمل آبله کوبی اصرار و کوشش داشت. از مادرهای کودك در بغل دم در خانهٔ او ازدحام عجیبی میشد. من بنا بتدبیری که اندیشیده بودم بیش از هر کس دیگر بنای داد و فریاد را گذاشتم که «چرا باید زن مسلمان بخانه نصرانی و غیر محرم پا بگذارد. از برای هر مقصودی هم باشد عیب و گناه است وقباحت دارد». در نزد صدراعظم هم موشك دواندم وکار بجائی رسید که او برای منع این کار قراولی در خانهٔ حکیم گذاشت. این اقدامات بازار و دل حکیم را بشکست.

او را که دیدم باو گفتم «حکیم باشی، چرا شما را مکدر می‌بینم. غصه ندارد. اینهمه زحمت چه فایده‌ای برای تو دارد و بتو چه میرساند. وانگهی مردم هم قدر

زحمت را نمیدانند».

حکیم: هیهات، حاجی، تو نمیدانی چه میگوئی. این زحمت نه بلکه رحمت محض است و باید شامل حال همهٔ جهانیان بشود. اگر دولت ایران این‌کار را در اینجا جلوگیری کند گناه این همه نفوسی که تلف میشود بگردن او خواهد بود. هیچ میدانی چه مقدار نفوس بی گناه بهیچ و پوچ تلف میشوند».

من: بما چه. هر قدر میخواهند بمیرند، مگر از زنده بودنشان بکیسهٔ ما چه وارد میشود که غصهٔ مرگشان را بخوریم».

حکیم: بکیسهٔ شما این میرود که هر قدر پول بخواهی بتو میدهم بشرط اینکه نگذاری ازکار من جلوگیری کنند».

پس بنا شد با هم قراری بگذاریم. من برای بزرگ نمودن‌کار اشکالات زیادی شمردم و از آن جمله اینکه با رأی و نظر صدر اعظم مخالفت کردن‌کار عاقلانه ای نیست.

باری با حکیم کنار آمدم و رأی صدراعظم را موافق ساختم و قراول برداشته شد و حالا بیا و ببین که در خانهٔ حکیم چه محشری از زنان کودك در بغل راه افتاده است و دیگر صدای احدی در نمیآید.

اما این حکیم دیوانگی غریب دیگری هم داشت. دلش میخواست اجساد مردگان مسلمانان را شکم بدرد و پرو پاچه ببرد. وقتی چشمش بنعشی میافتاد ازشادی جان میداد وآسمان را سیر میکرد. در حیرت بودم که چرا مردم او را پاره پاره نمیکردند. مرد که، این کثافت‌کاری چیست.

روزی باو گفتم «حکیم ترا بخدا، ازین دریدن شکم و بریدن اندام مسلمانان ترا چه فایده میرسد».

گفت «اگر بخواهم بتو بفهمانم که از نبریدن و ندریدن چه اندازه فایده از دست میرود محال است. اگر من دست از این‌کار بردارم از دنیا وآخرت خود دست برداشته‌ام و زحماتم بکلی هباء منثوراً شده از میان میرود. حاضرم برای هر مرده‌ای که بزیر تیغم افتد فلان مبلغ بدهم. بنوع و جنسش هم‌کاری ندارم. خواه مسلمان، خواه ارمنی، خواه یهودی، برای من یکسان است».

این سخن را درست بذهن سپردم و آنقدر برضای خاطر او کوشیدم که کیسه‌ام به سنگینی وروز گارم برنگینی رونهاد. ضمناً ایلچی هم میل وشوق عجیبی داشت که‌احوال ما را اصلاح نماید و رونقی بمال و منال ما بدهد و ما را بقول خود دارای سر وسامانی بسازد. در اینجا ناگزیرم از اینکه کیفیتی را که در میان اووصدراعظم واقع شد حکایت نمایم و بدین مناسبت با نقل این ابیات شروع میکنم.

«دلیر آمدی سعدیا در سخن　　چو تیغت بدست است کاری بکن»
«بگوی آنچه دانی که‌حق گفته به　　نه شهوت ستانی و نه عشوه ده»
«طمع بند و دفتر زحکمت بشوی　　طمع بگسل‌وهرچه‌خواهی‌بگوی»

ایلچی می گفت «میخواهم یك محصول ارضی جدیدی بملت ایران هدیه‌نمایم ودر قبول‌آن از صدر اعظم توقع دستیاری دارم و نمونه‌ای از آن محصول را خواسته ام برایم بفرستند». باید دانست که هر گاه بوی تعارف و دخلی در هوا می‌پیچید دماغ صدراعظم تیر میکشید. وقتی اسم این محصول بگوشش رسید دیگر آرام نداشت وصبح وشام بامن در گفتگو بود که «این باید چه نوع محصولی باشد».

عاقبت از بی‌صبری بجان‌آمد ودیگر نتوانست خودداری کند وچون از من‌شنیده بود که ایلچی مقدار زیادی ماهوت با خودآورده است چشم و ذهنش را بماهوت دوخت‌و چون رسیدن نمونهٔ‌آن محصولی که بنا بود برسم هدیه بملت ایران بدهند طول کشیدبا خود اندیشید که آیا بهتر نیست که ایلچی بجای‌آن هدیهٔ ملی قدری ازآن ماهوتها بعنوان هدیهٔ خاص بشخص خودم بدهد. لهذا روزی بمحض اینکه ازخواب بیدار شد مرا احضار کرد و گفت «حاجی، ترا بخدا، ما چه نداریم. گندم، برنج، سایرحبوبات، انواع واقسام‌میوه‌ها که این بی‌دینهادرخواب‌هم‌ندیده‌اند، باری، هرچه بعقل برسد داریم. پس‌چرا باید برای چیزی که‌نداریم منت ایلچی‌رابکشیم.من‌خیال خوبی کرده‌ام که‌خیر خود ایلچی هم درآنست و زحمتی از گردنش ساقط میشود. بجای آن هدیهٔ عام، من ماهوت هم قبول دارم. این کار هم نقلی ندارد، تو، خدا را شکر، آدم بی‌دست وپائی نیستی. برو، دست و پائی کن و این مطلب را بایلچی درست حالی کن و بزودی هرچه تمامتر خبر ماهوت را برایم بیاور».

دردم، هی بقدم زدم و این خبر را بایلچی رساندم. ایلچی با همراهان سبیل

تراشیده‌اش چنان قاه‌قاه بنای خنده را گذاشتند که اگر بگویم صدایش در کوه دماوند پیچید باور کنید. یکی گفت «ماهوت کجا وسیب زمینی کجا». دیگری گفت «ما میخواهیم بشما نعمتی سهل‌الحصول وارزان هدیه کنیم». باز دیگری گفت «معلوم میشود صدراعظم میخواهد لقمهٔ شکم مردم را وصله دوش خود کند». اما ایلچی که باز درآن میان عاقلتر از دیگران بود بی‌درنگ و با کمال نزاکت امر کرد تا یك توپ ماهوت بمن دادند و گفت «عرض سلام بسیار بصدراعظم برسان و بگو که مرا هیچ چیز از خیرخواهی باهل ایران باز نخواهد داشت. امیدوارم که باز هم آن هدیهٔ عام را قبول فرمایند ومرا رهین لطف وعنایت خود سازند».

با افتخار تمام و مسرت خاطر مالا کلام بجانب صدر اعظم روان شدم و ماهوت را رساندم. این‌کار باکارهای دیگری که ذکر آن گذشت و باآن‌کارهائی که پس از آن انجام دادم همه دلیل بر زیرکی و زرنگی من گردید و مرا مورد عنایت مخصوص صدر-اعظم گردانید که واقعاً جملهٔ رقیبان را بکنار گذاشت و مرا رازدار و ندیم و یار غارخود ساخت .

گفتار هشتادم

(پایان داستان)

وپایان بدطالعی حاجی بابا و برگشتنش بدیار خود با اعتبار زیاد

عقد معاهده با گروه مشرکین درشرف اتمام بود ومقرر شده بود که بمنظوراستحکام پیوند یکرنگی ویکجهتی میان دو دولت سفیری از ایران بلندن گسیل گردد.

همینکه عهدنامه بامضا رسید صدراعظم مرا بخلوت طلبیده گفت حاجی بیا که مطالب مهم با تو دارم من ترامحرم خود میدانم وباید درست ملتفت باشی که چه‌میگویم.

فی‌الفور لازمهٔ تواضع و احترام را بجاآوردم. گفت تعارفات را بکنار بگذارو درست گوش بده. هرطور بود خوب یا بد، کار ما باانگلستان بپایان رسید ومنظورپادشاه بعمل‌آمد. حالا باید سفیری به‌لندن بفرستیم و خودت خوب میدانی که بیرون رفتن از خاك ایران برای ما ایرانیان‌آش دهانسوزی نیست وهیچ نمیدانم‌آیا میتوانم کسی را پیدا کنم که این خدمت را بعهده بگیرد. یك نفر را زیر سر گذاشته‌ام که خیلی دلم

می‌خواهد دست بسرش کنم. رفتن و دور شدنش از قبلهٔ عالم خیلی لازم است و لهذا دلم می‌خواهد هر فوت و فنی را میدانی بکار ببری که اورا راضی بسازی.

در وهلهٔ اول خیال کردم مقصودش خود من است ولی دور شدن از قبلهٔ عالم را نفهمیدم. بامید و نوید افتخار سرمست پیش رفتم و دامنش را بوسیدم و گفتم «بندهٔ حضرت عالی هستم و برای اثبات بندگی هر امری بفرمائید بالای چشم. هر خدمتی محول نمائید تا بپای جان در انجامش میکوشم.»

گفت آفرین بر تو. حرفت را باور دارم ولی حالا گوش بده. آدمی‌را که در زیر سر گذاشته‌ام میرزا فیروز است. باد من فرو نشست و با شدومد عرض کردم بلی.

گفت حقیقت این‌است که می‌بینم این‌روزها خیلی‌موردتوجه شاه واقع گردیده‌است مردی است حراف وعراف درچاپلوسی و ریشخند و خوش‌آمد گوئی استاد. از بس‌دروغ بقالب میزند و گربه را سمور مینماید قاپ شاه را دزدیده و خود را سوگلی کرده است. خدا میداند که این التفات شاهانه بکجاها که نکشد. وانگهی میدانم که دشمن جانی شخص من است هرچند ظاهراً خود را دوستدار من مینماید. اگرچه تا بامروز ازشیطنت وفساد احدی باکی نداشته‌ام اما حالا دیگر اگر بگویم نمیترسم دروغ گفته‌ام. اگر بتوانم او را بسمت ایلچیگری بفرنگستان بفرستم ازین اضطراب و تشویش خلاصی خواهم یافت. اگر رفت وقتی بر گردد وان‌شاءالله‌هرگز برنخواهد گشت اسبابی فراهم خواهم ساخت که دیگر در تمام عمر چشمش بپادشاه نیفتد و حتی روی او را در خواب هم نبیند.

فکر میکردم که چه نیرنگی باید بیندیشم تا درین شر خیر من باشد و ازین نمد کلاهی بدست آورم.

صدراعظم دنبالهٔ سخن را گرفته گفت آنچه گفتم شقی از شقوق است ولی تدبیر دیگر آنکه حاجی تو هم باید بسمت منشی اول همراه او بروی. تودوست و معتمد منی. افکار من بر تو پوشیده نیست. از موقع ورود این پدرسوخته‌ها تا بامروز از تمام وقایع باخبری واز اینرو این‌کار خلعتی است که ببالای تو دوخته شده است. اگر بتوانی‌ازعهدهٔ این‌کار برآئی خدمت بزرگی بمن کرده‌ای.

میدانستم که سفارت از منشیگری بهتر است و از ین پیشنهاد زیاد خوشم نیامد.

دیدم از دست دادن شغل کنونی خودم وخود را بمنشیگری دلخوش داشتن حکم آنرا دارد که انسان شاه راه را بگذارد و در کوره راه بیفتد. وانگهی من نیز باین مرض ملی ایرانیان مبتلا بودم یعنی راحت حضر را بمشقت سفر ترجیح میدادم علی‌الخصوص سفر دریا واختیار دیار غربت، آن هم دیاری ندیده ومجهول، سرزمینی خاموش و بی‌سر وصدا، اقلیمی تیره و تاریك با مردمانی نجس و کافر. خود را در دهانهٔ هلاك دیدم و در مقابل چنین تکلیفی متحیر و سرگردان ماندم.

در جواب سخنانی چند سرد و خنك که معمول ایرانیان ناراضی و ناخرسند است بکار بردم. گفتم بچشم، بندهٔ سرکارم، اختیار با شما است. هر امری بفرمائید بنده فرمانبردارم . وآنگاه خاموش ماندم.

صدراعظم نکته را دریافت و گفت معلوم است که ازین تکلیف خوشت نیامده است. خودت خوب میدانی که بآسانی میتوان آدمی را پیدا کرد که چنین‌کاری را قبول کند اما چون خیر و صلاح ترا خیر و صلاح خود میدانم دلم میخواهد نقداً سفری باصفهان بکنی و سوغات و هدیه‌هائی را که باید بلندن بفرستیم تدارك کنی. این سوغات و تحفه‌ها باید از اصفهان باشد و وسیلهٔ خوبی است برای پر کردن کیسه.

سخنش را بریدم و بعرض رساندم که دیدار وطن مألوف با چنین سمت‌واختیاراتی تکلیفی نیست که‌قابل رد باشد و دلیرانه افزودم که «بنمك سرکار و بهسبیل مردانهٔ پادشاه حاضرم با سر و جان بمسافرت بروم و ابداً حرفی ندارم. هر جا بفرستید ولو بدرك اسفل و برای بیرون کشیدن فرنگیهای‌کافر از قعر دوزخ باشدبنده مطیع و فرمانبردارم.

گفت بسیار خوب. اول باید بروی و چم میرزا فیروز را بدست بیاوری و بزبان چرب و نرم باو بگوئی که در تمام صفحهٔ ایران احدی بجز شما شایستهٔ چنین‌کار مهمی نیست. باید آنقدر دانهٔ نفع و مداخل و افتخار در زمین مخیله‌اش بپاشی و از توانگری و الطاف شاهانه و توجهات صدراعظم بگوشش بخوانی تا در دام بیفتد. باید باوبفهمانی که پس از مراجعت از مسافرت خدا خودش میداندکه پایهٔ ترقیاتش تا بکجا برسد. باید گوشزد نمائی که رقیب و حریف بسیار است و موقع را باید مغتنم بشمارد. خلاصه آنکه چنانکه شاید و باید او را بپز و دهانش را ببند. دیگر خود دانی و چارهٔ‌کار در دست خودت است. یقین دارم که رو دستت را خواهد خورد و دیگر خدا نگهدار.

از حضور صدراعظم مرخص شدم. پایم بروی زمین بند نبود و خدا را بنده نبودم. با خود گفتم زهی سعادت. آنچه را از خدا میخواستم یافتم. قبای سرافرازی بر تن و شمشیر قدرت بر کمر و کمربند زرین کامکاری بر میان و برخنك جلال و شکوه سوار با چنین حشمت و جاهی بمسقط‌الرأس رفتن از طالع بلند و بخت ارجمند است. کجا هستند کسانی که روزی به پسر دلاك بدیدهٔ تحقیر می‌نگریستند اکنون بیایند و ببینند و تماشا کنند که چگونه معتمد شاه و امین وزیرم. ای سرهائی که در زیر تیغ من بودید زنهار در مقابل من فرود آئید و تصدیق نمائید که بجای تراشیدن اکنون قدرت بریدن دارم. کجایند آن کسانی که مرا از میراث پدر محروم ساختند، اینك باید در مقابل من بترسند و بلرزند و ببینند چسان لقمه را ناپخته از گلویشان بیرون خواهم کشید.

با چنین باد و بروت و طوفانی که در دیگ‌کله داشتم هر کس در کوچه باد بغلم را میدید یك میدان رم میکرد. تشخص از سر و صورتم میبارید. خود را میدیدم که بر اسب مرصع یراق سوارم و خدم و حشم از پیش و پس دوانند و مهمانداران از میمنه و میسره مبارك‌باد گویان در اطرافم روانند و با بارو بنه و یك خروار طنطنه و جلال وارد شهر اصفهان میشوم.

یکراست بخانهٔ میرزا فیروز شتافتم. معلوم شد پیش از من ایلچی انگلیس بدانجا رفته او را از نیت صدراعظم با خبر ساخته بود و وقتی وارد شدم باز همین صحبت در میان بود. من هر چند وابستهٔ صدراعظم بودم اما هر چه باشد آخر دوست جانی میرزا

فیروز هم بودم. از شنیدن خبر همراهیم با خود خشنود گردید. از گذشته حکایتها رفت و برای آینده طرحها چیدیم. بنای خنده را گذاشته گفت امیدوارم دیگر بیاد شکر لب نیفتی. گفتم ترا بخدا او را بخاطرم میاورید که قند مکرر نیست و نمیخواهم بیاد لعل شیرین او جان را تلخکام سازم. آنگاه به‌بهانهٔ اینکه ازحدیث شکرلب گریزانم بگریختم و بچاك زده بیرون جستم.

فردای همان روز پادشاه در دربار عام خبر اعزام میرزا فیروز را بسمت‌ایلچیگری اعلام داشت و صدراعظم بمن وعده داد که بمحض حاضر شدن فرمان پادشاهی باید عازم اصفهان بشوی.

دربارهٔ تدارك مسافرت دردسر دادن بخواننده لزومی ندارد. میترسم او دلتنگ شود و من شرمسار گردم. همین بس که بگویم وارد دارالسلطنه اصفهان گردیدم با چنان تشخص و اهن و تلمبی که بجز ایرانی حلال‌زاده‌ای که در حب جاه و جلال بزرگ شده باشد محال است احدی بتواند بکیفیت آن راه بیابد. کوکب سعادت خود را در اوج رفعت و اقبال و احتمال ادبار و وبال را در منزلگاه حضیض هزاران فرسنگ از خود دور دیدم. از در و دیوار بگوشم نوید سعادت میرسید که «بر روی عمرت دری‌نو گشود»

و با چنین تبختری حاجی‌بابا پسر حسن دلاك بنام نامی میرزا حاجی بابا و بسمت و عنوان صاحبمنصب شاهی در ساعت میمون وارد بوطن مألوف خود گردید. ازین بیشتر چه میتوان خواست.

اکنون ای خوانندگان داستان حاجی بابا، وقت آن است که بحکم تجربه‌ای که از معرکه‌گیران و سخنوران ایران آموخته‌ام حکایت را درهمینجا بریده بعرض برسانم که کمترین بندهٔ شما هستم و بمصداق آنکه فرموده‌اند «تا زر بترازو ننهید گوسفند بخانه نخواهید برد» هر قدر بیشتر در صدد تشویق و ترغیبم برآئید حکایت خود را بهتر و بیشتر برایتان نقل خواهم کرد و آنگاه خواهید دید که حاجی بابا بمصاحبت ایلچی بزرگ چگونه بلندن میرود و شرح و تفصیل مسافرت خشکی و دریای او را با دیده‌ها و شنیده‌هایش و همچنین داستان وقایعی که پس از مراجعتش بایران رخ داد همه را برایتان بمنت خواهم گفت.

اما یك نکته را نیز نباید نگفته گذاشت که مؤلف این داستان هنوز طریقهٔ طلبیدن شیءالله وتحریك رگ حرص و شوق اهل معرکه و خلق‌الله را چنانکه شاید و باید بخوبی و کمال درویش سیمین که ذکرش در طی این کتاب گذشت نیاموخته است و ازینرو هنوز بدان درجه از اطمینان نرسیده است که بتواند خود را بی محابا دلیرانه بمعرکه اندازد پس در نهایت شرمندگی و خاکساری همینقدر میگوید «شما را بخدا سپردم» و اجازهٔ مرخصی میطلبد.